Von Philipp Vandenberg sind bei Bastei Lübbe Taschenbüchern lieferbar:

11686 Sixtinische Verschwörung
11883 Das Pharao-Komplott
12276 Das fünfte Evangelium
12594 Der grüne Skarabäus
14771 Purpurschatten
14956 Der König von Luxor
15381 Die Akte Golgatha
11366 Der Pompejaner
12839 Der Fluch des Kopernikus
14277 Der Spiegelmacher
15050 Die Tochter der Aphrodite
15209 Der Gladiator
64221 Die Frühstücksfrau des Kaisers
61512 Augustus – Die geheimen Tagebücher
61441 Die heimlichen Herrscher
64067 Der Fluch der Pharaonen
64070 Das versunkene Hellas
64155 Nofretete, Echnaton und ihre Zeit
64169 Das Geheimnis der Orakel
64180 Auf den Spuren unserer Vergangenheit
64193 Das Tal der Pharaonen

Dieses Buch ist bereits als Lübbe Audio erschienen

Über den Autor:

Philipp Vandenberg, geboren 1941 in Breslau, landete gleich mit seinem ersten Buch einen Welterfolg: DER FLUCH DER PHARAONEN war der phänomenale Auftakt zu vielen spannenden Thrillern und Sachbüchern, die oft einen archäologischen Hintergrund haben. Vandenberg zählt zu den erfolgreichsten Schriftstellern Deutschlands. Seine Bücher wurden in 33 Sprachen übersetzt. Der Autor lebt mit seiner Frau Evelyn in einem tausend Jahre alten Dorf zwischen Starnberger See und Tegernsee oder im Folterturm von Deutschlands längster Burganlage in Burghausen.

PHILIPP VANDENBERG

DAS VERGESSENE PERGAMENT

Roman

BASTEI LÜBBE TASCHENBUCH
Band 15778

1. Auflage: Dezember 2007
2. Auflage: November 2007
3. Auflage: Januar 2008
4. Auflage: Dezember 2008

Vollständige Taschenbuchausgabe
der im Gustav Lübbe Verlag erschienenen Hardcoverausgabe

Bastei Lübbe Taschenbücher und Gustav Lübbe Verlag
in der Verlagsgruppe Lübbe

© 2006 by Verlagsgruppe Lübbe GmbH & Co. KG, Bergisch Gladbach
Illustrationen im Innenteil: Tina Dreher
Titelillustrationen: André Fasquel/Abtei Notre-Dame de Liteaux
Umschlaggestaltung: Bettina Reubelt
Satz: Kremerdruck, Lindlar
Druck und Verarbeitung: GGP Media GmbH, Pößneck
Printed in Germany
ISBN 978-3-404-15778-5

Sie finden uns im Internet unter
www.luebbe.de
Bitte beachten Sie auch: www.lesejury.de

Der Preis dieses Bandes versteht sich einschließlich
der gesetzlichen Mehrwertsteuer.

Inhalt

PROLOG / TEUFELSSPUREN 7

1. / ANNO DOMINI 1400: EIN KALTER SOMMER 17

2. / BIS ZUM HIMMEL UND HÖHER 85

3. / EIN LEERES PERGAMENT 125

4. / DER SCHWARZE WALD 171

5. / DOMGEHEIMNISSE 195

6. / DIE LOGE DER ABTRÜNNIGEN 229

7. / BÜCHER, NICHTS ALS BÜCHER 279

8. / FÜR EINEN TAG UND EINE NACHT 309

9. / DIE PROPHEZEIUNG DES MESSER LIUTPRAND 361

10. / HINTER DEN MAUERN VON MONTECASSINO 389

11. / DER KUSS DES FEUERSCHLUCKERS 437

12. / EINE HAND VOLL SCHWARZER ASCHE 473

DIE FAKTEN 508

Prolog — Teufelsspuren

Nacht, tiefe Nacht lag über dem Straßburger Münster. Wie der Bug eines gestrandeten Schiffes ragte das Langhaus turmlos in den Himmel. Die Kathedrale war noch immer eine riesige Baustelle. Aus den engen Gassen drang vereinzelt Hundegebell zum Domplatz vor. Selbst der Gestank der Stadt, der während des Tages über den weiten Platz wehte, schien eingeschlafen. Das war die Stunde der Ratten. Fette struppige Tiere krochen hungrig aus ihren Schlupflöchern und huschten durch die Abfälle, die überall reichlich herumlagen. Längst hatten sie zum Inneren des Domes Zugang gefunden durch einen Brunnenschacht im Gebäude. Doch dort, wo die Menschen seelische Labsal suchten, gab es keine Rattenbeute.

Eine halbe Stunde nach Mitternacht versetzte ein mahlendes Geräusch die Domratten in Unruhe. So schnell es ihre fetten Leiber zuließen, verschwanden sie in ihren Verstecken. Nur hier und da ragte ein kahler Schwanz hervor. Das Geräusch kam näher, wurde lauter. Es hörte sich an, als riebe Stein auf Stein. Dann erneutes Schaben, Kratzen, Scharren – es war, als arbeitete sich der Teufel mit spitzen Krallen an den Wänden hoch. Dann wieder Stille. Man hätte Sand hören können, der zu Boden rieselt.

Plötzlich, als rollte ein gewaltiges Gewitter heran, schien es, als rumpelte ein Wagen durch den dunklen Chorraum der Kathedrale, dann hörte man das Krachen und Bersten zerspringenden Sandsteins. Wie bei einem Erdbeben erzitterten die fein gegliederten Pfeiler. Eine riesige Staubwolke drang bis in die entlegensten Winkel vor. Wieder wurde es still, und bald schon krochen die Ratten aus ihren Löchern hervor.

Eine Stunde mochte vergangen sein, als das Mahlen und Kratzen erneut einsetzte, so als ob ein unsichtbarer Steinmetz sich am Dombau zu schaffen machte. Oder versuchte Luzifer den Dom mit einer riesigen Brechstange zum Einsturz zu bringen? Man konnte geradezu fühlen, wie das Mauerwerk in Bewegung geriet. Stundenlang ging es so, bis im Osten das erste Grau des Morgens heraufzog. Noch hatte keiner von den Straßburger Bürgern, deren ganzer Stolz die Kathedrale war, bemerkt, was in dieser Nacht passiert war.

Am frühen Morgen machte sich der Küster auf den Weg zum Dom. Das Hauptportal war verschlossen, so wie er es am Vorabend zurückgelassen hatte. Er rieb sich die Augen, als er das Langhaus des Münsters betrat. Inmitten des Kirchenschiffs, dort wo sich Langhaus und Querschiff kreuzten, lagen Gesteinsbrocken herum, Teile eines geborstenen Quaders, der sich aus dem Gewölbe gelöst hatte.

Beim Näherkommen entdeckte der Küster linker Hand einen Pfeiler, der zur Hälfte in der Luft hing, weil ihm der Sockel abhanden gekommen war. Gesteinsreste lagen im Umkreis verstreut wie übel riechendes Futter, das von einem gefräßigen Ungeheuer zurückgelassen worden war. Fassungslos betrachtete der Küster das Bild der Zerstörung, unfähig, sich von der Stelle zu bewegen. Schließlich stürzte er schreiend und wie von Furien gejagt aus der Kathedrale und rannte, so schnell ihn seine alten Beine trugen, hinüber zur Dombauhütte, um zu berichten, was er mit eigenen Augen gesehen hatte.

Der Dombaumeister, ein Künstler seines Fachs und über die Grenzen des Landes berühmt für sein Können und die Exaktheit seiner Berechnungen, brachte kein Wort hervor, als er sah, was sich in der Nacht ereignet hatte. Von Natur aus eher den Erkenntnissen der Wissenschaft zugetan, der Physik und Arithmetik, stand er jedem Wunderglauben ablehnend gegenüber. Aber an diesem Morgen kamen ihm ernsthafte Zweifel. Nur ein Wunder war in der Lage, die Kathedrale zum Einsturz zu bringen. Und wenn er den sorgfältig herausgetrennten Schlussstein des Gewölbes betrachtete, dann kam dies einem Wunder gleich, einem teuflischen Wunder allerdings.

Wie ein Lauffeuer verbreitete sich die Nachricht, zuerst in der Stadt, schon bald aber im ganzen Land, der Teufel wolle die Kathedrale von Straßburg zum Einsturz bringen, weil sie, ein Menschenwerk, dem Himmel näher komme, als dem Leibhaftigen lieb sein konnte. Und bald darauf meldeten sich die ersten Augenzeugen, die in der fraglichen Nacht dem Teufel von Angesicht zu Angesicht begegnet sein wollten. Unter ihnen der Landvermesser, ein gottesfürchtiger Mann, wenngleich kein Frömmler. Er behauptete öffentlich, er habe des Nachts eine hinkende Gestalt beobachtet mit einem Pferdefuß, die mehrmals mit großen Sprüngen die Kathedrale umrundete.

Seither wagte sich keiner von den Straßburger Bürgern mehr in die stolze Kathedrale, bis Bischof Wilhelm erschien und mit einem Wedel aus feinstem Dachshaar geweihtes Wasser verspritzte im Namen des Allerhöchsten.

Noch während sich die Nachricht rheinabwärts verbreitete, während Maurer, Steinschneider und Steinmetze forschten, ob die Auflösungserscheinungen ihres Domes nicht eine natürliche Ursache haben könnten, geschah auch andernorts das Unfassbare. In Köln, wo Meister Arnold einen Dom errichten wollte nach dem Vorbild der Kathedrale von Amiens, gerieten des Nachts die steinernen Pfeilerfiguren Mariens und Petri, des Apostels, denen der halb fertige Dom geweiht war, in Bewegung. Ächzend, als litten sie unter ihrer eigenen Last, lösten sie sich von ihrem Sockel, drehten sich wie im Tanz um die eigene Achse und stürzten kopfüber in die Tiefe – nicht gleichzeitig wie durch ein Erdbeben verursacht, sondern als hätten sie sich abgesprochen eine nach der anderen in einer einzigen Nacht.

Den Steinmetzen, die nach einer stürmischen Nacht als Erste den Dom betraten, bot sich ein geisterhaftes Bild. Arme, Beine und Köpfe mit jenem Lächeln, das sie unter Anstrengung dem harten Stein abgerungen hatten, lagen am Boden verstreut wie billige Innereien, die auf dem nahen Markt feilgeboten wurden. Obwohl sie bekannt waren für die Härte ihres Charakters, begannen die Männer zu weinen in hilfloser Wut. Andere blickten ängstlich, ob nicht der Satan persönlich hinter einem der Pfeiler hervorträte, mit hämischem Grinsen im Gesicht und krächzender Stimme.

Bei näherem Hinsehen entdeckten die Steinmetze Goldmünzen im Schutt, ein kleines Vermögen wert und für viele der Hinweis, dass der Teufel stets mit barer Münze bezahle. Verächtlich und angewidert blickten die Männer auf das leuchtende Münzgold, und kaum einer wagte sich näher als zehn Fuß an das Teufelsgeld heran.

Endlich traf der Bischof, halb bekleidet und unordentlich, als habe er sich gerade erst aus den Armen einer Konkubine gelöst, am Schauplatz ein. Leise Gebete murmelnd – oder waren es gar Flüche? –, drängte er die Gaffer beiseite und besah sich den Schaden. Als er die Goldstücke erblickte, begann er die Münzen aufzuklauben. Eine nach der anderen verschwand in der Tasche seines Chorrocks. Bedenken der Steinmetze, es handle sich um Teufelsgeld, wischte er mit einer unwilligen Handbewegung beiseite und der Bemerkung, Geld sei Geld, im Übrigen habe nicht der Teufel, sondern er selbst vor Jahr und Tag die Goldmünzen unter dem Sockel des heiligen Petrus einmauern lassen, als Zeugnis für die Nachwelt.

Natürlich glaubte ihm niemand. Denn der Bischof war bekannt für seine Geldgier, und es hätte niemanden erstaunt, wenn er selbst vom Teufel Geld genommen hätte.

Drei Tage später kehrten Kaufleute an den Rhein zurück mit der Nachricht, in Regensburg, wo der Dombau weiter fortgeschritten sei als anderswo, habe der Teufel ebenfalls Einzug gehalten. Die Stadt quelle über von Gerüchten. Angeblich machten die Bürger inzwischen einen großen Bogen um die im Herzen Regensburgs gelegene Kathedrale. Sie fürchteten sogar, am helllichten Tag dem Leibhaftigen zu begegnen. Ja es gab Bürger, die wagten nicht mehr zu atmen, weil sie den pestilenten Gestank, der seit Wochen durch die engen Gassen wehte, für den Atem des Teufels hielten, der, würde er in ihr Innerstes dringen, die Seele zerfräße wie eine beißende Alchimistenlauge.

Auf diese Weise verlor ein Dutzend Regensburger Bürger sein Leben, allesamt gottesfürchtig und im Stand der Sakramente, darunter vier Nonnen des Damenstifts Niedermünster, nur einen Steinwurf von der Kathedrale entfernt, weil sie lieber erstickten als einzuatmen, was Luzifer bereits in seine Lungen aufgesogen hatte.

Im Stift Niedermünster hielten die Nonnen seither eine immerwährende Vigil, ein Chorgebet ohne Unterlass, Tag und Nacht, in der Hoffnung, dadurch den Teufelsatem aus der Stadt zu vertreiben. Dabei verbrannten sie Weihrauch in einem durchlöcherten Kessel, der vom Deckengewölbe ihrer Kirche hing und mit weit ausladenden Schwüngen in pendelnder Bewegung gehalten wurde. Die Rauchentwicklung des zentnerschweren Geräts war so stark, dass sie den frommen Frauen die Sicht nahm und sie hinderte, die Gebete in ihren Stundenbüchern zu lesen. Einigen raubte der auf diese Weise gereinigte Teufelsatem die Sinne. Sie verloren die Orientierung und irrten ziellos auf den Straßen umher. Andere brachen bewusstlos zusammen, für viele der Beweis, dass der Teufel auch im Niedermünster Einzug gehalten hatte.

Auslöser dieser Hysterie, die auch vor gesetzten Bürgern nicht Halt machte, waren wundersame Vorfälle im Dom, deren Wahrheitsgehalt den Chronisten jedoch in Bedrängnis bringt, weil die Wahrheit sich bekanntlich mit zunehmender Entfernung verflüchtigt.

So wollte ein Pelzhändler aus Köln mit eigenen Augen gesehen haben, wie der Südturm des Domes zu Regensburg in einer einzigen Nacht um ein ganzes Stockwerk zusammensank. Ein Wanderschausteller bezeugte beim Leben seiner greisen Mutter, das Westportal der Kathedrale sei, obwohl aus Stein errichtet wie alle Domportale, zusammengeschmolzen, als wäre es aus Wachs. Tatsache war, dass eines Morgens ein Sockelstein des Portals fehlte, und er tauchte auch nie wieder auf. Tatsache war auch das Verschwinden des Schlusssteins im Gewölbe des Langhauses. Der fehlende Stein wäre durchaus in der Lage gewesen, den Dom zum Einsturz zu bringen. Nur die hohe Kunst der Dombaumeister jener Tage und ihr schnelles Eingreifen verhinderten, dass dies geschah.

Die Gerüchte überschlugen sich, als von den Kathedralen in Mainz und Prag, von der Marienkirche in Danzig und der Frauenkirche in Nürnberg ähnliche Vorfälle gemeldet wurden. Sogar in Reims und Chartres gerieten Säulen und Pfeiler der großen Dome ins Wanken, stürzten Kapitelle und Galerien zu Boden, nachdem sie von unsichtbarer Hand aus dem Mauerwerk gelöst worden waren. Aus Burgos und Toledo, Salisbury und Canterbury wussten Reisende zu berichten, Menschen seien in den Kathedralen von berstenden Gesteinsmassen begraben worden.

Das war die große Zeit der Bußprediger, die winselnd und klagend durch die Lande zogen und dem Volk mit aufgehaltener Hand das irdische Jammertal vor Augen führten. Die Geißel der Hoffart habe sich zu jener der Wollust gesellt, und fraglos habe der Teufel seine scheußliche Pratze im Spiel. Gott der Herr lasse ihn nur deshalb gewähren, damit der Hochmut der Menschen zum Erliegen komme. Die geheimnisvollen Vorgänge seien der Beweis für den Unwillen des Allerhöchsten, der dem Pomp und Luxus der großen Dome abgeneigt sei. Ein Trugschluss sei es, zu glauben, die Kathedralen des Abendlandes seien für die Ewigkeit gebaut. Bewiesen nicht die Vorkommnisse der letzten Zeit das Gegenteil? Und konnte nicht jeden Tag, jede Stunde eine der großen Kathedralen, an die Luzifer gepisst hatte, einstürzen?

Mit ihren flammenden Reden verschonten die Bußprediger weder Volk noch Geistlichkeit, nicht einmal die Bischöfe kamen ungeschoren davon. Der Bußprediger Gelasius wetterte im Schatten des Kölner Domes gegen das verantwortungslose, gottlose Volk, dem nur an Macht und Reichtum gelegen sei. Bürgerfrauen wurden verteufelt, weil sie Kleider mit Schleppen trugen wie einen Pfauenschweif. Bedurften Frauen solcher Schwänze, so hätte Gott sie längst mit derartigen Auswüchsen versehen. Nein, nicht einmal die hohe Geistlichkeit sei ausgenommen von derlei Torheiten, wenn sie gelbe, grüne und rote Schuhe trüge, an jedem Fuß eine andere Farbe.

Wenn Mönche und gemeine Pfaffen, von Bischöfen ganz zu schweigen, ihre Gelüste mit fahrenden Frauen befriedigten, ohne daraus ein Geheimnis zu machen, dann stünden sie eher mit dem Teufel im Bunde als mit dem Allerhöchsten. Jeder wisse, dass der Bischof lieber die Brüste seiner Konkubine segne als den Leib unseres Herrn. Und wenn drei Päpste sich den Platz streitig machten um den Ersten auf Erden und jeder den anderen mit dem Kirchenbann belege, als wäre er ein Ketzer, dann sei das Jüngste Gericht nicht mehr fern, und niemand dürfe sich wundern, wenn der Teufel sich der Gotteshäuser bemächtige.

Wimmernd und greinend schlichen die Zuhörer davon. Und während die einen bange Blicke zur Giebelspitze des Domes warfen, krochen andere wie Tiere auf allen vieren und schluchzten wie Kinder, denen der Vater mit furchtbarer Strafe gedroht hat. Vornehme Männer rissen sich ihre samtenen Kappen vom Kopf und zertrampelten den Federschmuck. Frauen entledigten sich noch auf der Straße ihrer zuchtlosen Kleider, welche die Brüste zeigten, unverhüllt und wie gewachsen, und Ärmelstulpen, die beinahe bis auf die Erde reichten. Pöbel und Bettler, die das alles nichts anging, weil die Bibel ihnen ohnehin das Himmelreich versprach, stritten sich um die Gewänder und zerrissen die kostbare Kleidung, damit jeder einen Fetzen davontragen konnte.

In der Stadt herrschte Aufruhr, und die reichen Bürger verrammelten die Türen und stellten Wachen auf wie in Zeiten von Pest und Cholera. Sogar hinter verschlossenen Türen war man bemüht, das Husten und Niesen zu unterdrücken, galt es doch als Zeichen des Teufels, der aus dem Körper herausfuhr. Bei Nacht waren die Schritte der Stadtknechte zu hören, die mit baumhohen Lanzen bewaffnet durch die Gassen marschierten. Und was sonst nur am Karfreitag vor der Auferstehung des Herrn geschah: Die Badehäuser, Horte sündhaften Treibens, blieben leer.

Am nächsten Morgen erwachten die Bürger von Köln mit bitterem Geschmack im Mund. Den konnte nur der Teufel hinterlassen haben. Später als gewöhnlich verließen die meisten ihre Häuser. Über dem Dom kreisten große schwarze Vögel. Ihr Krächzen glich an diesem Morgen eher dem hilflosen Geschrei kleiner Kinder. Die aufgehende Sonne tauchte das Hauptportal der Kathedrale in helles Licht. Die Seiten des Bauwerks lagen im Schatten und wirkten düster und bedrohlich, anders als an anderen Tagen. Sogar die Steinmetze, die längst ihre Arbeit aufgenommen hatten und denen Wind und Wetter nichts ausmachten, fröstelten aus nicht ersichtlichem Grund.

Ein Steinmetz war es auch, dem der heruntergekommene Mann auf den Stufen des Domportals auffiel. Mit dem Rücken an die Wand gelehnt, dämmerte er vor sich hin. Das war keine Besonderheit. Fremde und Handwerker auf der Wanderschaft verbrachten häufig die Nacht auf den Domstufen. Aber nach einer Nacht wie dieser, wo Misstrauen die Blicke lenkte, erregte jeder Fremde besonderes Interesse. Sein langes Gewand war zerschlissen und ähnelte jener schwarzen Kutte des Bußpredigers, der die Stadt am Vorabend in Endzeitstimmung versetzt hatte. Und tatsächlich, im Näherkommen erkannte der Steinmetz Bruder Gelasius, der den Kölnern tags zuvor das Jüngste Gericht angekündigt hatte. Die Hände des Bußpredigers zitterten. Sein Blick war starr auf den Boden gerichtet.

Der Frage des Steinmetzen, ob er wirklich Gelasius sei, der Bußprediger, begegnete dieser mit einem stummen Kopfnicken, jedoch ohne aufzublicken. Der Steinmetz wollte schon gehen und sich seiner Arbeit zuwenden, als der Bußprediger unerwartet den Mund öffnete. Aber statt Worten quoll ein Schwall schwarzes Blut hervor und überflutete wie ein Sturzbach sein zerschlissenes Gewand.

Zu Tode erschrocken wich der Steinmetz zurück, er wusste nicht, was er tun sollte, und blickte Hilfe suchend um sich. Aber da war niemand, der ihm zu Hilfe eilte. Mit dem Zeigefinger deutete Gelasius auf seinen geöffneten Mund und gab gurgelnde, lallende Laute von sich wie ein Blöder aus dem Siechenhaus. Jetzt erst begriff der Steinmetz, ja er konnte es deutlich sehen: Man hatte dem Bußprediger die Zunge herausgeschnitten.

Der Steinmetz sah Gelasius fragend an. Wer hatte den Bußprediger auf so grausame Weise mundtot gemacht?

Gelasius krümmte seine blutverschmierten zitternden Zeigefinger und legte sie links und rechts an die Stirne. Und damit er sicher sein konnte, dass ihn der Steinmetz verstand, legte er seine Rechte an seinen Hintern und deutete eine Bewegung an, als wollte er einen langen Schwanz beschreiben.

Dann hob er seinen Blick ein letztes Mal, und in seinen Augen stand das Grauen.

Der Steinmetz bekreuzigte sich und stürzte in Panik davon. Wie hätte er auch ahnen können, dass es für das Unheil, das über die Städte eingebrochen war und die Menschen in Angst und Schrecken versetzte, eine durchaus natürliche Erklärung gab, die ihren Ursprung in einer verschlossenen Schatulle hatte, die – der Büchse einer Pandora gleich –, einmal geöffnet, das ganze Land in Aufruhr versetzen sollte. Enthielt sie doch ein Stück Papier, für das viele zu morden bereit gewesen wären. Im Namen des Herrn oder ohne ihn.

Hätte der Steinmetz gewusst, was zwölf Jahre zuvor, Anno Domini 1400, geschehen war, hätte er begriffen. Doch so begriff er nichts. Keiner konnte all das begreifen. Und die Angst ist ein schlechter Ratgeber.

Anno Domini 1400:
Ein kalter Sommer

Als die Zeit ihrer Niederkunft nahte, nahm Afra, die Jungmagd des Landvogts Melchior von Rabenstein, einen Korb, mit dem sie für gewöhnlich Pilze sammelte, und mit letzter Kraft schleppte sie sich in den Wald hinter dem Gehöft. Niemand hatte dem Mädchen mit den langen Zöpfen die notwendigen Handgriffe beigebracht, welche eine Geburt erfordert, denn ihre Schwangerschaft war bis zu diesem Tag unbemerkt geblieben. Geschickt hatte sie es verstanden, das Wachstum des Kindes in ihrem Leib unter weiten, derben Gewändern zu verbergen.

Beim letzten Erntefest war sie von Melchior, dem Landvogt, auf dem Heuboden der großen Scheune geschwängert worden. Wenn sie nur daran dachte, wurde ihr übel, als hätte sie fauliges Wasser getrunken oder madiges Fleisch gegessen. Unauslöschbar blieb das Bild in ihrem Gedächtnis eingebrannt, wie der geile Alte, dessen Zähne schwarz und brüchig waren wie vermodertes Holz, über sie herfiel mit gierigen Glotzaugen. Sein linker Beinstumpf, an dem über dem Knie eine hölzerne Keule festgeschnallt war zur Fortbewegung, zitterte vor Erregung wie ein Hundeschwanz. Nach der rüden Verrichtung hatte der Landvogt gedroht, Afra vom Hof zu jagen, sollte sie auch nur ein Sterbenswörtchen über den Vorfall verlauten lassen.

In ihrer Scham und von der Schande gezeichnet, schwieg sie. Nur dem Pfaffen beichtete Afra den Vorfall in der Hoffnung auf Vergebung ihrer Sündhaftigkeit. Das schaffte eine gewisse Erleichterung, zunächst jedenfalls, weil sie täglich, drei Monate lang, fünf Vaterunser und ebenso viele Ave-Maria betete zur Buße. Doch als sie bemerkte, dass die Untat des Landvogts nicht ohne Folgen geblieben war, überkam sie hilflose Wut, und sie weinte nächtelang. In einer dieser endlosen Nächte fasste Afra schließlich den Plan, sich des Bastards im Wald zu entledigen.

Jetzt klammerte sie sich, einem Instinkt folgend, mit gestreckten Armen an einen Baum, die Beine breit, in der Hoffnung, das ungewollte Leben würde aus ihr herausfallen wie bei einer Kuh, die kalbte. Das war ihr nicht fremd. An dem feuchten Stamm der Fichte wucherte der Hallimasch, ein gelber Blätterpilz, und verbreitete einen beißenden Geruch. Heftiger Schmerz drohte ihren Leib zu zerreißen, und um ihre Schreie zu unterdrücken, biss Afra in ihren Oberarm. Mit zitternden Lungen sog sie den Pilzgeruch durch ihre Nase. Er wirkte für einen Augenblick betäubend, so lange, bis das lebendige Etwas in ihr auf das weiche Moos des Waldbodens plumpste: ein Junge mit dunklem zottigem Haar, wie es der Landvogt hatte, und einer kräftigen Stimme, dass sie fürchten musste, man könnte sie entdecken.

Afra fröstelte, sie zitterte vor Angst und Schwäche und war nicht in der Lage, einen klaren Gedanken zu fassen. Ihr Plan, das Neugeborene nach der Geburt mit dem Kopf gegen einen Baum zu schlagen, wie es ihr mit den Stallhasen geläufig war, verflüchtigte sich. Was aber sollte sie tun? Wie von Sinnen entledigte sie sich eines Rockes, von denen sie zwei übereinander trug, riss ihn in Fetzen und wischte damit das Blut von dem kleinen Körper des Neugeborenen. Dabei machte sie eine seltsame Entdeckung, die sie jedoch zunächst kaum beachtete, weil sie glaubte, in ihrer Aufregung habe sie sich verzählt. Doch dann wiederholte sie den Zählvorgang noch einmal und noch einmal: An der linken Hand des Kindes wuchsen sechs winzige Finger. Afra erschrak. Ein Vorzeichen des Himmels! Aber was hatte es zu bedeuten?

Wie in Trance wickelte sie das Neugeborene in die übrig gebliebenen Fetzen ihres Rockes, legte es in den Korb und hängte diesen, zum Schutz vor wilden Tieren, am untersten Ast der Fichte, die ihr als Gebärstuhl gedient hatte, auf.

Den Rest des Tages verbrachte Afra im Stall bei den Tieren, um den Blicken des Gesindes aus dem Weg zu gehen. Sie wollte allein sein mit ihren Gedanken und der bangen Frage, was das Zeichen des Himmels zu bedeuten hatte: sechs Finger an einer Hand. Ihr Vorhaben, das Neugeborene zu töten, hatte sie längst aus dem Gedächtnis gestrichen.

Aus der Bibel kannte Afra die Geschichte vom kleinen Moses, der, von seiner Mutter ausgesetzt, in einem Weidenkorb nilabwärts schwamm, bis eine Prinzessin das Kind aus dem Wasser zog und ihm eine vornehme Erziehung angedeihen ließ. Keine zwei Stunden Weges entfernt floss der große Strom. Aber wie sollte sie unbemerkt das Kind dorthin bringen? Auch fehlte ihr ein sicheres Behältnis, das dem Kind als Schifflein gedient hätte.

Mit trüben Gedanken begab sich die Magd bei Einbruch der Dämmerung in die Gesindekammer unter dem Dachgebälk des Fachwerkhauses. Vergeblich versuchte sie Schlaf zu finden, aber obwohl ihr die heimliche Geburt die letzten Kräfte abverlangt hatte, tat sie kein Auge zu. Ihre Sorge galt dem Neugeborenen, das hilflos im Geäst hing. Sicher fror es in seinem Korb und weinte und lockte Menschen und Tiere an. Am liebsten wäre Afra aufgestanden und hätte sich in der Dunkelheit aufgemacht in den Wald, um nach dem Rechten zu sehen; doch das schien ihr zu verräterisch.

Voller Unruhe wartete sie am nächsten Morgen auf eine günstige Gelegenheit, sich unbemerkt vom Gehöft zu entfernen. Erst gegen Mittag gelang es ihr sich davonzustehlen, und Afra rannte mit bloßen Füßen in den Wald zu der Stelle, wo sie tags zuvor niedergekommen war. Atemlos machte sie Halt und suchte nach dem Ast, an dem sie den Korb mit dem Neugeborenen aufgehängt hatte. Zuerst glaubte sie, sie habe sich in der Aufregung verlaufen; denn der Weidenkorb war verschwunden. Mühsam versuchte Afra sich zu orientieren. War es ein Wunder, wenn das Ereignis des Vortages ihre Wahrnehmung verwirrt hatte? Schon wollte sie eine andere Richtung einschlagen, als ihr der penetrante Geruch der Baumpilze in die Nase stach, und als sie den Boden mit den Augen absuchte, entdeckte sie dunkle Blutflecken auf dem Moos.

Beinahe täglich lief Afra in den folgenden Tagen in den Wald, um nach dem Verbleib ihres ausgesetzten Kindes zu forschen. Der Dienstmagd sagte sie, sie suche nach Pilzen. Sie fand auch jedes Mal genug, gelbe Rehlinge und feiste Steinpilze, Braunkappen mit glänzenden Helmen und Hallimasch, so viel sie tragen konnte; aber eine Spur, einen Hinweis, was mit dem Neugeborenen geschehen sein mochte, fand sie ebenso wenig wie ihren Seelenfrieden.

Darüber verging das Jahr, es wurde Herbst, und die tiefe Sonne färbte die Blätter rot und die Nadeln braun. Wie ein Schwamm sog das Moos die kalte Nässe auf, und der Weg durch den Wald wurde immer beschwerlicher, und allmählich gab Afra die Hoffnung auf, noch irgendein Lebenszeichen ihres Kindes zu entdecken.

Zwei lange Jahre gingen ins Land, und während für gewöhnlich die Zeit alle Wunden heilt, die das Leben schlägt, kam Afra über das furchtbare Geschehen nicht hinweg. Jede Begegnung mit Melchior, dem Landvogt, ließ die Erinnerung wach werden, und sie nahm Reißaus, wenn sie das dumpfe Stampfen seines Holzfußes auch nur aus der Ferne vernahm. Auch Melchior mied den Umgang mit ihr, jedenfalls bis zu jenem Herbsttag im September, als sie auf dem größten Baum hinter der Scheune Äpfel pflückte, kleine grüne Früchte, die der regnerische kühle Sommer nicht größer hatte gedeihen lassen. Vertieft in die mühevolle Ernte bemerkte Afra nicht, wie der Landvogt heranschlich und am Fuß der Leiter mit gierigen Augen unter ihre Röcke spähte. Unterkleider waren ihr fremd, und so erschrak sie zu Tode, als sie die sündhaften Blicke des Mannes bemerkte.

Ohne Scham und in rauem Ton herrschte Melchior die Magd an: »Komm herunter, du kleine Hure!«

Verängstigt kam Afra der Aufforderung nach, doch als der Lüstling versuchte, sie ungestüm an sich zu pressen und ihr Gewalt anzutun, da wehrte sie sich heftig und schlug ihm mit der Faust ins Gesicht, dass ein Blutstrahl aus seiner Nase schoss wie beim Abstechen eines Schweines, und ihr derbes Gewand verfärbte sich rot. Den rabiaten Landvogt schien ihre Gegenwehr nur noch mehr zu reizen, denn er ließ nicht von ihr ab, im Gegenteil, wie von Sinnen riss er das Mädchen zu Boden, stülpte ihr die Röcke über den Kopf und fingerte sein Gemächt aus den Beinkleidern.

»Nur zu, nur zu!«, keuchte Afra. »Es wird dir schon gelingen, mich ein zweites Mal ins Unglück zu stürzen, das auch das deine ist!«

Für einen Augenblick hielt Melchior inne, als sei er zur Besinnung gekommen. Afra nutzte den Augenblick und stieß hervor: »Dein letzter Fehltritt ist nicht ohne Folgen geblieben, ein Junge mit ebensolchem Kraushaar wie deins!«

Melchior blickte unsicher. »Du lügst!«, schrie er schließlich und fügte hinzu: »Kleine Hure!« Dann ließ er von ihr ab. Aber nicht, um sich nach den näheren Umständen zu erkundigen, sondern um sie zu schelten und zu beschimpfen: »Niederträchtige Metze, glaubst du, ich habe dich nicht durchschaut? Mit deinen Worten verfolgst du kein anderes Ziel, als mich zu erpressen! Ich werde dich lehren, wie man mit Melchior, dem Landvogt, umgeht, du hinterlistige Hexe!«

Afra zuckte zusammen. Jeder im Land zuckte zusammen, wenn er das Wort Hexe nur hörte. Frauen und Pfaffen schlugen ein Kreuzzeichen. Es genügte die Anschuldigung, eine Hexe zu sein, und bedurfte keines Beweises, um eine gnadenlose Verfolgung in Gang zu setzen.

»Hexe!«, wiederholte der Landvogt und spuckte in weitem Bogen auf den Boden. Dann ordnete er seine Kleider und humpelte mit hektischen Schritten davon.

Tränen rannen über ihr Gesicht, Tränen hilfloser Wut, als Afra mühsam aufstand. Verzweifelt presste sie die Stirne gegen die Leiter und schluchzte laut. Wenn der Landvogt sie als Hexe beschuldigte, hatte sie kaum eine Möglichkeit, ihrem Schicksal zu entkommen.

Als die Tränen nachließen, blickte Afra an sich herab. Das

Mieder war zerfetzt, Rock und Bluse von Blut getränkt. Um Fragen aus dem Weg zu gehen, kletterte Afra bis in den Wipfel des Baumes. Dort wartete sie die Dämmerung ab. Nach dem Abendläuten, das aus der Ferne zu ihr herüberschallte, wagte sie sich endlich aus ihrem Versteck und schlich zum Hof zurück.

In der Nacht überfielen sie quälende Gedanken und Bilder. Folterknechte näherten sich ihr mit glühenden Eisen, und hölzerne Maschinen mit Rädern und Stacheln warteten darauf, ihren jugendlichen Leib zu schinden. In dieser Nacht fasste Afra einen Entschluss, der ihr Leben verändern sollte.

Niemand bemerkte, als Afra sich kurz nach Mitternacht aus dem Gesinderaum stahl. Sie mied jede Dielenplanke, die ein Knarren von sich gab, und gelangte, ohne ein verräterisches Geräusch zu verursachen, zu der steilen Treppe, die vom Dachgebälk im Zickzack nach unten führte. Behutsam schnürte sie in der Kleiderkammer der Mägde ein Bündel aus Gewändern, griff sich ein paar Schuhe, die sie in der Dunkelheit ertastete. Barfuß verließ sie das Haus durch die Hintertür.

Auf dem Hof schlug ihr feuchter Nebel wie ein dichtes Gespinst entgegen, und sie nahm den Weg zur großen Scheune. Obwohl Nebel Mond und Sterne verhüllte, setzte sie sicher einen Fuß vor den anderen. Der Weg war ihr geläufig. An dem kleinen Zugang neben dem großen Tor angelangt, schob Afra den hölzernen Riegel beiseite und öffnete die Türe. Noch nie war ihr aufgefallen, dass diese Türe beim Öffnen klagende Laute verursachte wie eine alte Katze, der man auf den Schwanz tritt. Die quietschende Türe erschreckte sie zu Tode, und als einer der sechs Hunde des Landvogts anschlug, fuhr ihr der Schreck in alle Glieder. Ihr Herz schlug bis zum Hals, und sie rührte sich nicht von der Stelle. Wie durch ein Wunder stellte der Köter das Bellen wieder ein. Es schien, als hätte sie niemand bemerkt.

Afras Ziel war der hintere Teil der Scheune, deren Boden zum Schutz vor Feuchtigkeit mit breiten Holzplanken bedeckt war. Dort unter der letzten Planke hatte Afra ihren kostbarsten und einzigen Besitz versteckt. Obwohl es stockfinster war in der

Scheune, tastete die Magd sich bis zu ihrem Versteck vor, trat barfüßig auf eine Maus oder Ratte, die quiekend davonstob, hob das Bodenbrett hoch und zog eine flache, mit Sackleinwand bezogene Schatulle hervor. Sie war ihr wertvoller als alles andere. Bedacht, kein weiteres Geräusch zu verursachen, stahl Afra sich vom Gehöft des Landvogts, das ihr seit dem zwölften Lebensjahr Heimat gewesen war.

Sie musste davon ausgehen, dass ihre Abwesenheit schon früh am Morgen bemerkt würde, aber Afra war sich ebenso sicher, dass kaum jemand nach ihr suchen würde. Damals, vor drei Jahren, als die alte Gunhilda von der Feldarbeit nicht zurückkehrte, hatte sich auch niemand um sie gesorgt, und es war eher Zufall, als der Jäger des Landvogts ihre Leiche in einer Linde baumeln sah. Sie hatte sich erhängt.

Nach einer Stunde Weges in der Dunkelheit hob sich der Nebel, und Afra, die am Waldrand die westliche Richtung eingeschlagen hatte, versuchte sich zu orientieren. Sie wusste selbst nicht, wohin sie eigentlich wollte. Nur weg, weit weg von Melchior, dem Landvogt. Fröstelnd hielt sie inne und lauschte in die Nacht.

Von irgendwoher drang ein merkwürdiges Geräusch, nicht unähnlich dem munteren Zischeln und Murmeln kleiner Kinder. Im Weitergehen stieß Afra auf einen Bach, der sich ungestüm am Waldrand entlangschlängelte. Eisige Kälte stieg von dem Gewässer auf, und obwohl die flüchtende Magd das Bedürfnis hatte, die Luft tief in ihre Lungen zu saugen, atmete sie nur in kurzen Stößen. Sie war mit ihren Kräften am Ende. Ihre nackten Füße schmerzten. Trotzdem wagte sie nicht, die kostbaren Schuhe, die sie in ihrem Bündel mit sich führte, anzuziehen.

Am Fuß einer knorrigen Weide, dicht neben dem rauschenden Gewässer, ließ Afra sich nieder. Sie zog die Beine an und steckte die Unterarme in die Ärmel ihres Kleides. Und während sie vor sich hin döste, kamen ihr Zweifel, ob sie sich nicht voreilig zur Flucht entschlossen hatte.

Gewiss, Melchior von Rabenstein war ein ekelhaftes Scheusal, und wer weiß, was er ihr noch alles angetan hätte; aber wäre all das schlimmer gewesen, als irgendwo im Wald zu verhungern oder zu erfrieren? Afra hatte nichts zu essen, sie hatte kein Dach über dem Kopf, ja sie wusste nicht einmal, wo sie überhaupt war und wohin sie wollte. Aber als Hexe auf dem Scheiterhaufen enden? Aus ihrem Bündel zog Afra einen weiten Umhang aus dickem Stoff. Damit deckte sie sich zu und versuchte sich auszuruhen.

An Schlaf war nicht zu denken. Zu viele Gedanken strömten auf sie ein. Als sie schließlich nach endloser Nacht die Augen öffnete, plätscherte der Bach zu ihren Füßen im Morgenlicht. Milchige Schwaden stiegen aus dem Wasser auf. Es roch nach Fisch und Moder.

Sie hatte noch nie eine Landkarte gesehen, nur gehört, dass es so etwas gab, ein Pergament, auf dem Flüsse und Täler, Städte und Berge winzig klein und aus der Sicht der Vögel aufgezeichnet waren – ein Wunder oder Zauberei? Unentschlossen starrte Afra in das fließende Gewässer.

Irgendwohin, dachte sie, muss der Bach ja wohl fließen. Jedenfalls hielt sie es für angebracht, dem Gewässer flussabwärts zu folgen. Jeder Bach sucht einen Fluss, und an jedem Fluss liegt eine Stadt. Also nahm sie ihr Bündel wieder auf und folgte dem schlängelnden Bachlauf.

Linker Hand ihres Weges leuchteten rote Moosbeeren am Waldrand. Afra pflückte eine Hand voll und schaufelte sie mit hohler Hand in den Mund. Sie schmeckten sauer, aber die Säuernis weckte ihre Lebensgeister, und sie beschleunigte ihre Schritte, als gelte es, irgendwo zur festgesetzten Zeit zu erscheinen.

Gegen Mittag mochte es wohl sein, und Afra hatte etwa fünfzehn Meilen zurückgelegt, da traf sie auf einen wuchtigen gefällten Baumstamm, der quer über dem Bach lag und als Brücke diente. Vom jenseitigen Ufer führte ein ausgetretener Pfad zu einer Lichtung.

Eine innere Stimme mahnte Afra, den Bach nicht zu überqueren, und da sie ohnehin kein Ziel vor Augen hatte, ging sie weiter, immer den Bachlauf entlang, bis ihr Rauch in die Nase stieg, ein untrügliches Zeichen für eine menschliche Ansiedlung.

Afra überlegte, was sie auf Fragen antworten sollte, die man ihr stellen würde. Eine junge Frau, allein auf Wanderschaft, forderte Fragen geradezu heraus. Sie war nicht besonders geschickt im Geschichtenerfinden. Das Leben hatte sie nur die harte Realität gelehrt. Deshalb entschied sie sich, auf alle Fragen die Wahrheit zu sagen: dass der Landvogt ihr Gewalt angetan habe und dass sie auf der Flucht sei vor seinen Nachstellungen und bereit, jede Arbeit anzunehmen, die ihr Brot und ein Dach über dem Kopf verspreche.

Sie war noch nicht zu Ende mit diesem Gedanken, als der Wald, der sie die Nacht und den ganzen Tag begleitet hatte, abrupt endete und einer weiten Wiesenlandschaft Platz machte. In der Mitte des Wiesengrundes stand eine Mühle, und der klatschende Rhythmus des Wasserrades war eine halbe Meile weit zu vernehmen. Aus sicherer Entfernung beobachtete Afra, wie sich ein Ochsenfuhrwerk, beladen mit prallen Säcken, in südlicher Richtung entfernte. Das alles machte einen so friedfertigen Eindruck, dass Afra keine Bedenken hatte, sich der Mühle zu nähern.

»He, woher kommst du und was suchst du hier?«

Im oberen Stockwerk des alten Fachwerkhauses kam ein breiter Schädel zum Vorschein, das schüttere Haar weiß bestäubt, mit einem freundlichen Grinsen im Gesicht.

»Ihr seid wohl der Müller dieses schmucken Anwesens?«, rief Afra nach oben, und ohne eine Antwort abzuwarten, fügte sie hinzu: »Auf ein Wort!«

Der breite Schädel verschwand in der Fensteröffnung, und Afra begab sich zum Eingang. Augenblicklich erschien in der Türe eine wohlbeleibte Frau mit dicken Oberarmen und von gedrungenem Körperbau. Herausfordernd verschränkte sie die Arme vor der Brust. Sie sagte kein Wort und musterte Afra wie einen Eindringling. Schließlich trat der Müller aus dem Hintergrund hinzu, und als er die ablehnende Haltung seiner Frau bemerkte, änderte sich sein zunächst freundliches Gesicht von einem Herzschlag zum anderen.

»Wohl so eine Zigeunerin aus Indien?«, griente er mit verächtlichem Tonfall, »so eine, die unsere Sprache nicht spricht und nicht getauft ist wie die Juden. Wir geben nichts, und solchen schon gar nichts!«

Müller waren bekannt für ihren Geiz – Gott weiß, wie es zu diesem Verhalten kam –, aber Afra ließ sich nicht einschüchtern. Ihre vollen dunklen Haare und ihre von der Arbeit im Freien gebräunte Haut mochten in der Tat den Eindruck erwecken, sie sei eine von dem Zigeunervolk aus dem Orient, welches das ganze Land überzog wie ein Heuschreckenschwarm.

Deshalb erwiderte sie selbstbewusst, beinahe zornig: »Ich kenne Eure Sprache genauso gut wie Ihr, und getauft bin ich ebenso, wenngleich es noch nicht so lange her ist wie bei Euch. Wollt Ihr mich jetzt anhören?«

Da schlug der ablehnende Gesichtsausdruck der Müllerin mit einem Mal ins Gegenteil um, und sie fand freundliche Worte: »Musst seine Worte nicht übel nehmen, er ist ein guter, frommer Mann. Aber es vergeht kaum ein Tag, den Gott werden lässt, an dem nicht irgendwelches arbeitsscheues Gesindel um etwas bettelt. Würden wir allen etwas geben, hätten wir bald selbst nichts mehr zu beißen.«

»Ich komme nicht als Bettlerin«, entgegnete Afra, »ich suche Arbeit. Ich bin Magd seit meinem zwölften Jahr und habe arbeiten gelernt.«

»Noch ein Fresser unter meinem Dach!«, tat der Müller entrüstet. »Haben zwei Gesellen und vier kleine hungrige Mäuler zu stopfen, nein, zieh weiter und stiehl uns nicht die Zeit!« Dabei machte er eine Handbewegung in die Richtung, aus der sie gekommen war.

Afra sah ein, dass mit dem Müller kein Auskommen war, und wollte sich abwenden, als die dicke Frau ihrem Mann in die Seite puffte und den Müller zur Einsicht mahnte: »Eine Jungmagd zur Hilfe stünde mir gut an, und wenn sie tüchtig ist, warum sollten

ERSTES KAPITEL

wir ihre Dienste nicht in Anspruch nehmen? Sie sieht nicht so aus, als würde sie uns die Haare vom Kopf fressen.«

»Tu, was du willst«, meinte der Müller beleidigt und verschwand im Inneren des Hauses, um seiner Arbeit nachzugehen.

Entschuldigend hob die feiste Müllerin ihre Schultern. »Er ist ein guter, frommer Mann«, wiederholte sie und unterstrich ihre Behauptung mit heftigem Kopfnicken. »Und du? Wie heißt du überhaupt?«

»Afra«, erwiderte Afra.

»Und mit der Frömmigkeit?«

»Mit der Frömmigkeit?«, wiederholte Afra verlegen. Weit her war es nicht mit der Frömmigkeit. Das musste sie zugeben. Sie haderte mit Gott, dem Herrn, seit ihr das Leben so übel mitgespielt hatte. Ein Lebtag lang hatte sie sich nichts zuschulden kommen lassen, hatte sie die Gebote der Kirche geachtet und kleinste Verfehlungen gebeichtet und Buße getan. Warum hatte Gott, der Herr, so viel Unglück über sie gebracht?

»Ist wohl nicht so weit her mit der Frömmigkeit«, sagte die dicke Müllerin, die Afras Zögern bemerkte.

»Was Ihr denken wollt!«, entrüstete sich diese. »Ich habe alle Sakramente empfangen, die meinem Alter angemessen sind, und das Ave-Maria kann ich sogar auf Lateinisch hersagen, was die meisten Pfaffen nicht einmal können.« Und ohne eine Reaktion der Müllersfrau abzuwarten, begann sie: »*Ave Maria, gratia plena, Dominus tecum, benedicta tu in mulieribus, et benedictus fructus ventris tui ...*«

Die Müllerin bekam große Augen und faltete andächtig die Hände über ihren gewaltigen Brüsten. Nachdem Afra geendet hatte, fragte sie unsicher: »Schwöre bei Gott und allen Heiligen, dass du nichts gestohlen hast und dir auch sonst nichts zuschulden hast kommen lassen. Schwöre es!«

»Das will ich gerne tun!«, erwiderte Afra und hob die rechte Hand. »Der Grund, warum ich hier vor Eurer Türe stehe, ist die Gottlosigkeit des Landvogts, der mir seinen Willen aufzwang und mir die Unschuld raubte.«

Die Müllerin schlug heftig mehrere Kreuzzeichen. Schließlich meinte sie: »Du bist kräftig, Afra. Und kannst sicher zupacken.«

Afra nickte und folgte der Müllerin ins Haus, wo vier kleine Kinder – das jüngste mochte gerade zwei Jahre alt sein – herumtollten. Als sie die Fremde erblickten, rief die Älteste, ein Mädchen von etwa acht Jahren: »Eine Zigeunerin, eine Zigeunerin! Sie soll verschwinden!«

»Du darfst das den Kindern nicht übel nehmen«, meinte die dicke Müllerin, »ich habe ihnen eingeschärft, Fremden aus dem Weg zu gehen. Wie ich schon sagte, treibt sich viel hungriges Gesindel in der Gegend herum. Sie stehlen wie die Raben und machen selbst vor Kindern nicht Halt, mit denen sie regelrechten Handel treiben.«

»Die fremde Hexe soll verschwinden!«, wiederholte die Älteste. »Ich fürchte mich vor ihr.«

Mit freundlichen Worten versuchte Afra, sich bei den Kindern einzuschmeicheln. Aber als sie versuchte, die Wange des ältesten Mädchens zu streicheln, zerkratzte die Göre ihr das Gesicht und schrie: »Fass mich nicht an, Hexe!«

Der Mutter gelang es schließlich durch gutes Zureden, die aufgebrachten Kinder zu beruhigen, und Afra bekam eine Ecke in dem großen düsteren Raum zugewiesen, der das ganze obere Stockwerk der Mühle einnahm. Hier legte Afra ihr Bündel ab, unter den misstrauischen Blicken der Müllerin.

»Wie kommt eine junge Magd wie du dazu, das Ave-Maria auf Lateinisch zu beten«, fragte die dicke Frau, der Afras Vortrag keine Ruhe gelassen hatte. »Du bist nicht etwa aus einem Kloster davongelaufen, wo man so etwas lernt?«

»Wo denkt Ihr hin, Müllerin«, lachte Afra, ohne auf ihre Frage zu antworten, »es ist so, wie ich sagte, nicht anders.«

Überall im Haus dröhnte das dumpfe Stampfen des Mühlrades, unterbrochen vom schäumenden Rhythmus des Wassers, welches aus den Radschaufeln in die Tiefe klatschte. In den ersten Nächten fand Afra keinen Schlaf. Allmählich gewöhnte sie sich jedoch an die neuen Geräusche. Auch gelang es ihr, das Zutrauen der Müllerskinder zu gewinnen. Die Knechte behandelten sie mit Zuvorkommenheit, und alles schien sich zum Besten zu wenden.

Doch um Cecilia und Philomena herum begann das Unheil. Tiefe dunkle Wolken jagten über das Land, angetrieben von eisigem Wind. Zaghaft zuerst begann es zu regnen, dann immer stärker, und schließlich stürzten die Wasser vom Himmel wie Sturzbäche im Gebirge. Der Bach, der die Mühle antrieb, für gewöhnlich kaum zehn Ellen breit, trat über die Ufer und gebärdete sich wie ein reißender Fluss.

In höchster Not öffnete der Müller die Schleuse, und die Knechte schaufelten eilig einen Graben, um die heranströmenden braunen Wassermassen zu teilen. Mit Bangen beobachtete der Müller, wie das riesige Mühlrad sich immer schneller drehte.

Nach vier Tagen und Nächten hatte der Himmel ein Einsehen, und der Regen ließ nach; doch der Bach schwoll noch weiter an und drehte das Mühlrad in rasender Geschwindigkeit. Nächtens wachte der Müller, um die hölzernen Achslager in kurzen Abständen mit Rindertalg zu schmieren, und er glaubte schon, das Schlimmste verhindert zu haben, als in den frühen Morgenstunden des sechsten Tages die Katastrophe hereinbrach.

Es schien, als bebte die Erde. Mit lautem Krachen brach das Mühlrad in drei Teile. Ungehindert schoss das Wasser über die Rampe und überschwemmte das Untergeschoss der Mühle. Zum Glück hielten sich alle Bewohner im oberen Stockwerk auf. Furchtsam schmiegten sich die Kinder an die Röcke ihrer Mutter, die ein Gebet murmelte, immer wieder dasselbe Gebet. Auch Afra hatte Angst, und in ihrer Angst klammerte sie sich an Lambert, den älteren der Müllerknechte.

»Wir müssen hier raus!«, rief der Müller, nachdem er im überschwemmten Untergeschoss nach dem Rechten gesehen hatte. »Das Wasser nagt an den Grundmauern. Es ist nur eine Frage der Zeit, bis die Mühle in sich zusammenfällt.«

Da schwang die Müllerin ihre gefalteten Hände über den

Kopf, und mit weinerlicher Stimme rief sie: »Heilige Mutter Martha, steh uns bei!«

»Die wird uns im Augenblick wenig hilfreich sein!«, knurrte der Müller unwillig, und in befehlendem Ton an Afra gewandt sagte er: »Du kümmerst dich um die Kinder, ich will zusehen, was zu retten ist.«

Afra nahm den Kleinsten auf den Arm und das Mädchen an der Hand. Behutsam stieg sie die steile Treppe hinab.

Im Untergeschoss hatte sich ein gurgelnder Strudel gebildet. Zwei Schemel, hölzerne Schuhe und ein Dutzend Mäuse und Ratten trieben im schmutzig braunen Wasser. Die stinkende Brühe reichte Afra gerade bis über die Knie. Während sie den Kleinen an sich presste, drückte die Älteste ihre Hand, dass es schmerzte. Ohne eine Träne zu vergießen, wimmerte das Mädchen leise vor sich hin.

»Gleich haben wir es geschafft!«, versuchte Afra das Kind aufzumuntern.

Abseits der Mühle stand ein Leiterwagen, wie ihn die Bauern der Umgebung zum Transport der Kornsäcke verwendeten. Afra setzte die Kinder auf das Fuhrwerk und ermahnte sie, sich nicht von der Stelle zu rühren; dann wandte sie sich um. Sie musste nach den beiden anderen Kindern sehen. Ihre nassen Röcke zogen sie beinahe zu Boden, als sie erneut durch das Wasser watete. Sie hatte gerade die Treppe erreicht, als ihr die Müllerin mit den beiden anderen Kindern entgegenkam.

»Was willst du hier noch?«, rief sie aufgebracht.

Afra gab keine Antwort und ließ die Frau mit den Kindern passieren. Dann begab sie sich noch einmal in das obere Stockwerk, wo der Müller und seine Knechte Hab und Gut zusammenrafften, so wie es ihnen gerade in die Hände fiel.

»Verschwinde, das Haus kann jeden Augenblick einstürzen«, herrschte der Müller Afra an. Jetzt hörte auch sie das Ächzen des Fachwerkgebälks. Aus dem Mauerwerk zwischen den Holzbalken polterten Gesteinsbrocken zu Boden. In Panik stürzten die Knechte zur Treppe und verschwanden.

»Wo ist mein Kleiderbündel?«, rief Afra aufgeregt.

Der Müller schüttelte unwillig den Kopf und zeigte in die Ecke, wo sie ihre Habe vor wenigen Tagen abgelegt hatte. Wie einen Schatz presste Afra das Bündel an sich und hielt einen Augenblick inne.

»Der Herr möge dir gnädig sein!« Die Stimme des Müllers, der sich bereits auf dem Weg nach unten befand, holte Afra schnell in die Wirklichkeit zurück. Plötzlich hatte sie das Gefühl, als ob die ganze Mühle schwankte wie ein Schiff auf den Wellen. Mit ihrem Bündel vor der Brust eilte sie zur Treppe, machte drei, vier Schritte nach unten, als über ihr die Decke zusammenbrach. Die Balken, welche die Decke trugen, knickten ein und blieben in einer Staubwolke liegen wie geknickte Strohhalme.

Ein Schlag traf Afra am Kopf, und für einen Augenblick glaubte sie das Bewusstsein zu verlieren, da spürte sie an ihrem rechten Arm einen starken Griff, der sie mit sich fortzog. Willenlos watete sie durch das Wasser. Endlich auf dem Trockenen, sank sie zu Boden.

Sie glaubte zu träumen, als vor ihren Augen die Mühle zu wanken begann und an der Seite, wo sich das geborstene Mühlrad befand, langsam in sich zusammensank wie ein Bulle bei der Schlachtung. Ein furchtbares, krachendes Geräusch, wie wenn der Sturm einen uralten Baum entwurzelt, ließ Afra erstarren. Dann wurde es still, unheimlich still. Nur das Gurgeln des Wassers war noch zu hören.

Unerwartet drang die Sonne durch die niedrigen Wolken und gab dem Bild einen schauerlichen Anstrich. Wie eine Insel ragten die Reste der Mühle aus dem Wasser, das sich kreisend und blubbernd einen Weg suchte. Der Müller blickte starr, beinahe teilnahmslos, als habe er das Geschehen noch gar nicht begriffen. Seine Frau schluchzte, die Hände vor den Mund gepresst. Die Kinder sahen ängstlich zu ihren Eltern auf. Einer der Knechte hielt noch immer Afras Arm umklammert. Von den Trümmern des Hauses stieg ein bestialischer, modriger Geruch auf. Quietschende Ratten versuchten sich in Sicherheit zu bringen.

Den ganzen Tag und die folgende Nacht, die sie in einer angrenzenden Holzhütte verbrachten, dauerte es, bis sich das Wasser verlaufen hatte. Keiner redete ein Wort, nicht einmal die Kinder.

Der Müller fand schließlich als Erster die Sprache wieder: »So soll es denn sein«, begann er mit einer hilflosen Geste und gesenktem Blick. »Kein Dach über dem Kopf, nichts zu essen und kein Verdienst. Was wird nur werden?«

Die Müllerin drehte den Kopf nach beiden Seiten.

An Afra und die Knechte gewandt, sagte der Müller mit leiser Stimme: »Geht Ihr Eures Weges, sucht Euch eine neue Bleibe, eine Stelle, die Euer Auskommen sichert. Ihr seht ja, wir haben alles verloren. Unsere Kinder sind das Einzige, was uns geblieben ist, und ich weiß nicht, wie ich sie ernähren soll. Ihr müsst verstehen ...«

»Wir verstehen dich, Müller!«, nickte Lambert, der Knecht. Er hatte rotblonde borstige Haare, die nach allen Seiten wie ein Weihwasserwedel abstanden. Wie alt er war, vermochte er selbst nicht zu sagen, doch die Faltenringe um seine Augen verrieten, dass er nicht mehr zu den Jüngeren zählte.

»Ja«, stimmte der andere zu, Gottfried mit Namen und im Gegensatz zu Lambert eher jungenhaft und kein Freund langer Worte. Einen guten Kopf größer als dieser, breitschultrig und bärtig und mit halblangen, glatten Haaren war er eine beinahe stattliche Erscheinung, eher ein Stadtmensch als ein Müllersknecht.

Afra nickte nur stumm. Sie wusste selbst nicht, wie es weitergehen sollte, und es fiel ihr schwer, die Tränen zu unterdrücken. Für ein paar Tage hatte sie ein geregeltes Leben geführt mit Arbeit, Essen und Schlafen. Die Leute waren gut zu ihr gewesen. Und nun?

Frühzeitig am nächsten Morgen brach Afra mit den Müllersknechten auf. Gottfried wusste von einem Großbauern, dessen Hof talauswärts auf einem Hügel gelegen sei. Der sei zwar ein Nimmersatt und Pfennigfuchser und stolz wie ein Pfau im Hüh-

ERSTES KAPITEL

nerstall, weshalb er nur Paul der Pfau genannt werde, aber er habe ihm, als er sein Korn zum Mahlen brachte, Arbeit und Brot angeboten für den Fall, dass er sich verändern wolle.

Auf dem Weg zu dem Hagestolz wollte nur selten ein Gespräch in Gang kommen. Nach vielen Stunden erst wusste Lambert lebhaft aus seinem Leben und mehr noch aus seiner Phantasie zu erzählen; aber weder Gottfried noch Afra hörten ihm richtig zu. Beide waren viel zu sehr mit sich selbst und der Lage beschäftigt, in die sie unversehens geraten waren.

Einmal unterbrach Lambert seinen Redefluss mit der Frage: »Sag Afra, wie kommt es, dass du mutterseelenallein durch das Land ziehst, als wärest du auf der Flucht. Ziemlich ungewöhnlich für ein Mädchen deines Alters und außerdem gefährlich.«

»Kann gefährlicher nicht sein als mein bisheriges Leben«, antwortete Afra schnippisch, und Gottfried sah sie erstaunt an.

»Bisher hast du kein Wort über dein Leben verloren.«

»Was geht's euch an?« Afra machte eine abweisende Handbewegung.

Die Antwort machte Lambert nachdenklich, jedenfalls fiel er in längeres Schweigen. Gut eine Meile trotteten die drei stumm hintereinander her, bis Gottfried, der auf dem unbefestigten Weg vorausging, plötzlich innehielt und talwärts starrte, wo ihnen eine Horde Menschen entgegenstürmte.

Gottfried duckte sich und gab den anderen ein Zeichen, es ihm gleichzutun.

»Was hat das zu bedeuten?«, fragte Afra leise, als könnte ihre Stimme sie verraten.

»Weiß nicht«, erwiderte Gottfried, »aber wenn es eine von diesen Bettlerhorden ist, die plündernd und marodierend durchs Land ziehen, dann gnade uns Gott!«

Afra erschrak. Von den Bettlerhorden erzählte man sich grauenvolle Geschichten. Sie zogen zu hundert oder zweihundert Mann durch die Gegend; besitz- und arbeitslos, lebten sie nicht gerade vom Betteln, nein, sie nahmen sich, was sie brauchten. Menschen, die des Weges kamen, zogen sie nackt aus und beraubten sie ihrer Kleidung, Hirten nahmen sie ihre Tiere weg, und für ein Stück Brot schlugen sie seinen Besitzer tot, wenn er es nicht freiwillig herausrückte.

Die lärmende Meute kam immer näher. Zweihundert zerlumpte Gestalten mochten es wohl sein, bewaffnet mit langen Stangen und Keulen und in ihrer Mitte einen Leiterwagen mit einem Käfig ziehend und schiebend.

»Wir müssen uns trennen«, sagte Gottfried hastig, »am besten: Jeder läuft in eine andere Richtung. So können wir dem Gesindel noch am ehesten entkommen.«

Die Bettler hatten sie inzwischen entdeckt, denn sie kamen mit wildem Geschrei auf sie zugelaufen.

Afra erhob sich und begann, ihr Bündel an die Brust gepresst, zu rennen, so schnell sie konnte. Ihr Ziel war der Wald, linker Hand auf einer Anhöhe gelegen. Gottfried und Lambert schlugen die entgegengesetzte Richtung ein. Afra rang nach Luft, denn der Weg bergan wurde immer beschwerlicher. Die unflätigen Rufe der Bettler kamen näher und näher. Afra wagte nicht sich umzudrehen, sie musste den Waldsaum erreichen, sonst war sie die Beute der abscheulichen Meute. Was sie erwartete, wurde deutlich, als eine Holzstange dicht an ihrem Kopf vorbeisauste und im weichen Grasboden stecken blieb.

Zum Glück war das Bettelvolk alt und träge und nicht so gelenkig wie Afra, sodass sie in den Wald entkam. Dicke Eichen und Fichtenbäume boten ein wenig Schutz, aber das Mädchen rannte weiter, so lange, bis das Rufen und Schreien der Bettlerhorde immer schwächer wurde, und schließlich ganz verstummte. Am Ende ihrer Kräfte ließ Afra sich an einem Baumstamm nieder, und nun, da die Anspannung von ihr abfiel wie ein schwerer Stein, stiegen ihr Tränen in die Augen. Sie wusste nicht mehr weiter.

Orientierungslos und gleichgültig, wohin der Weg sie führen würde, ging Afra nach kurzer Rast weiter in der Richtung, die sie, der Not gehorchend, eingeschlagen hatte. Nach den beiden Müllersknechten zu suchen schien ihr unangebracht. Zum einen war es viel zu gefährlich, der Bettlermeute erneut in die Arme zu laufen, andererseits waren ihr die beiden ohnehin nicht ganz geheuer.

Der Wald schien endlos, aber nach einem halben Tag, der ihr die letzten Kräfte abverlangt hatte, wurden die Bäume lichter, und plötzlich erblickte sie ein weites Tal, auf dessen Grund sich der große Fluss dahinwälzte.

Sie kannte nur das karstige Hügelland mit dem Anwesen des Landvogts, und noch nie hatte Afra mit eigenen Augen ein so weites Tal gesehen, durch das man bis ans Ende der Welt zu blicken schien. Schön bestellte Felder und Wiesen fügten sich zusammen, und unten, in einer Schleife des Flusses, der Hochwasser führte, drängte sich, von drei Seiten geschützt, eine Ansammlung von festgemauerten Gebäuden, die sich aneinander schmiegten wie die Wehrtürme einer Burganlage.

Schnellen Schrittes lief Afra den leichten Abhang hinab, geradewegs auf ein Ochsengespann zu, das an einem Wiesenrain wartete. Im Näherkommen erkannte sie ein halbes Dutzend Frauen in grauer Ordenstracht, die ein umgepflügtes Feld bestellten. Die Ankunft der Fremden machte sie neugierig, und zwei von ihnen kamen Afra entgegen. Sie nickten nur, ohne ein Wort zu sagen.

Afra erwiderte den Gruß und fragte dann: »Wo bin ich hier? Ich bin auf der Flucht vor einer Bettlerhorde.«

»Sie haben dir doch nichts getan?«, fragte die eine, eine ältliche, verhärmte Frau von edler Statur, der man das Verrichten schwerer Feldarbeit nicht zugetraut hätte.

»Ich bin jung und habe schnelle Beine«, versuchte Afra das schreckliche Erlebnis herunterzuspielen. »Aber es mögen wohl zweihundert finstere Gesellen gewesen sein.«

Inzwischen kamen auch die anderen Ordensfrauen näher und umringten das Mädchen mit Neugier.

»Sankt Caecilien ist der Name unserer Abtei. Sicher hast du schon davon gehört!«, sagte die Verhärmte.

Afra nickte geflissentlich, obwohl sie noch nie von einem

Kloster dieses Namens gehört hatte. Schüchtern blickte sie an sich herunter. Ihr derbes Gewand hatte auf der Flucht durch den Wald Schaden genommen. Fetzen hingen herab, und ihre Arme und Handrücken waren blutverschmiert.

Bei ihrem Anblick empfanden die Nonnen Mitleid, und die älteste sagte: »Der Tag geht zur Neige, wir wollen uns auf den Heimweg machen!« Und an Afra gewandt: »Steig auf den Wagen. Du wirst sicher müde sein vom weiten Laufen. Woher kommst du überhaupt?«

»Ich stand beim Landvogt Melchior von Rabenstein in Arbeit und Brot«, antwortete Afra und richtete den Blick in die Ferne, und unsicher, ob sie weitersprechen sollte, fügte sie hinzu: »Aber dann hat er sich an mir vergangen ...«

»Du musst nicht weitersprechen«, bemerkte die Nonne mit einer abwehrenden Handbewegung. »Schweigen heilt alle Wunden.« Und nachdem alle Nonnen den Leiterwagen bestiegen und auf quer gelegten Brettern Platz genommen hatten, setzte sich das Ochsengespann in Bewegung. Die Fahrt verlief in merkwürdiger Stille. Jede Rede war auf einmal verstummt, und Afra hatte ein ungutes Gefühl, ob sie nicht besser geschwiegen hätte.

Sankt Caecilien lag wie alle Klöster etwas abgelegen, aber wohl befestigt wie eine Trutzburg. Der trapezförmige Umriss der gewaltigen, von dicken Mauern umgebenen Anlage fügte sich ideal in die Flussschleife. Das Eingangstor an der dem Fluss abgewandten Seite war mehr hoch als breit, mit Eisenplatten beschlagen und endete in der Höhe in einem Spitzbogen. Es lag leicht erhöht, und die Nonne, die die Ochsen zügelte, feuerte die Tiere mit Peitschenknall an, damit sie den Anstieg mit Anlauf nahmen.

Im Innenhof der Abtei stiegen die Nonnen vom Wagen und verschwanden eine hinter der anderen in einem rechter Hand gelegenen lang gestreckten Gebäude mit zwei Stockwerken und hohen spitzen Fenstern. Die ältere Nonne blieb bei Afra zurück, eine andere führte das Ochsengespann zu einer Remise an der

Frontseite des großen Hofes. Hier waren Ställe mit Tieren, Futter und Vorräte, Wagen und Gerätschaften untergebracht für die Selbstversorgung des Klosters.

Die Kirche zur Linken war das höchste Gebäude, obwohl es nach der Regel des Ordens statt eines Turmes nur zwei Dachreiter aufwies. Die Außenwände waren mit Balken und langen Stangen eingerüstet und untereinander mit Bohlen verbunden, die als Arbeitsbühne dienten. Wie das Gerippe eines Riesenfisches ragten die nackten Dachbalken steil in den Himmel. Schmale Leitern aus roh geschlagenem Holz führten von einem Stockwerk zum anderen bis zum Dachgiebel. Die baufällige Kirche, noch im alten Stil errichtet, musste einem neuen Bauwerk weichen.

Jetzt, nach Einbruch der Dämmerung, ruhte die Arbeit. Die Handwerker hatten sich in ihr Hüttendorf an der westlichen Klostermauer zurückgezogen. Kein Mann durfte die Nacht innerhalb der Abtei verbringen.

Afra erschrak, weil das schwere Eisentor wie von Geisterhand bewegt mit lautem Krachen ins Schloss fiel.

»Du bist gewiss müde«, meinte die alte Nonne, der das Geräusch vertraut schien wie der Glöckchenklang beim Sanctus, »aber zuerst musst du bei der Äbtissin vorstellig werden und um Einlass bitten. So ist es Vorschrift. Nun komm!«

Bereitwillig folgte Afra der Nonne in das lang gestreckte Gebäude. Am Eingang legte sie ihr Bündel nieder. Gemeinsam stiegen sie eine enge wie eine Schnecke gewundene Steintreppe empor und gelangten zu einem endlos scheinenden Gang mit Kreuzrippen an der Decke und unregelmäßig gesetzten Steinquadern auf dem Fußboden. Die kleinen, schiffchenförmigen Fensterluken, die mit Butzenscheiben verglast waren, verbreiteten schon bei Tag wenig Licht, jetzt, in der Dämmerung, dienten sie gerade zur Orientierung. Am Ende des Ganges tauchte aus der Düsternis eine Nonne in weißem Gewand und schwarzem Skapulier auf. Sie nickte Afra zu, ihr zu folgen. Die andere Nonne entfernte sich wortlos in die Richtung, aus der sie gekommen waren.

Über eine zweite Treppe, der ersten gleich, gelangten sie schließlich in das obere Stockwerk zu einem kahlen Vorraum, dessen einzige Möblierung aus drei mal drei Stühlen bestand, welche an den Wänden des Raumes aufgestellt waren. An der vierten Wand eine Türe, darüber ein Heiligenbild *al fresco* gemalt. Nichts in dem Kloster sollte an privaten Besitz oder private Sphäre erinnern. Deshalb trat die Nonne ohne anzuklopfen ein, ein flüchtiges »Laudetur Jesus Christus« auf den Lippen.

Die Ausmaße des düsteren Raumes und stapelweise Pergamente in den Wandregalen ließen unschwer erkennen, dass es sich um das Zimmer der Äbtissin handelte. Sie erhob sich von einem derben Holztisch in der Mitte, auf dem ein Kienspan brannte und beißenden Geruch verbreitete. Es schien, als wüsste die Äbtissin längst Bescheid, denn die Nonne entfernte sich wortlos, und Afra stand plötzlich der Äbtissin allein und verlegen gegenüber. Sie fühlte sich nackt und verletzbar in ihrer zerlumpten Kleidung, und der Anblick der Äbtissin flößte ihr Respekt ein.

Das Gesicht der Nonne war von grünlicher, eigentümlicher Farbe und ihr Körper ausgedörrt und mager. Muskeln und Adern ihres fleischlosen Halses glichen dort, wo er aus dem Skapulier herausragte, einem Netz von Schnüren. Unter der Flügelhaube lugten mattgraue Haare hervor. Man hätte sie für eine Tote halten können, die gerade aus dem Grab gestiegen war, wären da nicht jene glühenden Funken gewesen, die tief aus ihren Augenhöhlen sprühten. Ein nicht gerade einnehmender Anblick.

»Die Welt hat dir, wie ich hörte, übel mitgespielt«, sagte die Äbtissin mit einer für ihr Aussehen durchaus angenehmen Stimme, und dabei trat sie ein paar Schritte auf Afra zu.

Afra nickte mit gesenktem Kopf und überlegte, wie sie einer Berührung durch die knochige, beinahe durchsichtige Äbtissin aus dem Wege gehen könnte. Doch zum Glück blieb diese zwei Schritte vor ihr stehen. Wie Hanfseile hingen ihre dürren Arme an ihr herab.

»So bist du denn bereit, jeglicher Art von Fleischeslust ein

Leben lang zu entsagen, wie es die Regeln des heiligen Benedikt vorschreiben?«

Die Frage der Äbtissin stand nüchtern im Raum, und Afra wusste nicht, wie ihr geschah, wusste nicht, was sie antworten sollte. Sie hatte bei Gott die Nase voll von jedweder Fleischeslust, doch hatte sie auch nicht vor, den Schleier zu nehmen und dem Orden der stummen Nonnen beizutreten.

»Bist du bereit zu schweigen, auf Fleisch zu verzichten und auf Wein, und den Schmerz mehr zu lieben als die Wohltat?«, setzte die Äbtissin nach.

Ich will ein Dach über dem Kopf für die Nacht und vielleicht eine Wegzehrung, wollte Afra antworten. Fleisch, wollte sie sagen, habe sie ohnehin nur selten bekommen in ihrem Leben; doch die Äbtissin störte ihre Gedanken: »Ich verstehe dein Zaudern, meine Tochter, du musst auch nicht heute eine Antwort finden. Die Zeit wird dich die rechte Antwort lehren.«

Dann klatschte sie ein paar Mal in die Hände, worauf zwei ihrer Mitschwestern erschienen.

»Bereitet ihr ein Bad, versorgt ihre Wunden und gebt ihr neue Kleidung«, herrschte sie die beiden an. Der Tonfall ihrer Stimme stand im krassen Gegensatz zu jenem, in dem sie sich mit Afra unterhalten hatte.

Die Nonnen nickten devot mit über der Brust gekreuzten Armen und führten Afra in das Kellergewölbe hinab, wo sie ihr in einem Holzbottich ein Bad mit warmem Wasser bereiteten. Wann hatte Afra jemals in warmem Wasser gebadet? Sie war der körperlichen Reinigung ein Mal im Monat mit ein paar Scheffeln kalten Wassers nachgekommen, die sie sich über den Kopf schüttete. Starken Schmutz hatte sie mit einer Art Seife aus Talg, Tran und Kräuteröl bekämpft, das in einem Fass aufbewahrt wurde und stank wie ein aussätziger Bettler.

Sie errötete und schlug verlegen die Augen nieder, als die Nonnen für sie den Bottich mit einem Leinentuch ausschlugen, bevor sie heißes Wasser von der Feuerstelle nahmen und hineingossen. Dann halfen sie Afra beim Auskleiden, und nachdem

ANNO DOMINI 1400: EIN KALTER SOMMER

sie in das Holzfaß gestiegen war, wuschen sie Afras Wunden, die sie sich auf der Flucht durch den Wald zugezogen hatte, mit Stoffballen. Schließlich brachten sie ihr einen grauen Habit aus kratzigem, derbem Stoff, wie ihn die Novizinnen trugen, und führten sie – Afra wusste nicht, wie ihr geschah – vom Kellergewölbe in das Obergeschoss des lang gestreckten Gebäudes.

Vor Afra tat sich ein langer, schmaler Saal auf, das Refektorium, in dem die Nonnen ihre Mahlzeiten einnahmen. Säulen aus grobem Tuffstein trugen ein spitzes Gewölbe wie in einer Kirche. An den Längswänden links und rechts waren schmale Tische aneinander gereiht, am oberen Ende verbunden durch einen Quertisch. Dahinter nahm, mit Blick in den Saal, die Äbtissin Platz. Die Nonnen blickten von ihren Plätzen schweigend zur Wand, wo herbe Sprüche sie an ihr irdisches Dasein erinnerten, Sprüche wie: *Der Tod muss das Ziel deiner Gedanken sein. – Besser ist es, nicht zu denken, sondern zu gehorchen.* – Oder: *Der Mensch ist nicht geboren, um auf Erden sein Glück zu finden.* – Oder: *Du bist nichts als Staub und Asche.*

Afra wurde ein Platz am unteren Ende der Tischreihe zugewiesen. Aber niemand nahm von ihrer Anwesenheit Notiz. Wie alle anderen Nonnen starrte sie über den Tisch hinweg an die Wand, und wie alle anderen wagte sie nicht, sich nach den anderen umzublicken. Stattdessen stach ihr eine der Schriften an der Wand ins Auge: *Sehe nicht, urteile nicht. Überlasse dein trauriges Geschick einem Höheren.*

Der Spruch entfachte in ihr eher Zorn als Demut. Nach einem Gebet, das Afra nicht kannte, landeten vor ihr auf dem Tisch ein Kanten dunkles Brot und ein Stück Käse. Verwundert drehte sie sich um, um nach der Herkunft der Nahrung zu sehen. Zwei Nonnen verteilten aus einem großen Korb Essen. Zwei weitere stellten Tonkrüge mit Wasser und Becher auf die Tische.

Da erschallte von vorne die durchdringende Stimme der Äbtissin: »Afra, auch du hast dich den Regeln unseres Ordens zu unterwerfen. Also senke den Blick und nimm dankbar entgegen, was man dir gibt.«

Unterwürfig nahm Afra die gewünschte Haltung ein und begann gierig das Brot und den Käse zu verschlingen. Sie hatte Hunger, mehr Hunger, als der Kanten Brot zu stillen vermochte. Es kam ihr vor, als hätte das bisschen Essen ihren Hunger sogar noch verstärkt. Mit einem Seitenblick, aber ohne den Kopf zu wenden, bemerkte Afra, dass die Nonne zur Linken ihr Brot beiseite legte, nachdem sie zwei Mal abgebissen hatte. Unruhig wartete sie auf die günstige Gelegenheit, und mit einem blitzschnellen Handgriff brachte Afra das Brotstück in ihren Besitz.

Die Nonne zuckte mit der Hand, als wollte sie sagen: Das ist meins! Aber vielleicht hatte ihre heftige Bewegung auch eine ganz andere Bedeutung. Jedenfalls verschlang Afra das Brot in Sekundenschnelle, und ebenso schnell trank sie einen Becher mit Wasser leer.

Nach dem Dankgebet erhoben sich die Nonnen. Für ein paar Minuten war leise Konversation erlaubt.

Mit eigenartigem Tonfall wandte sich die Nonne, der Afra das Brot entwendet hatte, der Neuen zu. Es klang wie ein Würgen.

»Warum hast du das gegessen?«, fragte sie vorwurfsvoll.

»Ich hatte Hunger! Seit zwei Tagen hatte ich nichts gegessen!«

Die Nonne verdrehte die Augen.

»Bei Gelegenheit werde ich dir das Stück Brot zurückgeben«, sagte Afra.

»Das ist es nicht!«, erwiderte die Nonne.

»Was dann?« Afra blickte neugierig.

»Im Brot war ein Frosch verbacken, ein richtiger Frosch!«

Afra würgte, sie hatte das Gefühl, als müsse ihr Magen sich nach außen stülpen. Doch dann zwang sie sich zu der Einsicht, dass sie, der Not gehorchend, bei Melchior, dem Landvogt, schon Schlimmeres gegessen hatte als einen gebackenen Frosch. Sie schluckte ein, zwei Mal, dann fragte sie ihr Gegenüber: »Wer hat das getan?«

In einem Anflug von Schadenfreude erwiderte die Nonne: »Na wer schon – unsere Mitschwester, die Bäckerin!«

»Aber warum?«

»Warum, warum, warum! Du musst wissen, dass in diesem Kloster jede einer jeden Feind ist. Jede, der du hier begegnest, hat ihre eigene Geschichte, die sie hierher brachte. Und jede hier in diesem Refektorium glaubt von sich, *sie* trage das schwerste Los. Das ständige Schweigen, das immer währende In-sich-Hineinhorchen, die Kontemplation, lässt dich Dinge erleben, die gar nicht stattfinden. Nach ein paar Monaten glaubst du, diese oder jene würde dir nach dem Leben trachten, und in der Tat, es vergeht kaum ein Jahr, in dem nicht mehrere von uns aus dem Leben gerissen werden, sei es aus fremdem Verschulden oder aus eigenem Antrieb. Die neue Kirche hat keine Türme, und wie du siehst, sind alle Fenster vergittert. Warum wohl?«

»Und was hat der Frosch im Brot zu bedeuten?«

Die Nonne hob die Augenbrauen, und auf ihrer Stirn bildeten sich furchterregende Falten: »Wie die Schlange ist der Frosch ein Symbol des Teufels. Wie die Muschel als Symbol für die Jungfrau Maria gilt, weil die Mutter des Herrn die allerköstlichste Perle in ihrem Fleisch barg, so ist der Frosch das teuflischste aller Tiere, weil er tausendfach die Eier des Bösen verbreitet und das Böse immer wieder Böses gebiert.«

»Das mag ja sein«, eiferte sich Afra, »aber warum backt die Bäckerin einen Frosch in das Brot, wo sie doch nicht wissen konnte, wer eben dieses Stück vorgesetzt bekommt.«

»Ich weiß es nicht, aber vermutlich richten sich ihr Hass und ihre Verwünschung gegen uns alle. Wie ich schon sagte, hier ist jeder eines jeden Feind, auch wenn es nach außen nicht so scheinen mag.«

Plötzlich, wie auf ein geheimes Zeichen, verstummte das heftige Flüstern und Wispern, und die Nonnen bildeten eine Schlange, eine hinter der anderen, die sich schließlich schweigend in Bewegung setzte.

Von ihrem Platz an der Stirnseite machte die Äbtissin zu Afra hin eine heftige Armbewegung, sie solle sich in die Schlange einreihen. Sie kam ohne Zögern der Aufforderung nach, erntete jedoch von einer kleinen, dicklichen Nonne, der das Atmen

ERSTES KAPITEL

schwer fiel, einen Faustschlag in die Seite und mit der Linken einen Fingerzeig des Daumens, sie solle sich hintanstellen.

Erst jetzt fiel Afra auf, dass sich die Nonnen in der Farbe ihrer Tracht unterschieden. Die Dicke gehörte zu den in tiefes Schwarz gekleideten, von denen es zwei Dutzend gab, während die übrigen, wie sie selbst, einen einfacheren, grauen Habit trugen. Das Auftreten der schwarzen Nonnen wirkte überheblich, sie würdigten die Graugekleideten keines Blickes. Im Gegensatz dazu wirkten die Graugekleideten untertänig und verbittert.

»Ich heiße übrigens Luitgard«, zischelte ihre Tischnachbarin und zog Afra vor sich in die Reihe. »Ich habe schon gehört, du bist Afra, die Neue.«

Afra nickte stumm. Im selben Augenblick zerschnitt die geifernde Stimme der dürren Äbtissin das Refektorium: »Luitgard, du hast das Schweigen gebrochen. Zwei Peitschenhiebe nach der Komplet.«

Ohne Regung nahm Luitgard die Strafe zur Kenntnis, und Afra fragte sich, ob die Äbtissin ihre Drohung wahr machen und unter welchen Umständen die Strafe zur Ausführung kommen würde. In Gedanken versunken trottete sie in der Schlange hinter Luitgard her.

Der Weg führte über die steinerne Wendeltreppe nach unten und von dort über den Innenhof zur Kirche. Das Chorgestühl war spärlich mit Kerzen beleuchtet und wurde von den schwarz gekleideten Nonnen eingenommen, während die grau gekleideten auf rohen Bänken im Kirchenschiff Platz nahmen, welches zum größten Teil von Baugerüsten, Werkzeugen und Ziegeln in Beschlag genommen wurde.

Andächtig lauschte Afra in der letzten Reihe dem Responsorium der Nonnen. Sie hatte noch nie einen so überirdischen Wechselgesang gehört. So, dachte sie, müssen wohl Engel singen; doch schon im nächsten Augenblick holte sie die Erinnerung an die Rede Luitgards ein, und sie war verwirrt, verwirrt von dem Gedanken, dass in dieser Abtei statt christlicher Nächstenliebe nur Hass und Missgunst herrschten.

Völlige Verwirrung rief bei Afra das lebensgroße Triptychon über dem Altar hervor, ein offenbar unvollendetes Gemälde mit zwei Flügeln auf beiden Seiten. Die Flügeltüren zeigten jeweils das Abbild eines stattlichen römischen Feldherrns. In der mittleren Darstellung scharten sich drei Mannsgestalten um eine Figur, von der nur die Umrisse erkennbar waren. Allzu gerne hätte Afra sich erkundigt, welche Bewandtnis es mit dem unvollendeten Gemälde habe, aber sie fühlte sich beobachtet und verkniff sich ihre Neugierde.

Nach der Komplet formierte sich erneut die Prozession stummer Nonnen und nahm ihren Weg über den Innenhof. Eisiger Wind fegte über den Platz. Wie zuvor fügte sich Afra in die Reihe. Sie war müde und hoffte, man würde ihr einen Schlafplatz zuweisen. Doch statt zum Dormitorium im obersten Geschoss des lang gestreckten Gebäudes nahm die Prozession den Weg in das weit verzweigte Kellergewölbe, wo es ein *Poenitarium* gab, einen eigenen Raum für das, was nun folgen sollte.

Wie die Zeugen einer Hinrichtung stellten sich die Nonnen dicht gedrängt an der Wand auf, als wollten sie die Delinquentin an der Flucht hindern. Unter einem eisernen Leuchter, der in der Mitte des Saales von der Decke hing, stand ein abgesägter, knorriger Baumstumpf. Luitgard trat aus der Menge hervor, entblößte ihren Oberkörper und nahm mit hängenden Schultern und vor der nackten Brust gekreuzten Armen auf dem Holzklotz Platz.

Mit weiten Augen verfolgte Afra, wie die Äbtissin und die dicke Nonne, wie Folterknechte mit einer Peitsche versehen, hervortraten. Luitgard ließ die Arme sinken. Die Äbtissin holte aus und peitschte den Riemen auf Luitgards nackten Körper. Die dicke Nonne tat es ihr gleich. Während die Zuschauerinnen stöhnten, als würden *sie* von den Hieben getroffen, ertrug Luitgard ihre Strafe ohne Regung.

Im Schein der flackernden Kerzen erkannte Afra deutlich die dunkelroten Streifen, welche die Peitschenriemen auf ihren Brüsten hinterlassen hatten. Sie war durcheinander. Afra konnte sich einfach nicht erklären, warum man Luitgard so unmenschlich begegnete, während *sie* gebadet und zuvorkommend behandelt wurde.

Sie war noch in Gedanken versunken, als die Prozession sich erneut in Bewegung setzte. Auf dem Weg zum Dormitorium im obersten Stockwerk des Langbaus brachte Afra ihr Kleiderbündel an sich, das sie hinter dem Eingangstor abgelegt hatte.

Der Schlafsaal lag über dem Refektorium und hatte dieselben Ausmaße, nur standen statt der Tische einfache längliche Holzkästen an den Wänden. Die Schmalseiten zeigten zur Wand, dazwischen gab es jeweils einen Hocker zur Ablage der Kleidung. Auch wenn die langen Kästen mit Stroh und einer filzigen Decke ausgelegt waren, machten sie auf Afra den Eindruck, als handelte es sich um Särge.

Während sie noch damit beschäftigt war, nach einer freien Kiste zu suchen, entledigten sich die Nonnen ihrer Tracht bis auf ein langes wollenes Unterkleid und legten sich zur Ruhe. Am Ende des Dormitoriums, unmittelbar neben der spitzbogigen Türe, wurde Afra fündig. Sie stopfte ihr Bündel unter den hölzernen Hocker und begann sich zu entkleiden.

Plötzlich fühlte sie alle Blicke auf sich gerichtet: siebzig Augenpaare, die jede ihrer Bewegungen mit gierigen Blicken verfolgten. Im Gegensatz zu den anderen trug Afra kein Unterkleid unter ihrem Gewand. Unterkleidung war etwas für reiche Leute und Nonnen. Sie zögerte einen Moment, ob sie sich in voller Kleidung niederlegen sollte. Zum ersten Mal empfand sie ein Gefühl, das sie bisher nicht kannte, Scham. Scham, ein Gefühl, das auf dem Land unbekannt war, wo die Kleidung eher dem Schutz und der Wärme diente als dem züchtigen Verhüllen der Geschlechtsmerkmale. Zur Sommerzeit, auf dem Feld, empfand Afra keine Bedenken, ihre stattlichen Brüste der Sonne auszusetzen, und niemand hatte je daran Anstoß genommen. Warum sollte sie hier unter ihresgleichen Scham empfinden? Also löste sie, ohne den Blicken Beachtung zu schenken, das Band um ihren Hals und ließ das Gewand von den Schultern gleiten. So bestieg sie nackt und frierend ihr Lager und zog sich die filzige Decke bis zum Hals.

Schneller, als sie erwartet hatte, schlief Afra ein. Die Flucht hatte ihre letzten Kräfte gefordert. Immerhin war es das erste feste Nachtlager seit Tagen. Irgendwann gegen Mitternacht schreckte sie hoch. Sie glaubte zu träumen. Ihr kam es vor, als stünden die Nonnen um sie herum und begafften ihren abgedeckten, nackten Körper. Einige betatschten sie mit ihren Händen, und im Schein einer Kerze erblickte Afra grinsende Gesichter. Vergeblich versuchte sie, die Decke über ihre Blößen zu ziehen; aber wie man das aus Träumen kennt, waren alle Bemühungen vergeblich. Die Decke schien wie festgenagelt. Verwirrt richtete sie sich auf, aber im selben Augenblick erlosch das Kerzenlicht. Um sie herum herrschte Dunkelheit.

Du hast schlecht geträumt, dachte sie bei sich; aber dann stieg beißender Qualm in ihre Nase, wie ihn der glimmende Docht einer ausgeblasenen Kerze verursacht, und sie erschrak zu Tode. Aus allernächster Nähe vernahm Afra unterdrücktes Kichern. Im Dormitorium herrschte Unruhe. Nein, sie hatte nicht geträumt. Morgen, bei Tagesanbruch, nahm sie sich vor, die Abtei zu verlassen. Ängstlich hielt sie die Decke mit beiden Händen fest. Nur weg von hier, dachte sie. Darüber schlief sie wieder ein.

Gellendes Gebimmel, der harte Klang einer mit einem Eisenstück geschlagenen Handglocke, weckte Afra auf. Der Tag graute, und die Glocke rief zum ersten Gebet, der Matutina. Den Weg zur Kirche legte Afra mit gesenktem Blick zurück. Auch beim Morgenbrot im Refektorium blickte sie starr vor sich hin, kaute ihren harten Kanten, nicht ohne das Brot auf unliebsamen Inhalt untersucht zu haben.

Beim ersten Tageslicht wurde es auf dem Innenhof lebendig. Die Handwerker drängten zur Arbeit am Kirchenbau, und die Nonnen teilten sich in Gruppen auf. Afra wollte gerade ihr Bündel holen und ohne Aufsehen verschwinden, als ihr die Äbtissin in den Weg trat. Sie hielt ihr den Handrücken vors Gesicht. Afra sah den Ring mit dem großen blauen Stein an ihrem Mittelfinger, aber sie reagierte nicht.

»Du musst den Ring küssen!«, sagte die Äbtissin herrisch.

»Warum?«, fragte Afra naiv, obwohl ihr der Brauch durchaus geläufig war.

»So verlangen es die Ordensregeln des heiligen Benedikt.«

Widerwillig erfüllte Afra den Befehl der dürren Äbtissin in der Hoffnung, sie würde sie dann in Ruhe lassen. Aber kaum hatte sie die Ordensregel erfüllt, da begann die Äbtissin von neuem: »Du bist jung, und aus deinem Gesicht blickt mehr Klugheit als aus den dummen Gesichtern der meisten anderen, die dieses Kloster bevölkern. Ich habe nachgedacht und bin zu dem Entschluss gekommen, dass du dein Noviziat im Skriptorium verbringen wirst, dort drüben im Anbau neben der Kirche.« Sie deutete mit ihrer dürren Rechten aus dem Fenster. »Man wird dich lesen und schreiben lehren, ein Vorzug, der nur wenigen Frauen zuteil wird.«

Durch Afras Gehirn schossen hundert Gedanken. Ich will hier weg, wollte sie sagen, und: Hier halte ich es keine zwei Tage aus, aber zu ihrer eigenen Verblüffung hörte sie sich antworten: »Ich kann lesen und schreiben, ehrwürdige Mutter, und die italienische Sprache und ein bisschen Latein dazu.« Und in Erinnerung daran, welche Wirkung das lateinische Gebet bei der Müllerin erzielt hatte, fügte sie hinzu: »Ave Maria, gratia plena, dominus tecum, benedicat fructus ventris tui ...«

Die Äbtissin verzog das Gesicht, als wäre sie angewidert von so viel Bildung bei einer Novizin; doch anstatt ihre Bewunderung auszudrücken, fauchte sie Afra an: »Gestehe, du bist eine entlaufene Novizin. Was hast du dir zuschulden kommen lassen? Der Herr wird dich strafen!«

Da erhob Afra ihre Stimme, und mit Zornesröte im Gesicht begann sie: »Der Herr mich strafen? Dass ich nicht lache! Etwa dafür, dass er mir im Kindesalter den Vater genommen hat und wenig später die Mutter, die aus Gram über den Tod des Mannes am Leben verzweifelte? Mein Vater war Bibliothekar beim Grafen Eberhard von Württemberg. Er konnte nicht nur lesen und schreiben wie ein Gelehrter, er rechnete mit Zahlen, die man in unseren Breiten nicht einmal kennt. Oder habt Ihr schon einmal von einer Million gehört, die tausend mal tausend entspricht? Wir waren fünf Töchter, was jeden anderen Vater hätte verzweifeln lassen, aber er brachte jeder von uns Lesen und Schreiben bei, mir, der Ältesten, sogar fremde Sprachen. Bei einem Ritt nach Ulm scheute sein Pferd vor einem Trommler, und er brach sich das Genick. Ein Jahr später nahm sich meine Mutter das Leben. Sie stürzte sich in den Fluss, weil sie nicht mehr wusste, wie sie ihre fünf Töchter durchbringen sollte. Darauf kam jede von uns zu einer anderen Koststelle. Ich weiß nicht, wo meine Schwestern heute leben. Und Ihr sagt, der Herr wird mich dafür strafen!«

Es schien, als bliebe die Äbtissin von alldem ungerührt. Jedenfalls verzog sie keine Miene, und mit demselben ausdruckslosen Gesicht sagte sie: »Nun gut, dann wirst du im Skriptorium noch mehr willkommen sein. Mildred und Philippa sind schon alt. Ihre Augen wollen nicht mehr so recht, und ihre Hände sind zittrig vom vielen Schreiben. Wenn ich *deine* Hände so betrachte, so sind sie jung und unverbraucht und für das Schreiben wie von Gott geschaffen.« Bei diesen Worten fasste sie Afras Rechte mit spitzen Fingern und hielt sie in Schulterhöhe wie einen toten Vogel. Und im Befehlston fügte sie hinzu: »Komm, ich will dir unser Skriptorium zeigen.«

Afra überlegte kurz, ob sie die Äbtissin von ihren Plänen in Kenntnis setzen sollte, dass sie vorhatte, keinen Tag länger in diesem Kloster zu bleiben. Doch dann dachte sie, dass es vielleicht besser sein würde, wenn sie zum Schein gehorchte und wartete, bis sich eine passende Gelegenheit zur Flucht bot.

Der Innenhof des Klosters, der am Abend zuvor ein beschauliches Bild abgegeben hatte, glich nun, am frühen Morgen, einem Ameisenhaufen. Hundert, vielleicht auch zweihundert Arbeiter schleppten Säcke, Steine und Mörtel. Eine Menschenkette aus dreißig kräftigen Männern in zerlumpter Kleidung beförderte Dachziegel bis zum Dachfirst, indem einer dem anderen die tönernen Platten zuwarf und dazu »Hepp!« rief. Ein Kran mit zwei hohen Laufrädern, in denen vier Männer Platz fanden, beförderte an einem langen Wiegebalken, der unter seiner Last ächzte, eine Wagenladung Dachsparren in luftige Höhe. Die Kommandos der Arbeiter im Gebälk hallten durch den Hof und verursachten ein kaltes Echo.

Von alldem schien die Äbtissin wenig beeindruckt, und so entging ihr auch, als sie den Innenhof überquerten, dass ein seltsamer Mann schnellen Schrittes auf Afra zutrat. Er war auffallend bunt gekleidet. Seine wohlgeformten Beine steckten in einer Strumpfhose, das linke Bein rot, das rechte grün. Sein schwarzes Wams reichte kaum bis zu den Knien und war in der Taille gegürtet. Ein gelber Kragen und gleichfarbige Armstulpen gaben ihm etwas Vornehmes. Dazu auf dem Kopf ein breiter geschwungener Hut mit aus der Stirne nach oben geschlagener Krempe. Was Afra jedoch am meisten beeindruckte, waren seine Schnabelschuhe aus schwarzem weichem Leder mit einer langen, nach oben gebogenen Spitze, gewiss eine Elle lang, und Afra fragte sich, wie ein Mensch mit so langen Schnabelschuhen überhaupt gehen konnte.

Sie erschrak, als der bunte Vogel vor ihr ein Knie beugte, den Hut vom Kopf riss, dass seine üppige weißblonde Haartracht zum Vorschein kam, und mit ausgebreiteten, nach hinten gebogenen Armen ausrief: »Caecilia, Ihr seid meine Caecilia und keine andere!«

Erst jetzt wurde die vorauseilende Äbtissin auf die Begegnung aufmerksam, und an Afra gewandt sagte sie: »Du darfst vor dem nicht erschrecken. Sein Name ist Alto von Brabant. Er ist ein Spinner, aber ein begnadeter Maler vor dem Herrn. Seit Wochen weigert er sich, das Altarbild der heiligen Caecilia zu vollenden, weil er kein Modell hat.«

Alto – er mochte etwa dreißig Jahre alt sein – erhob sich. Erst jetzt bemerkte Afra, dass er einen Buckel hatte. »Ein Maler kann nur festhalten, was er irgendwann einmal bewundert hat«, sagte er. »Und mit Verlaub – Caecilia, die edle, schöne Römerin, ist seit über tausend Jahren tot. Wie sollte ich sie je bewundern? Meine Vorstellungskraft reichte bisher nicht aus, ihr ein glaubhaftes Aussehen zu geben. Die Nonnen hier im Kloster, die ich zum Vorbild nehmen sollte, taugen eher als heilige Liberata, der Gott Bart und krumme Beine wachsen ließ, als ihr Vater sich ihr in schmutziger Absicht näherte. Nein, Ihr, mein schönes Kind, seid die Erste, die meinen Vorstellungen von Caecilia entspricht. Ihr seid wunderschön.«

Die Äbtissin machte einen spitzen Mund, als wollte sie die ungebührlichen Worte des Künstlers abwehren. Dann warf sie Afra einen fragenden Blick zu.

Afra wurde unsicher. Sie wusste nicht, wie sie aussah, ob schön oder hässlich. In dieser Hinsicht hatte bisher niemand von ihr Notiz genommen. Sie hatte sich noch nie im Spiegel betrachtet. Auf dem Hof des Landvogts gab es keinen. Nur einmal hatte sie ihr Spiegelbild im Brunnen gesehen; aber auch nur für Augenblicke, dann war ein Kieselstein in den Brunnen gefallen, und ihr Ebenbild hatte sich in konzentrischen Wasserringen aufgelöst wie ein Fettauge auf der Metzelsuppe. Gewiss, ihr Körper war jung und ohne Makel, und nicht einmal die heimliche Geburt des Kindes hatte seiner Spannkraft etwas anhaben können, aber darauf hatte sie bisher keinen Wert gelegt. Schönheit war etwas für Stadtleute oder für Reiche. Und da kam einer und sagte: Ihr seid wunderschön. Die Worte des Malers verwirrten sie zutiefst.

»Ihr müsst mir für Caecilia Modell stehen!«, wiederholte der bucklige Maler.

Afra sah die Äbtissin fragend an, und diese musterte den eigenwilligen Künstler mit zusammengekniffenen Augen. Sie wusste nicht so recht, ob sie seine Worte ernst nehmen sollte. Schließlich meinte sie: »Afra ist noch keine von uns. Sie ist noch nicht einmal eine Novizin, auch wenn sie das Ordenskleid trägt. Deshalb kann ich nicht über sie bestimmen. Sie muss selbst entscheiden, ob sie dir und deiner Vorstellungskraft dienen will.«

»Ihr müsst es tun, um der heiligen Caecilia willen«, rief Alto überschwänglich, »sonst wird das Altarbild niemals fertig!« Dabei fasste er Afras Rechte und schüttelte sie heftig. »Ich bitte Euch inständig, schlagt mir den Wunsch nicht ab. Es soll Euer Schaden nicht sein. Zwei Gulden sind Euch sicher. Ich erwarte Euch um die Mittagszeit im Magazin hinter dem Skriptorium. Gott mit Euch!«

Wie ein vornehmer Edelmann setzte er seinen rechten Fuß hinter den linken, legte seine rechte Hand auf sein Herz und machte eine kleine Verbeugung, eine Verbeugung, die zweifellos ihr galt, dann sprang er mit federnden Schritten davon in Richtung Kirche.

Schweigend nahmen Afra und die Äbtissin die steile Treppe zum Skriptorium. Afra fühlte sich geschmeichelt wie noch nie in ihrem Leben. Die Vorstellung, für eine Heilige auf einem Triptychon Modell zu stehen, brachte ihr Herz zum Klopfen. Ein nie gekanntes Gefühl von Eitelkeit stieg in ihr hoch, Stolz auf ihr Äußeres, dass sie schöner sein sollte als andere.

Vor der Türe zum Skriptorium hielt die Äbtissin inne, und als könnte sie Afras Gedanken lesen, sagte sie: »Du weißt, meine Tochter, Selbstgefälligkeit ist eine Sünde, und sie wiegt nirgends so schwer wie in einer Abtei. Eitelkeit, Putzsucht und Hoffahrt sind hinter den Mauern eines Klosters fremde Begriffe. Schönheit erweist sich in *allen* Werken des Schöpfers, und das bedeutet, alle Werke Gottes sind von gleicher Schönheit, auch jene, die wir vermeintlich als hässlich betrachten. Und wenn Alto von Brabant dich für schöner hält als andere, so nur deshalb, weil er die himmlischen Tugenden hinter die weltliche Schönheit stellt. Kein Wunder, er kommt aus Antwerpen, wo die Gottlosen zu Hause sind.«

Scheinbar zustimmend nickte Afra mit dem Kopf. In Wahrheit empfand sie, dass Neid und Missgunst aus den Worten der Äbtissin sprachen.

Mildred und Philippa, die beiden Schreibnonnen, blickten kaum von ihrer Arbeit auf, als sie das düstere Skriptorium betraten. Die beiden waren an Stehpulten mit der Abschrift irgendwelcher Bücher beschäftigt. Mildred war alt und runzelig, Philippa gerade mal halb so alt, aber von gedrungener Statur. Ein langer Strahl der herbstlichen Morgensonne ging schräg durch den Raum und machte den Staub sichtbar, der wie ein Fliegenschwarm herumwirbelte. Es roch beißend nach faulem Holz und gegerbtem Leder, nach Rauch und trockenem Staub und verursachte ein Stechen in der Nase. Die Decke des Skriptoriums schien unter der Last wuchtiger Holzbalken zusammenzubrechen, so tief hing sie hernieder. Und die Wände verschwanden hinter schlichten Regalen, in scheinbarer Unordnung voll gestopft mit Büchern und Pergamenten.

Die Vorstellung, in dieser bedrückenden Umgebung ihr Leben verbringen zu müssen, ließ Afra erschaudern. Wie aus der Ferne nahm sie die Erklärungen der beiden alten Nonnen wahr. Sie sprachen knapp und ungewöhnlich leise, als forderten Bücher und Pergamente andächtiges Verhalten. Nein, dachte Afra, hier wirst du keine Bleibe finden. Da rief von irgendwoher die Glocke zum Stundengebet.

Um die Mittagszeit begab Afra sich zum Magazin, welches im oberen Stockwerk über den Remisen zwischen Kirche und Langhaus lag und der Aufbewahrung von Vorräten, Mehl und gedörrtem Obst, Salz und anderen Gewürzen, aber auch Leinwand und Tongeschirr diente. Der Maler hatte den Mittelteil des Triptychons hierher geschafft und einen umgestülpten Holztrog aufgestellt, welcher der heiligen Caecilia als Sockel dienen sollte. Darauf lag ein hölzernes Schwert.

Der Bucklige empfing Afra mit ausgebreiteten Armen. Er gab sich aufgekratzt, beinahe übermütig und rief: »Ihr seid meine Caecilia, Ihr und keine andere. Ich fürchtete schon, die Äbtissin würde Euch noch überreden, Euch mir zu verweigern.«

»So, dachtet Ihr«, schallte aus dem Hintergrund eine schneidende Stimme, und aus dem Dunkel trat die Äbtissin hervor.

Afra erschrak nicht weniger als der Maler über die unerwartete Erscheinung.

»Dachtet Ihr etwa, ich würde Euch mit der Jungfer hier allein lassen?« Die Stimme der Äbtissin bekam einen hämischen Tonfall.

»Allerdings, das dachte ich!«, eiferte sich Alto. »Und wenn Ihr nicht augenblicklich verschwindet, stelle ich meine Arbeit ein, und Ihr könnt sehen, wer Euch eine Caecilia in Euer Altarbild malt!«

»Gottloser Künstler, brabantischer«, zischelte die Äbtissin und verschwand wütend durch die Türe. Dabei murmelte sie irgendetwas Unverständliches. Es klang eher wie ein Fluch als wie ein Gebet.

Der Maler verriegelte die Türe von innen. Afra war nicht ganz wohl dabei. Alto musste wohl ihren bangen Blick bemerkt haben, denn er meinte: »Ist es Euch lieber, wenn ich die Türe wieder öffne?«

»Nein, nein«, log Afra. Immerhin, das Angebot des Malers beruhigte sie einigermaßen.

Alto von Brabant reichte ihr den Arm und führte sie vor das überlebensgroße Altarbild. »Du kennst die Geschichte der heiligen Caecilia?«, erkundigte sich Alto von Brabant.

»Ich kenne gerade mal ihren Namen«, erwiderte Afra, »mehr nicht.«

Alto deutete auf den großen hellen Fleck in der Mitte des Altarbildes: »Caecilia war eine wunderschöne junge Römerin. Deren Vater – hier links im Bild – wollte seine Tochter mit Valerianus – er steht rechts im Vordergrund – verheiraten. Caecilia hatte sich jedoch bereits für das Christentum entschieden, und Valerianus hing noch der römischen Vielgötterei an. Deshalb weigerte sie sich, ihn zum Mann zu nehmen, solange er nicht getauft sei. Der Mann im Hintergrund des Gemäldes ist der römische Bischof Urban. Ihm gelang es, Valerianus zum rechten Glauben zu bringen. Das ärgerte den römischen Präfekten Almachius sehr. Du kannst sein Ebenbild auf dem linken Altar-

ANNO DOMINI 1400: EIN KALTER SOMMER

flügel finden. Almachius ließ Caecilia enthaupten. Der Henker auf dem rechten Altarflügel soll es jedoch nicht geschafft haben, ihren schönen Kopf vom Leib zu trennen. Nach drei Tagen starb Caecilia, und man legte sie, gekleidet in ein golddurchwirktes Gewand, in einen Zypressensarg und bestattete sie in einer Katakombe. Als ein Papst ihren Sarg nach Jahrhunderten öffnen ließ, fand man Caecilia in ihrem durchsichtigen Gewand so schön wie zu Lebzeiten.«

»Welch anrührende Geschichte«, meinte Afra nachdenklich. »Glaubt Ihr daran?«

»Natürlich nicht!«, erwiderte Alto mit einem Schmunzeln. »Aber für einen Künstler ist der Glaube ein schöner Regenbogen zwischen Himmel und Erde. Und nun nehmt dieses Kleid und zieht es an!«

Afra bekam große Augen. Über beide Arme gelegt hielt Alto ihr ein hauchdünnes, golddurchwirktes Gewand entgegen. Noch nie hatte Afra ein so kostbares Kleidungsstück aus der Nähe gesehen.

»Nun ziert Euch nicht«, drängte der Maler. »Ihr werdet sehen, es ist wie für Euch gemacht.«

Je genauer sie das goldbestickte Kleid betrachtete, desto mehr wuchsen ihre Bedenken, es anzuziehen. Nicht dass sie Hemmungen gehabt hätte vor Alto von Brabant, Afra fühlte sich klein und bedeutungslos, sie fühlte sich nicht würdig, ein so kostbares Kleid zu tragen. »Ich bin«, meinte sie schüchtern, »nur derbes Leinen gewöhnt. Ich fürchte, ich könnte das feine Gespinst beim Anziehen zerreißen.«

»Unsinn«, erwiderte Alto beinahe ärgerlich. »Wenn Ihr vor mir Hemmungen habt, Euch zu entkleiden, werde ich mich umdrehen oder den Raum verlassen.«

»Nein, nein, das ist es nicht, glaubt mir!« Sie war aufgeregt, als sie ihr graues Ordenskleid aufschnürte und zu Boden fallen ließ. Einen Augenblick stand sie schutzlos und nackt vor Alto von Brabant. Doch der Maler schien davon unbeeindruckt. Er reichte Afra das kostbare Kleid, und sie ließ es behutsam über

ERSTES KAPITEL

den Kopf gleiten. Wie der zarte Stoff an ihrem Körper herabfiel, das erzeugte in ihr ein schmeichelndes, wohliges Gefühl.

Alto reichte Afra die Hand und half ihr auf den umgestülpten Trog. Dann gab er ihr das Schwert in die Hand und forderte sie auf, ihr Gewicht auf das rechte Bein zu verlagern und das linke zu entlasten. »Und nun gebraucht das Schwert als Stütze für Eure Hände. Gut so. Und den Kopf leicht angehoben und den Blick verklärt zum Himmel gerichtet. Großartig! Fürwahr, Ihr seid Caecilia. Ich bitte Euch, rührt Euch nicht mehr vom Fleck.«

Mit einer erdig roten Rötelkreide begann Alto von Brabant auf dem freien Fleck des Altarbildes zu skizzieren. Nur das schabende Geräusch der Kreide, die der Künstler mit flinken Bewegungen über den Holzgrund zog, war zu vernehmen, sonst war es still.

Afra dachte, wie sie wohl aussehen mochte als Heilige in ihrem durchsichtigen Kleid, ob Alto wirklich ihr genaues Ebenbild in das Gemälde malen würde oder ob er sie nur als Vorbild benutzte für seine Phantasie. Die Zeit wurde ihr lang. Vor allem wusste sie Altos Schweigen nicht zu deuten. Deshalb begann sie, ohne ihre Haltung zu ändern, ein Gespräch und fragte: »Meister Alto, was meintet Ihr, als Ihr sagtet, der Glaube sei ein schöner Regenbogen zwischen Himmel und Erde?«

Der Maler hielt kurz inne und sprach: »Glauben, schöne Caecilia, heißt nichts anderes als nicht wissen oder vermuten oder träumen. Seit es Menschen gibt, träumen oder vermuten sie, dass es etwas gibt zwischen Erde und Himmel, nennen wir es das Absolute oder das Göttliche. Und seit es Menschen gibt, fühlen sich manche berufen, diese Träume und Vermutungen zu schüren. Sie wissen nicht mehr als andere, aber sie tun, als hätten sie die Weisheit und Erkenntnis mit Löffeln gefressen. Deshalb sollte man all die Pfaffen, Prälaten, Äbtissinnen und Erzbischöfe, ja nicht einmal die Päpste allzu ernst nehmen. Ich frage Euch, welchem Papst sollen wir glauben? Dem in Rom, dem in Avignon oder dem in Mailand? Wir haben drei von der Sorte, und jeder behauptet von sich, der Richtige zu sein.«

»Drei Päpste?«, fragte Afra verwundert. »Ich habe nie davon gehört!«

»Ist auch besser so. Aber wenn man viel herumkommt wie ich, erfährt man manches, was dem Volk verborgen bleibt. – Ich bitte Euch, haltet den Kopf ruhig. – Jedenfalls ist für mich der Glaube nichts weiter als ein Traum, ein schöner Regenbogen zwischen Himmel und Erde.«

Noch nie hatte Afra jemanden so reden hören. Selbst der gottlose Landvogt Melchior von Rabenstein hatte für die Mutter Kirche und ihre Pfaffen nur gute Worte gefunden. »Und dennoch schmückt Ihr Kirchen mit Euren Gemälden. Wie geht das zusammen, Meister Alto?«

»Das will ich Euch sagen, schönes Kind: Wer hungert, tritt sogar in des Teufels Dienste. Wie anders könnte mich meine Kunst ernähren?« Er warf einen langen, prüfenden Blick auf sein Werk; dann legte Alto seinen Rötel beiseite und sagte: »Für heute soll 's genug sein. Ihr könnt Euch wieder umkleiden.«

Afra war froh, dass die Prozedur zu Ende war. Sie fröstelte unter dem dünnen Gewebe und stieg von dem Holztrog herab. Und sofort warf sie einen neugierigen Blick auf das Gemälde. Sie wusste nicht, was sie eigentlich erwartet hatte, jedenfalls zeigte sich Afra enttäuscht, zunächst jedenfalls, weil sie nur ein Gewirr von Strichen und Linien auf hellem Grund erkennen konnte. Nach längerem Hinsehen löste sich jedoch eine Gestalt aus dem Gewirr, eine Frauenfigur, deren nackter Leib von einem zarten Gewand kaum verhüllt wurde. Erschreckt presste Afra die Hand vor den Mund. Schließlich sagte sie: »Meister Alto, das soll ich sein?«

»Nein«, erwiderte der Maler, »das ist Caecilia, oder besser: Das ist die Vorlage, aus der Caecilia hervorgehen wird.«

Afra beeilte sich, ihr derbes Ordenskleid anzuziehen, und noch während sie damit beschäftigt war, stellte sie dem Maler die schüchterne Frage: »Und Ihr wollt wirklich Caecilia so dar-

ERSTES KAPITEL

stellen, wie Ihr hier angedeutet habt? Dass jeder ihre Brüste erkennt unter dem Kleid und ihre Schenkel?«

Alto lächelte überlegen. »Warum sollte ich ihre Schönheit verheimlichen, wo selbst die Heiligenlegende sie nicht verschweigt.«

»Aber das sechste Gebot mahnt zur Keuschheit!«

»Gewiss, doch der nackte Körper einer Frau ist nichts Unkeusches. Unkeuschheit entsteht erst im Denken und Handeln. Im Dom zu Bamberg findet sich eine Skulptur der ›Synagoge‹. Sie trägt ein durchsichtiges Kleid, das alle Vorzüge eines weiblichen Körpers sehen lässt. Und in den großen Kathedralen von Frankreich und Spanien findet Ihr Darstellungen der Jungfrau Maria mit nackten Brüsten; aber nur böse Menschen entwickeln dabei schlechte Gedanken.« Er schmunzelte. »Ich kann doch morgen wieder mit Euch rechnen?«

Eigentlich hatte Afra sich vorgenommen, Sankt Caecilien noch am selben Tag zu verlassen, aber das Modellstehen hatte sie auf seltsame Weise erregt, und noch nie war sie von einem Menschen so zuvorkommend behandelt worden wie von Alto von Brabant, deshalb stimmte sie zu. »Vorausgesetzt, die Äbtissin hat nichts dagegen einzuwenden.«

»Sie ist froh, wenn das Altarbild endlich fertig wird!«, beteuerte der Maler. »Dafür hätte sie mir sogar selbst Modell gestanden.« Er schüttelte sich: »Eine schreckliche Vorstellung.«

Afra lachte und warf einen Blick durch das schmale Fenster in den übervölkerten Innenhof, wo die Äbtissin mit verschränkten Armen auf und ab ging und in kurzen Abständen nach oben spähte.

»Meister Alto«, begann Afra vorsichtig, »wie lange wollt Ihr noch hier im Kloster bleiben?«

Der Maler verzog das Gesicht. »Von wollen kann keine Rede sein. Seit dem Frühjahr lungere ich nun schon hier herum inmitten von verhärmten Adelstöchtern, die keinen Mann abgekriegt haben wegen ihrer Hässlichkeit, und Freudenmädchen, über die das Alter hinweggegangen ist und auf die weder das Wort Freud noch das Wort Mädchen zutrifft. Glaubt mir, es gibt Orte auf dieser Welt, die einen Künstler mehr inspirieren als dieser. Nein, sobald ich das Altarbild vollendet und die letzte Hälfte meines Lohns erhalten habe, suche ich das Weite. Warum fragt Ihr?«

»Nun ja«, antwortete Afra und hob die Schultern, »ich habe es mir beinahe gedacht, dass Ihr Euch in dieser Umgebung nicht wohl fühlt, und wenn Ihr mich nicht verratet, möchte ich Euch etwas anvertrauen: Mir geht es ebenso. Ich warte nur auf die nächste Gelegenheit, um von hier zu verschwinden. Würdet Ihr...«

»Ich habe mich gewundert, warum Ihr überhaupt hier seid«, fiel ihr Alto ins Wort, »nein, schweigt, ich will es gar nicht wissen. Es geht mich nichts an.«

»Daraus brauche ich kein Geheimnis zu machen, Meister Alto. Ich bin auf der Flucht vor dem Landvogt, bei dem ich in Brot und Arbeit stand. Eher zufällig bin ich hier gestrandet; aber das Klosterleben ist nichts für mich. Ich habe arbeiten gelernt, und meine Arbeit bringt mehr Nutzen als fünf Mal am Tag beten und singen, im Übrigen aber ein böser Mensch zu sein. Schlagt mir die Bitte nicht ab, lasst mich mit Euch gehen. Ihr kennt die Welt und seid erfahren im Reisen. *Meine* Welt erstreckte sich nur eine Tagesreise vom Gut des Landvogts, ich bin unerfahren in der Begegnung mit fremden Menschen und gegen das Böse nicht gefeit wie Ihr.«

Alto blickte nachdenklich aus dem Fenster, und Afra deutete sein langes Schweigen als Ablehnung. »Ich werde Euch nicht zur Last fallen«, jammerte sie, »und zu Willen sein, wenn Ihr das Bedürfnis habt. Ihr fandet doch Gefallen an meinem Körper. Ist es nicht so?«

Sie hatte kaum ausgesprochen, da erschrak sie über ihre eigenen Worte. Der Bucklige sah sie lange durchdringend an.

Schließlich fragte er: »Wie alt seid Ihr eigentlich?«

Afra senkte den Blick. Sie schämte sich. »Siebzehn«, sagte sie schließlich, und trotzig fügte sie hinzu: »Aber was sagt das schon!«

»Hör zu, mein liebes Kind«, begann der Maler umständlich, »du bist schön. Gott hat über dich so viel Anmut, Liebreiz und Ebenmaß ausgeschüttet, dass hundert andere deines Alters darunter Mangel leiden. Jeder Mann würde sich glücklich schätzen, dich auch nur für eine Stunde zu besitzen. Doch sei dir bewusst: Schönheit bedeutet Stolz. Biete dich nie einem Mann an. Das schadet deiner Schönheit. Auch wenn du selbst das Bedürfnis hast, gib jedem Mann zu verstehen, dass er um dich buhlen muss.«

Darüber hatte Afra noch nie nachgedacht. Wozu auch? Zweifellos war Alto ein kluger Kopf, und ohne Zweifel verstand er von Berufs wegen etwas von Schönheit. Ihr fiel es schwer, seine Zurückhaltung zu deuten. Vielleicht nahm er sie nicht ernst? Machte er sich gar lustig über sie, was sie bisher nur nicht bemerkt hatte? Am liebsten wäre sie im Boden versunken. Dennoch sagte sie trotzig: »Ihr habt meine Frage noch nicht beantwortet, Meister Alto!«

Alto nickte abwesend. »Lass uns morgen noch einmal darüber reden. Wir treffen uns hier zur gleichen Stunde.«

Den Rest des Tages verbrachte Afra im Skriptorium, unterbrochen von den Stundengebeten Terz, Sext, Non und Vesper. Ihre Aufgabe bestand im Kopieren einer Erburkunde für das Kloster Sankt Caecilien, und obwohl sie Jahre nicht mehr geschrieben hatte, brachte sie die scharfkantigen Buchstaben der Textura gleichmäßig zu Pergament. Hin und wieder mäkelten die beiden Nonnen an ihrer Arbeit herum. Vor allem aber waren sie darauf bedacht, bestimmte Bücher und Schriftrollen vor ihr in Sicherheit zu bringen. Afra war nicht entgangen, dass diese mit Bändern verschnürt, versiegelt und mit der Aufschrift PRIMA OCCULTATIO versehen waren, einige auch mit der Aufschrift SECRETUM, was auf etwas Geheimnisvolles hindeutete.

Am folgenden Tag stand Afra dem Maler erneut Modell. Ihre Unsicherheit vom Vortag schien verflogen, jedenfalls zeigte sie sich in ihrem durchsichtigen Kleid dem Maler halb schüchtern, halb herausfordernd, in jener Mischung weiblicher Raffinesse, welche die Begierde eines Mannes weckt.

»Ihr wolltet mir doch heute Antwort geben, ob Ihr meiner Bitte nachkommen wollt!«

Alto schmunzelte, während er mit dem Auftragen der Farben begann. Seit Stunden hatte er die verschiedensten Ingredienzien zerkleinert, gestampft, gerieben, gemischt und mit Knochenleim und dem Eiweiß frischer Enteneier vermengt, bis endlich jene fleischig rosige Farbe zustande kam, die ihm für Afras nackte Haut angemessen schien.

»Wie darf ich Euer Schmunzeln deuten, Meister Alto?« Afra hielt den Kopf starr gen Himmel gerichtet, während sie mit den Augen die Arbeit des Malers verfolgte.

»Ihr müsst Euch entscheiden, ob Ihr Gott oder den Menschen dienen wollt«, erwiderte Alto vielsagend.

Afra dachte nicht lange nach: »Ich glaube, ich bin mehr für den Dienst am Menschen geschaffen. Hier bleiben will ich jedenfalls nicht.«

»Und Ihr habt wirklich noch kein Gelübde abgelegt?«

»Davon müsste ich wohl wissen, nein. Ich bin durch Zufall hierher geraten und kann meines Weges gehen, wann immer ich will.«

»Nun denn«, erwiderte der Maler, ohne aufzublicken, »an mir soll es nicht liegen. Aber ein paar Tage werdet Ihr wohl noch ausharren müssen.«

Am liebsten wäre Afra dem Maler um den Hals gefallen, aber weil sie ihre Haltung nicht verändern durfte, stieß sie nur einen kurzen, spitzen Jubelschrei aus. Nach einer Weile fragte sie: »Wo wollt Ihr eigentlich hin, Meister Alto?«

»Flussabwärts«, antwortete dieser. »Zuerst nach Ulm. Und wenn ich dort keinen Auftrag erhalte, reise ich weiter nach Nürnberg. In Nürnberg gibt es für uns Künstler immer etwas zu tun.«

»Von Ulm und Nürnberg habe ich schon gehört«, ereiferte sich Afra, »es müssen wohl sehr große Städte sein mit ein paar tausend Seelen.«

»Ein paar tausend?« Alto lachte. »Ulm und Nürnberg zählen zu den größten Städten in Deutschland, und in jeder findet man zwanzigtausend Seelen, mindestens!«

»Zwanzigtausend? Wie soll man sich das vorstellen, zwanzig mal tausend Menschen auf einem Fleck!«

»Du wirst es sehen!«, lachte der Bucklige und legte den Pinsel beiseite.

Afra sprang von ihrem Podest herab und warf einen Blick auf das Gemälde. »Mein Gott«, entfuhr es ihr, »das soll ich sein?«

Der Maler nickte. »Gefällt Ihr Euch etwa nicht?«

»Doch, doch«, beteuerte das Mädchen. »Es ist nur ...«

»Ja?«

»Die Caecilia ist viel zu schön. Sie hat nichts mit mir gemein.« Voll Bewunderung glitten Afras Blicke über den rosigen Körper Caecilias, der von dem schleierhaften Gewand kaum verhüllt wurde. Man sah ihre vollen Brüste, den Nabel, sogar ihre Scham war unter dem zarten Stoff zu ahnen.

»Ich habe nichts dazugemalt und nichts weggelassen. Das seid Ihr, Afra oder Caecilia – wie Ihr wollt.«

Während Afra in ihre Tracht schlüpfte, dachte sie, wie das wohl sein würde, wenn sie vor dem Altar kniete und die Nonnen sie von der Seite musterten. Aber dann sagte sie sich, lange müsse sie ihren Blicken ohnehin nicht mehr standhalten.

»Noch eine Sitzung«, bemerkte Alto von Brabant, »dann seid Ihr erlöst.« Er zog aus der Tasche einen Säckel hervor und gab Afra zwei Münzen. »Euer Lohn fürs Modellstehen, zwei Gulden, wie ausgemacht.«

Afra genierte sich, das Geld in Empfang zu nehmen. Zwei Gulden!

»Greift zu! Sie gehören Euch.«

»Wisst Ihr, Meister Alto«, begann Afra schüchtern, »ich habe noch nie so viel Geld besessen. Als Magd verdient man gerade das Essen und ein Dach über dem Kopf, und wenn es hoch kommt mal ein gutes Wort. Mein ganzer Besitz ist ein Bündel, das ich unter meinem Bett im Dormitorium aufbewahre. Aber dieses Bündel ist mir wertvoller als alles auf der Welt. Ihr könnt mich ruhig auslachen, aber es ist die Wahrheit.«

»Warum sollte ich Euch auslachen«, erwiderte der Bucklige entrüstet, »Geld ist eine angenehme Sache, mehr nicht. Glücklich macht Geld nur selten. Nehmt also, was Euch zusteht. Dann bis morgen!«

Schneller, als sie geglaubt hatte, gelang es Afra, ihre Schreibkünste zu verbessern. Sehr zum Unwillen der beiden Nonnen übrigens, die ihre Felle davonschwimmen sahen. Deren Verhalten ermutigte Afra jedoch nur noch mehr, an ihrem Plan festzuhalten, das Kloster so bald wie möglich zu verlassen.

Tags darauf weihte Afra die Äbtissin in ihre Pläne ein. Diese zeigte wider Erwarten Verständnis. Als sie jedoch sagte, sie wolle mit Alto von Brabant des Weges ziehen, schwoll – Gott weiß, warum – auf ihrer Stirne eine senkrechte, dunkle Ader, und zornentbrannt geiferte sie: »Er ist ein Künstler, und Künstler sind allesamt Lumpen, gottloses Gesindel! Ich verbiete dir, mit dem Buckligen fortzugehen. Er wird dich in dein Verderben führen.«

»Er ist kein schlechter Mensch, nur weil er sich der Kunst verschrieben hat«, erwiderte Afra trotzig. »Ihr selbst habt gesagt, er sei ein begnadeter Künstler. Woher kommt die Gnade seines Talents, wenn nicht von Gott?«

Die Äbtissin schäumte vor Wut, weil das junge Ding es wagte, ihr zu widersprechen. Ohne sie eines Blickes zu würdigen und mit einer barschen Handbewegung, als wollte sie sich eines lästigen Ungeziefers entledigen, wies sie Afra aus dem Raum.

Abends, nach dem Essen im Refektorium – es gab einen undefinierbaren Brei aus Kohl, Rettich und Rüben, dazu Fladenbrot – trat Philippa, die jüngere der beiden Nonnen aus dem Skriptorium, auf sie zu mit der Bitte, das Original der Erburkunde, an deren Abschrift sie gerade arbeitete, zu holen. Die Äbtissin wolle Einsicht nehmen, und sie selbst tue sich schwer, in der Dunkelheit die steinernen Treppen hinaufzusteigen. Dazu händigte sie ihr den eisernen Schlüssel des Skriptoriums aus und eine Laterne.

Der Auftrag schien Afra ziemlich seltsam, doch sie sah keinen Grund, Philippas Bitte abzulehnen, und sogleich machte sie sich auf den Weg. Mit der Laterne in der Hand überquerte sie den Innenhof, der im fahlen Mondlicht verwaist dalag. Die schmale Tür hinter dem Chor der Kirche war unverschlossen, und Afra stieg die beschwerliche Steintreppe empor zum Skriptorium.

Sogar ein junges Mädchen wie Afra musste dabei gehörig schnaufen, doch diesmal stieg ihr obendrein der unangenehme Geruch von verbranntem Wachs in die Nase. Zunächst schenkte sie dem keine Bedeutung. Auf dem oberen Treppenabsatz angelangt, bemerkte Afra jedoch beißenden Qualm, der in weißgrauen Wogen unter der Türe des Skriptoriums hervorquoll. Unfähig, einen klaren Gedanken zu fassen, steckte sie den Schlüssel ins Schloss und öffnete die Türe.

Sie hatte wohl erwartet, dass ihr lodernde Flammen entgegenschlügen, doch sie sah nur knietiefen Qualm, der sich wie Herbstnebel vom hinteren Teil des Skriptoriums zur Tür wälzte. Der Qualm raubte ihr den Atem. Sie hustete und spuckte und suchte den Weg zum nächsten Fenster, um nach Luft zu schnappen. Afra wusste, dass nur das mittlere zu öffnen war, die anderen Butzenscheiben waren fest eingemauert.

Kaum hatte Afra das Fenster aufgerissen, da loderte im hinteren Teil des Skriptoriums eine Flammensäule empor. Sie hatte Angst. In kurzer Zeit, dachte sie, würde das gesamte Skriptorium in Flammen stehen. Hastig raffte sie ein paar Bücher und Schriftrollen mit der Aufschrift SECRETUM an sich, um sie vor dem Feuer zu retten.

Gerade war sie im Begriff, den Rückweg anzutreten, als Schreckensrufe durch das Treppenhaus gellten. Nonnen mit ledernen Wassereimern stürmten die enge Stiege herauf und stießen sie beiseite. Verstört drängte Afra ins Freie, als plötzlich die Äbtissin vor ihr stand. In ihrer Hand prasselte eine grelle stinkende Pechfackel.

ANNO DOMINI 1400: EIN KALTER SOMMER

»Teufelsbuhle!«, geiferte die Äbtissin, als sie Afra erblickte. »Du bist eine Buhle des Teufels.«

Afra stand wie versteinert. Sie wusste nicht, wie ihr geschah und warum die Äbtissin sie so unflätig beschimpfte. »Ich wollte das Pergament holen, wie man mir aufgetragen hatte, da sah ich den Qualm, der aus dem Skriptorium drang!« Ihre Worte klangen hilflos.

Quer über den Klosterhof hatte sich bis zur Wasserstelle eine Kette gebildet. Wassereimer gingen von Hand zu Hand. In kurzen Abständen erschallten Anfeuerungsrufe.

»Und warum hältst du die kostbaren Aufzeichnungen unseres Klosters im Arm?« Die Äbtissin trat einen Schritt auf Afra zu.

»Weil ich sie vor den Flammen retten wollte«, rief das Mädchen zitternd vor Aufregung.

Die Äbtissin lachte hämisch: »Ausgerechnet die geheimen Pergamente. Woher wusstest du überhaupt von ihrer Existenz? Wer sind deine Auftraggeber, wenn nicht der Teufel?«

»Der Teufel? Ehrwürdige Mutter, gebraucht nicht solche Worte! Ich las die Aufschrift SECRETUM und dachte, sie könnten von größerer Bedeutung sein als andere. Deshalb versuchte ich gerade diese zu retten.«

Im selben Augenblick drängte sich Philippa an ihnen vorbei, aber die Äbtissin hielt sie am Ärmel fest und drückte ihr die Fackel in die Hand.

»Mutter Philippa«, rief Afra aufgeregt, »bezeugt, dass *Ihr* mich ins Skriptorium geschickt habt!«

Die Nonne blickte zu den Fenstern des Skriptoriums, dann sah sie das Mädchen eine Weile ausdruckslos an. Endlich antwortete sie: »Bei allen Heiligen, warum sollte ich Euch zur Nachtstunde ins Skriptorium geschickt haben? Ich bin nicht so alt wie Mutter Mildred. Noch tragen mich meine Beine, wohin ich will. Wie bist du im Übrigen an den Schlüssel herangekommen?«

»Ihr habt ihn mir doch selbst gegeben!«

ERSTES KAPITEL

»Ich?« Der Tonfall ihrer Stimme hatte etwas Bösartiges.

»Sie lügt«, schrie Afra wütend. »Ihr Ordenskleid hindert sie nicht daran, mich zu verleugnen!«

Ohne jede Regung hatte die Äbtissin den Wortwechsel der beiden verfolgt. Nun riss sie Afra das Schriftbündel aus den Händen. »Mutter Philippa lügt nicht, merke dir das! Sie dient dem Herrn schon ein Leben lang nach den Regeln des heiligen Benedikt. Wem sollte ich wohl mehr glauben?«

Afra schäumte vor Wut. Allmählich wurde ihr klar, dass Philippa sie in eine Falle gelockt hatte.

»Ist es nicht vielmehr so«, begann die Äbtissin, »dass du den Schlüssel im Refektorium entwendet und dich zur Nachtzeit zum Skriptorium begeben hast, um unsere kostbarsten Handschriften zu stehlen? Und damit man das Fehlen der Pergamente nicht bemerkte, hast du Feuer gelegt.«

»So war es und nicht anders!« Philippa nickte heftig.

»Nein, so war es nicht!« Am liebsten wäre Afra der Äbtissin an die Gurgel gefahren. Vor Wut und Hilflosigkeit schossen Tränen in ihre Augen. Und an Philippa gewandt rief sie in höchster Verzweiflung: »Der Teufel sitzt unter Eurer Ordenstracht! Er soll Euch auffressen und die Reste mit sich nehmen.«

Da bekreuzigten sich die beiden mit solcher Heftigkeit, dass Afra fürchtete, ihre ausgemergelten, dünnen Arme könnten zerbrechen.

»Nehmt sie und steckt sie ins Poenitarium«, geiferte die Äbtissin, »*sie* war es, die das Skriptorium angezündet hat, um sich in den Besitz unserer geheimen Schriften zu bringen. Wir werden sie gefangen halten und dem Landrichter überstellen. Er wird sie der gerechten Strafe zuführen.«

Mit ausgestrecktem Zeigefinger winkte sie zwei stämmige Nonnen aus der Menschenkette herbei. Mit Puffen und Stößen drängten sie Afra über die steinerne Kellertreppe in das vergitterte Gewölbe, in dem unbotmäßige Nonnen ausgepeitscht wurden. Ein Hackstock in der Mitte, in der Ecke ein Bündel Stroh, daneben ein Holzscheffel zur Verrichtung der Notdurft, der Boden aus gestampfter Erde. Aber noch bevor Afra sich in dem stinkenden Verlies orientieren konnte, fiel die Gittertüre ins Schloss, und die Nonnen entfernten sich mit dem Licht.

Um sie herum herrschte schwarze Nacht, und Afra tastete sich auf allen vieren zu dem Strohbündel vor. Zusammengekrümmt und frierend ließ sie ihren Tränen freien Lauf. Sie wusste, was es bedeutete, wenn der Landrichter sie verurteilte. Brandstiftung galt als schweres Verbrechen, so schwer wie Mord. Aus der Ferne vernahm Afra bisweilen laute Kommandos. Sie wusste nicht, ob das Skriptorium bereits in Flammen stand oder ob es gelungen war, den Schwelbrand zu löschen. In völliger Dunkelheit verlor sie jedes Zeitgefühl. Vor Angst brachte sie kein Auge zu.

Irgendwann in ihrem endlosen Dahindämmern war es still geworden. Längst musste es Tag sein, aber nichts geschah. Es gab kein Wasser, nichts zu essen. Sie werden mich hier im Dunkeln krepieren lassen, dachte Afra, und sie sann darüber nach, wie sie ihrem Leben ein Ende setzen könnte.

Sie wusste nicht, wie lange sie in diesem Delirium zugebracht haben mochte. Kaum noch in der Lage, einen klaren Gedanken zu fassen, haderte sie mit dem Schöpfer, der ihr schuldlos dies Schicksal angedeihen ließ. Sie hätte nie geglaubt, dass hinter den Mauern eines Nonnenklosters so viel Sittenverfall und Boshaftigkeit herrschte. Gewiss würde der Landrichter, wenn man ihr den Prozess machte, den Nonnen eher glauben als ihr, einer flüchtigen Magd des Landvogts.

Nach zwei oder drei Tagen – Afra hätte nicht genau sagen können, wie viel Zeit vergangen war – meinte sie Schritte wahrzunehmen, die sich auf der Kellertreppe näherten. Sie glaubte fast schon an eine Halluzination, als sie in den flackernden Lichtschein einer Fackel blickte. Vor dem Gittertor erkannte sie ein bekanntes Gesicht. Es war Luitgard, die Nonne, mit der sie gleich am ersten Abend Bekanntschaft gemacht hatte. Luitgard winkte sie an das Eisengitter heran und legte einen Finger auf den Mund. Im

Flüsterton sagte sie: »Wir müssen flüstern. Im Kloster haben alle Wände Ohren. Das gilt vor allem für Sankt Caecilien.«

In einem Korb brachte Luitgard etwas Brot und eine Kanne Wasser, gerade so schmal, dass sie durch das Gitter passte. Afra führte gierig die Kanne zum Mund und trank sie in einem Zug leer. Sie hatte nicht gewusst, wie gut Wasser schmecken konnte. Dann riss sie den Brotfladen in Stücke und schlang eines nach dem anderen hinunter.

»Warum tust du das?«, stammelte Afra leise. »Wenn man dich erwischt, geht es dir ebenso wie mir.«

Luitgard hob die Schultern. »Mach dir um mich keine Sorgen. Ich lebe seit zwanzig Jahren hinter den Mauern dieser Abtei. Ich weiß genau, was hier abläuft. Und das meiste geschieht nicht gerade zur höheren Ehre Gottes.«

Afra klammerte sich mit beiden Händen an die Eisenstäbe und redete auf Luitgard ein: »Du kannst mir glauben, ich bin unschuldig hier eingesperrt. Die Äbtissin wirft mir vor, das Skriptorium in Brand gesteckt zu haben, um den Diebstahl irgendwelcher Geheimschriften zu verschleiern. Und Philippa, die sie als Zeugin aufruft, lügt. Sie leugnet, dass sie es war, die mich ins Skriptorium geschickt hat. Das war eine Falle, hörst du, man hat mir eine Falle gestellt!«

Luitgard hob beide Hände und mahnte, leise zu sprechen. Dann flüsterte sie: »Ich weiß, dass du die Wahrheit sagst, Afra. Mir brauchst du dich nicht zu erklären.«

Afra stutzte. »Wie? Was soll das heißen?«

»Ich sagte doch, in dieser Abtei haben die Wände Ohren.«

Misstrauisch musterte Afra die Wände ihres düsteren Verlieses.

Luitgard nickte mit dem Kopf, und stumm zeigte sie zur Decke. Jetzt bemerkte auch Afra die tönernen Röhren, welche, eine Handspanne im Durchmesser, an mehreren Stellen aus der Decke ragten.

»Die ganze Abtei«, erklärte Luitgard im Flüsterton, und dabei wanderten ihre besorgten Blicke immer wieder zur Decke,

»die ganze Abtei wird von einem Röhrensystem durchzogen, welches auf wundersame Weise die menschliche Stimme von einem Raum zum anderen, von einem Stockwerk zum anderen weiterleitet, ja nicht nur das, manchmal kann man den Eindruck gewinnen, dass die Stimmen auf dem Weg durch die tönernen Röhren sogar noch verstärkt werden.«

»Also ein Wunder der Natur?«

»Das kann ich nicht beurteilen. Aber ist es nicht merkwürdig, dass ein solches Kunstwerk im Kloster der stummen Nonnen installiert ist, wo eigentlich Schweigen und Stille an erster Stelle stehen sollten? Wie dem auch sei. Das Wunder der Natur – wie du es nennst – hat allerdings auch einen Haken: Es transportiert die Stimmen nicht nur von einem zum anderen Raum, sondern auch vom anderen zum einen Raum. Und da alle Röhren im Zimmer der Äbtissin enden, ist diese zwar gut unterrichtet, was anderswo gesprochen wird, mit etwas Raffinesse kann man aber auch beinahe überall in der Abtei hören, was die Äbtissin zu sagen hat.«

»Du meinst, man muss sich nur zur Decke strecken?«

»Ganz recht, man muss nur sein Ohr an eine der tönernen Röhren bringen. Das Klosterleben bietet ja nicht gerade eine Anhäufung von Kurzweil und Zerstreuung, da ist das Belauschen der Äbtissin gewiss nur eine lässliche Sünde, wenngleich eine Sünde, ich gebe es zu. Jedenfalls wurde ich Ohrenzeuge eines Gesprächs zwischen Philippa und der Äbtissin. Philippa beschwerte sich, weil du, noch nicht einmal im Stand einer Novizin, gebadet und durchgefüttert würdest wie eine Edeldame und Modell stehen dürftest für die heilige Caecilia, während sie und alle anderen Nonnen seit Jahren die harten Arbeiten verrichteten. Zuerst gab sich die Äbtissin abweisend, sie meinte, die christliche Nächstenliebe schreibe vor, jeden in Not geratenen Menschen aufzunehmen. Aber Philippa gab nicht nach, wiederholte ihre Vorwürfe, und schließlich meinte die Äbtissin, wenn sie ein Mittel wüsste, wie sie sich deiner entledigen könnten, sollte sie es einsetzen.«

»Dann kannst du doch als Zeuge für mich auftreten. Du musst es tun!«

Luitgard wehrte ab: »Niemand würde mir glauben!«

»Aber du hast es doch gehört!«

»Das ist zwecklos, jeder würde die Umstände leugnen, unter denen ich Ohrenzeuge dieser Unterhaltung wurde. Oder glaubst du, die Äbtissin würde eingestehen, dass sie ihre Untergebenen heimlich belauscht?«

»Aber es ist die einzige Möglichkeit, meine Unschuld zu beweisen.« Resigniert blickte Afra zu Boden.

»Bete zu Gott, er möge ein Wunder wirken.« Luitgard nickte dem Mädchen aufmunternd zu und entfernte sich.

Die erneute Dunkelheit stürzte Afra in tiefe Verzweiflung. Sie versuchte zu beten, aber es wollte keine Andacht aufkommen. Zu sehr kreisten ihre Gedanken um ihr ausweisloses Schicksal. Schließlich fiel sie erneut in eine Art Dämmerzustand, der kaum noch zwischen Traum und Wirklichkeit unterschied. Afra wusste nicht – und es war ihr auch gleichgültig –, ob draußen Tag oder Nacht herrschte. Auch das Donnergrollen ließ sie kalt, ja nicht einmal dem Krachen eines Blitzeinschlages, der die Mauern zum Zittern brachte, schenkte sie Beachtung.

Sie glaubte zu träumen, als vor dem schweren Eisengitter im fahlen Licht einer Laterne das Gesicht Altos von Brabant auftauchte. Erst als dieser einen Schlüssel ins Schloss steckte und die Gittertüre öffnete, kam Afra wieder zu sich.

Sie brachte kein Wort hervor und sah den Maler fragend an.

Während sich draußen ein furchtbares Gewitter entlud, reichte Alto dem Mädchen ihr Bündel, das sie im Dormitorium aufbewahrt hatte, und sagte: »Zieh dein Novizinnenkleid aus. Mach schnell!«

Afra gehorchte wie im Traum und zog ihr eigenes, derbes Gewand an. In ihrer Hast fragte sie: »Wie kommt Ihr zu dem Schlüssel, Meister Alto? Haben wir Tag oder Nacht?«

Der bucklige Maler nahm das Novizinnenkleid und warf es auf das Strohlager in der Ecke. Und während er das Mädchen aus dem vergitterten Raum herausführte und die Gittertüre von außen versperrte, antwortete er im Flüsterton: »Es ist kurz nach Mitternacht, und was den Schlüssel betrifft, jeder Mensch ist käuflich, auch eine Nonne. Letztendlich ist alles nur eine Frage des Preises. Wie du weißt, wurde sogar unser Herr Jesus für dreißig Silberlinge verraten. Das hier«, er hob den Schlüssel in die Höhe, »war viel billiger. Und jetzt komm!«

Alto von Brabant hielt die Laterne und führte Afra auf der Steintreppe nach oben. Kurz bevor sie den langen Gang im Erdgeschoss erreichten, blies er die Kerze aus. Da zerriss ein Blitz die Dunkelheit. Für Sekundenbruchteile glühten die schmalen hohen Fenster in grellem Licht. Unter dem Donner, der dem Blitz unmittelbar folgte, bebte der Steinfußboden. Ängstlich klammerte sich Afra an Altos Arm.

Am Ende des Korridors öffnete der Maler eine schmale Türe, die Afras Aufmerksamkeit bisher entgangen war. Sie war so niedrig, dass selbst eine kleine Person den Kopf einziehen musste. Dahinter tat sich rechter Hand ein Gang auf, welcher zehn Schritte weiter zu einem Holztor führte, über dem ein Hebebalken angebracht war. Alto stieß das Tor auf und hielt inne.

Dann wandte er sich an Afra: »Hör zu. Dies ist der sicherste Fluchtweg, um unbemerkt aus der Abtei zu entkommen. Ein alter Hebebalken, mit dem früher Getreidesäcke und Fässer über die Mauer nach oben gezogen wurden. Ich werde dir einen Strick um die Brust binden und dich vorsichtig abseilen. Hab keine Furcht, das Seil läuft über eine Rolle, die dein Gewicht halbiert. Ich könnte dich mit einer Hand halten. Außerdem sind es nicht mehr als zwanzig Ellen bis zum Grund. Unten wirst du von einem Schiffer erwartet. Sein Name ist Frowin. Du kannst ihm vertrauen. Er wird dich auf seiner Zille nach Ulm bringen. Dort begibst du dich zum Fischerviertel und fragst nach dem Fischer Bernward. Er wird dir Obdach gewähren, bis ich nachkomme.«

Das Gewitter hatte sich verzogen. Doch in unregelmäßigen Abständen leuchtete der Himmel aschfahl, und Afra blickte besorgt in die Tiefe. Sie spürte Herzklopfen, aber sie hatte keine andere Wahl. Alto zog das Seil unter ihren Achseln hindurch und verknotete es über der Brust.

»Viel Glück«, sagte er und schob Afra zur Rampe. Ein Ruck, und das Mädchen baumelte, sich um die eigene Achse drehend, nach unten.

Ein bärtiger alter Mann nahm Afra in Empfang. »Ich heiße Frowin«, knurrte er mit tiefer Stimme, »meine Zille wartet unten am Fluss. Ich habe Felle geladen, schwere Rinderfelle und Hirschfelle für die Reichen in der Stadt. Bei Tagesanbruch legen wir ab.«

Afra nickte dankbar und folgte dem Schiffer auf einem schmalen Wiesenpfad zum Flussufer.

Die Zille war ein flaches Flussschiff mit geringem Tiefgang. Wie der Hals eines Meerungeheuers ragte der Bug schräg aus dem Wasser. Mit Seilen festgezurrte Planen schützten die kostbare Ladung vor Wind und Wetter. Im Heck des etwa dreißig Ellen langen Schiffes hatte Frowin aus rohen Planken eine Hütte gezimmert. Ein Tisch und eine hölzerne Bank, eine Truhe, die auch als Liegestatt diente, waren die einzige Möblierung. Hier fand Afra Unterschlupf.

Auf dem Tisch der Kajüte flackerte eine aus Holz gezimmerte Laterne. Afra hatte Hemmungen, dem fremden Schiffer ins Gesicht zu blicken. Selbstvergessen betrachtete sie das warme Kerzenlicht. Auch Frowin starrte, die Arme vor der Brust verschränkt, schweigend vor sich hin. Regen tropfte durch die Ritzen im Dach. Um das peinliche Schweigen zu beenden, begann Afra zögernd: »Ihr seid wohl ein Freund von Meister Alto, dem brabantischen Maler?«

Der bärtige Schiffer schwieg, als habe er die Frage nicht gehört, dann spuckte er aus und verteilte den Speichel mit dem Fuß. »Mhm«, meinte er schließlich, nichts weiter.

Afra war nicht ganz wohl in ihrer Haut. Es kostete sie Überwindung, den Schiffer von der Seite anzusehen. Sein Gesicht war von tiefen Falten zerfurcht, und die Haut hatte vom ständigen Aufenthalt im Freien eine dunkle Farbe angenommen, beinahe so dunkel wie die eines Afrikaners. Das schwarze Gewölk seines Bartes stand im auffallenden Gegensatz zu dem lichten Haarflaum, der seinen Schädel wie ein Heiligenschein einrahmte.

»Freund ist zu viel gesagt«, begann der Schiffer unerwartet, so als habe er über die Antwort lange nachgedacht. »Wir sind uns vor einigen Jahren zum ersten Mal begegnet. Alto ließ mir einen lohnenden Transport von Regensburg nach Wien zukommen. So etwas vergisst man nicht in schlechten Zeiten wie diesen. Dem Maler scheint viel an Euch gelegen zu sein. Jedenfalls hat er mir Euer Schicksal mit Nachdruck ans Herz gelegt. Ich musste ihm in die Hand versprechen, Euch wohlbehalten nach Ulm zu bringen. Seid also unbesorgt, schönes Kind.«

Frowins Worte wirkten beruhigend. »Und wie lange wird die Reise nach Ulm dauern?«, erkundigte sich Afra aufgeregt.

Der alte Schiffer wiegte den Kopf hin und her. »Wir haben hohen Wasserstand. Der beschleunigt unsere Fahrt flussabwärts. Aber zwei volle Tage müsst Ihr schon rechnen. Seid Ihr in Eile?«

»Keineswegs«, erwiderte Afra. »Ihr müsst nur wissen, es ist das erste Mal, dass ich eine so weite Reise mache, und noch dazu mit dem Schiff. Ist Ulm eine schöne Stadt?«

»Eher eine aufregende Stadt, eine große Stadt und eine reiche Stadt. Und« – Frowin hob seinen krummen Zeigefinger, um die Bedeutung seiner Worte zu unterstreichen –, »die Handwerker von Ulm bauen die besten Flussschiffe der Welt, die Ulmer Schachteln.«

»Dann stammt Euer Schiff aus Ulm?«

»Leider nein. Ein armer Hund wie ich, der eine Frau und drei Kinder zu ernähren hat, kann sich kein so teures Schiff leisten. Den Kahn hier habe ich vor dreißig Jahren selbst gebaut. Sieht nicht gerade elegant aus, ich gebe es zu, aber er verrichtet seine Arbeit so gut wie eine Ulmer Schachtel. Im Übrigen kommt es weniger auf das Schiff an als auf den Schiffer. Bis Passau kenne ich jeden Strudel im Fluss und weiß genau, wie ihm zu begegnen ist. Ihr braucht Euch also keine Sorgen zu machen.«

Die Stunden vergingen, und allmählich fasste Afra Zutrauen in den anfangs so wortkargen Schiffer. Und als dieser nach einer Weile fragte: »Was ist das für eine Schatulle, die Ihr schon die ganze Zeit an Euch presst, als wäre es der größte Schatz?«, zögerte sie nicht, ihm Antwort zu geben.

»Das *ist* mein größter Schatz«, erwiderte sie und stopfte das abgegriffene Etwas in ihr Mieder. »Mein Vater hinterließ sie mir bei seinem Tod mit der Auflage, sie nur in allergrößter Not zu öffnen, wenn ich am Ende sei und im Leben nicht mehr weiterwüsste. Andernfalls bringe mir ihr Inhalt nur Unglück.«

Da begannen Frowins Augen vor Neugierde zu funkeln. Aufgeregt zupfte er an seinem Bart und fragte: »Ist der Inhalt ein Geheimnis? Oder habt ihr die Schatulle noch nie geöffnet?«

Afra lächelte vielsagend, und der Schiffer lenkte ein: »Ihr müsst mir nicht antworten. Verzeiht meine Neugierde.«

Das Mädchen schüttelte den Kopf. »Schon gut. Nur so viel: Ich stand schon einige Male kurz davor, die Schatulle zu öffnen, aber dann dachte ich nach, ob ich wirklich am Ende sei, und jedes Mal kam ich zu der Ansicht, dass das Leben weitergeht.«

»Euer Vater muss ein kluger Mann gewesen sein, denke ich.«

»Ja, das war er.« Afra senkte die Augen.

Durch die Luke in der Kajütentür fiel das erste Morgenlicht. Über dem Fluss hingen milchige Nebelschwaden. Eisige Kälte stieg vom Wasser auf. Es hatte aufgehört zu regnen.

Frowin zog einen weiten schwarzen Umhang über die Schultern, setzte seinen Schlapphut auf und rieb sich die Hände warm.

»In Gottes Namen«, sagte er leise, »wir legen ab.«

Frowin sprang ans Ufer und löste das Seil, mit dem er die Zille an einem Baum vertäut hatte. Mit einer langen Stange stieß er das Schiff vom Ufer ab und richtete den Bug zunächst gegen die Strömung. Für kurze Zeit trieb die Zille quer im Fluss, dann drehte der Schiffer den Kahn mit dem Bug flussabwärts und nahm Fahrt auf.

Nur das Ruder, mit dem Frowin die Zille auf Kurs hielt, knarrte, sonst glitt das Schiff lautlos dahin. Sie hatten gerade zwei Meilen zurückgelegt, da wurden die Nebelschwaden dichter und dichter. Afra konnte kaum noch das Ufer erkennen. Und plötzlich tat sich vor ihnen ein weißes, wallendes Gebirge auf, das sie zu verschlingen drohte, eine Nebelwand, so dicht, dass der Bug des Schiffes von der Kajüte kaum zu erkennen war.

»Wir müssen anlanden!«, rief der Schiffer am Ruderbalken. »Haltet Euch fest!«

Afra klammerte sich mit beiden Händen an die Holzbank in der Kajüte. Ein Ruck erschütterte das Schiff, dann war es still, still wie in einem Totenhaus.

In der Abtei Sankt Caecilien hatte niemand Afras Flucht bemerkt. Jedenfalls schien es so. Alles nahm seinen gewohnten Lauf. Die Eindeckung der Klosterkirche ging der Vollendung entgegen, und im Skriptorium waren die Nonnen damit beschäftigt, die Spuren des Schwelbrandes zu beseitigen. Der Brand hatte nur Teile des Fußbodens in Mitleidenschaft gezogen. Bis auf ein paar wenige minder wertvolle Bücher in den untersten Fächern hatten Handschriften und Pergamente kaum Schaden genommen.

Dennoch herrschte bei den Aufräumungsarbeiten eine beklemmende Stimmung. Bisweilen warf eine Nonne der anderen einen scheuen Blick zu, als wollte sie sagen, das habe ich eigentlich nicht gewollt; doch die Nonnen blieben stumm, stumm wie es die Ordensregel verlangte. Wenn Terz, Sext, Non und Vesper die Arbeit unterbrachen, klang ihr Gesang inbrünstiger als sonst, beinahe flehentlich, als bäten sie um Verzeihung.

War es ein Fingerzeig Gottes oder ihr schlechtes Gewissen, das Mutter Philippa spätabends nach der Komplet in das Kellergewölbe trieb, um nach Afra zu sehen?

Als sie Afras Novizinnenkleid auf dem Strohlager liegen sah, stieß sie einen Schrei aus und rannte nach oben ins Refektorium, wo die Nonnen versammelt waren. Sie öffnete die Tür und rief: »Gott, der Herr, hat Afra mit Leib und Seele in den Himmel aufgenommen.«

Von einem Augenblick zum anderen verstummte das Wispern und Murmeln im Refektorium, und in die plötzliche Stille entgegnete die Äbtissin: »Du redest irre, Philippa! Schweig und versündige dich nicht an unserem Schöpfer. Niemand anderes als die Mutter Maria ist, wie die Kirche lehrt, mit Leib und Seele aufgefahren.«

»Nein«, beteuerte die Nonne in höchster Erregung, »Gott, der Herr, hat Afra unter Zurücklassung ihrer irdischen Kleider zu sich gerufen, durch die verschlossenen Gitter des Poenitariums. Kommt und seht selbst!«

Unter den Nonnen, die den Wortwechsel schweigend verfolgt hatten, brach Panik aus. Einige stürmten wie von Furien gejagt aus dem Dormitorium und hetzten die Steintreppen zum Kellergewölbe hinab, um das Wunder mit eigenen Augen zu sehen. Andere folgten, und nach kurzer Zeit drängten sich alle vor den Gittern des Verlieses, um einen kurzen Blick auf das zurückgelassene Ordenskleid zu werfen. Während einige stumm blieben oder in stiller Andacht die Lippen zusammenpressten, murmelten andere ein Gebet. Wieder andere stießen schrille Laute der Verzückung aus und verdrehten die Augen gen Himmel.

Luitgard rief: »Was habt Ihr Afra nur angetan, dass der Herr sie zu sich nahm.« Und aus dem Hintergrund schallte eine dünne Stimme: »Philippa hat Schuld. Philippa hat den Brand im Skriptorium gelegt.«

»Ja, Philippa hat den Brand entfacht!«, riefen immer mehr Nonnen.

»Schweigt im Namen Jesu Christi, schweigt!« Philippas geifernde Stimme zerschnitt das Kellergewölbe wie ein Schwerthieb. Gestützt auf die Schulter einer anderen, erklomm die Nonne ein brüchiges Wasserfass. »Meine Mitschwestern, hört mich an«, rief sie über die Köpfe der aufgebrachten Frauen hinweg. »Wer sagt, dass Gott, der Herr, es war, der Afra zu sich aufgenommen hat, durch das eiserne Gitter hinweg? Wer sagt, dass es nicht der Leibhaftige war, der Afra entkleidet und mit dem Sog seines Atems durch die Gitterstäbe entführt hat? Wir wissen alle, nur der Teufel bedient sich solcher Taschenspielertricks, und allein der Leibhaftige ist scharf auf ein so schönes Mädchen wie Afra. Also versündigt Euch nicht in Gedanken an den Werken unseres Herrn.«

»So ist es!«, riefen die einen.

»Unsinn!«, die anderen.

Und eine Dritte ließ sich vernehmen: »Warst du es nicht, die den Brand im Skriptorium gelegt hat? Warst du es nicht, die Afra loswerden wollte? Vielleicht weil sie zu jung und zu schön war?«

Da wurde es still im Gewölbe des Poenitariums, und alle Augen richteten sich auf Philippa. Deren Lippen wurden schmal, und auf ihrer Stirne bildete sich eine dunkle, senkrechte Falte. Aus dem Mundwinkel stieß sie hervor: »Wie kannst du es wagen, mich eines solchen Frevels zu beschuldigen. Der Herr soll dich strafen!«

Noch herrschte betretenes Schweigen. Jede wusste, dass die Wände in der Abtei Ohren hatten. Und jede wusste, dass es in diesem Kloster keine Geheimnisse gab. Aber niemand hatte es bisher gewagt, das tönerne Röhrensystem zu erwähnen. Deshalb rief es tiefe Bestürzung hervor, als eine Ruferin – sie hieß Euphemia und hatte ihr Noviziat gerade hinter sich gebracht – der Nonne entgegenschleuderte: »Ihr müsst Euch nicht verstellen, ehrwürdige Mutter Philippa, jeder hier konnte hören, wie Ihr Afra bei der Äbtissin angeschwärzt habt und wie die Äbtissin es Euch überlassen hat, Afra auf hinterlistige Weise zu beseitigen. Gott sei Euch gnädig, ehrwürdige Mutter! Aber der Herr hat Euer Unrecht erkannt und Afra zu sich genommen wie eine Heilige.«

»Sie ist eine Heilige!«, rief eine Novizin.

»Der Leibhaftige hat sie mit sich genommen!«, entgegnete eine andere.

ERSTES KAPITEL

Lauter als alle anderen rief Luitgard: »Afra konnte das Ave-Maria auf Lateinisch hersagen!«

»Auch der Teufel ist des Lateinischen mächtig«, schallte es aus dem Hintergrund.

»Niemals! Der Teufel spricht deutsch!«

»Deutsch? So ein Unsinn! Dann hätte der Teufel in Frankreich und Spanien nichts zu sagen.«

Die Diskussion um die Sprachkenntnisse des Teufels wurde immer heftiger. Euphemia wurde die Flügelhaube vom Kopf gerissen. Zwei Nonnen schlugen mit den Fäusten aufeinander ein, und im Nu war eine Schlägerei im Gange. Kratzen und Beißen, Treten und An-den-Haaren-Ziehen, dazu ein schrilles Geschrei. Es war dies einer jener Fälle von Hysterie, die in der Abtei in unregelmäßigen Abständen ausbrach – die Folge wochenlanger, erzwungener Sprachlosigkeit und Kontemplation.

Plötzlich sauste ein kräftiger Luftzug durch das klösterliche Chaos und brachte Kerzen und Kienspäne, die das Gewölbe dürftig erleuchteten, zum Erlöschen. Beißender Qualm raubte den Nonnen den Atem.

»Gott steh uns bei!«, schallte es in der Dunkelheit.

Und ein dünnes Stimmchen tönte zaghaft: »Der Leibhaftige!«

Auf der steinernen Treppe erschien eine ausgemergelte, durchsichtig scheinende Gestalt mit einer lodernden Fackel in der Hand, die Äbtissin.

»Seid Ihr alle verrückt geworden?«, sagte sie mit schneidender Stimme. Mit der Linken fasste sie das Kruzifix, das sie an einer Kette auf der Brust trug, und hielt es den verblüfften Nonnen entgegen. »Seid Ihr alle vom Teufel besessen?«, zischte sie.

Man konnte den Eindruck gewinnen, dass sie Recht hatte. Die Nonnenschlacht hatte Spuren hinterlassen. Kaum eine der frommen Frauen trug noch die Flügelhaube auf dem Kopf. Die meisten lagen zertrampelt auf dem Boden. Einige Nonnen knieten mit gefalteten Händen, blutend und in zerschlissener

Ordenstracht an der Wand. Andere lagen sich wimmernd in den Armen. Es stank nach verqualmtem Pech, Schweiß und Pisse.

Die Äbtissin trat näher und leuchtete mit ihrer Fackel einer jeden ins Gesicht, als wollte sie jede Einzelne zur Besinnung bringen. Aus den Augen, in die sie blickte, sprach Hass, Verzweiflung, nur selten Demut. Als sie sich Philippa, der Bibliothekarin, näherte, hielt sie kurz inne. Philippa hockte, an das Fass gelehnt, auf dem Boden, das linke Bein bizarr nach außen abgewinkelt, und starrte ins Leere. Sie reagierte auch nicht, als die Äbtissin ihr mit der Fackel ins Gesicht leuchtete. Da fasste sie die Nonne an der Schulter, aber noch bevor sie etwas sagen konnte, sank Philippa wie ein voller Kornsack zur Seite.

Ein kurzer Aufschrei der Umstehenden. Die Nonnen bekreuzigten sich. Einige knieten nieder, verwirrt. Es dauerte ein paar Augenblicke, dann hatte die Äbtissin die Fassung zurückgewonnen.

»Gott hat sie gestraft für ihr teuflisches Vorgehen«, sagte sie tonlos. »Der Herr sei ihrer armen Seele gnädig.«

Wie in der Abtei üblich, wurde Mutter Philippa am folgenden Tag in Sackleinen gehüllt und auf ein Totenbrett gelegt. Auf dem Brett waren ein gleichschenkliges Kreuz und ihr Name eingeritzt und mit rotbrauner Farbe ausgemalt. Auf jede Nonne in der Abtei wartete solch ein Brett. Sie waren in der Gruft unter der Kirche übereinander gestapelt, und die Äbtissin betrachtete es als ein Zeichen des Himmels, dass Philippas Totenbrett zuoberst gelegen hatte.

Der Domvikar aus der nahen Stadt, der den Nonnen für gewöhnlich die Beichte abnahm und die Messe hielt, ein hochnäsiger fetter Trunkenbold, der sich jede geistliche Verrichtung mit Naturalien entlohnen ließ – ihm wurde sogar nachgesagt, dass er bei Eheschließungen sein Glück bei den Bräuten versuchte –, dieser wackere Geistliche segnete Philippas Leiche ein, bevor sie in eine der Wandnischen geschoben und diese mit einer Steinplatte verschlossen wurde. Den Lohn für seine Tätigkeit, zwei runde Laib Brot und ein Fass Bier, lud er auf seinen zweirädrigen Ochsenkarren, mit dem er gekommen war. Dann prügelte er mit seiner schnurlosen Peitsche auf den Zugochsen ein und fuhr davon.

Alto von Brabant sah sich in der misslichen Lage, das Altarbild der heiligen Afra ohne sein Modell zu vollenden. In seinem Gedächtnis war Afras Erscheinung, die Tönung ihrer Haut und jeder Schatten, den die Rundungen ihres Körpers warfen, eingebrannt. Zum Schein erkundigte sich Alto nach dem Verbleib seines Modells, aber wem immer er die Frage stellte, er erntete nur ein Schulterzucken, wobei die Gefragten die Augen gen Himmel wandten.

Hatte sich zu Beginn seiner Arbeit kaum jemand um die Entstehung des Altarbildes gekümmert, so fand die Vollendung des Gemäldes nun reges Interesse. Nach den Stundengebeten, der Terz am Morgen und der Prim am Nachmittag, schlichen sich die Nonnen in kleinen Grüppchen zum Magazin, wo der Maler der heiligen Caecilia mit feinem Pinsel letzte Hand anlegte. Von der Lebendigkeit ihres strahlenden Leibes überwältigt, fielen manche vor dem Bild auf die Knie oder weinten vor Ergriffenheit.

Um die Mitte des Monats November, der Winter kündigte sich bereits mit den ersten Frösten an, ging der Umbau der Kirche seiner Vollendung entgegen. Das neue steile Kirchendach war eingedeckt, und die Gerüste an den Außenwänden waren abgebaut. Der in Grau und Rosa gehaltene Innenraum mit dem in den Himmel ragenden Kreuzrippengewölbe erstrahlte, wenn die Sonne bisweilen durch die bunten hohen Fenster schien, in geheimnisvollem Licht.

Doch die größte Bewunderung erntete Alto von Brabant, als er das Triptychon mit dem Altarbild der Caecilia aufbaute. Ihm selbst ging es dabei geradeso wie den Nonnen. Er sah in Caecilia immer nur Afra. Auch die Nonnen bewunderten nicht das Abbild der heiligen Caecilia, sondern das Afras, die sich mitten unter ihnen in Luft aufgelöst hatte oder zum Himmel aufgefahren war wie die Jungfrau Maria.

Zum Tag der Kirchenweihe am 22. November hatten die Nonnen ihre Abtei prächtig herausgeputzt. An allen Fenstersimsen flatterten rote Tücher. Frisch geschlagene Fichten flankierten die Türen. Gegen zehn Uhr rollte ein sechsspänniger geschlossener Reisewagen, gefolgt von Reitern mit rotweißen Bannern und sieben Planwagen in den Innenhof des Klosters. Die Nonnen standen im Halbkreis versammelt, in ihrer Mitte die Äbtissin. Noch bevor der mit roten Ornamenten und einem Wappen bemalte Reisewagen zum Stehen kam, sprang ein Lakai in vornehmer Tracht vom Kutschbock, riss die Türe auf und klappte eine Leiter aus. Sogleich erschien in der Wagenöffnung eine wohlbeleibte Gestalt in geduckter Haltung, Bischof Anselm von Augsburg.

Die Nonnen beugten die Knie und bekreuzigten sich, als der hohe Herr in seinem golddurchwirkten Umhang über einem scharlachroten Reisekostüm dem Wagen entstieg. Dem Brauch gemäß küsste die Äbtissin seinen Ring und hieß den hohen Gast willkommen. Im Alltagseinerlei des stummen Klosterlebens bedeutete ein Ereignis wie dieses viel mehr als eine willkommene Abwechslung. Für einen ganzen Tag war das Schweigegebot aufgehoben. Und das karge Essen – die wahre Ursache, warum die meisten Nonnen ausgemergelt wie Bettelvolk daherkamen – war für einen Tag vergessen.

Für seine Eminenz und dessen Begleitung hatten die Nonnen, dem besonderen Anlass und der Jahreszeit entsprechend, ein Festmahl vorbereitet: Wildbret aus den Auen und Wäldern der Umgebung, Fische aus dem nahen Fluss, Waller und ungesalzene Forellen, Gemüse und Kräuter aus den Gärten außerhalb der Mauern und leckere Bäckereien, deren Duft über den Klosterhof zog. Sogar Wein vom Bodensee, für Nonnen hart an der Grenze zur Wollust, stand in Fässern bereit. Vom Bier ganz zu schweigen.

Der Nonnenchor sang feinstimmig Halleluja, und die Begleiter des Bischofs, Domherren, Kanoniker, Kapitulare, Benefiziaten und Pröpste legten ihre Prunkgewänder an und formierten sich zum Kirchenzug. Im Innern der Abtei roch es nach frischem Mauerwerk und Farbe, nach Kerzenwachs und Weihrauch, als Bischof Anselm das neue Bauwerk betrat. Mit Wohlgefallen ließ er den Blick in dem neuen Gotteshaus schweifen. Da stutzte er. Der ganze Kirchenzug geriet ins Stocken. Anselms Blick hing an der heiligen Caecilia auf dem Altarbild. Auch die Begleiter des Bischofs schienen vom Anblick der Heiligen in Unruhe versetzt.

Alto von Brabant beobachtete die Szene unbemerkt hinter einer Säule. Er hatte kein gutes Gefühl. Da setzte der Zug sich erneut in Bewegung. Ein greiser Dompropst war so in den Anblick der Heiligen vertieft, dass ihn sein Hintermann durch einen Puff in den Rücken zum Weitergehen veranlasste.

Während der gesamten Benediktion ließ Alto den Bischof nicht aus den Augen. Zwar schien es, als schenkte Anselm dem Altarbild keine Bedeutung; aber der Maler machte sich bange Gedanken, ob sein Desinteresse gespielt war oder ob ein klerikales Donnerwetter drohte. Ein solches hätte Alto auf Jahre hinaus aller Aufträge beraubt.

Beim Festmahl im Refektorium, bei dem die Tische zu einem Hufeisen zusammengeschoben und mit weißem Linnen gedeckt waren, brachte eine Gruppe fahrender Musikanten Grasliedchen und Kühreigen zum Vortrag, zwei Gassenhauer jener Zeit. Zwei Jünglinge mit Krummhorn und Zink spielten die Melodie, ein Mädchen mit sechssaitiger Gambe und eines mit Tambourin schlugen den Rhythmus.

Zwischen Fisch und Wildbret, denen der feiste Bischof mit bloßen Fingern zusprach, wischte sich Anselm mit dem Ärmel seines kostbaren Gewandes über den Mund und fragte die Äbtissin zu seiner Linken: »Sagt, ehrwürdige Mutter, wer hat das Triptychon der heiligen Caecilia gemalt?«

»Ein brabantischer Maler«, erwiderte die Äbtissin in Erwartung kritischer Worte, »er ist weitgehend unbekannt und malt vielleicht nicht nach jedermanns Geschmack, aber er verlangt nicht so viel wie die großen Meister in Nürnberg oder Köln. Das Abbild trifft wohl nicht so ganz Euren Geschmack, Eminenz?«

»Aber nein, ganz im Gegenteil«, beteuerte der Bischof, »ich habe noch nie ein Heiligenbild von solcher Schönheit und Reinheit gesehen. Wie heißt der Künstler?«

»Alto von Brabant. Er weilt noch hier. Wenn Ihr ihn sprechen wollt …« Die Äbtissin schickte nach Alto, der am Ende des langen Tisches Platz genommen hatte.

Während Bischof Anselm schmatzte und grunzte zum Zeichen, dass ihm der Rehbraten mundete, trat Alto vor den Tisch und machte eine demütige Verbeugung. Dabei zog er seine Schultern ein, was seinen Buckel noch größer in Erscheinung treten ließ.

»Du bist also der Maler, der die heilige Caecilia so lebensecht gemalt hat, dass man glauben könnte, sie steige jeden Augenblick aus dem Bild heraus.«

»Jawohl, Eminenz.«

»Bei allen Cherubim und Seraphim!« Der Bischof knallte seinen Weinbecher auf den Tisch. »Da ist dir wohl ein Meisterstück gelungen. St. Lukas hätte es nicht besser treffen können. Wie war doch gleich dein Name?«

»Alto von Brabant, Eminenz.«

»Und was treibt einen wie dich in den Süden?«

»Die Kunst, hoher Herr, die Kunst! In Zeiten von Pest und Hunger laufen einem die Auftraggeber nicht gerade die Türe ein.«

»Du könntest also kurzerhand in meine Dienste treten, Meister Alto?«

»Aber gewiss, Eminenz, wenn Euch mein bescheidenes Talent konveniert. Ich wollte morgen nach Ulm reisen und weiter nach Nürnberg auf der Suche nach einer neuen Aufgabe.«

»Papperlapapp! Du kommst mit mir. Die Wände in meinem Palast sind kahl, und ich trage da eine Idee mit mir herum.« Auf seinen Unterarm gestützt, lehnte sich Bischof Anselm über den Tisch. »Willst du sie hören?«

Der Maler trat näher. »Gewiss, Eminenz.«

»Ich möchte, dass du mir eine Heiligen-Galerie malst, Barbara, Katharina, Veronika, Maria Magdalena, Elisabeth, meinetwegen auch die Jungfrau Maria, eine jede in Lebensgröße und«, er winkte Alto näher heran, »eine jede, wie Gott sie schuf, geradeso wie du die heilige Caecilia gemalt hast. Und ich möchte, dass dir dabei die schönsten Bürgerstöchter Modell stehen.« Über Anselms Gesicht huschte ein hinterhältiges Grinsen.

Alto schwieg. Die Idee des Bischofs war fraglos ungewöhnlich und von besonderem Reiz. Vor allem brachte sie ihm mindestens ein Jahr Arbeit und Brot. Für einen Augenblick kam ihm Afra ins Gedächtnis, der er eigentlich diesen Aufstieg verdankte. Afra wartete seit Wochen in Ulm auf ihn. Er war verunsichert.

»Oh, ich verstehe«, legte der Bischof nach, der Altos Zaudern bemerkte. »Wir haben überhaupt noch nicht über deine Entlohnung gesprochen. Du wirst gewiss nicht für ein Vaterunser arbeiten, Meister Alto. Sagen wir hundert Gulden. Vorausgesetzt, du kannst sofort mit der Arbeit beginnen.«

»Hundert Gulden?«

»Für jedes Gemälde. Macht bei einem Dutzend Heiligen eintausendzweihundert Gulden. Einverstanden?«

Alto nickte devot. Noch nie hatte man ihm ein so fürstliches Honorar geboten. Eine so große Summe bedeutete für Alto, dass er in Zukunft nicht mehr jeden Auftrag annehmen musste. Dass er keine Deckenfresken mehr zu malen brauchte, eine scheußliche, schmerzhafte Arbeit für einen, den das Schicksal mit einem Buckel gestraft hat.

»Es ist nur so«, redete Alto verlegen herum, »ich habe in Ulm noch etwas zu erledigen. Wenn es Euch recht ist, Eminenz, komme ich in zwei Wochen nach.«

»In zwei Wochen? Maler, bist du von Sinnen?« Der Bischof wurde laut. »Ich erteile dir einen wahrlich fürstlichen Auftrag, und deine Antwort lautet, ich komme in zwei Wochen mal vorbei! Hör zu, du armseliger Farbenkleckser, entweder du kommst sofort mit uns, oder ich verzichte. Ich finde auch einen anderen, der mir meine Heiligen-Galerie malt. Morgen früh, Glock sieben, brechen wir auf. Im letzten Wagen ist ein Platz für dich frei. Du kannst es dir ja noch einmal überlegen.«

Für Alto von Brabant gab es nichts zu überlegen.

2. Bis zum Himmel und höher

»Fischle-Afra, Fischle-Afra!«, riefen die Gassenjungen hinter ihr her, wenn Afra mit einem Lächeln im Gesicht, in jedem Arm einen Korb mit Flussfischen, den Weg zum nahen Fischmarkt zurücklegte. Die Ulmer Gassenjungen waren gefürchtet für ihr loses Mundwerk; jedenfalls hatten sie noch ganz andere Sprüche drauf.

Seit Afra vor Melchior von Rabenstein die Flucht ergriffen hatte, waren sechs Jahre vergangen. Die Umstände und das furchtbare Geschehen hatte sie aus ihrem Gedächtnis verdrängt, ja manches Mal, wenn sie ihr Gewissen plagte, versuchte sie sich einzureden, sie habe alles nur geträumt: wie der Landvogt sie vergewaltigte, wie sie ein Kind zur Welt brachte und es im Wald aussetzte und wie sie sich durch die Wälder schlug. Selbst an ihr kurzes Klosterleben wollte sie nicht mehr erinnert werden, rief es doch nur Gedanken an bigotte, missliebige, geifernde Nonnen wach.

Es hatte sich gefügt, dass Fischer Bernward, der mit einer Schwester Altos von Brabant verheiratet war, eine Fischmagd suchte, die ihm und seiner Frau einen Teil der Arbeit abnahm. Und dass Afra arbeiten gelernt hatte, das bemerkte Bernward schon nach wenigen Tagen. Anfangs wartete sie noch auf Alto, aber als er nach sechs Wochen noch immer nicht eingetroffen war, begann sie ihn zu vergessen. Agnes, Bernwards Frau, die ihren buckligen Bruder besser kannte, meinte, Zuverlässigkeit habe noch nie zu Altos Tugenden gehört, er sei eben ein Künstler.

Fischer Bernward und seine Frau lebten in einem schmalbrüstigen, drei Stockwerke hohen Fachwerkhaus an der Mündung der Blau in die Donau. Zum Wasser hin hingen drei aus

85

Holz gezimmerte Altanen übereinander, und der Speicher des spitzgiebeligen Hauses diente als Lagerraum für Dörr- und Räucherfisch. Man durfte dem Fischgeruch nicht abgeneigt sein, wenn man hier wohnte. Zur Straßenseite prangte über dem Eingang des Hauses, vor dem meist quadratische Flussfischernetze zum Trocknen aufgespannt waren, ein blaues Zunftzeichen mit zwei zu einem X gekreuzten Hechten.

Wer wie Bernward im Fischerviertel lebte, gehörte gewiss nicht zu den Reichen der Stadt – der Reichtum Ulms blieb den Gold- und Silberschmieden, den Leinewebern und Kaufleuten vorbehalten –, aber arm war er auch nicht gerade. Auch ein Fischer wie Bernward, ein hochgewachsener Vierziger mit nackenlangen Haaren und buschigen dunklen Augenbrauen, trug an Feiertagen ein Sonntagsgewand aus feinem Stoff. Und Agnes, seine Frau, etwa ebenso alt wie er, auch wenn ein arbeitsreiches Leben sie älter erscheinen ließ, putzte sich an besonderen Tagen ebenso heraus wie manche reiche Kaufmannswitwe, von denen es in Ulm nicht wenige gab.

Überhaupt gab es mehr Frauen als Männer in dieser Zeit, aber nirgends fiel das mehr auf als in Ulm. Denn hatte die Natur, bedingt durch Kriege, Kreuzzüge und Berufsunfälle, den männlichen Anteil der Bevölkerung ohnehin schon dezimiert, so waren Kaufleute und Handwerker oft Monate, manchmal sogar Jahre unterwegs und ließen Frauen und Kinder allein zurück.

Bernward führte hingegen ein eher beschauliches Dasein. Von Berufs wegen entfernte er sich kaum mehr als eine Meile von seinem Haus, meist flussabwärts, wo die Gerber ihre Abfälle in den Fluss leiteten und die dicksten Waller und Huchen standen. Der Fischer hatte keinen Sohn, auch eine Tochter war ihm und seiner Frau Agnes von Gott verwehrt worden; deshalb behandelten sie Afra, als wäre sie ihre eigene Tochter.

Es ging ihr gut wie noch nie in ihrem Leben, wenngleich sie die Arbeit von früh bis spät in Beschlag nahm. Bei Wind und Wetter, Regen und Kälte stand Afra schon morgens um sechs auf dem Markt vor dem Rathaus und verkaufte die Fische, die Bern-

ZWEITES KAPITEL

ward in der Nacht gefangen hatte. Am schlimmsten war das Einsalzen der Fische in dicken Fässern. Dabei musste Lage für Lage mit grobem Salz eingerieben werden. Das Salz riss die Hände auf und brannte wie Feuer. In solcher Situation wünschte Afra, Altos Schwester hätte einen Goldschmied oder wenigsten einen Tuchmacher geheiratet.

Seit Jahren schon litt das Land unter eisiger Kälte. Von Norden her bliesen unablässig garstige Winde. Die Sonne ließ sich selten blicken. Wochenlang verdunkelten tiefe, dunkle Wolken den Himmel, und Wanderprediger kündeten – nicht zum ersten Mal – vom nahen Ende der Welt. An Rhein und Main gedieh kein Wein mehr, und die Fische zogen sich auf den Grund der Gewässer zurück. Mehr als einen mageren Hecht und zwei grätige Weißfische brachte Bernward manchmal nicht nach Hause.

Auf der Suche nach einem Zubrot überquerte Bernward eines Tages den Münsterplatz, wo seit dreißig Jahren an einer neuen Kathedrale gebaut wurde. Der Rat und die reiche Bürgerschaft der Stadt hatten den Entschluss gefasst, zur höheren Ehre Gottes, vor allem aber zum augenfälligen Beweis eigenen Wohlstands und Reichtums einen Dom zu errichten, der die größten Kathedralen in ihren Ausmaßen noch übertraf.

Zwar ernteten sie von Baubeginn an nur Hohn und Spott, weil Ulm nicht einmal über einen eigenen Bischof verfügte, aber das Bauwerk wuchs beständig von Tag zu Tag. Tausend Arbeiter waren bisweilen auf der Baustelle beschäftigt. Manche kamen von weit her, aus Frankreich und Italien, wo sie an den großen Kathedralen neuen Stils Hand angelegt hatten.

Es war um die Mittagszeit, und Maurer und Zimmerleute, Steinmetze und Gerüstbauer lungerten frierend auf dem Platz herum und verschlangen ein Stück Brot und tranken Wasser aus einer großen Schnabelkanne, die hurtig von Mund zu Mund ging. Hunde und Katzen schlichen herum auf der Suche nach Abfällen. Die Stimmung schien eher gedrückt und nicht gerade aufmunternd für Männer, die den schönsten und prächtigsten Dom der Welt bauen sollten.

Deshalb wandte sich Bernward an den Dombaumeister Ulrich von Ensingen mit dem Anerbieten, die Arbeiter gegen bescheidene Münze zu verköstigen. Der Vorschlag fand bei Meister Ulrich Gefallen. Hungrige Maurer, meinte er, errichteten schiefe Mauern, und durstige Zimmerleute schlügen krumme Balken. So erhielt Bernward gleichsam über Nacht einen Auftrag, der ihm auf Lebenszeit ein gutes Auskommen sicherte; denn eine Kathedrale wird nicht in einem halben Lebensalter errichtet.

Auf der Nordseite des himmelstürmenden Bauwerks bauten die Zimmerleute eine Suppenküche aus Planken und Brettern, die Maurer setzten einen Herd mit sechs Feuerstellen, und für die Möblierung mit einfachen Tischen und Bänken sorgte die Handwerkerzunft der Tischler. Agnes, Bernwards Frau, übernahm die Küche. Meist gab es deftige Suppen. Vor allem ihre Fischsuppe, ein Sud aus Fischresten, Bohnen und scharf gewürztem Gemüse, fand reißenden Absatz. An gewissen Tagen, wenn der Wind von Süden kam, wehte ihr verlockender Duft bis zur Büchsengasse.

Doch die größte Anziehungskraft der Domsuppenküche übte Afra, die Schankmagd aus. Afra fand stets den richtigen Ton im Umgang mit den rauen Gesellen, und sie nahm es auch nicht übel, wenn ihr ein Zimmermann – die wildeste Zunft unter den Handwerkern der Dombauhütte – aus Übermut in den Po kniff. Gefördert wurde so viel Übermut durch den Ausschank von dünnem braunem Bier, welcher mit einer Sondergenehmigung des Rates der Bürgerschaft erfolgte – letztendlich zur höheren Ehre Gottes.

Natürlich wusste Bernward um die Anziehungskraft seiner Schankmagd. Nicht ohne Eigennutz kaufte er ihr schöne Kleider aus Tuch, das die Händler aus Italien mitbrachten, ja er zahlte ihr sogar Lohn, den sie unangetastet auf die Seite legen konnte.

Obwohl sie mitten unter den Handwerkern ihre Arbeit verrichtete, wusste Afra wenig über das, was um sie vorging. Bisweilen waren merkwürdige Dinge im Gange, über die niemand redete. Es schien, als wären die einzelnen Zünfte außerhalb des Lokals einander spinnefeind, die Steinschneider den Maurern, die Zimmerleute den Balkenlegern. An Steinen und Balken brachten sie geheimnisvolle Zeichen an, Dreiecke und Quadrate, Schleifen und Spiralen, mit denen nur Eingeweihte etwas anfangen konnten. Für ihre Arbeit benützten sie seltsames Handwerkszeug, Winkelhaken, Zirkel und Räder, die in dreihundertsechzig Striche eingeteilt waren, samt einem Zeiger, der sich um die eigene Achse drehte.

Am augenfälligsten waren jedoch die zum Einsatz gebrachten Maschinen, hölzerne Ungetüme mit Drehrädern, in deren Innern Frauen und Kinder vor sich hintrotteten, um sie am Laufen zu halten und Seilwinden anzutreiben. Hebebalken, so lang, dass ihre Enden sich zur Erde bogen, hievten Steine in luftige Höhe und knarrten unter der schweren Last. Dem Kirchenschiff, das längst alle Bauten der Stadt überragte, fehlte noch immer das Gewölbe, weil Ulrich von Ensingen, der Dombaumeister, kaum hatte es die geplante Höhe erreicht, ein jedes Mal den Auftrag gab, ein weiteres Stockwerk darauf zu setzen. Das Innere gab den Blick zum Himmel frei, aber am meisten verwunderten die Seile, welche den Chorraum wie ein riesiges Spinnennetz überspannten, wobei sie im Kirchenschiff Winkel und Gerade beschrieben.

Hinter all diesem Schabernack steckte Meister Ulrich, ein Mann, der sich mit einer Aura von Unnahbarkeit umgab wie ein Eremit. Die wenigsten hatten ihn je gesehen und hielten ihn für etwas wunderlich. Nur am frühen Morgen und in den Abendstunden huschte sein Schatten über die Lagerplätze, und auf den hohen Gerüsten, die von unten kaum einsehbar waren, polterten seine Schritte. Seine Anordnungen gab Ulrich von Ensingen nur den Vorarbeitern der Zünfte. Zur Entgegennahme seiner Weisungen mussten diese jedes Mal das höchste Gerüst über dem Hauptportal erklimmen, wo Meister Ulrich in einer Hütte über Plänen und Zeichnungen brütete, besessen von der Idee, die höchste Kathedrale zu bauen, die je von Menschenhand geschaffen wurde.

Wenn es ihre Zeit zuließ, beobachtete Afra das Wachsen des Doms mit bangen Augen. Sie konnte sich einfach nicht vorstellen, wie Menschen mit bloßen Händen ein solch hohes Gebirge aus Stein errichteten. Es wollte ihr nicht in den Kopf, dass Wände und Säulen, die ohne sichtbare Stütze zum Himmel ragten, den Herbststürmen trotzten, ohne Schaden zu nehmen, während dieselben Stürme Eichen entwurzelten. Meister Ulrich musste ein wahrer Hexenmeister sein.

Noch nie war Afra dem Dombaumeister begegnet. Denn er mied es sogar, zusammen mit den Arbeitern in der Suppenküche zu essen. Ja es gab Zimmerleute, die leugneten seine Existenz oder hielten ihn für ein Phantom, weil sie von Meister Ulrich nur gehört, ihn aber noch nie zu Gesicht bekommen hatten. Nicht einmal der Lichtschimmer, den man an langen Abenden in der Hütte hoch über dem Westportal sehen konnte, vermochte sie eines Besseren zu belehren.

An einem der wenigen lauen Sommerabende, die zum Übermut herausforderten, fasste Afra einen Entschluss. Sie nahm eine Flasche braunen Dünnbiers, band sie in ihre Schürze und begab sich zum Westportal. Oft hatte sie die Geschicklichkeit der Maurer und Zimmerleute bewundert, die sich in kurzer Zeit an den Leitern von Stockwerk zu Stockwerk hangelten, bis sie zum obersten Absatz gelangten. Auf der fünften Plattform machte Afra eine Verschnaufpause, dann erklomm sie keuchend die letzten drei Stockwerke. Sie glaubte, ihre Lungen müssten zerplatzen, so schnell ging ihr Atem.

Hoch oben über den Dächern der Stadt war es auf wundersame Weise heller. Häuser und Straßen tief unter ihr lagen in samtschwarzem Dunkel. Hier und da zappelte eine Fackel oder Laterne auf der Straße. Über dem Fluss, hinter der Stadtmauer, lag der milchige Widerschein des Mondes. Und wenn sie den Blick nach rechts wandte, konnte Afra das Fischerviertel und das schmalbrüstige Haus Bernwards erahnen.

In der Hütte brannte Licht. Sie war keineswegs so klein und windig, wie es von unten den Anschein hatte. Afra glättete ihre

Haare, die beim Aufstieg in Unordnung geraten waren, dann löste sie den Knoten ihrer Schürze und zog die Flasche mit dem Dünnbier hervor. Ihr Herz klopfte nicht nur wegen der anstrengenden Kletterei, sie wusste auch nicht, wie sie diesem rätselhaften Ulrich von Ensingen begegnen sollte. Schließlich fasste sie sich ein Herz und öffnete die Türe.

Das quietschende Geräusch, dem Miauen einer Katze nicht unähnlich, schien Meister Ulrich nicht weiter zu stören. Er stand ihr zugewandt mit gekrümmtem Rücken über eine Zeichnung gebeugt und zog mit Rötel und Lineal gerade Linien. Dabei murmelte er im gleichen Rhythmus: sechzig, hundertzwanzig, hundertachtzig.

Meister Ulrich war ein hochgewachsener Mann mit kräftigen dunklen Haaren, die ihm beinahe bis zur Schulter reichten. Er trug ein ledernes Wams und einen breiten Gürtel und blickte nicht einmal auf, als Afra die Flasche auf den Tisch stellte. Und weil sie nicht wagte, den Meister bei seiner Arbeit zu unterbrechen, standen sich beide minutenlang gegenüber, ohne dass etwas geschah.

»Sechzig, hundertzwanzig, hundertachtzig«, wiederholte Ulrich von Ensingen, und im selben Atemzug und Tonfall fügte er hinzu: »Was willst du?«

»Ich bringe Euch etwas zu trinken, Dünnbier aus der Suppenküche. Ich bin Afra, die Schankmagd.«

»Habe ich danach verlangt?« Noch immer hatte Meister Ulrich Afra keines Blickes gewürdigt.

»Nein«, erwiderte sie, »ich dachte nur, ein Schluck Bier würde Euch bei Eurer Arbeit beflügeln.«

Erneut entstand eine endlos lange Pause, und Afra begann ihre unüberlegte Handlung zu bereuen. Ulrich von Ensingen mochte ein begnadeter Dombaumeister sein, ein angenehmer Unterhalter war er gewiss nicht. Da blickte er auf.

Afra erschrak. Seine dunklen Augen hatten etwas Durchdringendes, etwas, das einen gefangen nahm und dem man nicht entkommen konnte. Mit diesem stechenden Blick und einer knappen Kopfbewegung wies er wortlos zur Fensterbank. Dort standen zwei hölzerne Bierhumpen, ein jeder eine Elle hoch.

»Ich sehe, Ihr seid versorgt«, bemerkte Afra entschuldigend. Und während sich Ulrich erneut den Plänen widmete, sah sich Afra in der Hütte um. Die Wände waren voll gepflastert mit Detailzeichnungen von Kreuzrippen, Endsteinen, Kapitellen, Sockelsteinen, Fensterskizzen und Rosetten. Aus einem Kasten gegenüber der Fensterbank quollen gefaltete Pläne. An einem Schrank links neben der Türe hing ein zweites Gewand. Hier also wurde das gigantische Bauwerk erdacht.

Afras Bewunderung wuchs. Sie suchte seinen Blick, aber Ulrich von Ensingen hatte nur ein Auge für seine Pläne. Er muss verrückt sein, dachte sie, aber vermutlich konnte nur ein Verrückter ein so großes Werk in Angriff nehmen.

Verlegen nestelte Afra an ihrer Schürze. »Ihr müsst meine Neugier verzeihen, aber ich wollte den Mann, der sich das alles ausdenkt, einmal von Angesicht sehen«, sagte sie schließlich.

Meister Ulrich verzog das Gesicht. Nur allzu deutlich gab er zu erkennen, dass ihm die Unterhaltung lästig war. »Dann hast du ja erreicht, was du wolltest.«

»Ja«, erwiderte Afra, »man erzählt sich nämlich allerlei Merkwürdigkeiten über Euch. Es gibt sogar Handwerker, die behaupten, dass Ihr gar nicht existiert. Könnt Ihr Euch das vorstellen, Meister Ulrich? Sie glauben, all die Pläne, die hier herumliegen, hat der Teufel gezeichnet.«

Über Ulrichs Gesicht huschte ein Schmunzeln. Aber schon im nächsten Augenblick hatte er sich wieder in der Gewalt. Mit der ihm eigenen finsteren Miene knurrte er: »Und um mir das mitzuteilen, hältst du mich von der Arbeit ab? Wie war doch gleich dein Name?«

»Afra, Meister Ulrich.«

»Nun gut, Afra.« Der Dombaumeister blickte auf. »Jetzt hast du also dem Leibhaftigen ins Auge geblickt, jetzt kannst du wieder gehen.« Bei diesen Worten lehnte er sich über den Tisch und nahm eine beinahe drohende Haltung ein.

ZWEITES KAPITEL

Afra nickte stumm, aber in ihrem Innersten wurmte sie der ungalante Rausschmiss. Der Abstieg im fahlen Mondlicht erwies sich als viel mühevoller als der Aufstieg. Jedenfalls atmete sie auf, als sie endlich wieder Boden unter den Füßen hatte.

Die Begegnung mit Ulrich von Ensingen hatte bei Afra tiefen Eindruck hinterlassen. Seine stolze Erscheinung und die eigenartigen Gebärden hatten etwas Majestätisches an sich, etwas Unerklärliches, das sie faszinierte. Sie ertappte sich dabei, dass ihr Blick mehrmals am Tag hinauf zur Bauhütte ging und über die Gerüste schweifte, aber weder am nächsten noch an den darauf folgenden Tagen bekam sie Meister Ulrich zu Gesicht.

Das Bauwerk selbst, dem sie bisher wenig Beachtung geschenkt hatte, fand auf einmal ihr Interesse. Mindestens einmal pro Tag umrundete sie das unvollendete Kirchenschiff und registrierte alle Veränderungen im Vergleich zum Vortag. Und zum ersten Mal in ihrem Leben überkam Afra der Gedanke, dass es Bedeutsameres gab im Leben als das, was bisher ihr Leben beherrscht hatte.

Zwei Wochen etwa nach der Begegnung auf dem Baugerüst verließ Afra spätabends die Suppenküche. Gerade als sie in die Straße vom Münsterplatz zum Fischerviertel einbog, drängten sich zwei finstere Gestalten an ihr vorbei. Davon gab es in Ulm nicht gerade wenig, denn ein so großes Projekt wie der Dombau zog allerlei Gesindel an. Die Kleidung der beiden machte Afra jedenfalls misstrauisch. Obwohl es keineswegs kalt war, trugen sie weite schwarze Mäntel und tief ins Gesicht gezogene Kapuzen. Im Schutz eines Hauseingangs beobachtete Afra, wie die beiden Männer der Baustelle zustrebten. Es verhieß nichts Gutes, als die beiden in ihren weiten Mänteln das Gerüst erklommen und, oben angekommen, in der Bauhütte von Meister Ulrich verschwanden. In ihrem sicheren Versteck machte sich Afra Gedanken, welchen Grund der späte Besuch bei Meister Ulrich haben könnte, aber sie fand keine Erklärung.

Während sie noch darüber nachsann, erschienen die beiden

Männer auf dem Baugerüst. Sie hatten es eilig. Mehr rutschend als kletternd glitten sie an den Leitern herab, überquerten den großen Platz und verschwanden, nach allen Seiten spähend wie Strauchdiebe, in der Hirschgassse. Afra fühlte sich vor den Kopf gestoßen. Vergeblich hielt sie nach dem Nachtwächter Ausschau. Sie wusste nicht, wie sie sich verhalten sollte.

Vielleicht hatte sie, nach allem, was ihr bisher widerfahren war, eine zu schlechte Meinung von den Menschen. Nicht unter jeder schwarzen Kapuze verbarg sich ein Schurke. Andererseits, überlegte sie, gab es kaum eine plausible Erklärung, warum zwei vermummte Gestalten des Nachts das Baugerüst des Doms emporkletterten, in der Bauhütte Meister Ulrichs verschwanden und in größter Hast den Rückweg antraten. Afra hatte den letzten Aufstieg, vor allem aber den Abstieg vom Baugerüst noch in bedenklicher Erinnerung. Aber in dieser unsicheren Situation entschloss sie sich kurzerhand, einen erneuten Aufstieg zu wagen.

In der Bauhütte hoch oben auf dem Gemäuer brannte noch immer Licht. Mitternacht war vorüber, und die Sprossen der Leitern waren feucht und glitschig vom Tau. Auf jedem Stockwerk machte Afra halt und trocknete die Hände an ihren Röcken. Endlich gelangte sie an ihr Ziel.

»Meister Ulrich!«, rief sie leise, noch bevor sie die Türe der Bauhütte öffnete. Die Türe war nur angelehnt. Als sie sie vorsichtig aufstieß, bot sich ihr ein Bild der Verwüstung. Zeichnungen, Skizzen und Pläne lagen zerfetzt auf dem Boden verstreut. Auf dem Tisch mit den Plänen flackerte ein Licht. Eine weitere Kerze brannte unter dem Tisch – ein ungewöhnlicher Standort für eine Lichtquelle.

Als sie das Licht näher in Augenschein nahm, machte Afra eine seltsame Entdeckung: Die Kerze war mit einer Wachsschnur umwickelt, welche, zwei Finger breit über dem Boden, wie eine Lunte zu dem Kastenschrank neben der Tür führte. Es dauerte keine Sekunde, bis Afra sich einen Reim auf die hinterlistige Einrichtung machen konnte. Sie riss die Schranktür auf.

Auf dem Boden lag, zusammengekrümmt, an Handgelenken und Füßen gefesselt und mit einem derben Seil mehrfach umwickelt, Ulrich von Ensingen. Er hatte den Kopf zur Seite gedreht und rührte sich nicht.

»Meister Ulrich!« Afra stieß einen gellenden Schrei aus. In ihrer Hilflosigkeit fasste sie die Beine des Dombaumeisters und versuchte ihn aus dem Kastenschrank zu ziehen. Dabei glitt sie aus und fiel rücklings auf den Boden. Im selben Augenblick stürzte die Kerze unter dem Tisch um, die Lunte fing Feuer, und eine züngelnde Flamme begann sich langsam auf den Schrank zuzubewegen.

Noch bevor Afra die Flamme austreten konnte, hatten einige Pläne, die auf dem Boden verstreut lagen, Feuer gefangen. Afra zögerte, ob sie zuerst die Flammen löschen oder zuerst Ulrich aus der Hütte ins Freie ziehen sollte. Sie wusste nicht, ob ihre Kräfte reichen würden, den stämmigen Mann aus dem Schrank zu heben. Deshalb stürzte sie sich auf die Flammen. Mit einem gefalteten Pergament, das sie zufällig zu fassen bekam, und mit aller Kraft klatschte sie die Flammen nieder, bis nur noch schwarze Aschefetzen zurückblieben. Das verbrannte Pergament stank abscheulich und hinterließ einen beißenden Qualm.

Afra hustete sich die Lungen aus dem Leib, dann wuchtete sie Meister Ulrich aus seinem engen Gefängnis. Sie spürte, wie sich sein wuchtiger Körper regte. Sein Kopf kippte willenlos zur Seite. Da erkannte Afra, dass ein Knebel, ein Stoff- oder Lederballen, in seinem Mund steckte. Es bereitete Mühe, ihn von dieser Folter zu befreien. Dann nahm sie seinen Kopf zwischen beide Hände und schüttelte ihn hin und her.

Endlich schlug Ulrich von Ensingen die Augen auf. Als habe er schlecht geträumt, blickte er ungläubig auf das Durcheinander um sich herum. Es schien, als würde er nichts von alledem begreifen. Am meisten aber verwirrte ihn Afras Anblick. Er zog die Augenbrauen zusammen und sagte leise: »Bist du nicht …«

»… Afra, die Schankmagd aus der Suppenküche, gewiss.«

Der Dombaumeister schüttelte den Kopf, als wollte er sagen:

Das verstehe, wer will. Stattdessen sagte er mit beinahe vorwurfsvollem Unterton: »Kannst du nicht endlich meine Fesseln lösen?« Dabei streckte er Afra seine Handgelenke entgegen.

Mit spitzen Fingern und bloßen Zähnen gelang es Afra, Ulrich von seinen Fesseln zu befreien. Und während er die roten Striemen an Hand- und Fußgelenken massierte, fragte Afra: »Was ist eigentlich geschehen, Meister Ulrich? Man wollte Euch umbringen. Seht die Lunte da. Die Kerze hätte sie entzündet, sobald sie niedergebrannt wäre. Dann hätte sie die ganze Bauhütte in Brand gesteckt. Ihr wart keine Stunde vom sicheren Tod entfernt.«

»Dann hast du mir also das Leben gerettet, Jungfer Afra!«

Afra hob die Schultern. »Das gebietet die christliche Nächstenliebe«, antwortete sie schnippisch.

»Soll auch dein Schaden nicht sein. Dein Kleid hat arg gelitten. Ich werde dir ein neues zukommen lassen.«

»Gott behüte!«

»Nein, nein. Ohne deine Hilfe wäre ich hier vermutlich elend zugrunde gegangen, und mein Dom wäre wohl nie fertig geworden, jedenfalls nicht so, wie ich mir das vorstelle.«

Afra sah dem Dombaumeister ins Gesicht, aber sie hielt seinem festen Blick keine Sekunde stand. Verlegen blickte sie zur Seite und meinte: »Ihr seid schon ein seltsamer Mensch, Meister Ulrich. Kaum seid Ihr dem Tod von der Schippe gesprungen, beschäftigt Euch nur der eine Gedanke, wie es mit dieser gottverdammten Kathedrale weitergeht. Interessiert Euch denn nicht im Geringsten, wer Euch auf so niederträchtige Weise vom Leben zum Tod befördern wollte? Wer immer dahinter steckt, die beiden haben ihr Vorhaben gut vorbereitet.«

»Die beiden?« Ulrich blickte verwundert. »Woher weißt du, dass es zwei waren? Ich bekam nur einen zu Gesicht. Er schlug mich nieder. Dann verlor ich das Bewusstsein.«

»Ich habe sie gesehen, zwei Männer mit weiten Umhängen und schwarzen Kapuzen. Ich befand mich auf dem Heimweg, als sich unsere Wege kreuzten. Sie kamen mir irgendwie verdächtig vor. Also beobachtete ich ihr Ziel. Als ich sah, wie sie mitten in der Nacht auf das Gerüst stiegen, schöpfte ich Verdacht.«

Ulrich von Ensingen nickte anerkennend. Schließlich rappelte er sich hoch. Und nun geschah etwas, womit Afra nie gerechnet hätte, etwas, was ihr so undenkbar erschien wie die leibhaftige Himmelfahrt der Jungfrau Maria: Ulrich trat ganz nahe an sie heran, und mit einer heftigen Bewegung riss er sie in seine Arme.

Der jähe Anfall von Zuneigung kam für Afra überraschend. Unfähig zu reagieren, ließ sie die Arme herabbaumeln und drehte den Kopf zur Seite. Sie spürte den kräftigen Körper des Mannes und die starken Arme, die sie umfingen. Und wenn sie hundert Eide geschworen hatte, nie im Leben mit einem Mann etwas anzufangen, sie konnte nicht leugnen, dass sie diese Umarmung genoss. Sie gab nach und schmiegte sich in diese wohlige Ewigkeit, in der Ulrich von Ensingen sie an sich presste und nicht mehr losließ.

Später hatte sich Afra oft gefragt, wie lange diese unerwartete Umarmung, die für ihr Leben von entscheidender Bedeutung sein sollte, eigentlich gedauert hatte. Sie hätte nicht sagen können, ob es Sekunden, Minuten oder Stunden waren. Jede Zeit war außer Kraft gesetzt. In dieser Nacht schwebte sie nach Hause, beseelt von einem Gefühl, das sie nie gekannt hatte. Sie war zutiefst verunsichert und verwirrt.

Wie ein Lauffeuer verbreitete sich die Kunde von dem Anschlag auf den Dombaumeister am folgenden Tag. Meister Ulrich setzte hundert Gulden Kopfgeld auf die Täter aus. Aber obwohl die Schergen alle Winkel der Stadt durchkämmten, die finsteren Elementen als Unterschlupf dienten, blieb die Suche erfolglos. Aufsehen erregte auch die Tatsache, dass ausgerechnet Afra, die Schankmagd der Suppenküche, dem Dombaumeister das Leben gerettet haben sollte. Was, fragten viele, hatte die Jungfer um Mitternacht auf dem Dombaugerüst zu suchen?

Es gab Ulmer Bürger, die witterten Bischof Anselm von Augsburg als Drahtzieher des Mordanschlags. Bischof Anselm könne es nicht ertragen, dass die Kathedrale von Ulm seine eigene in den Schatten stelle. Andere wollten zwei Dominikanern begegnet sein, welche die Demut des christlichen Glaubens predigten und die den Bau der himmelstürmenden Kathedralen jenseits des Rheins als Hochmut geißelten. Angeblich führten sie geheime Bücher über selbstherrliche Bauten, welche sie, kraft ihrer Gebete oder unter Zuhilfenahme mechanischer Kraftanstrengung, zum Einsturz bringen wollten.

Der Dombau spaltete die Ulmer Bürgerschaft in zwei Parteien. Die einen waren nach wie vor der Ansicht, Meister Ulrich solle eine Kathedrale bauen, die ihresgleichen suche in deutschen Landen. Die andere Partei vertrat die Ansicht, ein so großes Gotteshaus zeuge eher von Protz und Stolz als von der Frömmigkeit seiner Bürger. Mit dem Geld, das die reichen Patrizier in das teure Bauwerk steckten, könnten unzählige Taten christlicher Nächstenliebe verrichtet werden.

Misstrauisch schielten die Bürger hinauf zur obersten Galerie des Kirchenschiffes, seit das Gerücht die Runde machte, Ulrich von Ensingen wolle ein weiteres Stockwerk darauf setzen. Drei Mal hatte das Kirchenschiff bereits die in den Plänen vorgesehene Höhe überschritten. War dieser Meister Ulrich von Gott und allen guten Geistern verlassen?

Jeden Abend, vor Einbruch der Dämmerung, liefen die Menschen auf dem großen Platz vor der Kathedrale zusammen und lieferten sich lautstarke Wortgefechte. Und allmählich wuchs die Zahl derer, die forderten, Ulrich von Ensingen solle den Bogen nicht überspannen und endlich das Dachgebälk auf das Kirchenschiff setzen. Unter den Vorarbeitern löste der Aufstand große Unruhe aus, nachdem einige von ihnen bespuckt und mit Pech und faulen Eiern beworfen worden waren.

An einem dieser spannungsgeladenen Abende, an dem Gegner und Befürworter des Bauwerks hart aneinander gerieten, formierte sich auf dem Münsterplatz ein Sprechchor. Die aufgebrachte Menge skandierte: »Meister Ulrich, komm herunter! Meister Ulrich, komm herunter!«

Im Grunde hatte kaum jemand damit gerechnet, dass der menschenscheue Dombaumeister der Forderung des Pöbels nachkommen würde. Da streckte ein dickes Weib, das sich durch ihre besonders laute Stimme hervorgetan hatte, den Arm aus und rief: »Da! Seht nur!«

Alle Blicke richteten sich zur obersten Plattform des Baugerüsts. Die Rufe verstummten. Mit offenen Mäulern verfolgten die Menschen die Bewegungen des stattlichen Mannes, der, wie eine Spinne im Netz, Leiter für Leiter nach unten kletterte. Ein Alter rief leise: »Das ist er. Ich kenne ihn. Es ist Ulrich von Ensingen.«

Unten angelangt, begab sich der Meister mit schnellen Schritten zu einem unbearbeiteten Steinquader, der vor der Nordwand des Kirchenschiffes lagerte. Mit einem Satz schwang sich Ulrich auf den Stein und blickte selbstsicher in die Runde. Nur das Krächzen der Raben, die über dem hohen Gerüst ihre Bahnen zogen, war zu hören, sonst war es still.

»Bürger von Ulm, ihr Bürger dieser großen stolzen Stadt, hört mich an!« Meister Ulrich verschränkte die Arme vor der Brust, was den Anschein von Unnahbarkeit, die er ohnehin ausstrahlte, noch verstärkte.

An der Seite, nicht weit entfernt, sodass ihm ihre Anwesenheit nicht verborgen bleiben konnte, stand Afra unter den Zuhörern. Ihr Kopf glühte wie in der Hitze eines Backofens. Sie hatte Ulrich seit der seltsamen Begegnung in der Bauhütte nicht mehr gesehen. Die Begebenheit hatte sie durcheinander gebracht, und sie litt noch immer darunter. Nicht in dem Sinn, dass sie Schmerz empfand oder Bedauern, im Gegenteil. In ihrem Innersten hatte sich Unsicherheit breit gemacht, Zwiespalt über den Zustand ihrer Gefühle.

Sie wusste auch nicht, ob er sie ansah oder ob er einfach durch sie hindurchblickte, als er jetzt seine Rede begann.

»Als Ihr, Bürger von Ulm, vor dreißig Jahren den Entschluss fasstet, hier an dieser Stelle eine Kathedrale zu errichten, die Eurer Stadt und ihrer Bürger würdig ist, da versprach Euch

Meister Parler, den Bau in einem Menschenalter hochzuziehen. So weit, so gut. Ein Menschenalter ist für jeden von Euch eine lange Zeit, für eine Kathedrale, die diesen Namen verdient, ist es nur ein Augenblick. Die alten Römer, die uns noch heute in manchem Vorbild sind, kannten ein Sprichwort. Es lautet: *Tempora mutantur nos et mutamur in illis.* Das bedeutet: Die Zeiten ändern sich und wir mit ihnen. Ihr, ich, jeder von uns ist also in der Zwischenzeit ein anderer geworden. Was vor dreißig Jahren unser Gefallen fand, erregt heute eher unser Mitleid. Und manchmal ist es gerade umgekehrt. Ist es nicht so, dass die Kathedrale, die hier vor Euren Augen in den Himmel wächst, schöner, großartiger und bewundernswerter ist als jene, die Meister Parler vor dreißig Jahren begonnen hat?«

»Da hat er Recht«, rief ein vornehm gekleideter Kaufmann mit einer aufgeplusterten Kappe auf dem Kopf.

Ein alter Mann mit weißem Bart und grimmigem Blick geiferte dazwischen: »Wäre ja noch schöner, wenn die Kosten, die unsere Kathedrale verschlingt, nicht sichtbar würden. Ich zweifle allerdings, ob die Höhe unseres Doms Gott dem Herrn zur Ehre gereicht.« Der Alte erntete Zustimmung von vielen Seiten, und er sonnte sich im Erfolg seiner Rede, indem er den Kopf in den Nacken warf, dass sein Bart beinahe waagrecht abstand. Schließlich legte er noch eins nach: »Meister Ulrich, ich glaube, die Ehre des Herrn ist Euch eher gleichgültig. Ihr seid viel mehr an Eurem eigenen Ruhm interessiert. Oder welchen Grund gäbe es, das Kirchenschiff neun Stockwerke in die Höhe zu bauen statt der geplanten fünf?«

Da zeigte Meister Ulrich mit dem Finger auf den Alten und rief: »Wie ist dein Name, Großmaul? Nenne ihn laut, damit ihn alle hören.«

Der Alte zuckte sichtbar zusammen, und etwas kleinlaut erwiderte er: »Ich bin der Färber Sebastian Gangolf, und von Euch lasse ich mich noch lange nicht Großmaul nennen.«

Die Umstehenden nickten beifällig.

»Ach?«, entgegnete Ulrich spitz. »Dann solltest du aber zurückhaltender sein mit deinen Äußerungen und nicht Dinge predigen, von denen du nichts verstehst.«

»Was gibt es da schon zu verstehen«, mischte sich ein geckig gekleideter Jüngling ein. Er hieß Guldemundt und war mit einem auffallenden bis zu den Schenkeln reichenden Umhang bekleidet, beinahe wie ein Ratsherr. Vor allem aber trug er ein überhebliches Wesen zur Schau. Von seiner Art gab es nicht wenige in Ulm, junge Männer, die das Geschäft des Vaters geerbt und nun nichts anderes zu tun hatten, als ihr Erbe durchzubringen.

»Dass gerade du von Baukunst nichts verstehst, wundert mich nicht«, erregte sich Meister Ulrich, »vermutlich besteht deine tägliche Hauptbeschäftigung darin, zu überlegen, welchem Gewand du heute den Vorzug geben sollst. Nein, da bleibt keine Zeit, dich in die Geheimnisse der Baukunst zu vertiefen.«

Mit diesen Worten hatte Meister Ulrich die Lacher auf seiner Seite. Aber der junge Geck gab nicht auf: »Geheimnis? Dann nenne uns doch das Geheimnis, warum unsere Kathedrale neun Stockwerke haben soll und nicht fünf, wie von Meister Parler geplant.« Einen Augenblick zögerte Ulrich von Ensingen, ob er die Bürger von Ulm in die Geheimnisse des Dombaus einweihen sollte, aber er sah darin die einzige Möglichkeit, die öffentliche Meinung für sich zu gewinnen. »Alle bedeutenden Bauwerke auf unserer Erdenscheibe«, begann er weit ausholend, »sind von Geheimnissen umgeben. Manche dieser Geheimnisse wurden nach Jahrhunderten gelöst, an anderen rätseln wir noch heute herum. Denkt nur an die größte aller Pyramiden in Ägypten. Kein Mensch wird je ihre Bedeutung erfahren und wie es gelang, mannshohe Quadersteine mit solcher Genauigkeit zu solcher Höhe zu schichten. Denkt an den römischen Baumeister Vitruvius, der mithilfe eines Obelisken den größten Zeitmesser der Erde konstruierte, eine Uhr, deren Zifferblatt so groß war wie dieser Platz und die Stunden, Tage und Monate, sogar die Jahreszeiten anzeigte. Oder denkt an den Dom zu Aachen. Das Oktogon in seiner Mitte gibt Eingeweihten nicht nur Hinweise auf Textstellen der Heiligen Schrift, mithilfe der Sonnenstrahlen, die an bestimmten Tagen durch seine Fenster fallen, vermittelt es uns wichtige astronomische Daten. Oder denkt an die vier zu Stein gewordenen Reiter im Dom zu Bamberg. Kein Mensch kennt ihre Bedeutung oder ihr Vorbild. Sie waren einfach da, so wie der Tag, den Gott werden lässt. Und was Eure Kathedrale betrifft, Ihr Bürger von Ulm, so wird sie mehr als nur *ein* Geheimnis bergen. Aber wenn ich Euch heute darüber in Kenntnis setzte, wären sie ja keine Geheimnisse mehr. Schließlich sollen noch in tausend Jahren die Menschen sich die Köpfe zerbrechen, welche Botschaft Meister Ulrich ihnen übermitteln wollte. Jedes wahre Kunstwerk birgt sein Geheimnis. Meister Parler, der den ersten Plan für diese Kathedrale fertigte, lebte in einer anderen Zeit, und, mit Verlaub, er war nicht gerade ein Genie. Die Mystik der Zahlen spielte in seinen Überlegungen überhaupt keine Rolle. Sonst hätte er der Zahl fünf keine so große Bedeutung beigemessen: fünf Fenster auf jeder Seite, das Kirchenschiff fünf Stockwerke hoch. Fast schreckt es mich, dass er der Zahl fünf so große Bedeutung beimaß, denn diese Zahl hat alles andere als einen guten Leumund.«

Unruhe machte sich breit unter den Zuhörern. Afra hielt die Hand vors Gesicht und warf einen besorgten Blick in die Höhe des Baugerüsts.

»Ihr glaubt das nicht, Ihr Bürger von Ulm?«, fuhr Meister Ulrich fort. »Nehmt Eure Hände zu Hilfe und zählt: Die Eins ist die heilige Zahl des Schöpfers. Wie im Samenkorn einer Pflanze bereits ihre ganze spätere Erscheinung enthalten ist, so barg der Schöpfer bereits die ganze Welt in sich. – Für Harmonie und Ausgewogenheit von Leib und Seele steht die Zwei.« Dabei streifte der Blick des Dombaumeisters Afra. »Die Drei ist die heiligste aller Zahlen, Symbol der göttlichen Dreifaltigkeit und Erlösung. Eine der interessantesten Zahlen ist die Vier, eine Zahl, die alle Dimensionen unseres menschlichen Daseins bestimmt: Länge, Breite, Höhe und die Zeit, aber auch die vier Elemente, die vier Himmelsrichtungen sowie die vier Evangelien. – Die

Zahl Sechs symbolisiert alle Werke Gottes, die er in den Tagen der Schöpfung hervorbrachte, die Harmonie der Elemente und damit der menschlichen Seele. – Eine heilige Zahl ist die Sieben. Sie erinnert an die sieben Gaben des Geistes und die sieben himmlischen Ränge. – Und die Acht? Die Acht steht für das Unendliche, die Ewigkeit. Malt diese Zahl in die Luft. Ihr könnt es unendlich tun und ohne abzusetzen. – Die Neun aber ist die höchste aller Zahlen, nur teilbar durch drei, die heiligste aller Zahlen, also unverwundbar außer durch den Willen der göttlichen Dreieinigkeit. Alle Baumeister der großen Kathedralen experimentierten mit der Neun in ihren Plänen, weil sie die stärkste und beständigste von allen Zahlen ist. Vervielfacht die Neun mit irgendeiner Zahl, Ihr werdet stets eine Zahl erhalten, die wieder Neun ergibt.«

»Nennt ein Beispiel!«, rief ein Pfaffe in schwarzem Talar begeistert.

»Nun, neun vervielfacht mit sechs.«

Der Pfaffe nahm die Finger zu Hilfe. »Vierundfünfzig«, rief er.

»Dann zählt die beiden Zahlen zusammen!«

»Macht neun.«

»Ganz recht. Und jetzt vervielfacht neun mit sieben!«

»Dreiundsechzig.«

»Und zählt sechs und drei zusammen!«

»Neun! Meister Ulrich, Ihr seid ein Zauberer«, rief der schwarz gekleidete Pfaffe verzückt.

»Bei allen Heiligen, nein. Ich weiß nur um die Bedeutung der Zahlen, aus denen eine Kathedrale wie diese besteht.«

»Und die Zahl fünf? Ihr habt sie ausgelassen, Meister Ulrich!« Es war die Stimme des Alten, der ihn zuerst herausgefordert hatte.

Ulrich von Ensingen machte eine lange Pause. Alle Augen waren auf ihn gerichtet. »Ihr alle kennt das Pentagramm, den Drudenfuß, auch Alpfuß genannt, jenen Stern mit fünf Zacken, der an den Türstöcken von Besessenen angebracht wird.«

»Es ist das Zeichen des Königs der Finsternis und seiner fünf Unterreiche!«, rief der Pfaffe erregt.

»In der Tat, das Zeichen des Teufels wie die Zahl fünf. Und mit dieser Zahl wollte Meister Parler Euch eine Kathedrale bauen, mit fünf hohen Fenstern auf jeder Seite und fünf Stockwerken. Ich glaube nicht, dass das ein Zufall ist.«

Die Stimme des Pfaffen überschlug sich: »Meister Ulrich, Ihr meint, er wollte, ohne dass jemand etwas davon ahnte, den Dom dem Teufel weihen?«

Ulrich von Ensingen bog die Handflächen nach außen, als wollte er sagen: Beweisen kann ich es nicht, aber manches spricht dafür. Aber der Meister gab keine Antwort.

Eine Weile blieb es still auf dem großen Platz, unheimlich still, dann vernahm man ein dumpfes, vielstimmiges Murmeln, und schließlich erwuchs daraus ein Gewitter, das sich in Zornesausbrüchen und wildem Geschrei entlud. Die Bürger von Ulm waren sich uneins.

»Er soll seine neun Stockwerke bauen!«, riefen die einen, die sich um einen reichen Kaufmann scharten. »Meister Parler stand mit dem Teufel im Bunde. Deshalb hat er ihn auch zu sich geholt.«

Eine andere Partei, mit dem bärtigen Alten in der Mitte, hielt dagegen: »Wenn die Fünf wirklich eine so bedrohliche Bedeutung hat, wie Meister Ulrich verkündet, warum beließ er es dann nicht bei sieben Stockwerken oder acht? Ich glaube, Ulrich von Ensingen legt sich die Zahlen so zurecht, wie sie ihm in den Kram passen. Er kann uns viel erzählen.«

So gab in kurzer Zeit ein Wort das andere. Die einen scholten die anderen Dummköpfe, denen der Herr die geringsten Gaben des Geistes versagt habe. Die anderen machten den einen zum Vorwurf, sie stünden dem Teufel näher als der heiligen Mutter Kirche. Und schließlich flogen sogar Fäuste.

Afra versuchte sich vor der aufgebrachten Menge in Sicherheit zu bringen und versteckte sich hinter einem Haufen unbearbeiteter Quadersteine. Als sie sich endlich hervorwagte und nach Ulrich von Ensingen Ausschau hielt, war dieser verschwunden.

Der Abend senkte sich bereits über die Stadt, als Afra den Nachhauseweg antrat. Oben in der Bauhütte Meister Ulrichs war es dunkel. Anders als sonst machte Afra einen Umweg über den Marktplatz. Sie wusste selbst nicht, warum sie das tat. Vielleicht hoffte sie Ulrich von Ensingen zu begegnen, ja sie ertappte sich dabei, wie sie in den engen Gassen nach ihm Ausschau hielt. Dabei wusste sie nicht einmal, wo Meister Ulrich wohnte. Niemand wusste das. So geheimnisumwittert wie sein Wirken war auch sein Zuhause.

Im Gehen dachte Afra darüber nach, wie Ulrich auf dem Domplatz die Bedeutung der Zahlen erklärt hatte. Davon hatte sie nicht die geringste Ahnung gehabt. Und wenn sie sich erinnerte, wie sich ihre Blicke trafen, als Ulrich die Bedeutung der Zahl zwei und die Ausgewogenheit von Leib und Seele erklärte, lief es ihr eiskalt über den Rücken. Was war es, was sie an diesem Mann so faszinierte?

War es das Rätselhafte, die Ruhe, die er ausstrahlte, oder die Klugheit, die aus jedem seiner Worte sprach? Oder war es alles zusammengenommen, das die Anziehungskraft dieses Mannes ausmachte? In einem Anfall beinahe krankhafter Zuneigung und Bewunderung erkannte Afra eine Kraft, die geeignet war, ihr ganzes Leben auf den Kopf zu stellen. Sie redete leise mit sich selbst und gelangte schließlich zum Fischerviertel.

Bernwards Frau Agnes empfing sie mit aufgeregten Worten, Varro da Fontana erwarte sie, der Schneider. Nun war Varro kein gewöhnlicher Schneider, einer, der gewöhnliche Kleider nähte, nein, der aus dem Norden Italiens gebürtige Schneider nähte Kleider für die Schönen und Reichen, Amtsroben für den Rat der Stadt und Kleider für die beleibten Kaufmannswitwen. Sogar Bischof Anselm von Augsburg ließ seine Leibwäsche bei ihm schneidern.

»Meister Ulrich von Ensingen schickt mich«, erklärte Varro und machte vor Afra eine artige Verbeugung. »Ich soll ein Kleid nach Euren Wünschen fertigen und hoffe Euren Ansprüchen gerecht zu werden.«

Bernward und Agnes, die der Unterredung beiwohnten, sahen sich verwundert an. Dann fragte der Fischer: »Afra, was hat das zu bedeuten?«

Afra hob die Schultern und schob die Unterlippe vor.

»Meister Ulrich«, übernahm Varro zu antworten, »Meister Ulrich sagte, die Jungfer habe ihm das Leben gerettet und sich dabei ihr Kleid verdorben.«

»Aber das ist doch nicht der Rede wert!«, meinte Afra. In Wahrheit versetzte sie die Nachricht in helle Aufregung. Ein Kleid von Ulrich auf ihrer Haut! Sie machte ein besorgtes Gesicht, der Schneider könnte ihre Rede allzu ernst nehmen, als sie fortfuhr: »Geht nach Hause und sagt Meister Ulrich, es schickt sich nicht, einer Jungfer aus einfachem Hause ein Kleid zu schenken. Noch dazu ein kostbares von Eurer Hand.«

Da wurde Varro da Fontana richtig böse, und er ereiferte sich: »Jungfer Afra, wollt Ihr mich brotlos machen? Die Zeiten sind nicht so üppig, dass ich auf einen solchen Auftrag einfach verzichten könnte. Und wenn Euer Kleid wirklich in Sorge um Meister Ulrich zu Schaden gekommen ist, sehe ich keinen Grund, dieses Geschenk nicht anzunehmen. Seht die feinen Stoffe aus meiner Heimat, sie werden sich wie eine zweite Haut an Euren Körper schmiegen.«

Mit gekonntem Griff begann Varro da Fontana ein paar mitgebrachte Stoffballen abzurollen.

Afra warf Bernward einen Hilfe suchenden Blick zu. Der fand die Erklärung durchaus akzeptabel und meinte, unter diesen Umständen handle es sich nicht um ein Geschenk, sondern um Wiedergutmachung eines Schadens. Meister Ulrich sei sogar dazu verpflichtet.

Mit einem schmalen Band begann der Schneider Maß zu nehmen. Afra errötete. Noch nie hatte sich ein Schneider, noch dazu ein so feiner, für die Abmessungen ihres Körpers interessiert. Und auf die Frage, wie sie sich das neue Gewand vorstelle und welchem Stoff sie den Vorzug gebe, erwiderte Afra: »Ach,

Meister Varro, schneidert ein Gewand, wie es einer Schankmagd aus der Suppenküche zukommt.«

»Einer Schankmagd?« Varro da Fontana verdrehte die Augen. »Jungfer Afra, wenn ich mir die Bemerkung erlauben darf, Euch käme eher das Gewand eines Edelfräuleins bei Hofe zu ...«

»Sie ist aber eine Schankmagd!«, unterbrach Agnes Varros Schmeichelei. »Hört auf, Afra den Kopf zu verdrehen. Am Ende bildet sie sich auf ihr Aussehen noch etwas ein und weigert sich, ihren Dienst in der Suppenküche zu verrichten.«

Als der Schneider gegangen war, nahm Agnes Afra beiseite und meinte: »Musst nicht jede Schmeichelei ernst nehmen, die von den Männern kommt. Männer lügen, was das Zeug hält. Sogar Petrus, der erste Papst, hat unseren Herrn verleugnet.«

Afra lachte, ohne den Worten der Fischerin Glauben zu schenken.

Wie gewohnt begab sie sich am nächsten Morgen noch vor Sonnenaufgang zum großen Platz, um den Ofen der Suppenküche anzuheizen. Ein Planwagen rumpelte einsam über das Pflaster des Hirschgrabens. Vor den Haustüren grunzten Schweine und wühlten im Abfall. Mägde entleerten die Nachtgeschirre aus den Fenstern auf die Straße, und Afra musste aufpassen, dass sie davon nichts abbekam. Der Gestank der Fäkalien mischte sich mit dem beißenden Qualm aus den Öfen der Handwerker, der Leimsieder, Färber, Wurstkocher, der Brotbäcker, Hutmacher und Bierbrauer. Ein Gang durch die langsam erwachenden Gassen der Stadt war alles andere als ein Vergnügen.

Als Afra in den Münsterplatz einbog, ging ihr Blick wie jeden Morgen hinauf zur Bauhütte auf dem Baugerüst. Erstes mildes Licht fiel auf das Netzwerk von Stangen, Planken und Leitern. Von Ulrich war nichts zu sehen. Sie wandte sich der Suppenküche zu und hielt erschreckt inne. Vor ihr tauchte ein Kleiderbündel aus der Dunkelheit auf. Ein Schuh lag etwas abseits auf dem Pflaster.

Afra war kaum drei oder vier Armspannen entfernt, als sie

einen gellenden Schrei ausstieß, einen Schrei, dessen Echo von den umliegenden Häusern des weiten Platzes widerhallte. Vor ihr lag der zerschmetterte Körper eines Mannes. Sein Kopf zeigte mit dem Gesicht nach unten. Um ihn herum hatte sich eine schwarze Blutlache gebildet. Arme und Beine waren angewinkelt und auf bizarre Weise verbogen. Afra fiel auf die Knie. Sie schluchzte, wandte den Blick nach oben zur Hütte des Dombaumeisters. Handwerker, auf dem Wege zur Arbeit, kamen von allen Seiten herbei.

»Ruft den Medicus«, schallte es über den dämmrigen Platz. »Der Pfaffe soll kommen mit dem Versehzeug!«, rief ein anderer.

Afra faltete die Hände. Tränen liefen über ihre Wangen. »Wer hat das nur getan?«, stammelte sie immer wieder vor sich hin. »Wer nur?«

Ein drahtiger Steinschneider mit einem derben Lederschurz vor dem Bauch versuchte Afra aufzuheben. »Komm«, sagte er leise, »da ist nichts mehr zu machen.«

Afra stieß ihn beiseite. »Lass mich!«

Inzwischen drängte sich eine Traube von Gaffern um den Toten. Zwar stürzte beinahe jede Woche ein Maurer oder Zimmermann vom Gerüst, wurden Steinschneider von gespalteten Brocken erschlagen, aber der Tod eines Menschen erregte immer wieder Interesse. Letztendlich konnte man froh sein, dass es einen selbst nicht getroffen hatte.

Eine wohlbeleibte Matrone blickte, während sie ein Kreuzzeichen nach dem anderen schlug, mit angewidertem Gesicht auf den zerschmetterten Körper, als empfände sie Ekel.

»Wer ist es?«, fragte sie. »Kennt ihn jemand?«

Schluchzend schlug Afra die Hände vors Gesicht. Vergeblich versuchte sie die Krämpfe, die ihren Körper schüttelten, zu unterdrücken. Drei Dutzend Gaffer mochten es inzwischen sein, die sich im Kreis drängten, um einen Blick auf den Toten zu erhaschen. Von hinten drängte sich ein kräftiger Mann durch die Reihen.

»Was ist passiert?«, rief er mit lauter Stimme und stieß die Gaffer beiseite. »Lasst mich durch!«

Afra vernahm die Stimme. Sie erkannte sie sehr wohl; aber ihr Gehirn weigerte sich, sie zur Kenntnis zu nehmen. Es war zu sehr mit der Erinnerung beschäftigt, als sie in Ulrichs Armen lag.

»Mein Gott«, hörte sie die Stimme sagen. Afra blickte auf. Für einen endlosen Augenblick war alles in ihr wie gelähmt. Ihr Atem stand still. Ihre Glieder verweigerten jede Bewegung, Ohren und Augen jede Wahrnehmung. Erst als der Mann seinen Arm ausstreckte und sie berührte, kam Afra wieder zu sich.

»Meister Ulrich? Ihr?«, stammelte sie ungläubig. Dann warf sie einen Blick auf den zerschmetterten Körper.

Da begriff Ulrich von Ensingen, was in Afra vorgegangen war. »Du dachtest, ich sei ...«

Afra nickte stumm, und weinend fiel sie ihm in die Arme. Auf die Gaffer wirkte die Umarmung der beiden befremdlich. Die dicke Matrone schüttelte den Kopf und zischte: »Tss, nun seht euch das an! Und so etwas im Angesicht des Todes!«

Inzwischen traf der Medicus ein, schwarz gekleidet, wie es seine Zunft vorschrieb, und mit einem röhrenförmigen Hut auf dem Kopf, gewiss zwei Fuß hoch.

»Er muss vom Gerüst gestürzt sein«, trat ihm Meister Ulrich entgegen. Man kannte sich, ohne größere Sympathie zu empfinden.

Der Medicus besah sich die Leiche, dann blickte er mit zusammengekniffenen Augen nach oben und meinte: »Was hatte der Mann dort oben zu suchen? Er ist nicht gerade wie ein Bauarbeiter gekleidet, eher wie ein Reisender. Kennt ihn jemand?«

Aus der Menge war ein vielstimmiges Murmeln zu vernehmen. Einige schüttelten den Kopf.

Der Medicus bückte sich und wälzte den Toten auf den Rücken. Als die Gaffer den zerschmetterten Schädel erblickten, ging ein stummer Aufschrei durch die Menge. Einige Frauen wandten sich ab und entfernten sich stumm.

»Seine Kleidung deutet auf einen Fremden aus dem Westen hin. Aber das macht seinen Tod nur noch rätselhafter«, bemerkte Ulrich von Ensingen.

Mit einer eleganten Bewegung nahm der Medicus seinen hohen Hut ab und reichte ihn einem Jungen zur Aufbewahrung. Dann knöpfte er den Kragen des Toten auf und legte sein Ohr auf dessen Brust. Mit einem Kopfnicken sagte er leise: »Möge der Herr seiner Seele gnädig sein.«

Auf der Suche nach irgendeinem Hinweis auf die Herkunft des Fremden entdeckte der Medicus in der Innentasche seines Wamses einen gefalteten Brief. Er war mit dem Siegel des Bischofs von Straßburg verschlossen, und die von einem Kalligraphen in feiner Schrift geschriebene Adresse lautete: An Meister Ulrich von Ensingen in Ulm.

»Der Brief ist an Euch gerichtet, Meister Ulrich«, sagte der Medicus verdutzt.

Ulrich, für gewöhnlich ein selbstsicherer Charakter, den nichts erschüttern konnte, schien verwirrt. »An mich? Lasst sehen!«

Der Dombaumeister blickte unsicher in die Gesichter der Gaffer. Aber nur einen Augenblick, dann hatte er sich wieder in der Gewalt, und er schalt die Umstehenden: »Was lungert ihr hier herum? Schert euch zum Teufel und geht eurer Arbeit nach. Ihr seht doch, der Mann ist tot.« Und an Afra gewandt: »Das gilt auch für dich.«

Murrend schlurften die meisten davon. Auch Afra kam Ulrichs Aufforderung nach. Inzwischen war es Tag geworden.

Als Ulrich von Ensingen zu seiner Bauhütte hinaufstieg, machte er eine Entdeckung, die den Absturz des Straßburger Boten erklärte: Drei Sprossen der letzten Leiter, die auf dem Gerüst nach oben führte, waren herausgebrochen. Bei näherem Hinsehen stellte Meister Ulrich fest, dass jede der drei Sprossen auf beiden Seiten angesägt war. Es bedurfte keiner langen Überlegungen, und dem Dombaumeister wurde klar, dass der Anschlag nicht dem fremden Boten, sondern ihm gegolten hatte. Aber wer trachtete ihm auf so perfide Weise nach dem Leben?

ZWEITES KAPITEL

Gewiss, er hatte Feinde genug. Das musste er zugeben. Sein Wesen war nicht gerade einnehmend. Und manche Maurer mochten ihm schon den Tod herbeigewünscht haben, wenn er ihre Arbeit tadelte. Aber zwischen Den-Tod-Wünschen und Den-Tod-Herbeiführen war ein großer Unterschied. Ulrich wusste auch, dass der Pöbel ihn hasste, weil er das Geld der Reichen verprasste, anstatt es mit ihnen zu teilen. Doch dieser Gedanke war absurd. Keiner von den Pfeffersäcken, die sich in der Kathedrale ihr eigenes Denkmal setzten, hätte ihnen ohne den teuren Bau auch nur einen Pfennig mehr zukommen lassen.

Auf jeden Fall war der Anschlag eine Angelegenheit für den Stadtrichter. Doch bevor er sich auf den Weg machte, um den Richter von seiner Entdeckung in Kenntnis zu setzen, öffnete Ulrich den Brief. Er trug das Wappen des Bischofs der Reichsstadt Straßburg, einem Suffragan des Mainzer Erzbischofs, und hatte folgenden Wortlaut:

»An Meister Ulrich von Ensingen. Wir, Wilhelm von Diest, von Gottes Gnaden, Bischof von Straßburg und Landgraf des Unterelsass, grüßen Euch und hoffen, Ihr seid wohlauf im Glauben an Christo unseren Herrn. Wie Ihr sicher wisst, ist das monumentum Unseres Münsters seit mehr als zweihundert Jahren im Gange und zu großen Teilen perfectus[1], doch mangelt es noch immer an zwei Türmen, welche, von Meister Erwin von Steinbach geplant, die Größe unserer Kathedrale weit im Land sichtbar machen sollen zum Lobe von Christo unserem Herrn. Auch ist Uns nicht entgangen, dass die Bürger von Ulm von dem Gedanken beseelt sind, am Donaulauf die größte Kathedrale der Welt zu aedificare[2], und Euch, Meister Ulrich, mit der Ausführung beauftragt haben, welchem die fama vorausgeht, dieses Werk zu vollenden im Namen Christo unseres Herrn. Viatores[3] aus Nürnberg und Prag, die regelmäßig Euren Weg kreuzen,

---

[1] fertig
[2] errichten
[3] Reisende

haben uns diese Nachricht überbracht, doch wussten sie überdies zu berichten von Parteien in der Stadt Ulm, welche gewillt sind, den Bau der Kathedrale, zumindest, was seine Ausmaße betrifft, zu verhindern. Dies und der Glaube an Christum unseren Herrn, welcher die Guten belohnt am Jüngsten Tag, die Bösen aber verdammt in alle Ewigkeit, geben Anlass, mich an Euch zu wenden, den Querelen in Ulm zu entsagen und Euch uns zuzuwenden und die Türme unserer Kathedrale zu bauen, welche alle anderen an Glanz und Ausmaß übertreffen auf beiden partibus[1] des Rheins. Seid gewiss, dass der Lohn dafür doppelt so hoch sein wird wie jener, den Euch die Reichen von Ulm zahlen, obwohl wir diesen nicht kennen. Ihr könnt dem Boten, der Euch diese Nachricht überbringt, vertrauen. Er hat Auftrag, Eure Antwort abzuwarten. Ich schreibe diesen Brief in deutscher Sprache, obwohl mir Latein, die lingua[2] von Christo unserem Herrn, weit geläufiger ist, damit Ihr selbst ihn versteht und keinen Übersetzer hinzuziehen braucht.

Gegeben zu Straßburg am Tag nach Allerheiligen des 1407. Jahres nach der Menschwerdung Christi unseres Herrn.«

Ulrich von Ensingen schmunzelte, dann faltete er den Brief und ließ ihn in seinem Wams verschwinden.

Nicht der Tod des Straßburger Boten an sich, sondern die Umstände, die dazu führten, erregten Unruhe unter den Bürgern Ulms. Der Stadtrichter, dem Ulrich die Sache mit der angesägten Leiter gemeldet hatte, verdächtigte sogar den Dombaumeister selbst, Urheber des Anschlags gewesen zu sein.

Erst der Hinweis, welchen Grund er gehabt haben sollte, den Zugang zu seiner eigenen Arbeitsstätte zu präparieren, und die Erinnerung, dass erst vor wenigen Tagen ein Brandanschlag auf ihn verübt worden sei, stimmten den Stadtrichter um, und er lenkte seine Ermittlungen in eine andere Richtung.

---

[1] Seiten
[2] Sprache

Die nächsten Tage verbrachte Ulrich von Ensingen abgeschottet in seiner Bauhütte. Zu viele Gedanken gingen ihm durch den Kopf. Da war das Angebot des Bischofs von Straßburg, vor allem aber die beiden Anschläge, die zweifellos ihm gegolten hatten.

War es Zufall, dass Afra, die Schankmagd, bei beiden Anschlägen zugegen war? Der Bau der Kathedrale geriet plötzlich in den Hintergrund, wenn Ulrich einsam über seine Pläne gebeugt darüber nachdachte. Gewiss, Afra war schön, eigentlich viel zu schön für die Arbeit in einer Suppenküche. Aber Frauen sind wie Kathedralen, je schöner sie sind, desto mehr Geheimnisse bergen sie in ihrem Innersten.

Griseldis, seine Frau, war das beste Beispiel dafür. Sie hatte nichts von ihrer Schönheit eingebüßt, seit er sie vor zwanzig Jahren geheiratet hatte, und sie gab ihm noch heute Rätsel auf. Griseldis war ihm eine gute Frau und Matthäus, seinem erwachsenen Sohn, eine gute Mutter. Aber ihre Leidenschaft, die jeder Frau in den besten Jahren eigen ist, richtete sich nicht auf die Geschlechtlichkeit, sondern auf die Zehn Gebote der Kirche, die sie mit Inbrunst befolgte. Die Jungfrau Maria konnte nicht frommer sein.

In scheinbarer Harmonie führten sie eine Josefsehe wie vierhundert Jahre zuvor der Sachsenkaiser Heinrich mit Kunigunde, die vom Papst heilig gesprochen wurden aufgrund ihrer Enthaltsamkeit. Ob Griseldis dem Beispiel Kunigundes folgte und die Beatifikation anstrebte, welche der Kanonisation vorausgeht, vermochte Ulrich von Ensingen nicht zu sagen. Jedes Mal, wenn er seine Frau danach fragte, bekam diese einen roten Kopf und Pusteln am Hals, und sie flüchtete sich neun Tage in eine Novene, eine Andachtsübung, bei der an neun aufeinander folgenden Tagen bestimmte Gebete verrichtet werden nach dem Vorbild der Apostel zwischen Himmelfahrt und Pfingsten.

Seine in Maßen noch vorhandenen Bedürfnisse von Sinneslust befriedigte Ulrich von Ensingen in einem der Badehäuser, wo lüsterne Frauen ihre Dienste anboten. Das entbehrte jeder

Verbindlichkeit außer der Entrichtung von fünf Ulmer Pfennigen Sündengeld.

Der Not gehorchend hatte Ulrich sich in seine Arbeit gestürzt, und sein Ehrgeiz und eine natürliche Begabung hatten ihm Anerkennung verschafft und Ruhm, der vor den Ländergrenzen nicht Halt machte. Dies mag sein seltsames Verhalten erklären, das er bisweilen an den Tag legte, seine selbst auferlegte Einsamkeit und die ablehnende Haltung Frauen gegenüber. Ulrich von Ensingen galt als Sonderling. Der Bau der Kathedrale brachte ihm viel Geld ein. Allein deshalb hatte er nicht nur Freunde in der Stadt. »Meister Hochmut« wurde er genannt. Das war ihm bekannt, und er richtete sich danach.

So war ihm von vorneherein klar, auf welcher Seite die Urheber des Anschlags zu suchen waren. Ulrich nannte dem Stadtrichter Benedikt Namen, und dieser trug seinen Schergen auf, bestimmte Individuen zu beobachten.

Eher zufällig begegnete der Stadtrichter in der Färbergasse einem von den Emporkömmlingen, von denen es nicht wenige gab in dieser Stadt. Die Färbergasse lag nicht gerade in einer vornehmen Gegend. Wie der Name sagt, hatten sich die Färber hier niedergelassen. Welcher Geselle auf welcher Straßenseite arbeitete, konnte an der Farbe seiner Hände abgelesen werden, die von der täglichen Arbeit eingebrannt war wie ein Menetekel. Stadtauswärts gesehen arbeiteten die Blaufärber auf der linken, die Rotfärber auf der rechten Seite.

Ein Mann mit roten Händen strebte dem »Ochsen« zu, einem Wirtshaus, in dem mit Vorliebe Fuhrknechte verkehrten. Dafür war es billig und laut und durchaus geeignet für eine Unterredung, die keine Ohrenzeugen haben sollte. So jedenfalls dachte der Stadtrichter und drängte sich unbemerkt in den »Ochsen«. Sein Instinkt trog ihn nicht. Inmitten der grölenden Fuhrknechte, der Zeitungssinger und fliegenden Händler, inmitten loser Frauen und mittelloser Tagelöhner, welche die Knochen abnagten, die vom Fleisch auf den Tischen übrig blieben, hielt Gero Hof, der junge Geck und Erbe, umgeben von einer Schar Taugenichtse und Tunichtgute. Wie es schien, widmeten sie sich dem Würfelspiel. Jeder hatte einen Wurf. Die höchste oder niedrigste Augenzahl – der genaue Sachverhalt blieb Benedikt verborgen – traf einen schmächtigen Mann in heruntergekommener Kleidung. Er erntete hämisches Gelächter, und Gero schlug ihm aufmunternd auf die Schulter, nachdem er ihm ein in Lumpen gehülltes Etwas übergeben hatte.

Als Erster entfernte sich Gero. Er hatte es plötzlich eilig. Auch die anderen Taugenichtse verließen das Lokal überstürzt. Der Stadtrichter war ein alter Fuchs, und niemand konnte ihm etwas vormachen. Geduldig wartete er, bis der Mann den »Ochsen« mit dem Bündel unter dem Arm verließ, und heftete sich an dessen Fersen.

Nach kurzem Weg blieb dieser stehen und hielt Ausschau nach möglichen Verfolgern, dann bog er auf den Domplatz ein. In sicherem Abstand folgte der Stadtrichter ihm bis zu einem Haufen aufgetürmter Mauersteine. Im Schutz der Steine beobachtete er, wie der geheimnisvolle Mann auf das Baugerüst kletterte. Dabei ließ er, vom Bier benebelt, nicht einmal besondere Vorsicht walten. Mit heftigen Bewegungen schleuderte er das Bündel, das er mit sich führte, auf die nächsthöhere Plattform, dann arbeitete er sich über die Leiter nach oben. Auf den obersten Planken, dort, wo die Hütte des Dombaumeisters stand, verfehlte das Bündel sein Ziel. Es rutschte über die Rampe und fiel in die Tiefe, wobei der Stoff sich blähte wie ein Segel und einen metallenen Gegenstand freigab, der klirrend auf dem Boden aufschlug. An die oberste Leiter geklammert, stieß der Unbekannte einen leisen Fluch aus, dann machte er sich an den Abstieg.

Unten angelangt wollte er, immer noch fluchend, das entwischte Etwas vom Boden aufheben, als ein Fuß auf sein Handgelenk trat. Der Angetrunkene erschrak zu Tode, dachte, der Teufel halte ihn fest, und fuchtelte mit dem freien linken Arm wild in der Luft herum.

»Gott steh mir bei!«, rief er laut, dass es über den dunklen

Platz hallte. »Im Namen des Vaters, des Sohnes und der Jungfrau Maria.«

»Den Heiligen Geist hast du vergessen!«, sagte der Stadtrichter, der mit dem Fuß das Handgelenk des Jünglings zu Boden drückte. »Dabei wäre dir die Erleuchtung des Geistes von großem Nutzen gewesen.« Er pfiff leise durch die Finger, und aus dem nächtlichen Schatten des Domportals traten zwei Schergen hervor.

»Seht nur«, lachte Benedikt, »er ist ein Schurke von der seltenen Art. Wirft dem Richter das Beweismittel direkt vor die Füße.«

Während Benedikt den Fuß vom Handgelenk des winselnden Mannes zurückzog, hob einer der Schergen die Säge auf, die sich aus dem Stoffbündel gelöst hatte.

»Lasst Gnade walten, hoher Herr«, flehte der Mann mit gefalteten Händen. »Ich musste es tun, weil ich beim Würfeln verlor – wie schon beim ersten Mal.«

»Ach«, erwiderte Benedikt spitz. »Dann warst du es auch, der die Sprossen der Gerüstleiter ansägte, wodurch der Bote aus Straßburg zu Tode kam?«

Der Mann nickte heftig und fiel vor dem Stadtrichter auf die Knie: »Gnade, hoher Herr. Nicht der fremde Bote sollte vom Gerüst stürzen, sondern der Dombaumeister. Es war ein Unglück, dass es den Falschen erwischte.«

»Das kann man sagen! Wie heißt du eigentlich, woher kommst du? Von hier bist du jedenfalls nicht.«

»Mein Name ist Leonhard Dümpel, wenn 's beliebt, und ich habe kein Zuhause, ziehe von Ort zu Ort, gehe am Bettelstab oder verrichte niedere Arbeit. Ein entlaufener Leibeigener. Ich gestehe es.«

»Und was hast du mit Gero Guldenmundt zu schaffen, dem eitlen Geck?«

»Er umgibt sich mit einem Haufen Vaganten wie mir und treibt seine Späße mit ihnen. Für einen Kanten Brot oder einen Schluck Bier lässt er sich mehrmals am Tag seine Schuhe ablecken, ohne sie auszuziehen. Wenn er Vogelkirschen isst, spuckt er die Kerne weit von sich und findet es allerliebst, wenn wir sie wieder einsammeln. Statt von Pferden lässt er seinen Wagen von einem Dutzend Vaganten durch die Straßen ziehen. Dafür entlohnt er uns mit einer warmen Mahlzeit. Seine größte Freude aber ist das Würfelspiel. Er spielt nicht um Geld, wie die meisten seines Standes, sondern er erfindet Aufgaben, die der Verlierer erfüllen muss.«

»Guldenmundt ist bekannt als Falschspieler. Und dass er den Dombaumeister nicht leiden kann, ist kein Geheimnis«, meinte der Stadtrichter. »Sein Hass auf Meister Ulrich scheint grenzenlos zu sein, sonst hätte er nicht zwei Mal den Versuch unternommen, ihm nach dem Leben zu trachten.«

»Ich habe den Boten nicht umgebracht, hoher Herr!«, lamentierte Leonhard Dümpel. »Das müsst Ihr mir glauben.«

»Aber du hast seinen Tod verursacht«, fiel ihm Benedikt barsch ins Wort. »Und du weißt, was das für einen wie dich bedeutet.« Der Stadtrichter machte eine Handbewegung, als schlänge er einen Strick um seinen Hals.

Da erhob sich der Jüngling und schlug wie von Sinnen um sich. Er spuckte, kratzte und schrie in die Nacht, und die Schergen hatten alle Mühe, den tobenden Delinquenten zu bändigen.

»Steckt ihn ins Verlies«, befahl der Stadtrichter gelassen und wischte sich mit dem Ärmel den Schweiß aus dem Gesicht. »Morgen in aller Herrgottsfrühe greifen wir uns Gero. Er soll nicht ungeschoren davonkommen.«

Sechs Schergen mit Kurzschwertern und Lanzen bewaffnet und Ketten über den Schultern stürmten am Morgen in das vornehme Haus Guldenmundts am Marktplatz und holten Gero aus dem Bett. Überrascht von dem Zugriff, leistete Gero keinen Widerstand. Auf seine Frage, was ihn erwarte, antwortete der Anführer der Schergen, ein breitschultriger Riese mit schwarzem Bart und finsterem Blick, das werde er noch früh genug erfahren. Dann legten sie ihm Fesseln an und marschierten mit Gero in ihrer Mitte vor das nahe Rathaus.

Die Sonne schickte erste, noch müde Strahlen über die Treppengiebel der Häuser. So ein Aufmarsch der Schergen erregte Aufsehen unter den Bürgern. Er versprach einen unterhaltsamen Tag. Vor dem Rathaus war ein Podest aus rohem Holz aufgebaut mit einem Schandbalken in der Mitte. Frauen auf dem Weg zum Markt reckten neugierig die Hälse. Kinder unterbrachen ihr Reifen- und Kreiselspiel und liefen hüpfend herbei. Im Nu bildete sich eine Traube Menschen um das Schandpodest.

Als die Ulmer Gero Guldenmundt erkannten, vernahm man Rufe des Erstaunens, aber auch hämisches Gelächter. Gero Guldenmundt zählte nun einmal nicht zu den beliebten Bürgern der Stadt. Das Gemurmel der Gaffer wurde immer lauter. Man rätselte, was der reiche Geck wohl ausgefressen hatte.

Schließlich trat Stadtrichter Benedikt auf das Podest und verlas die Anklage, wonach Gero von Guldenmundt einen entsprungenen Leibeigenen gedungen und dazu angestiftet habe, eine Leiter auf dem Dombaugerüst anzusägen. Dabei sei ein Unschuldiger zu Tode gekommen – Gott sei seiner armen Seele gnädig. Gero Guldenmundt, freier Bürger der Stadt Ulm, werde deshalb mit zwölf Stunden Pranger bestraft.

Während der Stadtrichter das Urteil an den Schandbalken heftete, ergriffen die Schergen Gero Guldenmundt und führten ihn auf das Podest. Der Anführer öffnete den Querbalken, in den drei armdicke waagrechte Löcher eingelassen waren, drückte Hals und Unterarme des Delinquenten in die vorgesehenen Öffnungen und verschloss Ober- und Unterteil mit einem eisernen Riegel.

Wie er so dastand mit gekrümmtem Rücken, Kopf und Arme aus den Balken herausragend, bot Gero einen jämmerlichen Anblick. Für kurze Zeit herrschte peinliche Stille. War es Mitleid oder Furcht vor dem reichen Prasser, die das Volk zum Schweigen brachten?

Da wurde ein feines, dünnes Stimmchen laut. Ein blondes Mädchen, keine zwölf Jahre alt und in einem langen blauen Kleid, sang munter eine bekannte Pasquille:

Mein' Mutter ward verbrannt als Hexe,
Mein Vater ward gehenkt als Dieb,
Und mich, der ich der Narr der Sechse,
Hat darum keine Seele lieb.

Mit einem Mal brach ein übermütiges Gelächter aus. Von irgendwoher kamen faule Äpfel geflogen. Sie verfehlten ihr Ziel. Aber ein angebrütetes Ei mit rotem Dotter traf Gero mitten ins Gesicht. Schimmelige Strünke von Kohlköpfen folgten, und ein Krautblatt blieb auf Guldenmundts Stirne kleben.

Vom nahen Brunnen trugen Marktfrauen Humpen mit Wasser herbei und gossen sie über dem Kopf des Wehrlosen aus. Übermütig tanzten sie um Gero herum, hoben die Röcke und verspotteten den reichen Gecken mit eindeutigen Bewegungen. Dass ausgerechnet Gero Guldenmund am Pranger stehen musste, verschaffte vielen Genugtuung.

Vom Lärm angelockt, näherte sich Afra dem Geschehen. Sie hatte keine Ahnung, wer da am Pranger stand, und das Gesicht des Mannes im Schandbalken war kaum zu erkennen. Auch die wütenden Rufe aus der Menge schafften nicht sofort Klarheit: »Hängt ihn auf, den Schurken«, riefen sie und: »Der Arme wird sich sein gutes Gewand verderben!« Oder: »Geschieht ihm recht, dem eitlen Gecken!«

Erst als eine Marktfrau dem Delinquenten zum Gaudium der Zuschauer einen Eimer Schmutzwasser ins Gesicht schüttete, wurde Geros Gesicht wieder erkennbar. Afra trat nahe an den Pranger heran. In Erwartung weiterer Untaten kniff Gero Guldenmund die Augen zusammen. Seine Haare hingen triefend von der Stirne. Im rechten Mundwinkel klebten Reste eines pflanzlichen Wurfgeschosses. Eier und verfaultes Obst, die auf dem Pranger herumlagen, verbreiteten üblen Gestank.

Da öffnete Gero plötzlich die Augen. Ausdruckslos schweifte sein Blick über die Menge, an Afra blieb er schließlich hängen, und seine Miene verfinsterte sich. Hass und Verachtung glänzten in seinen Augen. Und nachdem er Afra vom Scheitel bis zur

Sohle gemustert hatte, blähte er seine Backen und spuckte in weitem Bogen auf den Boden.

Die Schergen, die darüber wachten, dass niemand handgreiflich wurde, hatten Mühe, das Volk im Zaum zu halten. Wütende Männer und Frauen, vor allem Frauen, schleuderten alles, was sie in die Finger bekamen, in Richtung Schandpfahl. Es dauerte keine Stunde, bis der eitle Geck von einem meterhohen Wall aus stinkendem Abfall umgeben war.

Gegen Mittag machte vor dem Pranger die Nachricht die Runde, Geros Kumpan, ein entsprungener Leibeigener, der den Tod des Straßburger Boten verschuldet hatte, werde am nächsten Morgen gehenkt. Ein Zeitungssänger war mit der Nachricht singend von Gasse zu Gasse gezogen und hatte mit seinem Singsang großes Interesse gefunden. Die letzte Hinrichtung lag sechs Wochen zurück, eine lange Zeit für die sensationsgierigen Bürger von Ulm. Dabei waren die Ulmer keinesfalls blutrünstiger als andere, aber in Zeiten wie diesen bedeutete das Vom-Leben-zum-Tod-Befördern eines Menschen eine willkommene Abwechslung und ein sehenswertes Vergnügen.

Hinrichtungen wurden nie innerhalb der Stadtmauern vollzogen, galten sie doch als etwas, womit ein unbescholtener Bürger ebenso wenig zu tun haben wollte wie mit dem Scharfrichter. Auch der wohnte außerhalb der Stadt und hatte große Schwierigkeiten, seine Töchter – so vorhanden – an den Mann zu bringen. Wie im gewöhnlichen Leben gab es auch beim Hinrichten Standesunterschiede. Jedenfalls galt das Enthauptetwerden als durchaus ehrenhaft, während Verbrennen auf dem Scheiterhaufen oder gar Hängen als unterstes Niveau betrachtet wurde.

So gesehen entsprach das Ereignis am nächsten Morgen nicht gerade dem Geschmack der feinen Gesellschaft. Johlend sammelte sich der Pöbel und tanzte hinter dem Kandidaten her. Der musste seinen letzten Weg rücklings auf einem Esel zurücklegen, was als besonders schändlich und verachtenswert galt. Das Publikum stimmte es fröhlich. Voran schritt der Pfaffe, ein Kruzifix in der Faust und scheinbar inbrünstige Gebete murmelnd, wobei sein Interesse jedoch eher den hübschen Bürgerstöchtern galt, die schlaftrunken aus den Fenstern hingen.

Der Scharfrichter erwartete den Zug an der Richtstätte, nicht weit vom Stadttor entfernt. Er war mit einem Gewand aus Sackleinen bekleidet und mit einem handbreiten Lederriemen gegürtet. Der Lederbalg auf seinem kahl geschorenen Schädel wirkte unfreiwillig komisch, weil er auf jede Kopfbewegung mit einem sanften Nicken reagierte.

Der Galgen bestand aus zwei senkrecht in die Erde gerammten Pfeilern und einem Querbalken, an dem die Delinquenten aufgehängt wurden. Zur Abschreckung hatte der Scharfrichter den letzten Gehenkten hängen lassen. Seine stinkende Leiche baumelte, halb verwest, im Morgenwind. Fliegenschwärme umkreisten sie auf der Suche nach Nahrung.

Die Schergen hatten Leonhard Dümpel einen Mandragoratrunk verabreicht, der den Verurteilten in eine Art Dämmerzustand versetzte. An der Richtstätte angelangt, nahm man ihm die Fesseln ab. Willenlos kam er ihren Aufforderungen nach, ja er winkte fröhlich in die Menge, so als gehe ihn das alles nichts an. An einen Pfeiler des Galgens gelehnt, nahm ihm der Pfaffe die Beichte ab. Der Todgeweihte gab sich erstaunlich gelassen, denn er murmelte ein um das andere Mal: »Es ist schon recht so. Es ist schon recht so.«

»Mach schon!«, rief ein ungeduldiger Alter dem Scharfrichter zu. »Wir wollen den Schurken hängen sehen.«

»Wir wollen ihn hängen sehen!«, wiederholte die Menge im Chor.

Schließlich lehnte der Scharfrichter eine Leiter an den Querbalken des Galgens, stieg hinauf und befestigte keine Armspanne von der verwesten Leiche entfernt das Seil mit der Schlinge. Dann rollte er ein Fass heran, stellte es senkrecht auf und gab dem Delinquenten ein Zeichen hochzuklettern. Er selbst folgte und legte dem Todeskandidaten die Schlinge um den Hals.

Plötzlich wurde es still unter den Gaffern. Mit offenen Mäulern und lüsternen Augen verfolgten sie, wie der Scharfrichter vom Fass herabstieg und die Leiter entfernte. Nichts regte sich. Nur das Seil, an dem die halb verweste Leiche hing, gab im Morgenwind knarrende Laute von sich. Beinahe stolz, weil man so viel Aufsehen um ihn machte, blickte Dümpel auf die Zuschauer herab.

»Wir wollen es krachen hören!«, rief der Alte, der sich schon kurz zuvor bemerkbar gemacht hatte. Jeder in der Menge wusste, was der Alte meinte: das Krachen, das man hören konnte, wenn der Todeskandidat in die Schlinge fiel und die Nackenwirbel durchtrennt wurden.

»Wir wollen es krachen hören!«, brüllte er außer sich.

Er hatte kaum geendet, da versetzte der Scharfrichter dem Fass einen heftigen Stoß mit dem Fuß. Der Delinquent strauchelte. Das Fass fiel um. Und mit dem ersehnten Krachen stürzte Dümpel in die Schlinge. Ein letztes Aufbäumen, der vergebliche Versuch, die Arme auszubreiten, als wollte er fliegen, dann war das Urteil vollstreckt.

Die Menge klatschte in die Hände. Frauen mit Schürzen vor dem Bauch jammerten, so wie sie ihre Küche verlassen hatten, im gespielten Tonfall der Klageweiber. Ein paar Halbwüchsige stoben mit ausgebreiteten Armen davon und äfften die letzten Bewegungen des Gehenkten nach.

Zur selben Zeit wurde der eigentliche Auftraggeber des Verbrechens von seinen Bademägden gebadet und mit wohlduftenden Kräutern abgerieben.

Das Kleid, das der Schneider Varro da Fontana zwei Tage später ablieferte, verursachte bei Afra Gewissensbisse. Sie hatte noch nie ein so schönes Gewand besessen, ein Kleid aus glänzendem grünem Stoff mit einem langen Rock, der unter dem Busen ansetzte und faltenlos bis zum Boden reichte. Wie ein Fenster mit hundert Versprechungen wirkte der rechteckige, mit Samtbändern eingefasste Ausschnitt, den ein breiter, bis über die Schultern ragender Kragen verzierte. Und weite Ärmel trugen

ZWEITES KAPITEL

ohnehin nur Damen des Adels. Fontana hatte Afra das Kleid buchstäblich auf den Leib geschneidert.

Im Hause des Fischers Bernward gab es keinen Spiegel, der ihr einen Gesamteindruck vermittelt hätte, aber wenn sie an sich herabblickte, bekam Afra Herzklopfen. Welchen Anlass gab es für eine einfache Schankmagd, ein Kleid wie dieses zu tragen?

Das Verhalten Ulrich von Ensingens gab Afra weiter Rätsel auf. Sie wusste nicht, wie sie dem Dombaumeister begegnen sollte. Einerseits verhielt er sich ihr gegenüber so abweisend, dass sie sich genierte, ihn abermals aufzusuchen. Andererseits ließ er ihr ein teures Kleid anfertigen, das den Neid jeder reichen Bürgersfrau erregen musste. Manchmal kamen ihr Zweifel, ob Meister Ulrich nicht mit ihr spielte, ob er sich nicht einen Spaß daraus machte, ihr ein Kleid zu schenken, das überhaupt nicht zu ihr passte. Des Nachts, wenn sie nicht schlafen konnte, beschäftigte sie nur dieser eine Gedanke. Dann stand sie auf, entzündete eine Kerze und betrachtete das grüne Kleid, das seitlich an ihrem Kleiderschrank hing.

Wenn sie träumte, träumte sie ein um das andere Mal von einem Mädchen im grünen Kleid, von dem sie nicht wusste, ob sie es war oder eine andere, weil sie sein Gesicht nicht sehen konnte. Das Mädchen hetzte über den Domplatz und hinter ihm eine Meute lärmender Männer, allen voran Ulrich von Ensingen.

Aber während man gemeinhin in seinen Träumen nicht vom Fleck kommt, weil die Glieder schwer sind wie Blei, hüpfte das Mädchen in Afras Träumen den Häschern leicht wie eine Feder davon und landete wie ein Vogel auf den Dächern einer großen alten Stadt. Danach erwachte sie regelmäßig, und vergeblich versuchte sie sich einen Reim zu machen auf diese merkwürdige Geschichte.

Und so wäre das wohl weitergegangen, vielleicht bis zum Jüngsten Tage, hätte sich nicht etwas ganz und gar Unerwartetes ereignet, etwas, woran Afra so wenig geglaubt hatte wie an den vollkommenen Ablass aller Sünden.

3 Ein leeres Pergament

Es war Mai geworden, und der Frühling hielt Einzug. Kein warmer Frühling wie in früheren Jahren. Aber von Süden her wehten laue Winde, welche Nässe und Kälte vergessen ließen. Das Frühlingsfest auf dem Marktplatz zog Jung und Alt an. Von weit her kamen die Menschen. Händler und Handwerker der Stadt boten ihre Waren feil. Dazwischen gab es Gaukler und Musikanten und allerlei fahrendes Volk, das sich den biederen Bürgern zur Schau stellte. In den Gasthöfen und Tavernen wurde getanzt.

Bernward, der Fischmeister, und seine Frau Agnes hatten sich einst auf dem Frühlingsfest am ersten Maisonntag kennen gelernt. Das war zwar viele Jahre her, so viele, dass sie sich selbst nicht mehr genau erinnern konnten, aber seither kehrten sie in steter Regelmäßigkeit einmal im Jahr an den Ort ihrer ersten Begegnung zurück.

Es war beim Maitanz im »Hirschen«, einem gediegenen Gasthof in der Hirschgasse, wo in der Hauptsache Handwerksmeister verkehrten. Auch in diesem Frühling hielten die beiden an dem Brauch fest.

Afra hatte den Tag, an dem die Dombauarbeiten ruhten, auf dem Jahrmarkt verbracht. Sie liebte das Getümmel, die fremden Menschen und Attraktionen, die es zu sehen gab. Recht viel mehr Abwechslung kannte sie ohnehin nicht. Ein Steinschneidergeselle, der sie zum Tanz im »Hirschen« einlud, wurde von Afra abschlägig beschieden. Nein, mit Männern hatte sie nichts im Sinn, und sie litt nicht einmal darunter.

Vergeblich hatte sie nach Meister Ulrich Ausschau gehalten, dem einzigen Mann, von dem sie sich immer wieder angezogen fühlte. Natürlich war Afra sich bewusst, dass Ulrich von Ensingen nicht unerheblich älter und obendrein verheiratet war, und eigentlich wusste sie auch gar nicht so recht, was sie von ihm erwartete, aber das hinderte sie nicht an ihren Gedanken. Vielleicht war es auch nur seine abweisende Haltung, die Afra über die Maßen anzog.

Noch vor Einbruch der Dunkelheit kehrte sie zufrieden nach Hause zurück. Fischer Bernward und seine Frau waren vom Maitanz noch nicht zurück, und Afra beschloss, sich frühzeitig zur Ruhe zu begeben. Sie hatte gerade ihr Kleid abgelegt, aber die Haare noch nicht gelöst, als jemand heftig gegen die Haustür klopfte. Afras Zimmer unter dem Dach hatte nur ein Fenster zum Fluss hin, sodass sie nicht sehen konnte, wer um diese ungewöhnliche Zeit Einlass begehrte.

Zuerst reagierte sie nicht, aber als das Pochen immer heftiger wurde, begab sie sich nach unten und fragte durch die geschlossene Türe: »Wer da zu später Stunde? Fischer Bernward und seine Frau Agnes sind noch nicht zurück.«

»Ich will nicht zu Fischer Bernward und seiner Frau!«

Afra erkannte die Stimme sofort. Es war Ulrich von Ensingen.

»Ihr seid es, Meister Ulrich?«, rief Afra erstaunt.

»Willst du mich nicht hereinlassen?«

In diesem Augenblick wurde sich Afra bewusst, dass sie nur ein langes linnenes Unterkleid trug. Instinktiv raffte sie das dünne Gewand am Hals zusammen. Die Situation war ungewöhnlich genug, aber dass Meister Ulrich sie zur Abendstunde aufsuchte, verwirrte sie über die Maßen, und sie zitterte am ganzen Körper. Schließlich öffnete sie die Türe, und Ulrich schlüpfte ins Haus.

»Meister Varro ließ mich wissen, dass dir sein Kleid außerordentlich gut steht«, sagte Ulrich, als sei die späte Begegnung die selbstverständlichste Sache der Welt.

Afra spürte ihren eigenen Herzschlag. Sie fürchtete, irgendetwas Dummes zu antworten. In ihrer Hilflosigkeit nickte sie stumm und mit einem gezwungenen Lächeln. Sie erschrak fast ein wenig, als sie sich antworten hörte: »Da hat der Schneider wohl Recht, Meister Ulrich, wollt Ihr es sehen?«

»Deshalb bin ich hier, Jungfer Afra«, erwiderte Ulrich wie selbstverständlich. Der Tonfall seiner Stimme verbreitete Ruhe und Gelassenheit, und Afra verlor von einem Augenblick auf den anderen alle Bedenken.

»Dann kommt«, sagte sie jetzt ebenso selbstverständlich und machte eine einladende Handbewegung zur Treppe hin. Während sie zu Afras Kammer hinaufstiegen, sagte sie in das verlegene Schweigen hinein: »Der Fischer und seine Frau, die mir beinahe zu Eltern geworden sind, tanzen heute im ›Hirschen‹. Warum seid Ihr nicht beim Tanz?«

»Iiich?«, lachte Meister Ulrich gedehnt. »Es ist schon eine ganze Weile her, seit ich zum letzten Mal das Tanzbein geschwungen habe. Aber was hält dich davon ab, das Gleiche zu tun, Jungfer Afra. Wie ich hörte, stehst du bei den Steinschneidern und Zimmerleuten hoch im Kurs.«

»Aber sie nicht bei mir«, antwortete Afra keck. »Die Kerle rennen doch hinter jedem Rockzipfel her, wenn er nicht gerade älter ist als die eigene Mutter. Nein, lieber bleibe ich allein.«

»Dann wirst du eines Tages noch im Kloster landen. Das wäre schade für ein so schönes Kind wie dich.«

Afra waren Schmeicheleien nicht fremd, aber sie hatte nicht viel dafür übrig. Doch diesmal war das anders. Genießerisch sog sie Ulrichs Worte in sich auf wie die frische Morgenluft eines Sommertags. Lange genug hatte sie auf ein Wort der Zuneigung oder eine harmlose Tändelei gewartet.

In ihrer Kammer raffte sie hastig das gewöhnliche Kleid zusammen, das über dem Stuhl lag; denn sie hatte nur diese eine Sitzgelegenheit. Dann nahm sie das von Varro gefertigte Kleid aus dem Kleiderkasten und hielt es Ulrich vor die Nase.

»Schön, sehr schön«, bemerkte dieser.

Afra blieb nicht verborgen, dass Ulrich kaum einen Blick auf das Werk des Schneiders warf. »Ihr wollt ...«, begann sie schüchtern.

»... dass du das Kleid anziehst. Ein Kleid ohne Inhalt ist langweilig wie eine Heiligenlitanei. Findest du nicht?«

»Wenn Ihr meint, Meister Ulrich.« Obwohl sie das lange Unterkleid trug, fühlte sich Afra vor Ulrich nackt. Für gewöhnlich kannte sie keine Scham. Wer wie sie jahrelang auf dem Land gelebt hatte unter einfachen, arglosen Leuten, dem kam jede Art Schamgefühl eher dünkelhaft vor. Aber in dieser unerwarteten Situation genierte sie sich, sich vor Ulrich anzukleiden.

Ein Mann wie Ulrich von Ensingen, der im Umgang mit Menschen erfahren und scheinbar jeder Situation gewachsen war, bemerkte ihr Zögern und setzte sich rittlings auf den einzigen Stuhl in der Kammer, sodass er Afra den Rücken zuwandte. Dann meinte er augenzwinkernd: »Nur zu. Ich schau schon nicht hin.«

Afra bekam einen roten Kopf. Anders als damals, als sie sich vor dem Maler Alto von Brabant entkleidete, bekam sie es mit der Angst zu tun. Plötzlich hatte sie schreckliche Angst, Angst, wie sie reagieren würde, wenn Ulrich von Ensingen sich ihr näherte. Eigentlich wünschte sie sich nichts sehnlicher; aber die Erfahrungen im Umgang mit Männern hatten ihr alle Illusionen geraubt. Wie oft hatte sie in einsamen Stunden darüber nachgedacht, ob es ihr jemals gelingen würde, sich einem Mann bedenkenlos hinzugeben. In solchen Stunden hatte sie sich leer gefühlt und unfähig, leidenschaftliche Gefühle zu entwickeln.

Nun, nachdem sie sich ihres Unterkleides entledigt hatte, stand sie einen Augenblick nackt hinter Ulrich. Der konnte sie nicht sehen, und beinahe war sie enttäuscht, dass er sich nicht umdrehte. Seit Meister Alto sie als heilige Caecilia gemalt hatte, war sie stolz auf ihren schönen Körper. Flink schlüpfte Afra in das grüne Kleid, rückte den Ansatz ihrer Brüste zurecht und strich den weiten Kragen glatt. Und während sie ihren geflochtenen Haarkranz in Ordnung brachte, rief sie übermütig wie Kinder beim Versteckspiel: »Meister Ulrich, Ihr dürft jetzt gucken!«

Ulrich von Ensingen erhob sich und betrachtete Afra mit staunenden Augen. Er wusste schon lange, dass sie schön war, schöner als alle Ulmer Bürgerstöchter, die an Sonntagen von ihren Eltern zum Kirchgang geführt wurden. Afra war anders als die anderen. Ihr dunkles Haar glänzte seidig. Ihre Wangen waren leicht gerötet, die Lippen vollkommen, und aus ihren Augen sprühten tausend Versprechungen.

Meister Alto hatte Afra die rechte Haltung gelehrt, welche die Vorzüge des Körpers zur Geltung bringt. So stand sie auf dem rechten Bein, das linke leicht angewinkelt, und hielt die Arme hinter dem Kopf, so als sei sie noch immer mit ihren Haaren beschäftigt. Diese Haltung brachte die Brüste in ihrem Ausschnitt auf besondere Weise zur Geltung, und es dauerte eine Weile, bis Ulrichs Augen sich davon lösten und langsam an ihrem schlanken Leib hinabglitten.

Er war verwirrt. Ihr Gesicht erinnerte ihn an jenes von Uta, der Stifterfigur im Naumburger Dom, das schönste zu Stein gewordene Antlitz nördlich der Alpen. Und Afras Körper stand in keiner Weise dem der Klugen Jungfrauen nach, die seit beinahe zweihundert Jahren das Paradiesportal des Doms zu Magdeburg zierten.

Afra musterte ihn mit einem Lächeln. Mit Staunen nahm sie zur Kenntnis, dass Ulrich von Ensingen, der berühmte Dombaumeister, verlegen werden konnte. Wenn sie ihn so betrachtete, zeigte er deutliche Anzeichen von Unsicherheit. Er wich ihrem Blick aus, und zum ersten Mal in ihrem Leben spürte Afra, dass sie in der Lage war, Macht auszuüben über einen Mann.

»Ihr sagt ja gar nichts«, versuchte sie Meister Ulrich eine Brücke zu bauen. »Ich kann mir schon denken, warum. Ihr findet, dass ein so vornehmes Kleid nicht zu einer Schankmagd aus der Suppenküche passt. Stimmt's?«

»Im Gegenteil«, eiferte sich Ulrich. »Dein Anblick hat mir die Stimme verschlagen. Ich würde eher behaupten, dass ein so schönes Mädchen wie du nicht in eine Suppenküche passt.«

»Jetzt macht Ihr Euch über mich lustig, Meister Ulrich!«

EIN LEERES PERGAMENT

»Keineswegs!« Er trat einen Schritt auf Afra zu. »Seit unserer ersten Begegnung oben in der Dombauhütte war ich fasziniert von deinem Anblick.«

»Das wusstet Ihr aber gut zu verbergen«, erwiderte Afra. Die Schmeicheleien Ulrichs machten sie immer sicherer. »Ich hielt Euch eher für einen Eigenbrötler, der mit der Baukunst verheiratet ist. Jedenfalls zeigtet Ihr Euch nicht gerade umgänglich, obwohl ich Euch vielleicht sogar das Leben gerettet habe.«

»Ich weiß. Was den Eigenbrötler betrifft, hast du nicht einmal Unrecht. Alle wahren Künstler kennen nur sich und ihre Kunst. Da machen Dichter, Maler und Baumeister keinen Unterschied. Aber eines haben sie alle gemeinsam, eine Muse, ein überirdisch schönes weibliches Wesen, das sie anbeten und in ihren Werken verherrlichen. Erinnere dich, wen Walther von der Vogelweide in seinen ›Mädchenliedern‹ besang. Oder denke an Hubert van Eyck, den bedeutsamsten Maler der Gegenwart. Seine Madonnen sind keine Heiligen, sondern stets eine anbetungswürdige Frauensperson mit nackten Brüsten und sinnlichen Lippen. Und die Figuren, die von meiner Zunft an den Domportalen der großen Kathedralen aufgestellt werden, angeblich zur höheren Ehre Gottes, sind in Wahrheit Abbilder ihrer Musen oder Stein gewordene Männerträume.«

Ulrich trat einen Schritt näher. Ohne es zu wollen, wich Afra zurück. Nun war eingetreten, wovor sie sich gefürchtet, was sie sich erhofft hatte. Wie sehr hatte sie sich nach seiner Nähe gesehnt, wie sehr hatte sie gewünscht, dass es dazu kommen könnte, und nun ging sie ihm aus dem Weg. Was wollte sie denn? Am liebsten wäre sie im Boden versunken.

Ulrich bemerkte ihr Zögern und hielt inne. »Du musst keine Angst vor mir haben«, sagte er leise.

»Ich habe keine Angst vor Euch, Meister Ulrich«, beteuerte Afra.

»Sicher hast du noch nie mit einem Mann geschlafen.«

Afra spürte, wie ihr das Blut in den Kopf schoss. Ihre Sinne rebellierten. Wie sollte sie sich verhalten? Sollte sie lügen und sagen: Nein, Meister Ulrich, Ihr wäret der Erste? Oder sollte sie ihm erzählen, was ihr in jungen Jahren widerfahren war?

In der Entscheidung eines Augenblicks sagte sie, wenn nicht die ganze, so doch die halbe Wahrheit: »Mein Lehensherr, bei dem ich seit meinem zwölften Jahr in Brot und Arbeit stand, hat mir, als ich gerade vierzehn war, Gewalt angetan. Als er zwei Jahre später erneut zudringlich wurde, lief ich davon. Jetzt wisst Ihr, wie es um mich bestellt ist.«

Afra begann zu weinen. Hätte Ulrich nach dem Grund ihrer Tränen gefragt, sie hätte kaum eine Antwort gewusst. Ihr Kopf war leer und ohne Gedanken. Sie bemerkte nicht einmal, wie Ulrich sie teilnahmsvoll in seine Arme zog und mit den Händen zärtlich über ihren Rücken strich.

»Du wirst darüber hinwegkommen«, bemerkte er ruhig.

Plötzlich schien es Afra, als erwache sie aus einem Traum. Doch dieser Traum war Wirklichkeit. Als ihr bewusst wurde, dass sie in seinen Armen lag, ging ein wohliges Gefühl durch ihren Körper. Sie spürte das Bedürfnis, sich an ihn zu schmiegen. Und auf einmal gab sie diesem Verlangen nach. Hatte sie eben noch Tränen vergossen, so begann sie nun zu lachen. Ja, sie machte sich lustig über ihre Tränen und wischte ihre Augen mit den Handballen aus.

»Entschuldigt, es kam einfach über mich.«

Viele Tage später, als sie über das Geschehen an diesem Abend nachdachte – und das geschah nicht nur einmal –, schüttelte sie den Kopf, und sie fragte sich immer wieder, wie das, was folgte, hatte geschehen können: Während Ulrich sie noch immer umfangen hielt, trat Afra einen Schritt zurück und ließ sich auf ihr Bett sinken. Wehrlos lag sie vor ihm. Für einen Augenblick hielten beide inne. Dann raffte Afra ihr Kleid zusammen, zog es bis über die Scham hoch und bot sich so Meister Ulrich dar.

»Ich will dich«, hörte sie Ulrich von Ensingen flüstern.

»Ich will dich auch«, erwiderte sie mit ernstem Gesicht.

Als Ulrich über sie kam, als er mit einer kurzen, heftigen Bewegung in sie eindrang, wollte Afra schreien, nicht vor Schmerz,

EIN LEERES PERGAMENT

sondern vor Lust. Sie fühlte, wie sie noch nie gefühlt hatte: schweben, taumeln, ohne Gedanken. Vergessen waren Ekel und Abscheu, die lange Zeit in ihr hochkamen, wenn sie nur daran dachte, von einem Mann berührt zu werden. Ulrich liebte sie mit so viel Zärtlichkeit und Hingabe, dass sie wünschte, es möge nie zu Ende gehen.

»Willst du meine Muse sein?«, fragte der Baumeister beinahe kindlich.

»Das will ich, ja«, rief Afra aufgeregt.

Und während Ulrich seine Arme unter ihre Taille schob und sie hochhob, dass sich ihr Körper spannte wie der Bogen über einem Kirchenportal, während seine Bewegungen sich in ihrem Körper fortsetzten wie sanfte Wellen im Fluss, sagte er: »Dann werde ich dir in meiner Kathedrale ein Denkmal setzen. Man soll sich noch in tausend Jahren an dich erinnern, meine schöne Muse.«

Seine Bewegungen wurden heftiger. Und sein keuchender Atem versetzte sie in Verzückung. Sie bäumte sich auf und spürte die Kraft, die von seiner Männlichkeit ausging. Und plötzlich wurde Afra überwältigt von einem Feuer in ihrem Innersten. Ihr war, als erklängen um sie herum die hohen Töne eines Chorals. Ein Mal, zwei Mal, dann sank Afra in sich zusammen.

Sie hielt die Augen geschlossen und wagte nicht, Ulrich anzusehen. Und obwohl die Last auf ihrem Körper ihr die Luft raubte, wünschte sie, Ulrich möge immer auf ihr liegen bleiben.

»Ich hoffe, ich habe nicht dein schönes Kleid verdorben«, hörte sie Ulrichs Stimme wie aus weiter Ferne.

Die Bemerkung erschien Afra nicht allzu passend. Für das, was sie soeben erlebt hatte, hätte sie liebend gerne ihr Kleid und allen Besitz hergegeben. Aber wahrscheinlich, dachte sie, war Ulrich von Ensingen von diesem Augenblick ebenso überwältigt wie sie.

Es dauerte eine Weile, bis Afra wieder klar denken konnte. Der erste wache Gedanke, der ihr durch den Kopf ging, war: der Fischer und seine Frau! Nicht auszudenken, wenn sie in ihrer Kammer mit Meister Ulrich entdeckt würde.

»Ulrich?«, begann Afra vorsichtig. »Es wäre besser ...«

»Ich weiß«, unterbrach Ulrich sie und ließ von ihr ab. Er küsste sie auf den Mund und setzte sich auf den Bettrand. »Obwohl«, nahm er den Gedanken wieder auf, »du bist kein Kind mehr. Der Fischer kann dir doch keinen Vorwurf machen.«

Afra erhob sich und brachte ihr grünes Kleid in Ordnung. Und während sie ihren Haarkranz zurechtrückte, sagte sie: »Du hast eine Frau und weißt, was das für eine wie mich bedeutet.«

Da wurde Ulrich von Ensingen laut: »Niemand, hörst du, niemand wird dich je anklagen. Das würde ich zu verhindern wissen.«

»Was willst du damit sagen?« Afra sah Ulrich fragend an.

»Der Stadtrichter allein kann Anklage erheben gegen eine Buhlschaft. Doch dazu bedarf es eines Zeugen. Im Übrigen wird er sich hüten, das zu tun. Denn dann müsste er auch sich selbst und seine Geliebte anklagen. Es ist kein großes Geheimnis, dass Benedikt zwei Mal die Woche mit der Frau des Stadtschreibers Arnold schläft. Nicht von ungefähr liegt die letzte Anklage gegen eine Ehebrecherin in dieser Stadt sieben Jahre zurück.« Er fasste Afra an beiden Händen: »Hab keine Angst. Ich werde dich beschützen.«

Ulrichs Worte taten ihr gut. Noch nie hatte jemand so etwas zu ihr gesagt. Aber während sie sich gegenüberstanden und in die Augen sahen, kamen Afra erste Bedenken: War es recht, ihren Gefühlen für Ulrich nachzugeben?

Der schien ihre Gedanken zu lesen. »Tut es dir Leid?«, fragte er.

»Leid?« Afra versuchte ihre Verunsicherung zu überspielen. »Ich möchte keine Sekunde der letzten Stunde missen, glaube mir. Aber es ist besser, wenn du jetzt gehst, bevor Bernward und Agnes nach Hause kommen.«

Ulrich nickte. Dann küsste er Afra auf die Stirne und verschwand.

Das Fischerviertel lag im Dunkeln. Hier und da kehrten Nachtschwärmer mit einer Fackel vom Tanzvergnügen zurück.

Ein Betrunkener rempelte Meister Ulrich an und lallte eine Entschuldigung. Nur ein paar Schritte von Fischer Bernwards Haus entfernt lungerte ein Mann mit einer Laterne herum. Im Näherkommen glaubte der Dombaumeister Gero Guldenmundt zu erkennen. Doch plötzlich verlosch das Licht der Laterne, und die Gestalt verschwand in einer Seitengasse.

In dieser Nacht und die folgenden Tage schwebte Afra über den Wolken. Sie war ihrer Vergangenheit entkommen. Ihr Leben, das bis dahin allein vom täglichen Überleben geprägt war, hatte auf einmal eine andere Richtung genommen. Sie wollte leben, *er*leben. Ihre angeborene Schüchternheit und Zurückhaltung, wie sie einer Schankmagd in der Suppenküche zukam, wich einer plötzlichen Selbstsicherheit. Bisweilen legte sie sogar Übermut an den Tag. Sie genoss den lockeren Umgang mit Steinschneidern und Zimmerleuten und begegnete deren Schmeicheleien, Späßen und Sticheleien mit gewagten Sprüchen, welche die rauen Kerle verstummen ließen.

Natürlich entging es den Dombauarbeitern nicht, dass Meister Ulrich von Ensingen, der sich noch nie in der Suppenküche hatte sehen lassen, nun hier seine Mahlzeiten einnahm. Und wenn man beobachtete, wie Afra dem Dombaumeister die Schüsseln servierte, konnte man sehen, wie sich ihre Hände zärtlich berührten. Das gab Anlass zu Gerede. Außerdem machten Ulrich und Afra kein Geheimnis aus ihrer Zuneigung, wenn sie sich abends, nach der Arbeit, trafen.

Ulrich öffnete Afra die Augen für Architektur, erklärte ihr den Unterschied zwischen der alten und neuen Stilrichtung, zwischen Kreuzgrat- und Kreuzrippengewölbe, und den Goldenen Schnitt, der dem menschlichen Auge auf unerklärliche Weise schmeichelt wie ein Minnelied dem Ohr der Angebeteten. Zwar blieb ihr der Inhalt der *sectio aurea* weitgehend verborgen, wonach eine Strecke so zu teilen ist, dass das Rechteck aus der ganzen Strecke und dem einen Abschnitt dem Quadrat über dem anderen Abschnitt gleich ist; aber allein die Gesetzmäßigkeit, die auf den Griechen Euklid zurückging und mit der die großen Baumeister ihr Spiel trieben, faszinierte Afra ungemein. Auf einmal betrachtete sie den Dom mit anderen Augen, und wenn die Zeit es zuließ, verlor sie sich oft eine ganze Stunde in den Details des Bauwerks.

Nicht selten liebten sich Afra und Ulrich zu nächtlicher Stunde in luftiger Höhe in der Dombauhütte oder an schönen Tagen in den Flussauen. Und als Afra sich dabei das kostbare grüne Kleid verdarb, gab Ulrich bei Meister Varro zwei neue in Auftrag, eines in Rot, das andere in gelber Farbe.

Längst kannte Afra keine Hemmungen mehr, sich vornehm zu kleiden wie eine reiche Bürgerfrau, obwohl ihre modische Kleidung sie arg ins Gerede brachte. In der Suppenküche kam ihr mehr als einmal der Satz zu Ohren: Wird es ihm schon richtig besorgt haben.

Dass ausgerechnet das gelbe Kleid ihrem Leben eine unheilvolle Wende geben würde, erschien Afra so unwahrscheinlich wie Sonnenschein am Allerseelentag. Und doch war es so und nicht anders.

Varro da Fontana hatte den kostbaren Stoff für das Kleid aus Italien mitgebracht, wo die leuchtend gelbe Farbe als besonders vornehm galt. Weder der Schneider aus dem Süden noch Afra bedachten, dass der gelben Kleidung nördlich der Alpen eine ganz andere Bedeutung zukam. Um Aufsehen zu erregen, trugen Badefrauen und Huren vorwiegend gelbe Kleider.

Zuerst nahmen die Marktfrauen davon Notiz. Wenn Afra über den Markt schlenderte, wo sie früher selbst Fische verkauft hatte, geiferten die Marktweiber: »Scheint ja ein einträgliches Geschäft, wenn man die Beine breit macht. Pfui Teufel!« Manche spuckten vor ihr aus oder drehten ihr den Rücken zu, wenn sie ihr begegneten. Den Grund für den Stimmungswandel in der Ulmer Bevölkerung kannte Afra nicht, und so scheute sie sich nicht, auch weiterhin das gelbe Kleid zu tragen.

An einem Sonnabend, wo in der Suppenküche wie immer ausgelassen gegessen und getrunken wurde, geschah dann das

Unfassbare. Ein Zimmermann, den sie wegen seiner Größe den Riesen nannten, warf vor Afra fünf Ulmer Pfennige auf den Tisch und rief, von dünnem Bier enthemmt: »Komm, kleine Hure, besorg's mir, hier auf dem Tisch!«

Das wilde Geschrei der Dombauarbeiter verstummte abrupt. Alle Augen waren auf Afra gerichtet, während der Riese begann, sein Gemächt aus den Beinkleidern zu holen.

Afra erstarrte. »Du glaubst wohl, ich bin eine von denen, die man für fünf Pfennige kaufen kann?«, schleuderte sie dem Zimmermann entgegen. Und mit einem verächtlichen Blick auf seine unförmige Männlichkeit fügte sie hinzu: »Ein so scheußliches Ding habe ich überhaupt noch nicht gesehen.«

Die Umstehenden grölten und schlugen mit Fäusten auf den Tisch.

»Hier liegt das Geld, also tu was dafür!«, rief der Riese und näherte sich Afra mit ausgestreckten Armen. Mit eisernem Griff packte er sie und drückte sie gegen den Tisch. Die gaffenden Männer reckten die Hälse.

Afra wehrte sich wie von Sinnen. »So helft mir doch«, schrie sie. Aber die Männer gafften nur. Es war unmöglich, der Kraft des Riesen Widerstand entgegenzusetzen. Mit letzter Kraftanstrengung rammte Afra ihr Knie zwischen die Beine des Riesen. Der knickte ein mit einem lauten Schrei, ließ von Afra ab und torkelte zu Boden. Afra rappelte sich hoch und hetzte zum Ausgang in Angst, die anderen würden sie zurückhalten. Da stand Ulrich von Ensingen in der Türe. Das Gejohle der Handwerker verstummte.

Der Dombaumeister fing Afra in den Armen auf. Sie schluchzte. Ulrich strich ihr sanft über das Haar. Dabei musterte er die Männer mit zornigem Blick.

»Alles in Ordnung?«, fragte er leise.

Afra nickte. Dann löste sich Ulrich aus der Umarmung und trat auf den Riesen zu, der noch schmerzverkrümmt auf dem Boden kauerte.

»Steh auf, du Schwein«, sagte er kaum hörbar und versetzte

dem Zimmermann einen Fußtritt, »steh auf, damit alle sehen können, wie ein Schwein aussieht.«

Der Riese lallte etwas wie eine Entschuldigung und rappelte sich hoch. Er hatte sich gerade aufgerichtet, da griff Meister Ulrich mit beiden Händen nach einem Stuhl, schwang ihn über seinen Kopf und ließ ihn auf den Zimmermann niedersausen. Der Stuhl splitterte, und der Riese sank, ohne einen Laut von sich zu geben, zu Boden.

»Schafft ihn raus. Er stinkt«, zischte er an die herumstehenden Männer gewandt. »Und sollte er wieder zu sich kommen, dann sagt ihm, dass ich ihn nie wieder auf der Dombaustelle sehen will. Habt ihr mich verstanden?«

So heftig hatten sie Meister Ulrich noch nie gesehen. Furchtsam zerrten die Arbeiter an der Kleidung des Riesen. Der blutete am Kopf wie ein abgestochenes Schwein. Und als sie ihn hinaus ins Freie schleiften, hinterließ er eine dunkle Spur.

Seit jenem Tag zeigten die Bürger von Ulm mit Fingern auf Afra. Die Suppenküche blieb leer. Auf der Straße ging man ihr aus dem Weg.

Eines Morgens, seit dem unglücklichen Vorfall waren gerade zwei Wochen vergangen, lag ein abgehackter Hahnenfuß vor der Tür des Fischers Bernward.

»Du weißt, was das bedeutet?«, fragte der Fischer aufgeregt.

Afra sah ihn ängstlich an.

Bernward machte ein besorgtes Gesicht: »Man will dich der Hexerei anklagen.«

Afra empfand einen Stich in der Herzgegend. »Aber warum? Ich habe doch nichts getan?«

»Meister Ulrich ist ein verheirateter Mann und hat eine fromme Frau. Und dein gelbes Kleid ist auch nicht dazu angetan, dich als ehrbare Jungfer erscheinen zu lassen. Ihr habt den Bogen überspannt, und du musst dafür zahlen.«

»Was soll ich tun?«

Bernward hob die Schultern. Schließlich trat Agnes hinzu,

EIN LEERES PERGAMENT

seine Frau. Agnes hatte Afra stets viel Zuneigung entgegengebracht. Sie meinte es gut mit ihr. Agnes nahm ihre Hand und sagte: »Man weiß nie, wie so etwas ausgeht. Aber wenn du einen Rat von mir hören willst, Afra, dann geh fort. Du hast arbeiten gelernt und findest überall eine Stelle. Mit den Bürgern von Ulm ist nicht zu spaßen. Sie selbst sind die größten Halunken und Halsabschneider, aber nach außen geben sie sich als Heilige. Hör auf meinen Rat. Es wäre das Beste für dich.«

Die Worte der Fischersfrau trieben Afra Tränen in die Augen. Sie hatte in Ulm eine Heimat gefunden. Zum ersten Mal in ihrem Leben hatte sie sich in ihrer Umgebung wohl gefühlt. Vor allem aber war da Ulrich. Sie wollte sich einfach nicht vorstellen, dass das kurze Glück, das ihr begegnet war, schon wieder zu Ende sein sollte.

»Nein, drei Mal nein!«, rief Afra wütend. »Ich bleibe, denn ich bin mir keiner Schuld bewusst. Sollen sie mich doch anklagen.«

Auch Ulrich von Ensingen sah sich plötzlich mehr Feinden als Freunden gegenüber. Unter den Handwerkern bildeten sich Gruppen, die sich zum Ziel gesetzt hatten, seine Arbeit zu sabotieren. Die Steinschneider suchten nicht mehr die besten Steine aus, sondern die brüchigsten. Und in den Balken, welche die Zimmerleute anlieferten, fanden sich immer mehr Astlöcher. Sogar die Vorarbeiter der Dombauhütte, mit denen der Meister im besten Einvernehmen stand, mieden auf einmal jede Begegnung und holten ihre Anweisungen von Ulrichs Sohn Matthäus, der inzwischen seine Gesellenzeit beendet hatte und selbst Meister geworden war.

In dieser schwierigen Situation klammerten sich Afra und Ulrich noch mehr aneinander. Jetzt, da ohnehin jeder von ihrem Verhältnis wusste, machten sie aus ihrer Zuneigung auch keinen Hehl mehr. Arm in Arm spazierten sie über den Markt, und an der Flusslände blickten sie eng umschlungen den Ulmer Schachteln nach, die auf die große Reise gingen. Doch ihr Glück stand unter keinem guten Stern.

Der Riese, der von Ulrich von Ensingen in der Suppenküche übel zugerichtet worden war, hatte Afra beim Stadtrichter angeschwärzt. Ein Advokat und Rechtsverdreher, von Gero Guldenmundt bezahlt, hatte ihn dazu gedrängt, weil er wusste, dass dem Dombaumeister selbst kaum beizukommen war. Afra hingegen als Hexe zu denunzieren bedurfte nur zweier Zeugen, die Ungewöhnliches im Auftreten der Person festgestellt haben wollten. Und als ungewöhnlich wurden in jener Zeit schon rote Haare oder ein *samtenes* Kleid betrachtet.

Als Ulrich von Ensingen von der Angelegenheit Wind bekam, suchte er Afra auf, die kaum noch das Haus verließ. Es war schon spät. Fischer Bernward beschwor Meister Ulrich, er möge, bei allen Heiligen, nicht auch noch ihn und seine Frau ins Unglück stürzen. Wenn sein Besuch bekannt würde, könnte man ihm, dem Fischer, vorwerfen, er habe der sündhaften Beziehung Vorschub geleistet. Aber Ulrich ließ sich nicht abweisen.

Afra ahnte, dass Ulrichs nächtlicher Besuch nichts Gutes verhieß, und sie fiel ihm weinend in die Arme. Ulrich machte ein ernstes Gesicht und begann ohne Umschweife: »Afra, mein Liebes, was ich dir jetzt sage, bricht mir selber das Herz; aber, glaube mir, es ist wichtig und die einzige Möglichkeit in dieser verfahrenen Situation.«

»Ich weiß, was du sagen willst«, rief Afra wütend, und dabei schüttelte sie heftig den Kopf. »Du willst, dass ich heimlich aus der Stadt verschwinde wie eine Verbrecherin aus Furcht vor den Schergen. Aber sag mir, worin liegt mein Verbrechen? Etwa darin, dass ich mich wehrte, als dieser Kerl mir Gewalt antun wollte? Etwa darin, dass ich dich liebe? Oder darin, dass mein Äußeres ansehnlicher ist als das anderer Bürgertöchter? Sag es!«

»Du hast keine Schuld«, erwiderte Ulrich beschwichtigend, »bestimmt nicht. Es sind die besonderen Umstände, die dich, und nicht nur dich, in diese Situation gebracht haben. Ich mag selbst nicht daran denken, dich zu verlieren, und es muss auch nicht für immer sein. Aber wenn du jetzt nicht aus der Stadt fliehst, werden sie ...«

Ulrich schluckte. Er war nicht in der Lage, den Gedanken auszusprechen. »Du weißt, was sie mit Frauen machen, die der Hexerei angeklagt sind«, sagte er dann. »Und ich kann dir versichern, meine Frau wäre die Erste, die gern gegen dich aussagt. Flieh – mir zuliebe! Dein Leben ist in Gefahr!«

Afra hatte stumm zugehört und immer wieder den Kopf geschüttelt, während Wut und Angst in ihr aufstiegen. Was war das für eine Welt? Die geballten Fäuste wie zum Gebet an die Brust gedrückt, starrte Afra vor sich auf den Boden. Sie schwieg lange, dann sah sie Ulrich ins Gesicht: »Ich gehe nur, wenn du mit mir kommst.«

Ulrich nickte, als wollte er sagen, diese Antwort habe ich erwartet. Schließlich erwiderte er: »Afra, daran habe ich auch schon gedacht. Ich könnte mich sogar mit dem Gedanken anfreunden, den Dombau im Stich zu lassen und in Straßburg, Köln oder sonst wo Arbeit zu finden. Aber vergiss nicht, ich habe eine Frau. Ich kann sie nicht einfach zurücklassen, auch wenn unsere Ehe alles andere ist als ein Liebesverhältnis. Zudem kränkelt sie seit geraumer Zeit. Das Hauptweh wird, wie sie sagt, eines Tages noch ihren Kopf zersprengen. Da helfen nicht einmal ihre strengen lauten Gebete, mit denen sie ihre Nächte verbringt. Ich kann nicht mit dir kommen. Das musst du verstehen!«

Afra schluchzte auf. Dann hob sie wortlos die Schultern und blickte zur Seite. Nach einer Weile, in der keiner wagte, den anderen anzusehen, trat sie plötzlich entschlossen an ihren Kastenschrank und zog unter ihrer Wäsche eine abgenützte, mit rauem Rupfen bezogene Lederschatulle hervor und hielt sie Ulrich hin.

»Was ist das?«, fragte er interessiert.

»Mein Vater«, begann Afra zögernd, »starb, als ich noch keine zwölf Jahre alt war. Mir als der Ältesten von fünf Töchtern hinterließ er diese Schatulle mit einem Brief. Ich habe nie recht verstanden, was es mit dem Brief, und noch weniger, was es mit dem Inhalt der Schatulle auf sich hat. In den Wirren meiner jungen Jahre ging der Brief meines Vaters verloren. Ich könnte mich ohrfeigen, wenn ich daran denke. Aber die Schatulle und ihren Inhalt hüte ich wie meinen Augapfel.«

»Jetzt machst du mich aber neugierig.« Ulrich machte Anstalten, die flache Schatulle zu öffnen, aber Afra legte ihre Hand auf die seine und sagte: »In dem Brief schrieb mein Vater sinngemäß, der Inhalt sei ein Vermögen wert und ich sollte von ihm nur dann Gebrauch machen, wenn ich einmal nicht mehr weiterwüsste. Dann sei allerdings nicht auszuschließen, dass der Inhalt der Schatulle auch Unglück bringe über die Menschheit.«

»Klingt ziemlich geheimnisvoll. Hast du jemals nachgesehen, was sich in der Schatulle befindet?«

Afra schüttelte den Kopf. »Nein – irgendetwas hielt mich immer zurück.« Sie blickte Ulrich an. »Aber ich glaube, jetzt ist der Moment gekommen, wo wir beide Hilfe bitter nötig haben.«

Vorsichtig löste Afra die Lederbänder, mit denen das Schmucketui verknotet war. Sie drehte sich zur Seite.

»Jetzt sag schon, was ist drin in der geheimnisvollen Schatulle?«, fragte Ulrich ungeduldig.

»Ein Pergament.« Afra klang enttäuscht. »Leider kann man es nicht lesen.«

»Zeig her!«, sagte Ulrich.

Das Pergament war von hellgrauer Farbe und zwei Mal auf Handgröße gefaltet. Ein eigenartiger, aber nicht unangenehmer Geruch ging von ihm aus. Als Ulrich das Pergament behutsam auseinander gefaltet und von beiden Seiten betrachtet hatte, hielt er verdutzt inne.

Afra nickte: »Nichts. Ein leeres Pergament.«

Ulrich hielt das Blatt vor den flackernden Kienspan: »Tatsächlich, nichts!« Enttäuscht ließ er das Pergament sinken.

»Vielleicht«, begann Afra kleinlaut, »ist das Blatt sehr alt und die Schrift ist längst verblichen.«

»Das mag durchaus sein. Aber dann hätte es dein Vater auch nicht mehr lesen können.«

»Daran habe ich noch gar nicht gedacht. Dann muss es mit dem Pergament eine andere Bewandtnis haben.«

Behutsam faltete Ulrich von Ensingen das Pergament und gab es Afra zurück. »Man sagt«, begann er nachdenklich, »die Alchimisten bedienten sich einer Geheimschrift, die, kaum zu Papier gebracht, wieder verschwinde wie der Schnee auf einer Frühlingswiese, und es bedürfe einer geheimnisvollen Mixtur, sie wieder sichtbar zu machen.«

»Du meinst, auf dem Papier ist eine solche Schrift verborgen?«

»Wer will es wissen? Immerhin wäre das ein Hinweis auf den brisanten Inhalt des Pergaments, den offensichtlich nicht jeder erfahren soll.«

»Klingt aufregend. Aber wo finden wir einen Alchimisten, der uns hilfreich sein könnte?«

Meister Ulrich kaute auf seinen Lippen, schließlich meinte er: »Es ist schon länger her, da bot mir ein Alchimist namens Rubaldus seine Dienste an, ein ehemaliger Dominikaner, jedenfalls ein Mönch wie die meisten Alchimisten. Er redete in Bildern und Rätseln, von der Affinität der Metalle und Planeten, vor allem vom Mond, dem beim Bau einer Kathedrale besondere Bedeutung zukomme. So dürfe der Schlussstein eines Gewölbes, solle das Bauwerk tausend Jahre halten, nur bei Neumond gesetzt werden. Behauptete er jedenfalls.«

»Du hast dich nicht danach gerichtet?«

»Natürlich nicht. Ich setzte meine Schlusssteine, wenn die Arbeit anstand. Jedenfalls guckte ich nicht zum nächtlichen Himmel, bevor ich ein Gewölbe vollendete. Ich glaube, Rubaldus hat es mir übel genommen, als ich ihn damals fortschickte. Er hoffte, beim Dombau ein erkleckliches Einkommen zu finden. Wie ich hörte, lebt er heute am anderen Ufer des Flusses und steht in geheimen Diensten des Bischofs von Augsburg. Sonst wäre er wahrscheinlich schon verhungert. Alchimie ist nicht gerade eine einträgliche Wissenschaft.«

»Auch keine fromme. Wird die Alchimie nicht von der Kirche verurteilt?«

»Offiziell, ja. Aber heimlich und in sicherer Entfernung hält sich jeder Bischof seinen Alchimisten in der Hoffnung auf ein Wunder, und auf dass es vielleicht doch noch einmal gelingen könnte, aus Eisen Gold zu machen oder das Wahrheitselixier zu finden. Es gab Bischöfe, sogar einen Papst, die lasen mehr Bücher über Alchimie als über Theologie.«

»Wir sollten diesen Meister Rubaldus aufsuchen. Mein Vater war ein kluger Mann. Und wenn er sagte, dass ich die Schatulle nur in größter Not öffnen soll und wenn ich nicht mehr weiterweiß, dann hat er sich etwas dabei gedacht. Vielleicht wird uns beiden dann geholfen sein. Du darfst mir die Bitte nicht abschlagen.«

Ulrich sah sie zweifelnd an. Was sollte ihnen ein leeres Stück Pergament schon nützen? Und war es nicht viel zu gefährlich, einen Alchimisten aufzusuchen, wenn man sowieso schon der Hexerei angeklagt wurde? Aber dann sah er Afras flehende Augen, und er willigte ein.

In aller Herrgottsfrühe überquerten sie am nächsten Morgen den Fluss mit einer Plätte, nicht weit von der Stelle entfernt, wo die Blau in die Donau mündet. Der Fährmann blinzelte verschlafen in die Morgensonne und redete kein Wort. Das kam Afra und Ulrich nicht ungelegen, denn sie waren mit ihren Gedanken weit fort.

Das Haus des Alchimisten lag etwas abseits auf einer kleinen Anhöhe und war mehr hoch als breit und mit jeweils nur einem Fenster in jedem der zwei Stockwerke. Es wirkte nicht gerade einladend, und man konnte jeden, der sich näherte, schon von weitem sehen.

So kam ihr Besuch wohl auch nicht überraschend, als Ulrich von Ensingen an die Haustür klopfte und seinen Namen nannte. Dennoch mussten sie lange warten, bis ihnen geöffnet wurde. Endlich ging in der Tür eine Klappe auf, nicht größer als eine Handspanne, und dahinter erschien ein Gesicht, weiß wie ein Laken und mit glasigen Augen, und eine tiefe raue Stimme ließ sich vernehmen: »Ah, Meister Ulrich, der Dombaumeister! Habt Ihr Eure Meinung geändert und bedürft doch noch meiner Hilfe? Ich will Euch etwas sagen, Meister Ulrich: Schert Euch zum Teufel. Mit dem steht Ihr ohnehin im Bunde.« Man hörte ein meckerndes Lachen, bevor die Stimme fortfuhr: »Wie anders wollt Ihr erklären, dass Eure himmelstürmende Kathedrale noch nicht eingestürzt ist, obwohl Ihr Euch lustig gemacht habt über den Einfluss des Mondes beim Dombau. Ich habe Eure Worte nicht vergessen: Der Mond sei hilfreich, nachts den Zechern heimzuleuchten, aber beim Dombau sei es wurscht, ob er zu- oder abnimmt, ob er scheint oder nicht. Verschwindet, samt Eurer schönen Begleiterin!«

Noch bevor der erboste Rubaldus die Türklappe zuschlagen konnte, hielt ihm Ulrich eine Goldmünze entgegen, und augenblicklich erhellte sich der Gesichtsausdruck des Alchimisten. Er schob den Türriegel zurück und öffnete.

»Wusste ich's doch, dass man mit Euch reden kann, Meister Rubaldus«, sagte Ulrich mit ironischem Unterton und legte ihm das Goldstück in die Hand.

Der machte mit dem Kopf eine seitliche Bewegung zu Afra hin und fragte: »Und wer ist sie?«

»Afra, meine Geliebte«, erwiderte Ulrich ohne Umschweife. Er wusste, wie man den Alchimisten nehmen musste. »Um sie geht es.«

Rubaldus blickte interessiert. Der Alchimist war eine skurrile Erscheinung. Er reichte Afra gerade bis zur Schulter. Unter seinem schwarzen Wams, das um die Taille gegürtet war und nur bis zu den Oberschenkeln reichte, ragten zwei dürre bestrumpfte Beine hervor. Auf dem Kopf trug er eine Zipfelmütze. Sie umschloss das Gesicht bis zum Hals und bildete einen Kragen, der bis über die Schultern reichte.

»Sie hat Euch verhext, und nun wollt Ihr sie loswerden«, sagte Rubaldus nüchtern und mit einer Stimme, die überhaupt nicht zu dem kleinen Männchen passen wollte.

»Unsinn. Ich glaube nicht an derlei Hokuspokus.« Ulrich

machte ein ernstes Gesicht, und der Alchimist zog den Kopf ein, als wolle er sich in das Schneckenhaus seiner Mütze verkriechen.

»Man sagt, Alchimisten beherrschen eine Art Geheimschrift, die nach dem Schreiben verschwindet, und es bedürfe allerlei Künste, sie wieder lesbar zu machen.«

Über Rubaldus' Gesicht huschte ein hinterhältiges Lächeln. »So, sagt man das.« Sein Kopf wand sich wieder aus dem Kragen heraus, und mit Stolz in der Stimme verkündete er: »Ja, ja, ganz recht, Meister Ulrich. Schon Philon von Byzanz, der dreihundert Jahre vor Geburt unseres Herrn neun Bücher über das Wissen seiner Zeit geschrieben hat, kannte die geheime Tinte aus Eisengallus. Allerdings ging das Buch, in dem er beschreibt, wie die unsichtbare Schrift wieder sichtbar gemacht werden kann, verloren.«

»Wollt Ihr damit sagen, dass die – wie sagtet Ihr? – Eisengallustinte nie mehr sichtbar gemacht werden kann?«

Afra starrte den Alchimisten erwartungsvoll an.

»Keineswegs«, antwortete dieser, nachdem er eine lange Kunstpause machte, die er weidlich auskostete. »Allerdings gibt es nicht viele, die das Rezept der Mixtur kennen, mit der die Schrift immer wieder sichtbar gemacht werden kann.«

»Ich verstehe«, meinte Ulrich, »aber wie ich Euch kenne, zählt Ihr, Meister Rubaldus, zu denjenigen, welchen dieses Rezept geläufig ist.«

Scheinbar verlegen rieb sich der Alchimist die Hände. Dabei kicherte er hinterhältig. »Natürlich erfordert es hohen Aufwand, um hinter das Geheimnis zu kommen. Ich meine, ein Mittel gegen Kopfschmerzen oder schlechte Verdauung kommt billiger.«

Ulrich sah Afra an und nickte. Dann wandte er sich Rubaldus zu und fragte knapp: »Wie viel?«

»Einen Gulden.«

»Ihr seid verrückt. So viel verdient ein Steinmetz nicht im ganzen Monat!«

»Ein Steinmetz ist auch nicht in der Lage, eine unsichtbare Inschrift sichtbar zu machen. Worum handelt es sich überhaupt?«

Afra entnahm das gefaltete Pergament der Schatulle und reichte es dem Alchimisten. Der betrachtete das Blatt mit spitzen Fingern. Dann hielt er es vor dem Fenster gegen das Licht und drehte es nach allen Seiten.

»Keine Frage«, meinte er schließlich, »auf dem Pergament ist eine Inschrift verborgen, eine sehr alte Inschrift.«

Ulrich sah Rubaldus prüfend an. »Also gut, Meister der Alchimie, du sollst einen Gulden erhalten, wenn es dir gelingt, den Text des Pergaments vor unseren Augen sichtbar zu machen.«

Noch während er redete, erschien auf der schmalen Treppe, die rechter Hand nach oben führte, eine hochgewachsene Gestalt, eine Frau in einem langen Gewand, gewiss zwei Köpfe größer als der Alchimist.

»Das ist Clara«, bemerkte Rubaldus ohne weitere Erklärung, außer dass er die Augen verdrehte – was immer das zu bedeuten hatte. Clara nickte freundlich und verschwand stumm in einer Seitentür.

»Folgt mir«, meinte Rubaldus mit einer Handbewegung zur Treppe hin. Die Stiege bestand aus wuchtigen, rohen Holzplanken, und jeder Schritt verursachte einen knarzenden oder kreischenden Ton, als litten die einzelnen Stufen unter der Last der fremden Besucher.

Afra hatte noch nie eine Alchimistenküche gesehen. Der düstere Raum wirkte auf sie bedrohlich. Hunderterlei Dinge, deren Zweck und Bedeutung ebenso viele Fragen aufwarf, ließen sie innehalten und staunen. Die Regale an den Wänden waren angefüllt mit seltsam geformten Behältnissen aus Glas und Ton. Schalen mit getrockneten Kräutern, Beeren und Wurzeln verbreiteten herbe Düfte. Davor Schilder in flüchtiger Handschrift: Tollkirsche, Bilsenkraut, Mohn, Stechapfel, Schierling oder Wolfsmilch. In Glasgefäßen mit gelber und grüner Flüssigkeit schwamm totes Getier wie Skorpione, Echsen, Schlangen, Käfer und Missgeburten, die sie noch nie gesehen hatte.

Im Näherkommen entdeckte sie in einem der Gläser einen Homunkulus, eine Art menschliches Wesen, kaum eine Handspanne groß, mit einem unförmigen großen Kopf und kleinen ausgeprägten Gliedmaßen. Afra wich zurück und erschrak zu Tode, als sie plötzlich in das offene Maul einer Echse blickte, die länger war als die Armspanne eines ausgewachsenen Mannes.

Rubaldus, der ihren Schrecken bemerkte, kicherte leise in sich hinein. »Keine Angst, meine Liebe, das Tier ist seit einem Menschenalter tot und ausgestopft. Es stammt aus Ägypten und wird Krokodil genannt. Den Ägyptiern ist das Krokodil sogar heilig.«

Heilige hatte sich Afra eigentlich anders vorgestellt, edel, schön und anbetungswürdig, heilig eben. Die Worte des Alchimisten verwirrten sie, und unsicher suchte sie Ulrichs Hand.

Es war still in dem Raum, den eine Decke mit wuchtigen Holzbalken überspannte. Man konnte die Flamme flackern hören, die unter einem runden Glasballon brannte. Ein gekrümmtes Glasrohr, das oben aus dem Ballon ragte, gab in unregelmäßigen Abständen gluckernde Geräusche von sich.

»Gebt mir das Pergament«, sagte der Alchimist an Afra gewandt.

»Seid Ihr auch sicher, dass Ihr die Schrift nicht für immer zerstört?«

Rubaldus schüttelte den Kopf. »In diesem Leben gibt es nur *eine* Gewissheit, und das ist der Tod. Aber ich will mir Mühe geben und behutsam vorgehen. Also gebt schon her!«

Auf einem Tisch in der Mitte des Raumes breitete der Alchimist eine Art Filz aus. Darauf legte er das blassgraue Pergament und fixierte die Ecken mit dünnen Nadeln. Dann trat er vor eine Wand, an der unzählige Bücher, Schriftrollen und lose Blätter gestapelt waren. Wie in aller Welt, dachte Afra, soll sich ein Mensch in diesem Chaos zurechtfinden? Manche Buchrücken waren mit brauner Tinte beschriftet und gaben den Inhalt oder

Verfasser des Werkes preis, Namen und Titel, welche einem normalen Christenmenschen nur Rätsel aufgaben, einige in einer Schrift, die Afra wie die Schreibversuche eines Kleinkindes vorkamen. In lateinischer Schrift stachen Namen hervor wie Konrad von Vallombrosa, Nicolaus Eymericus, Alexander Neckham, Johannes von Rupescissa oder Robert von Chester. Da gab es geheimnisvoll klingende Titel in lateinischer Sprache wie »De lapidibus«, »De occultis operibus naturae«, »Tabula Salomonis« oder »Thesaurus nigromantiae«. Ein Titel in deutscher Sprache lautete: »Experimente, die König Salomon, als er einmal um die Liebe einer edlen Königin warb, ersann und die natürliche Experimente sind«.

»Warum gibt es kaum Bücher in deutscher Sprache, die sich mit Eurer Kunst beschäftigen?«, erkundigte sich Afra.

Rubaldus' Blick schweifte über die Bücherwände, aber er ließ sich bei der Suche nach etwas Bestimmtem nicht ablenken. Ohne aufzublicken, antwortete er: »Unsere Sprache ist so armselig und verkommen, dass sie für viele Bedeutungen nicht einmal ein Wort kennt. Für andere Worte wie ›Lapidarium‹ oder ›Nigromantia‹, sogar für das Wort ›Alchimia‹ bedarf es umständlicher, langer Erklärungen, um ihren Inhalt zu beschreiben.«

Auf wundersame Weise wurde Rubaldus nach kurzer Zeit fündig. Hustend, als hätte er Rauch eingeatmet, zog er eine dünne Schrift aus einem Stapel hervor. Dass dabei andere Bücher zu Boden stürzten, schien ihn ebenso wenig zu stören wie die Staubwolke, die dieser Vorgang verursachte.

Rubaldus glättete das mit dünnem Faden geheftete Exemplar vor sich auf dem Tisch und begann zu lesen. Aus unerfindlichen Gründen verzog er dabei das Gesicht zu einer Grimasse, während er die Lippen tonlos bewegte wie ein Frömmler beim stillen Gebet.

»So sei 's denn!«, meinte er schließlich, stellte eine Schale bereit und entnahm aus seinen Regalen ein halbes Dutzend Flaschen und Phiolen. Mit einem Messglas, das er ständig gegen das Licht hielt, füllte er Flüssigkeiten in unterschiedlichster

Menge ab. Das Gebräu in der Schale wechselte dabei mehrfach die Farbe, von Rot zu Braun und schließlich zu unerklärlicher Klarheit.

Afra war aufgeregt, und in ihrer Aufgeregtheit – wann hatte man schon Gelegenheit, einem Alchimisten über die Schultern zu blicken – schlug sie ein Kreuzzeichen. Sie konnte sich nicht erinnern, wann sie das zuletzt getan hatte.

Rubaldus blieb der Anflug von Andacht oder Frömmigkeit nicht verborgen. Ohne seine Arbeit zu unterbrechen, kicherte er vor sich hin. »Schlagt ruhig noch ein Kreuzzeichen, wenn Ihr glaubt, dass es Euch hilft. Mir hilft es jedenfalls nicht. Was hier passiert, hat nichts mit Glauben zu tun, sondern mit Wissen. Und Wissen ist bekanntlich der Feind des Glaubens.«

»Mit Verlaub«, meldete sich Ulrich von Ensingen zu Wort, »ich hätte mehr Hokuspokus von Euch erwartet.«

Da hielt der Alchimist inne, legte den Kopf zur Seite, dass der lange Zipfel seiner Mütze fast bis zum Boden reichte, und krächzte: »Für einen lumpigen Gulden lasse ich mich noch lange nicht beleidigen, Meister Ulrich. Was hier passiert, ist keine Hexerei, sondern Wissenschaft. Schert Euch doch zum Teufel mit Eurem blöden Pergament. Was kümmert 's *mich*?«

»Er hat es nicht so gemeint«, versuchte Afra den Alchimisten zu besänftigen.

»Nein, wirklich nicht«, beteuerte Meister Ulrich. »Aber es sind so viele Gerüchte über Alchimie in Umlauf …«

»Über Euch und die Dombaukunst nicht weniger«, schimpfte Rubaldus. »Angeblich habt Ihr an geheimer Stelle Geld und Gold eingemauert, manche behaupten sogar, eine lebende Jungfrau.«

»Unsinn!«, empörte sich Meister Ulrich.

Und Rubaldus fiel ihm ins Wort: »Seht Ihr, genauso ist es mit der Alchimie. Man erzählt haarsträubende Dinge über Leute wie mich, dabei bin ich nackt geboren wie jeder Mensch. Und wenn es mir nicht gelingt, das Elixier des ewigen Lebens zu finden, werde ich sterben wie jeder andere.«

EIN LEERES PERGAMENT 149

Afra folgte den Worten des Alchimisten nur mit halbem Ohr. »Macht weiter, ich bitte Euch«, drängte sie.

Endlich schien Rubaldus seine Mixtur vollendet zu haben.

»Legt den Gulden hier vor mir auf den Tisch!«, sagte er an Ulrich von Ensingen gewandt und verlieh seinen Worten Nachdruck, indem er mit dem Zeigefinger auf der Tischplatte herumstocherte.

»Habt Ihr etwa Bedenken, wir wollten Euch betrügen?«, fragte der Dombaumeister beleidigt.

Der Alchimist zog die Schultern hoch, und dabei verschwand sein Kopf bis zur Nasenspitze in seiner Kragenmütze.

Schließlich zog Meister Ulrich einen Gulden aus der Tasche und versetzte ihn mit Daumen und Zeigefinger in eine kreisende Bewegung, bis er klingelnd auf der Tischplatte zu liegen kam.

Der Alchimist gab einen zufriedenen Grunzlaut von sich und machte sich ans Werk. Mit einem Büschel Wolle, das er in die Mixtur eintauchte, begann er vorsichtig das Pergament zu betupfen. Am Flackern ihrer Augen konnte man Afras Aufgeregtheit erkennen. Sie stand rechts neben Meister Rubaldus, Ulrich auf der gegenüberliegenden Seite. Von links fiel das spärliche Morgenlicht auf das Pergament. Unterbrochen vom Gluckern der gläsernen Apparatur starrten alle drei auf das angefeuchtete Pergament. Das nahm nach kurzer Zeit eine dunklere Farbe an, ohne dass jedoch Spuren einer Schrift sichtbar wurden.

Afra warf Ulrich einen besorgten Blick zu. Welchen Zweck hatte ihr Vater mit diesem absurden Versteckspiel verfolgt?

Minuten vergingen, in denen Rubaldus ohne Unterlass das aufgespannte Pergament betupfte. Er schien in keiner Weise aufgeregt. Warum auch, für ihn ging es nur um einen Gulden, nicht mehr. Der Alchimist bemerkte Afras Unruhe. Wie zum Trost oder um sie zu beruhigen, meinte er: »Wisst Ihr, je älter die verblichene Schrift, desto länger dauert es, sie aufzutauen.«

»Ihr meint ...«

»Aber gewiss. Ausdauer ist das oberste Gebot aller Alchimisten. Alchimie ist keine Wissenschaft, die in Sekunden oder Minuten rechnet. Selbst Tage sind in unserer Zunft eine kurze Zeit. Für gewöhnlich denken wir in Jahren und manche sogar in einer Ewigkeit.«

»So lange können wir leider nicht warten«, erwiderte Ulrich von Ensingen ungeduldig. »Aber es war den Versuch wert.«

Er war drauf und dran, seinen Gulden wieder in die Tasche zu stecken, als ihm der Alchimist auf die Finger schlug. Gleichzeitig traf ihn sein empörter Blick, und Rubaldus machte eine Kopfbewegung in Richtung des Pergaments.

Jetzt sah es auch Afra: Wie von Geisterhand gemalt, kamen an verschiedenen Stellen Schriftzeichen zum Vorschein, zuerst zart, als läge ein Schleier darüber, dann aber wie durch Zauberkraft immer klarer werdend, als habe der Teufel die Hand im Spiel.

Fast berührten sich ihre Köpfe, als die drei, über das Pergament gebeugt, das Wunder der Schriftwerdung betrachteten. Kein Zweifel, auch wenn kaum ein Buchstabe mit jenen übereinstimmte, die von den Schreiblehrern gelehrt wurden, so handelte es sich doch um eine Handschrift.

»Kannst du etwas erkennen?«, fragte Afra andächtig.

Ulrich, im Umgang mit Plänen und alten Schriften bewandert, verzog das Gesicht. Er gab keine Antwort und ließ den Kopf erst auf die rechte Schulter sinken, dann auf die linke.

Der Alchimist grinste wissend, ja er beschwor den Zorn seiner Besucher herauf, als er die Nadeln, mit denen er das Blatt auf der Filzunterlage festgeklammert hatte, löste und das Pergament wendete.

»Flüssigkeit macht jedes Pergament durchsichtig«, bemerkte er zufrieden, »es ist schwierig, eine Schrift von hinten zu lesen.«

Meister Ulrich ärgerte sich, dass er nicht selbst darauf gekommen war. Jetzt sah es auch Afra. Vor ihren Augen tauchten Wörter auf, ganze Sätze, die, wenngleich sie diese nicht deuten konnte, beim Lesen einen Zusammenhang ergaben. Das Schriftbild war von kunstvoller Erscheinung und wirkte wie gemalt.

»Mein Gott«, sagte Afra ergriffen.

Und Ulrich meinte an Rubaldus gewandt: »Euer Latein ist gewiss besser als das meine. Lest vor, was uns der geheimnisvolle Schreiber zu sagen hat.«

Der Alchimist, selbst beeindruckt von seinem Experiment, räusperte sich und begann mit seiner tiefen rauen Stimme zu lesen: »Nos Joannes Andreas Xenophilos, minor scriba inter Benedictinos monasterii Cassinensi, scribamus hanc epistulam propria manu, anno a nativitate Domini octogentesimo septuagesimo, Pontificatus Sanctissimi in Christo Patris Hadriani Secundi, tertio ejus anno, magna in cura et paenitentia. Moleste ferro ...«

»Was bedeutet das«, unterbrach Afra den Redefluss des Alchimisten, »Ihr könnt es gewiss übersetzen.«

Rubaldus fuhr mit den Fingern über das immer noch feuchte Pergament. »Die Sache hat Eile«; meinte er, und zum ersten Mal schien er aufgeregt.

»Warum Eile?«, erkundigte sich Ulrich von Ensingen.

Der Alchimist betrachtete seine Fingerkuppen, als forsche er, ob die geheime Mixtur Spuren hinterlassen habe. Dann antwortete er: »Das Pergament beginnt zu trocknen. Sobald es trocken ist, wird die Schrift auch wieder verschwunden sein. Ich weiß nicht, wie oft man diesen Vorgang wiederholen kann, ohne dass die Geheimschrift Schaden nimmt.«

»Dann übersetzt doch endlich, was Ihr gerade gelesen habt!«, rief Afra aufgeregt und stapfte von einem Bein auf das andere.

Schließlich streckte Rubaldus über das Pergament gebeugt den Zeigefinger aus und begann, stockend zuerst, dann immer flüssiger, während Ulrich hinter seinem Rücken einen Federkiel ergriff und in winziger Schrift Notizen auf seine Handfläche kritzelte:

»Wir, Johannes Andreas Xenophilos – geringster Schreiber unter den Mönchen des Klosters Montecassino – schreiben diesen Brief mit eigener Hand – im Jahre 870 seit der Geburt unseres Herrn – unter dem Pontifikat des Heiligen Vaters in

Christo Hadrian II., im dritten Jahr seiner Regierung – in großer Sorge und Reue – Ich trage schwer an der Last, die man mir auferlegte – und ein ganzes Leben sträubte sich meine Feder – aufzuschreiben, was auf meiner Seele brennt wie das Feuer der Hölle – nun aber, wo das Gift meinen Atem täglich mehr zu lähmen beginnt wie die Kälte das Fliegengeschmeiß – bringe ich zu Pergament, was weder mir noch dem Papst zur Ehre gereicht – Aus Furcht, vor meinem Ableben entdeckt zu werden, schreibe ich mit dem Blut des Heiligen Geistes, welches unsichtbar bleibt für den Augenblick – Gott der Herr möge entscheiden, ob und wann je eine Menschenseele Kenntnis erlangt von meinem unrechten Tun – Tatsache ist, dass ich, Johannes Andreas Xenophilos, dem das Scriptorium von Montecassino zur zweiten Heimat geworden ist, – eines Tages den Auftrag erhielt, ein Pergament niederzuschreiben nach einer flüchtigen Vorlage – welche, mit derbem Rötel gekritzelt, eine Beleidigung war für das Auge jeden Betrachters. – Der Inhalt blieb für einen wie mich, in Staatsgeschäften wie in den Anliegen der römischen Kirche unerfahren, ein Geheimnis – vor allem blieb mir ein Rätsel, warum ich, entgegen sonstiger Gewohnheit beim Anfertigen ähnlicher Dokumente, mit dem Namen Constantinus Caecar unterzeichnen sollte – und ich kam dem Verlangen erst nach, nachdem ich an höherer Stelle nachgefragt und Bescheid erhalten hatte, mich nicht um Dinge zu kümmern, welche den Geringsten unter den Schreibern nichts angehen – Gewiss, meine Bildung hält sich in Grenzen, die einem Kopisten im Kloster gesetzt sind – doch geht meine Dummheit nicht so weit, als dass ich nicht wüsste, welchen hinterhältigen Auftrag ich zu erfüllen hatte. – Ich sage es deshalb mit aller Deutlichkeit: ICH war es, der das CONSTITUTUM CONSTANTINI mit eigener Hand geschrieben habe zum unrechtmäßigen Wohle der römischen Kirche, – so als stammte es aus der Hand des Genannten, welcher in dieser Zeit jedoch bereits fünfhundert Jahre tot war ...«

Der Alchimist hielt inne und starrte vor sich ins Leere. Es

schien, als sei er von einem Gedanken wie vom Blitz getroffen worden.

»Was ist mit Euch?«, fragte Afra. Und Ulrich von Ensingen fügte hinzu: »Ihr seid noch nicht zu Ende, Meister Rubaldus. Macht weiter! Die Schrift beginnt bereits zu verblassen.«

Rubaldus nickte abwesend. Dann fuhr er fort in seiner Übersetzung: »Mein Abt, dessen Namen auszusprechen ich mich hüte, glaubt, ich würde das Gift nicht bemerken – welches seit Wochen meiner kargen Nahrung beigemengt ist, um mich für immer zum Schweigen zu bringen – dabei schmeckt es bitter wie eine schwarze Nuss und …«

Der Alchimist stockte; aber Ulrich, selbst des Lateinischen mächtig, trat neben Rubaldus hin und fuhr mit kräftiger Stimme fort: »… und selbst der Honig, der meine Morgenmilch versüßt, vermag den Geschmack nicht zu überdecken. – Gott stehe meiner armen Seele bei. Amen. – post scriptum: Ich lege dieses Pergament in ein Buch in der obersten Reihe des Scriptoriums, von dem ich weiß, dass es noch keinem in unserem Kloster als Lektüre gedient hat. Es trägt den Titel: Vom Abgrund der menschlichen Seele.«

Ulrich von Ensingen blickte auf. Dann wandte er sich Afra zu. Afra schien wie erstarrt. Schließlich warf sie Rubaldus einen fragenden Blick zu. Der rieb sich verlegen die Nase, als suche er nach einer Erklärung. Schließlich griff er nach dem Gulden und ließ ihn in der Brusttasche seines Wamses verschwinden.

Das beklemmende Schweigen wurde von Afra beendet: »Wenn ich das richtig verstanden habe, wurden wir gerade zu Mitwissern eines Mordes.«

»Noch dazu im berühmtesten Kloster der Welt, in Montecassino«, ergänzte Ulrich.

Und Rubaldus schränkte ein: »Allerdings geschah dies vor über fünfhundert Jahren. Die Welt ist schlecht, einfach schlecht.«

Meister Ulrich wusste nicht recht, wie er die Haltung des Alchimisten einordnen sollte. Noch wenige Augenblicke zuvor schien er betroffen, wenn nicht sogar erschüttert, und jetzt ließ er plötzlich jede Ernsthaftigkeit vermissen. Beinahe konnte man meinen, er machte sich über das Pergament lustig.

»Versteht Ihr, worum es in dem Dokument geht?«, fragte der Dombaumeister an den Alchimisten gewandt.

»Keine Ahnung«, erwiderte Rubaldus knapp und ein wenig zu rasch. »Vermutlich müsstet Ihr einen Theologen fragen. In Ulm, jenseits des Flusses, laufen genug herum von der Sorte.«

»Habt Ihr nicht selbst eine mönchische Vergangenheit, Meister Rubaldus?« Ulrich blickte ernst.

»Woher wollt Ihr das wissen?«

»In Ulm wird darüber geredet. Jedenfalls sollte Euch die Bedeutung des CONSTITUTUM CONSTANTINI nicht fremd sein.«

»Nie gehört!« Rubaldus' Antwort klang schnippisch. Und als wolle er vor weiteren Fragen davonlaufen, trat er ans Fenster, verschränkte die Arme auf dem Rücken und spähte gelangweilt nach draußen. »Die einzige Erklärung, die ich Euch geben kann, bezieht sich auf das Blut des Heiligen Geistes. So nennt man unter Alchimisten jene Geheimtinte, die kurz nach dem Schreiben verblasst und nur mit einer bestimmten Mixtur wieder sichtbar gemacht werden kann. Wenn Ihr *mich* fragt, wollte sich ein unbedeutender Benediktiner nur wichtig machen. Benediktiner sind bekannt für ihre Geschwätzigkeit. Sie glauben, klüger zu sein als andere Mönche, und bringen jeden Furz zu Papier. Nein, glaubt mir, das Pergament ist nicht mehr wert als die Unterlage, auf der es geschrieben wurde.« Er ging an den Tisch zurück, auf dem das Dokument lag. »Wir sollten es vernichten, bevor es Unheil anrichtet.«

Da trat ihm Afra entgegen und rief: »Untersteht Euch! Es gehört mir, und ich werde es behalten.«

Zu dritt betrachteten sie das blassgraue Pergament. Die Schrift hatte sich wieder in nichts aufgelöst. Afra nahm das rätselhafte Dokument an sich, faltete es vorsichtig und legte es in die Schatulle zurück.

EIN LEERES PERGAMENT

Die Überfahrt an das andere Flussufer verlief so schweigsam wie die Hinfahrt. Der Fährmann blickte scheinbar teilnahmslos. Verzweifelt versuchte sich Afra an die Umstände zu erinnern, die sie in den Besitz des Pergaments gebracht hatten. Ihr Vater hatte bei seinem Tod jeder der fünf Töchter eine Kleinigkeit hinterlassen. Er war alles andere als ein wohlhabender Mann gewesen und konnte froh sein, dass die Familie in diesen schlechten Zeiten nicht hungerte. Als Älteste hatte Afra die Schatulle erhalten, und als Ältester kam ihr vermutlich eine besondere Verantwortung zu. Weil ihr Vater eines plötzlichen Todes starb, hatte es sich nie ergeben, dass er ihr gegenüber eine Andeutung machte. Ein Hinweis auf das Pergament wäre ihr gewiss im Gedächtnis geblieben.

»Woran denkst du?«, erkundigte sich Ulrich, während er der Bugwelle nachsah, die der flache Kahn durch den Fluss zog.

Afra schüttelte den Kopf. »Ich weiß nicht, was ich denken soll. Was bedeutet das alles?«

Nach einer langen Pause, sie hatten schon fast das Ufer erreicht, meinte Ulrich schließlich: »Ich kann mich täuschen, aber ich habe das Gefühl, irgendetwas ist faul an der Sache. Als Rubaldus den Text des Pergaments übersetzte, geriet er plötzlich ins Stocken, als wüsste er nicht weiter. Mir kam es vor, als wäre er mit seinen Gedanken weit fort. Und ich sah, wie seine Hände zitterten.«

Afra sah Ulrich an: »Das habe ich nicht bemerkt. Mich machte nur nachdenklich, dass der Alchimist am Ende das Pergament vernichten wollte. Wie sagte er? – Damit es keinen Schaden anrichten kann oder so ähnlich. Entweder hat der Inhalt eine besondere Bedeutung, dann müssen wir das Pergament hüten wie unseren Augapfel, oder es ist wirklich nur das Geschwätz eines Wichtigtuers, dann brauchen wir es auch nicht zu vernichten. Das Ganze klang für mich ziemlich geheimnisvoll.« Sie seufzte. »Aber wie soll man diese rätselhaften Worte behalten? Ich habe schon wieder die Hälfte vergessen. Und du?«

Ulrich von Ensingen setzte sein verschmitztes Lächeln auf,

das Afra an ihm so liebte. Dann streckte er Afra die linke Hand entgegen und drehte die Handfläche nach oben. Afra riss erstaunt die Augen auf, als sie die Buchstaben sah. Ulrich zuckte mit den Achseln. »Das ist unter uns Baumeistern üblich. Was du dir auf deine Hand geschrieben hast, kannst du nie verlegen oder verlieren. Und mit einer Hand voll feuchtem Flusssand ist alles wieder gelöscht.«

»Du hättest Alchimist werden sollen!«

Ulrich nickte. »Vermutlich hätte mir das viel Ärger erspart. Und wie wir gesehen haben, verdient so ein Alchimist doch gar nicht so schlecht. Ein Goldgulden für ein geheimnisvolles Wässerchen!«

»Wir sind da!«, unterbrach der Fährmann das Gespräch, und Afra und Ulrich sprangen ans Ufer. Auf der Böschung nahm der Dombaumeister Afra in die Arme und sagte: »Du solltest dir die Sache noch einmal überlegen. Mir zuliebe!«

Afra wusste sofort, was er meinte. Sie verzog das Gesicht, als fühlte sie Schmerz: »Ich bleibe bei dir. Entweder wir gehen beide von hier fort oder ...«

»Du weißt, dass das nicht geht. Ich kann weder Griseldis noch meine Arbeit im Stich lassen.«

»Ich weiß«, erwiderte Afra resigniert und drehte den Kopf zur Seite.

»Ich bin zwar in der Lage, den höchsten Turm der Christenheit zu bauen, aber wenn man dich der Hexerei anklagt, kann ich nichts für dich tun.«

»Sollen sie doch!«, sagte Afra zornig. »Welche Hexenkünste hätte man mir denn vorzuwerfen?«

»Afra, du weißt, dass es darauf nicht ankommt. Zwei Zeugen genügen, die behaupten, sie hätten dich in Begleitung eines bocksfüßigen Mannes gesehen oder dass du in der Kirche das Bildnis der Jungfrau Maria angespuckt hast, dann wirst du als Hexe verurteilt. Ich muss dir nicht sagen, was das bedeutet.«

Afra riss sich aus Ulrichs Armen los und rannte davon. Zu

Hause angekommen, schloss sie sich weinend in ihre Kammer ein, warf die Schatulle mit dem Pergament in die Ecke und ließ sich aufs Bett fallen.

Bei dem Gedanken an den rätselhaften Inhalt des Dokuments geriet ihr Blut in Wallung. Voller Zorn dachte sie an die Worte ihres Vaters. Dies war eine Situation, in der sie – wie ihr Vater sich ausdrückte – nicht mehr weiterwusste. Aber was nützte ein Pergament, mit dem niemand etwas anfangen konnte? Sie fühlte sich im Stich gelassen.

Längst war es Abend geworden, und in ihre hilflosen Tränen drängte sich der Gedanke, Rubaldus erneut aufzusuchen. Sie hatte den Alchimisten als geldgierigen Menschen kennen gelernt. Für Geld ließ er sich sein Wissen vielleicht abkaufen. Und dass er irgendetwas wusste im Zusammenhang mit dem Text des Pergaments, daran zweifelte Afra nicht.

Sie war nicht reich, aber sie hatte ihren Verdienst und die Trinkgelder aus der Suppenküche gespart. Dreißig Gulden würden es wohl sein, die sie in einem Lederbeutel im Kleiderschrank aufbewahrte, ein kleines Vermögen. Das würde sie dem Alchimisten anbieten, wenn er ihr offenbarte, welche Bedeutung dem Pergament zukam.

In dieser Nacht fand Afra kaum noch Schlaf. Am nächsten Morgen stand sie in aller Frühe auf, zog ihr grünes Kleid an und begab sich auf die andere Seite des Flusses. Das Beutelchen mit dem Geld hatte sie zwischen ihre Brüste gestopft.

Vom Haus des Alchimisten stieg eine dünne Rauchsäule in den Morgenhimmel, und Afra beschleunigte ihre Schritte. Oben angelangt, klopfte sie heftig an die Tür, bis die Klappe geöffnet wurde, die sie vom Vortag in Erinnerung hatte. Doch statt des Alchimisten erschien Claras Gesicht im Türausschnitt.

»Ich muss Rubaldus sprechen«, sagte Afra atemlos.

»Nicht da«, antwortete die Frau und wollte die Klappe zuschlagen. Doch Afra hielt die Hand dazwischen. »Hört mich an. Es soll sein Schaden nicht sein. Sagt ihm, ich böte ihm zehn Gulden für seine Hilfe.«

Da schob Clara den Riegel beiseite und öffnete die Türe. »Wie ich schon sagte, der Meister ist nicht da.«

Afra glaubte ihr nicht. »Ihr habt mich nicht recht verstanden. Ich sagte zehn Gulden!« Dabei spreizte sie die Finger beider Hände und hielt sie ihr entgegen.

»Und wenn Ihr mir hundert bötet, ich kann Rubaldus nicht herzaubern.«

»Ich werde warten«, erwiderte Afra trotzig.

»Das wird nicht möglich sein.«

»Warum?«

»Der Meister hat sich bereits gestern nach Augsburg begeben. Er hoffte, ein Schiff zu finden, das ihn ein oder zwei Tagereisen flussabwärts brächte. Er war sehr aufgeregt und wollte auf schnellstem Weg zum Bischof.«

Afra war den Tränen nahe.

Clara sah sie mitleidig an: »Es tut mir wirklich Leid. Wenn ich Euch sonst behilflich sein kann ...«

»Hat Meister Rubaldus noch irgendetwas zu Euch gesagt?«, fragte Afra. »Bitte, erinnert Euch!«

Clara hob die Schultern. »Na ja ... Er machte Andeutungen über eine Schrift von großer Bedeutung. Viel mehr sagte er nicht. Ihr müsst wissen, Rubaldus hält Frauen grundsätzlich für dumm, weil Evas Gehirn, wie er behauptet, um ein Drittel kleiner war als das von Adam. Und daran, sagt er, habe sich bis heute nichts geändert.«

Afra hatte ein böses Wort auf der Zunge, aber weil sie den Alchimisten noch brauchte, schluckte sie es hinunter. Stattdessen stellte sie die Frage: »Seid Ihr die Frau von Meister Rubaldus? Verzeiht meine Neugierde.«

Anders als am Vortag, als Clara in ein zartes, beinahe durchsichtiges Gewand gehüllt war, trug sie heute ein raues Kleid, wie es die Mägde bei der Feldarbeit anhaben. Sie war groß, und ihre herben, ebenmäßigen Gesichtszüge zeigten durchaus eine gewisse Schönheit. Die langen, dunklen Haare hatte sie zurückgebunden.

EIN LEERES PERGAMENT

»Wärt Ihr verwundert, wenn ich Eure Frage mit Ja beantworten würde?«, fragte Clara zurück. Und ohne eine Antwort abzuwarten, fuhr sie fort: »Ihr meint, weil wir vom Äußeren her so gar nicht zueinander passen?«

»Das wollte ich wirklich nicht behaupten!«

»Nein, nein. Ihr habt völlig Recht. Aber es ist kein Geheimnis, dass kleine Männer einen Hang zu großen Frauen haben. Und um Euch die Antwort nicht schuldig zu bleiben: Nein, ich bin nicht seine Frau. Nennt mich seine Betthure, seine Haushälterin oder was Euch sonst noch einfällt.«

»Ihr müsst Euch doch vor mir nicht rechtfertigen! Verzeiht meine dumme Frage.« Afra spürte, dass sie Clara an einer empfindlichen Stelle getroffen hatte. Es tat ihr Leid. Sie hielt das Gespräch auch nur in Gang, um nicht abgewiesen zu werden. Irgendwie hatte Afra das Gefühl, dass Clara mehr wusste als sie zuzugeben bereit war.

»Ihr müsst wissen«, begann sie erneut und in der Hoffnung, doch noch mehr über das Pergament zu erfahren, »ich befinde mich in einer misslichen Lage. Das Leben hat mir übel mitgespielt. Meine Eltern verlor ich in jungen Jahren. Ein Landvogt nahm mich zur Arbeit, und als man sehen konnte, dass ich eine Frau war, nahm er mich auch noch zu seinem Vergnügen.« Afra merkte, wie ihr die Tränen in die Augen stiegen. »Eines Tages lief ich ihm davon, und als ich Meister Ulrich begegnete, lernte ich zum ersten Mal ein gewisses Glück kennen. Denn Meister Ulrich hat bereits eine Frau. Und Glück schafft Neider. Jetzt will man mich der Hexerei anklagen.«

Betroffen blickte Clara auf die junge Frau in ihrem samtenen Kleid. »Das habe ich nicht gewusst«, sagte sie leise. »Ich dachte, Ihr wäret von reicher Abstammung, eine von diesen verhätschelten Bürgerstöchtern, deren einziges Interesse es ist, einen reichen Mann zu finden.«

Afra lachte bitter.

»Ihr tragt nicht gerade das Kleid einer Magd vom Lande«, meinte Clara jetzt.

»Wie Ihr seht – der Schein trügt.«

»Dann brauche ich dir *meine* Vergangenheit auch nicht zu verheimlichen. Ich war Wäscherin im Badehaus, bevor Rubaldus mich dort herausholte.« Clara zeigte ihre Hände. Sie waren von tiefroter Farbe und an den Stellen, wo die Knöchel hervortraten, rau und beinahe durchsichtig. »Rubaldus sagt, es sei Hautfraß, und hat mir eine Mixtur bereitet. Aber ein Alchimist ist kein Apotheker, bisher zeigt das Mittel keine Wirkung. Aber was hat dein geheimnisvolles Pergament damit zu tun, dass du der Hexerei bezichtigt wirst?«, fragte Clara nach einer Weile des Nachdenkens.

»Eigentlich nichts«, antwortete Afra. »Mein Vater sagte immer, es sei sehr wertvoll und könnte mir von Nutzen sein, wenn ich einmal in große Bedrängnis käme.«

»Und das ist jetzt der Fall?«

Afra nickte. »Meister Rubaldus war meine letzte Hoffnung. Ich hatte gestern den Eindruck, als wüsste er mehr über das Pergament und wollte es nur verheimlichen.«

»Mag sein«, erwiderte Clara nachdenklich. »Ein Alchimist wie Rubaldus ist schwer zu durchschauen. Er deutete nur an, dass er dem Bischof von Augsburg eine dringende Nachricht überbringen müsse. Ganz plötzlich. Auch wenn ich vielleicht dumm bin, ich bin fast sicher, dass diese Nachricht mit dem Pergament zu tun hat. Einen Augenblick!« Clara drehte sich um und verschwand über die steile Treppe nach oben.

Kurz darauf kehrte sie mit einem Blatt zurück. »Ich fand es auf dem Tisch in seinem Laboratorium. Vielleicht hat es eine Bedeutung für dich. Kannst du lesen? Aber versprich mir in die Hand, dass du mich nicht verrätst.«

»Versprochen«, erwiderte Afra aufgeregt, und sie starrte auf das Papier. Die Schrift des Alchimisten bestand aus Schleifen, Schlingen und Girlanden, jedenfalls waren die Buchstaben eher gemalt als geschrieben, so schön waren sie. Leider aber auch beinahe unleserlich. Es dauerte eine ganze Weile, bis Afra aus den zwei Zeilen schlau wurde.

Die erste Zeile lautete: Montecassino – Johannes Andreas Xenophilos. Und in der zweiten stand: CONSTITUTUM CONSTANTINI. Mehr nicht.

Clara sah Afra fragend an: »Hilft dir das weiter?«

Enttäuscht schüttelte Afra den Kopf.

Auf dem Rückweg zum Fischerviertel verfolgten Afra trübe Gedanken. Sie hatte sich aufgegeben und trottete mutlos vor sich hin. Als sie an die Stelle kam, wo ein schmaler hölzerner Steg mit einem kunstvollen Geländer die Blau überspannte, trat ihr ein junger Mann in den Weg. Afra erkannte ihn sofort, obwohl sie sich noch nie von Angesicht begegnet waren. Es war Matthäus, Ulrichs Sohn. Er trug eine aufgebauschte Samtmütze mit einer Pfauenfeder und war etwas geckenhaft gekleidet wie die meisten jungen Leute reicher Eltern.

Seine dunklen Augen funkelten zornig, als er ihr die Worte entgegenschleuderte: »Dann hast du ja endlich erreicht, was du wolltest, elende Hure, Hexe!«

Afra zuckte zusammen. Einen Moment später hatte sie sich wieder in der Gewalt und entgegnete: »Ich weiß nicht, wovon du redest. Und jetzt gib den Weg frei!«

»Das will ich dir sagen. *Du* warst es, die meinen Vater angestiftet hat, meine Mutter zu vergiften. Sie ist tot, hörst du, tot!« Seine Stimme überschlug sich, und er fasste Afra an den Armen und schüttelte sie.

Afra erschrak. »Tot?«, wiederholte sie fassungslos. »Was ist geschehen?«

»Gestern noch«, begann Matthäus aufs Neue, »zeigte sie nicht das geringste Anzeichen einer Krankheit, und heute Morgen fand ich sie leblos in ihrem Bett mit blauen Lippen und dunklen Fingernägeln. Der Medicus, den ich zu Hilfe rief, sagte nur, Gott sei ihrer armen Seele gnädig, sie sei vergiftet worden.«

»Aber nicht von deinem Vater!«

»Von wem denn sonst? Meine Mutter hat seit Tagen das Haus

nicht mehr verlassen. Nein, du hast meinen Vater verhext, damit er meine Mutter vergiftet.«

»Aber das ist doch Unsinn. Das würde Ulrich nie tun!«

»Leugne nicht. Der Fährmann hat Euch gesehen, meinen Vater und dich, wie ihr den Alchimisten aufgesucht habt, um das Gift zu besorgen.«

»Das ist wohl wahr, wir waren beim Alchimisten, aber wir haben kein Gift besorgt! Ich schwöre es bei allem, was mir heilig ist.«

Verächtlich erwiderte Matthäus: »So eine wie du sollte lieber keinen Eid schwören. Aber wenn du meinen Rat hören willst, verlasse Ulm noch heute und laufe, so weit dich deine Füße tragen, wenn dir dein Leben lieb ist. Meinen Vater wirst du nicht mehr sehen, das schwöre ich dir.« Er spuckte vor ihr auf den Boden, drehte sich um und ging in Richtung Domplatz davon.

Am Abend stellte Fischmeister Bernward Afra zur Rede: »Ist es wahr, was sich die Leute erzählen? Der Dombaumeister soll seine Frau vergiftet haben.«

Die Frage traf Afra umso mehr, als sie die Fischersleute als redliche Menschen kannte, die immer auf ihrer Seite standen. »Sagt ruhig, was die Leute sonst noch erzählen«, polterte Afra los, »sagt ruhig, dass ich Meister Ulrich verhext haben soll, damit er seine Frau tötet. Warum sagt Ihr es nicht, Meister Bernward!«

»Ja«, meinte dieser zaghaft, und seine Frau Agnes nickte zustimmend: »Das erzählen die Leute in der Tat. Aber du darfst nicht glauben, dass wir das Gerede für bare Münze nehmen. Wir wollten es nur aus deinem Munde hören.«

Es klang ziemlich ungehalten, als Afra erwiderte: »Mein Gott, ich habe Ulrich nicht verhext. Ich wüsste gar nicht, wie das gehen soll. Und ich bin sicher, dass Ulrich seine Frau nicht umgebracht hat. Sie kränkelte seit vielen Jahren. Das hat er mir selbst gesagt«

»Und das Gift vom Alchimisten?«

»Es gibt kein Gift vom Alchimisten. Wir haben Meister Rubaldus in einer anderen Angelegenheit aufgesucht. Leider kann er das nicht bestätigen, weil er sich auf dem Weg nach Augsburg befindet.«

»Wir glauben dir ja«, sagte Agnes und versuchte Afra in die Arme zu nehmen.

Afra wehrte die Umarmung ab und begab sich in ihre Kammer. Sie hatte alle Hoffnung aufgegeben, dass sich die Lage noch zum Besseren wenden würde. Und zum ersten Mal fasste sie ernsthaft den Gedanken ins Auge, Ulm den Rücken zu kehren. Aber eines wollte sie vorher noch tun.

Der Tag neigte sich, als Afra sich im Schutz der Dämmerung zum Domplatz schlich. Um das Bauwerk herum gab es genügend dunkle Ecken, wo man sich verstecken konnte. Dort wollte sie abwarten, bis Ulrich von seiner Dombauhütte herunterstieg.

Seit drei Tagen hatten sie sich nicht mehr gesehen. Afra wusste nicht, wie Ulrich mit dem plötzlichen Tod seiner Frau fertig wurde. Liebend gerne hätte sie ihre Arme um ihn gelegt und ihn getröstet. Aber ebenso musste sie eingestehen, dass ihr auch sein Trost gut getan hätte. Nun wollte sie von ihm die letzte Bestätigung dafür, dass es für ihn wie für sie besser wäre, wenn sie die Stadt verließe.

In Gedanken die Kapuze ihres Mantels tief ins Gesicht gezogen, strebte sie einer Mauer zu, die ihr Schutz bieten sollte. Dabei kreuzte sie den Weg einer Marktfrau, die sich, mit einem Korb Äpfel auf dem Rücken, auf dem Nachhauseweg befand. Die Marktfrau stolperte und stürzte zu Boden, und die reifen Früchte kullerten aus dem Korb über das Pflaster.

Afra stammelte eine Entschuldigung und wollte weglaufen; aber die Obstverkäuferin erhob ihre schrille Stimme, dass es über den Domplatz hallte: »Sieh einer an, da ist sie, die Afra, die unseren Dombaumeister verhext hat!«

»... die unseren Dombaumeister verhext hat?«

Von allen Seiten kamen Neugierige herbei.

»Die Hure des Dombaumeisters!«

»Die arme Frau. Sie ist noch nicht ganz kalt, da taucht schon dieses Flittchen auf.«

»Und wegen der hat er sie umgebracht?«

»Was ist schon dran an der!«

»Eigentlich sollte *sie* in den Kerker, nicht er.«

»Sie haben ihn heute verhaftet. Ich hab 's gesehen.«

»Und diese Hexe läuft noch frei herum?«

Von irgendwoher kam ein Apfel geflogen und traf Afra an der Stirne. Der Schmerz, den das Geschoss verursachte, war längst nicht so groß wie der Schmerz, den das Gerede nach sich zog. Ulrich verhaftet? Afra presste die Hände gegen die Ohren, damit ihr das Geschrei erspart blieb. Da traf sie ein weiteres Geschoss: Ein scharfkantiger Stein prallte gegen ihren Handrücken. Afra spürte, wie Blut in ihren Ärmel rann. Sie begann zu laufen. Während sie in Richtung Hirschgasse hetzte, flogen Steine hinter ihr her. Zum Glück verfehlten sie ihr Ziel. Als sie sich in sicherer Entfernung glaubte, hielt sie mit klopfendem Herzen inne und lauschte. Aus der Ferne vernahm sie noch immer die Rufe der wütenden Menge: »Hängen sollen sie, alle beide.«

Die Nacht kam ihr endlos vor. Sie hatte sich aufgegeben, und es war ihr gleichgültig, was mit ihr geschehen würde, jetzt, wo Ulrich im Kerker saß. Dann wiederum dachte sie an ihren Vater und empfand plötzlich Hass gegen ihn, der ihr mit seinen rätselhaften Reden Hoffnung gemacht, sie letzten Endes aber im Stich gelassen hatte. Mitternacht war längst vorüber, da hörte sie ein zaghaftes Klopfen an der Haustür und leise Stimmen. Das sind die Schergen, dachte sie im Halbschlaf. Sie holen dich ab.

Dielenknarren. Schritte. Plötzlich schreckte Afra hoch. Im spärlichen Mordlicht, das durch ihr Kammerfenster fiel, sah sie, wie die Türe aufging. Dahinter das flackernde Licht einer Laterne.

»Afra, wach auf!« Es war die Stimme des Fischmeisters, der in Begleitung zweier stämmiger Kerle ihre Kammer betrat.

»Ja?«, erwiderte Afra benommen und setzte sich auf.

Sie schien in keiner Weise verängstigt. Auch als der eine der beiden schwarz gekleideten Männer auf sie zutrat, zeigte sie keine Furcht. »Zieh dich an, Jungfer«, sagte er mit gepresster Stimme. »Mach schnell und schnüre alles, was du hast, zu einem Bündel. Und vergiss das Pergament nicht.«

Afra stutzte. Sie sah dem Mann ins Gesicht, der sie so angeredet hatte. Woher in aller Welt wusste er von dem Pergament? Den Kerl hatte sie nie gesehen. Auch den anderen nicht. Sie war zu benommen, um eine Antwort auf ihre Frage zu finden. Es machte ihr auch nichts aus, als die Männer gafften, wie sie sich ankleidete und ihre Kleider und den ganzen Besitz in zwei Bündel rollte.

»Komm endlich«, sagte der eine, als sie fertig war.

Afra drehte sich noch einmal um, warf einen Blick in die spärlich erleuchtete Kammer, die drei Jahre ihr Zuhause gewesen war, und nahm unter jeden Arm ein Bündel.

In Nachtkleidung standen Fischer Bernward und seine Frau an der Haustür. Sie weinten, als Afra sich leise von ihnen verabschiedete.

»Du warst uns wie eine Tochter«, sagte Bernward, und Agnes drehte den Kopf verschämt zur Seite.

Afra nickte stumm. Ohne ein Wort drückte sie beiden die Hand. Dann drängten sie die schwarz gekleideten Männer durch die Türe und nahmen Afra in ihre Mitte.

Mit abgedunkelten Laternen überquerten sie den Steg über die Blau, schritten ein Stück an der Stadtmauer entlang und gelangten zum Tor, das zur Donau führte. Die Wächter waren eingeweiht. Ein kurzer Pfiff, und das Nadelöhr wurde geöffnet.

Als Afra in Begleitung der beiden Männer vor das Stadttor trat, verdunkelten tief hängende schwarze Wolken die Scheibe des Mondes. Nur schemenhaft erkannte sie die Ulmer Schachtel am Flussufer. Die Männer packten sie an den Oberarmen, damit sie nicht strauchelte, und geleiteten Afra die Uferböschung hinab zu dem wartenden Schiff.

Was haben sie mit dir vor?, dachte Afra, als die Männer ihr die Bündel abnahmen und sie mit sanfter Gewalt über einen wankenden Steg schoben, der vom Ufer auf den Flusskahn führte. Über das Wasser wehte ein eisiger Luftzug und vermischte sich mit dem Abwassergestank der Stadt.

Wie alle Ulmer Schachteln hatte das Schiff im Heck einen hölzernen Aufbau, der die Mannschaft vor Wind und Wetter schützte. Als Afra den Kahn betrat, wurde die Türe der Kajüte geöffnet.

»Ulrich«, stammelte Afra. Mehr brachte sie nicht hervor.

Der Dombaumeister zog Afra an sich. Einen Augenblick lagen sich beide stumm in den Armen, dann sagte Ulrich: »Komm, wir haben keine Zeit zu verlieren!« Sanft drängte er sie in die Kajüte.

Die Fenster zu beiden Seiten waren verdunkelt. Auf dem Tisch brannte ein Licht. Eine Kohlenpfanne in der Ecke verbreitete wohlige Wärme. Die Männer, die sie hergebracht hatten, stellten Afras Bündel ab.

»Ich begreife das alles nicht«, sagte Afra verwirrt. »In der Stadt wird geredet, du seist im Gefängnis.«

»Das war ich auch«, entgegnete Ulrich gelassen, als ginge ihn das alles nichts an. Er nahm Afras Hände zwischen die seinen und sagte: »Die Welt ist schlecht, und man kann sie nur mit Schlechtigkeit bekämpfen.«

»Was meinst du, Ulrich?«

»Nun ja, je höher die Kathedralen, desto niedriger die Moral!«

»Willst du nicht endlich deutlich werden?«

Ulrich von Ensingen langte in seine Tasche, dann zog er die geballte Faust hervor und hielt sie Afra vors Gesicht. Die begriff erst, als Ulrich die Faust öffnete. Auf seiner Hand lagen drei Goldstücke. »Alles ist nur eine Frage des Preises«, meinte er mit einem Grinsen. »Ein Bettler kostet einen Pfennig, ein Kerkerknecht einen Gulden. Und ein Stadtrichter?«

»Ein Goldstück?«, erwiderte Afra fragend.

Meister Ulrich hob die Schultern: »Oder auch zwei oder drei ...« Mit der flachen Hand schlug er gegen die Kajütentür und rief: »Abfahrt, worauf wartet Ihr noch.«

»In Ordnung!«, hörte man draußen eine Stimme. Dann lösten die Schiffsknechte die Taue und bugsierten den Flusskahn mit langen Stangen in die Strömung.

Es war nicht ganz ungefährlich, ein so großes Schiff wie die Ulmer Schachtel bei Nacht durch den Fluss zu steuern. Aber der Schiffer war ein erfahrener Mann. Zwischen Ulm und Passau kannte er jede Biegung, jede Sandbank und jede Strömung. Er hatte Wolle und Leinenstoffe vom Bodensee geladen. Und für das Geld, das Meister Ulrich ihm geboten hatte, wäre er zu jeder Zeit aufgebrochen.

»Willst du gar nicht wissen, wohin die Reise geht?«, fragte Ulrich.

In Gedanken versunken erwiderte Afra: »Das Ziel ist mir egal. Hauptsache, wir machen uns gemeinsam auf die Reise. Aber sicher wirst du mir gleich sagen, wo es hingeht.«

»Nach Straßburg.«

Afra machte ein ungläubiges Gesicht.

»Ich kann hier nicht bleiben, nach allem was vorgefallen ist. Auch wenn sich herausstellt, dass ich schuldlos bin an Griseldis' Tod, der Hass des Pöbels ist groß, und ich kann mir nicht vorstellen, hier in Ruhe weiterzuarbeiten. Und was dich betrifft, Liebes, irgendeinen Grund hätten sie gewiss noch gefunden, dich zu verurteilen.«

Afra lehnte sich benommen zurück. Ihr schwirrte der Kopf von allem, was passiert war. Straßburg! Sie hatte von der Stadt gehört, die zu den größten in Deutschland gehörte und in einem Atemzug mit Nürnberg, Hamburg und Breslau genannt wurde. Man sagte den Bewohnern der Stadt unvorstellbaren Reichtum nach und großen Stolz.

»Du trägst doch das Pergament bei dir?« Ulrichs Stimme riss Afra aus ihren Gedanken. Sie nickte und strich mit der Hand über die Tasche ihres Mantels.

»Obwohl ich die Hoffnung aufgegeben habe, dass es für uns noch jemals von Bedeutung sein könnte«, sagte sie dann.

Ulrich von Ensingen blickte ernst.

Die Ulmer Schachtel machte schnelle Fahrt. Ab und zu schlugen Wellen gegen die Bordwand, es klang wie unregelmäßige Hammerschläge. Sonst blieb es still auf dem Fluss. Als der Tag graute und der Wind die tiefen, dunklen Wolken verjagte, entfernte Ulrich die Verdunklung an den Fenstern.

Afra blickte nach draußen auf die Wiesen, die sich mit bergiger Landschaft abwechselten. Nach einer Weile meinte sie zögernd: »Ich habe dir doch von dem Kloster erzählt, in dem ich vorübergehend Unterschlupf fand. In der Bibliothek hing eine Karte. Darauf waren der Rheinfluss und die Donau gezeichnet, geradeso wie sie ihre Richtung nehmen von Süden nach Norden und von Westen nach Osten. Und man konnte die großen Städte des Landes erkennen ...«

»Worauf willst du hinaus?«

»Wenn ich die Karte recht im Gedächtnis habe, dann lag Straßburg gerade in entgegengesetzter Richtung, als wie wir uns fortbewegen.«

Ulrich lachte. »Man kann dich nicht täuschen. Aber sei unbesorgt. Wir fahren nur bis Gunzeburg zu Schiff. Ein Täuschungsmanöver für den Fall, dass unsere Flucht verraten wird. In Gunzeburg gibt es genug Fuhrknechte, die uns für Geld überallhin bringen.«

»Du bist noch viel klüger, als ich dachte«, sagte Afra und blickte Ulrich bewundernd an.

In ihrer gegenseitigen Wertschätzung bemerkten beide nicht den Lauscher am Fenster, der gespannt jedes ihrer Worte verfolgte.

4 er schwarze Wald

»Wohin?«, fragte der Fuhrknecht und zog die Augenbrauen hoch. Er tat ziemlich vornehm, wohl weil sich seine Kleidung deutlich von der anderer Fuhrknechte abhob. Auch reiste er nicht allein, sondern in Begleitung eines bis an die Zähne bewaffneten Landknechts.

»Egal wohin«, erwiderte Ulrich von Ensingen, »Hauptsache nach Westen.«

»Da können wir gerne ins Geschäft kommen«, meinte der vornehme Fuhrknecht und musterte Ulrich und Afra abschätzend. Die Reisenden machten durchaus einen geldigen Eindruck.

An der Flusslände, wo Günz und Nau nicht weit voneinander entfernt in die Donau münden, wartete mehr als ein Dutzend Fuhrwerke, zweirädrige Karren mit einer Kuh im Geschirr, Ochsengespanne vor mächtigen Leiterwagen; aber nur ein Fuhrwerk, ein Planwagen neuester Bauart, der den Reisenden Schutz vor Wind und Wetter bot, war mit Pferden bespannt. Die Flusslände vor Gunzeburg, wo Ulrich und Afra die Ulmer Schachtel verlassen hatten, galt als beliebter Umschlageplatz. Waren wurden zum Weitertransport vom Schiff auf Fuhrwerke umgeladen und umgekehrt.

Nur Leute von Adel reisten im eigenen Fuhrwerk. Und so war es üblich, dass die Fuhrknechte, die mit Baumaterial, lebenden Tieren, Leder und Stoffen unterwegs waren, Reisende mitnahmen gegen klingende Münze.

Der Fuhrknecht, mit dem Ulrich von Ensingen ins Gespräch kam, hatte Zinn- und Silbergeschirr aus Augsburg geladen und forderte sechs Pfennige pro Tag und Person. Das entsprach zwar dem doppelten Tarif wie üblich, doch das Pferdegespann, meinte der Kutscher auf Ulrichs Einwand, sei auch doppelt so schnell wie ein gewöhnlicher Ochsenkarren, und ein Dach habe es auch.

»Wann fährst du ab?«, erkundigte sich Ulrich.

»Wenn Ihr wollt, sofort. Dann zahlt mir für jeden der drei Tage im Voraus. Übrigens – mein Name ist Alpert, und der Landsknecht heißt Jörg.«

Der Dombaumeister sah Afra fragend an. Die nickte zustimmend, und Ulrich zählte dem Fuhrmann die gewünschte Summe in die Hand. »Vorausgesetzt, du nimmst nicht den Weg über Ulm.«

»Großer Gott, was sollte ich in Ulm, wo die Pfeffersäcke und Halsabschneider zu Hause sind!«

»Du hast wohl schlechte Erfahrungen gemacht?«

»Das dürft Ihr laut sagen, Herr. Die Ulmer berechnen den Wegezoll nicht pro Fahrzeug, sondern nach dem Wert der Ladung. Ein Fuhrwerk mit Steinen für den Dombau zahlt weit weniger als einer wie ich, der mit Silbergeschirr unterwegs ist. Dabei wühlen sich die Wagen mit Bausteinen viel tiefer in die Straßen als mein Pferdefuhrwerk mit leichtem Geschirr. Gottverdammte Halsabschneider sind das. Aber Ihr wisst ja, der Teufel scheißt immer auf den größten Haufen.«

Während er das umfangreiche Gepäck des Dombaumeisters und Afras Bündel auf dem Wagen verstaute, erklärte er die Fahrtroute: »Wir überqueren zwei Meilen von hier den Fluss, fahren weiter durch den Donauwald westwärts und lassen Ulm im Süden liegen. Die Zeit ist günstig für den Albaufstieg. Wir hatten den ersten Frost in der Nacht, der macht die Wege hart und befahrbar. Also dann!«

Ulrich half Afra auf den Wagen, wo sie auf einer bequemen Sitzbank hinter dem Fuhrmann und dem Landsknecht Platz nahmen. Alpert schwang die Peitsche, und die Gäule, zwei gewichtige Kaltblüter mit zottiger brauner Mähne, trabten los.

Noch nie war Afra so schnell, vor allem nicht so komfortabel gereist. Im Donauwald, der westwärts den Fluss zu beiden Seiten säumte, flogen die Bäume an ihr vorbei wie Halme im Wind. Später, als sie Ulm längst hinter sich gelassen hatten, bei Blaustein, traf der Weg auf die Blau, die, je weiter sie nach Westen kamen, sich immer ungestümer durch die Landschaft schlängelte, als wüsste sie nie so recht, welche Richtung sie nehmen sollte. Der Kutscher und sein Landsknecht erwiesen sich obendrein als unterhaltsame Gesellschafter, die über jede Straße und jede Ortschaft, die sie durchquerten, eine Schnurre zu erzählen wussten.

Feuchter Nebel senkte sich über das Land. Während der kurzen Tage fand die Sonne kaum noch Kraft, sich gegen die Kälte zu wehren. Afra fröstelte unter der Decke, die ihr Ulrich um die Schultern gelegt hatte.

»Wie weit wollt Ihr heute kommen?«, rief sie dem Kutscher zu. »Es wird schnell dunkel um diese Zeit.« Und Ulrich fügte hinzu: »Obendrein plagt uns der Hunger! Wir haben den ganzen Tag keinen Bissen gegessen.«

Da drehte der Kutscher seine Peitsche um und zeigte mit dem Griff nach vorne: »Seht Ihr die Eiche dort auf dem Hügel? Dort gabelt sich der Weg. Rechter Hand führt er nach Wiesensteig und weiter nach Norden. Linker Hand sind es nur noch zwei Meilen bis Heroldsbronn. Dort wartet eine Herberge auf uns und eine Pferdestation. Ihr werdet zufrieden sein.«

Den ganzen Tag hatten Afra und Ulrich wenig geredet. Nicht, dass irgendeine Spannung zwischen ihnen herrschte, sie waren einfach zu müde. Dazu kam die lärmende Fahrt über holprige Straßen. Sie wirkte einschläfernd wie der Saft des Mohns. So hing ein jeder seinen Gedanken nach. Afra hatte Schwierigkeiten, sich mit der neuen Situation abzufinden. Noch in der vergangenen Nacht hatte sie sich dem Tod näher geglaubt als dem Leben, und nun, einen Sonnenuntergang später, befand sie sich zusammen mit Ulrich von Ensingen auf dem Weg in ein neues Leben. Wie es ihnen wohl in Straßburg ergehen würde?

Auch Ulrich war gefangen vom Geschehen der letzten Tage. Griseldis' plötzlicher Tod hatte ihn mehr mitgenommen als erwartet. Aber vor allem zerrte an seinen Nerven, dass die Stimmung sich so schnell gegen ihn gewandt hatte. Er hätte nie geglaubt, dass er jemals in Ulm, der Stadt, die ihm so viel zu verdanken hatte, im Kerker landen würde. In seinem Innersten mischten sich Trauer und Wut. Und je weiter sie sich von Ulm entfernten, desto größer wurde die Wut. In Gedanken nahm sich Meister Ulrich vor, nun in Straßburg den höchsten Turm der Christenheit zu errichten – zum Ärger der Ulmer Bürger.

»Heroldsbronn!« Der Fuhrmann ließ mehrmals seine Peitsche knallen und holte das Letzte aus seinen Gäulen heraus.

Ängstlich schmiegte sich der Marktflecken an einen Hügel, dessen Scheitel von rötlichen Felsen gekrönt wurde wie ein Hahnenkamm. Es gab keine Stadtmauer. Die eng aneinander gebauten Häuser, die sich nach innen, zum Marktplatz hin, öffneten, boten genug Schutz gegen Eindringlinge. Man konnte den Eindruck gewinnen, es handle sich nicht um Gebäude, sondern um wehrhafte Bürger, die mit verschränkten Armen dem Fremdling entgegentraten.

Ein Graben mit einer hölzernen Brücke verwehrte die Zufahrt in die Stadt. Alpert kannte die Wächter, die den Torturm bewachten. Er sprang vom Kutschbock und entrichtete den geforderten Wegezoll, dann rumpelte der Wagen durch das enge Tor auf den Marktplatz.

Vor der Stadt hatten sie kaum einen Menschen gesehen, doch hier auf dem Platz herrschte reges Treiben. Es ging nicht gerade kultiviert zu. Schweine, Schafe und Hühner teilten sich den engen Platz, der eigentlich nur aus einer verbreiterten Straße bestand, mit Ochsengespannen. Händler waren mit dem Abbau ihrer Marktstände beschäftigt. Mütter fingen ihre Kinder ein, die zwischen den Ständen herumtollten. In Gruppen standen geschwätzige Mägde beisammen und tauschten Neuigkeiten aus. Dazwischen Bettelvolk mit offenen Händen. Was der Tag übrig gelassen hatte, lag achtlos auf dem Pflaster, garniert mit Kuhfladen und Schaf- und Schweinemist. Afra hielt sich die Nase zu.

VIERTES KAPITEL

Kurz vor dem Ende des Platzes, der an seiner Schmalseite von einer alten Kirche begrenzt wurde, stand linker Hand ein schmalbrüstiges Haus mit einem Treppengiebel. Eine aus Messing getriebene und an einer Eisenstange befestigte Sonne verwies auf die Herberge »Zur Sonne«. Über dem spitzbogigen Eingangstor, durch das ein Pferdefuhrwerk nur mit Mühe hindurchkam, war der Kopf eines wilden Ebers angenagelt, den der Wirt in den Wäldern der Umgebung erlegt hatte – ein Brauch, dem man hier nicht selten begegnete.

Zielstrebig steuerte Alpert sein Fuhrwerk durch das Tor in einen Innenhof. Sie waren spät dran. Im Hof und in den Remisen waren zwischen Schweinekoben und Hühnerställen bereits andere Wagen abgestellt. Zwei Knechte versorgten die Tiere mit Futter.

Wie ein schlechter Schauspieler schlug der Wirt die Hände über dem Kopf zusammen, als Alpert vier weitere Gäste für die Nacht anmeldete. Zwar habe er genügend zu essen für alle, aber die Schlafplätze seien alle belegt. Aber wenn sie mit Strohsäcken im Treppenhaus vorlieb nehmen würden ...

Da trat Ulrich auf den Wirt zu, drückte ihm heimlich eine Münze in die Hand und sagte: »Ich bin sicher, du findest noch ein Kämmerchen für mich und meine Frau.«

Der Wirt betrachtete die Münze und machte eine tiefe Verbeugung: »Aber gewiss, hoher Herr, gewiss!«

Mit Genugtuung hatte Afra vernommen, dass Ulrich von Ensingen sie »seine Frau« genannt hatte. Sie hätte nie geglaubt, dass es jemals dazu kommen würde. Und jetzt sagte er, als sei es die selbstverständlichste Sache der Welt: ein Kämmerchen für mich und meine Frau! Sie hätte ihn umarmen können.

Wie nicht anders zu erwarten, wies ihnen der Wirt eine ansehnliche Schlafkammer zu, mit einem Bett so hoch, dass man einen Schemel brauchte, um es zu besteigen. Die Liegestatt war mit einem hölzernen Baldachin überdacht, weniger zur Zierde als zum Schutz vor unangenehmem Getier, das des Nachts von der Decke fiel. Als Unterlage diente nicht derbes Stroh, sondern weiches Heu.

»Ich müsste mich sehr täuschen«, bemerkte Ulrich schmunzelnd, »wenn das nicht das Schlafzimmer der Wirtsleute ist.«

»Das habe ich mir auch schon gedacht«, erwiderte Afra. »Auf jeden Fall habe ich noch nie so komfortabel genächtigt.«

In der Wirtsstube im Erdgeschoss war kaum noch ein freier Platz zu finden. Es gab nur einen einzigen langen, schmalen Tisch, der von einer Wand bis zur anderen reichte. Als Afra und Ulrich den Raum betraten, wurde es mit einem Mal still. Afra war die einzige Frau in der Wirtsstube. Sie spürte förmlich, wie aller Blicke auf ihr ruhten. Allerdings war sie solche Situationen von der Suppenküche in Ulm gewöhnt. Es machte ihr nichts aus.

»Kommt hierher!«, rief ein fromm dreinblickender Paramentenhändler und rutschte auf der Holzbank zur Seite. »Die anderen wollen Euch nur etwas verkaufen.«

Der Exorzist am rechten Ende des Tisches, ein Dominikaner, der unterwegs war zu einer levitierenden Nonne, die vom Teufel besessen war, machte ein beleidigtes Gesicht. Und ein Wandermedicus aus Xanten am anderen Tischende giftete, ohne Afra anzusehen: »Ich wüsste nicht, welche Geschäfte ich mit dem Weib zu besorgen hätte.«

»Ganz recht«, stimmte ihm ein Kleriker zu, der weder Herkunft noch Ziel seiner Reise nennen wollte.

»Ach, wenn ich Euch eine Bibel oder ein nützliches Buch verkaufen könnte«, meinte ein Buchhändler aus Bamberg, »ich wäre nicht traurig. Ich habe zwei Fässer mit Büchern und Pergamenten auf meinem Wagen. Die Geschäfte gehen schlecht. Die Mönche schreiben sich alle Bücher selber.«

»Sagte ich 's doch!«, ereiferte sich der Paramentenhändler. »Alle wollen nur Geschäfte machen.«

»Seit wann ist das verboten?« Ein Reliquienhändler an der gegenüberliegenden Schmalseite des Tisches pries ein Reliquiar der heiligen Ursula von Köln an, die als Patronin für eine gute Ehe galt, und dabei zwinkerte er Afra mit dem linken Auge zu.

»Ein Reliquiar?« Afra blickte ungläubig.

»Das linke Ohr der Heiligen, samt Expertise des Kölner Erzbischofs, der für die Echtheit bürgt.«

Afra erschrak. Aber nicht über das Angebot des Reliquienhändlers, sondern weil sich sein Tischnachbar, ein Mann mit hagerem Gesicht und spärlichem Haupthaar, plötzlich in eine weiß gekalkte Geistgestalt mit tiefen dunklen Augen und einer langen nach unten gebogenen Nase verwandelte. Es dauerte einen Augenblick, bis Afra begriff, dass er sich eine Maske vors Gesicht hielt.

»Ich bin Maskenschnitzer aus Venedig«, sagte er, nachdem er die Maske abgenommen hatte. »Für Euch hätte ich natürlich ein anmutigeres Exemplar einer Kokotte. Vielleicht darf ich Euch etwas zeigen ...«

Afra hob abwehrend die Hände.

»Sagte ich 's doch!«, wiederholte der Paramentenhändler.

»Ihr sprecht tadellos deutsch«, bemerkte Afra anerkennend, während der Wirt Humpen mit Bier und Knochenfleisch in irdenen Schüsseln, zerkochtes, dampfendes Kraut und einen Korb mit Brotkanten auftischte.

»Das ist auch nötig, wenn ich meine Masken verkaufen will. Ich hab 's nicht so gut wie der da.« Er blickte zur Seite, und beinahe abfällig meinte er: »Ein Freskenmaler aus Cremona. Ist auf Arbeitssuche. Er kommt bei seiner Arbeit ohne ein deutsches Wort aus.«

Die anderen lachten, und der Freskenmaler blickte verständnislos.

»Bleiben nur noch die zwei da oben zu beiden Seiten des Exorzisten.« Der Paramentenhändler zeigte mit dem Finger auf sie. »Sind beide nicht sehr gesprächig. Ist aber verständlich. Der eine ist ein Krüppel, dem nach einem Sturz vom Baugerüst die Beine versagen. Jetzt hofft er auf Heilung durch den heiligen Apostel Jakobus in Santiago de Compostela. Armes Schwein. Und er da lässt überhaupt nichts von sich verlauten.« Er drehte den Daumen nach außen.

»Ich bin Sendbote in geheimer Mission!«, entgegnete der Angeredete, und dabei rümpfte er die Nase, als ob ihm das alles ziemlich lästig wäre. Seine schwarze Kleidung und die an den Schultern aufgeplusterten Ärmel verliehen ihm etwas Vornehmes.

»Und Ihr? Woher kommt Ihr? Wohin geht Ihr?« Der Exorzist richtete plötzlich an Afra die Frage, während er mit triefendem Mund und lückenhaften Zähnen Fleisch von einem Knochen abnagte.

»Aus Ulm kommen wir«, antwortete Afra knapp.

Ulrich versetzte ihr unter dem Tisch einen Stoß und fuhr fort: »Zu Hause sind wir in Passau. Über Ulm reisen wir nach Trier.«

»Wie Wallfahrer seht Ihr aber nicht gerade aus.«

»Sind wir auch nicht«, erwiderte Afra.

»Wir wollen versuchen, einen Tuchhandel aufzumachen«, ergänzte Ulrich geistesgegenwärtig. Afra nickte.

Aus dem Augenwinkel bemerkte sie, dass der Paramentenhändler sie unentwegt anstarrte. Ihr war nicht wohl in ihrer Haut.

»Kann es sein«, begann er zaghaft, »dass wir uns schon einmal begegnet sind?«

Afra erschrak.

»Euer Gesicht kommt mir irgendwie bekannt vor.«

»Ich wüsste nicht, woher.« Afra warf Ulrich einen Hilfe suchenden Blick zu.

Das angeregte Tischgespräch geriet plötzlich ins Stocken. Weniger wegen der plumpen Frage des Paramentenhändlers, nein, der Reliquienhändler erregte das Interesse der Tischgesellschaft. Unbemerkt hatte er unter dem Tisch seinen Musterkoffer hervorgezogen und begann ungeniert seine Reliquien auszubreiten. Nicht ohne die notwendigen Erklärungen abzugeben: »Das linke Ohr der Ursula von Köln, das Steißbein von Gaubald von Regensburg, ein Fetzen von Sibylle von Gages' Totenhemd, von Idesbald von Dünen der linke Daumen und ein Zehennagel von Paulina von Paulinzella – alle mit Expertise!«

Angewidert schob Afra ihren Teller beiseite, und im selben

Augenblick betraten Alpert, der Fuhrmann, und der Landsknecht Jörg die dampfende Wirtsstube.

»Zwängt Euch irgendwo dazu«, meinte der Wirt und quetschte einen nach dem anderen in eine Lücke. Alpert kam neben dem Reliquienhändler zum Sitzen. Als er die anatomischen Relikte vor seinem Teller erblickte, verzog er das Gesicht: »Und so etwas esst Ihr?«

Die anderen lachten und grölten und schlugen sich auf die Schenkel. Nur der Reliquienhändler blieb ernst und blickte wütend. Sein Kopf lief rot an, dass man meinen konnte, er würde jeden Augenblick platzen, und mit gepresster Stimme fauchte er: »Es handelt sich ausschließlich um Reliquien bedeutender Heiliger, und ihre Echtheit ist von führenden Bischöfen und Kardinälen bestätigt.«

»Was verlangt Ihr für das Ohr der heiligen Ursula?«, erkundigte sich der Paramentenhändler.

»Fünfzig Gulden, wenn's beliebt.«

Der Wirt, der dem Reliquienhändler über die Schulter blickte, rief entsetzt: »Fünfzig Gulden für ein eingetrocknetes Ohr! Bei mir kostet ein gekochtes Schweinsohr zwei Pfennige, frisch aus der Wurstküche, und das mit Kraut! Und eine Expertise gebe ich Euch obendrein.«

Natürlich hatte der Wirt damit die Lacher auf seiner Seite, und der Reliquienhändler ließ die unappetitlichen Kostbarkeiten in seinem Musterkoffer verschwinden.

Hinter vorgehaltener Hand raunte der venezianische Maskenschnitzer seinem Tischnachbarn, dem Buchhändler aus Bamberg, zu: »Bei uns in der Lombardei leben ganze Familien davon, dass sie ihre toten Großeltern in gekalkter Erde verscharren und nach einem Jahr wieder ausgraben. Dann dörren sie ihre Knochen im Backofen und verkaufen sie als Reliquien. Ein geldgieriger Bischof, der die Echtheit der heiligen Knochen bestätigt, findet sich immer.«

Der Buchhändler schüttelte den Kopf. »Wann wird dieser Unsinn endlich ein Ende haben?«

»Nicht vor dem Jüngsten Tag«, bemerkte Meister Ulrich und kam so mit dem Buchhändler ins Gespräch: »Ihr sagtet, es seien schlechte Zeiten für Bücher. Ich will das nicht glauben. Pest und Cholera haben doch die Klöster stark dezimiert, und viele Scriptorien sind ohne Schreiber, während Euer Hauptabnehmer, der Adel, weit weniger unter der Geißel der Menschheit zu leiden hatte.«

»Das ist wohl wahr«, antwortete der Buchhändler, »aber der Adel leidet noch immer unter den Nachwirkungen der Kreuzzüge. Er ist auf weniger als die Hälfte zusammengeschrumpft, und das Geld sitzt den feinen Herrschaften längst nicht mehr so locker wie früher. Die Zukunft gehört nicht dem ländlichen Adel, sondern den Kaufleuten in der Stadt. In Nürnberg, Augsburg, Frankfurt, Mainz und Ulm findet Ihr Kaufleute, die sind so reich, dass sie sogar den Kaiser kaufen können. Leider können die wenigsten von ihnen schreiben und lesen. Eine fatale Entwicklung für einen Buchhändler wie mich.«

»Und Ihr habt keine Hoffnung, dass sich diese Lage ändern könnte?«

Der Buchhändler zuckte mit den Schultern. »Ich gebe ja zu, Bücher sind einfach zu teuer. An den tausend Seiten einer Bibel schreibt ein fleißiger Mönch gut und gerne drei Jahre. Selbst wenn Ihr ihm nur die tägliche Nahrung vergütet und jedes Jahr eine neue Kutte, ergeben die Kosten für Tinte und Pergament eine erkleckliche Summe. So eine Bibel kann ich dann nicht für zwei Gulden verkaufen. Aber ich will nicht klagen.«

Ulrich von Ensingen nickte nachdenklich. »Ihr solltet zaubern lernen, dass sich ein einmal geschriebenes Buch von selbst vervielfältigte, zehnmal, vielleicht sogar hundertmal, ohne dass eines Menschen Hand eine Feder berührte.«

»Herr, Ihr seid ein Träumer und habt Hirngespinste.«

»Gewiss, aber Wunschbilder sind die Grundlage jeder großen Erfindung. Wohin führt Euch Eure Reise?«

»Der Erzbischof von Mainz zählt zu meinen besten Kunden. Aber zuvor werde ich dem Grafen von Württemberg noch einen

Besuch abstatten. Seine Bibliothek ist berühmt, und seine Büchersucht hält Leute wie mich am Leben.«

»Graf Eberhard von Württemberg?« Afra sah den Buchhändler erstaunt an.

»Ihr kennt ihn?«

»Ja, das heißt nein, es ist nämlich so ...« Afra war völlig durcheinander. »Mein Vater war Bibliothekar beim Grafen von Württemberg.«

»Ach.« Nun war das Staunen auf Seiten des Buchhändlers. »Magister Diebold?«

»So war sein Name.«

»Wieso war?«

»Er stürzte bei einem Ritt nach Ulm vom Pferd und brach sich das Genick. Ich bin Afra, seine älteste Tochter.«

»Wie klein doch unsere Welt ist. Ich bin Diebold vor Jahren im Kloster Montecassino begegnet. Ein monumentales Bauwerk, hoch über dem Tal gelegen, eine Stadt für sich mit dreihundert Mönchen, Theologen, Historikern und Gelehrten und der größten Bibliothek der Christenheit. Wie Magister Diebold hatte ich davon gehört, dass die Mönche einen nicht unbedeutenden Teil ihrer Bücher zu Geld machen wollten, vor allem die antiken Autoren. Bei den Benediktinern der Abtei galten sie als gottlos, bei uns sind sie jedoch sehr geschätzt.«

»Ich fürchte, dabei seid Ihr Euch mit meinem Vater in die Wolle geraten.«

»So war es. Graf Eberhard von Württemberg hatte Euren Vater mit viel Geld ausgestattet. Da konnte ich nicht mithalten. Zwei Dutzend alter Schriften hatte ich mir bereits ausgesucht. Sie hätten mir ein einträgliches Geschäft beschert. Aber dann kam Magister Diebold und kaufte alle zum Verkauf stehenden Bücher auf einmal. Ein kleiner Buchhändler wie ich musste da passen.«

»Tut mir Leid für Euch. Aber so war er nun mal.«

Der Buchhändler machte ein nachdenkliches Gesicht. »Später versuchte ich ihm einige von den Büchern abzukaufen, mit

Gewinn versteht sich, doch er lehnte ab. Nicht ein einziges von über fünfhundert Büchern konnte ich ihm abschwatzen. Warum er auf jedes einzelne Buch aus der Abtei so versessen war, weiß ich bis heute nicht.«

Afra warf Ulrich einen verstohlenen Blick zu. Auch Ulrich machte sich seine Gedanken. Die Erzählung des Buchhändlers gab beiden ein Rätsel auf.

»Was meint Ihr damit?«, fragte Afra nach.

Lange gab der Buchhändler keine Antwort. Schließlich erwiderte er: »Die alten Römer hatten ein Sprichwort: *Habent sua fata libelli*. Was so viel bedeutet wie: Bücher haben ihr eigenes Schicksal, oder auch: Bücher haben ihre eigenen Geheimnisse. Vielleicht kannte Magister Diebold ein Geheimnis, das kein anderer kannte. Auch ich nicht. Das wäre zwar keine Erklärung, warum er mir kein einziges Buch aus der Bibliothek von Montecassino abgeben wollte, aber vielleicht ein Hinweis darauf, dass seine Knausrigkeit einen handfesten Grund hatte.«

Ulrich von Ensingen tastete nach Afras Hand, ohne den Blick von dem Buchhändler abzuwenden. Afra deutete die sanfte Berührung richtig: jetzt kein falsches Wort. Es ist besser, du schweigst.

»Das ist alles lange her«, bemerkte sie eher beiläufig.

»Fünfzehn Jahre dürften es wohl sein«, bekräftigte der Buchhändler. Und nach einer Pause begann er von neuem: »Vom Pferd ist Magister Diebold gestürzt, sagt Ihr?«

Afra nickte stumm.

»Seid Ihr sicher?«

»Ich verstehe Eure Frage nicht.«

»Nun ja, habt Ihr mit eigenen Augen gesehen, wie Euer Vater vom Pferd gestürzt ist?«

»Natürlich nicht. Ich war nicht dabei. Aber wer sollte ein Interesse gehabt haben, meinem Vater etwas anzutun?«

Mit Unbehagen nahm Meister Ulrich wahr, dass ihr Gespräch mit dem Buchhändler allgemeines Interesse fand. Er klang verstimmt, als er sagte: »Redet, wenn Ihr etwas wisst und zu dem Fall zu sagen habt. Im Übrigen aber schweigt besser!«

Afra war aufgeregt. Sie hätte das Gespräch gerne fortgesetzt. Aber der Buchhändler machte eine abwehrende Handbewegung, und an Afra gewandt meinte er: »Entschuldigt, ich wollte nicht alte Wunden aufrühren. In meinen Gedanken fügte es sich nur so.«

Später, auf dem Weg zu ihrer Schlafkammer im Hinterhaus, flüsterte Afra Ulrich zu: »Glaubst du, dass man Vater umgebracht hat wegen des Pergaments?«

Der Dombaumeister wandte sich um, hob die Laterne, die ihnen den Weg über die steile Treppe wies, und hielt sie Afra vors Gesicht. An der Wand tanzte ein unförmiger Schatten. »Wer will das wissen«, sagte er leise. »Menschen werden aus aberwitzigen Gründen umgebracht.«

»Mein Gott«, stammelte Afra. »Daran hat nie jemand gedacht. Als es geschah, war ich zu jung und unbedarft, um an so etwas zu denken.«

»Hast du jemals die Leiche deines Vaters gesehen?«

»Ja natürlich. Sie wies keinerlei Verletzungen auf. Vater sah aus, als schliefe er. Graf Eberhard richtete ihm ein würdiges Begräbnis aus. Ich erinnere mich gut. Drei Tage habe ich nur geheult.«

»Und deine Mutter?«

»Hat auch geheult.«

»Das meine ich nicht. Du sagtest, sie sei freiwillig aus dem Leben geschieden ...«

Afra presste die Hand vor den Mund. Sie atmete heftig. Dann sagte sie: »Du meinst, sie könnte gar nicht aus freien Stücken den Tod gesucht haben?«

Der Dombaumeister schwieg. Dann legte er seinen Arm um sie und sagte: »Komm!«

In dieser Nacht hatten Afra und Ulrich zum ersten Mal die Möglichkeit, gemeinsam in einem Bett zu schlafen. Mangels Gelegenheit hatten sie sich, vom ersten Mal abgesehen, bisher nur auf dem Fußboden seiner Dombauhütte oder auf dem feuchten Rasen der Donauauen geliebt. Die Furcht, bei ihrem Treiben entdeckt zu werden, hatte stets einen schalen Beigeschmack hinterlassen. Andererseits hatten der Schauplatz und das Bewusstsein, etwas Sündhaftes zu tun, aber auch einen besonderen Reiz ausgeübt.

Gedankenverloren schlüpfte Afra aus ihrem Kleid und kroch unter die raue Decke. Sie fror. Nicht allein wegen der Kälte, die in der ungeheizten Kammer herrschte. Auch in ihrem Innersten hatte sich ein frostiges Gefühl breit gemacht.

Die Andeutungen und Mutmaßungen des Buchhändlers machten sie nachdenklich und schweigsam. Gewiss, der Buchhändler war geschwätzig und hatte keinerlei Beweise für seine Vermutungen. Aber hatte sie Beweise dafür, dass ihre Eltern wirklich so zu Tode gekommen waren, wie es hingestellt wurde? Als Ulrich sich zu ihr gesellte, kehrte sie ihm unbeabsichtigt den Rücken zu. Sie wollte den Geliebten nicht abweisen, sie tat es unbewusst, ohne jede Absicht.

Instinktiv fühlte Ulrich, was in Afra vorging. Dabei kam ihm ihr Verhalten gar nicht ungelegen. Zu viel hatte sich auch in seinem Leben verändert, allzu viel, um einfach darüber hinweggehen zu können, so als wäre nichts geschehen. Ulrich schmiegte sich an ihren Körper und legte die Linke um ihre Hüfte. Zärtlich küsste er Afra in den Nacken und versuchte ohne ein weiteres Wort einzuschlafen. Afra atmete regelmäßig, und Ulrich glaubte, sie sei längst eingeschlafen, als er, nach einer guten Stunde, ihre Stimme vernahm.

»Du kannst auch nicht schlafen, stimmt 's?«

Ulrich fühlte sich wie benommen. »Nein«, flüsterte er leise gegen ihren Nacken.

»Du denkst an Griseldis, habe ich Recht?«

»Ja. Und dir geht das Gerede des Buchhändlers nicht aus dem Kopf.«

»Hm. Ich weiß einfach nicht, was ich davon halten soll. Fast scheint es, als hinge ein Fluch an dem Pergament, ein Fluch, der auch vor uns nicht Halt macht.«

»Unsinn«, knurrte Ulrich von Ensingen und strich Afra sanft über den Bauch. »Bisher hatte ich keinen Grund, an den Einfluss böser Mächte zu glauben.«

»Ja, bisher! Aber seit wir uns begegnet sind ...«

»... hat sich daran nichts geändert.«

»Und Griseldis' Tod?«

Ulrich atmete tief ein und blies die Luft durch die Lippen, dass Afra ein Kitzeln im Nacken verspürte. Er blieb stumm.

»Weißt du eigentlich, dass dein Sohn mich am Tag von Griseldis' Tod aufgesucht hat?«

»Nein, aber es wundert mich nicht. In letzter Zeit war unser Verhältnis nicht das beste. Er warf mir vor, Griseldis in den Tod getrieben zu haben.«

»Mich beschuldigte er, ich hätte dich verhext. Er drohte mir, ich solle dich in Zukunft in Ruhe lassen.«

»Verhext ist nicht das richtige Wort. Eher verzaubert. Oder noch besser: *be*zaubert.« Ulrich lachte leise. »Auf jeden Fall ist es dir gelungen, meinem Leben einen neuen Sinn zu geben.«

»Schmeichler!«

»Wenn du es so nennen willst. Du musst wissen, ich kannte nichts als die Pläne meiner Kathedrale. Manchmal ertappte ich mich dabei, dass ich mit den steinernen Pfeilerfiguren der Kathedrale Zwiesprache hielt. Das sagt manches über den Seelenzustand eines Mannes in den besten Jahren.«

»Deine Ehe war nicht die glücklichste?«

Ulrich schwieg lange. Er wollte Afra nicht damit belasten. Aber die Dunkelheit in der Kammer und das Gefühl, Afra ganz nah zu sein, erleichterten seine Beichte.

»Griseldis war die Tochter eines Stiftspropstes«, begann Ulrich stockend. »Den Namen ihres Vaters hat sie nie erfahren, ebenso wenig den ihrer Mutter. Gleich nach der Geburt kam sie in ein Nonnenkloster im wittelsbachischen Bayern, wo sie als Novizin eingekleidet wurde. Bis zu ihrem zwanzigsten Jahr bekam sie außer dem Pfaffen keine Mannsperson zu Gesicht. Ein edles Gesicht, nebenbei gesagt, mit dunklen Augen und einer schmalen Nase. Nach einem Streit mit der Äbtissin verließ sie das Kloster noch vor dem ewigen Gelübde. Zwar hatte sie lesen und schreiben gelernt und das Neue Testament in lateinischer Sprache, aber im Umgang mit Menschen, vor allem mit Männern, war sie gehemmt. Hier und dort lebte sie von niederen Arbeiten, ohne Erfüllung zu finden. Ihre äußere Erscheinung und die Zurückhaltung, die sie an den Tag legte, übten auf mich eine seltene Anziehungskraft aus. Ich war jung, heute würde ich sagen, *zu* jung, und deutete ihre Weltflucht und Scheu als weibliche Raffinesse. Als ich sie zum ersten Mal küsste, fragte sie, ob es ein Mädchen würde oder ein Junge. Es bedurfte einer gewissen Überzeugungskraft, bis sie mir glaubte, dass sie von falschen Voraussetzungen ausging. Mit den richtigen Voraussetzungen konfrontiert, setzte bei Griseldis eine verhängnisvolle Wandlung ein. In der Hoffnung, sie umstimmen zu können, gingen wir eine Ehe ein. Aber nach der Geburt unseres Sohnes fand sie alles Geschlechtliche verabscheuungswürdig und ekelhaft. Nur knapp konnte ich verhindern, dass sie eines Nachts ein Messer, das sie unter dem Bett versteckt hielt, gegen mich richtete. Sie wollte meine Männlichkeit abschneiden und – wie sie sich ausdrückte – den Schweinen zum Fraß vorwerfen. Damals hatte ich noch die Hoffnung, Griseldis würde sich vom Schock der Geburt erholen und zu einem normalen Gefühlsleben zurückfinden, aber das Gegenteil war der Fall. Griseldis verbrachte ihre Zeit bei den Klarissinnen. Erst dachte ich, um zu beten. Später erfuhr ich, dass hinter Klostermauern der fleischlichen Lust unter Frauen gehuldigt wurde.«

Afra drehte sich um und wandte Ulrich, ohne ihn zu sehen, ihr Gesicht zu. »Du musst viel gelitten haben«, sagte sie in die Dunkelheit.

»Das Schlimmste für mich war, nach außen den Schein zu wahren. Ein Dombaumeister, dessen Frau es mit den Nonnen im Kloster treibt und versucht, ihrem Mann den Schwanz abzuschneiden, ist nicht gerade dazu angetan, sich Respekt und Ansehen zu verschaffen. Da kann die Kathedrale, die er baut, noch so hoch und aufsehenerregend sein.«

»Und Matthäus, dein Sohn? Wusste er, was mit seiner Mutter los war?«

»Nein, ich glaube nicht. Sonst hätte er nicht *mir* die Schuld an unserem schlechten Verhältnis gegeben. Du bist wirklich die Erste, mit der ich darüber rede.«

Mit vorsichtigen Fingern tastete Afra nach Ulrichs Gesicht. Dann nahm sie seinen Kopf in beide Hände und zog ihn näher zu sich. Ein Kuss im Dunkeln gelang erst im zweiten Anlauf.

Aus der Ferne hallte der Ruf des Nachtwächters herüber, der die Mitternacht verkündete. Im monotonen Sprechgesang mahnte die Stimme: »Löscht das Feuer und das Licht, damit kein Unheil nicht geschieht.«

Der neblige Morgen wirkte wenig einladend für die Fortsetzung ihrer Reise. Auf den Dachziegeln der Häuser und an den dürren Ästen der Bäume hing der erste Raureif. Ein Blick aus dem Fenster verriet, dass sie spät dran waren. Der Fuhrmann schirrte bereits die Pferde an.

»Beeilt Euch«, rief er, als er Afras Kopf im Fenster erblickte, »heute haben wir einen langen Weg vor uns!«

In der Wirtsstube nahmen Afra und Ulrich einen Humpen warmer Milch und einen Kanten Brot mit fettem Speck zu sich.

»Wo ist der Buchhändler?«, erkundigte sich Afra beim Wirt der Herberge.

Der lachte: »Der war als Erster auf den Beinen. Da hättet Ihr früher aufstehen müssen, junge Frau.«

Afra blickte enttäuscht. In der Nacht hatte sie sich so viele Fragen zurechtgelegt. »Wisst Ihr, wohin er geht, woher er kommt? Kennt Ihr seinen Namen?«, bohrte sie nach.

»Keine Ahnung. Ich kenne seinen Namen ebenso wenig wie den Euren. Warum habt Ihr ihn nicht selbst gefragt?«

Afra hob die Schultern.

»Und wohin geht Eure Reise?«

»Nach Westen an den Rhein«, nahm Ulrich Afra die Antwort ab.

»Durch den Schwarzen Wald?«

»Ja, ich denke wohl.«

»Kein einfaches Vorhaben um diese Jahreszeit. Das Jahr geht zur Neige, und der Winter mit Eis und Schnee kann jeden Tag einsetzen.«

»Wird so schlimm nicht werden«, meinte Ulrich lachend. Dann entlohnte er den Wirt und kümmerte sich um das Gepäck.

»Ein hübsches Städtchen, dieses Heroldsbronn«, bemerkte Afra, als der Fuhrmann sein Gefährt durch das enge Stadttor lenkte. Die Gassenjungen, die an den Außenwänden des Wagens hingen und bettelten, sprangen ab. Nachdem das Fuhrwerk die Brücke passiert hatte, ließ der Fuhrknecht die Peitsche knallen, und die Gäule begannen zu traben.

In eine Decke gehüllt, suchte Afra hinter dem Rücken des Landsknechts Schutz vor dem eisigen Fahrtwind. Sie hatten sich wirklich nicht die günstigste Reisezeit ausgesucht. Ulrich drückte Afras Hand.

»Wie weit willst du heute kommen?«, rief Ulrich dem Fuhrmann zu.

Der wandte sich um. »Das weiß Gott. Wenn wir erst einmal die Eisbachschlucht hinter uns haben, kann ich mehr sagen.«

Der Nebel riss mit einem Mal auf, und vor ihnen tauchten die ersten Waldflecken auf, kleine dichte Tannenwälder, die sich nach einer halben Meile in eine freie Wiesenlandschaft öffneten. Auf dem Scheitel eines Hügels, der den Blick nach Westen freigab, deutete der Fuhrmann mit der Peitsche zum Horizont: »Der Schwarze Wald!«, rief er gegen den Wind, dass man seinen Atem sehen konnte.

So weit das Auge reichte, erstreckte sich nur Wald, endloser dunkler Wald über weiten Hügeln. Es schien beinahe unvorstellbar, dieses Hindernis mit einem Pferdefuhrwerk zu durchqueren.

Ulrich puffte dem Fuhrmann in den Rücken. »Ich hoffe, du kennst den Weg durch den Wald, Alter!«

Der drehte sich um: »Keine Bange. Ich habe ihn gewiss ein halbes Dutzend Mal zurückgelegt. Allerdings nicht um diese Jahreszeit. Seid unbesorgt!«

Seit geraumer Zeit hatten sie keine menschliche Siedlung mehr gesehen, und es war ihnen auch kein anderes Fuhrwerk begegnet. Als der unbefestigte Weg in den Schwarzen Wald eintauchte, wurde klar, warum er diesen Namen trug. Dicht an dicht ließen die hohen Tannen kaum Licht auf den Waldboden fallen. Der Kutscher zügelte die Gäule.

Im Wald herrschte andächtige Stille wie in einer Kathedrale. Die Fahrgeräusche wirkten in der feierlichen Andacht beinahe ungehörig. Hier und da flog ein Vogel auf, der sich in seiner Ruhe gestört fühlte. Afra und Ulrich wagten kaum zu sprechen. Und der Wald nahm kein Ende.

Um die triste Stimmung zu heben, reichte der Fuhrmann – sie hatten gerade mal zwanzig Meilen hinter sich gebracht – eine Flasche Branntwein herum. Afra nahm einen tiefen Schluck. Das Zeug brannte wie Feuer. Aber es wärmte.

Mit einem lauten »Brr!« brachte der Fuhrmann die Pferde zum Stehen. Vor ihnen lag eine Tanne quer über dem Weg. Zuerst sah es so aus, als habe der Wind den Baum geknickt, aber als der Kutscher den Schaden in Augenschein nahm, wurde er unruhig.

»Hier stimmt etwas nicht«, rief er leise. »Der Baum ist frisch gefällt.« Und mit zusammengekniffenen Augen blinzelte er in das Dickicht zu beiden Seiten des Weges. Er lauschte mit geöffnetem Mund nach verdächtigen Geräuschen; aber außer dem Schnauben der Gäule und dem Klingeln der Geschirre war kein Laut zu vernehmen. Afra und Ulrich saßen wie versteinert.

Mit einer langsamen Bewegung zog der Landsknecht seine Armbrust unter der Sitzbank hervor. Behutsam jedes Geräusch vermeidend, kletterte er vom Kutschbock.

»Was hat das zu bedeuten?«, flüsterte Afra ängstlich.

»Sieht so aus, als seien wir in einen Hinterhalt geraten«, murmelte Ulrich, während seine Augen den Wald absuchten.

Mit einer heftigen Handbewegung winkte der Fuhrmann Meister Ulrich zu sich. »Du bleibst hier sitzen und rührst dich nicht von der Stelle«, schärfte Ulrich Afra ein, bevor auch er vom Wagen kletterte.

Im Flüsterton berieten die drei Männer, wie sie sich verhalten sollten. Der Waldweg war schmal, und Dickicht und Bäume bildeten eine enge Furt, sodass an eine Umkehr nicht zu denken war. Sie mussten also handeln, wollten sie sich nicht kleinmütig und feige ihrem Schicksal ergeben. Der Baum schien nicht so dick, dass er nicht von drei kräftigen Männern angehoben und zur Seite gewuchtet werden konnte.

Doch mussten sie gewahr sein, dass die Häscher jeden Augenblick aus dem Dickicht auftauchten. Eile war angebracht. Eng aneinander gedrängt, schoben die drei Männer ihre Arme unter den Stamm, und auf ein gemeinsames Kommando wuchteten sie den Baum Stück für Stück zur Seite.

Gerade hatten sie ihr Ziel erreicht, als der Dombaumeister Afra einen Blick zuwarf. Was er sah, ließ das Blut in seinen Adern erstarren. Auf dem Wagen hielt ein finsterer Geselle Afra von hinten den Mund zu. Ein zweiter versuchte ihr die Kleider vom Leibe zu reißen, während sich ein dritter im Inneren des Fuhrwerks an der Ladung zu schaffen machte. Der Landsknecht griff zu seiner Armbrust, der Fuhrmann fasste seine Peitsche, und Ulrich machte einen Satz auf den Kutschbock.

»Zurück, zurück!«, schrie der Landsknecht mit seiner Armbrust im Anschlag. Aber Ulrich ließ sich nicht bändigen. Wie von Sinnen drosch er mit beiden Fäusten auf den Wüstling ein. Der ließ, von einem furchtbaren Fausthieb im Nacken getroffen, plötzlich von Afra ab und wandte sich Ulrich zu. Afra schrie wie am Spieß, als es zwischen den beiden zum Handgemenge kam. Nie hätte Ulrich geglaubt, im Notfall solche Kräfte zu entwickeln. Doch als der zweite Häscher, der sich zuvor an Afra vergriffen hatte, ihm den Hals zudrückte, während der erste ihm sein Knie in den Bauch rammte, gab Ulrich auf. Er fühlte, wie ihm langsam die Sinne schwanden. Dann wurde ihm schwarz vor Augen.

So entging ihm, wie der Landsknecht, der die Schlägerei mit angelegter Waffe verfolgt hatte, auf den Abzug drückte. Wie eine Flamme, die im Ofen verpufft, fauchte der Bolzen durch die Luft und bohrte sich von hinten in den zweiten Halunken. In einer Reflexbewegung riss dieser die Arme in die Höhe, bäumte sich auf wie ein wildes Tier und stürzte rücklings vom Wagen, wo er regungslos zwischen Vorder- und Hinterrad liegen blieb. Als sie ihren Kumpan so liegen sahen, ergriffen die beiden anderen mit schmaler Beute die Flucht.

Besorgt beugte sich Afra über Ulrich, der besinnungslos auf dem Kutschbock lag. Über dem Busen war ihr Kleid zerfetzt; aber Afra hatte keine ernsthaften Verletzungen davongetragen.

»Komm zu dir!«, rief sie mit weinerlicher Stimme.

Da öffnete Ulrich die Augen. Heftig schüttelte er den Kopf, als wollte er das eben Erlebte abschütteln.

»Wo ist der Kerl«, zischte Ulrich mit schmerzverzerrtem Gesicht, »ich bringe ihn um.«

»Nicht nötig«, erwiderte Afra, »der Landsknecht ist dir schon zuvorgekommen.«

»Und die anderen?«

Afra hob den Arm und zeigte nach vorne.

»Worauf warten wir noch? – Hinterher!« Ulrich rappelte sich hoch.

»Gemach, gemach!«, wandte der Fuhrmann ein. »Was sollen wir mit dem da anfangen?«

Erst jetzt sah Ulrich den Wegelagerer unter dem Wagen. »Ist er tot?«, fragte er vorsichtig.

Der Landsknecht hielt dem Dombaumeister seine Armbrust entgegen: »Ein gezielter Schuss aus dieser Waffe streckt einen ausgewachsenen Bullen nieder. Doch ein Bulle war dieser Halunke gewiss nicht. Eher ein Schwächling.«

DER SCHWARZE WALD

»Aber er wollte mich umbringen! Ich dachte, er erwürgt mich.« Ulrich kletterte vom Wagen.

Der gewalttätige Gauner lag mit dem Gesicht nach unten auf dem gefrorenen Boden. Seine Gliedmaßen waren auf bizarre Weise verdreht. An seinem Körper konnte man keine Verletzung erkennen, kein Blut, keinen Einschuss, nichts.

»Ist er *wirklich* tot?«, fragte Ulrich, ohne eine Antwort zu erwarten. Angewidert fasste er den linken, nach hinten gebogenen Arm des Toten und zog ihn unter dem Fuhrwerk hervor. »Wir können ihn nicht einfach hier liegen lassen«, sagte er zögernd.

»Glaubt Ihr, die Gauner hätten uns ein feierliches Begräbnis bereitet, wenn *wir* zu Tode gekommen wären?« Dem Fuhrmann stand die Wut ins Gesicht geschrieben.

Als Ulrich den Toten auf den Rücken drehte, hielt er inne. Wie vom Donner gerührt schaute er zu Afra auf; dann warf er dem Fuhrknecht, der neben ihm stand, einen fragenden Blick zu. »Das ist doch …«, stammelte er leise. Weiter kam er nicht.

»… der Krüppel aus der Herberge«, ergänzte der Fuhrmann. »So gelähmt und bemitleidenswert, wie er tat, war er jedenfalls nicht.«

»Dann benutzte er seinen Aufenthalt in der Herberge von Heroldsbronn wohl nur dazu, auszukundschaften, wo am meisten zu holen ist.«

»Scheint so zu sein«, bemerkte der Fuhrknecht und fuhr fort: »Ich habe ja schon einiges erlebt, aber so viel Dreistigkeit ist mir noch nicht begegnet. Spielt den erbarmungswürdigen Krüppel und plant gleichzeitig den nächsten Überfall. Ich hoffe, Euch ist nichts abhanden gekommen. Die zwei Zinnkannen, um die sie mich erleichtert haben, kann ich verschmerzen.«

Ulrich von Ensingen warf Afra einen fragenden Blick zu.

Mit beiden Händen hielt Afra ihr zerfetztes Kleid über der Brust zusammen. »Das Pergament!«, sagte sie leise.

»Geraubt?«

Afra nickte.

Nachdenklich blickte der Dombaumeister zur Seite.

»Und Euer Geld?«, erkundigte sich der Fuhrmann, der eingeweiht war, dass sein Fahrgast eine größere Geldsumme mit sich führte.

Ulrich ging zu den Pferden und hob die Geschirre an. Darunter befanden sich zwei so genannte Geldkatzen, lederne Wülste, die dem versteckten Transport größerer Geldsummen dienten. Mit der flachen Hand schlug Ulrich gegen die Geldkatzen und hörte den Klang des Geldes.

»Alles in Ordnung«, sagte er zufrieden. »Aber lasst uns den Gauner auf irgendeine Weise bestatten. Er ist ja auch ein Mensch, wenn auch ein schlechter.«

Zu dritt schleiften sie die Leiche in den Wald und legten sie zwischen den hohen Wurzeln zweier Bäume nieder. Mit den Ästen einer Tanne deckten sie den Toten zu. Dann bestiegen sie das Fuhrwerk und setzten ihre Fahrt fort.

Inzwischen war es Mittag geworden. Höchste Zeit, um die Eisbachschlucht zu durchqueren. Von früheren Fahrten wusste der Fuhrmann, dass man auf alles gefasst sein musste: auf einen Erdrutsch nach starkem Regen oder eine Geröllawine bei Frost oder Trockenheit. Allein ein entgegenkommendes Fuhrwerk konnte den Kutscher auf der engen Straße, die kaum eine Ausweichmöglichkeit bot, in arge Bedrängnis bringen.

Noch steckte allen der dreiste Überfall in den Knochen. Seither war mehr als eine Stunde vergangen, ohne dass einer das Wort ergriffen hatte. Afra dämmerte vor sich hin. Sie wusste nicht, ob sie über den Verlust des Pergaments lachen oder weinen sollte.

Gewiss, die seltsame Hinterlassenschaft ihres Vaters hatte sie noch neugieriger gemacht – jetzt, wo der Buchhändler so eigentümliche Bemerkungen über den Tod ihrer Eltern gemacht hatte. Aber irgendwie fühlte sie sich auch erleichtert und frei. Wie ein Stein war das Pergament in den letzten Tagen auf ihrer Brust gelegen, hatte sie belastet, ja gequält. Vorbei. In Straßburg wollte sie mit Ulrich die Vergangenheit hinter sich lassen, ein neues Leben beginnen, ein Leben, das in ruhigen Bahnen verlief.

Doch das Schicksal wollte es anders.

Ohne größere Probleme hatten sie gerade die Eisbachschlucht hinter sich gelassen, als der Fuhrmann an einer Lichtung den Wagen zum Stehen brachte. Misstrauisch suchte er die Umgebung mit den Augen ab, dann sprang er vom Kutschbock und ging ein paar Schritte auf ein helles Etwas zu, das achtlos am gefrorenen Wiesenrain lag.

Schneller als alle anderen begriff Afra, was es war. Die Halunken, welche ihr die Schatulle geraubt hatten, hatten das scheinbar wertlose Pergament einfach weggeworfen.

Der Kutscher betrachtete das Pergament von beiden Seiten und war im Begriff, es wieder wegzuwerfen, da rief Afra: »Halt, es gehört mir!«

»Euch?« Der Fuhrmann blinzelte misstrauisch.

»Ja, ich trug es in einer schmalen Schatulle auf dem Leib. Ein Andenken an meinen Vater.«

Afras Erklärung vermochte das Misstrauen des Fuhrmanns nicht zu beseitigen. »Ein Andenken?«, fragte er zurück. »Auf dem Pergament findet sich nicht eine einzige Zeile!«

»So gebt schon her!«, kam der Dombaumeister Afra zu Hilfe.

Unwillig folgte der Fuhrknecht der Aufforderung. Er brummte irgendetwas vor sich hin, reichte Afra das Pergament, kletterte auf den Kutschbock und trieb die Gäule mit der Peitsche an.

Als der Wagen Fahrt aufgenommen hatte, drehte er sich um und meinte an Afra gewandt: »Aber Ihr treibt nicht etwa ein Possenspiel mit mir? Von wegen Andenken! Ein leeres Blatt!«

»Wer weiß?«, erwiderte Afra vieldeutig, und über ihr Gesicht huschte ein gezwungenes Lächeln.

5 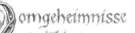omgeheimnisse

In Scharen strömten die Straßburger zur Schindbrücke. Das steinerne Bauwerk überspannte die Ill, jenen träge dahinfließenden Fluss, der sich im Süden teilte, um nordwärts wieder eins zu werden, wobei beide Arme die Form eines Saumagens beschrieben. Die Brücke, nicht weit von der Kathedrale entfernt, war einmal im Monat Schauplatz eines makabren Schauspiels, das Jung und Alt anlockte.

Am Morgen hatte das Scheißmeiergericht getagt und einen Weinpanscher, einen Falschmünzer, einen unredlichen Metzger, der Katzen- als Hasenfleisch verkauft hatte, und einen Bürgersmann, der sich ohne Gegenwehr von seiner Ehefrau hatte verprügeln lassen, zum Schupfen verurteilt. Außerdem ging das Gerücht, eine Hübschlerin, die von ihrem Beichtvater hinter dem Altar von St. Stefan geschwängert wurde, sollte heute ertränkt werden.

Auf dem Weg zum großen Münster wurde Afra von der Menge mitgerissen. Sie wusste nicht, was sie erwartete, aber der Massenauflauf weckte ihre Neugierde. Kopf an Kopf standen die Straßburger auf beiden Seiten des Flusses und reckten die Hälse. Zaghafte Sonnenstrahlen verbreiteten erste Frühlingswärme. Aus dem trägen Fluss, von dem man nie genau wusste, welche Richtung er eigentlich nahm, stieg der pestilente Gestank der Abwässer hoch. Wer näher hinsah, konnte totes Getier, Katzen und Ratten, Abfälle und Exkremente erkennen. Aber niemand sah hin. Erwartungsvoll starrten alle auf die Brücke, in deren Mitte ein Holzgerüst mit einem langen Hebebalken errichtet war, nicht unähnlich den hölzernen Kränen, die beim Münsterbau eingesetzt wurden. Am kürzeren Ende des Balkens war ein großer Korb befestigt. Er sah aus wie die Käfige, in denen auf dem nahen Markt Geflügel und Haustiere feilgeboten wurden.

Als der Stadtrichter im schwarzen Talar und mit einer aufgeplusterten Kappe als Kopfbedeckung ein großes Fass erklomm, das als Podium diente, verstummten die Gaffer von einem Augenblick auf den anderen. Ziemlich unsanft gingen sechs Schergen in martialischer Lederkleidung mit den Männern um, die kurz zuvor auf dem Platz vor dem Rathaus verurteilt worden waren. Sie schubsten und stießen sie vor sich her und stellten sie vor dem Richter in einer Reihe auf. Dann verlas der Richter die Namen der Delinquenten und das jeweilige Urteil für ihre Missetat, das mit Johlen und Beifall, aber auch Unmutsbezeugungen quittiert wurde.

Mit geringerer Strafe kam der Weinpanscher davon: einmaliges Schupfen. Er machte den Anfang. Zwei Schergen packten ihn und sperrten ihn in den Käfig. Die vier anderen kletterten auf den langen Arm des Hebebalkens, dass der Korb mit dem Delinquenten in die Luft schnellte, drehten den Ausleger flusswärts und ließen den Käfig ins Wasser.

Das brodelte, gluckste und blubberte wie das Schweineblut im Wurstkessel, und im Nu war der Weinpanscher samt seinem Korb in der unappetitlichen Fäkalienbrühe des Flusses verschwunden. Stumm zählte der Stadtrichter bis zehn, indem er einen Finger nach dem anderen weit ausholend in die Luft streckte. Dann wurde der Weinpanscher aus der stinkenden Ill gezogen.

In vorderster Reihe kreischten die Weiber und schlugen Topfdeckel aufeinander. Sprechchöre erschallten: »Weitermachen! Weitermachen! Steckt den Weinpanscher in die Scheiße!«

Der Vorgang wiederholte sich mit den anderen drei Delinquenten, wobei der Metzger die höchste Strafe, viermaliges Schupfen, über sich ergehen lassen musste. Als der Übeltäter nach dem vierten Tauchvorgang aus der Ill gezogen wurde, machte er einen erbarmungswürdigen Eindruck. Von Dreck und Abfällen übersät, konnte er kaum aus den Augen blicken. Kniend klammerte er sich an die Gitterstäbe seines Käfigs und japste nach Luft. Als die Schergen ihn aus seinem Gefängnis befreiten, brach er auf der Brücke zusammen.

»Nie wieder wird er uns tote Katzen als Hasen verkaufen«, rief eine wütende Matrone.

Und ein hochgewachsener Mann mit rotem Gesicht ballte die Faust und brüllte über die Köpfe hinweg: »Viel zu milde ist diese Strafe! Man sollte den Halunken hängen!«

Sein Ruf fand heftigen Zuspruch. Und sogleich wurde ein Sprechchor laut: »Wir wollen ihn hängen sehen!«

Es dauerte eine ganze Weile, bis das wütende Geschrei abebbte. Doch dann wurde es plötzlich still, so still, dass man das Rumpeln eines Eselskarrens hören konnte, der sich vom großen Platz kommend auf die Brücke zubewegte. Schweigend bildeten die Gaffer eine Gasse. Nur ab und zu hörte man ein »Oh« und »Ah«. Manche Zuschauer schlugen ein Kreuzzeichen im Angesicht des zweirädrigen Karrens.

Auf seiner Ladefläche lag ein verknoteter Sack. Unschwer war sein lebendiger Inhalt zu erkennen. Man hörte leises Wimmern. Auf dem Sack lag ein Büschel kupferroter Haare, gestriegelt wie ein Pferdeschwanz. Ein Knecht in roter Kleidung zerrte den Esel, der auf den letzten Metern störrisch seinen Dienst verweigerte, in die Mitte der Brücke.

Was dann geschah, löste bei Afra Bestürzung und Entsetzen aus. Kaum war der Karren zum Stillstand gekommen, traten zwei Schergen hinzu, luden das zappelnde Bündel ab und wuchteten den verschnürten Sack über das Brückengeländer in den Fluss. Ein kurzes Stück trieb das Bündel auf dem stinkenden Wasser, dann bäumte es sich auf wie ein sinkendes Schiff, und ehe man sich versah, verschwand es in der Flut.

Stumm starrten die Gaffer auf die Haarpracht, die noch ein Stück flussabwärts trieb. Gassenjungen machten sich einen Spaß daraus, mit Steinen danach zu werfen, bis auch die letzte Erinnerung an die Hübschlerin versank.

Fast unbemerkt ging die letzte Urteilsvollstreckung vonstatten. Gelangweilt und in schnellem, nuschelndem Tonfall verkündete der Stadtrichter: Ein Pfaffe habe sich an den Almosen der Gläubigen für eigene Bedürfnisse vergriffen und sei vom bischöflichen Gericht mit dem Abhacken der rechten Hand bestraft worden. Ohne Rührung wickelte ein Scherge die amputierte Hand aus einem Stofffetzen und schleuderte sie in hohem Bogen in den Fluss.

Die Erkenntnis, Zeugin einer Hinrichtung geworden zu sein, trieb Afra Tränen in die Augen. Wütend drängte sie sich durch die Menge in Richtung Münsterplatz. Warum, dachte sie, musste das Mädchen sterben, während dem lüsternen Beichtvater kein Haar gekrümmt wurde?

Auf dem Weg zur Kathedrale kam Afra durch eine Gasse mit rußgeschwärzten Hausruinen. Noch immer waren die Spuren des großen Stadtbrandes nicht beseitigt, der vierhundert Häuser zerstört hatte. Es roch unangenehm nach Mauerschutt und verkohlten Balken.

Sie wusste, wo sie Ulrich suchen musste: in der Münstergasse, die geradewegs auf die Westfassade der Kathedrale zuführte. Auf einem Stein sitzend, verbrachte er dort ganze Tage in Bewunderung, bisweilen auch die Abende, um zu beobachten, wie sich der rote Sandstein der Vogesen, aus dem der Dom gebaut war, bei Sonnenuntergang purpurn färbte.

Seit drei Monaten ging Ulrich von Ensingen beinahe täglich denselben Weg zur Residenz des Bischofs Wilhelm von Diest. Aber jedes Mal bekam er denselben Bescheid, Eminenz seien von ihrer Winterreise noch nicht zurückgekehrt.

Es war ein offenes Geheimnis, dass der Bischof von Straßburg, ein Säufer und Spieler ohne priesterliche Weihen, nicht aufgrund seiner Gelehrsamkeit, schon gar nicht wegen seiner Frömmigkeit, sondern nur wegen seines blauen Blutes und der Protektion durch den römischen Papst Amt und Würden erlangt hatte. Da löste es kaum Erstaunen aus, wenn Eminenz den Winter in Begleitung einer Konkubine in den wärmeren Gefilden Italiens zu verbringen pflegte. Kein Wunder, dass er mit dem eigenen Domkapitel in steter Fehde lag, vor allem mit dem Dekan Hügelmann von Finstingen, der selbst nach der Bischofswürde strebte.

Hügelmann, ein gebildeter Kopf von tadellosem Äußeren und ebensolchen Manieren, hatte Ulrich abschlägig beschieden, als dieser unter Hinweis auf das Schreiben Bischof Wilhelms seine Anstellung als Dombaumeister einklagte. Die Bauleitung der Kathedrale liege schon seit über hundert Jahren nicht mehr in Händen der Bischöfe, sondern werde vom Rat der Stadt getragen. Und dieser habe eben erst einen neuen Baumeister bestellt mit der Aufgabe, über der Westfront des Domes einen Turm zu errichten, der alles Dagewesene in den Schatten stelle.

Vertieft in den Anblick der Domfassade, deren spitzgiebeliger Eingang dem Rumpf eines Schiffes glich, das mit dem Heck in der Erde steckt, mit dem Bug sich aber anschickt, senkrecht in den Himmel zu fahren, der Sonne entgegen, bemerkte Ulrich von Ensingen nicht, wie Afra sich ihm näherte. Erst als sie ihre Hand auf seine Schulter legte, blickte er kurz auf und sagte: »Er war wirklich ein Genie, dieser Meister Erwin. Leider hat er die Vollendung seiner Pläne nie erlebt.«

»Du brauchst dein Licht nicht unter den Scheffel zu stellen«, entgegnete Afra. »Denke nur an Ulm. Das ist *dein* Werk, und diese Kathedrale wird immer in einem Atemzug mit deinem Namen genannt werden.«

Ulrich drückte Afras Hand und lächelte, aber sein Lächeln hatte einen bitteren Zug. Schließlich ging sein Blick in die Höhe, und es klang resigniert, als er sagte: »Was gäbe ich dafür, auf dieses Langhaus einen Turm setzen zu dürfen, nicht weniger genial als das Bauwerk von Meister Erwin.«

»Du wirst den Auftrag bekommen«, versuchte Afra den Geliebten zu trösten, »kein anderer hat die Fähigkeit, eine solche Aufgabe zu erfüllen.«

Der Dombaumeister wehrte ab: »Du brauchst mich nicht zu trösten, Afra. Ich habe, ohne es zu ahnen, aufs falsche Pferd gesetzt.«

Afra schmerzte Ulrichs Niedergeschlagenheit. Gewiss, sie mussten keine Not leiden. Am Ulmer Münster hatte Ulrich von Ensingen mehr verdient, als sie ausgeben konnten – ein genügsames Leben vorausgesetzt. Sie hatten in der Bruderhofgasse ein komfortables Haus gemietet. Aber Ulrich war nicht der Mann, der sich mit dem Erreichten zufrieden gab. Er sprühte vor Ideen, und allein der Anblick der nur bis zum Dachfirst vollendeten Kathedrale versetzte ihn in helle Aufregung.

Tags darauf fasste sich Afra ein Herz und suchte den Ammeister auf, den obersten Ratsherrn, der zusammen mit vier Settmeistern die reiche Stadt regierte. Sie trug ein vornehmes Kleid aus hellem Linen. Doch der Eindruck, den sie damit beim Ammeister, einem alten verknöcherten Menschen, machte, hielt sich in Grenzen. Der Alte machte einen verwegenen Eindruck mit seinem dunklen Haupthaar, das von einem Haarkranz bis auf die Schultern fiel wie bei einem Freibeuter.

Er residierte im ersten Stockwerk des Rathauses in einem Raum von gewaltigem Ausmaß und erlesener Möblierung. Allein der Tisch, hinter dem er Besucher empfing, hatte die Länge eines Leiterwagens. Man hätte meinen können, dass es schwer war, beinahe unmöglich, den Ammeister aufzusuchen und mit seinen Problemen zu behelligen. Das Gegenteil war der Fall: Der Ammeister von Straßburg empfing täglich zwei bis drei Dutzend Bittsteller, Klageführer oder Antragsteller, wenn sie sich in die Menschenschlange einreihten, die an manchen Tagen bis auf den Vorplatz reichte.

Nachdem Afra ihr Anliegen vorgetragen hatte, erhob sich der Ammeister von seinem Stuhl, dessen Lehne seinen Kopf um gut zwei Ellen überragte, und trat ans Fenster. Das riesige Fenster ließ den kleinwüchsigen Mann noch kleiner erscheinen. Mit auf dem Rücken verschränkten Händen blickte er auf den Platz vor dem Rathaus, und ohne Afra anzusehen begann er: »Was sind das für Zeiten, wenn schon die Weiber ihren Männern das Wort reden. Hat Meister Ulrich die Sprache verloren, oder ist er stumm, dass er Euch vorschickt?«

Afra senkte den Kopf und erwiderte: »Hoher Herr, Ulrich von Ensingen ist nicht stumm, er ist vielmehr stolz, zu stolz, um Euch seine Arbeit anzudienen wie ein Bauer sein Gemüse. Er ist

Künstler, und Künstler wollen gebeten sein. Im Übrigen hat er keine Ahnung, dass ich mit Euch rede.«

»Künstler!«, ereiferte sich der Ammeister, und seine Stimme klang einen Schall lauter und mindestens drei Töne höher als zuvor. »Wenn ich das schon höre! Meister Erwin, der die Kathedrale wie ein Magier aus dem sandigen Boden gestampft hat, nannte sich kein einziges Mal Künstler.«

»Gut, dann ist er eben ein Meister wie Meister Erwin. Tatsache ist, dass er das Ulmer Münster gebaut hat, das bei den Menschen die gleiche Bewunderung hervorruft wie das Münster von Straßburg.«

»Aber wie man hört, ist die Kathedrale von Ulm noch nicht vollendet. Wollt Ihr mir vielleicht verraten, warum Meister Ulrich seine Arbeit im Stich gelassen hat?«

Afra hatte sich die Unterredung einfacher vorgestellt. Jetzt nur kein falsches Wort, dachte sie, sonst ist alles aus. Andererseits konnte man immer sagen, dass Bischof Wilhelm Meister Ulrich nach Straßburg gelockt hatte, auch wenn jener mit dem Dombau nichts mehr zu tun hatte.

»Wie mir scheint«, begann Afra mit Wut im Bauch, »hat es sich noch nicht bis zu Euch herumgesprochen, dass die Bürger von Ulm ein bigottes Volk sind. Die meisten führen ein sündhaftes Leben. Aber als Meister Ulrich beabsichtigte, auf das Münster den höchsten Turm der Christenheit zu setzen, da bezichtigten sie ihn der Gotteslästerung, weil sie glaubten, die Spitze des Doms würde bis in den Himmel ragen. Da fügte es sich gut, dass Euer Bischof Wilhelm von Diest dem Meister einen Brief sandte, Ulrich von Ensingen solle nach Straßburg kommen und hier den höchsten Turm des Abendlandes errichten.«

Allein die Nennung des Namens Wilhelm von Diest trieb dem Ammeister Zornesröte ins Gesicht. Als er sich umdrehte und der Besucherin zuwandte, verdunkelte sich seine Miene. »Dieser gottverdammte Hurensohn«, murmelte er stockend. Afra traute ihren Ohren nicht. »Der Dombau«, fuhr der Ammeister fort, »geht Eminenz einen Dreck an. Der geile Wilhelm hat nicht einmal die Lizenz, die Messe zu lesen. Was braucht er einen Dom?«

Wozu braucht *Ihr* einen Dom?, wollte Afra zurückfragen. Aber sie schluckte die Frage herunter und schwieg.

»Warum hat sich Meister Ulrich nicht eher bei mir gemeldet«, fragte der Ammeister in versöhnlicherem Ton. »Soeben wurde Werinher Bott als neuer Dombaumeister bestellt. Tut mir Leid, aber wir brauchen keinen zweiten.«

Resigniert hob Afra die Schultern: »Woher sollten wir wissen, dass Euer Bischof mit dem Münsterbau nichts zu tun hat? Seit unserer Ankunft zu Beginn des neuen Jahres hat Meister Ulrich beinahe täglich in der Residenz des Bischofs nachgefragt, ob Wilhelm von Diest zurück sei. – Trotzdem danke ich Euch, dass Ihr mich angehört habt. Und solltet Ihr doch noch Meister Ulrichs Dienste benötigen, Ihr findet uns in der Bruderhofgasse.«

Über das Treffen mit dem Ammeister bewahrte Afra Stillschweigen. Sie war zu der Überzeugung gelangt, dass ihr Geständnis Ulrich nur noch mehr grämen würde. Denn der Dombaumeister hatte immer noch die Hoffnung, alles könnte eine Wendung zum Guten nehmen. Jedenfalls ließ er sich nicht davon abbringen, Skizzen und Pläne zu zeichnen, wie die beiden Türme auf dem Münster aussehen könnten.

Am Tag des heiligen Josephus ging in Straßburg das Gerücht um, der geile Wilhelm – wie der Bischof allgemein genannt wurde – sei von seiner Winterreise zurückgekehrt. Eminenz habe obendrein seine Pariser Konkubine, mit der er seit beinahe einem Jahr Tisch und Bett teilte, gegen eine ebensolche aus Sizilien eingetauscht, ein Weib mit dunklen Augen, schwarzen Haaren und einer Haut, glatt und dunkel wie die einer Olive.

Es dauerte noch eine ganze Woche, bis die Straßburger ihren Bischof zum ersten Mal zu Gesicht bekamen; denn wie schon seine Vorgänger wohnte Wilhelm von Diest außerhalb auf einem seiner Schlösser, auf Dachstein oder in Zabern. In der Stadtresidenz gegenüber dem Münster traf man ihn eher selten.

Bürger und Bischof mochten sich in Straßburg nicht besonders. Die Ursachen der gegenseitigen Abneigung lagen weit zurück und hatten vor einhundertfünfzig Jahren sogar zu einer Schlacht geführt, die für den Bischof mit einer Niederlage endete. Seither hatte der Bischof von Straßburg, der bis dahin nach Gutdünken über die Stadt geherrscht hatte, offiziell keine Macht mehr. Aber es gab noch genügend Parteigänger, die nach außen schlecht redeten über den geilen Wilhelm, in Wahrheit aber für seine Wünsche ein offenes Ohr hatten.

Meister Ulrich wurde vom Bischof in einem düsteren Audienzraum empfangen, der nur entfernt an frühere Pracht erinnerte. Wilhelm, ein Mann wie ein Kleiderschrank, ein Mensch, dem die Genusssucht ins Gesicht geschrieben stand, trat dem Dombaumeister in einer Art Morgenmantel entgegen mit einer goldfarbenen Mitra auf dem Kopf zum Zeichen seiner Würde. Hoheitsvoll streckte er ihm seine Rechte zum Handkuss entgegen und rief überschwänglich: »Meister Ulrich von Ensingen, seid willkommen in Christi Namen, unseres Herrn. Wie ich hörte, habt Ihr geraume Zeit auf mich gewartet.« Der nuschelnde Tonfall seiner Aussprache erinnerte unverkennbar an seine niederländische Herkunft.

Der Dombaumeister gebrauchte ebenso eine Floskel zur Begrüßung und drückte dem Bischof sein Mitgefühl aus für den Tod seines Sendboten: »Wie ich Euch schon mitteilte, war es ein tragisches Unglück, verursacht von einem gedungenen Halunken, den längst die gerechte Strafe ereilt hat. Sein Name war Leonhard Dümpel. Gott sei seiner armen Seele gnädig.«

»Schon gut! *De mortuis nil nisi bene*[1] oder so ähnlich. Ich wusste gar nicht, dass der Bote zu Tode gekommen ist. Habe ihn lange nicht gesehen.«

»Aber ich schickte Euch doch eine Botschaft!«

»Ach so?«

---

[1] Über Tote soll man nur Gutes reden.

»Ja, ich übersandte Euch die Todesnachricht des Sendboten und mein Bedauern.«

Da erhellte sich das zweifelnde Antlitz des Bischofs, als habe er eben mindestens sechs der sieben Gaben des Heiligen Geistes empfangen, und er tippte mit dem Zeigefinger an seine Bischofsmütze: »Ja, jetzt erinnere ich mich. Ich bekam eine Absage von Euch, *imprudentia causa*[1], Ihr lehntet es ab, in Straßburg den höchsten Turm der Christenheit zu erbauen. Ich wünschte, Ihr hättet Eure Meinung geändert.«

Ulrich von Ensingen nickte: »Es haben sich Dinge ereignet, die mir eine weitere Arbeit am Ulmer Münster verleiden. Auch der Tod Eures Sendboten hängt damit zusammen. Doch gestattet mir eine Frage: Stimmt es, was die Leute reden? Dass die Leitung des Dombaus gar nicht in Euren Händen liegt?«

Sichtlich verstört machte Wilhelm von Diest eine unwillige Kopfbewegung, sodass die goldfarbene Mitra in seinen Nacken rutschte und einen kahlen rosafarbenen Schädel preisgab. Eiligst rückte der Bischof seine aus dem Lot geratene Erhabenheit zurecht. Dann antwortete er beleidigt: »Wem glaubt Ihr mehr, Meister Ulrich, dem Pöbel auf der Straße oder Wilhelm von Diest, dem Bischof von Straßburg?«

»Verzeiht, Eminenz, ich wollte Euch nicht beleidigen. Aber der Ammeister hat bereits Werinher Bott mit der Aufgabe betraut, die Türme des Münsters zu errichten.«

»Ich weiß«, erwiderte der Bischof gelassen, »merkt Euch eins: Gold geht durch alle Türen. Ein weiser Feldherr sagte einmal, alle Burgen könnten erobert werden, wenn man nur ein Eselchen mit Gold beladen hinaufbrächte. Sorgt Euch also nicht. Glaubt mir, Ihr werdet die Türme auf unserer Kathedrale errichten, so wahr ich Wilhelm von Diest heiße.«

»Euer Wort in Gottes Ohr. Aber verratet mir, warum Ihr ausgerechnet mir die Ehre Eures Vertrauens erweist.«

Da setzte der Bischof ein hinterhältiges Grinsen auf und

---

[1] aus Unkenntnis der Dinge

FÜNFTES KAPITEL

antwortete: »Es wird schon seinen Grund haben, Meister Ulrich.«

Der Dombaumeister konnte sich keinen Reim machen auf das Verhalten des Bischofs. Seine Ratlosigkeit blieb dem Bischof nicht verborgen, als er jetzt sagte: »Ihr könnt mir vertrauen. Macht mir einen Entwurf, wie die Türme des Münsters nach Eurer Vorstellung aussehen könnten. Erstellt eine Planung über die Kosten und den Bedarf an Menschen und Material. Wie viel Zeit wird die Planung in Anspruch nehmen?«

»Eine Woche, nicht länger«, erwiderte der Dombaumeister, ohne nachzudenken. »Ich muss Euch ein Geständnis machen, Eminenz, ich habe mich bereits während Eurer Abwesenheit mit den Plänen beschäftigt.«

»Ich sehe, wir verstehen uns!« Bischof Wilhelm reichte dem Meister die Hand zum Kuss. Auch wenn es Ulrich unangenehm war, kam er der Aufforderung nach.

Ulrich von Ensingen war sich nicht sicher, ob er den Versprechungen des wunderlichen Bischofs von Straßburg trauen konnte. Immerhin war es ein Hoffnungsschimmer und ein wirksames Mittel gegen die Schwermütigkeit, wenn er nun von früh bis abends über seinen Plänen für die Domtürme brütete. Ihm war klar, dass die Türme in einem vom Langhaus abweichenden Baustil errichtet werden mussten. Nicht allein der Statik wegen, auch aus optischen Gründen bedurften sie einer gewissen Leichtigkeit, ja Luftigkeit, um das Stadtbild nicht zu erdrücken.

Drei Tage waren seit der Unterredung mit Bischof Wilhelm von Diest vergangen, als der Ammeister von Straßburg in der Bruderhofgasse vorstellig wurde. Anders als bei Afras Besuch im Rathaus zeigte sich Michel Mansfeld von seiner freundlichsten Seite.

»Wie gut, dass Ihr mich auf Meister Ulrich aufmerksam gemacht habt«, begann er, »es hat sich eine unerwartete Situation ergeben. Meister Werinher Bott ist gestern vom Gerüst gestürzt. Ein bedauerlicher Unfall.«

Ulrich fühlte, wie ein Blitzstrahl durch seinen Körper fuhr. Vor seinem geistigen Auge sah er das hinterhältige Grinsen des Bischofs. »Ist er tot?«, erkundigte sich der Meister stockend.

»So gut wie«, erwiderte der Ammeister trocken. »Jedenfalls vom Hals abwärts. Er kann weder Arme noch Beine bewegen. Ihr übt einen gefährlichen Beruf aus, Meister Ulrich.«

»Ich weiß«, stammelte Ulrich wie benommen, und dabei warf er Afra einen fragenden Blick zu.

»Ihr ahnt sicher, warum ich Euch aufsuche, Meister Ulrich.«

Der Dombaumeister blickte unsicher. »Keine Ahnung, worauf Ihr hinauswollt«, log Ulrich. Er log, denn die Absicht des Ammeisters war nicht schwer zu erraten.

»Dann will ich Euch nicht länger auf die Folter spannen. Hört mich an: Im Einvernehmen mit dem Rat der Stadt möchte ich Euch den Auftrag erteilen, die Türme unseres Münsters zu bauen.«

Viel hätte nicht gefehlt, und Ulrich von Ensingen wäre in lautes Gelächter ausgebrochen. Zwei Mal der gleiche Auftrag für dasselbe Projekt. Er versuchte ernst zu bleiben, wusste nicht, wie er sich verhalten sollte.

Schließlich erlöste ihn der Ammeister aus dem Dilemma. »Ihr habt bis morgen Bedenkzeit. Bis zum Abend will ich Eure Entscheidung wissen. Dann unterhalten wir uns über alles andere. Gott befohlen!«

Unverhofft und plötzlich wie er gekommen war, verschwand der Ammeister wieder.

»Ich glaube, ich muss dir etwas erklären«, begann Afra zögernd.

»Das Gefühl habe ich auch. Woher kanntest du den Ammeister?«

Afra schluckte. »Ich habe ihn aufgesucht und gebeten, *dir* den Auftrag zur Errichtung der Domtürme zu geben. Immerhin hatte der Bischof dir das Angebot gemacht.«

»Das hast du dem Ammeister gesagt?«

»Ja.«

»Ich glaube, das war keine gute Idee. Du weißt, dass Ammeister und Bischof wie Hund und Katz sind, sie können sich nicht ausstehen.«

Afra hob die Schultern. »Ich habe es doch gut gemeint.«

»Das glaube ich dir. Aber ich kann mir auch vorstellen, wie der Ammeister reagiert hat.«

»Ja, das war nicht schwer zu erraten. Ich dachte, er platzt, als ich den Namen des Bischofs erwähnte, und er beschied mich auch abschlägig. Immerhin ist es mir gelungen, den Ammeister auf dich aufmerksam zu machen.«

»Hat er nicht gefragt, warum ich nicht selber komme?«

Afra stutzte. »Du hast ihn richtig eingeschätzt. Diese Frage stellte er in der Tat.«

»Und was hast du geantwortet?«

»Ich sagte, du seiest Künstler, und Künstler hätten eben ihren Stolz und wollten gebeten sein.«

»Du bist ein schlaues Mädchen!«

Mit einem Anflug von Ironie erwiderte Afra: »Mag sein – von Zeit zu Zeit.«

Obwohl er mit der Entwicklung der Dinge eigentlich zufrieden sein konnte, machte der Dombaumeister plötzlich ein ernstes Gesicht. »Ich weiß nicht, was ich davon halten soll. Vor drei Tagen noch schien alles ziemlich aussichtslos. Und jetzt ist genau das eingetroffen, was der wunderliche Bischof angekündigt hat.«

»Du meinst, es war gar kein Unfall?«

Ulrich von Ensingen schnitt eine Grimasse, als habe er einen Fisch samt Gräten verschluckt. Dann erwiderte er: »Es gibt drei Möglichkeiten, und eine ist nicht weniger wahrscheinlich als die andere: Entweder ist Wilhelm von Diest ein Hellseher. So etwas soll es ja geben.«

»Oder?«

»Oder er ist ein hinterhältiger Halunke und Mörder. Auch das würde ich ihm zutrauen.«

»Und die dritte Möglichkeit?«

»Vielleicht mache ich mir aber auch zu viele Gedanken, und alles beruht wirklich nur auf einem Zufall.«

»Ich meine, du solltest dir darüber keine grauen Haare wachsen lassen. Dich trifft keine Schuld an der Entwicklung. Ich glaube eher an die dritte Möglichkeit.«

Noch am selben Tag bemühte sich der Dombaumeister um eine Audienz beim Bischof. Er musste in Erfahrung bringen, welches Spiel Wilhelm von Diest spielte und wer nun wirklich sein Auftraggeber war. Als Beweis, dass er bisher nicht untätig gewesen war, nahm er die Pläne mit – so weit sie fertig gestellt waren.

Wie nicht anders zu erwarten, war Bischof Wilhelm über den Unfall Meister Werinhers bereits informiert. Und wie nicht anders zu erwarten, zeigte er wenig Mitleid mit dessen Schicksal. Im Gegenteil. Er habe ohnehin nicht allzu viel von ihm gehalten, meinte er kaltschnäuzig. Vielmehr interessierten den Bischof die Pläne, welche Ulrich mitbrachte und vor ihm ausbreitete. Und als der Dombaumeister andeutete, *er* werde immer der Erste sein, der die Entwürfe zu Gesicht bekomme, versetzte er Wilhelm von Diest in Entzücken, und der Bischof tanzte von einem rot bestrumpften Fuß auf den anderen und pries Gott den Herrn, der solche Künstler geschaffen habe aus purem Lehm.

Das entbehrte nicht einer gewissen Komik, und Meister Ulrich hatte Mühe, ernst zu bleiben. Der Bischof nahm Ulrich schließlich die Frage ab, die ihn im Augenblick am meisten beschäftigte: Wer war der eigentliche Auftraggeber für den Turmbau, der Bischof oder der Ammeister?

Anders als noch vor wenigen Tagen schob Wilhelm von Diest dem Ammeister und den vier Settmeistern die Verantwortung zu. Schließlich, meinte er zuversichtlich, würden sie auch alle Rechnungen begleichen. Dass es dem Pöbel und seinen Anführern an Geschmack und Urteilsvermögen fehle, sei eine andere Sache.

Womit er sich die Zuneigung des Bischofs verdient hatte, wusste Meister Ulrich selbst nicht zu sagen. Wenn er darüber nachdachte, erschien ihm die Sache irgendwie unheimlich. Die

Vergangenheit hatte ihn gelehrt, dass man nichts, aber auch gar nichts, geschenkt bekommt im Leben. War es wirklich nur der Turmbau, den Wilhelm von Diest im Auge hatte?

Mit denselben Plänen, die er dem Bischof von Straßburg vorgelegt hatte, begab sich Ulrich von Ensingen tags darauf zum Ammeister ins Rathaus und erklärte sich einverstanden, den Auftrag zu übernehmen.

Als sich der kleinwüchsige Michel Mansfeld hinter dem großen, nackten Tisch erhob, wirkte er noch kleiner. »Dann hat sich ja der Wunsch Eures Weibes doch noch erfüllt«, feixte er, während er Ulrich die Hand entgegenstreckte.

Der Dombaumeister nickte peinlich berührt. Schließlich meinte er: »Ich habe Euch hier die ersten Pläne mitgebracht – so weit ich sie in der kurzen Zeit erstellen konnte. Betrachtet sie zunächst einmal als Entwurf, als eine Art Idealbild, ohne Rücksicht auf die statischen Begebenheiten.«

Mit großen Augen und sichtlichem Wohlgefallen betrachtete der Ammeister die Pläne, die Ulrich von Ensingen auf dem Tisch ausbreitete. »Ihr seid ein wahrer Zauberer«, bemerkte er begeistert, »wie war es möglich, in so kurzer Zeit diese Pläne zu fertigen. Heilige Jungfrau, Ihr steht doch nicht etwa mit dem Teufel im Bunde?« Bei Mansfeld wusste man nie, wie man dran war, ob er seine Worte ernst meinte oder ob er sich gerade lustig machte.

»Um ehrlich zu sein«, erwiderte Ulrich, »ich habe mich schon seit geraumer Zeit mit den Türmen des Münsters beschäftigt.«

»Obwohl Ihr wusstet, dass Meister Werinher mit der Aufgabe betraut war? Ihr musstet doch damit rechnen, dass Eure Pläne nie verwirklicht würden!«

»Trotzdem.«

»Meister Ulrich, ich werde nicht schlau aus Euch. Aber lasst uns von der Zukunft reden. Wie lange, glaubt Ihr, werdet Ihr für die Ausführung der vorliegenden Pläne brauchen?«

»Schwer zu sagen.« Meister Ulrich rieb sich über die Nase, wie immer, wenn er keine rechte Antwort wusste. »Das hängt von vielen Faktoren ab. Zuallererst von den Mitteln, die Ihr bereit seid auszugeben. Tausend Arbeiter an einem Bauprojekt sind schneller als fünfhundert. Noch wichtiger ist das Baumaterial. Muss es zu Schiff von weither transportiert und verladen werden, erfordert das Zeit und weitere Kosten.«

Da fasste der Ammeister Ulrich am Ärmel und zog ihn zum Fenster. Der Marktplatz unter ihnen war dicht bevölkert. Händler boten ihre Waren an, kostbare Stoffe aus Italien und Brabant, Mobiliar und Einrichtungsgegenstände, Galanterien und Luxuswaren aus aller Herren Länder.

Mansfeld blickte zu Ulrich von Ensingen auf: »Seht Euch das an, betrachtet die gut gekleideten Menschen, die Käufer mit Geldsäcken in den Händen, die Geldwechsler und Händler. Diese Stadt ist eine der reichsten der Welt. Und deshalb gebührt ihr auch eine der prächtigsten Kathedralen auf unserer Erde. Wenn Ihr sagt, Ihr benötigt tausend Arbeiter für den Turmbau, dann sollt Ihr sie haben. Am Geld soll es jedenfalls nicht mangeln. Nicht, solange *ich* Ammeister von Straßburg bin. Und was das Baumaterial betrifft, Meister Ulrich, die Dombauhütte besitzt schon seit den Zeiten Meister Erwins in Wasselnheim, Niederhaslach und Greßweiler eigene Steinbrüche. Und die Bauern der Umgebung lassen es sich zur Ehre gereichen, für Gottes Lohn und einen Humpen Wein am Sankt Adolphstag den Transport zu übernehmen. Also, mit wie viel Jahren Bauzeit rechnet Ihr unter den gegebenen Voraussetzungen?«

Ulrich von Ensingen wandte sich wieder seinen Plänen zu, ordnete einen zum anderen und strich verlegen mit dem Handballen über das Pergament. »Gebt mir dreißig Jahre«, meinte er schließlich, »dann wird Eure Kathedrale die höchsten Türme der Christenheit haben, Türme so hoch, dass ihre Spitzen in den Wolken verschwinden.«

»Dreißig Jahre?« Die Stimme des Ammeisters klang enttäuscht. »Mit Verlaub, Meister Ulrich, die Welt wurde in sieben Tagen erschaffen. Ich bin nicht sicher, ob wir beide die Vollendung der Türme erleben!«

»Da gebe ich Euch Recht, aber es ist nun einmal das Los eines Dombaumeisters, dass er nur selten die Fertigstellung seiner Pläne erlebt. Denkt nur an Meister Erwin! Obwohl noch nie das Langhaus einer Kathedrale so schnell in den Himmel wuchs, hat er diesen Prachtbau nie gesehen. Und was die Türme einer Kathedrale betrifft, müsst Ihr wissen, dass jeder Fuß mehr, den ein Turm an Höhe gewinnt, einen unvergleichlich höheren Aufwand erfordert. Denkt nur an eine einfache Mauer: Die erste Reihe der Steine ist schnell gesetzt, auch die zweite noch und die dritte, aber sobald die Mauer die eigene Körpergröße überragt, geht der Bau langsamer und beschwerlicher vonstatten. Ihr benötigt ein Gerüst und eine Hebevorrichtung, um die Bausteine nach oben zu bringen. Unvergleichlich höhere Anstrengungen erfordert die Errichtung eines Turms.«

Der Ammeister nickte einsichtig. Dann sah er dem Dombaumeister ins Gesicht und fragte: »Und wie hoch ist der Lohn für Eure Arbeit?«

Natürlich war Ulrich von Ensingen auf diese Frage vorbereitet. Selbstbewusst antwortete er: »Gebt mir für jeden Fuß eines jeden Turms einen Goldgulden. Ich weiß, das ist viel Geld, wenn beide Türme fünfhundert Fuß hoch würden. Aber für Euch birgt dieser Lohn kein Risiko. Ihr zahlt nur, was Ihr auch seht, und nicht das, was unsichtbar in meinem Kopf vorhanden ist.«

Michel von Mansfeld machte ein nachdenkliches Gesicht. Eine derartige Lohnforderung war ihm noch nicht untergekommen. Um Zeit zu gewinnen, rief er nach dem Stadtschreiber. Als dieser eintraf, ein Mann in halblangem, schwarzem Talar, unter dem dünne Beine hervorragten, vergewisserte sich der Ammeister: »Es ist also Euer Ernst, was Euren Lohn als Dombaumeister betrifft?«

»Mein voller Ernst«, beharrte Meister Ulrich.

Der Ammeister streckte den Arm aus in Richtung des Stadtschreibers. »So schreibt: Die Bürger der Freien Reichsstadt Straßburg und in deren Vertretung Michel Mansfeld, Ammeister derselben, schließen am dritten Tag nach dem fünften Sonntag der Fasten mit dem Dombaumeister Ulrich von Ensingen folgenden Vertrag. Punktum. Der Dombaumeister Ulrich, aus Ulm zugezogen samt seinem Weibe Afra, jetzt wohnhaft in der Bruderhofgasse, erhält den Auftrag, die Türme unseres Münsters zu erbauen zur höheren Ehre Gottes, aber eine Höhe von fünfhundert Straßburger Fuß nicht zu überschreiten, wofür ihm tausend Arbeiter zustehen und ihm ein Lohn zukommt von einem Goldgulden pro Fuß. Punktum.«

»... von einem Goldgulden pro Fuß. Punktum«, wiederholte der Stadtschreiber.

»Schreibt es ein zweites Mal«, bedeutete Mansfeld, »damit jeder eine Ausfertigung bekommt.«

Der Stadtschreiber tat, wie ihm geheißen. Dann streute er Streusand über beide Pergamente und pustete den feinen Sand weg, dass sich eine Staubwolke im Raum verbreitete.

»Hier unterschreibt!« Der Ammeister schob Ulrich erst ein Pergament über den Tisch, dann das zweite. Nachdem der Dombaumeister seinen Namenszug unter das Pergament gesetzt hatte, unterschrieb er selbst.

»Jetzt wird alles gut«, sagte Afra, als Ulrich mit der freudigen Nachricht nach Hause kam. Sie gefiel sich in der Rolle der Frau des Dombaumeisters. Auch wenn es nur eine Rolle war, die sie spielte, so hegte Afra doch die Hoffnung, dass noch eine gewisse Ordnung in ihr Leben kommen würde.

Ulrich verbrachte die Tage nach Ostern, und auch manche Nacht, in der Dombauhütte, die in einer Seitenkapelle der Kathedrale untergebracht war. Dort stieß Ulrich von Ensingen auch auf die alten Pläne von Meister Erwin. Sie waren weitgehend vergilbt, aber dennoch gaben sie Ulrich einen wichtigen Hinweis: Das Münster war zum Teil auf den Fundamenten eines älteren Bauwerks errichtet, die andere Hälfte ruhte auf dicken Pfählen von Eschenholz, die dreißig Fuß tief in die Erde getrieben waren.

Unglücklicherweise hatte Meister Erwin bei seiner Planung die Türme der Kathedrale nicht berücksichtigt. Oder er hatte sich derart in seinen Planungen verstrickt, dass er die Frage, wie oder wo er den oder die Türme bauen wollte, hintanstellte.

An einem der folgenden Tage stieg Ulrich in Begleitung Afras die Stufen der Balustrade über dem Westportal empor. Er führte die Holzlatte und ein Senkblei mit sich. Im Vergleich zum Münster in Ulm, wo wankende Leitern die Besteigung erschwerten, war der Aufstieg hier beinahe ein Vergnügen. Oben angelangt, bot sich ein Ausblick wie von einem hohen Gebirge. Nur dass dieses Gebirge inmitten der Stadt lag. Tief unter ihnen glichen die Straßen den Fäden in einem Spinnennetz. Wie Zelte ragten die spitzgiebeligen Dächer der Häuser in die Höhe. Die meisten waren mit Stroh oder Holz gedeckt – eine ständige Gefahr für Brände. In manche Schornsteine konnte man von oben hineinsehen. Aus dem Süden waren die ersten Störche heimgekehrt und damit beschäftigt, auf den höchsten Zinnen ihre Nester zu bauen. Über das Langhaus der Kathedrale hinweg glitt der Blick zum saftigen Grün der Rheinauen, wo der große Strom im Licht des frühen Nachmittags leuchtete.

Ulrich tupfte Afra auf die Schulter. Wie an einer Angel hatte er eine Schnur mit dem Senkblei an der Holzlatte befestigt. Von der äußersten, nach Süden zugewandten Kanzel auf der Plattform hielt der Dombaumeister die Angel mit dem Gewicht über die Brüstung. Dann ließ er die Schnur mit dem Senkblei vorsichtig durch die Finger gleiten, bis das Gewicht beinahe den Boden berührte.

»So soll es sein!«, sagte er zufrieden und befestigte die Angel mit dem ihm zugewandten Ende an der Balustrade. Und an Afra gewandt: »Du achtest darauf, dass sich die Angel nicht seitwärts verschiebt. Nur ein Fingerbreit verfälscht jedes Maßergebnis.« Dann begab er sich nach unten auf den Platz vor dem großen Portal.

Im Nu bildete sich eine Menschentraube, die das seltsame Experiment neugierig verfolgte. Wie ein Lauffeuer hatte sich herumgesprochen, dass Meister Ulrich von Ensingen anstelle von Werinher Bott die Türme der Kathedrale errichten solle. Werinher Bott war bei den Straßburgern nicht sehr beliebt gewesen aufgrund seiner Eitelkeit. Außerdem war er ein Trinker, und ihm wurde nachgesagt, dass kein Rock vor ihm sicher sei – was ihm auch nicht gerade Freunde eingebracht hatte. Allein deshalb schlug dem neuen Dombaumeister viel Sympathie entgegen, zumindest beim Volk.

Denn was den Dombau anging, gab es in Straßburg vier verschiedene Parteien, die wie Hund und Katz aufeinander waren, sogar noch schlimmer. Der Ammeister wusste die Partei des Volkes hinter sich. Das reiche Großbürgertum stellte die vier Settmeister und verkörperte den Grundsatz: Geld ist Macht. Das Domkapitel, drei Dutzend vornehmer Herren, die väterlicher- und mütterlicherseits mindestens vierzehn Ahnen mit dem Titel eines Fürsten oder Grafen nachweisen konnten, im Übrigen aber mit Glaubenslehre wenig am Hut hatten, verfügten über viel Geld und ebenso viel Einfluss. Das Volk nannte sie hochadelige Nichtstuer. Und dann gab es da noch den Bischof, allseits unbeliebt, meist in Geldnot, aber Parteigänger des Papstes und nicht zu unterschätzen, was seinen Einfluss, vor allem seine Hinterhältigkeit betraf.

Die Sympathie, die dem neuen Dombaumeister vom Volk und vom Bischof entgegengebracht wurde, hatte zur Folge, dass er mindestens zwei der anderen Interessengruppen gegen sich hatte: das Domkapitel und die Großbürger.

Mit einer Messlatte, die in der Mitte einen Querbalken trug wie ein Kreuz, schritt Meister Ulrich über den Domplatz. In einer Entfernung, die etwa der halben Höhe der Westfassade entsprach, stellte er die Messlatte senkrecht, um sie mit der Schnur des Senkbleis in eine Linie zu bringen. Es hätte der Wasserwaage auf der Messlatte überhaupt nicht bedurft, um zu sehen, dass alle senkrechten Linien auf der rechten Seite aus dem Lot liefen. Trotz einer langsamen Pendelbewegung des Senkbleis stellte Ulrich von Ensingen fest, dass der Südteil der Fassade gut zwei Fuß überhing.

»Was hat das zu bedeuten?«, erkundigte sich Afra, nachdem Ulrich die Plattform wieder erklommen hatte.

Er machte ein ernstes Gesicht. »Das bedeutet, dass sich die Pfahlfundamente gesenkt haben, während die alten Steinfundamente auf der anderen Seite dem Gewicht standhalten.«

»Aber das ist doch nicht deine Schuld, Ulrich!«

»Natürlich nicht. Wenn überhaupt, dann kann man nur Meister Erwin den Vorwurf machen, dass er zu blauäugig ans Werk gegangen ist und glaubte, Eschenpfähle hätten dieselbe Standfestigkeit wie Steinfundamente.«

Der Dombaumeister wandte sich ab und blickte in die Ferne. Afra ahnte, welche Folgen Ulrichs Entdeckung haben würde. »Heißt das«, begann sie vorsichtig, »die Fundamente der Kathedrale wären zu schwach, um die Türme zu tragen? Der Dom könnte sich auf dieser Seite weiter absenken und früher oder später sogar einstürzen?«

Ulrich drehte sich um. »Genau das heißt es.«

Zärtlich legte Afra ihren Arm um Ulrichs Schulter. Über den Rheinauen, die eben noch im Sonnenlicht lagen, zog Dunst auf und verschleierte den Horizont. Es schien, als verdüsterten sich Ulrichs Pläne.

Während er die Schnur mit dem Senkblei einholte, lehnte sich Afra über die Balustrade und blickte in die Tiefe. Sie dachte nach. Ohne aufzusehen, sagte sie plötzlich: »Das Ulmer Münster hat auch nur einen Turm. Warum begnügen sich die Bürger von Straßburg nicht mit einem einzigen Turm?«

Meister Ulrich schüttelte den Kopf. »Die alten Pläne der Kathedrale gehen von zwei Türmen über der Westfassade aus. Das ist eine Angelegenheit der Harmonie. Das Straßburger Münster mit nur einem Turm würde aussehen wie Polyphem, der einäugige Riese, hässlich und verachtenswert.«

»Du übertreibst, Ulrich!«

»Keineswegs. Manchmal glaube ich, über Straßburg liegt ein Fluch. Jedenfalls was mich betrifft.«

»So darfst du nicht reden.«

»Es ist die Wahrheit.«

Drei volle Tage behielt Ulrich von Ensingen sein Geheimnis für sich. Er sprach kaum ein Wort, aß kaum einen Bissen, und Afra machte sich Sorgen um seinen Zustand. Von früh bis in die späten Abendstunden grübelte er in der Dombauhütte über eine Lösung, wie die Außenansicht der Kathedrale zu retten sei.

Als sich am vierten Tag in seinem Verhalten noch immer nichts geändert und Ulrich wortlos das Haus verlassen hatte, suchte Afra ihn in der Dombauhütte auf.

»Du musst dem Ammeister mitteilen, dass das Projekt wie geplant nicht durchführbar ist. Das ist doch keine Schande. Wenn du willst, werde ich dich begleiten.«

Da sprang Ulrich auf, warf seinen Rötelstift gegen die Wand und rief wütend: »Du hast mich schon einmal blamiert, als du ohne mein Wissen den Ammeister aufgesucht hast. Glaubst du, ich bin nicht in der Lage, mich vor dem hohen Herrn selbst verständlich zu machen?«

Afra erschrak. So hatte sie Ulrich noch nie erlebt. Gewiss, die Situation war nicht einfach für ihn. Aber warum musste er seine Wut an ihr auslassen? Gemeinsam hatten sie schon Schlimmeres durchgestanden. Afra fühlte sich verletzt.

Entnervt raffte Ulrich seine Pläne an sich und ließ Afra allein in der Dombauhütte zurück. Afra hatte Tränen in den Augen. Sie hätte nie für möglich gehalten, dass Ulrich sich so verändern konnte. Und plötzlich hatte sie Angst, Angst vor der Zukunft.

Vor ihren Augen tanzten die schmalbrüstigen hohen Häuser, als sie sich auf den Nachhauseweg machte. Afra begann zu laufen. Niemand sollte ihre Tränen sehen. Völlig durcheinander wusste sie selbst nicht mehr, welchen Weg sie nahm. In der Predigergasse nahe dem Dominikanerkloster verlangsamte sie ihre Schritte, um sich zu orientieren. Sie wusste nicht mehr, wo sie war. Ein einarmiger Bettler, der des Weges kam, bemerkte ihre Hilflosigkeit und stellte im Vorbeigehen die Frage: »Ihr habt Euch wohl verlaufen, schöne Frau? Hierher gehört Ihr jedenfalls nicht.«

Mit dem Ärmel wischte sie sich die Tränen aus dem Gesicht. »Du kennst dich wohl aus hier?«, fragte sie zurück.

»Ein wenig«, erwiderte der Bettler, »ein wenig. Sagt, wo Ihr hinwollt. Gewiss nicht in die Juden- oder die Brandgasse.«

Afra begriff, was der Bettler meinte. Diese Straßen gehörten nicht gerade zur vornehmen Wohngegend. »Zur Bruderhofgasse«, erwiderte sie schnell.

»Dort passt Ihr schon eher hin.«

»Dann weist mir doch endlich den Weg!«, sagte Afra ungeduldig. Dabei musterte sie den Einarmigen abschätzend.

Der Mann machte nicht gerade einen heruntergekommenen Eindruck wie die meisten Bettler, die sich mit Vorliebe auf dem Platz vor dem Dom und um die Klöster St. Arbogast und St. Elisabeth und St. Klara auf dem Rossmarkt herumtrieben. Zwar hatte seine Kleidung vom Leben auf der Straße Schaden genommen. Sein Rock war an den Ärmeln zerschlissen; aber er war aus besserem Tuch und durchaus modisch geschneidert. Kurz, seine Erscheinung legte die Vermutung nahe, er habe einmal bessere Zeiten gesehen.

»Wenn Ihr Euch nicht schämt, mir zu folgen«, sagte der Bettler mit gesenktem Blick, »ich zeige Euch gerne den Weg. Ihr könnt ja zehn Schritte hinter mir bleiben.«

In der Annahme, der Alte wolle sich mit seinem Entgegenkommen ein Almosen verdienen, fingerte Afra einen Pfennig aus dem Gürtel und drückte ihn dem Bettler in die linke Hand.

Der machte einen Diener und entschuldigte sich: »Verzeiht, wenn ich Euch die Linke entgegenstrecke, aber meine Rechte ist mir irgendwann abhanden gekommen.«

»Brauchst dich doch nicht zu entschuldigen«, entgegnete Afra. Ihr war, während er sich dankbar verneigt hatte, nicht entgangen, dass sein kurz geschorenes Haupthaar Spuren einer Tonsur trug. Das machte den Mann noch rätselhafter.

»Ich sage das nur, weil die meisten Menschen der Ansicht sind, die Linke komme vom Teufel; aber ich hab nun mal nur noch diese.«

»Tut mir Leid«, sagte Afra, »wie ist es passiert?«

Mit einem Blick der Verachtung streckte der Bettler seinen rechten Armstumpf in die Höhe. Sein Arm endete in der Mitte des Ellenbogens in einem unförmigen Fleischklumpen. »So ergeht es einem, der sich am Eigentum der Kirche vergreift!«

»Ihr meint ...?«

Der Bettler nickte. »An Tagen, wenn das Wetter umschlägt, schmerzt es noch heute.«

»Was hast du gestohlen?«, erkundigte sich Afra aus purer Neugierde, während sie die Richtung zur Bruderhofgasse einschlugen.

»Ihr werdet mich gewiss verachten und mir nicht glauben, wenn ich Euch die Wahrheit sage.«

»Warum sollte ich das tun?«

Eine Weile gingen Afra und der Bettler schweigend nebeneinander her. Das ungleiche Paar erregte Misstrauen, aber Afra kümmerte sich nicht darum.

»Ich habe in den Opferstock einer Kirche gegriffen«, begann der Bettler plötzlich, und als Afra keine Reaktion zeigte, fuhr er fort: »Ich war Stiftsherr von St. Thomas, eine Aufgabe, die einen Kanoniker nicht gerade reich macht. Eines Tages bat mich eine junge Frau, nicht viel jünger als Ihr, um Hilfe. Sie hatte heimlich ein Kind zur Welt gebracht von einem Kleriker aus meiner Gemeinde. Durch die heimliche Geburt hatte die junge Mutter ihre Arbeit verloren. Sie und ihr Kind nagten buchstäblich am Hungertuch. Meine eigene Barschaft war bescheiden, also griff ich in den Opferstock und gab das Geld der jungen Mutter.«

Afra schluckte. Die Geschichte berührte ihr Innerstes.

»Und was geschah dann?«, erkundigte sie sich vorsichtig.

»Ich wurde beobachtet und verraten. Ausgerechnet von dem Mann, der die junge Frau geschwängert hatte. Um die Mutter zu schonen, verschwieg ich die Gründe für mein Vergehen. Man hätte mir ohnehin nicht geglaubt.«

»Und der Kleriker?«

Die Antwort fiel dem Bettler sichtlich schwer: »Er ist heute

FÜNFTES KAPITEL

Stiftsherr von St. Thomas. Mich hat man meines Amtes enthoben, weil ein Pfaffe mit der Linken keinen Segen erteilen darf. Meine Rechte wurde von der Schindbrücke in die Ill geworfen.«

Afra fühlte sich hundeelend, als sie vor dem Haus in der Bruderhofgasse ankamen. »Wartet hier einen Augenblick«, sagte sie. Dann verschwand sie im Haus, um nach kurzer Zeit zurückzukehren.

»Gebt mir den Pfennig zurück«, sagte sie unsicher.

Der Bettler fand die Münze in seiner Rocktasche und reichte sie Afra, ohne zu zögern. »Ich wusste, dass Ihr mir nicht glauben würdet«, meinte er bedrückt.

Afra nahm die Münze entgegen. Mit der anderen Hand gab sie dem Bettler ein zweites Geldstück.

Der Bettler wusste nicht, wie ihm geschah. Fassungslos betrachtete er das Geld. »Das ist ein halber Gulden! Bei der Heiligen Jungfrau, wisst Ihr, was Ihr da tut?«

»Ich weiß es«, erwiderte Afra leise. »Ich weiß es.«

Die Erzählung des Bettlers hatte bei Afra die Erinnerung an ihr eigenes Schicksal wachgerufen. In den letzten Jahren hatte sie die Bilder des hilflosen Bündels, das am Ast einer Fichte hing, verdrängt und geglaubt, sie habe das alles nur geträumt. Auch Ulrich hatte sie die Geburt des Kindes verschwiegen.

Jetzt auf einmal war alles wieder gegenwärtig, ihre Niederkunft an einen Baum geklammert, wie das menschliche Etwas unter ihr in das Moos plumpste, das Blut, das sie mit ihrem zerfetzten Unterrock wegwischte, und die quäkenden Töne des Kindes, die durch den Wald hallten. Was mochte mit dem Jungen geschehen sein? Hatte er überlebt? Oder hatten ihn wilde Tiere zerfleischt? Die Ungewissheit nagte an ihrem Gewissen.

Inzwischen war es Abend geworden, und Afra zog sich in ihre Kammer im Obergeschoss des Hauses zurück. Von der Bruderhofgasse drang der Lärm der Müßiggänger, die um diese Zeit lebendig wurden, zu ihr herauf. Sie konnte nicht anders, Afra ließ ihren Tränen freien Lauf. Das linderte den Schmerz, der sie quälte.

Zehn Jahre, dachte sie, wäre der Junge heute, wenn er noch lebte. Ein stattlicher junger Mann in stolzer Kleidung? Oder der verkommene Knecht eines Landvogts? Oder ein zerlumpter Betteljunge, der rastlos von Ort zu Ort zog und die Leute um ein Stück Brot anflehte? Sie würde, dachte Afra, ihr eigenes Kind nicht einmal erkennen, falls sich auf dem Münsterplatz ihre Wege kreuzten. In ihrem Kopf hämmerte es: Wie konntest du das nur tun?

Allein gelassen mit ihrem Kummer und ihrer Schwermut, vernahm Afra ein Geräusch. In der Annahme, Ulrich kehre zurück, wischte sie sich die Tränen aus dem Gesicht und begab sich nach unten.

»Ulrich, bist du es?«, rief sie leise in den finsteren Raum.

Aber sie bekam keine Antwort. Plötzlich befiel sie eine unerklärliche Angst. Wie von Sinnen stürzte sie in die Küche im rückwärtigen Teil des Hauses und entfachte in der Ofenglut einen Kienspan. Damit entzündete sie eine Laterne.

Da – wieder das gleiche Geräusch, als drehte sich die Haustüre in den Angeln. Die Laterne wie eine Waffe vor sich hertragend, schlich Afra nach vorne, um nach dem Rechten zu sehen. Die Haustüre war verschlossen. Die Butzenscheiben im Erdgeschoss schützten zwar vor neugierigen Blicken, sie verwehrten aber auch den Blick nach draußen. Deshalb stieg Afra nach oben. Nur einen Spaltbreit öffnete sie ein Fenster zur Bruderhofgasse und spähte nach unten. In einer Mauernische am Haus gegenüber glaubte sie eine dunkle Gestalt zu erkennen; aber sie war zu aufgeregt, um ausschließen zu können, dass sie sich nicht täuschte.

Sie glaubte auch an Einbildung, als sich von hinten zwei Hände um ihren Hals legten und kraftvoll wie Schraubzwingen zudrückten. Afra rang nach Luft. Da ging vor ihrem Gesicht ein Duft verströmender Vorhang nieder. Das ist kein Traum!, war ihr letzter Gedanke. Dann wurde es Nacht um sie, wohlige schwarze Nacht.

Wie aus einer anderen Welt vernahm Afra Ulrichs Stimme, leise zuerst und zaghaft, dann aber immer lauter und eindringlicher. Sie fühlte sich hin und her gestoßen und spürte ein paar heftige Backpfeifen im Gesicht. Es fiel ihr schwer und gelang ihr nur mit großer Anstrengung, die Augen zu öffnen.

»Was ist geschehen?«, fragte Afra benommen, als sie auf dem Boden liegend das Gesicht Ulrichs dicht über dem ihren erkannte.

»Keine Sorge, es ist alles in Ordnung«, antwortete Ulrich. Dabei entging ihr nicht, dass er ihr mit seinem Körper absichtlich den Blick verstellte.

»Was ist geschehen?«, wiederholte sie ihre Frage.

»Ich dachte, *du* könntest mir eine Erklärung geben!«

»Ich? Ich erinnere mich nur an zwei Hände, die zudrückten, und an einen Vorhang.«

»Einen Vorhang?«

»Ja, er verströmte einen sonderbaren Geruch. Dann wurde mir schwarz vor Augen.«

»War das der Vorhang?« Ulrich hielt Afra einen giftgrünen Stofffetzen mit einem goldenen Kreuzmuster vors Gesicht.

»Könnte sein, ja. Ich weiß es nicht.« Sie setzte sich auf. »Mein Gott«, stammelte sie. »Ich dachte, ich bin tot.«

Der Raum war verwüstet. Stühle lagen herum, die Truhe stand offen, ebenso der Kastenschrank. Es dauerte eine Weile, bis Afra das ganze Ausmaß des Geschehens begriff.

»Das Pergament?«, fragte Ulrich und sah sie lange an.

Das Pergament!, ging es durch Afras Kopf. Irgendjemand war hinter dem Pergament her. Die Vergangenheit hatte sie eingeholt.

Mühsam rappelte sie sich hoch, taumelte auf den Kastenschrank zu. Kleidungsstücke lagen auf dem Boden verstreut. Aber das grüne Kleid, das hing noch an seiner Stelle. Mit ausgestreckten Armen tastete sie das Kleidungsstück ab. Plötzlich hielt sie inne. Afra drehte sich um. Ihr eben noch so ernstes Gesicht veränderte sich, sie lächelte, sie lachte, und mit einem Mal brach Afra in lautes Gelächter aus. Ihre Stimme überschlug sich, und wie besessen tanzte sie durch den verwüsteten Raum.

Ulrich verfolgte ihr Gebaren mit Misstrauen. Erst allmählich wurde ihm klar, dass Afra das Pergament in ihr Kleid eingenäht und so vor dem Zugriff der Räuber bewahrt hatte. Als Afra sich endlich beruhigt hatte, meinte Ulrich: »Ich glaube, wir leben ziemlich gefährlich mit diesem Pergament. Wir sollten uns Gedanken machen, ob es nicht ein sichereres Versteck gibt.«

Afra stellte die herumliegenden Stühle auf und begann, Ordnung zu machen. Dabei schüttelte sie immer wieder den Kopf. »Soweit ich das überblicken kann, fehlt nichts, aber auch gar nichts. Nicht einmal an den silbernen Bechern waren die Räuber interessiert. Bleibt wirklich nur das Pergament, nach dem sie gesucht haben. Und dabei stellt sich natürlich die Frage, wer wusste überhaupt von dem Pergament?«

»Du kommst mir mit deiner Frage zuvor. Die Antwort lautet: der Alchimist.«

»Aber der Alchimist konnte nicht wissen, dass wir nach Straßburg geflohen sind ...« Sie hielt plötzlich inne und dachte nach.

»Was hast du?«, erkundigte sich Ulrich.

»Ich muss dir etwas gestehen. Damals, nachdem wir bei Rubaldus waren, habe ich den Alchimisten noch einmal aufgesucht. Allein. Ich wollte ihm zehn Gulden anbieten, wenn er mir etwas über die Bedeutung des Pergaments verriete.«

»Und warum hast du mir das bis heute verschwiegen?«

Afra blickte verlegen zur Seite.

»Und was ist dabei herausgekommen?«, bohrte Ulrich weiter.

»Nichts. Rubaldus hatte am Morgen überstürzt das Haus verlassen. Clara, die sich selbst seine Betthure nannte und bei der ich ein gewisses Vertrauen fand, sagte, Rubaldus habe den Bischof von Augsburg aufgesucht. Und sie glaubte, dass diese plötzliche Reise durchaus im Zusammenhang mit dem Pergament stand. Dabei spielte er uns gegenüber den Ahnungslosen.«

»Alchimisten sind von Berufs wegen große Schauspieler.«

»Du meinst, Rubaldus wusste sehr wohl, worum es in dem Pergament geht, und *spielte* nur den Ahnungslosen?«

»Ich weiß es nicht. Aber man kann sich sogar in einem Bettelmann täuschen. Erst recht in einem Alchimisten. Wenn er kurz nach unserem Besuch tatsächlich zum Bischof von Augsburg gereist ist, so unterstreicht das nur die Bedeutung, die er dem Pergament beimisst. Wer weiß, vielleicht wurde sogar dem Papst in Rom oder in Avignon oder sonst wo Meldung gemacht. Dann gnade uns Gott!«

»Du übertreibst, Ulrich!«

Der Dombaumeister hob die Schultern. »Die römische Kirche verfügt über ein Netzwerk von Agenten und Nachrichtenzuträgern, da ist es ein Leichtes, einen Dombaumeister und seine Geliebte ausfindig zu machen. Fest steht, das Pergament muss verschwinden.«

»Aber wohin, Ulrich?«

»In einer Kathedrale gibt es genügend Winkel, die geeignet sind, ein Pergament wie dieses einzumauern. Wenn ich daran denke, wer sich alles in den Mauern des Ulmer Münsters verewigt hat.« Er machte eine abfällige Handbewegung. »Viele, und nicht nur die hohe Geistlichkeit, glauben, sich mit Pretiosen, Geld, Gold, Schmuck und ihrem Namen, ein Stück Himmel zu erkaufen oder ein Stück Unsterblichkeit. Sie hoffen, wenn der Dom am Jüngsten Tag unter dem Beben der Erde zusammenbricht, dass ihr Besitz und ihr Name zum Vorschein kommt und sie die Allerersten sind, die in den Himmel auffahren.«

»So ein Unsinn! Glaubst du daran?«

»Nicht wirklich. Aber du darfst den Menschen alles nehmen, nur nicht ihren Glauben. Glaube ist Flucht aus der Wirklichkeit. Und je schlechter die Zeit, desto größer der Glaube. Wir haben nun einmal schlechte Zeiten. Und das ist der Grund, warum die Menschen so hohe Kathedralen errichten wie noch nie zuvor in der Menschheitsgeschichte.«

»Dann sind ja unsere Kathedralen wahre Schatzhäuser!«

»Das stimmt in jeder Hinsicht. Eigentlich habe ich einen heiligen Eid geschworen, darüber Stillschweigen zu bewahren. Aber ich vertraue dir. Und im Übrigen habe ich dir ja auch die Stellen nicht verraten, an denen diese Schätze bevorzugt eingemauert werden.«

Afra schwieg. Nach einer Weile meinte sie: »Das heißt, du wüsstest sogar in einer Kathedrale, die du noch nie betreten hast, wo diese Schätze verborgen sind?«

»Im Prinzip ja. Es gibt da ein bestimmtes Schema, das sich auf jeden Dom übertragen lässt. Aber eigentlich habe ich dir schon zu viel gesagt.«

»Nein, Ulrich!« Man sah Afra die Aufregung deutlich an. »Ich denke nicht an die Schätze, die in den Domen eingemauert sind. Ich denke daran, dass eine Kathedrale ein denkbar schlechter Platz für die Aufbewahrung eines so wertvollen Pergaments ist. Ich könnte mir vorstellen, dass jene, die an dem Dokument interessiert sind, auch über die geheimen Verstecke Bescheid wissen.«

Ulrich überlegte. »Das kann man zumindest nicht ausschließen. Du hast Recht. Solange der Inhalt nicht geklärt ist, müssen wir einen anderen sicheren Ort für das Pergament suchen. Aber wo?«

»Vorläufig«, meinte Afra, »ist der Saum meines Kleides immer noch am sichersten. Ich kann mir auch nicht vorstellen, dass uns die Schurken hier noch ein zweites Mal heimsuchen.«

Tage später zeigte sich Ulrich von Ensingen überrascht. Er hatte erwartet, seine Berechnungen und die Erkenntnis, dass die Fassade der Kathedrale nur einen einzigen Turm tragen könne, würden wütende Proteste auslösen. Doch seltsamerweise gaben sich der Bischof wie auch der Ammeister und der Rat der Stadt damit zufrieden, nur einen, den nördlichen Turm zu errichten, wenn er nur höher als alle Türme der Christenheit sei. Den Einwand des Dombaumeisters, das gigantische Bauwerk sei für *zwei* Türme konzipiert, ließen sie nicht gelten mit dem Hinweis, das

FÜNFTES KAPITEL

christliche Abendland verfüge über mehr eintürmige, ja sogar turmlose Kathedralen als zweitürmige.

Also machte sich Meister Ulrich ans Werk. In der Stadt und dem Straßburger Umland warb er fünfhundert Arbeitskräfte an, Steinbrecher, Steinschneider, Maurer und kräftige Transportarbeiter, vor allem aber Skulpteure, die mit dem empfindlichen Sandstein umgehen konnten. Denn Meister Ulrich hatte die Absicht, einen filigranen, durchbrochenen Turm auf die Fassade zu setzen, der trotz seiner Höhe den häufigen Stürmen, die zur Herbst- und Winterzeit rheinabwärts jagten, wenig Widerstand bot. Die Plattform über dem Hauptportal bot die Möglichkeit, zwei hölzerne Kräne mit weiten Auslegern zu errichten, die das Baumaterial in luftige Höhe hievten.

Während des Sommers, der garstig und kühl war wie alle Sommer zuvor, kam Ulrich von Ensingen mit der Arbeit gut voran. Wie schon in Ulm steigerte er sich in einen wahren Arbeitsrausch. Die Arbeiter trieb er zur Eile an, als gelte es, den Bau schon in einem Jahr zu vollenden. Seine Auftraggeber zeigten sich höchst zufrieden; doch die Steinschneider und Skulpteure murrten. Bei Meister Werinher hätten sie nicht so schuften müssen.

An manchen Tagen fühlte sich der Dombaumeister von einem Mann beobachtet. Ulrich ahnte, dass es sich bei dem Beobachter nur um Werinher Bott handeln konnte. Weil er nach seinem Sturz seine Gliedmaßen nicht mehr bewegen konnte, hatte einer seiner Gesellen einen fahrbaren Stuhl konstruiert mit zwei hohen Rädern auf beiden Seiten und vorne einem kleinen zur Stütze. Eine Querstange im Rücken diente dem Gesellen dazu, seinen Herrn durch die Stadt zu schieben wie ein Händler seine Ware. Mehrmals am Tag wechselte er so seinen Standort, um dann wieder stundenlang jeden Schritt zu verfolgen, den Ulrich von Ensingen tat.

Genervt trat eines Tages der Dombaumeister auf Werinher zu und sagte: »Es tut mir Leid für Euch, dass Ihr nur zuschauen könnt. Aber einer muss die Arbeit ja machen.«

Werinher Bott sah Ulrich aus tief liegenden Augen an. Er schluckte, als wollte er eine Bosheit hinunterwürgen. Was er dann von sich gab, war jedoch immer noch bösartig genug. Er sagte: »Aber musstet es ausgerechnet Ihr sein, Meister Ulrich?«

Der Dombaumeister schrieb den Hass seiner Worte Werinhers Leiden zu. Wer weiß, dachte er, wie du in dieser Situation reagieren würdest. Deshalb überging er die verbitterte Bemerkung und sagte, um das peinliche Schweigen zu überbrücken: »Wie Ihr seht, gehen die Arbeiten schneller voran als geplant.«

Da spuckte Werinher einen hohen Strahl auf den Boden, und mit heiserer Stimme rief er: »Kunststück, wenn Ihr Euch mit einem einzigen Turm für die Kathedrale begnügt. Meister Erwin wird sich im Grab umdrehen. Ein Dom mit *einem* Turm ist eine Schande, billige Spiegelfechterei wie Euer Münster in Ulm.«

Da wurde Ulrich ungehalten. »Ihr solltet den Mund nicht allzu voll nehmen, Meister Werinher. Wenn ich mich nicht täusche, wart Ihr noch vor nicht allzu langer Zeit ein einfacher Steinmetz, und davor, wenn ich nicht irre, ein Mönch. Ihr habt noch nicht einmal eine Dorfkirche geplant – von einer Kathedrale ganz zu schweigen. Ihr glaubt, Stein ist geduldig. Das ist ein Irrtum. Stein unterliegt denselben Gesetzen der Schwerkraft wie jedes Ding auf Gottes weiter Erde. Sein immenses Gewicht schafft ihm sogar seine eigenen Gesetze.«

»Papperlapapp! Ich habe noch nie gehört, dass eine Kathedrale eingestürzt ist.«

»Eben, Meister Werinher, eben. Euch fehlt die Erfahrung. Vermutlich seid Ihr noch nie weiter als eine Tagereise über Straßburg hinausgekommen. Sonst wüsstet Ihr von den furchtbaren Katastrophen, die sich in England und Frankreich ereignet haben, wo Hunderte Arbeiter unter einstürzenden Mauern begraben wurden.«

»Und Ihr wollt das wissen!«

»Allerdings. Ich habe die Pläne dieser Kathedralen studiert und nach den Ursachen für diese Katastrophen geforscht. Und dabei habe ich festgestellt, dass Stein keineswegs ein so geduldi-

FÜNFTES KAPITEL

ges Element ist, wie man glaubt. Stein verhält sich sogar höchst ungeduldig, wenn man sich nicht *seinen* Bedingungen unterwirft.«

Werinher Bott schnappte nach Luft, und sein Kopf, das einzig Bewegliche an seiner beklagenswerten Erscheinung, begann vor Erregung zu zittern. »Klugscheißer!«, rief er zornig. »Elender Besserwisser! Was habt Ihr überhaupt in Straßburg zu suchen? Warum seid Ihr nicht in Ulm geblieben? Wohl Dreck am Stecken, was?«

Einen Augenblick hielt Meister Ulrich inne, verunsichert wegen der unziemlichen Bemerkung des Mannes. »Was wollt Ihr damit sagen?«, fragte er schließlich.

Mit einem Mal verwandelte sich der verbitterte Gesichtsausdruck Werinhers zu einem hinterhältigen Grinsen: »Nun ja, Zimmerleute und Steinmetze, die aus Ulm kommen, erzählen seltsame Geschichten, was Euer Vorleben betrifft. Jeder will einen anderen Grund wissen, warum Ihr Euren Posten aufgegeben habt.«

»Was erzählt man? Raus mit der Sprache!« Ulrich trat auf den Krüppel zu, packte ihn am Kragen, schüttelte ihn und rief in höchster Erregung: »Mach dein Maul auf, was erzählt man?«

»Ah, jetzt zeigt Ihr Euer wahres Gesicht«, japste der Mann in dem Karren gequält, »vergreift Euch an einem wehrlosen Krüppel. Schlagt mich doch!«

Daraufhin ging der Geselle dazwischen, der den Streit der beiden Baumeister mit Bangen verfolgt hatte. Er stieß Meister Ulrich zurück, drehte den Rollstuhl in die andere Richtung und eilte mit dem Gelähmten zur Münstergasse. Aus sicherer Entfernung drehte er den Karren noch einmal um, und Werinher rief, dass es über den weiten Platz hallte: »Das war nicht unsere letzte Begegnung, Meister Ulrich, wir sprechen uns noch!«

Da wusste Ulrich von Ensingen, dass er einen Todfeind hatte.

6 Die Loge der Abtrünnigen

Viele Wochen waren seit der Begegnung mit dem einarmigen Bettler vergangen, als dieser Afra auf dem Weg zur Domhütte eines Tages in die Arme lief. Sie hätte ihn beinahe nicht erkannt, denn anders als beim ersten Mal trug er saubere Alltagskleidung. Keine Spur von dem heruntergekommenen Eindruck, der Afras Mitleid erregt hatte.

»Was ist geschehen?«, erkundigte sich Afra neugierig. »Ich habe mehrfach nach dir Ausschau gehalten. Auf dem Markt, bei der Armenspeisung der Franziskaner und Augustiner habe ich nach dem Einarmigen gefragt – deinen Namen kannte ich ja nicht –, aber niemand konnte oder wollte mir Auskunft geben.«

»Jakob Luscinius«, sagte der Einarmige, »ich vergaß, mich Euch vorzustellen. Aber wer will schon den Namen eines Bettlers wissen. Eigentlich heiße ich Jakob Nachtigall. Luscinius ist nur die lateinische Übersetzung. Das schien mir angebracht, um ein neues Leben zu beginnen.«

»Klingt nicht schlecht. Vor allem sehr gebildet.«

Der Einarmige lachte: »Bei den Dominikanern am Bartholomäushof hättet Ihr Euch erkundigen sollen, dann hättet Ihr Auskunft erhalten.«

Afra sah Luscinius fragend an. »Warum gerade dort?«

»An der Pforte des Dominikanerklosters, wo das Bettelvolk täglich eine warme Suppe erhält, hörte ich eines Tages, dass der Bruder Bibliothekar, ein verwirrter alter Mann, in das Irrenhaus vor den Toren der Stadt gebracht worden und die Stelle vakant sei. Es muss wohl eine Eingebung des Himmels gewesen sein, jedenfalls erbot ich mich ohne Umschweife, die Stelle zumindest aushilfsweise zu übernehmen. Das war nicht ohne Risiko – Ihr kennt ja meine Geschichte. Aber entweder kannte mich der Abt wirklich nicht, oder er wollte mich und meine Vergangenheit nicht zur Kenntnis nehmen. Ich weiß es nicht. Natürlich log ich ihm etwas vor. Jedenfalls wurde ich als Laienbruder aufgenommen, allein aufgrund meiner Lateinkenntnisse, mit denen ich den Prior überraschte. Seitdem bin ich Herr über ein Gewölbe mit zehntausend Schriften und Büchern. Obwohl ich, ehrlich gesagt, von Büchern nicht allzu viel verstehe.«

»Das ist eine wunderbare Aufgabe«, meinte Afra begeistert. »Ich weiß, wovon ich rede. Mein Vater war ebenfalls Bibliothekar. Er war einer der glücklichsten Menschen der Welt.«

»Nun ja«, schränkte Luscinius ein, »es gibt vielleicht schlimmere Tätigkeiten, als ein Kräuterbuch unter zehntausend anderen Schriften zu suchen, aber sicher auch erstrebenswertere. Doch ich will nicht klagen. Ich habe ein Dach über dem Kopf und eine feste Mahlzeit am Tag. Das ist mehr, als ich noch vor einem Monat erwarten durfte.«

Afra nickte. »Ich liebe Bücher seit meiner Kindheit, seit mein Vater mich Lesen und Schreiben lehrte. Vor allem liebe ich Bibliotheken, den Geruch, den sie verströmen, dieses Gemisch aus frisch gegerbtem Leder und angestaubtem Pergament.«

»Erlaubt mir die Bemerkung. Das ist ungewöhnlich für eine Frau von Stand. Ich dachte, Ihr würdet Euch eher für Rosen- oder Veilchenduft begeistern. Aber wenn es Eure Zeit erlaubt, besucht mich doch einmal in meinem Gewölbe. Glaubt mir, Bibliothekar ist vor allem ein einsamer Beruf.«

Ohne zu überlegen, sagte Afra zu. Schon für den nächsten Tag.

Das Dominikanerkloster am Bartholomäushof zählte zu den jüngeren Einrichtungen dieser Art in Straßburg. Ursprünglich lebten die weißen Mönche, die für ihren strengen Lebenswandel und die Kunst des Predigens bekannt waren, außerhalb der Stadt im Finkenweiler. Erst vor hundertfünfzig Jahren hatten sie innerhalb der Stadtmauern, nahe dem Kloster der Franziskaner, eine neue Bleibe gefunden und in kurzer Zeit einen angesehenen Konvent eingerichtet und eine Hochschule, an der berühmte Geister wie Albertus Magnus lehrten.

Der Pförtner an dem niedrigen Eingangstor blickte irritiert, als eine Frau Einlass begehrte, um in der Bibliothek nach einem Buch zu forschen. Afra trug ein züchtiges Kleid, und da keine dominikanische Ordnungsregel Frauen den Zutritt verbot, öffnete der Pförtner die schmale Tür und bat Afra, ihm zu folgen im Namen des Herrn.

Mit Klöstern hatte Afra ihre eigenen Erfahrungen gemacht, und so wirkte auch dieses Kloster auf sie bedrückend. Nachdem sie den Innenhof, der an allen vier Seiten von den Bögen eines Kreuzgangs eingerahmt wurde, überquert hatten, geleitete sie der Pförtner an der gegenüberliegenden Seite zu einem Durchlass. In dem kahlen, düsteren Gang, der sich dahinter auftat, hallten ihre Schritte. Am Ende gelangten sie über eine steinerne Treppe ein Stockwerk tiefer. Dort empfing den Besucher ein Gewölbe, so niedrig, dass man die Decke mit ausgestreckten Armen berühren konnte.

Auf lautes Rufen des Pförtners trat Luscinius hustend aus einem Seitengang hervor. »Ich hätte nicht geglaubt, dass Ihr Euch in das Schattenreich der Geschichten und Gedanken vorwagt«, sagte er und schickte den Bruder Pförtner mit einer Kopfbewegung zurück.

»Ich sagte doch, dass Bücher auf mich eine magische Anziehungskraft ausüben«, entgegnete Afra. »Allerdings ...«

Afra hielt inne. Sie blickte ängstlich um sich. Das Gewölbe wurde nur spärlich von Kerzen beleuchtet. Fenster gab es nicht.

»Ihr habt Euch eine Bibliothek anders vorgestellt«, lachte Jakob Luscinius und kam näher.

»Ehrlich gesagt, ja!« Noch nie hatte Afra ein solches Chaos an neben- und übereinander gestapelten Büchern gesehen. Längst hatten die Regale, in denen die Bücher nach einem undefinierbaren System aufgestellt waren, ihr Fassungsvermögen überschritten. Bücherbretter waren unter der Last des geschriebenen

Wortes zusammengebrochen wie morsches Gebälk. Zu Säulen übereinander gestapelt standen Folianten. Sie schwankten im Vorbeigehen. Beißender, undefinierbarer Geruch lag über dem Ganzen und ein Nebelschleier aus silberhellem Staub.

»Vielleicht versteht Ihr jetzt, warum mein ehrenwerter Vorgänger verrückt geworden ist«, bemerkte Luscinius in einem Anflug von Ironie. »Ich bin auf dem besten Weg dorthin.«

Afra schmunzelte, obwohl Jakobs Worte durchaus glaubhaft klangen.

»Auf jeden Fall scheint er ein sonderbarer Mann gewesen zu sein«, fuhr Luscinius fort. »Bruder Dominikus – so sein Name – hat nie studiert und von Theologie keine Ahnung. Er war besessen von der Idee, jedes Buch, das er in diesem Gewölbe aufbewahrte, zu lesen. Ein halbes Leben, so erzählte man mir, ging das gut. Die studierten Mönche des Klosters glaubten sogar an ein Wunder, als Bruder Dominikus plötzlich in fremden Zungen zu reden begann wie weiland die Apostel des Herrn. Dominikus redete griechisch und hebräisch, englisch und französisch. Oft verstanden seine Mitbrüder nur noch Bruchstücke seiner Rede. Aber mit zunehmendem Bildungsstand zog sich der Bruder Bibliothekar immer mehr zurück. Er mied die Stundengebete, Responsorien und Litaneien. Nur selten erschien er noch im Refektorium zu den gemeinsamen Mahlzeiten. Seine Mitbrüder sahen sich gezwungen, ihm die Schüssel mit seinem Essen vor die Tür der Bibliothek zu stellen, die er im Übrigen abschloss. Dominikus fürchtete wohl, man könnte sein Chaos durcheinander bringen. Denn so undurchschaubar die scheinbare Unordnung auch sein mag, dahinter steckte ein wohldurchdachtes System. In Sekunden konnte Bruder Dominikus jedes gewünschte Buch beibringen. Leider erklärte er sich nicht bereit, sein System jemals zu verraten. Jetzt liegt es an mir, Ordnung in das Chaos zu bringen. Keine leichte Aufgabe.«

Afra atmete flach. Sie wagte nicht, den beißenden Geruch, der so ganz anders war als in anderen Bibliotheken, tiefer in ihre Lungen zu saugen.

SECHSTES KAPITEL

»Ob es die Luft war, die Bruder Dominikus verrückt gemacht hat?« Afra sah Luscinius unsicher an. »Du solltest vorsichtig sein.«

Luscinius hob die Schultern. »Ich habe noch nie gehört, dass jemand wegen schlechter Luft verrückt geworden ist. Dann müssten alle Straßburger Bürger, deren Hausfassaden zur Ill zeigen, verrückt sein. Denn nirgends auf der Welt stinkt es so gewaltig wie dort.«

In einem Seitengang betrachtete Afra die kostbaren Einbände alter Bücher. Luscinius hatte die Buchrücken bereits mit der ungelenken Schrift eines Linkshänders bezeichnet und, beginnend mit A wie Albertus Magnus, in eine alphabetische Ordnung gebracht.

»Über den Buchstaben C bin ich noch nicht hinausgekommen«, bedauerte Luscinius. »Die Schwierigkeit besteht im Übrigen darin, dass viele Schriften keinen Autor nennen. Also muss ich manche Buch*titel* in das Alphabet einordnen anstelle des Autors. Noch komplizierter wird es, wenn nicht einmal ein Buchtitel vorhanden ist. Viele Theologen begannen einfach zu schreiben, ohne sich Gedanken zu machen, wie ihr Werk eigentlich heißen soll. Die Folge sind kluge, dicke Bücher, von denen niemand den Titel sagen kann, vom Autor ganz zu schweigen. Seht Euch ruhig um, wenn es Euch interessiert.«

Luscinius verschwand. Afra nutzte die Gelegenheit. Aus der obersten Reihe, dort, wo sie annehmen konnte, dass diese Bücher bereits der neuen Ordnung entsprachen, entnahm sie einen dicken, in dunkles Kalbsleder gebundenen Band unter dem Buchstaben C. Er trug den lateinischen Titel »Compendium theologicae veritatis«. Dann hob sie ihre Röcke. Mit sicherem Griff, als hätte sie den Vorgang mehrmals geübt, riss sie den Kleidersaum an der Innenseite auf und entnahm ihm das Pergament. Mit flinken Fingern ließ sie das gefaltete Dokument zwischen den dicht beschriebenen Seiten des Folianten verschwinden. Dann stellte sie das Buch in die Lücke zurück.

»Compendium theologicae veritatis« murmelte sie mehrmals

DIE LOGE DER ABTRÜNNIGEN   233

hintereinander, um sich den Buchtitel einzuprägen, »Compendium theologicae veritatis.«

»Habt Ihr was gesagt?«, rief Luscinius aus dem Seitengang gegenüber, wo er gerade einen Stapel Bücher von der Senkrechten in die Waagerechte transportierte, was der Aufbewahrung zweifellos angemessener erschien.

»Nein, das heißt ja«, erwiderte Afra. »Ich betrachte nur dieses eine Bücherregal und erfreue mich an seiner Ordnung. Gewiss ist das dein Verdienst, Bruder Jakob, und wird wohl auch so bleiben für die nächsten hundert Jahre.« Dabei behielt sie das Buch, das ihr als Versteck diente, fest im Auge.

Aus dem düsteren Hintergrund schlurfte Luscinius herbei. Afra kam nicht umhin, sie musste laut lachen. Dabei hatten ihre Hände eben noch vor Aufregung gezittert. Der Bibliothekar trug auf dem Kopf ein seltsames Gebilde. Ein ledernes Band umspannte seinen Schädel. Links und rechts waren brennende Kerzen angebracht, zwei auf jeder Seite, die beim Gehen flackerndes Licht verbreiteten.

»Verzeih mir«, meinte Afra, die noch immer mit dem Lachen kämpfte, »ich will mich gewiss nicht über dich lustig machen; aber deine Beleuchtung sieht einfach zu drollig aus!«

»Eine Erfindung von Bruder Dominikus«, erwiderte der Bibliothekar und rollte die Augen nach oben, während er den Kopf streng gerade hielt. »Mag auch ganz ergötzlich aussehen, aber für einen Einarmigen wie mich ist das die einzige Möglichkeit, die Arbeit ins rechte Licht zu setzen. Wo immer ich mich hinwende, das Licht ist ebenso schnell wie meine Blicke.« Zum Beweis seiner Worte drehte er den Kopf einmal nach links, dann wieder nach rechts.

»Ich meinte dieses Regal«, begann Afra von neuem.

Luscinius nickte verhalten: »Ja, das ist mein Erstlingswerk, sozusagen. Ob es in seiner Ordnung allerdings die nächsten hundert Jahre überdauern wird, das wage ich zu bezweifeln.« Er grinste und ging zurück, um sich wieder seiner Arbeit zu widmen.

Erleichtert blies Afra die stickige Luft durch die Nase. Sie strich ihr grünes Kleid glatt, das sie in den letzten Wochen kaum abgelegt hatte aus Angst, das Pergament könnte gestohlen werden. Den Entschluss, das Dokument hier in der Bibliothek der Dominikaner zu verstecken, hatte sie spontan gefasst. Beim Anblick der vielen Bücher war ihr bewusst geworden, dass es für den rätselhaften Brief des Mönchs aus dem Kloster Montecassino keinen sichereren Ort gab als einen Folianten in einer Klosterbibliothek. Schließlich war das Dokument auf diese Weise ein halbes Jahrtausend unentdeckt geblieben.

Zum Abschied nahm der Bibliothekar Afra das Versprechen ab wiederzukommen. Afra versprach es, schon aus eigenem Interesse.

»Und wenn es Euch nichts ausmacht«, meinte er beinahe verschämt, »dann lasse ich Euch durch die Arme-Sünder-Pforte hinaus.«

»Arme-Sünder-Pforte?« Afra blickte irritiert.

»Ihr müsst wissen, jedes Kloster hat eine solche Pforte. Sie ist in keinem Plan aufgeführt, offiziell gibt es sie gar nicht, und der liebe Gott weiß vermutlich auch nicht Bescheid, oder er will es gar nicht wissen. Durch die Arme-Sünder-Pforte entlassen die Mönche Mägdelein oder auch Knaben« – dabei schlug er mit der Linken ein Kreuzzeichen – »die eigentlich in einem Kloster nichts zu suchen haben. Ihr verstehet.«

Afra wiegte den Kopf hin und her. Sie begriff durchaus. Wenn sie sich 's recht überlegte, kam ihr der geheime Ausgang sehr gelegen.

Einmal im Monat lud Bischof Wilhelm von Diest in sein Palais gegenüber dem Dom zum großen Fressen, verbunden mit einem vollkommenen Ablass auf hundert Jahre. Das große Fressen galt als *das* gesellschaftliche Ereignis in Straßburg, und es war undenkbar, der Einladung seiner Eminenz nicht Folge zu leisten.

Das allerdings entbehrte nicht einer gewissen Pikanterie, weil Bischof Wilhelm es sich zur Gewohnheit machte, Freund wie Feind an *einen* Tisch zu setzen. So traf es sich bisweilen, dass erbitterte Feinde, die, wenn sie sich begegneten, einen großen Bogen umeinander machten, sich bei Tisch gegenübersaßen – zur hinterhältigen Freude seiner Eminenz.

Afra und Ulrich hatten von der Narrheit des exzentrischen Bischofs schon gehört. Auch davon, dass es nur ein einziges Gericht gab, davon aber reichlich: Kapaun, den verschnittenen und gemästeten Hahn, von dem schon die alten Römer behaupteten, der Verzehr bewirke besondere Schönheit. Seine Eminenz pflegte zwei bis drei davon zu verspeisen, was seinem Äußeren jedoch kaum zuträglich war, ihm aber den Spitznamen verschaffte: Eminenz, der Kapaun.

Vier Lakaien mit Fackeln bewachten das Eingangstor zur Residenz, und jeder Besucher hatte seinen Namen zu nennen, bevor er eingelassen wurde.

»Meister Ulrich von Ensingen und sein Weib Afra«, sagte der Dombaumeister.

Der Oberlakai suchte den Namen in einer Liste. Mit einer huldvollen Handbewegung wies er den Ankommenden den Weg. In der Vorhalle des Treppenhauses herrschte Gedränge: Herren in prächtiger Kleidung, Samt und Brokat, Damen in seidenen Roben mit Krägen von der Größe eines Wagenrades, dazwischen geistliche Würdenträger in vornehmem Schwarz, mit Flitter und Glanz behängt, und Lustdirnen, die ihre Reize offen spazieren führten.

Mit einem Seufzer meinte Afra hinter vorgehaltener Hand: »Ulrich, meinst du, ob wir hier richtig sind? Ich komme mir in meinem Kleid vor wie eine Bettelfrau.«

Der Dombaumeister nickte, ohne Afra anzusehen, und während sein Blick über die Gäste schweifte, meinte er: »In der Tat, schöne Bettelfrau, in der Tat. Am liebsten würde ich auf der Stelle umkehren.«

»Das können wir uns nicht erlauben«, erwiderte Afra und lächelte maskenhaft. »Vor allem du nicht! Also Zähne zusammenbeißen und durch!«

Meister Ulrich verzog das Gesicht.

Kaum war das Abendläuten vom Dom gegenüber verklungen, da erschien auf der breiten Treppe, die nach oben führte, ein weiß gekleideter Zeremonienmeister in einem Gewand, das kaum seine Schenkel bedeckte, und las die Namen der geladenen Gäste von einem Blatt. Die meisten gingen unter in Buhrufen oder heftigem Applaus. Die Genannten bildeten hintereinander eine Prozession, die sich schließlich zu den Klängen einer Kapelle aus Blas- und Schlaginstrumenten nach oben in Bewegung setzte.

»Wie fühlst du dich?«, raunte Afra Meister Ulrich zu.

»Wie König Sigismund auf dem Wege zur Krönung.«

»Du bist ein alberner Mensch, Ulrich.«

»Weiß Gott, wer hier mehr albern ist«, flüsterte Ulrich und verdrehte die Augen.

»Nun reiß dich schon zusammen. Man speist auch nicht alle Tage bei Bischofs.«

Im Empfangssaal wartete ein festlich gedeckter Tisch mit unzähligen Kerzen. Er hatte die Form eines Hufeisens und nahm beinahe den ganzen Saal ein. Gut und gerne hundert Gäste fanden zu beiden Seiten Platz. Afra nahm Ulrichs Arm und drängte ihn zum rechten Tischende, wo sie, so hoffte sie jedenfalls, am wenigsten auffielen.

Doch sie hatte die Rechnung ohne den Zeremonienmeister gemacht. Der erkannte Afras Absicht, trat hinzu und geleitete sie und Ulrich an die Stirnseite des Tisches, wo er beiden im Abstand von zwei Stühlen einen Platz zuwies.

Afra errötete und warf Ulrich einen Hilfe suchenden Blick zu. Über zwei Stühle hinweg rief sie leise: »Du bist so weit weg. Ich weiß gar nicht, wie ich mich verhalten soll.«

Mit einer kurzen, aber heftigen Kopfbewegung zur Seite deutete Meister Ulrich an, sie solle sich ihrem Tischnachbarn zur Rechten widmen. Dieser, ein bärtiger Alter, der den Zenit seines Lebens längst überschritten hatte, nickte höflich. Er verbarg seine Augen hinter dicken runden Gläsern, die von hölzernen

Spinnenarmen, die sich auf der Nasenwurzel festkrallten, gehalten wurden.

»Domenico da Costa, der Sterndeuter Seiner Eminenz«, sagte er mit tiefer Stimme und einem unverkennbar italienischen Akzent.

»Ich bin das Weib des Dombaumeisters«, erwiderte Afra mit einer Handbewegung zu Ulrich hin.

»Ich weiß.«

»Wie?« Afra legte die Stirne in Falten. »Ihr kennt mich?«

Der Sterndeuter strich mit Daumen und Zeigefinger über seinen Bart. »Nicht wirklich, mein Kind. Ich will damit sagen, wir sind uns noch nie begegnet. Aber die Sterne haben verraten, dass mir am heutigen Tage ...«

Weiter kam der Sterndeuter nicht, denn aus dem Hintergrund schallte ein Choral hoher Kastratenstimmen: »Ecce sacerdos magnus ...«[1]

Zwei Schildknappen öffneten zu den himmlischen Klängen die Tür gegenüber, und wie eine überirdische Erscheinung trat Bischof Wilhelm von Diest in Begleitung seiner sizilianischen Konkubine in den Saal.

Der Bischof trug ein golddurchwirktes Pluviale, einen Rauchmantel, der am Hals von einer kostbaren Fibel zusammengehalten wurde. Jeder Schritt gab den Blick frei auf rot bestrumpfte Beine, die unter einem weißen Chorrock hervorragten. Hätte er nicht eine Mitra auf seinem Schädel getragen, man hätte ihn für einen römischen Gladiator halten können.

Eminenz war bekannt für skurrile Inszenierungen. Unter den anwesenden Äbten und Ordensleuten, vor allem bei den hohen Herren des Domkapitels, löste seine Pappnase klerikales Entsetzen aus. Sie hatte unzweifelhaft das Aussehen eines männlichen Geschlechtsteils unter Einfluss unkeuschester Gedanken. Was seine Begleiterin betraf, so wirkte die dunkeläugige Sizilianerin in ihrem gespinstigen Gewand, welches kaum etwas verbarg

---

[1] Seht, der große Priester ...

und das Vorhandene auf angenehmste Weise offenbarte, eher harmlos.

Im Saal herrschte atemlose Stille, als der Bischof zwischen Afra und dem Dombaumeister Platz nahm. Afra wusste nicht, wie ihr geschah. Verlegen beobachtete sie, wie Knappen die Kapaune servierten und der Bischof die duftenden Vögel mit einem Turiferium beräucherte im Namen des Herrn. Mit kräftiger Stimme rief er: »Dies ist der Tag, den Gott gemacht hat. Lasst uns frohlocken und fröhlich sein!«

Dann begann das große Fressen. Mit bloßen Fingern zerrissen die Gäste das knusprige Geflügel. Ein Schmatzen, Grunzen und Rülpsen ging durch die Reihen. Das gebot die Höflichkeit.

An dem Kapaun fand Afra keinen Geschmack. Nicht, dass er nicht köstlich gewesen wäre, nein, sie war zu aufgeregt, um sich am Essen zu erfreuen. Der Bischof hatte schon den ersten Vogel verschlungen und noch immer kein Wort mit ihr gewechselt. Was hatte das zu bedeuten? Sie wusste nicht, wie sie sich verhalten sollte.

Während Wilhelm von Diest sich an den zweiten Kapaun heranmachte, beobachtete sie aus dem Augenwinkel über den Bischof hinweg, wie die Sizilianerin unter dem Tisch an Ulrich herumfingerte. Elende Schlampe!, dachte sie und war nahe daran, aufzuspringen und der liederlichen Buhlerin eine Ohrfeige zu verpassen, als der Bischof sich zu ihr herüberbeugte und ihr leise ins Ohr raunte: »Und Euch möchte ich zum Nachtisch. Wollt Ihr mit mir schlafen, schöne Afra? Es soll Euer Schaden nicht sein.«

Afra schoss das Blut in den Kopf. Sie war auf manches gefasst, aber nicht darauf, dass ihr ein leibhaftiger Bischof mit fettigen Fingern und triefendem Mund einen unsittlichen Antrag machte.

Wie es schien, erwartete der Bischof gar keine Antwort. Wie anders war es zu erklären, dass er sich weiter ungeniert seinem zweiten Kapaun widmete? Vielleicht, dachte sie, handelte es sich bei dem Antrag nur um einen der gefürchteten Scherze Seiner Eminenz. Und so sprach Afra, jetzt mit mehr Genuss, dem Kapaun zu, nicht ohne dem Bischof und dem Sterndeuter zu beiden Seiten ab und zu freundlich zuzunicken.

Inzwischen ergingen sich die Gäste des Bischofs in angeregter Unterhaltung. Der Wein, der in Zinnhumpen serviert wurde, tat sein Übriges und löste auch die Zungen der Äbte und Domherrn am unteren Ende des Tisches. Lautstark und mit Inbrunst diskutierten sie über Seneca und sein Werk »De brevitate vitae«[1], ein heidnisches Buch, das zur Verwunderung aller in keiner Klosterbibliothek fehlte und von den Worten des Evangeliums so weit entfernt war wie weiland Moses vom Gelobten Land.

Der Dekan des Domkapitels Hügelmann von Finstingen, der Scholaster Eberhard und einige andere Domherren wetteiferten in der Diskussion, ob Seneca, hätte er fünfhundert Jahre später gelebt, Kirchenlehrer geworden wäre statt ein heidnischer Philosoph.

Da erhob sich der Bischof von seinem Stuhl, nahm die Pappnase ab, verneigte sich wie ein Schauspieler auf der Bühne und sprach zur Verwunderung aller: »Soli omnium otiosi sunt qui sapientiae vacant, soli vivunt. Nec enim suam tantum aetatem bene tuentur, omne aevum suo adiciciunt. Quicquid annorum ante illos actum est, illis adiciunt est.«

Die Gäste applaudierten anerkennend. Sogar das Domkapitel sparte nicht mit Beifall. Nur ein paar Handelsherren, denen die arabischen Zahlen geläufiger waren als die lateinischen Buchstaben, blickten indigniert, sodass der Bischof sich genötigt sah, Senecas weise Worte ins Deutsche zu übersetzen: »In Muße leben nur jene, die für die Philosophie Zeit haben, nur sie leben wirklich. Denn sie hüten nicht nur die eigene Lebenszeit gut, sondern sie verstehen es, jede Zeit der eigenen hinzuzufügen. Wie viele Jahre auch vor ihnen dahingegangen sind, sie haben sie zu ihrem Besitz gemacht.«

Auf einen Wink Seiner Eminenz traten Pfeifer und Trom-

---

[1] Von der Kürze des Lebens

melschläger in den Saal und intonierten einen maurischen Tanz. Dazu bewegten sich sechs Buhldirnen wie tänzelnde Fohlen. Sie trugen weite, rauschende Röcke und Mieder, die ihre Brüste feilboten, als wären es reife Früchte. Aus ihren hochgeflochtenen Haaren ragten Pfauenfedern und wankten wie Weidenäste im Frühlingswind. Ihre ungezügelten Bewegungen standen den Kunststücken, welche Gaukler auf den Jahrmärkten vorführten, in nichts nach. Nur waren die Buhldirnen darauf bedacht, ihre rosigen Hinterteile und ihre vorderen Dreiecke zur Schau zu stellen. Dazu rafften und schleuderten sie ihre Röcke, dass die Kerzen, die den Saal in warmes Licht tauchten, flackerten, als führe der Teufel durch ihre Reihen.

Mehr als an den Reizen der Buhldirnen fand Afra an den Glotzaugen der Äbte und Domherren Gefallen, die mit im Schoß gefalteten Händen auf ihren Stühlen saßen und mit roten Köpfen betrachteten, was Gott der Herr an seinem sechsten Arbeitstag geschaffen hatte, bevor er sich zur Ruhe legte.

»Ein bisschen Sünde darf schon sein«, meinte der Bischof und neigte sich zu Afra hinüber, »sonst hätte die Kirche nicht die Absolution erfunden. Ist es überhaupt Sünde, sich der Dinge zu erfreuen, die Gott der Herr geschaffen hat?«

Afra warf Wilhelm von Diest einen unsicheren Blick zu und hob die Schultern. In der Aufregung war ihr entgangen, dass Ulrich mit der sizilianischen Buhlschaft verschwunden war.

»Gönnt sie ihm einen Fingerhut voll«, raunte der Bischof, der ihre suchenden Blicke bemerkte.

Es dauerte, bis Afra begriff, was er meinte. Dann verzog sie das Gesicht zu einem sauren Lächeln. Sie verspürte ein Gefühl ohnmächtiger Wut.

Die Töne der Pfeifer wurden heftiger, die der Trommelschläger lauter. An eine Unterhaltung war kaum noch zu denken. Da erhob sich der Bischof, reichte ihr den Arm und rief gegen die lärmende Musik: »Kommt, ich will Euch etwas zeigen.«

Ein Bischof im Chorrock mit roten Strümpfen und Schuhen, auf dem Kopf eine Mitra, die bei jeder Bewegung verrutschte, war nicht gerade dazu angetan, Ernst und Würde zu verbreiten. Dennoch übte sich Afra in Gelassenheit, als sie seinen Arm ergriff.

Über eine steinerne Treppe, die von Pechfackeln beleuchtet und von zwei Lakaien bewacht wurde, führte Wilhelm von Diest Afra in das darüber liegende Stockwerk. An den Wänden eines langen Ganges hingen Tafelbilder mit Darstellungen aus dem Alten Testament, die meisten mit schlüpfrigen Szenen wie Susanna im Bade oder Adam und Eva im Paradies.

Am Ende des Ganges öffnete der Bischof eine Türe. Mit einer stummen Handbewegung forderte er Afra auf einzutreten. Sie zögerte, der Aufforderung nachzukommen, ahnte, was auf sie zukommen würde, und hatte bereits den Entschluss gefasst, einfach wegzulaufen, als ihr Blick durch die halb geöffnete Türe in das Zimmer fiel. Einen Augenblick glaubte sie, ihre Sinne spielten ihr einen Streich. Kein Wunder nach den Erlebnissen dieses Abends. Aber je länger sie in den matt erleuchteten Raum starrte, desto mehr festigte sich in ihrem Gehirn der Eindruck, dass das Geschaute Wirklichkeit war. Nicht das Bett ließ ihren Atem stocken, das beinahe den halben Raum einnahm. Es war das mannshohe Gemälde, das darüber hing: das Bild der heiligen Caecilia, für das sie im Kloster St. Caecilien Modell gestanden hatte.

»Gefällt es Euch?«, fragte der Bischof und schob Afra in das Zimmer.

»Ja, natürlich«, erwiderte Afra verwirrt, »es ist wunderschön – die heilige Caecilia.«

»In der Tat, die heilige Caecilia.«

Wie in aller Welt kommt das Bild hierher in Euer Gemach?, wollte Afra fragen. Die Frage brannte ihr auf der Zunge, aber sie wagte nicht, sie zu stellen. War es ein unglaublicher Zufall, oder wusste der Bischof über die Umstände Bescheid?

Sie war froh, als der Bischof ihrer Frage zuvorkam, indem er sagte: »Ich habe es bei einem Kunsthändler in Worms erworben. Er behauptete, es stamme aus einem schwäbischen Kloster und habe dort als Altarbild gedient. Allerdings« – er machte eine Pause und grinste verschämt in sich hinein – »den Nonnen erschien die nackte Heilige mit der Zeit zu verführerisch. Das Gemälde weckte bei ihnen Gefühle, die innerhalb der Mauern eines Nonnenklosters unschicklich sind. Angeblich kam es zu triebhaften Auswüchsen, und die Abtissin sah sich veranlasst, das Altarbild zu veräußern.«

Während er redete, musterte Afra den Bischof von der Seite. Sie war im Ungewissen, ob Wilhelm von Diest den Ahnungslosen *spielte* oder ob er wirklich keine Ahnung hatte.

»Ihr seid genauso schön und verführerisch wie die heilige Caecilia«, begann der Bischof und strich Afra über das Haar.

Afra zuckte unmerklich zusammen. Am liebsten hätte sie sich der kriecherischen Schmeichelei erwehrt und wäre fortgelaufen. Aber sie stand wie gelähmt, unfähig, einen Entschluss zu fassen.

»Man könnte sogar eine gewisse Ähnlichkeit zwischen Euch und der heiligen Caecilia feststellen«, ergänzte der Bischof und fuhr fort: »Ich will Euch nicht länger auf die Folter spannen, schönes Kind. Mir ist längst bekannt, wer für die heilige Caecilia Modell stand.«

»Woher wisst Ihr, Eminenz?« Afra schnappte nach Luft.

Der Bischof grinste überlegen. »Ich muss gestehen, Ihr habt mir schlaflose Nächte bereitet. Noch kein Gemälde meiner Sammlung hat mich so erregt wie dieses. Und noch keines bereitete mir so viel Kopfzerbrechen.«

»Wie darf ich das verstehen?«

»Nun, als mir der Kunsthändler das Bild zum ersten Mal zeigte, war mir klar, dass der Maler die Heilige nicht aus seiner Phantasie gemalt hatte, sondern nach einem lebenden Vorbild. Im Vertrauen gesagt: Wenn die Äbte und Domherren von Straßburg behaupten, ihr Bischof habe von Theologie keine Ahnung, dann haben sie sogar Recht. Aber glaubt mir, von Kunst verstehe ich dafür umso mehr. Und genau das, was die Nonnen von St. Caecilien aus der Fassung brachte, das habe auch ich sofort gespürt. Noch nie habe ich ein so lebensechtes Frauenbildnis gesehen. Der Maler ist ein wahrer Künstler seines Fachs.«

»Er heißt Alto von Brabant und hat einen Buckel.«

»Das ist mir bekannt. Es hat lange gedauert, bis wir ihn fanden. Auf Arbeitsuche war er donauabwärts gezogen.«

»Was wolltet Ihr von ihm, Eminenz?«

Der Bischof wiegte den Kopf hin und her. »Für den Maler interessierte ich mich erst in zweiter Linie. Mein eigentliches Interesse galt dem faszinierenden Modell. Also schickte ich zwei meiner besten Späher los. Sie sollten den Namen und Aufenthaltsort der schönen Caecilia erkunden, koste es, was es wolle. Im Kloster St. Caecilien wusste man nur den Namen des Modells, Afra, und dass sie mit dem brabantischen Maler nach Regensburg oder Augsburg gezogen sei. Schließlich fanden sie den Maler Alto in Regensburg. Aber er weigerte sich, Euren Aufenthalt zu nennen. Im Anblick einer größeren Summe wurde er jedoch schwach und verriet, dass er Euch zu seinem Schwager nach Ulm geschickt habe. Also sandte ich meine Späher nach Ulm ...«

»Wollt Ihr damit sagen, dass ich von Euren Leuten in Ulm beobachtet wurde?«

Wilhelm von Diest nickte. »Ich wusste doch nichts über Euch. Jetzt aber weiß ich alles.«

»Alles?« Afra lächelte spöttisch.

»Ihr könnt mich auf die Probe stellen. Zuvor sollt Ihr jedoch wissen, wie ich meine Kenntnisse erlangte. Meine Späher verdingten sich beim Dombau. Sie waren also stets in Eurer Nähe. Jedenfalls nahe genug, um Bescheid zu wissen über Eure buhlerische Beziehung zu Meister Ulrich. Mehr noch ...«

»Halt! Ich will es nicht wissen.« Ihr war hundeelend zumute. Wieder einmal hatte sie ihre Vergangenheit eingeholt. Kein Zweifel, der geile Bischof hatte sie in der Hand. Wie in aller Welt sollte sie sich verhalten?

»Das habt Ihr klug eingefädelt«, sagte Afra.

Der Bischof fasste ihre zynische Bemerkung als Kompliment

auf und fuhr fort: »Mir war klar, dass ich Meister Ulrich nach Straßburg locken musste, um an Euch heranzukommen.«

»Dann habt Ihr den Brief an Meister Ulrich nur wegen mir geschrieben?«

»Ich kann es nicht leugnen. Zu meiner Ehrenrettung muss ich jedoch sagen, dass zu jener Zeit der Posten des Dombaumeisters wirklich vakant war.«

Die Worte des Bischofs lösten bei Afra zwiespältige Gefühle aus. Wilhelm von Diest war zweifellos ein hinterhältiger Mensch und nur auf den eigenen Vorteil bedacht. Um seine Ziele zu erreichen, bediente er sich verwerflicher Mittel. Dass jedoch ausgerechnet *sie* zur Zielscheibe seiner ungewöhnlichen Bemühungen wurde, stärkte ihr Selbstbewusstsein. Ja es verlieh ihr sogar ein gewisses Machtgefühl.

»Und was soll nun geschehen?«, fragte Afra forsch.

»Ihr sollt mir Euren gottgeschaffenen Leib überlassen«, antwortete der Bischof. »Ich bitte Euch.«

Wie Wilhelm von Diest so vor ihr stand, mit roten Strümpfen und weißem Chorrock, bot er ein komisches Bild. Und wäre die Situation nicht so ernst gewesen, hätte Afra laut gelacht. Deshalb erwiderte sie ernst: »Und wenn ich mich weigere?«

»Ihr seid viel zu klug, um das zu tun.«

»Seid Ihr sicher?«

»Ganz sicher. Es kann doch nicht Eure Absicht sein, das Leben des Dombaumeisters und Euer Leben zu zerstören.«

Afra sah den Bischof mit großen Augen an. So sprach der Teufel. Sie musste an sich halten, ihre Fassung zu bewahren.

Noch während sie überlegte, was der Bischof wissen konnte, meinte dieser eher beiläufig. »Man hat Ulrich von Ensingen in Abwesenheit unter Anklage gestellt. Er soll seine Frau Griseldis vergiftet haben.«

»Das ist eine Lüge, eine infame Lüge ist das! Meister Ulrichs Frau litt seit langem an einer rätselhaften Krankheit. Es ist niederträchtig, ihn für den Tod seiner Frau verantwortlich zu machen.«

DIE LOGE DER ABTRÜNNIGEN

»Mag ja sein«, wehrte der Bischof ab. »Tatsache ist, dass Zeugen beeiden, der Dombaumeister habe sich bei einem Alchimisten Gift besorgt. Tags darauf verschied seine Frau in Christo.«

»Lüge«, schrie Afra außer sich. »Der Alchimist Rubaldus kann bezeugen, dass wir ihn in anderer Mission aufgesucht haben.«

»Das wird nicht möglich sein.«

»Warum?«

»Seine Leiche wurde am Jakobertor in Augsburg gefunden, einen Tag nachdem er dem Bischof einen Besuch abgestattet hatte.«

»Rubaldus tot? Das ist nicht wahr!«

»So wahr wie das Amen in der Kirche.«

»Wie um Himmels willen kam Rubaldus zu Tode? Kennt man den Täter?«

Der Bischof verzog das Gesicht zu einer Grimasse. »Ihr fragt mich zu viel. Wie ich hörte, steckte ein Messer in seinem Hals – immerhin kein Fleischermesser, wie es gemeine Mörder benutzen, sondern ein edles, vornehmes Messer mit silbernem Griff.«

Mord ist Mord, ging es Afra durch den Kopf, da ist es gleichgültig, ob du durch eine rostige Klinge oder eine Waffe aus Silber zu Tode kommst. Vielmehr interessierte sie die Frage, ob Rubaldus' Tod in Zusammenhang mit dem Pergament stand. Außer ihr und Ulrich wusste nur er vom Inhalt des geheimnisvollen Briefes. Und wie es schien, hatte Rubaldus den Inhalt entgegen seiner Behauptung sehr wohl verstanden. Das war auch der Grund für seine unerwartete Abreise nach Augsburg gewesen.

»Was überlegt Ihr?«, holte Wilhelm von Diest Afra in die Gegenwart zurück. »Ihr kanntet wohl den Alchimisten?«

»Was heißt kennen. Ich bin dem sonderbaren Mann nur ein Mal begegnet, damals als ich ihn gemeinsam mit Ulrich von Ensingen aufsuchte.«

»Also doch!«

»Ja, aber nicht aus dem Grund, den ihr Meister Ulrich zum Vorwurf macht.«

»*Ich* mache Meister Ulrich keinen Vorwurf. Ich zitierte nur, was mir aus Ulm gemeldet wurde! Also, warum habt Ihr mit Meister Ulrich den Alchimisten aufgesucht?«

Afra zögerte. Sie war nahe daran, dem Bischof den wahren Grund zu verraten. Schließlich musste sie damit rechnen, dass Wilhelm von Diest dem Geheimnis ohnehin auf der Spur war. Doch dann entschloss sie sich, alles auf eine Karte zu setzen, und erwiderte: »Meister Ulrich stand mit dem Alchimisten in Verhandlung wegen eines Wundermittels für den Dombau. Angeblich verfügte er über mehrere solcher Wundermittel. Ulrich zeigte sich an einer speziellen Tinktur interessiert, welche in Verbindung mit Wasser den Mörtel schneller zum Trocknen bringen und obendrein haltbarer machen sollte. Aber Rubaldus stellte zu hohe Forderungen, und so kam das Geschäft nicht zustande.«

Sie wunderte sich selbst, wie gut sie lügen konnte. Die Geschichte klang durchaus plausibel. Obendrein machte Bischof Wilhelm nicht den Eindruck, als würde er an ihren Worten zweifeln. Das verlieh ihr eine gewisse Selbstsicherheit, und sie sagte: »Um auf Euer Ansinnen zurückzukommen, Eminenz, gebt mir einen oder zwei Tage Zeit. Ich bin nicht abgeneigt, mit Euch das Lager zu teilen; aber ich bin keine Buhle, die es heute mit diesem, morgen mit jenem treibt. Es wäre für Euch kein Vergnügen, eine Frau zu bespringen, die alles nur über sich ergehen lässt. Ich muss mit mir selbst erst ins Reine kommen – wenn Ihr versteht, was ich meine.«

Wilhelm von Diest kniff die Augen zusammen, was ihn nicht gerade ansehnlicher machte. Afra befürchtete schon, er würde gleich über sie herfallen. Da entgegnete der Bischof wider Erwarten: »Ich verstehe Euch wohl. Ich habe so lange auf diesen Augenblick gewartet, Monate und Jahre gezählt, da soll es auf Stunden nicht ankommen.«

Während er das sagte, betrachtete er das Gemälde an der

Wand lange und mit verklärtem Blick. Schließlich meinte er, ohne die Augen abzuwenden: »Ich hoffe nur, dass ich Euren Worten Glauben schenken kann und Ihr kein Spiel mit mir treibt. Das würde Euch schlecht bekommen.«

»Eminenz, wo denkt Ihr hin!« Afra tat entrüstet, obwohl sie in Gedanken längst nach einer Möglichkeit suchte, sich aus der Zwangslage zu befreien. Ihre Hoffnung wurde jedoch jäh zerstört, als der Bischof, noch immer in den Anblick der heiligen Caecilia vertieft, erneut zu reden begann: »Mir ist durchaus bekannt, dass Ihr nicht die unschuldige Jungfrau seid, die Ihr auf dem Gemälde verkörpert.«

»Wie Recht Ihr habt!« In einem Anflug von Ironie schleuderte Afra dem Bischof entgegen: »Ja, ich gestehe, ich habe schon einmal mit einem Mann geschlafen. Ihr wäret also nicht der erste.«

Der Bischof warf Afra einen strafenden Blick zu: »Das meine ich nicht. Eine Jungfrau im Bett ist ohnehin etwas Grässliches.« Er deutete mit dem Finger auf das Gemälde: »Das Bild verrät so einiges.«

»Zum Beispiel?«

»Dass Ihr eine Kindsmörderin seid!«

Die Worte des Bischofs klangen in Afras Kopf wie splitterndes Glas. Sie glaubte, ihr müsse der Kopf zerspringen. Es war, als stünde ihr Herz still. Sie vergaß zu atmen.

»Woher wollt Ihr das wissen?«, fragte sie tonlos. Eigentlich war es gleichgültig, woher Wilhelm von Diest davon wusste. Entscheidend war, dass er ihr Geheimnis kannte, das sie bisher sogar vor Ulrich geheim gehalten hatte. Wie würde *er* reagieren, wenn er davon erführe? Nein, sie wollte es wirklich nicht wissen und hätte die Frage am liebsten zurückgeholt.

Aber der Bischof antwortete: »Nur wenige Alchimisten, Theologen und Magister der Künste beherrschen die Geheimlehre der Ikonographie. Sie zählt zu den geheimen Wissenschaften wie die Iatromathematik, jener Zweig der Heilkunst, der die Wirksamkeit der Medikamente nach der Stunde ihrer Bereitung und

Verabreichung festlegt, oder die Nigromantie, welche sich die magische Beschwörung der Dämonen zur Aufgabe gemacht hat. Ich habe zwar nicht Theologie, aber die Kunst der Ikonographie in Prag studiert, wo die Bedeutendsten ihres Fachs zu Hause sind. Und Alto von Brabant beherrschte diese Kunst ebenfalls.«

Afra folgte den Ausführungen des Bischofs nur mit halbem Ohr. Sie ahnte, dass Wilhelm von Diest alles, aber auch alles, über sie und ihre beklagenswerte Vergangenheit wusste. Und auf einmal brach es aus ihr heraus wie ein Sturzbach: »Der Landvogt hat mich in jungen Jahren missbraucht. Unter Ängsten und Mühen gelang es mir, meine Schwangerschaft zu verheimlichen. Als die Geburt nahte, ging ich in den Wald und brachte ein Kind zur Welt. In meiner Not legte ich es in einen Korb und hängte es an einem Baum auf. Als ich am nächsten Tag danach sehen wollte, war es verschwunden. Wisst Ihr mehr darüber? Sagt mir die Wahrheit.«

Wilhelm von Diest schüttelte den Kopf. »Ihr wisst, dass unsere Gesetze die Aussetzung eines Kindes mit dem Tode bestrafen.« Seine Stimme klang ernst, beinahe teilnahmsvoll, wie man es von diesem Menschen überhaupt nicht erwartete.

Afra blickte starr vor sich hin. Sie schien weit weg mit ihren Gedanken. Sie wunderte sich selbst, dass sie zu keiner Träne fähig war. Das Leben hatte sie hart gemacht, härter, als sie es jemals für möglich gehalten hätte. »Wisst Ihr mehr, so redet endlich«, wiederholte sie ihre Frage.

»Nicht mehr, als Alto von Brabant in seinem Gemälde mitteilt. Seht Ihr das weiße Band mit der Schleife am Oberarm der heiligen Caecilia?«

Afra wandte sich dem Gemälde zu. Sie erinnerte sich nicht, das Band je getragen zu haben, als sie dem Maler Modell stand. Dunkel war ihr im Gedächtnis geblieben, dass sie Alto, als er von ihrem makellosen Körper schwärmte, von ihrer Geburt erzählt hatte und davon, dass sie ihr Kind ausgesetzt hatte.

»Das Band«, meinte Afra verwundert, »eine Zierde, mehr nicht.«

DIE LOGE DER ABTRÜNNIGEN

»Eine Zierde, gewiss, für den flüchtigen Betrachter. Aber für einen, der in der Ikonographie bewandert ist, bedeutet es, diese Frau hat ihr Kind umgebracht, nicht mehr und nicht weniger. Verzeiht, wenn ich das so hart sage. Ich dachte zuerst, der Hinweis bezöge sich auf die heilige Caecilia selbst. Die Theologen des Domkapitels belehrten mich jedoch eines Besseren. Caecilia soll so keusch gewesen sein, dass sie sich sogar ihrem jugendlichen Ehemann Valerianus verweigerte. Damit war für mich klar, dass nur das Modell der heiligen Caecilia die Kindsmörderin sein konnte.«

Gleichmütig streckte Afra dem Bischof die gekreuzten Handgelenke entgegen.

»Was soll das?«

»Ihr werdet mich sicher den Schergen übergeben, wie es Eure Pflicht ist!«

»Unsinn!« Zögernd nahm Wilhelm von Diest Afra in die Arme. Sie hatte alles andere als das erwartet und ließ es willenlos geschehen.

»Wo kein Kläger, da kein Richter«, sagte der Bischof mit ruhiger Stimme. »Ich hoffe nur, Ihr habt außer Alto von Brabant niemandem davon berichtet.«

»Nein«, erwiderte Afra ebenso traurig wie erleichtert. Sie schwieg in banger Erwartung. Welche Eröffnung würde ihr der listige Bischof noch machen? Es hätte sie nicht gewundert, wenn Wilhelm von Diest im nächsten Augenblick verkündet hätte, er wisse von einem geheimnisvollen Pergament, welches sie in der Bibliothek des Dominikanerklosters versteckt habe. Doch dazu kam es nicht.

Von der steinernen Treppe her hallte der dumpfe Lärm der Trommler und Pfeifer, vermischt mit dem ausgelassenen Juchzen der Buhlerinnen. Die vergnügten sich, nach durchzechter Nacht, mit den ehrwürdigen Äbten und Domherren, die sich eines vollkommenen Ablasses sicher sein konnten und der Gnade des Allerhöchsten.

Unschlüssig standen sich beide eine Weile gegenüber. Afra

war zu verwirrt, um einen klaren Gedanken zu fassen. Einerseits durfte sie den Bischof nicht brüskieren, andererseits hatte sie sich vorgenommen, ihre Haut so teuer wie möglich zu Markte zu tragen.

Noch während sie über ihr weiteres Vorgehen nachdachte, während sie mit gesenktem Blick auf dem Bettrand Platz nahm, hörte man auf dem Gang aufgeregtes Geschrei: Abrupt hatten die Musikanten ihre Tätigkeit eingestellt. Durch die geschlossene Türe drang die Stimme des Kammerdieners: »Gott sei uns gnädig, Eminenz!«

»Um diese Zeit ruft man nicht Gott an. Mitternacht ist längst vorüber, und der Morgen graut: Scher dich zum Teufel!«

»Eminenz, der Dom!« Der Kammerdiener ließ sich nicht abweisen.

Da machte der Bischof ein paar heftige Schritte zum Eingang hin, riss wütend die Türe auf und packte den Kammerdiener am Kragen. Aber noch ehe er seinen Fluch loswerden konnte, lamentierte der Kammerdiener: »Eminenz, der Dom stürzt ein! Ich habe es mit eigenen Augen gesehen.«

Da holte der Bischof aus und erteilte dem verstörten Diener eine Ohrfeige. Der winselte wie ein getretener Hund. »Wenn ich es Euch sage! Domherr Hügelmann hat es ebenfalls gesehen.«

»Wen wundert's? Hat ja auch für zwei gesoffen. Und du hast wohl die Reste aus den Krügen geleert!«

»Bei der Heiligen Jungfrau, keinen Tropfen.« Dabei hob der Kammerdiener die Hand zum Schwur. »Keinen Tropfen!«

Das Geschrei im Treppenhaus wurde immer heftiger. Rufe nach dem Dombaumeister wurden laut.

»Wo ist Ulrich?«, fragte Afra, der die Sache langsam unheimlich wurde.

»Was fragt Ihr mich?«, raunte der Bischof zurück. »Bin ich der Hüter des Dombaumeisters?«

»Er verschwand mit Eurer Buhlschaft.«

Wilhelm von Diest hob die Schultern. Er schien verärgert. Schließlich trat er ans Fenster. Vom Domplatz drang Lärm her-

DIE LOGE DER ABTRÜNNIGEN

auf. Als er das Fenster öffnete, hallten Rufe über den Platz, Kommandos: »Da!« und »dort!« oder »hierher!«. Ihre Hellebarden im Anschlag trabte die Stadtwache über das Pflaster.

»Ich muss Meister Ulrich finden«, stammelte Afra, die der Situation mehr Bedeutung beimaß als der Bischof.

»So tut denn, was Ihr nicht lassen könnt.«

Afra erhob sich, und ohne sich zu verabschieden, stürmte sie über die Treppe hinab und durchquerte den Festsaal. Betrunken vom Wein und berauscht von den Liebesdiensten der Buhldirnen lag ein schwarz gekleideter Domherr bäuchlings auf dem Boden. Man hätte glauben können, er sei selig im Herrn verschieden, wäre da nicht seine Rechte gewesen, die glücklich wie eine Kinderhand in einer Weinlache herumpatschte. Ein Ordensmann, dem seine Kutte im orgiastischen Tanze abhanden kam, hing schlafend, das Gesicht in den Unterarmen vergraben wie ein Jünger am Ölberg, über dem Tisch. Alle übrigen Gäste hatten den Saal bereits verlassen, um auf dem Domplatz nach dem Rechten zu sehen.

Im Treppenhaus rief Afra nach Ulrich, aber als sie keine Antwort bekam, rannte sie hinter den anderen her. Dunkle Wolken jagten über den schwarzgrauen Himmel, und obwohl das Morgengrauen von der Rheinebene her aufzog, fiel es schwer, sich zu orientieren. Männer mit Pechfackeln hetzten scheinbar ziellos hin und her. Kapuzenmänner in langen Mänteln riefen sich unverständliche Kommandos zu. Frauen kreischten hysterisch, der Leibhaftige habe sich ihnen gezeigt, andere riefen nach dem Exorzisten. Vom Domportal schallte der Ruf nach Meister Ulrich über den Platz.

Das Tor des Hauptportals, das für gewöhnlich um diese Zeit noch verschlossen war, stand sperrangelweit offen. Die Bettler und Vagabunden, welche die Nacht auf den Stufen des Domes verbrachten, hatten alle bis auf einen das Weite gesucht, aus Furcht, man könnte ihnen die Schuld in die Schuhe schieben.

»Was ist geschehen?«, herrschte Afra den zurückgebliebenen Vagabunden an.

Wohl aufgrund seiner Jugend war er weniger furchtsam und hatte keinen Grund gesehen, wie die Übrigen seiner Zunft Reißaus zu nehmen. Eine trübe, dunkle Staubwolke drang aus dem Domportal, und der junge Bettler hustete sich die Seele aus dem Leib, bevor er Afras Frage beantwortete: »Es war kurz nach Mitternacht. Plötzlich hörte ich im Dom seltsame Geräusche. Noch nie hatte ich solche Töne vernommen. Es schien, als rieben Mühlsteine aneinander. Ich habe einen gesegneten Schlaf, aber was da aus der Kathedrale an mein Ohr drang, klang so unheimlich, dass ich dachte, Beelzebub persönlich versuche das Bauwerk zum Einsturz zu bringen. Wir waren ein Dutzend, und einer nach dem anderen erwachte. Die meisten bekamen es mit der Angst zu tun. Sie nahmen ihr Bündel und ergriffen laut schreiend die Flucht. Als die Geräusche lauter wurden und die ersten Gesteinsbrocken auf die Erde donnerten, wurde auch mir unheimlich. Ich hielt mein Ohr an das Portal, ob ich vielleicht Stimmen hörte, aber nichts, nur das Geräusch zu Boden stürzender Steine. Mir kamen Gedanken an das Ende der Welt und die Auferstehung der Toten aus ihren Gräbern, wie es in manchen Kathedralen dargestellt ist. Wie ein Gespenst erschien plötzlich der Küster. Er glaubte an ein Erdbeben und wollte im Dom nach dem Rechten sehen. Als er das Portal aufschloss, bot sich uns ein geisterhaftes Bild ...«

Afra warf dem Vagabunden einen ungläubigen Blick zu.

»Seht selbst!«, sagte der.

Noch immer quoll eine Staubwolke aus dem zweiflügeligen Hauptportal. Der trockene Qualm legte sich auf die Lungen, und die Augen begannen zu tränen. Durch die rot und blau gefärbten Glasfenster drang karges Morgenlicht. Wie Fremdkörper aus einer anderen Welt lagen Gesteinsbrocken in der Kathedrale verstreut, die größten höher und breiter als eine Elle. Der erste Pfeiler hing beinahe in der Luft. An seinem Fundament klaffte ein tiefes Loch. Nur ein schmales Stück Mauerwerk trug sein ganzes Gewicht. Ein Wunder, dass er nicht eingestürzt war.

Ängstlich ging ihr Blick nach oben zum Spinnennetz des Kreuzrippengewölbes. Dort, genau in der Mitte, klaffte ein großes Loch. Teile des Schlusssteins, der es verschlossen hatte, lagen über den Steinboden verstreut. Bei der Heiligen Jungfrau und allen Heiligen – was hatte das zu bedeuten?

Afra wandte sich um. Sie bekam keine Luft mehr. Sie lief, vorbei an Neugierigen, die in das Innere drängten, nach draußen. Dort trat ihr Hügelmann von Finstingen entgegen, der Dekan des Domkapitels.

»Gott im Himmel«, rief er mit schwerer Zunge, »wo ist Meister Ulrich?«

»Ich weiß es nicht«, erwiderte Afra aufgeregt. »Ihr wisst doch selbst, er war wie Ihr auf dem Festessen des Bischofs. Plötzlich war er verschwunden.«

Weiter kam sie nicht. Denn im selben Augenblick stürzte von der Plattform über dem Hauptportal, wo der Turm in den Himmel wuchs, ein Quader in die Tiefe und zerbarst nicht weit von Afra entfernt. Auch Hügelmann schien starr vor Schreck. Mit zusammengekniffenen Augen blinzelte er furchtsam nach oben: »Da!« Mit dem Finger stach der Domherr in die Luft. Ein Kapuzenmann huschte am Geländer entlang. Auch andere hatten ihn entdeckt. »Ein Kapuzenmann!«, rief einer nach dem anderen. »Fangt ihn!«

Eine Horde kräftiger Männer drängte vom Portal zu der seitlich gelegenen Steintreppe, die in Windungen nach oben auf die Plattform führte. Von gesegneter Leibesfülle ließ ihnen der Domherr den Vortritt. Schwer atmend stapfte er hinterher. Oben angelangt, rang er nach Luft. »Habt ihr den Kerl?«, rief er atemlos.

Die Jünglinge, keiner älter als achtzehn, hatten sich mit Dachlatten bewaffnet, die ihnen auf dem Weg nach oben in die Hände gefallen waren. Sie suchten jeden Winkel ab, aber von dem Kapuzenmann fehlte jede Spur.

»Dabei habe ich ihn mit eigenen Augen gesehen!«, beteuerte der Domherr.

SECHSTES KAPITEL

»Ich auch!«, bekräftigte ein entschlossen dreinblickender junger Mann mit langen schwarzen Haaren.

»Aber er kann sich doch nicht in Luft aufgelöst haben.«

Hügelmann von Finstingen blickte enttäuscht in die Tiefe. Anders als auf der Plattform, wo der Tag bereits Einzug gehalten hatte, lag der große Platz noch im Dämmerlicht.

»Da ist er!«, rief der Domherr plötzlich.

Die Männer stürmten an die Balustrade: Mit wehendem Mantel eilte ein Kapuzenmann in südlicher Richtung über den Platz.

»Haltet ihn!«

»Der Kapuzenmann.«

»Nehmt ihn fest.«

Auf dem Domplatz kamen die Rufe zwar an, aber die Menschen blickten verwirrt nach oben, weil sie die Worte nicht verstanden in dem aufgeregten Durcheinander. So gelang es dem Kapuzenmann, ungeschoren in einer Seitengasse zu entkommen.

In der Zwischenzeit hatte Afra verzweifelt nach Ulrich gesucht. In der Dombauhütte, wo für gewöhnlich peinliche Ordnung herrschte, war er nicht; dort herrschte große Unordnung. Pläne und Pergamente lagen verstreut, Schubladen und Kästen waren umgestülpt. Es sah aus, als hätten asiatische Reiterhorden die Dombauhütte geplündert.

Während sie das eine oder andere Objekt aufhob und an seinen Platz zurückstellte, versuchte Afra die Erlebnisse der vergangenen Nacht und des jungen Morgens zu ordnen, was nicht eben einfach war. Zu viel hatte sich ereignet, Dinge, die sich scheinbar nicht ineinander fügten und die doch in einem bestimmten Zusammenhang stehen mussten.

Auch wenn sie nicht mit Sicherheit sagen konnte, welchen Zweck der Anschlag auf die Kathedrale verfolgte, so deutete vieles darauf hin, dass gewisse Leute an markanten Stellen des Bauwerks nach irgendetwas suchten. Hatte sie nicht erst vor kurzem mit Ulrich darüber gesprochen? Seltsam nur, dass diese Leute von eben diesen Stellen wussten, die angeblich ein wohl gehütetes Geheimnis der Dombaumeisterzunft waren, weitergegeben von Generation zu Generation.

Spontan dachte Afra an Werinher Bott, der noch immer seine Anhänger hatte. Aber welches Ziel verfolgte er mit seinen Leuten? Es schien unvorstellbar, dass Meister Werinher aus Hass auf Ulrich von Ensingen die Kathedrale zum Einsturz bringen wollte. Wozu hätten die Kapuzenmänner dann die Dombauhütte auf den Kopf gestellt? Ebenso unwahrscheinlich schien die Überlegung, Werinher Bott könnte mit den Leuten, die nach dem geheimnisvollen Pergament suchten, in Verbindung stehen.

Die undurchsichtigste Rolle spielte freilich Bischof Wilhelm von Diest. Er wusste einfach alles, und das Wort Geheimnis schien für ihn ein Fremdwort zu sein. Die Dominikaner, die Blutknechte der Inquisition, waren harmlos, was ihre Kenntnisse betraf, im Vergleich zu den Spähern des Bischofs. König Sigismund könnte sich glücklich schätzen, wenn er über eine derartige Spähertruppe verfügte.

Inzwischen drängten immer mehr aufgebrachte Bürger in den Dom. Sie sammelten sich im Querschiff, wo es keine Schäden gab. Bärtige alte Männer fielen auf die Knie und rangen die Hände gen Himmel, weil sie glaubten, das Weltenende sei gekommen, der Untergang der Menschheit, den die Bußprediger seit dreihundert Jahren verkündeten. Frauen rauften sich die Haare und schlugen ihre Brüste aus Furcht vor dem bevorstehenden letzten Gericht.

Nur die Jungen, die auf der Plattform vergeblich nach dem Kapuzenmann gesucht hatten, drängten wild entschlossen durch die betende, lamentierende Menge und schwangen Dachlatten und Knüppel über ihren Köpfen. Einer kletterte über das eiserne Gitter, das den Weg zur Kanzel versperrte. Oben angelangt rief er: »Hierher, hierher!« Vom Chorraum hallte ein schauriges Echo.

Gebannt blickten die Menschen im Dom zur Kanzel. Dort, wo ihnen für gewöhnlich das Evangelium verkündet wurde, war ein heftiger Kampf im Gange. Der Halbwüchsige schlug mit einer Keule auf einen Kapuzenmann ein, der sich auf der Kanzel versteckt hatte. Es gelang ihm, die ersten Schläge abzuwehren, doch dann kam es zum Handgemenge, und der Junge stürzte den Unbekannten von der Kanzel in die Tiefe. Sein feister Leib schlug dumpf auf dem Steinboden auf. Vergeblich versuchte er sich aufzurappeln, brach zusammen und versuchte es ein zweites Mal.

Inzwischen waren die übrigen Schläger herbeigeeilt.

»Schlagt ihn tot!«, feuerten erzürnte Bürger die Jungen an.

Drei, vier, fünf von ihnen prügelten auf den Kapuzenmann ein, bis das Blut spritzte und er sich kaum noch bewegte.

»Der Herr sei seiner sündigen Seele gnädig!«, rief eine junge Frau mit kräftiger Stimme. Dabei bekreuzigte sie sich ein um das andere Mal.

Erst als sich eine dunkle Blutlache um den Mann im schwarzen Gewand bildete und er kein Lebenszeichen mehr von sich gab, ließen die Schläger von ihm ab.

Um das grausige Geschehen hatte sich ein Kreis von über hundert Menschen gebildet. Jeder wollte einen Blick auf den Schurken erhaschen. Das eben noch wilde Geschrei war einer furchtsamen Andacht gewichen und der bangen Frage, ob sie soeben den Teufel erschlagen hätten.

Ungestüm bahnte sich Domherr Hügelmann einen Weg durch die Gaffer. Als er den toten Kapuzenmann erblickte, rief er mit Zornesröte im Gesicht: »Wer war das? Wer hat den Mann im Hause des Herrn erschlagen?«

»Er wollte unseren Dom zum Einsturz bringen«, verteidigte sich der Kraftprotz, der den Kapuzenmann von der Kanzel gestürzt hatte. »Er hat den Tod verdient.«

»Jawohl, er hat den Tod verdient!«, eiferten sich die Umstehenden. »Jetzt kann er wenigstens keinen Schaden mehr anrichten. Hätten wir warten sollen, bis unser Dom eingestürzt ist? Der Junge hat recht getan!«

Hügelmann blickte in wütende, hasserfüllte Gesichter und

zog es vor zu schweigen. Er beugte sein rechtes Knie. Keinesfalls aus Respekt vor dem Toten, sondern weil es in Anbetracht seiner Leibesfülle die einzige Möglichkeit war, den Kapuzenmann zu berühren. Behutsam zog er ihm die Kapuze vom Kopf. Dabei kam ein schmerzverzerrtes Gesicht zum Vorschein mit einem weit geöffneten Mund, aus dem ein Blutstrom sickerte.

Ein leiser Aufschrei ging durch die Menge, als Hügelmann den zerschmetterten Kopf des Kapuzenmannes zur Seite drehte. Auf dem Hinterkopf der Leiche sah man deutlich, dass er vor längerer Zeit eine Tonsur getragen hatte. Das kreisförmig ausgeschorene Haupthaar, wie bei Mönchen üblich, hinterließ ein Leben lang seine Spur. Hügelmann schüttelte den Kopf.

»Herrgott im Himmel«, murmelte er kaum verständlich vor sich hin, »ein Mönch, warum ausgerechnet ein Mönch?« Der Domherr zögerte. Schließlich streifte er den rechten Ärmel des Kapuzenmannes zurück. Auf der Innenseite des Unterarms kam ein Feuermal zum Vorschein, eingebrannt mit einem glühenden Stempel und beinahe so groß wie eine Handspanne: ein Kreuz, durch dessen Mitte ein Schrägbalken ging.

»Dacht ich mir 's doch«, sagte er leise vor sich hin. Und laut, dass es alle hören konnten, fügte er hinzu: »Der Teufel hat sich dieses Mannes bemächtigt! Schafft ihn raus, damit er nicht länger das Haus des Herrn entweiht mit seinem Blut.«

Da sah der Bußprediger Elias, ein Dominikaner auf dem Weg zur Frühmesse, seine Gelegenheit gekommen. Seine scharfe Zunge, mit der er die Sündhaftigkeit seiner Mitmenschen geißelte, war gefürchtet. Nicht wenige flohen vor seinen Predigten, weil sie die Geißel seiner Worte nicht ertragen konnten. Mit schnellen Schritten stürmte er die Kanzel und begann mit kraftvoller Stimme so, wie er immer begann: »O ihr abscheulichen Sünder!«

Verwirrt reckten die Menschen im Dom ihre Köpfe in die Höhe.

Der Bußprediger streckte die Arme aus und richtete beide Zeigefinger auf die gaffende Menge: »Ihr Kleingläubigen glaubt, der Teufel habe bei dem Geschehen der vergangenen Nacht die Hand im Spiel. O ihr Kleingläubigen! Wer hat Sodom und Gomorrha zu Asche verbrannt? – Zwei Engel. Wer hat den Pharao im Roten Meer ertränkt? – Der Engel des Herrn. *Ille puniebat rebelles* – jener Engel strafte die Feinde. Wen hat der Herr vor den Eingang zum Paradies gesetzt mit flammendem Schwert? – Einen Feuerengel. Was folgern wir aus diesen Taten? Die Kraft der Engel ist um ein Vielfaches größer als die des Teufels. O ihr Sünder, der Teufel verfügte gar nicht über die Kraft, diese Kathedrale zum Einsturz zu bringen. Aber wenn es dennoch Anzeichen gibt, dass dieses Gebäude niedersinken soll wie einst die Mauern von Jericho, dann geschieht das nach dem Willen des Allerhöchsten, der seine Engel schickt, um das Werk zu stürzen.« Er hielt einen Moment inne, um seine Worte wirken zu lassen.

»Warum tut der Herr uns das an?, werdet ihr fragen, ihr abscheulichen Sünder. Ich will euch die Antwort verraten. Der Herr hat seine Engel geschickt, damit sie künden vom Ende der Welt. Damit sie ein Zeichen setzen für das Jüngste Gericht, welches näher ist, als ihr glaubt.

O ihr verfluchten Sünder!
O ihr verfluchten Wollüstigen!
O ihr verfluchten Buhlschaften!
O ihr verfluchten Rachsüchtigen!
O ihr verfluchten Geizhälse!
O ihr verfluchten Vollsäufer!
O ihr verfluchten Hoffärtigen!

Hört ihr nicht die verzweifelten Schreie der Verdammten? Das Heulen und Zähneknirschen der höllischen Wölfe? Das entsetzliche Zetergeschrei der tausend Teufel? Die heiß brennenden Flammen der Hölle fressen sich durch die Erde, Flammen, gegen die jedes irdische Feuer nur ein kühler Tau ist!«

Die Worte des Dominikaners klatschten wie nasse Fetzen auf die Köpfe der Zuhörer. Man hörte leises Gewimmer und Schluchzen. Mit Schweiß auf der Stirne fiel die dicke Frau eines

Settmeisters in Ohnmacht. Für den Bußprediger Grund genug, den Ton seiner Rede zu verschärfen.

»O ihr abscheulichen Sünder«, fuhr er fort, »habt ihr vergessen, dass der Tod von einem Augenblick auf den anderen alles hinwegnimmt, was in eurem jammervollen Leben von Bedeutung war? Als da sind die höchsten und schönsten Bauwerke, mit denen ihr weniger dem Allerhöchsten als euch selbst ein Denkmal setzen wolltet wie die gottlosen Könige der Ägypter. Als da sind die grellen Masken der Buhlen in den Badehäusern, denen ihr, von der Fleischeslust getrieben, mehr Geld hinterherwerft als den Armen, von denen es unzählige gibt in eurer Stadt.

Nichts eignet sich besser, fleischliche Gelüste zu überwinden, als dass ihr jenes, was ihr so liebet, so betrachtet, wie es aussehen wird nach dem Tode. Dann werden die kristallklaren Augen, die manches Herz verwundet, eintrocknen in ihrem eigenen Schleim. Purpurfarbene Wangen, denen ihr geile Liebesküsse versetzt habt, werden einfallen und von Würmern heimgesucht werden. Die Hand, die ihr so oft gedrückt, wird zerfallen in Knöchlein. Auf der wogenden Brust, die euch zum Beben brachte, werden sich Kröten tummeln, Spinnen und Kakerlaken. Der ganze Leib eurer Buhlschaft, die ihr mit Wollust aufgemästet, wird stinkend in der Erde verfaulen. *Nihil sic ad edomandum desiderium appetituum carnavalium valet.* – Nichts wird also die Kraft haben, die Begehrlichkeit des Fleisches zu dämpfen, als diese lebhafte Vorstellung.«

In der Menge wurden Rufe laut: »O ich abscheulicher Sünder!« Ein stattlich gekleideter Kaufmann rang die Hände über dem Kopf. »Gott vergebe mir meine Rachsucht!«, rief ein zweiter. Und eine Jungfrau mit bleichem Gesicht lispelte mit hoher Stimme: »Herr, nimm alles Fleischliche von mir!«

Der Bußprediger nahm seine Rede wieder auf: »O ihr abscheulichen Sünder. Mehr als einmal hat der gerechte Gott, von den widerwärtigen Lasten der verderbten Welt bewogen, Feuer vom Himmel geworfen, um die Sünder zu verbrennen, die nicht

SECHSTES KAPITEL

Buße tun wolltet. *In cinere et cilicio* – in Asche und Bußkleid. Und weil ihr nicht gewillt seid, euren Hochmut zu zügeln, weil ihr unter dem Mäntelchen des christlichen Glaubens eine Kathedrale baut, die größer ist und prächtiger als jede andere, hat Gott der Herr seine Engel geschickt, um dem Werk Einhalt zu gebieten und ...«

Er hatte den Satz nicht zu Ende gebracht, als am Engelspfeiler im südlichen Teil des Querschiffs ein unergründliches Geräusch vernehmbar wurde, ein zischender Ton, als platze die fein gegliederte Säule auseinander.

Verschreckt hielt der Bußprediger inne. Und wie auf ein Kommando wandten sich die Köpfe der Zuhörer in dieselbe Richtung. Wie gebannt starrten sie auf den Tuba blasenden Engel in der zweiten Reihe, der zum Jüngsten Gericht rief. Er neigte sich wie von Geisterhand gedrängt nach vorne und verharrte so einen Augenblick, als wehre er sich gegen den Absturz. Dann stürzte er, nachdem der Wandsockel, der ihn beinahe zweihundert Jahre getragen hatte, nachgab, kopfüber in die Tiefe, wo er in mehrere Teile zerschellte. Die Tuba, die Hand, die sie hielt, der Heiligenschein und ein Flügel lagen über den Boden verstreut wie die Gebeine der Verdammten am Jüngsten Tag.

Als die Menschen im Dom begriffen, was sich soeben vor ihren Augen ereignet hatte, ergriffen sie schreiend die Flucht.

»Im Dom ist der Teufel los!«, hörte man rufen. »Hütet euch vor dem Leibhaftigen!«

Der Kraftprotz, der den Kapuzenmann von der Kanzel gestoßen hatte, packte die Leiche an beiden Beinen und schleifte sie, eine abscheuliche Blutspur hinterlassend, durch das Hauptportal ins Freie.

Dort wartete, etwas abseits, Werinher Bott in seinem Rollstuhl. »Das alles ist das Werk von Meister Ulrich!«, rief er dem Dekan des Domkapitels entgegen. »Wo steckt der Kerl überhaupt?«

Hügelmann von Finstingen trat auf den Krüppel zu: »Mir scheint, Ihr könnt Meister Ulrich nicht recht leiden?«

DIE LOGE DER ABTRÜNNIGEN

»Da liegt Ihr nicht verkehrt, hoher Herr. Er ist ein Großsprecher und tut, als hätte er die Baukunst erfunden.« Mit Staunen verfolgte Werinher, wie der Kraftprotz die Leiche aus dem Dom schleifte. »Was hat das alles zu bedeuten?«, erkundigte er sich bei Hügelmann.

»Eine Horde Kapuzenmänner hat heute Nacht versucht, den Dom zum Einsturz zu bringen. Einer von ihnen blieb zurück. Er wurde von aufgebrachten Bürgern erschlagen.«

»Er da?« Werinher machte eine knappe Kopfbewegung.

Hügelmann nickte.

»Lasst mich raten. Es war Ulrich von Ensingen!«

»Unsinn. Meister Werinher, ich verstehe ja Eure Verbitterung zu einem gewissen Grade; aber Ihr dürft Ulrich von Ensingen nicht alles Schlechte in die Schuhe schieben. Glaubt Ihr wirklich, Meister Ulrich könnte ein Interesse haben, den Dom zum Einsturz zu bringen?«

»Wer ist es dann?«, fragte Werinher mit einem Blick auf die Leiche vor dem Domportal.

»Ein ehemaliger Mönch«, erwiderte Hügelmann, »das macht mich nachdenklich. Aber es ist nur einer aus einer ganzen Horde, die heute Nacht ihr Unwesen trieben. Er trägt ein Brandmal auf dem Unterarm, ein durchgestrichenes Kreuz.«

»Verratet mir die Bedeutung des Brandmals!«

»Das darf ich nicht.«

»Und warum?«

»Es zählt zu den sieben mal sieben Geheimnissen der römischen Kurie, die keinem verraten werden dürfen, der nicht die Höheren Weihen empfangen hat.«

»Dann lasst mich raten, Magister Hügelmann. Ein durchgestrichenes Kreuz bedeutet nichts anderes, als dass der Gebrandmarkte seinen Glauben oder sein Gelübde verraten hat, ein Abtrünniger also oder ein exkommunizierter Mönch.«

»Meister Werinher«, rief der Domdekan entrüstet, »woher habt Ihr die Kenntnis über dieses Zeichen?«

Werinher versuchte ein Lächeln, was ihm jedoch kläglich

SECHSTES KAPITEL

misslang. »Ich bin zwar ein Krüppel, was meine unbeweglichen, steifen Glieder betrifft, aber mein Gehirn funktioniert nach wie vor ganz normal. Auch Dombaumeister arbeiten mit Zeichen und Symbolen. Allerdings brennen wir unsere Merkmale und Symbole nicht auf die nackte Haut. Wir meißeln sie mit feiner Hand in Stein. Das ist vornehmer – und dauerhafter obendrein.« Während er das sagte, betrachtete Werinher den Domdekan unsicher von der Seite.

Da gab sich Hügelmann von Finstingen plötzlich verhalten, und sauertöpfig erwiderte er: »Was geht es Euch an?«

Die Menge, die sich aus der Kathedrale drängte, wurde größer und größer. Von irgendwoher zerrte ein in Lumpen gekleideter Knecht einen störrischen Esel. Mit einem Strick fesselte er die Beine des toten Kapuzenmannes und hängte die Leiche an sein Zugtier. Dann schlug er auf den Esel ein. Begleitet von einer ekstatisch tanzenden, winselnden, in laute Klagerufe ausbrechenden Menschenschar schleifte der Knecht den toten Kapuzenmann in Richtung der Schindbrücke.

Männer und Frauen, sogar Kinder, die überhaupt nicht wussten, was um sie vorging, stießen Flüche und Verwünschungen aus. In der Annahme, den Teufel persönlich erlegt zu haben, spuckten und urinierten sie auf die Leiche, der auf dem Pflaster allmählich die Kleider vom Leibe gezogen wurden. Hunde knurrten und jaulten und verbissen sich in die schlenkernden Arme des Kapuzenmannes. Die tobende Prozession zelebrierte den Tod Luzifers wie ein Hochamt im Dom. In den Gassen, die der Pöbel mit seiner Beute durchquerte, hingen Menschentrauben an den Fenstern, um einen Blick auf den geschundenen Teufel zu werfen. Verängstigte Weiber ergingen sich in Lachkrämpfen oder entleerten, während die Leiche an ihren Häusern vorbeigeschleift wurde, die Nachtgeschirre mit ihrer Notdurft.

Auf der Schindbrücke angelangt, nahm der Knecht dem toten Kapuzenmann oder besser: dem, was von ihm übrig geblieben war, die Fessel ab, stemmte die Leiche mit beiden Armen in die Höhe und warf sie unter dem Johlen der Menge in die Ill.

»Fahr zur Hölle, Kapuzenmann!«, rief ein kahl geschorener, massiger Mann, dessen kantige groteske Bewegungen wie die eines künstlichen Menschen wirkten, die auf dem Jahrmarkt den Leuten das Geld aus der Tasche lockten.

»Fahr zur Hölle, Kapuzenmann!«, antwortete der Pöbel vielhundertfach.

Stundenlang hallte der schauerliche Ruf durch die Gassen von Straßburg. Die Menschen waren wie von Sinnen.

Afra hatte von alldem wenig mitbekommen. Sie hatte Probleme genug, das Erlebte der vergangenen Nacht zu verarbeiten. Während sie in der Dombauhütte versuchte, Ordnung in das Chaos zu bringen, während sie Pläne und Rechnungen sortierte und Dinge, die auf dem Boden verstreut lagen, an ihren Ort zurücklegte, wurde die Türe aufgestoßen.

Eigentlich hatte Afra mit Ulrich gerechnet und einer Erklärung für seine lange Abwesenheit, aber als sie sich umwandte, blickte sie in das grinsende Gesicht Meister Werinhers, den ein Lakai in seinem Rollwagen hereinschob.

»Wo ist er?«, fragte er grußlos und unverschämt.

»Falls Ihr Meister Ulrich meint«, erwiderte Afra kühl, »er ist nicht hier.«

»Das sehe ich. Ich frage, wo er ist.«

»Ich weiß es nicht. Und selbst wenn ich es wüsste, fühlte ich mich nicht verpflichtet, Euch eine Antwort zu geben.«

Darauf mäßigte Werinher Bott seinen herausfordernden Tonfall: »Verzeiht die Heftigkeit meiner Worte. Aber das Geschehen der vergangenen Nacht ist nicht dazu angetan, ruhig zu bleiben. Hört Ihr den Lärm der Menschen draußen auf dem Domplatz? Sie sind wie besessen von dem Gedanken, der Teufel habe seine Hand im Spiel.«

»Und? Glaubt Ihr nicht an den Teufel, Meister Werinher? Wer nicht an den Teufel glaubt, versündigt sich gegen die Gebote der Heiligen Mutter Kirche. Das dürfte Euch doch bekannt sein!«

Der gelähmte Dombaumeister machte eine hilflose Kopfbewegung und erwiderte: »Ja, durchaus; doch es geht hier nicht um den Glauben an den Teufel, sondern um die Frage, wer hinter dem Anschlag auf die Kathedrale steckt. Der Pöbel neigt allzu leicht dazu, alles Unerklärliche dem Teufel in die Schuhe zu schieben.«

»Wenn ich Euch recht verstehe, dann glaubt Ihr also nicht, dass bei diesem Unheil der Teufel die Hand im Spiel hat?«

Ungehalten hob Werinher Bott die Augenbrauen. »Der Teufel, der sich an der Kathedrale vergriffen hat, hätte auf jeden Fall eine Ausbildung als Dombaumeister erfahren. Ungewöhnlich für einen Teufel, findet Ihr nicht?«

»Ja gewiss. Aber wie kommt Ihr darauf?«

»Habt Ihr die Schäden näher betrachtet?«

»Nein. Was ich aus der Ferne gesehen habe, war schlimm genug.«

Mit dem Kopf gab Werinher dem Lakaien ein Zeichen, den Rollstuhl näher an Afra heranzuschieben. Es schien, als hegte er die Befürchtung, ein ungewollter Ohrenzeuge könnte ihr Gespräch belauschen. Leise sagte er: »Wer immer der Auftraggeber dieses Zerstörungswerkes sein mag, er kannte die Baupläne und bestimmte architektonische Gegebenheiten, die Außenstehenden unbekannt sind.« Und ohne erkennbaren Zusammenhang stellte er die Frage: »Kennt Ihr eigentlich das Vorleben von Meister Ulrich?«

Afra warf Meister Werinher Bott einen wütenden Blick zu. »Was soll die Frage? Ich weiß nicht, was Ihr meint. Am besten, Ihr verschwindet!«

Werinher ließ sich nicht beirren. »Ich meine«, fuhr er fort, »Ulrich von Ensingen ist ein gutes Stück älter als Ihr. Da mögen wohl Zweifel erlaubt sein, ob er Euch über jede Einzelheit seines Lebens informiert hat.«

»Dessen könnt Ihr gewiss sein, Meister Werinher. Ulrich hatte keinen Grund, mir irgendetwas aus seinem Leben zu verheimlichen.«

»Da seid Ihr sicher?«

»Ganz sicher. Worauf wollt Ihr eigentlich hinaus?« Allmählich begann Afra zu zweifeln.

»Ich meine, als Dombaumeister wird man ja nicht geboren. Könnte es nicht sein, dass Meister Ulrich, bevor er sich entschloss, Kathedralen zu bauen, etwas ganz anderes getan hat?«

Das hinterhältige Gerede des Gelähmten machte Afra von einem Augenblick zum anderen klar, dass sie eigentlich nur wenig über Ulrichs Vergangenheit wusste. Gewiss, sie hatte ihn als einen rechtschaffenen Menschen kennen gelernt, von verschlossenem Charakter und nicht jedermanns Freund. Aber was wusste sie schon über ihn? – Das, was er auf ihre Fragen geantwortet hatte, und das war nicht gerade viel. Sollte sie sich in Ulrich so getäuscht haben? Ihr Herz begann zu rasen.

»Was soll er schon getan haben?«, gab Afra unwirsch zurück.

Werinher legte den Kopf zur Seite und erwiderte mit einem unverschämten Grinsen: »Da gibt es viele Möglichkeiten. Zum Beispiel könnte er ein Mönch gewesen sein oder sogar ein Domherr oder ein Legat des Papstes, der aus irgendeinem Grund sein Amt aufgegeben hat.«

»Ulrich? Dass ich nicht lache!«

»Habt Ihr schon einmal seinen rechten Unterarm näher in Augenschein genommen?«

Nicht nur diesen, wollte Afra antworten; doch die Situation war zu ernst, und die Antwort blieb ihr im Halse stecken. Denn wenn sie ehrlich war, hatte sie Ulrichs Unterarm noch nie richtig betrachtet. Ulrich von Ensingen trug stets Kittel mit langen Ärmeln. Welche Bedeutung sollte sie dem beigemessen haben?

Afra musterte Werinher mit finsterem Blick: »Was soll diese dumme Frage?«

Der erwiderte überlegen: »Fragen sind niemals dumm, Antworten schon eher. Was im Dom passiert ist, trägt die Handschrift der Loge der Abtrünnigen, einem Bündnis kluger Leute, die sich die Zerschlagung der Heiligen Mutter Kirche zum Ziel gesetzt haben. Meist sind es abtrünnige Mönche oder exkommunizierte Würdenträger der Kirche, die sich dem Teufel verschrieben haben. Sie sind so gefährlich, weil sie aufgrund ihres

Vorlebens über detaillierte Kenntnisse aller kirchlichen Einrichtungen verfügen. Das Netzwerk ihrer Verbindungen reicht bis in die römische Kurie. Man sagt sogar, einer der drei Päpste, die derzeit die Kirche regieren, gehöre der Loge der Abtrünnigen an. Wenn man ihren Lebenswandel betrachtet, weiß man wirklich nicht, wen man dafür halten soll. Jedenfalls tragen alle Abtrünnigen auf der Innenseite ihres rechten Unterarms ein Brandmal, ein Kreuz mit einem Schrägbalken.«

»Und Ihr vermutet, dass Meister Ulrich ein solches Brandzeichen auf seinem Unterarm trägt?« Afra presste die Hand vor den Mund. Zu furchtbar erschien ihr die Vorstellung, dass Werinher Recht haben könnte. Tausend Gedanken schossen ihr durch den Kopf, die sie immer mehr verwirrten.

Welchen Grund hatte Werinher Bott, Ulrich von Ensingen so abgrundtief zu hassen? Darauf fand Afra ebenso wenig eine Antwort wie auf die Frage nach Ulrichs Vergangenheit. Woher er stammte, womit er sich vor dem Dombau in Ulm beschäftigt hatte, darüber hatten sie nie gesprochen. Ulrich von Ensingen war eines Tages in ihr Leben getreten. Oder war sie es, die in *sein* Leben trat? Die genaue Antwort kannte Afra selbst nicht mehr.

Das Pergament! Der Gedanke traf sie wie ein Blitzstrahl während eines brodelnden Gewitters. Hatte Ulrich von Ensingen es gar nicht auf *sie* abgesehen, sondern auf das Pergament? Mein Gott, war sie naiv gewesen! Noch allzu gut erinnerte sie sich an Ulrichs aufgeregte Frage nach dem Pergament, als sie Ulm bei Nacht und Nebel verließen. Nur gut, dass Ulrich das Versteck der Urkunde in der Klosterbibliothek nicht kannte.

Während sie Werinher Bott prüfend ansah, begegnete Afra zum ersten Mal einer gewissen Offenheit in seinem Gesicht. Kein Spott, kein höhnisches Grinsen, sogar der Zynismus, der seine Züge prägte, schien mit einem Mal verschwunden. Ohne auf die Vorwürfe gegen Ulrich einzugehen, stellte sie dem gelähmten Dombaumeister die Frage: »Woher wisst Ihr eigentlich so gut Bescheid über die Loge der Abtrünnigen, Meister Werinher?«

Werinher grinste mit einer Überlegenheit, die ihm in seiner

Situation überhaupt nicht zukam. Er grinste jenes unverschämte, breite Grinsen, das man von ihm gewöhnt war und das alles und nichts bedeuten konnte, ein Grinsen, das Afra wütend machte.

Ohne zu überlegen, einer plötzlichen Eingebung folgend, trat sie an den Mann im Rollstuhl heran und schob seinen rechten Ärmel zurück. Schließlich drehte sie seinen Unterarm nach außen. Da war es, das Brandmal, ein Kreuz mit einem Querbalken. Afra erstarrte.

»Ihr seid ...«, stammelte sie schließlich.

Werinher nickte stumm.

»Aber warum ...«

»Ja, ich gehörte der Loge der Abtrünnigen an bis zu jenem Tag, an dem ich zum Krüppel wurde. Und wie ein Krüppel kein geistliches Amt bekleiden darf, kann ein Krüppel auch kein Abtrünniger sein. Ich wäre wohl ein Hindernis. Kaum war ich dem Tod von der Schippe gesprungen, da klopfte ein Unbekannter nachts an die Türe. Mein Diener öffnete und führte ihn zu mir. Er trug einen dunklen Kapuzenmantel wie alle Abtrünnigen, und seine Stimme klang fremd. Er sagte, nach dem Willen des Allerhöchsten könne ich fortan kein Abtrünniger mehr sein. Dann schob er mir wortlos eine Phiole in den Mund. Im Gehen drehte er sich noch einmal um und flüsterte mir zu: ›Ihr braucht nur zuzubeißen, Meister Werinher!‹ Aber ich habe sie ausgespuckt und in mein Wams fallen lassen. Seither trage ich sie ständig bei mir.«

Betroffen blickte Afra auf den Mann im Rollstuhl, und zum ersten Mal empfand sie Mitleid. Seine Härte und sein zynisches Auftreten hatten ihr bisher nicht den geringsten Anlass dafür gegeben. Dass Werinher Bott ausgerechnet ihr sein Geheimnis anvertraute, machte sie nachdenklich.

»Jedenfalls danke ich Euch, dass Ihr mich eingeweiht habt«, sagte sie, und ihre Stimme klang ein wenig hilflos.

Da verzog Meister Werinher das Gesicht zu einem Lächeln, einem Lächeln, das jedoch so ganz anders war, als sie es bis-

SECHSTES KAPITEL

her bei dem Krüppel gesehen hatte: nicht zynisch oder hämisch, nein, eher verlegen.

»Vielleicht hätte ich besser geschwiegen«, meinte er nach einer Weile. Dann rief er nach seinem Lakaien, der vor der Tür gewartet hatte.

Der Lakai trat von hinten an den Rollstuhl heran. Werinher blickte starr geradeaus. Und ohne ein weiteres Wort schob der Diener Werinher aus dem Gewölbe der Dombauhütte.

Afra holte tief Luft. Die Begegnung mit Werinher hatte sie aus der Fassung gebracht. Sie wusste nicht, was sie noch glauben sollte. Spielte Ulrich von Ensingen ein falsches Spiel? Warum, dachte sie, brachte sie plötzlich Meister Werinher mehr Vertrauen entgegen als Ulrich? Sie war verwirrt und begann an ihrem Verstand zu zweifeln: Der Lakai, der Werinher abgeholt hatte, war ein anderer als der, welcher ihn hereingebracht hatte – auch wenn er dieselben Kleider trug. Dessen war sie sich ganz sicher. Unsicher war sie sich freilich, was das zu bedeuten hatte. Afra war überhaupt zutiefst verunsichert. Und zum ersten Mal stellte sie sich die Frage, ob sie nicht bereits selbst, ohne es zu merken, zum Handlanger der bösen Mächte geworden war, gegen die sie eigentlich ankämpfen wollte.

Während sie darüber nachsann, ohne auch nur einen Schritt weiterzukommen, wurde die Türe des Gewölbes aufgestoßen. Herein trat Ulrich von Ensingen. Eher torkelnd als mit aufrechtem Gang, die Haare wirr über die Stirne hängend und mit einem erbärmlichen Gesichtsausdruck kam er auf Afra zu. Man sah ihm an, wie sehr er bemüht war, nüchtern zu wirken. Er trug noch das dunkle Festgewand, das er bei der Orgie des Bischofs getragen hatte; doch seine Kleidung vermittelte den Eindruck, als habe er sich in einem abgeernteten Getreidefeld gewälzt.

Ulrichs Anblick versetzte Afra in Wut. Und als jener kein Wort hervorbrachte, schleuderte sie ihm entgegen: »Schön, dass du dich wenigstens noch an deinen Beruf erinnerst!«

Der Dombaumeister nickte. Verstört blickte er sich im Gewölbe um. Noch immer herrschte eine ziemliche Unordnung, doch die schien ihn weniger zu stören. Denn er fragte eher teilnahmslos: »Welchen Tag haben wir heute?«

»Freitag.«

»Freitag? – Und wann war das Fest des Bischofs?«

»Gestern. Und dazwischen lagen eine Nacht und ein ganzer Tag!«

Ulrich nickte: »Ich verstehe.«

Die Antwort brachte Afra in Rage. »Aber ich verstehe nicht!«, schrie sie in höchster Erregung. »Ich habe dich für einen anständigen Menschen gehalten. Und dann hängst du dich an den erstbesten Weiberrock. Was hat diese sizilianische Bischofsschlampe an sich, was ich nicht habe? Sag mir 's. Ich will es wissen!«

Wie ein Strauchdieb, von den Häschern ertappt, ließ Ulrich von Ensingen das Donnerwetter über sich ergehen. Schließlich setzte er sich auf einen der bockigen Holzstühle, streckte die Beine aus und betrachtete seine spitzen Schuhe, bei denen der rechte sich deutlich vom linken unterschied.

Afra fiel die Peinlichkeit sofort ins Auge.

»Hast wohl in der Eile bischöfliches Schuhwerk erwischt?«, bemerkte sie mit sarkastischem Unterton.

»Es tut mir Leid«, entgegnete Ulrich lahm, »es tut mir wirklich sehr Leid.«

»Pah!« Afra warf den Kopf in den Nacken. Sie war zutiefst in ihrem Stolz verletzt. »Weißt du überhaupt, was geschehen ist, während du es mit dieser hergelaufenen Sizilianerin getrieben hast? Die ganze Stadt ist in Aufruhr. Irgendwelche Kapuzenmänner haben versucht, den Dom zum Einsturz zu bringen.«

»Daher die Unruhe«, bemerkte Ulrich in Gedanken verloren.

Afra musterte den Dombaumeister mit zusammengekniffenen Augen. Irgendetwas stimmte nicht mit ihm. Ulrich wirkte gleichgültig, beinahe apathisch, als gehe ihn das alles nichts an.

»Davon habe ich nichts mitbekommen, wirklich nicht«, sagte Ulrich leise.

»Scheint ja eine anstrengende Nacht gewesen zu sein mit dieser Hure!« Afra machte eine Pause. Dann sagte sie mit ernstem Gesicht: »Das hätte ich nie von dir gedacht, Ulrich!« Sie war den Tränen nahe.

»Was?«, fragte Ulrich.

Da begann Afra erneut zu toben: »Jetzt brauchst du mir nur noch zu sagen, dass du mit der da« – dabei streckte sie ihre Linke in Richtung des Bischofspalastes – »den Engel des Herrn gebetet hast oder den Rosenkranz oder das Glaubensbekenntnis. Dass ich nicht lache!«

»Entschuldige. Ich weiß von nichts. Ich kann mich an nichts mehr erinnern.«

Afra trat ganz nahe an Ulrich heran, und mit zusammengepressten Lippen sagte sie: »Das ist ja wohl die dümmste Ausrede, die sich ein Mann einfallen lassen kann. Sie ist eines Mannes deines Standes unwürdig. Du solltest dich schämen.«

Plötzlich schien Ulrich von Ensingen aus seiner Lethargie aufzuwachen. Er richtete sich in seinem Stuhl auf und erwiderte mit fester Stimme: »Es ist wirklich so, wie ich sage. Der letzte klare Gedanke in meinem Gehirn ist die Erinnerung an die Festtafel beim Bischof. Man muss mir ein Elixier in den Wein geschüttet haben ...«

»Unsinn!«, fuhr Afra dazwischen. »Du suchst nur nach einer Ausrede, weil du diese Sizilianerin gevögelt hast. Warum hast du nicht wenigstens so viel Charakter, das einzugestehen?«

»Weil ich mir keiner Schandtat bewusst bin!« Ulrich wurde laut, und dabei presste er den Handrücken gegen die Stirne.

»Ach nein? Und kannst du mir vielleicht verraten, wie du zu deinem rechten Schuh gekommen bist? Er ist von so vornehmem Leder, wie es nur Bischöfe und Herzöge zu tragen pflegen.«

»Ich sagte doch, ich weiß es nicht. Man muss mich betäubt haben. Wenn du mir doch glauben könntest!«

»Mir kommen die Tränen!« Afra stand noch immer dicht vor Ulrich. Mit einem Mal schoss ein Gedanke durch ihren Kopf. Ohne Vorwarnung versuchte sie den rechten Ärmel von Ulrichs Gewand hochzustreifen.

DIE LOGE DER ABTRÜNNIGEN

Doch der sah sie verwundert an und zog den Arm zurück. »Was soll das?«, rief er erbost.

Afra gab keine Antwort. Wütend drehte sie sich um und stampfte dem Ausgang zu.

Als die schwere Türe krachend ins Schloss fiel, zuckte der Dombaumeister zusammen, als hätte ihn ein Peitschenhieb getroffen. Dann verbarg er sein Gesicht in den Händen.

Wie, dachte Afra, sollte sie den dunklen Gedanken entkommen, die von allen Seiten auf sie einströmten. Es dämmerte bereits, aber das hinderte die Menschen nicht, sich einer unheimlichen Prozession anzuschließen, die sich wie ein endloser Wurm um das Münster wand.

Die Nachricht, der Teufel habe versucht, den Dom zum Einsturz zu bringen, lockte die Menschen aus ihren Häusern. Mit Fackeln und Kreuzen bewaffnet, zur Abwehr des Satans, hatten sie von den Gassen, die aus allen Himmelsrichtungen auf den großen Platz zuliefen, furchtsam Ausschau gehalten nach dem Unaussprechlichen. Aber als sie statt seiner nur Domherren, Mönche und Pfaffen, Teufelsaustreiber und Trunkenbolde entdeckten, die keinem Spektakel abgeneigt waren, fassten sie Mut, und einer nach dem anderen schloss sich der Herde an.

Die frommen Gebete Einzelner gingen unter in der lateinischen Litanei, welche die Mitglieder des Domkapitels in monotonem Singsang herunterleierten. Sie übertönte nur die krächzenden Stimmen des Exorzisten, der, in der Linken ein Kreuz schwingend, mit einem Wedel in der Rechten geweihtes Wasser auf das entweihte Bauwerk verspritzend, ein um das andere Mal die Worte wiederholte: »Weiche, Satan, aus diesem Hause Gottes und fahre zurück zum Abgrund der Hölle!« Dazu kläfften zahllose Hunde, von denen die Prozession begleitet wurde.

Als die Nacht Einzug hielt, war die gesamte Bevölkerung Straßburgs auf den Beinen. Sogar das Bettelvolk von außerhalb schloss sich dem Umzug an, ohne die näheren Umstände zu kennen. So kam es, dass die würdigen Herren des Domkapitels, welche die Prozession eigentlich anführten, sich auf einmal von Krüppeln und zerlumpten Gestalten angeführt sahen, weil der Prozessionswurm sich in den Schwanz biss.

Der Singsang der Litaneien und Gebete, die von den Häuserwänden widerhallten, und die qualmenden Pechfackeln, die bisweilen bizarre Schatten warfen, wirkten gespenstisch. Niemals, nicht einmal als Kind, hatte Afra an den Teufel geglaubt. Nun aber kamen ihr Zweifel. In den schmalen Spalt gedrückt, den die Brandmauern zweier Häuser gegenüber dem Domportal freiließen, verfolgte sie das schauerliche Geschehen. Vor Gestank, der daher rührte, dass in die Lücken zwischen den Häusern die Notdurftgeschirre geleert wurden, konnte Afra kaum atmen. Unmittelbar vor dem Portal saß, keinen Steinwurf von ihr entfernt und ohne seinen Lakai, Meister Werinher im Rollstuhl und verfolgte die Prozession mit wachem Blick.

Afra fühlte Angst. Jene Angst, der sie entkommen zu sein glaubte, hatte sie wieder eingeholt. Nur kurze Zeit war ihr Seelenfrieden zurückgekehrt, als sie sich in einen Mann verliebte – zum ersten Mal in ihrem ruhelosen Leben. Jetzt hegte sie Zweifel, ob sie nicht auf einen Mann hereingefallen war, der sie mit List dazu gebracht hatte, ihm zu folgen.

Beklommen verließ Afra ihr Versteck gegenüber dem Dom und begab sich zu ihrem Haus in der Bruderhofgasse. Auf dem Weg dorthin begegnete sie keinem einzigen Menschen. Alle Straßen schienen wie ausgestorben. Zu Hause verriegelte sie die Tür von innen. Sie nahm sich fest vor, niemandem zu öffnen – auch Ulrich nicht, falls er zurückkehrte.

Die Nacht verbrachte Afra in voller Kleidung im Halbschlaf. Dabei lauschte sie auf jedes Geräusch. Gedanken und Träume vermischten sich zu einem Wirrwarr, sodass sie, als der Tag graute, kaum noch zu unterscheiden wusste zwischen Einbildung und Realität.

Am Morgen verschlang sie ein Stück trockenes Brot und trank einen Becher kalter Milch. Seit dem Festmahl beim Bischof hatte sie nichts mehr zu sich genommen. Getrieben von einer merkwürdigen Unruhe, verließ Afra das Haus und suchte den Weg zum Dom. Es begann leicht zu regnen, und ein unangenehmer Wind wehte in den Gassen. Die Stille allenthalben wirkte unheimlich. Nicht einmal Hunde und Schweine, die sonst zu jeder Tages- und Nachtzeit auf den Straßen herumstreunten, waren zu sehen.

Als sie auf den Platz vor dem Dom einbog, stieß Afra auf gähnende Leere. Wo am Abend zuvor eine vieltausendköpfige Menschenmenge den Dom in fieberhafter Ekstase umrundet hatte, sah man keine Menschenseele. Vorbei am Hauptportal suchte sie den Weg zur Dombauhütte, als sie aus dem Augenwinkel eine sitzende Gestalt wahrnahm.

»Meister Werinher!«, rief Afra verstört.

Werinher blickte teilnahmslos über den Domplatz in die Richtung, aus der sie gekommen war. Er tat, als bemerke er sie nicht. Auch als sie sich ihm näherte, machte er keine Anstalten, sich ihr zuzuwenden.

»Meister Werinher!«, begann Afra erneut, »Ihr müsst keine Bedenken haben, dass ich irgendetwas von dem verrate, was Ihr mir anvertraut habt. Meister Werinher!«

Afra legte dem Krüppel die Hand auf die Schulter, da spürte sie eine Bewegung. Der steife Körper des Gelähmten schien sich aufzubäumen; doch das schien nur so. In Wahrheit neigte er sich in sitzender Haltung nach vorne. Afra sprang zur Seite. Und wie eine Statue stürzte Werinher Bott kopfüber auf das Pflaster.

»Meister ...« Afra stieß einen verhaltenen Schrei aus.

Ein paar endlose Augenblicke stierte sie mit aufgerissenen Augen auf den bedauernswerten Menschen, der mit angewinkelten Armen und Beinen vor ihr auf der Erde lag. Sein Körper lag zur Seite geneigt. Augen und Mund waren geöffnet. Kein Zweifel, Meister Werinher Bott war tot.

Sie kniete nieder, um sein Gesicht näher in Augenschein zu nehmen. Da machte sie eine furchtbare Entdeckung. Zwischen Backe und Zunge steckte ein zerbrochenes Glasröhrchen, eine winzige Phiole.

Die Phiole, von der Werinher gesprochen hatte, schoss es Afra durch den Kopf. Aber schon im nächsten Augenblick überkam sie der Gedanke: Werinher Bott war gelähmt, er konnte sich das todbringende Glasröhrchen unmöglich selbst in den Mund gesteckt haben. Afra wollte fortlaufen, egal wohin, nur weit weg, wo sie niemand kannte und wo sie mit alldem nicht mehr in Verbindung gebracht werden konnte. Aber irgendetwas hielt sie hier. Sie begann zu weinen. Es waren Tränen der Hilflosigkeit. Als wäre das Bild vor ihren feuchten Augen noch nicht absonderlich genug, steigerte die eigentümliche Haltung der Leiche die Szene ins Groteske. Verzweifelt blickte sie auf.

Vor ihr stand Ulrich.

Er musste sie schon eine Weile beobachtet haben. Jedenfalls schien er in keiner Weise aufgeregt und weit entfernt von Mitgefühl für den toten Werinher Bott. Neugierig, aber teilnahmslos hielt er die Hände auf dem Rücken verschränkt.

»Da!«, sagte Afra und deutete auf die zersprungene Phiole in Werinhers geöffnetem Mund. »Er trug sie ständig bei sich. Das hat er mir selbst gesagt. Aber er hatte überhaupt keine Möglichkeit, sich selbst umzubringen.«

Ulrich machte ein finsteres Gesicht. »Was hattest du mit ihm zu schaffen, dass er dir das anvertraut hat?«

Afra hielt den Blick auf den toten Werinher gerichtet und ging auf die Frage nicht ein.

Nach kurzem Schweigen begann Ulrich von Ensingen erneut. Ohne Zusammenhang stellte er plötzlich die Frage: »Wo ist das Pergament?«

Das Pergament! Afra warf dem Dombaumeister einen misstrauischen Blick zu. Sie versuchte den Gedankengang nachzuvollziehen, der Ulrich in dieser Situation auf die Frage brachte: Im Anblick von Werinhers Leiche fragte sein Widersacher Ulrich von Ensingen nach dem Pergament. Aber sosehr sie auch nachdachte, in der Kürze der Zeit fiel ihr keine Erklärung ein. Schließlich antwortete sie stockend: »Das Pergament? – Dort, wo es immer war! Warum fragst du?«

Ulrich hob die Schultern und blickte verlegen zur Seite. Über sein Gesicht huschte ein hämisches Lächeln, das aber sofort verlosch, als er Afras prüfenden Blick bemerkte.

»Sie haben an allen möglichen Stellen im Dom danach gesucht, zielsicher genau dort, wo nach alter Tradition der Dombaumeister wunderwirkende Objekte, lebende Tiere und bedeutende Dokumente eingemauert werden. Immer der Siebenzahl folgend, sieben Ellen von unten, sieben Ellen von der nächsten Ecke.«

Während er das sagte, ließ Afra Ulrich nicht aus den Augen. Kritisch beobachtete sie jede Regung in seinem Gesicht in der Hoffnung, aus seinem Verhalten irgendeine Schlussfolgerung ziehen zu können. Für sie war klar: Ulrich spielte ein falsches Spiel.

»Auf jeden Fall bist du in großer Gefahr!«, fügte er unvermittelt hinzu.

Die Bemerkung schürte ihre Unruhe. Vermutlich, dachte sie, wollte Ulrich sie so in die Enge treiben, dass sie ihm das Pergament aushändigte. Wer weiß, vielleicht war es wirklich ein Vermögen wert?

Afra starrte Ulrich an. Wie fremd ihr dieser Mann geworden war! Doch eins stand für sie außer Zweifel: Ulrich wusste mehr, als er ihr sagte. Ein Zeichen, dass er ihr Vertrauen missbraucht hatte. Noch vor wenigen Tagen hätte sie nie daran geglaubt, dass Ulrich dazu fähig war.

Auf dem Platz vor dem Dom wurde es mit einem Mal lebendig. Hügelmann von Finstingen, der Leiter des Domkapitels, eilte herbei, gefolgt vom Ammeister Michel Mansfeld und dem Stadtschreiber. Mit misstrauischen Blicken drängten die Bürger aus den Seitengassen.

»Das ist doch Werinher Bott, der gelähmte Dombaumeister!«, rief Hügelmann schon von weitem. »Was ist geschehen?«

»Er ist tot«, antwortete Meister Ulrich kühl. »Wie es scheint, wurde er ermordet.«

Der Ammeister schlug ein Kreuz: »Wer tut denn so was? Einen gelähmten Krüppel umzubringen!«

SECHSTES KAPITEL

Während Hügelmann und der Ammeister die erstarrte Leiche des Dombaumeisters in den Rollstuhl wuchteten, sammelten sich immer mehr Menschen um das Geschehen. Werinher Bott das Opfer eines Mörders? Im Nu war eine heftige Diskussion im Gange über die Scheußlichkeit des Verbrechens.

Die meisten brachten die Tat mit den Kapuzenmännern in Verbindung, die versucht hatten, den Dom zum Einsturz zu bringen. Bis Hügelmann, der Leiter des Domkapitels, plötzlich inmitten der Gaffer an Ulrich die Frage richtete: »Meister Ulrich, stimmt es, was die Leute sich erzählen, dass Ihr mit Meister Werinher verfeindet wart wie Hund und Katz?«

Da richteten sich alle Augen auf Ulrich von Ensingen.

Afra fühlte, wie kalte Angst in ihr aufstieg. Wie betäubt drehte sie sich um und verschwand in der Menge.

7  Bücher, nichts als Bücher

Afra fühlte sich allein gelassen und einsam. Von Ulrich hatte sie seit Tagen nichts gehört. Nach der Auseinandersetzung auf dem Domplatz war er nicht mehr nach Hause gekommen. Angeblich verbrachte er Tag und Nacht in der Dombauhütte. Wie sollte sie sich verhalten? Einerseits sehnte sie sich nach seiner Nähe, andererseits waren Misstrauen und Angst übermächtig geworden. In ihrer selbst gewählten Einsamkeit kreisten all ihre Gedanken um das geheimnisvolle Pergament und seine Bedeutung. Das Gefühl, von Ulrich nur benutzt worden zu sein, machte sie wütend.

Ihr wollte nicht in den Kopf, dass eine Verbindung bestehen sollte zwischen Meister Ulrich, dem Pergament und den Morden an dem Alchimisten Rubaldus, dem Kapuzenmann und Meister Werinher. Es gab zu viele Ungereimtheiten, vor allem die Tatsache, dass sie selbst bisher mit dem Leben davongekommen war.

Tagaus, tagein quälte sie die Frage, welche Beweggründe ihr Vater gehabt haben könnte, sie in solch eine gefährliche Situation zu bringen. Aber je mehr sie sich in die Zeit mit ihrem Vater zurückversetzte, desto verschwommener wurde ihre Erinnerung.

Die Welt war düster und rätselhaft geworden – oder bildete sie sich das nur ein? Wenn Afra planlos durch Straßburg irrte, witterte sie hinter jeder Hauswand, jedem Baum, jedem Fuhrwerk, das ihr begegnete, einen Häscher. Das Geschrei spielender Kinder ließ sie zusammenzucken, ebenso ein Knecht mit einem Sack auf dem Buckel oder ein Mönch in schwarzer Kutte, der sich von hinten näherte.

Auf einem dieser unerklärlichen Irrwege durch die Stadt schlug Afra den Weg nach Süden ein. Gehetzt und ohne Ziel überquerte sie bei Sankt Thomas die Brücke über die Ill, rannte ein Stück flussabwärts und wandte sich schließlich auf einem Fuhrweg nach Osten in Richtung der Rheinauen.

Die Weite der Landschaft wirkte beruhigend, und Afra ließ sich auf einem dicken, morschen Baum nieder, den der letzte Herbststurm gefällt hatte. Aus dem nassen Gras stieg Modergeruch auf, und in der Ferne wallten flüchtige Nebelschwaden. Sie trübten den Blick auf eine Art Festung, ein ummauertes Bollwerk mit einem Glockenturm statt eines Wehrturms. Das Bauwerk ähnelte den abseits gelegenen, befestigten Klöstern, die sie im Württembergischen kennen gelernt hatte.

Der Gedanke, namenlos in einem Kloster unterzutauchen, bis Gras über alles gewachsen war, erschien ihr nicht abwegig. Was hatte sie schon zu verlieren? Zu Ulrich zurückzukehren schien ihr im Moment unvorstellbar. Die Unsicherheit, was seine Vergangenheit anging, und die Undurchsichtigkeit seiner Absichten machten ihr Angst. Blind hatte sie sich ihm hingegeben, sich ihm ausgeliefert. Und nicht im Traum hatte sie einen Gedanken daran verschwendet, dass Ulrich sie vielleicht nur als Mittel zum Zweck gebrauchte.

Nachdem sie sich etwas ausgeruht hatte, setzte Afra, von Neugierde getrieben, ihren Weg zu der Festungsanlage fort. Aber je näher sie kam, desto seltsamer wurde das Bollwerk. Die Ansiedlung schien wie ausgestorben. Weder auf dem Weg noch vor dem Eingangstor war eine Menschenseele zu sehen. Die Fenster oberhalb der Mauer, die den gesamten Komplex umgab, waren verschlossen. Kein Laut drang nach außen.

Das wuchtige Holztor vermittelte den Eindruck, als wäre es seit Wochen nicht mehr geöffnet worden. Eine schmale Pforte, die obendrein nur gebückt betreten werden konnte, führte zu einem niedrigen Gewölbe mit einer weiteren Türe und einem verschlossenen Fenster zur Rechten. Daneben ein eiserner Glockenzug.

Irgendwo gellte eine Glocke, als Afra daran zog. Unschlüssig wartete sie, was wohl geschehen würde.

Es dauerte nicht lange, da vernahm sie im Innern ein klapperndes Geräusch. Schließlich wurde das Fenster geöffnet. Afra erschrak zu Tode. Sie wusste selbst nicht, was sie eigentlich erwartet hatte. Vielleicht einen bärtigen Klosterbruder oder eine alte verhärmte Nonne, auch ein bewaffneter Landsknecht hätte ihr nicht so viel Furcht eingeflößt wie der Anblick, der sich ihr hinter dem geöffneten Fenster bot: ein Homunkulus, das Zerrbild eines Menschen, ein kahlköpfiger Mann mit aufgeblasenem Kopf, das eine Auge auf der Stirne, das andere auf der Backe, die Nase nicht mehr als ein Knorpelwulst. Nur der Mund mit wulstigen, feuchten Lippen schien menschlich und grinste ihr gekünstelt entgegen.

»Da habt Ihr Euch wohl in der Anschrift geirrt«, griente der Homunkulus mit tiefer, gurgelnder Stimme. Er lehnte sich aus dem Fenster, um zu sehen, ob sich noch ein weiterer Besucher im Gewölbe aufhielt.

Afra wich ängstlich einen Schritt zurück. »Wo bin ich?«, stammelte sie hilflos und blickte auf seinen ausgeprägten Buckel.

Über die Fensterbrüstung gelehnt, musterte der Homunkulus Afra von Kopf bis Fuß. Dabei verzog er das Gesicht, als schmerze ihn ihr Anblick. »Sankt Trinitatis«, gurgelte er aus dem Hals und setzte erneut sein maskenhaftes Lächeln auf.

»Also ein Kloster zur Heiligen Dreifaltigkeit!«

»Wenn Ihr es so nennen wollt.« Der Bucklige wischte sich mit dem Ärmel seines derben Kittels über die triefende Nase. »Andere sprechen von einem Blödenhaus. Aber die sind natürlich nicht so vornehm wie Ihr.«

Das Irrenhaus, von dem der einarmige Bibliothekar Jakob Luscinius berichtet hatte, schoss es Afra durch den Kopf, mein Gott! Sie wollte sich schon umdrehen und ohne ein weiteres Wort verschwinden, als der beklagenswerte Mensch ihr die Frage stellte: »Wen sucht Ihr, Jungfer? Hier kommt nur selten jemand her, müsst Ihr wissen. Und ohne Begleitung schon gar nicht. Wer sucht schon freiwillig ein Blödenhaus auf!«

Während er redete, verursachte eine hölzerne Rassel, die er an einer Schnur auf der Brust trug, ein klapperndes Geräusch. »Jeder hier trägt so ein Ding«, meinte der Pförtner, der Afras fragenden Blick bemerkte. »Damit die Wärter merken, wenn sich ihnen einer von hinten nähert. Einige haben sich allerdings einen schwebenden Gang angewöhnt wie Engel. Man hört sie kaum.« Er lachte ein paar Mal kurz auf, wobei er die Luft durch die verkrüppelte Nasenöffnung stieß. »Also zu wem wollt Ihr, Jungfer?«

»Der Bibliothekar aus dem Kloster der Dominikaner soll sich hier aufhalten«, sagte Afra einer plötzlichen Eingebung folgend.

»Ah, das Genie! Gewiss, der ist hier. Das heißt, wenn er nicht gerade irgendwo über den Wolken schwebt.«

»Über den Wolken?«

»Ja doch. Bruder Dominikus ist nicht von dieser Welt, müsst Ihr wissen. Mit seinen Gedanken ist er meist weit fort. Bei den Philosophen des alten Griechenlands oder den Göttern Ägyptiens. Oft rezitiert er stundenlang antike Dramen und Epen in Sprachen, die keiner versteht. Deshalb nennen wir ihn das Genie.«

»Ihr meint, er ist gar nicht verrückt?«

»Bruder Dominikus? Dass ich nicht lache! Er hat vermutlich mehr im Kopf als das ganze Domkapitel. Im Übrigen gibt es mehr Weise unter den Irren als Irre unter den Weisen. Bruder Dominikus weiß einfach alles.«

»Ich muss ihn sprechen!«, meinte Afra plötzlich.

»Seid Ihr verwandt, Jungfer?«

»Nein.«

»Dann sehe ich keine Möglichkeit ...«

»Warum nicht?«

»Seht Ihr diese Tür, Jungfer? Jeder, hinter dem sich diese Türe geschlossen hat, hat sich von der Welt, aus der Ihr kommt, für immer verabschiedet. Ihr versteht? Wir alle hier sind Ausgestoßene: Krüppel, Sieche, Ketzer, Blöde – Menschen, die dem Ebenbild Gottes Hohn sprechen. Seht mich an. Einer wie ich ist geeignet, das Alte Testament auf den Kopf zu stellen. Dort spricht Gott: Lasset uns Menschen schaffen nach unserem Ebenbild. Nun wisst Ihr ungefähr, wie Gott aussieht, Jungfer.« Kokett stellte der verkrüppelte Pförtner den Kopf schräg und stemmte die Fäuste in die Hüften.

»Ich muss Bruder Dominikus sprechen!«, beharrte Afra. »Wenn er so klug ist, wie Ihr sagt, kann er mir vielleicht helfen.«

Mit breitem Mund kicherte der Homunkulus aus dem Hals. Die ungewohnte Macht, deren er sich plötzlich bewusst wurde, schien ihn zu erheitern. »Was wäre es Euch wert?«, fragte er unerwartet.

Afra war verblüfft. »Wollt Ihr Geld?«

»Geld? Bei der heiligen Jungfrau Maria, was soll ich mit Geld?«

»Ihr seid der Erste, der mir diese Frage stellt. Aber ich sehe ein, dass Ihr mit Geld nicht viel anfangen könnt. Was wollt Ihr dann?«

Der Pförtner schien die Frage zu übergehen. »Wenn die Mönche die Non beten, bin ich der einzige Aufpasser. Die Non dauert lange, manchmal eine ganze Stunde. Da könnte ich es durchaus möglich machen.«

»Und um welchen Preis?«

»Zeigt mir Eure Brüste, Jungfer. Die Hügel auf Eurem Kleid verraten das Paradies.«

»Ihr seid verrückt.«

»Sagt so was nicht. Ich bitte Euch. Ich will nichts weiter als ein Mal die Brüste einer Frau berühren. Dann bin ich bereit, Euch jeden Wunsch zu erfüllen. Auch wenn ich dabei ertappt werde.«

Das Ansinnen des Krüppels kam für Afra so überraschend, dass sie geraume Zeit keine Antwort fand. Zunächst wollte sie ihn ein perverses Schwein schelten, einen niederträchtigen Spanner; aber seine Worte hatten etwas Anrührendes.

»Ich kann mir denken, was in Eurem Kopf vorgeht«, fuhr

der Homunkulus fort. »Doch das ist mir egal. Ich habe noch nie eine so schöne Frau gesehen wie Euch, Jungfer. Wie sollte ich auch. Seit meinem zweiten Jahr verbringe ich hier mein Leben unter Männern. Nur gut, dass es in ›Sankt Trinitatis‹ keine Spiegel gibt. Ich kann nur ahnen, wie ich aussehe. Vor nicht allzu langer Zeit bekam ich das Stundenbuch eines Mönchs in die Hand. Neben den frommen Gebeten enthielt es Miniaturen aus dem Alten Testament. Darunter eine Darstellung von Adam und Eva im Paradies. Da sah ich die Brüste von Eva. Ich hatte noch nie etwas so Aufregendes gesehen. Mein Leib vibrierte an Stellen, die ich bis dahin eher missachtet hatte. Als der Mönch mich mit seinem Stundenbuch entdeckte, schlug er mich, schalt mich einen Saukerl und prophezeite mir die ewige Verdammnis.«

Afra sah den Pförtner prüfend an: »Und wenn ich mich vor Euch entblößte ...«

»... würde ich Euch jeden Wunsch erfüllen, der in meiner Macht steht!«

»Dann öffnet die Türe!«

Der Krüppel verschwand hinter dem Fenster und öffnete die Pforte.

In dem kleinen Pförtnergewölbe roch es muffig. Es gab nur einen derben dunklen Holztisch und einen kantigen Stuhl. Afra ließ den Buckligen nicht aus den Augen, als sie den Kragen ihres Kleides öffnete und hinabstreifte. Wie reife Früchte kamen ihre Brüste zum Vorschein. Afra hätte nie geglaubt, dass sie die Situation so erregen könnte.

Scheu streckte ihr der Krüppel eine Hand entgegen. Er wagte nicht, sie zu berühren. Stattdessen fiel er vor Afra auf die Knie und faltete die Hände wie zum Gebet.

Afra sah, wie seine Lippen zitterten. In dieser Situation empfand sie sogar Mitleid mit dem Kerl. Nach wenigen Augenblicken schob sie ihr Kleid hoch.

Der Pförtner erhob sich und verneigte sich vor Afra theatralisch wie ein Pfaffe beim Introitus. Er atmete schwer und schüttelte den Kopf, als wolle er nicht glauben, was er soeben erlebt hatte.

»Wartet hier«, sagte er schließlich, »ich will sehen, ob die Non schon im Gange ist.«

Als die Pförtnertüre ins Schloss fiel, bemerkte sie, dass es im Innern keine Klinke gab. Obwohl sie gefangen war, empfand Afra keine Furcht. Dennoch kamen ihr Zweifel, ob sie richtig gehandelt hatte.

Noch während sie darüber nachdachte, näherten sich Schritte, und der Pförtner steckte den Kopf zur Türe herein. »Kommt«, sagte er leise, »die Luft ist rein. Ihr habt meinen Anblick ertragen, dann werdet Ihr auch das durchstehen, was jetzt auf Euch zukommt.«

Gewiss, wollte Afra antworten, aber sie zog es vor zu schweigen.

Keiner sagte ein Wort. Stumm folgte sie dem Krüppel den kahlen Gang entlang. Er mündete in ein Treppenhaus. In steilen Windungen ging eine Treppe aus abgetretenem Tuffstein zwei Stockwerke nach oben. Von dort führte ein Korridor in rechtem Winkel zu einem Quertrakt. Eine dunkle, hohe, zweiflügelige Türe, nach deren Klinken man sich strecken musste – so hoch waren sie angebracht –, versperrte den Zugang zu einem langen Saal.

Stinkende, warme Luft schlug ihnen entgegen, wie aus einem Kuhstall, als der Bucklige den rechten Türflügel öffnete. Zu beiden Seiten eines Saales reihte sich ein Holzverschlag an den nächsten. Auf rohen Pritschen und auf muffigem Stroh vegetierten jammervolle Gestalten vor sich hin. Missgebildete Menschen wie der Pförtner und Männer, die den Verstand verloren hatten, hingen wie Tiere an den hölzernen Gitterstäben und gafften. Einige grölten, als sie vorübergingen. Die stehende Luft raubte Afra den Atem.

Mit gesenktem Kopf musterte der Pförtner Afra von der Seite. »Ihr habt es so gewollt«, sagte er im Gehen. »Gewiss seid Ihr andere Gerüche gewöhnt.« Afra atmete kaum.

Im Näherkommen vernahm sie die kräftige Stimme eines alten Mannes, der einen lateinischen Text deklamierte. Er ließ sich davon auch nicht abbringen, als Afra und der Bucklige vor seinen Verschlag hintraten, der, im Gegensatz zu allen anderen, nicht verschlossen war. Afra wagte nicht, ihn zu unterbrechen. Der alte Mann hatte das Aussehen eines Propheten. Sein dichtes Kraushaar schimmerte grau, ebenso sein Bart, der bis auf die Brust reichte und sich beim Sprechen auf und ab bewegte.

Nachdem er geendet hatte, sah er Afra kurz an, und zur Erklärung meinte er: »Horaz, An meine Muse Melpomene.«

Afra nickte freundlich, und an den Buckligen gewandt meinte sie: »Wollt Ihr uns einen Augenblick allein lassen?«

Der Pförtner knurrte irgendetwas vor sich hin und verschwand.

Einen Augenblick standen sie sich wortlos gegenüber, dann fragte der Alte mürrisch: »Was wollt Ihr, ich habe niemanden gerufen. Wer seid Ihr überhaupt?«

»Ich heiße Afra und komme in einer besonderen Angelegenheit. Euch geht der Ruf besonderer Klugheit voraus. Es heißt, Ihr habt alle Bücher in der Bibliothek der Dominikaner gelesen.«

»Wer sagt das?« Auf einmal schien der Alte interessiert.

»Jakob Luscinius, der Eure Aufgabe übernommen hat.«

»Kenne ich nicht. Und was die Klugheit anbelangt« – er machte eine abwertende Handbewegung – »einer der Klügsten, der weise Sokrates sagte am Ende seines Lebens: *Oida uk Oida* – ich weiß, dass ich nichts weiß.«

»Immerhin seid Ihr ein sehr belesener Mann!«

»Das war ich, Jungfer, das war ich. Hier, das Alte Testament, ist das Einzige, was man mir gelassen hat. Meine Augen wollen auch nicht mehr so recht. Wahrscheinlich verschließen sie sich den Scheußlichkeiten dieser Welt. Geblieben ist nur mein Kopf, oder besser das, was ich mir in früheren Jahren angelesen habe. Aber ich rede nur von mir. Nun sagt schon, was Ihr wollt!«

Wie sollte sie beginnen? Blindlings war sie einer plötzlichen

Eingebung gefolgt in der Hoffnung, Bruder Dominikus könnte ihr weiterhelfen. Dass der weise alte Mann verrückt sein sollte, daran hatte sie von Anfang an gezweifelt. Jetzt fand sie ihre Vermutung bestätigt. Vielleicht war er einfach zu klug für die übrigen Insassen des Klosters. Vielleicht wusste er mehr, als sein Glaube ihm erlaubte. Vielleicht betrachteten sie ihn als Ketzer, weil er die Texte heidnischer Autoren aus dem Kopf hersagte, Dichter, welche fremden Göttern huldigten. Sie bewunderte den Gleichmut, mit dem er sein Schicksal ertrug.

»Ich weiß, dass Ihr zu Unrecht hier seid, Bruder Dominikus«, begann sie stockend.

Der Alte winkte ab. »Wie wollt Ihr das wissen, Jungfer. Und selbst wenn Ihr Recht hättet, in ein paar Monaten ist jeder, der hier lebt, so wie alle anderen. Aber Ihr habt meine Frage noch immer nicht beantwortet.«

»Bruder Dominikus«, begann Afra stockend, »mein Vater hat mir ein uraltes Schriftstück hinterlassen, dessen Bedeutung mir Rätsel aufgibt...«

»Ja, wenn *Ihr* nicht versteht, worum es sich dabei handelt, wie sollte ich es begreifen!«

»Das Dokument ist nicht von meinem Vater abgefasst. Es stammt aus der Feder eines Mönchs aus dem Kloster Montecassino.«

Da wurde der alte Mann mit einem Mal hellhörig, und er fragte: »Habt Ihr das Dokument bei Euch?«

»Nein. Es ist an einem geheimen Ort, und ich kann Euch auch den Text nicht hersagen. Aber ich habe Anlass zu der Annahme, dass es eine verbotene Schrift ist, hinter der gewisse Leute her sind wie der Teufel hinter der armen Seele. In dem Dokument findet ein CONSTITUTUM CONSTANTINI Erwähnung. Dabei handelt es sich offensichtlich um ein geheimes Abkommen. Mehr weiß ich nicht.«

Während Afras Rede wurde Bruder Dominikus von sichtbarer Unruhe erfasst. Er blickte abwechselnd zur Decke und in Afras Gesicht. Schließlich strich er sich verlegen über den Bart, und nach einer Pause des Nachdenkens fragte er leise: »Sagtet Ihr CONSTITUTUM CONSTANTINI?«

»So steht es in dem Pergament.«

»Und mehr wisst Ihr nicht?«

»Nein, Bruder Dominikus. Das ist alles, was ich von dem Text behalten habe. Nun redet schon, was hat dieses CONSTITUTUM zu bedeuten? Gewiss wisst Ihr mehr darüber.«

Der Alte schüttelte den Kopf und schwieg.

Afra wollte einfach nicht glauben, dass der weise alte Mönch, vor dessen Wissen sich andere fürchteten, von dem CONSTITUTUM noch nie gehört haben sollte. Es war offensichtlich, dass er etwas zu verbergen suchte.

Als wolle er das Gespräch auf ein anderes Thema lenken, sagte er plötzlich: »Wie kommt Ihr überhaupt hierher? Weiß jemand, dass Ihr hier seid?«

»Nur der Pförtner. Ich musste ihm ein bisschen schön tun. Während der Non, meinte er, bestehe kaum die Gefahr, entdeckt zu werden. Aber warum sagt Ihr mir nicht, was ihr wisst, Bruder Dominikus?«

»Armer Teufel«, erwiderte der Mönch, »ein heller Kopf in einem dämonischen Körper. Er ist der Einzige, mit dem ich überhaupt reden kann.«

»Bruder Dominikus, warum sagt Ihr mir nicht, was Ihr wisst?« Afras Stimme klang flehentlich.

Die hölzerne Rassel verriet, dass sich der Pförtner vom anderen Ende des Saales näherte.

»Wenn ich Euch einen Rat geben darf«, beeilte sich der Alte zu sagen, »nehmt das Pergament und werft es ins Feuer. Und sagt niemandem, dass Ihr es je besessen habt.«

»Ihr meint, es ist wertlos?«

»Wertlos?« Der Mönch lachte spöttisch. »Der Papst in Rom würde Euch vermutlich mit Gold und Edelsteinen und Ländereien überhäufen wie eine Königin, wenn Ihr ihm Euer Pergament überließet. Ich befürchte nur, dazu wird es nicht kommen.«

»Und warum nicht, Bruder Dominikus?«

»Weil andere ...«

»Es ist Zeit, Jungfer!« Der Pförtner unterbrach rüde das Gespräch. »Die Non geht zu Ende. Kommt!«

Afra hätte dem Buckligen an die Gurgel fahren können. Ausgerechnet jetzt, wo der Mönch zu reden begann, trat der Pförtner dazwischen.

»Darf ich Euch noch einmal aufsuchen?«, fragte Afra zum Abschied.

»Das wäre sinnlos«, erwiderte der Alte mit fester Stimme. Ich habe Euch schon zu viel gesagt. Wenn ich Euch einen Rat geben darf: Hütet Euch davor, jemals Gebrauch davon zu machen.«

Der Bucklige nickte, als wüsste er, worum es ging. Dann drängte er Afra aus dem Holzverschlag. Mit schnellen Schritten entfernten sie sich über die steile Treppe nach unten. Als die niedrige Tür der Pforte hinter ihr ins Schloss fiel, fühlte sich Afra wie befreit. Der Tag neigte sich dem Ende zu, und sie sog die kühle Luft tief in ihre Lungen.

Die Worte des weisen alten Mannes hatten sie eher verwirrt als einer Erklärung näher gebracht. Ängstlich spähte sie nach allen Seiten, ob ihr jemand folgte. Zweifellos lebte sie gefährlich. Aber sie lebte! Vermutlich war es sogar das Pergament, das sie am Leben hielt. Solange sich dieses in ihrem Besitz befand, dachte sie, konnte ihr nichts geschehen.

Während sie sich der Brücke näherte, gingen ihr die Worte des Mönchs durch den Kopf: Der Papst in Rom würde Euch vermutlich mit Gold und Edelsteinen und Ländereien überhäufen wie eine Königin, wenn Ihr ihm Euer Pergament überließet. So ähnlich, wenn auch nicht so deutlich, hatte sich auch ihr Vater ausgedrückt.

Die Ill floss dunkel und träge dahin, als Afra die steinerne Brücke überquerte. Aufgebrachte Menschen hetzten in Richtung Norden. Frauen rafften ihre Röcke, um schneller laufen zu können. Aus den Seitenstraßen strömten Männer mit ledernen Eimern herbei, und plötzlich wurden Rufe laut: »Feuer! Es brennt!«

Afra beschleunigte ihre Schritte. Eine unüberschaubare Menschenmenge drängte sich durch die Predigergasse. Von der Münstergasse näherte sich ein zweiter Menschenstrom. Beißender Qualm wallte ihnen entgegen und der Gestank von verbranntem Reet. Als sie sich der Bruderhofgasse näherten, färbte sich der Himmel blutrot. Afras Sinne waren aufs äußerste angespannt. Eine dunkle Ahnung überkam sie wie die Drohung des Jüngsten Gerichts. Männer bildeten eine Menschenkette bis zum Fluss und schwangen Wassereimer von Hand zu Hand.

»He – ho!« Das Echo ihrer Rufe hallte gespenstisch von den Häuserwänden wider. »He – ho!«

Am Anfang der Bruderhofgasse hielt Afra inne. Sie blickte nach vorne: Ihr Haus stand in Flammen. Eine gelbrote Feuersäule loderte aus dem reetgedeckten Dach. Schwarzer Qualm wälzte sich aus den Fenstern. Die Löschmänner hatten das Haus bereits aufgegeben. Von einer fahrbaren Leiter versuchten sie verzweifelt, die Flammen am Übergreifen auf andere Häuser zu hindern.

Das war die Stunde der Gaffer. Feuer war immer etwas Aufregendes. Die meisten betrachteten Feuer als Volksbelustigung, sangen und tanzten und sonnten sich im Bewusstsein, selbst verschont geblieben zu sein.

Wie gebannt starrte Afra in die Flammen. Das Feuer vernichtete nicht nur ihr Haus, es zerstörte einen Teil ihres Lebens, von dem sie geglaubt hatte, es sei der glücklichste. Doch sie hatte sich geirrt. Ihr schien es, als wären die lodernden Flammen, das in Rauch aufgehende Haus ein Symbol für ihr Leben in Straßburg, das vor ihren Augen dahinschwand.

Jedes Mal, wenn ein Balken oder eine Mauer einstürzte, johlten die Zuschauer wie auf dem Jahrmarkt, wo man für zwei Straßburger Pfennige einen Käfig mit einem sabbernden Irren in ein großes Wasserfass tauchen konnte. Wütend und am Ende ihrer Kräfte verbarg Afra ihr Gesicht in den Händen.

Als die Menge sich etwas beruhigt hatte, wurden Fragen laut:

Wem gehörte das Haus? Wer lebte darin? Wo sind die Bewohner?

Afra stand wie angewurzelt. Sie fürchtete, erkannt zu werden.

Eine Marktfrau mit einem Korb auf dem Buckel erklärte den Neugierigen, in dem Haus habe der Dombaumeister Ulrich mit seiner Frau gelebt und es seien seltsame Leute, welche die Öffentlichkeit mieden. Ein bärtiger Mann, dessen vornehme Kleidung ihn als Ratsherr auswies, wusste zu berichten, Meister Ulrich sei vom Stadtrichter verhaftet worden. Er stehe im Verdacht, den gelähmten Werinher Bott ermordet zu haben.

Die Mitteilung ging um wie ein Lauffeuer, und Afra zog es vor, sich zu entfernen. Es war ihr gleichgültig, wie das Feuer entstanden sein mochte. Sie hatte alles verloren, ihren bescheidenen Besitz, ihre Kleider und den Mann, in den sie so viel Vertrauen gesetzt hatte.

Ulrich ein Mörder!, hämmerte es in ihrem Kopf. Hatte er vielleicht doch seine Frau umgebracht? Unfähig, einen klaren Gedanken zu fassen, näherte sie sich dem Dominikanerkloster. Dort, in der Bibliothek lagerte das Einzige, was ihr geblieben war: das Pergament.

Afra fühlte sich leer und hilflos. Es war die Verzweiflung, die sie zum Dominikanerkloster trieb. Hatte nicht ihr Vater gesagt, sie solle sich des Pergaments nur dann bedienen, wenn sie im Leben nicht mehr weiterwüsste? Erschien es nicht wie eine Fügung, dass sie das Pergament in der Bibliothek der Dominikaner versteckt hatte?

Der Abend senkte sich über die Stadt, und Afra fröstelte, als sie an der Klosterpforte eintraf. Aus der Kirche war der monotone Psalmengesang der Vesper zu vernehmen. Afra musste lange klopfen, bis ihr endlich geöffnet wurde. Jakob Luscinius, der einarmige Bibliothekar, steckte den Kopf durch die Türe.

»Um diese Zeit ist Besuch eher selten«, sagte er zur Entschuldigung. »Der Bruder Pförtner und die Mönche sind alle bei der Vesper in der Kirche.«

BÜCHER, NICHTS ALS BÜCHER

»Gott sei Dank«, erwiderte Afra, »dann brauche ich keine langen Erklärungen abzugeben. Lasst mich ein.«

Zögernd kam Luscinius der Aufforderung nach. »Folgt mir und beeilt Euch. Die Vesper endet jeden Augenblick. Wenn ich mit Euch gesehen werde, wirft man mich raus. Was wollt Ihr überhaupt zu so später Stunde?«

Afra gab keine Antwort, sie schwieg, bis sie unten im Gewölbe der Bibliothek angelangt waren. Dort erwiderte sie im Flüsterton: »Bruder Jakob, dir ist gewiss im Gedächtnis geblieben, dass ich dir vor nicht allzu langer Zeit aus einer Notlage geholfen habe.«

Der Einarmige schlenkerte verlegen mit dem verbliebenen linken Arm. »Ja, natürlich. Es ist nur – ich bin froh, nicht mehr am Bettelstab zu gehen und dem Gespött der Menschen ausgesetzt zu sein. Das müsst Ihr verstehen.«

»Ich verstehe sehr wohl, Bruder Jakob, und ich will Euch auch keine Umstände bereiten. Aber ich befinde mich in einer erbärmlichen Verfassung. Mein Mann sitzt im Gefängnis. Er wird des Mordes an Meister Werinher beschuldigt. Irgendwelche Schurken haben mein Haus angezündet. Mir ist nicht mehr geblieben, als was ich am Leibe trage. Ich weiß nicht, wie es weitergehen soll. Nehmt mich für ein paar Tage bei Euch auf, bis ich meine Gedanken geordnet habe.«

Afras Ansinnen versetzte den Einarmigen in Unruhe. »Jungfer, wie stellt Ihr Euch das vor? Die Dominikaner sind ein strenger Mönchsorden und gewähren Frauen nur selten Zutritt zu ihrem Kloster. Undenkbar, wenn man Euch entdeckte.«

»Kein Mönch wird je erfahren, dass ihm die Sünde so nahe war«, sagte Afra in einem Anflug von Spott. »Die Bücherberge taugen vorzüglich als Versteck. Im Übrigen sagtest du selbst, dass sich nur selten eine Menschenseele in diese Bibliothek verirre.«

»Ja, schon ...«

»Du kannst versichert sein, Bruder Jakob, ich werde dir keine Schwierigkeiten bereiten.« Afra ließ sich auf einem Stapel verstaubter Folianten nieder, stützte den Kopf in die Hände und schloss die Augen.

In dieser Haltung machte sie nicht gerade den Eindruck, als ob Luscinius sie überhaupt noch überreden könnte, die Bibliothek jemals zu verlassen. Allmählich musste sich der Einarmige wohl mit dem Gedanken vertraut machen, einem Weib bei den Mönchen Asyl zu gewähren – zumindest für ein paar Tage.

»Also gut«, meinte er schließlich, »die Regeln des heiligen Dominikus schreiben Armut und Frömmigkeit vor. Davon, einer Obdachlosen ein Nachtlager zu verwehren, ist nirgends die Rede. Ihr könnt bleiben. Aber solltet Ihr ertappt werden, dann kennen wir uns nicht. Dann habt Ihr Euch heimlich hier eingeschlichen.«

Afra streckte dem Bibliothekar ihre Linke entgegen: »Einverstanden. Seid unbesorgt!«

Jakob Luscinius schien einigermaßen beruhigt. Bevor er die Türe der Bibliothek hinter sich zuzog, drehte er sich noch einmal um und rief Afra mit gepresster Stimme zu: »Jungfer, seid vorsichtig im Umgang mit Licht. Ihr wisst, nichts brennt leichter als eine Bibliothek. Alsdann, bis morgen zur Prim.«

Afra lauschte den Schritten, die sich immer schwächer werdend nach oben entfernten. In der hintersten Ecke eines Quergangs, wo die Unordnung noch am größten war und wo Bücherwände ein undurchschaubares Labyrinth bildeten, räumte sie einige Dutzend Folianten mit lederbezogenem Holzeinband beiseite. Aus Pergamentfolianten und Büchern mit weichem Schafsledereinband baute sie eine Lagerstatt. Als Kopfkissen diente ein dicker Wälzer von Armandus de Bellovisu[1] aus besonders weichem Pergament: »De declaratione difficilium terminorium tam theologiae quam philosophiae ac logicae«. Afras Kenntnisse im Lateinischen reichten nicht aus, den endlosen Titel zu übersetzen. Er hatte für sie auch nur insofern Bedeutung, als er weicher war als alle anderen.

---

[1] Der Verfasser des Kompendiums war Dominikaner und Regens in Montpellier.

Sie hatte schon bequemer, vor allem weicher gelegen, aber noch nie so gebildet. Fürs Erste gab sich Afra zufrieden. Ein Talglicht auf dem Boden verbreitete einen milden Schein. Die Hände hinter den Kopf verschränkt, starrte Afra zur Decke und dachte nach. Sie musste Bruder Dominikus, das bedauernswerte Genie im Blödenhaus, noch einmal aufsuchen. Irgendwie musste sie ihn zum Sprechen bringen. Wie, wusste sie selbst nicht. Sie wusste nur, dass Bruder Dominikus der Einzige war, der Licht in das Dunkel bringen konnte, welches das Pergament umgab. Seine Andeutungen hatten Hand und Fuß. Der Alte hatte sich jedes Wort genau überlegt und noch mehr jedes Wort, das er *nicht* sagte.

Auf ihrem harten Nachtlager entwarf Afra einen Plan. Zunächst brauchte sie eine Abschrift des Pergaments. Doch dazu war erneut die Hilfe eines Alchimisten nötig. In Straßburg gab es mehr Alchimisten als in jeder anderen Stadt. Die meisten hatten sich im Norden, um St. Peter, niedergelassen, einer etwas unheimlichen Gegend, die man zur Nachtzeit besser mied. Aber die Zuhilfenahme eines Alchimisten bedeutete einen Mitwisser mehr. Und gewiss war er nicht bereit, für Gottes Lohn in Aktion zu treten.

Über diesen ausweglosen Gedanken schlief sie ein. Und sie träumte, sie stand, angetan mit einem kostbaren Gewand, umgeben von dienernden Domestiken, auf einer hohen, weiten Treppe aus weißem Marmor. In der Hand trug sie ein Pergament. Aus der Ferne näherte sich eine Abordnung Reiter in glänzenden Uniformen. Sie schwenkten weiße Wimpel und Fahnen mit einem gelben Kreuz in der Mitte. Ihnen folgte ein sechsspänniger Wagen. Von einem goldenen Thron winkte huldvoll der Papst.

Am Fuße der weiten Treppe verließ der Papst seinen Wagen und stieg die endlos scheinenden Marmorstufen empor. Seine Begleiter brachten Gold und Edelsteine. Aber sosehr sie sich auch mühten, auf der Treppe voranzukommen, sie blieben immer auf demselben Fleck. Da erwachte Afra mit Schweißtropfen auf der Stirn.

Welch seltsamer Traum, dachte sie und blickte müde in die Kerzenflamme neben sich auf dem Boden. Aus unerklärlichen Gründen begann die Flamme auf einmal zu flackern, als führe ein Luftzug durch das weit verzweigte Gewölbe. Ihr war, als würde die Tür geöffnet. Starr vor Schreck blickte Afra in Richtung des Hauptganges. Sie wagte kaum zu atmen. In ihren Ohren pochte das Blut. Eine halbe Ewigkeit, schien es ihr, verharrte sie bewegungslos.

Da – plötzlich polterte ein Buch zu Boden. Angst kroch an Afra hoch. Sie wollte rufen, schreien, dem Unbekannten entgegentreten; aber ihre Glieder waren taub, unbeweglich und steif.

Das Licht! Sie musste das Licht löschen. Aber noch ehe sie handeln konnte, entdeckte sie im Mittelgang einen unsicher schwankenden Lichtschein. Er wurde stärker, und plötzlich schwebte, keine zehn Ellen von ihr entfernt, eine schwarze Gestalt lautlos vorüber, ein Kapuzenmann mit einer Laterne in der Hand. Dann wurde es wieder dunkel.

Der Verzweiflung nahe überlegte Afra, wie sie sich verhalten sollte. Ein Kapuzenmann! Furchtbare Erinnerungen wurden wach. War es einer von jener unberechenbaren Horde, die den Dom beinahe zum Einsturz gebracht hätte? Was suchte er zu nachtschlafender Zeit in diesem Gewölbe?

Afra wagte nicht daran zu denken, dass ihr Pergament die Ursache für den nächtlichen Besuch sein könnte. Niemand hatte sie gesehen, als sie das Kloster betrat. Und wie sollte der Unbekannte wissen, in welchem der vielen tausend Bücher sie das Dokument versteckt hatte?

Aus der Ferne vernahm sie, wie der Kapuzenmann Bücher aus den Regalen nahm und darin blätterte. Dabei schien er alle Zeit der Welt zu haben, jedenfalls verrichtete er seine Aufgabe ohne Hast. Je länger die Arbeit des Unbekannten dauerte, desto mehr wuchs Afras Neugierde, wer sich unter dem weiten Mantel verbarg und welcher Aufgabe er nachkam.

Langsam kehrte Leben in ihre Glieder zurück, und die Angst

fiel von ihr ab wie ein vom Regen durchnässter Umhang. Afra richtete sich auf, erhob sich lautlos und schlich bedacht, kein Geräusch zu verursachen, in Richtung des Mittelganges und schlug die Richtung ein, die der Kapuzenmann genommen hatte.

Am Ende des langen Ganges entdeckte Afra einen Lichtschein. Die Angst, die sie noch vor wenigen Augenblicken empfunden hatte, war wie weggewischt. Mutig, auf Zehenspitzen näherte sie sich dem Licht im hinteren Seitengang. Vorsichtig lugte sie um die Ecke. Der Kapuzenmann wandte ihr den Rücken zu. Unbekümmert in ein Buch vertieft, nahm er Afra nicht wahr, als sie von hinten an ihn herantrat.

Da tat Afra einen Satz und riss dem Unbekannten die Kapuze vom Kopf. Sie hatte sich nicht im Geringsten Gedanken gemacht über die Folgen ihres Handelns. Auch darüber nicht, wer sich unter dem Kapuzenmantel verbarg. Sie war nur einer Eingebung gefolgt. Jetzt aber, beim Anblick des Unerwarteten fand sie keine Worte, stammelte nur hilflos: »Bru-der-Domi-nikus!«

»Habt Ihr mich erschreckt, Jungfer!«, gab der zurück. »Aber sagt, was sucht Ihr hier, um diese Zeit?«

Afra schnappte nach Luft. Endlich fand sie die Sprache wieder: »Dasselbe könnte ich Euch fragen, Bruder Dominikus. Ich dachte, Ihr seid im Blödenhaus eingesperrt!«

Da strich der Alte schmunzelnd über seinen langen Bart, und mit listigem Blick antwortete er: »Bin ich auch, Jungfer, aber wer wie ich ein ganzes Leben hinter Klostermauern verbracht hat, der findet immer ein Schlupfloch. Ihr werdet mich doch nicht verraten?«

»Warum sollte ich«, antwortete Afra freundlich. »Wenn Ihr *mich* nicht verratet …«

Bruder Dominikus schüttelte den Kopf und zeichnete mit der Hand ein kleines Kreuzzeichen: »Bei der Heiligen Jungfrau!«

So standen sich die beiden für ein paar Augenblicke freundlich lächelnd gegenüber, und ein jeder sann darüber nach, wie und aus welchem Grund der andere wohl hierher gelangt sei.

»Ich kam durch die Pforte herein. Jakob Luscinius öffnete

mir, der neue Bibliothekar«, flüsterte Afra, die die Frage des Alten zu erraten schien.

Und Dominikus meinte: »Das Beinhaus unter der Apsis der Kirche hat einen geheimen Zugang von außen. Wer sich nicht scheut, über jahrhundertealte Schädel und Gebeine zu steigen, gelangt auf direktem Weg zu dem Gewölbe, das zur Bibliothek führt. Und was das Blödenhaus betrifft, es ist, wie der Name sagt, für Blöde eingerichtet, die nicht mehr Herr ihrer Sinne sind. Ein halbwegs intelligenter Mensch findet viele Möglichkeiten, den Mönchen von Sankt Trinitatis zu entwischen.«

»Und was sucht Ihr ausgerechnet hier, Bruder Dominikus?«

»Was wohl«, eiferte sich der Alte, »Bücher, Jungfer, Bücher! Man hat mir erlaubt, *ein* Buch zu besitzen, ein einziges Buch! Das müsst Ihr Euch einmal vorstellen. Mit einem einzigen Buch, und wenn es die Bibel ist, neigt der Mensch zum Verblöden. Also hole ich mir jede Woche ein neues und stelle das alte an seinen Ort zurück.«

»Und das hat noch niemand bemerkt? Das glaube ich nicht.«

»Ach Jungfer!« Unerwartet fiel der Mönch in eine gewisse Traurigkeit. »Mit Büchern ist es nicht anders als mit den Menschen. Oberflächlich betrachtet gleicht eines dem anderen. Erst bei näherer Betrachtung werden die Unterschiede deutlich. Glaubt Ihr ernsthaft, die Mönche in einem Blödenhaus würden sich für Bücher interessieren?«

Wie schon bei ihrem ersten Zusammentreffen versetzte Afra die geistige Regsamkeit des alten Mannes in Erstaunen. Noch nie war sie einem Menschen begegnet, der sein schweres Schicksal so klaglos annahm. Gewiss, er hatte sich in eine Traumwelt geflüchtet, in die Welt seiner Bücher. Aber was war schädlich daran, wenn es ihn glücklich machte. Jedenfalls war Bruder Dominikus alles andere als unglücklich.

»Aber nun müsst Ihr mir verraten, was Ihr gerade hier in diesem Büchergewölbe zu suchen habt. Sicher nicht das Alte Testament oder die Apostelgeschichte. Lasst mich raten: Ihr forscht gar nicht nach einem bestimmten Buch. Vielmehr dient Euch die Bibliothek der Dominikaner als Versteck für das geheimnisvolle Pergament, das Ihr erwähnt habt.«

Afra erschrak zu Tode. Bisher hatte sie den Dominikanermönch nur für einen weisen alten Mann gehalten. Hatte Bruder Dominikus hellseherische Fähigkeiten? Afra fühlte sich ertappt. Sie sah sich dem Alten und seinem Wissen ausgeliefert, musste befürchten, dass er dieses Wissen weitergab. Oder handelte er bereits im Auftrag jener dunklen Mächte, die sie seit geraumer Zeit verfolgten?

Um eine Antwort verlegen, lachte Afra gekünstelt, als stünde sie über den Dingen, als messe sie dem Pergament keine große Bedeutung zu. »Und wenn es so wäre, Bruder Dominikus? Wenn ich das Pergament wirklich hier in dieser Bibliothek versteckt hätte?« Sie fixierte den Alten mit ernstem Blick.

»Ich könnte mir kaum ein besseres Versteck vorstellen«, antwortete Bruder Dominikus, »es sei denn ...«

»Es sei denn?«

»... die ganze Bibliothek würde ein Raub der Flammen.«

Die Nüchternheit und Kühle, mit der er das sagte, beunruhigte Afra. Unwillkürlich wandte sie ihren Blick der Laterne zu, die der Alte an einem breiten Buchrücken aufgehängt hatte.

Der Mönch schien Afras plötzliches Misstrauen nicht zu bemerken. Er nahm ein Buch nach dem anderen aus dem Regal, vertiefte sich kurz in den Inhalt und stellte es wieder an seinen Ort zurück. Endlich gab er sich mit einem Werk zufrieden, er nickte erleichtert und wandte sich um: »Ich werde Euch jetzt verlassen. Noch vor dem Morgengrauen muss ich in Sankt Trinitatis sein. Und Ihr, Jungfer, wohin wollt Ihr?«

Verunsichert, ob sie sich dem Alten offenbaren sollte, sah Afra Bruder Dominikus an. Ja, sein Verhalten war undurchsichtig und rätselhaft, aber wenn sie sein offenes Gesicht betrachtete, kamen ihr Zweifel, ob sie dem Mönch nicht Unrecht tat mit ihrem Misstrauen. Noch immer unentschlossen antwortete sie: »Ich muss hier die Nacht verbringen. Ich habe kein Zuhause mehr.«

Der Mönch sah Afra fragend an und schwieg. Er konnte sicher sein, dass die Jungfer weiterredete.

Wie erwartet fuhr sie fort: »Ich bin Afra, das Weib des Dombaumeisters. Als ich gestern von Euch zurückkam, stand unser Haus in Flammen. Ich bin sicher, es war das Werk von Brandstiftern. Sie haben das Haus angezündet in der Hoffnung, das Pergament zu vernichten. In meiner Not begab ich mich zu Bruder Jakob, der jetzt Eure Stelle einnimmt. Er ist mir zu Dank verpflichtet. Natürlich weiß ich, dass ein Dominikanerkloster nicht das angemessene Versteck ist für ein junges Weib, aber ich sah keinen anderen Ausweg, wollte ich die Nacht nicht beim Bettelvolk auf den Domstufen verbringen.«

Dominikus nickte. »Seid unbesorgt, Jungfer Afra, in dieses Büchergewölbe verirrt sich nur selten ein Mönch. Solange ich hier zu Gange war, herrschte die Meinung, der Teufel ginge zwischen den Regalen um. Ich gestehe, dass ich an diesem Gerücht nicht ganz unschuldig bin. An Karfreitag und der Himmelfahrt unseres Herrn legte ich stets ein paar Knochen aus dem Beinhaus auf die Treppe, die zum Gewölbe führt. Das versetzte meine Mitbrüder in Panik, und ich hatte wieder für lange Zeit meine Ruhe. Wenn Ihr wollt, lege ich, bevor ich gehe, noch ein Schienbein auf die Treppe, dann habt Ihr nichts zu befürchten.« Er grinste verschmitzt.

Afra war nicht zum Spaßen zumute. »Ihr gabt mir gestern den Rat, das Pergament ins Feuer zu werfen«, begann sie vorsichtig. »Gleichzeitig habt Ihr behauptet, es sei ein Vermögen wert.«

»Ja, das sagte ich. Wie Ihr erwähntet, bezog sich der Schreiber auf das CONSTITUTUM CONSTANTINI.«

»So ist es, Bruder Dominikus.«

»Lasst mich das Pergament sehen!«

Afra blickte heimlich in die Richtung, wo sie das Pergament versteckt hatte. Aber der Gang lag im Dunkeln. »Das würde nichts nützen«, entgegnete sie bestimmt.

»Wie soll ich das verstehen, Jungfer?«

»Es ist in einer Geheimschrift geschrieben, die nur mithilfe einer Tinktur sichtbar gemacht werden kann. Ich habe bereits einmal einen Alchimisten bemüht, der den Text zum Vorschein brachte. Am nächsten Tag war der Alchimist verschwunden, bald darauf war er tot – erdolcht.«

»Hattet Ihr den Eindruck, der Alchimist habe den Inhalt des Dokuments verstanden?«

»Zunächst nicht. Aber später, als ich mir den Ablauf des Geschehens noch einmal durch den Kopf gehen ließ, wurde mir klar, dass der Alchimist genau wusste, was er gelesen hatte. Und als er sein Wissen weitergab, wurde er ermordet.«

»Wo?«

»Man fand seine Leiche vor den Toren von Augsburg. Sein Weib sagte, er wollte den Bischof von Augsburg aufsuchen.«

Für einen Augenblick verschlug es Bruder Dominikus die Sprache. Man konnte sehen, wie es in seinem Kopf arbeitete. Ohne eine Erklärung abzugeben, nahm er seine Laterne, überquerte den Mittelgang und verschwand in dem gegenüberliegenden Seitengang. Afra stand im Dunkeln und lauschte.

Aus dem rückwärtigen Teil des Gewölbes vernahm sie ungehaltenes Gebrummel. Um an ihr Licht zu kommen, tastete sich Afra an den Bücherwänden entlang zu der Stelle, wo sie ihr Nachtlager errichtet hatte. Es war höchste Zeit. Das Talglicht war bereits bis auf einen fingerbreiten Stummel niedergebrannt. Afra entzündete eine neue Kerze und machte sich auf die Suche nach Bruder Dominikus.

Auf halbem Weg kam ihr der Alte entgegen. Er schien gereizt. »Man sollte Dummköpfen den Umgang mit Büchern verbieten«, schimpfte er vor sich hin und reichte Afra ein kleinformatiges Buch mit zwei klobigen Schließen.

»Was ist das?« Sie schlug das Buch auf und las den Titel in fein geschwungener Schrift: »Castulus a Roma – ALCHIMIA UNIVERSALIS«.

»Früher herrschte hier noch Ordnung«, brummte der Mönch

ungehalten, »ich fand jedes Buch in Sekunden. Wie, sagt Ihr, heißt der neue Bibliothekar?«

»Jakob Luscinius.«

»Ein schrecklicher Mensch!«

»Ihr kennt ihn?«

»Nicht von Angesicht. Aber wer mit Büchern so umgeht wie dieser Luscinius, kann nur ein schrecklicher Mensch sein.« Und übergangslos fügte er hinzu: »In dieser *Alchimia* findet Ihr ein Rezept der Tinktur, mit der Ihr die Schrift auf dem Pergament sichtbar machen könnt. Aber jetzt müsst Ihr mich entschuldigen. Es ist nicht mehr lange hin bis zum Morgengrauen.«

Afra wollte den Mönch zurückhalten; aber sie sah ein, dass sie Bruder Dominikus und sich dadurch nur in Gefahr brachte.

Bevor er die Türe hinter sich schloss, rief der Alte im Flüsterton: »Heute in sieben Tagen komme ich wieder, Jungfer, seht zu, dass Ihr bis dahin die Tinktur besorgen könnt. Dann unterhalten wir uns noch einmal über das Dokument – wenn es Euch recht ist.«

Und ob es ihr recht war! Bruder Dominikus erschien Afra wie ein Wink des Himmels. Er war der Einzige, der mit dem Pergament keine Interessen verfolgte. Welchen Vorteil, dachte sie, sollte er im Blödenhaus Trinitatis aus dem Pergament ziehen können? Gold und Reichtum waren das Letzte, das dem alten Mann von Nutzen sein konnte.

Sie hatte gerade ihr Lager wieder aufgesucht und versuchte, noch ein wenig Schlaf zu finden, als Afra von einer unerklärlichen Unruhe erfasst wurde. Eine innere Stimme trieb sie dazu an, aufzustehen und nach dem Pergament zu sehen. Also erhob sie sich, nahm ihr Talglicht und machte sich auf den Weg zum im hinteren Teil des Gewölbes gelegenen Korridor. Sie hätte den Weg im Schlaf gefunden, und auch der Titel des Buches, in dem sie das Pergament deponiert hatte, war ihr geläufig wie das Vaterunser: »Compendium theologicae veritatis«.

Vor dem Regal angelangt, wo das Buch in der obersten Reihe stand, hielt Afra ihr Licht in die Höhe. Das Regal war leer. Fünf bücherlose Fächer gähnten ihr entgegen. Es dauerte eine ganze Weile, bis Afra die Tragweite ihrer Beobachtung begriff: Das Buch mit dem Pergament war verschwunden.

Afra leuchtete in alle Richtungen. Abgesehen von dem nackten Regal sah alles genauso aus wie vor wenigen Tagen. Noch glaubte sie nicht, dass das Buch die Bibliothek verlassen haben könnte. Sicher hatte Luscinius die fehlenden Bücher an anderer Stelle eingeordnet.

Obwohl die Prim nicht mehr fern war und Bruder Jakob, den sie fragen konnte, bald erscheinen musste, begann Afra auf eigene Faust nach dem »Compendium« zu suchen. Wie sollte sie Luscinius klar machen, dass sie ausgerechnet dieses Buch suchte, ohne ihr Geheimnis preiszugeben? Sie musste es finden, noch bevor der Einarmige in der Bibliothek auftauchte.

Nun ist es die einfachste Sache der Welt, ein Buch unter Büchern zu finden, deren Urheber, bei A beginnend, den Buchstaben des Alphabets folgend geordnet sind. Das aber setzt zwei Dinge voraus, nämlich, dass der Urheber des Werkes genannt ist und dass alle Bücher gleich groß sind. Da aber die meisten Bücher in diesem Gewölbe den Autor verschwiegen und sich, was ihre Größe betraf, verselbständigt hatten, bedurfte es, um Ordnung zu schaffen, eines bestimmten Systems. Und da Afra weit davon entfernt war, das System Bruder Jakobs zu durchschauen, glich ihre Suche nach dem »Compendium« der Suche nach der Nadel im Heuhaufen. Und wie nicht anders zu erwarten, blieb sie erfolglos.

Endlich, gegen Morgen, erschien Luscinius mit einem Krug Wasser und reichlich Brot, das er unter einem Vorwand in der Klosterküche geschnorrt hatte.

Afra machte einen wirren Eindruck. »Wo sind die Bücher aus dem hintersten Regal?«, fuhr sie den Einarmigen an.

»Ihr meint die Kopien der Theologiewerke?«

»Die Bücher im hintersten Regal!« Afra fasste Luscinius am Ärmel und drängte ihn in den rückwärtigen Teil der Bibliothek. »Hier«, sagte sie angesichts des leeren Regals, »wo sind diese Bücher hingekommen?«

Bruder Jakob sah Afra verwundert an. »Sucht Ihr ein bestimmtes Buch?«, fragte er unsicher.

»Ja, das ›Compendium theologicae veritatis‹!«

Luscinius nickte erleichtert. »Folgt mir!« Zielsicher überquerte der Einarmige den breiten Mittelgang und begab sich in jenen Korridor, in dem sich Bruder Dominikus nachts aufgehalten hatte. »Da ist es«, sagte er und zog das Buch aus der untersten Reihe. Und neugierig fügte er hinzu: »Nun will ich aber wissen, warum es Euch ausgerechnet dieses theologische Buch angetan hat. Es ist in lateinischer Sprache geschrieben und obendrein schwer verständlich. In Theologenkreisen ist es allerdings sehr gefragt.«

Was sollte sie antworten? In die Enge getrieben, entschied sich Afra für die Wahrheit, zumindest für die halbe Wahrheit. »Ich muss dir ein Geständnis machen, Bruder Jakob. Ich habe in dem Theologiebuch ein wichtiges Dokument versteckt. Dabei spielte der Inhalt des Werkes keine Rolle, eher sein Umfang. Er schien mir geeignet, ein gefaltetes Pergament verschwinden zu lassen. So, jetzt weißt du 's!«

Afra schlug das Buch auf. Sie hatte das Pergament zwischen der letzten Seite und dem Umschlag deponiert. Aber da war es nicht. Daumen und Zeigefinger im Anschlag ließ sie die gebogenen Seiten des Folianten durch die Finger gleiten. »Es ist verschwunden«, stammelte sie und schlug das Buch zu.

»Es ist auch nicht das Buch, das Ihr sucht!«

»Nicht dasselbe? Hier steht doch: *Compendium theologicae veritatis*!« Aber noch während sie das sagte, kamen ihr Zweifel. Schrift und Zeilenfolge hatte sie in anderer Erinnerung. »Was hat das zu bedeuten?«, erkundigte sich Afra unsicher.

»Das will ich Euch gerne verraten«, begann Luscinius ausholend. »Dieses Buch in Eurer Hand ist das Original des Verfassers und beinahe dreihundert Jahre alt. Jenes Buch, das Ihr Euch als Aufbewahrungsort für Euer Dokument ausgesucht habt, ist eine Abschrift, abgefasst von Mönchen dieses Klosters für die Benediktiner von Montecassino. Nicht die einzige Kopie übrigens. Insgesamt wurden achtundvierzig Bücher kopiert, welche im Kloster von Montecassino nicht vorhanden sind. Dafür erhält dieses Dominikanerkloster sechsunddreißig Abschriften von Büchern, die wir nicht haben. *Manus manum lavat* – eine Hand wäscht die andere. Ihr versteht, was ich meine.«

»Ich begreife sehr wohl«, eiferte sich Afra, »aber mich interessiert nur die eine Frage: Wo ist die Abschrift des ›Compendiums‹ jetzt?«

Verlegen hob Luscinius die Schultern: »Irgendwo auf dem Weg nach Italien.«

»Sag, dass das nicht wahr ist!«

»Es *ist* wahr.«

Afra war geneigt, den Einarmigen zu erwürgen, aber dann kam ihr zu Bewusstsein, dass Luscinius die geringste Schuld traf. Er konnte ja nicht wissen, dass sie das Pergament ausgerechnet in einem dieser Bücher versteckt hatte.

»Ein wichtiges Dokument?«, erkundigte sich Luscinius vorsichtig.

Afra gab keine Antwort. Sie machte einen abwesenden Eindruck. Was sollte sie jetzt tun? Sie schluckte. Nicht in ihren abwegigsten Vorahnungen hatte Afra mit einer solchen Wendung gerechnet.

Deshalb maß sie Luscinius' Worten zunächst auch keine Bedeutung bei, als sie ihn reden hörte: »Gereon, der Sohn des reichen Kaufherrn Michel Melbrüge, machte sich gestern auf den Weg in Richtung Salzburg. Im dortigen Kloster St. Peter will er eine weitere Lieferung Bücher aufnehmen. Wenn ich mich recht entsinne, wollte er weiter nach Venedig, Florenz und Neapel, wo er Lederwaren, Sattelzeug und Schwämme einkaufen wollte. In vier Monaten, sagte er, würde er, so das Wetter mitspielt, zurück sein.«

Der Gedanke, dass das Pergament für sie für immer verloren sein sollte, peinigte Afra, und sie presste die Hand vor den Mund, weil sie fürchtete, sie müsste sich übergeben. So groß war ihre Aufregung.

SIEBTES KAPITEL

Luscinius, der dies bemerkte, bemühte sich, Afra zu beruhigen. »Ich weiß ja nicht, ob es den Aufwand lohnt«, meinte er betont gelassen, »aber warum nehmt Ihr Euch keinen Kutscher und versucht den jungen Kaufherrn einzuholen. Gereon Melbrüge hat zwar einen Tag Vorsprung; aber bis ins Salzburgische habt Ihr ihn allemal eingeholt!«

Afra sah den Einarmigen an, als habe er versucht, ihr die Geheime Offenbarung des Johannes nahe zu bringen. »Du meinst, ich könnte …«, bemerkte sie stockend.

»Wenn es wirklich von Bedeutung ist, dann solltet Ihr es zumindest versuchen. Sagt dem jungen Melbrüge, der Bibliothekar des Dominikanerklosters schickt Euch. Er habe in einem der Bücher ein wichtiges Dokument des Ordens vergessen. Ich sehe keinen Grund, warum er Euch das Pergament nicht aushändigen sollte.«

Soeben wollte Afra Luscinius noch erwürgen, nun musste sie an sich halten, um Bruder Jakob nicht zu umarmen. Noch war nicht alles verloren.

»Der Tag ist noch jung«, bemerkte der Einarmige. »Um diese Zeit sammeln sich die Fuhrleute im Schatten der Kathedrale und warten auf Fuhrgeschäft und Zuladung. Beeilt Euch, dann habt Ihr noch den ganzen Tag vor Euch. Gott mit Euch auf allen Wegen!«

Von einem Augenblick auf den anderen hatte Jakob Luscinius Afras Bedenken zerstreut. »Leb wohl!«, sagte sie scheinbar ohne jede Regung und wandte sich dem Ausgang zu. »Ich verschwinde durch die Arme-Sünder-Pforte. Mach dir keine Sorgen!«

Im Vorbeigehen griff sie nach der »ALCHIMIA«, die sie sich bereitgelegt hatte.

In der Nacht war es abgekühlt, und Afra schlotterte am ganzen Körper, als sie den Weg vom Dominikanerkloster durch die Predigergasse nahm. Die Sonne stand noch tief über dem Horizont. Kein Strahl verirrte sich in die feucht-schattigen Gassen der Stadt, die langsam erwachte.

Afras Ziel war die Münstergasse, wo die Geldwechsler zu Hause waren. Dort, beim reichen Wechsler Salomon, hatte Afra ihre gesamte Barschaft deponiert. Welch ein Glück, dachte sie, denn hätte sie ihr Geld zu Hause aufbewahrt, wäre es ein Raub der Flammen geworden und sie stünde ohne einen Pfennig da.

Salomon, ein schwergewichtiger Mensch mittleren Alters, trug einen ungepflegten dunklen Bart und eine schwarze Kappe auf dem kahlen Schädel. Er hatte seine Wechselstube gerade geöffnet und hinter einem hölzernen Pult Platz genommen. Missmutig harrte er der Geldgeschäfte, die der neue Tag bringen würde.

Die Wechselstube lag drei Stufen tiefer als die Münstergasse, und selbst Afra, die nicht besonders groß gewachsen war, musste vor dem niedrigen Türbalken den Kopf einziehen. Im Innern war es so dunkel, dass man keinen Straßburger von einem Ulmer Pfennig unterscheiden konnte. Geld macht geizig, und der Wechsler weigerte sich erklärtermaßen, nach Sonnenaufgang ein Licht zu entzünden, es sei denn, es wiederholte sich die ägyptische Finsternis.

Obwohl er Afra von Angesicht kannte, hielt der Geldwechsler an seinem wiederkehrenden Ritual fest, mit dem er jedem begegnete, der zu ihm ins Kontor kam. Über sein Pult gebeugt, blickte er kurz auf, und ohne die Eintretende anzusehen, leierte er in kaum verständlichem Singsang: »Wer seid Ihr, nennt Euren Namen und die Summe Eurer Verbindlichkeiten.«

»Gebt mir zwanzig Gulden von meinem Guthaben. Aber schnell, ich bin in Eile.«

Der drängende Ton am frühen Morgen machte den Geldwechsler noch mürrischer, als er ohnehin war. Maulend erhob er sich hinter seinem Pult und verschwand.

Afra ging in der Wechselstube auf und ab, als eine stattliche Frau den niedrigen Raum betrat. Sie trug Reisekleidung und in der Hand eine Peitsche. Afra nickte ihr freundlich zu, und die begann ohne Umschweife: »Seid Ihr nicht das Weib des Dombaumeisters Ulrich von Ensingen? Ich kenne Euch vom Fest des Bischofs.«

»Ja – und?«, gab Afra ungehalten zurück. Sie konnte sich nicht erinnern, dem Frauenzimmer schon einmal begegnet zu sein.

Umso mehr versetzte sie die Rede der Frau im Reisekostüm in Erstaunen: »Ich habe von Eurem Schicksal gehört: das Haus abgebrannt, der Mann im Gefängnis. Wenn Ihr Hilfe braucht ...«

»Nein, nein«, wehrte Afra ab, obwohl sie nicht einmal ein Dach über dem Kopf hatte. Ihr Stolz verbot ihr, irgendjemanden um Hilfe zu bitten.

»Ihr könnt mir ruhig vertrauen«, meinte die Frau und trat näher an Afra heran. »Ich bin Gysela, die Wittfrau des Wollwebers Reginald Kuchler. Eine Frau, die allein in der Welt steht, hat es nicht leicht. Männer betrachten unsereinen allzu gern als Beute. Der Bischof macht da keine Ausnahme.«

Afra dachte nach, ob Gyselas Worte eine Anspielung sein sollten, ob die Kuchlerin das Werben des geilen Bischofs mitbekommen hatte. Aber noch während Afra nach einer Antwort suchte, kam ihr Gysela zuvor, indem sie sagte: »Er hat es noch bei jeder probiert, die er je zu seinem Fest geladen hat. Ihr wart da keine Ausnahme.«

Auf einmal hatten sie die dunklen Gedanken wieder eingeholt, die mit dem Fest des Bischofs in Verbindung standen. Mit Wilhelm von Diest hatte sie noch immer eine Rechnung offen. Gewiss, der Bischof hatte alle Macht und Möglichkeiten, sie aus ihrer verzweifelten Situation zu befreien. Aber um welchen Preis! Zwar hatte das Leben sie hart gemacht, aber sich wie eine Hure zu verhalten, das verursachte ihr doch Gewissensbisse.

»Vielleicht solltet Ihr für eine Weile aus Straßburg verschwinden«, hörte sie die Kuchlerin plötzlich sagen.

Afra sah die Frau zögernd an. »Das hatte ich auch vor«, erklärte sie.

»Ich suche eine Begleitung für meine Reise nach Wien. Eigentlich wäre mir ein Fuhrknecht genehm. Aber der Weg gen Osten ist nicht sehr beschwerlich und meine Ladung Wollstoffe nicht besonders umfangreich. Ich glaube, das könnten auch zwei Weiber wie wir bewältigen.«

»Nach Wien wollt Ihr?«, fragte Afra erstaunt. »Da liegt Salzburg auf dem Weg!«

»So ist es.«

»Wann wollt Ihr reisen?«

»Die Pferde sind schon angespannt. Mein Wagen wartet auf dem Fuhrplatz hinter dem Dom.«

»Euch schickt der Himmel!«, rief Afra aufgeregt. »Ich muss dringend ins Salzburgische. Dringend, hört Ihr!«

»An mir soll 's nicht liegen«, meinte die Kuchlerin. »Aber sagt, welchen Grund habt Ihr für Eure Dringlichkeit, ins Salzburgische zu reisen.«

Noch bevor Afra antworten konnte, kehrte der Geldwechsler mit einem kleinen Lederbeutel zurück und zählte zwanzig Gulden auf sein Pult.

»Ihr rechnet wohl mit einem längeren Aufenthalt«, bemerkte Gysela angesichts der respektablen Geldsumme. »Meine ganze Ladung Stoffe ist nicht so viel wert.«

Der Geldwechsler wandte sich, nachdem er Afra das Geld ausgehändigt hatte, der Kuchlerin zu: »Wer seid Ihr, nennt Euren Namen und die Summe Eurer Verbindlichkeiten.«

»Gebt mir zehn Gulden aus meinem Vermögen.«

Da schlug der Geldwechsler die Hände über dem Kopf zusammen und begann zu jammern, dass er schon frühmorgens so viel Geld aus dem Kasten holen musste. Nörgelnd und meckernd verschwand er.

Die beiden Frauen verabredeten sich für die nächste Stunde auf dem Fuhrplatz. Afra musste sich noch mit Kleidung und dem Nötigsten für die Reise eindecken; denn ihr war nur geblieben, was sie am Leibe trug.

8 Für einen Tag und eine Nacht

Sie waren durstig und hungrig und obendrein so müde, dass sie sich kaum auf dem Kutschbock halten konnten. Aber als vor ihnen, von Westen kommend, der schroffe Kegel mit der Festung und die Silhouette der Stadt auftauchten, schienen Hunger, Durst und Müdigkeit auf einmal wie weggeblasen. Gysela brachte die Pferde auf den letzten Meilen zum Traben wie noch nie auf der neuntägigen Reise, und Afra klammerte sich furchtsam an ihrer Sitzbank fest.

Obwohl die Gäule, zwei stämmige Kaltblüter, kräftig und die Kuchlerin erfahren im Umgang mit Pferden waren, hatte die Reise von Straßburg nach Salzburg zwei Tage länger gedauert als veranschlagt. Schuld daran war ein Unwetter mit heftigen Wolkenbrüchen gewesen, welches sie im Schwäbischen überrascht hatte. Gysela Kuchler fürchtete um ihre Ladung und hatte mit ihrem Gespann in der Nähe von Landsberg in einem einsamen Gehöft Schutz gesucht. Doch als sie am nächsten Tag ihre Fahrt fortsetzten, waren die Wege aufgeweicht, und mehr als einmal versanken die Räder bis zu den Achsen im Morast. Mancherorts hinderten sie herabgestürzte Äste an der Weiterfahrt.

Die Herbstsonne stand schräg hinter dem Mönchsberg und ließ die Stadt, die sich in die Mulde zwischen Berg und dem Salzfluss duckte, in tiefem Schatten versinken. Salzburg war nicht sehr groß und eher mit einer anmutigen Umgebung gesegnet als mit kunstvollen Bauten. Eine trutzige, schier uneinnehmbare Burg über der Stadt, mehrere Klöster zu beiden Seiten des Flusses, ein klotziger Dom und ein paar stattliche Bürgerhäuser rund um den Markt – viel mehr war nicht erwähnenswert.

Bedeutung erlangte Salzburg durch seine Lage. Hier kreuzten sich die wichtigsten Straßen von Norden nach Süden und von Westen nach Osten, und auf der Salzach, so der Name des bisweilen wilden Gebirgsflusses, wurde das kostbare Salz aus den Bergen flussabwärts verschifft.

Ein Fuhrmann, der ihnen am Stadttor den Vortritt ließ, empfahl sie zum Bruckenwirt, wo, wie er beteuerte, aufs Vortrefflichste für sie und ihre Pferde gesorgt würde. Im Übrigen verursachte das Erscheinen von zwei Frauen auf dem Kutschbock in Salzburg weniger Aufsehen als in den Orten, in welchen sie bisher abgestiegen waren.

Der Bruckenwirt am jenseitigen Flussufer behandelte die beiden Frauen unerwartet zuvorkommend und ohne jedes Misstrauen, wie es ihnen bisher begegnet war. Er hatte ein Auge für Hübschlerinnen und lustige Frauen, wie die Wanderhuren genannt wurden, und hätte sich nie erlaubt, eine von diesen unter seinem Dach aufzunehmen. Aber allein das stattliche Fuhrwerk wies Gysela und Afra als vornehme Damen aus, denen man Respekt zollen musste.

Während der anstrengenden Reise waren sich Afra und Gysela näher gekommen; denn beide verband ein gemeinsames Schicksal. Beide hatten, wenngleich aus unterschiedlichen Gründen, ihre Männer verloren und sahen sich gezwungen, ihr Schicksal allein zu meistern. Die Kuchlerin, nur ein paar Jahre älter als Afra, hatte sich auf der langen Reise jedoch weit gesprächiger gezeigt. Afra hingegen hatte vor der Kuchlerin nur Bruchstücke ihrer Vergangenheit ausgebreitet und selbst auf mehrmaliges Nachfragen den wahren Grund ihrer Reise verschwiegen.

Nachdem die Fuhrknechte des Bruckenwirts Pferde und Wagen versorgt hatten, begaben sie sich in die Wirtsstube, um Durst und Hunger zu stillen. Die Gäste waren in der Hauptsache raue Kerle, Flussschiffer, die ihre Salzkähne, Plätten genannt, flussabwärts lenkten und hier Station machten. Sie glotzten wie Kälber, als sie die allein reisenden Frauen sahen. Einige machten zweideutige Handzeichen oder warfen sich vielsagende Blicke zu.

Für kurze Zeit verstummte der Lärm in der Wirtsstube. Bis

Gysela, nachdem sie am unteren Ende eines langen Tisches Platz gefunden hatten, ausrief: »Hat es Euch die Sprache verschlagen? Noch nie zwei stattliche Weiber gesehen, was?«

Das forsche Auftreten der Kuchlerin machte die Männer verlegen. Rasch setzten sie ihre Unterhaltung fort, und es dauerte nicht lange, und die Flussschiffer schenkten den reisenden Frauen keine Beachtung mehr.

Eine Wirtsstube wie die des Bruckenwirts war auch ein Umschlagplatz für Nachrichten. Es gab Fuhrleute, die rückten mit ihren Neuigkeiten nur dann heraus, wenn sie mit Speis und Trank entlohnt wurden. So kam es, um einer kostenlosen Mahlzeit willen, bisweilen zu Morden, die in Wahrheit nie stattgefunden, und Wundern, die sich nie ereignet hatten. Doch das Volk, vom Bettler bis zum Adelsmann, gierte nach diesen Suppengerüchten. Selbst wenn sie sich als unwahr herausstellten, so sorgten sie doch für Gesprächsstoff.

Mit der vergeistigten Stimme eines Predigers verkündete ein Flussschiffer, der, nach seiner Kleidung zu schließen, schon bessere Tage erlebt hatte, er habe in Wien mit eigenen Augen gesehen, wie ein Mensch von einem aus Leinwand gefertigten Drachen in die Lüfte gehoben und einen Steinwurf weiter wohlbehalten auf die Erde gesetzt worden sei. Gelungen sei das Wunderwerk mithilfe von Feuer und Wärme, welches er unter dem Leinwanddrachen entfacht habe. Ein Kaufmann aus dem Norden ließ sich dahingehend vernehmen, dass die Armbrust als Waffe ausgedient habe und Kriege künftig nur noch mit Pulvergeschützen geführt würden, welche pfundschwere Eisenkugeln eine halbe Meile weit gegen den Feind schleuderten.

Unwillkürlich zuckte Afra zusammen, als ein Reisender vom Rhein aus Ulm berichtete. Ulm sei die erste deutsche Stadt, in der Schweine und Geflügel von den Straßen verbannt worden seien. So hoffe man, sich die Pest vom Leibe zu halten, welche allenthalben in Frankreich und Italien wüte und Tausende Menschen dahinraffe.

Die Pest war Hauptgesprächsthema unter Reisenden jener

Tage. Jeden Tag, an jedem Ort konnte die gefürchtete Seuche aufs Neue ausbrechen. Kaufleute und fahrendes Volk trugen dazu bei, dass die tödliche Krankheit sich in Windeseile von Land zu Land ausbreitete.

So erntete ein schwarz gekleideter Scholar, den sein Habit mit weißem Kragen und breiten Armstulpen als Magister der Künste auswies, Misstrauen, als er stolz verkündete, er habe sich in Venedig, wo gerade die Pest wüte, der Seuche gegenüber resistent gezeigt. Da rückten die Tischnachbarn, die bis dahin interessiert seinen Erzählungen über Kunst und Kultur des südlichen Volkes gelauscht hatten, einer nach dem anderen von ihm ab, bis der Scholar schließlich allein an seinem Tischende saß und verstummte.

Gesättigt von einem deftigen Nachtmahl und allerlei schaurigen Geschichten suchten Afra und Gysela ihre Kammer auf, wo sie, wie schon alle Nächte zuvor, ein gemeinsames Bett teilten.

Gegen Mitternacht holte der monotone Sprechgesang des Nachtwächters, der durch die Bruckengasse hallte, Afra aus dem Schlaf. Seine eindringliche, röhrende Stimme war längst verklungen; aber Afra konnte nicht mehr einschlafen. Ihre Gedanken kreisten um das Pergament in dem Buch, dem sie sich auf einmal ganz nahe fühlte.

Und irgendwann zwischen Wachen und Träumen spürte sie, wie eine Hand zärtlich über ihre Brüste strich, ihren Bauch liebkoste und zwischen ihre Schenkel drängte und sie mit kreisenden Bewegungen erregte. Afra erschrak.

Bisher hatte Gysela nicht den geringsten Anlass zu der Vermutung gegeben, dass sie dem eigenen Geschlecht zugetan war. Doch mehr als das beunruhigte Afra, dass sie selbst keine Anstalten machte, das lustvolle Treiben der Kuchlerin zu unterbinden. Im Gegenteil, Afra empfand ein wohliges Gefühl unter ihren zärtlichen Berührungen. Sie ließ sich treiben, bot der anderen ihren Körper dar, schließlich streckte sie selbst ihre Arme aus und begann, zögernd zuerst, dann aber immer ungestümer, Gyselas üppigen Körper zu erforschen.

Bei allen Heiligen, sie hätte nie geglaubt, dass ihr ein Frauenkörper so viel Lust bereiten könnte. Als sie gar Gyselas Zunge zwischen ihren Beinen spürte, stieß sie einen kleinen, gepressten Schrei aus, und mit einer heftigen Bewegung wandte sie sich zur Seite.

Den Rest der Nacht verbrachte Afra mit offenen Augen und hinter dem Kopf verschränkten Händen und sann darüber nach, ob eine Frau sowohl Frauen als auch Männer lieben konnte. Sie war aufgewühlt und verwirrt wegen des nächtlichen Vorfalls. Voll Unruhe erwartete sie den nächsten Tag.

Sie wusste nicht so recht, wie sie Gysela am nächsten Morgen begegnen sollte. Deshalb stahl sie sich bei Tagesanbruch aus dem gemeinsamen Lager, kleidete sich an und begab sich zum Kloster Sankt Peter auf der anderen Seite des Flusses.

Das Kloster lag im Schatten des Doms, am Fuße des Mönchsberges, und war zum Teil sogar in den Fels geschlagen, der die Stadt wie ein klotziger Schutzwall umgab. Ein eisernes Tor versperrte den Zugang zur Abtei, wo der Tag längst begonnen hatte. Allerlei Bettelvolk lungerte vor der Pforte herum, ein paar Huren, denen die Nacht kein Geschäft gebracht hatte, und ein Quartett junger Studiosi, die, auf der Reise nach Prag, um eine Morgensuppe baten.

Als Afra an den Wartenden vorbei zum Eingang drängte, wurde sie von einem zahnlosen Alten, dem die Kleider in Fetzen am Leib hingen, festgehalten mit der Bemerkung, sie möge sich hinten anstellen wie alle anderen. Ob sie glaube, etwas Besseres zu sein in ihrem vornehmen Kleid. Zum Glück wurde in diesem Augenblick die Pforte geöffnet, und das Bettelvolk drängte in den Innenhof des Klosters.

Der junge Pförtner, ein unerfahrener Novize mit frischer Tonsur, begegnete Afra mit Misstrauen, als sie ihm erklärte, sie wolle den Bruder Bibliothekar in einer wichtigen Angelegenheit sprechen. Die Prim, meinte er, sei noch nicht beendet, so lange müsse sie sich gedulden. Aber wenn sie eine Morgensuppe wolle …

Dankend lehnte Afra ab, obwohl die Mehlsuppe, die zwei Mönche in einem rußgeschwärzten Kessel in den Hof trugen, appetitlichen Duft verbreitete. Wie Tiere stürzten sich die Bettler auf den Suppenkessel und schöpften mit Schalen und Scherben, welche sie bei sich trugen, eine Portion von der weißen Pampe.

Endlich erschien der Bruder Bibliothekar, ein eher jugendlich wirkender Mönch, dem die Kargheit des klösterlichen Lebens noch nicht ins Gesicht geschrieben stand, und erkundigte sich höflich nach Afras Wünschen.

Afra hatte sich eine Notlüge zurechtgelegt. Der Bibliothekar sollte keinen Verdacht schöpfen.

»Dieser Tage«, begann sie selbstsicher, »soll ein Kaufmann aus Straßburg bei Euch vorsprechen. Er befindet sich auf dem Weg nach Italien und führt ein Fass Bücher mit sich, das für das Kloster Montecassino bestimmt ist.«

»Ihr meint den jungen Melbrüge! Was ist mit ihm?«

»Die Mönche in Straßburg haben ihm irrtümlich ein falsches Buch mitgegeben. Es handelt sich um das ›Compendium theologicae veritatis‹. Man hat mich gebeten, das Buch nach Straßburg zurückzubringen.«

Da rief der Bibliothekar: »Gott wollte es anders! Ihr kommt zu spät, Jungfer. Melbrüge ist schon vor zwei Tagen nach Venedig weitergereist.«

»Das ist nicht wahr!«

»Warum sollte ich Euch belügen, Jungfer? Melbrüge hatte es sehr eilig. Ich bot ihm ein Lager für die Nacht an. Er aber lehnte ab und sagte, er wolle den Tauernpass noch vor Einbruch der kalten Jahreszeit überqueren. Später würde das zu gefährlich.«

Afra schnappte nach Luft. »Dann danke ich Euch«, sagte sie resigniert.

Auf der hölzernen Brücke blickte sie gedankenverloren in das türkisfarbene Wasser der Salzach. In der morgendlichen Stille konnte man das Mahlen von Sand und Steinen hören, die der Gebirgsfluss mit sich führte. Sollte sie aufgeben? War es nicht klüger, alles auf sich beruhen zu lassen? Plötzlich spürte sie einen Lufthauch. Eine Taube flog an ihrem Kopf vorbei, schoss wie ein Pfeil in die Höhe und flog flussaufwärts – nach Süden!

Von der Bruckengasse kam ihr Gysela entgegen. Sie schien aufgelöst und machte ihr Vorwürfe: »Ich habe mir Sorgen gemacht. Stiehlst dich heimlich aus dem Bett. Wo warst du zu so früher Stunde?«

Afra hielt den Blick gesenkt. Weniger wegen der Vorwürfe, mit denen ihr die Kuchlerin begegnete, als wegen des Geschehens der vergangenen Nacht. Gysela schien es zu übergehen, als wäre nichts gewesen. Schließlich antwortete Afra: »Ich hatte im Kloster Sankt Peter etwas zu erledigen. Es war der Grund meiner Reise. Leider hat sich mein Auftrag zerschlagen. Ich muss weiter nach Venedig. Hier trennen sich also unsere Wege.«

Gysela musterte Afra mit durchdringendem Blick. »Nach Venedig?«, sagte sie nach einer Weile. »Du bist verrückt! Hast du nicht gehört, dass in Venedig die Pest wütet? Kein Mensch begibt sich freiwillig in diese Gefahr.«

»Ich tue es auch nicht freiwillig. Ich habe einen Auftrag zu erledigen. Im Übrigen wird es so schlimm nicht sein. Vielleicht finde ich beim Bruckenwirt einen Fuhrmann, der in den nächsten Tagen die Alpen überquert. Dir danke ich jedenfalls für die Bereitschaft, mich bis hierher mitzunehmen.«

Schweigend strebten die beiden Frauen dem Bruckenwirt zu. »Ich habe schon anspannen lassen«, sagte Gysela vor dem rundbogigen Tor der Herberge. »Dein Gepäck ist noch in der Kammer.«

Afra nickte stumm. Und plötzlich fielen die beiden Frauen sich in die Arme und schluchzten. Am liebsten hätte Afra Gysela von sich gestoßen, jedenfalls forderte das eine innere Stimme, aber es ging nicht. Sie erwiderte Gyselas Umarmung mit einer gewissen Hilflosigkeit.

»Die Pferde sind angeschirrt!« Der Bruckenwirt trat aus dem Tor und beendete die Umarmung der beiden.

Gysela hielt einen Augenblick inne. Dann sagte sie zu Afra: »Wir reisen *beide* nach Venedig weiter.«

Verblüfft sah Afra sie an. »Dein Reiseziel ist Wien! Was willst du in Venedig?«

»Ach was! Eigentlich ist es gleichgültig, wo ich meine Stoffe verkaufe, ob in Wien oder Venedig, was macht das für einen Unterschied?«

»Das weiß ich nicht«, erwiderte Afra, die der plötzliche Sinneswandel der Kuchlerin verblüffte, »vom Stoffgeschäft habe ich keine Ahnung. Aber hast du nicht eben noch vor einer Reise nach Venedig gewarnt?«

»Ich rede viel, wenn der Tag lang ist«, erwiderte Gysela lachend.

Noch am selben Tag brachen die beiden auf in Richtung Venedig.

Der Pass über das Tauerngebirge, das sie am folgenden Tag erreichten, war steil und beschwerlich und forderte den Gäulen das Letzte ab. Stellenweise mussten Afra und Gysela neben dem Wagen hergehen und schieben, damit sie die Steigung überwanden. Wagenwracks am Wegesrand und die Gerippe verendeter Zugtiere erinnerten an Dramen, die sich auf dem steinigen Weg in Richtung Süden abgespielt hatten.

Am vierten Tag und am Ende ihrer Kräfte erreichten sie das Drautal und ein lebhaftes Städtchen namens Villach, das vom nahen Bergbau lebte und von den zahlreichen Handelsniederlassungen, die bis nach Augsburg, Nürnberg und Venedig reichten. Der Bischof von Bamberg hielt seit ein paar Jahrhunderten die Hand schützend über die einträgliche Stadt.

In einer der zahlreichen Herbergen, die den geschäftigen Marktplatz säumten, legten die Frauen einen Ruhetag ein. Das Wetter sei günstig, meinte der Wirt, der sich auch um die entkräfteten Gäule kümmerte. In drei Tagen könnten sie in Venedig sein. Allerdings, gab er zu bedenken, seit drei Tagen sei kein Fuhrwerk mehr aus Venedig eingetroffen.

Während die Kuchlerin mit der Ladung und den Pferden beschäftigt war, erkundigte sich Afra in den anderen Herbergen, ob jemand den Straßburger Kaufmann Gereon Melbrüge getroffen habe. Ein Tuchhändler aus Konstanz wollte dem *alten* Michel Melbrüge einmal begegnet sein; aber das sei Jahre her. Was den jungen Gereon betraf, erntete Afra überall nur Kopfschütteln. Das machte sie immer mutloser.

Die plötzliche Zuneigung, die zwischen Afra und Gysela wie ein Feuer aufgeflammt war, hatte sich während der anstrengenden Reise ohne erkennbaren Grund in Befangenheit verwandelt. Auch wenn sie nach wie vor in den Herbergen ein gemeinsames Bett teilten, mieden die beiden Frauen jede Zärtlichkeit, ja sie schreckten vor jeder Berührung zurück, als könnte die andere daraus falsche Schlüsse ziehen.

So verlief die Weiterfahrt meist schweigsam. Oft redeten beide eine Stunde kein Wort. Dann galt ihre Aufmerksamkeit der Landschaft, die nun immer flacher wurde. Lange folgte der Weg einem ausgetrockneten Flusslauf, der sich in unschlüssigen Windungen durch die von der Sommersonne verbrannte Ebene schlängelte.

Gegen Mittag des dritten Tages tauchten am Horizont dunkle Rauchsäulen auf. Die Pestfeuer!, fuhr es Afra durch den Kopf; aber sie schwieg. Gysela maß der Beobachtung scheinbar keine Bedeutung bei und brachte die Pferde mit Peitschenknall auf Trab. Schnurgerade zog sich der befestigte Weg aus alter Zeit durch die weite Ebene. So erreichten sie ihr Ziel schneller als erwartet.

Seit geraumer Zeit schon waren die Frauen keinem einzigen Fuhrwerk begegnet. So waren sie beinahe froh, als ihnen plötzlich ein wild entschlossen dreinblickender Mann mit quer gehaltener Hellebarde den Weg versperrte.

»*Dove, belle signore?*«, rief ihnen der Wegelagerer entgegen, und Gysela zückte schon eine Münze, um sich freizukaufen. Aber als der Mann merkte, dass die Frauen von jenseits der Alpen kamen, meinte er radebrechend: »Wohin des Weges, schöne Frauen?«

»Ihr sprecht unsere Sprache?« Gysela zeigte sich verwundert.

Der Mann hob die Schultern und drehte die Handflächen nach außen. »Jeder Venezianer spricht mehrere Sprachen – wenn er nicht gerade auf den Kopf gefallen ist. Venedig ist eine Weltstadt, müsst Ihr wissen. Wollt Ihr nach Venedig?«

Die Frauen nickten.

»Wisst Ihr, dass in Venedig die Pest wütet? Seht die Feuer da drüben auf den Inseln. Sie verbrennen die Toten, auch wenn es gegen den Willen der Heiligen Mutter Kirche geschieht. Die Pestärzte sagen, es sei die einzige Möglichkeit, der Seuche Herr zu werden.«

Afra und Gysela warfen sich besorgte Blicke zu.

»Offiziell«, fuhr der Mann fort, »darf niemand die Stadt betreten oder verlassen. Das hat die *Signoria*, der Rat von Venedig, verfügt. Aber Venedig ist groß und besteht aus vielen kleinen Inseln, die von der Küste gerade einen Steinwurf entfernt sind. Wer will das schon kontrollieren?«

»Wenn ich Euch recht verstehe«, erwiderte Gysela vorsichtig, »dann könntet Ihr uns wohl nach Venedig übersetzen?«

»Ganz recht, *belle signore*!« Das Gesicht des Mannes nahm allmählich freundlichere Züge an. »Ich bin Jacopo, der Fischer von San Nicola, der kleinsten bewohnten Insel in der Lagune. Wenn Ihr wollt, setze ich Euch samt Eurer Ladung mit meiner Barke zum Rialto über, wo die Kaufleute und Händler zu Hause sind. Was habt Ihr geladen?«

»Wollstoffe aus Straßburg«, antwortete Gysela.

Jacopo pfiff leise durch die Zähne. »Dann wollt Ihr gewiss zum *Fondaco dei Tedeschi*.«

Der *Fondaco* war Gysela dem Namen nach bekannt. In dem Gebäude am Rialto hatten die wichtigsten Großhandelshäuser aus Deutschland ihre Niederlassung. Und obwohl sie selbst nur eine unbedeutende Wollweberswitwe war, die die Geschäfte ihres Mannes weiterführte, sagte sie: »Ja, dahin wollen wir!«

Der Fischer bot obendrein an, sich um Pferde und Wagen zu

ACHTES KAPITEL

kümmern, bis die *Signore* ihre Geschäfte erledigt hätten. Nach dem Preis gefragt für sein Entgegenkommen, meinte Jacopo, darüber würden sie sich schon einigen.

Wie die meisten Fischer in der Lagune hatte Jacopo auf dem Festland eine Holzhütte, in welcher ein Wagengespann und Baumaterial untergebracht waren. Dorthin geleitete er die beiden Frauen. Einen Steinwurf entfernt dümpelte eine Barke im flachen Wasser. Die Dämmerung senkte sich über das Meer. Hinter Wolken von beißendem, dunklem Rauch konnte man die Silhouette Venedigs nur erahnen.

»Die Zeit ist günstig«, meinte Jacopo, während sie den Wagen entluden. Er mahnte zur Eile. »Bevor sich die Nacht über die Inseln senkt, müssen wir am Ziel sein. Jeder Lichtschein würde uns verraten.«

Afra sah die Stoffballen, die Gysela wohl verpackt mit sich führte, zum ersten Mal. Feine, einfarbige Wollstoffe waren darunter in gedämpftem Ocker und leuchtendem Purpurrot, aber auch Stoffe mit kunstvollem Musterwerk, Blumen und Girlanden, wie sie dem Geschmack der Zeit entsprachen.

Während sie einen um den anderen Stoffballen auslud, begutachtete sie gedankenverloren die verschiedenen Muster. Plötzlich hielt sie inne.

Nicht die giftgrüne Grundfarbe des Tuches machte sie stutzig, es war das Muster, welches ihre Aufmerksamkeit auf sich zog. Und mit einem Mal war die Szene gegenwärtig, wie sie in Straßburg, im Haus in der Bruderhofgasse, überfallen und mit einem getränkten Stoffknäuel betäubt wurde. Der Stoff hatte dieselbe Farbe, dasselbe in Gold gewebte Muster, ein Kreuz mit einem Schrägbalken. Afra rang nach Luft. Ihr war, als koche das Blut in ihren Adern.

Gysela schien ihre Unruhe nicht zu bemerken. Geschäftig ging sie ihrer Arbeit nach. So entging ihr auch, dass Afra am ganzen Leib zitterte. Während sie die Ballen mit dem eigentümlichen Muster zur Barke trug, versuchte Afra sich einen Reim auf die Entdeckung zu machen. Ihre Gedanken spielten verrückt.

Sie schwankten zwischen: alles Zufall – und: Gysela wurde auf dich angesetzt, um dir das Geheimnis um das Pergament zu entreißen. Nur mit Mühe gelang es ihr, nach außen Ruhe zu bewahren.

Nachdem die Ladung verstaut war, stakte Jacopo die Barke durch die flache Lagune in Richtung der vorgelagerten Inseln. Nach einer halben Meile hatten sie tiefes Gewässer erreicht, und der Fischer griff zu den Rudern. Sie waren nicht die Einzigen, die sich im Schutz der Dämmerung der Inselstadt näherten. Die Bootsleute verständigten sich untereinander mit leisen Pfiffen. So konnten sie sicher sein, keinem Pestwächter zu begegnen, die mit schnellen, schlanken Booten auf der Lagune kreuzten. Im Übrigen redeten weder Jacopo noch seine Fahrgäste ein Wort.

Die Bootsfahrt schien endlos, und in Afra stieg Angst auf. Angst vor dem Unbekannten, vor der Seuche und vor Gysela, der sie nicht mehr trauen konnte.

In der Dunkelheit, die nur spärlich von der Sichel des zunehmenden Mondes erhellt wurde, zogen Inseln wie riesige Schiffe an ihnen vorbei. Jacopo schien den Weg im Traum zu beherrschen. Zielsicher lenkte er die Barke durch die Enge zwischen den Inselchen San Michele und San Christofano hindurch und legte schließlich an einem lang gestreckten Gebäude mit schmalen Fensterschlitzen an.

Steinerne, vom Wasser umspülte Stufen führten zu einem unverschlossenen, hölzernen Tor. Dahinter tat sich ein weitläufiges niedriges Gewölbe auf, in dem Holz, Felle, Wolle und zahllose Kisten und Fässer gestapelt waren. Hier, meinte Jacopo, sei ihre Ladung fürs Erste sicher.

Cannaregio, so der Name des nördlichsten Stadtbezirks von Venedig, wurde in der Hauptsache von Handwerkern und Händlern mit kleinen Geschäften bevölkert. Man lebte unter sich und begegnete Fremden eher mit Misstrauen. Untereinander jedoch herrschte Eintracht, und wer es gewagt hätte, nachts sein Haus abzuschließen, hätte Argwohn geerntet und Anlass zu mancherlei Zweifel gegeben.

Die Abgeschiedenheit der Bewohner von Cannaregio hatte zur Folge, dass sich die Pest hier weniger verbreitet hatte als in den südlichen und östlichen Teilen Venedigs, wo Handel und Schiffbau zu Hause waren und in gewissen Zeiten die Zahl der Fremden jene der Venezianer übertraf.

Für die Nacht diente Afra und Gysela eine einfache Schenke nahe dem Lagerhaus. Der Wirt vermietete im ersten Stock seines morschen Hauses Lagerplätze auf Stroh, welches, dem Geruch nach zu schließen, den es verströmte, aus der vorjährigen Ernte stammte. Dem nicht genug, mussten die beiden Frauen ihr Lager mit einer Großfamilie aus Triest teilen, die hier gestrandet war und der seit drei Wochen die Weiterreise verwehrt wurde.

Auch wenn die Umstände alles andere als angenehm waren, so kam Afra dies nicht ungelegen. Die Nacht allein mit Gysela in einer Kammer zu verbringen hätte sie zutiefst beunruhigt. Sie fühlte sich beobachtet und wusste nicht, wie sie sich verhalten sollte.

Gysela die Wahrheit ins Gesicht zu sagen schien Afra zu riskant. Sie war sich nicht sicher, wie sie reagieren würde, wenn sie dieser sagte, dass sie ihr Doppelspiel durchschaut hätte. Solange sie die Kuchlerin in dem Glauben ließ, dass sie, Afra, nichts von deren geheimen Machenschaften ahnte, hatte sie nichts zu befürchten.

Am nächsten Morgen verständigten sich Afra und Gysela darauf, dass eine jede ihren Geschäften nachging. Der Ton zwischen beiden war merklich abgekühlt. Und so unterließ es Gysela tunlichst, sich nach Afras Plänen zu erkundigen.

Wo sollte sie nach Gereon Melbrüge suchen? Venedig war eine der größten Städte der Welt mit mehr Einwohnern als Mailand, Genua und Florenz zusammen. Die sprichwörtliche Suche nach der Nadel im Heuhaufen konnte nicht schwieriger sein als die Suche nach dem Kaufherrn Gereon Melbrüge aus Straßburg.

Afra zweifelte, ob Gereon es überhaupt geschafft hatte, sich nach Venedig durchzuschlagen. Denn ohne einen Helfer wie Jacopo, der die Lagune kannte wie seine Westentasche, war es beinahe unmöglich, vom Festland auf die Inselstadt zu gelangen. In Sichtweite patrouillierten die schnellen Boote der Pestwächter. Und wenn sich Kaufleute uneinsichtig zeigten, schossen sie die fremden Schiffe mit Brandpfeilen in Brand und versenkten sie samt Ladung und Besatzung.

Es war gerade fünfzig Jahre her, da hatte der Schwarze Tod die Venezianer schon einmal um die Hälfte dezimiert. Schiffe aus fernen Ländern hatten mit ihrer Ladung Tausende von Ratten auf die Inseln gebracht und mit ihnen die Seuche. Unzählige Pestbilder und -altäre in den engen Gassen Venedigs kündeten von Tausenden Toten, die der Schwarze Tod mit sich gerissen hatte.

Sie hatten geglaubt, ihre frommen Gebete zu Rochus und Borromeo, das Räucherwerk kräuterkundiger Männer und die Vorsichtsmaßnahmen beim Entladen der Schiffe hätten sie ein für alle Mal von der Seuche erlöst. Aber plötzlich, nach einem halben Jahrhundert, in dem sich die Stadt in Sicherheit wiegte, begegnete man Menschen mit aufgeblähten Hälsen, mit Beulen und Karbunkeln im Gesicht und am ganzen Körper, und die, denen man heute begegnete, waren am nächsten Tag tot.

Pestilenza! Wie ein Lauffeuer verbreitete sich der Ruf immer wieder durch Venedig. In den kahlen Gassen hallte das hohe Echo, als riefe ein unheimlicher Türmer zum Jüngsten Gericht.

Afra wusste selbst nicht zu sagen, welcher Teufel sie geritten hatte, als sie sich der verbotenen Überfahrt anschloss. Nun irrte sie ziellos durch die verqualmten Gassen. Mit Räucherwerk aus geheimen Kräutern, für das in Todesangst Unsummen bezahlt wurden, versuchten die Venezianer, dem Schwarzen Tod den Garaus zu machen.

Der Nutzen der Prozedur hielt sich in Grenzen. Denn je näher Afra dem Rialto kam, dem Stadtteil der vornehmen Händler und reichen Geschäftemacher, desto mehr Männer und Frauen, ja

ACHTES KAPITEL

sogar Kinder in den Armen ihrer Mütter, lagen scheinbar leblos in den Gassen, mit starrem Blick und weit aufgerissenen Mündern, keineswegs tot.

Ein Pestdoktor im langen, schwarzen Mantel, dessen Kragen bis über den Kopf reichte, auf dem Kopf einen Hut mit breiter Krempe, das Gesicht hinter einer Vogelmaske verborgen, damit man ihm nicht zu nahe kam, schlürfte von einem zum anderen und prüfte mit einem Stecken, ob sie noch ein Lebenszeichen von sich gaben. Bemerkte er eine Regung, zog der Medicus eine Flasche mit milchigem Inhalt hervor und tröpfelte einen Schluck in die offenen Münder. Bemerkte er kein Lebenszeichen, malte der Pestarzt ein Kreidekreuz auf das Pflaster.

Dies war das Zeichen für die *beccamorti*, die Totengräber, welche ihrer Tätigkeit nur volltrunken nachkamen. Um überhaupt Leute für diese Aufgabe zu finden, sicherte der Rat der Stadt jedem Totengräber so viel Branntwein zu, wie er vertragen konnte. So torkelten sie zwischen den Zugdeichseln ihrer zweirädrigen Karren durch die Gassen und wuchteten die Toten auf die Ladeflächen, um sie zum nächsten Totenfeuer zu schaffen.

Pestfeuer loderten auf allen Plätzen, geschürt von menschlichen Fackeln. Man konnte sehen, wie sich die Körper unter dem Einfluss des Feuers aufbäumten, als widersetzten sie sich ihrem grauenvollen Ende. Afra sah Greise mit glühenden Bärten und kleine Kinder, verkohlt wie ein Baumscheit. Da begann sie zu laufen, nur fort von dem furchtbaren Geschehen. Angewidert presste sie den abgewinkelten Arm vors Gesicht. So überquerte sie einige Brücken, unter denen Frachtkähne mit Leichen hindurchglitten.

Am Rialto angelangt, wo eine hohe hölzerne Brücke den großen Kanal überspannte, machte sie Halt. Der Große Kanal, der die Stadt wie ein auf den Kopf gestelltes S durchzog, verbreitete zwar noch genügend Gestank, doch Afra war schon zufrieden, dass es nicht nach Rauch und verbranntem Menschenfleisch roch.

FÜR EINEN TAG UND EINE NACHT 323

Am Rialto, wo die Bewohner weit wohlhabender waren als im Cannaregio, zeigte der Tod sich nicht weniger grausam als anderswo in der Stadt. Wie überall wurden die Toten aus Angst vor Ansteckung vor die Haustüren gelegt. Nur bedeckte man hier die Leichen mit weißen Tüchern. Ein fragwürdiges Unterfangen, denn wenn die *beccamorti* kamen und die Tücher wegzogen, mussten sie erst gegen ein Rudel fetter Ratten ankämpfen, die sich an den Pesttoten schadlos hielten. Manche der grässlichen Tiere waren beinahe so groß wie Katzen und gingen auf die Totengräber los, wenn diese sie mit Stöcken zu vertreiben suchten.

Aus einem prächtigen Haus mit Säulen und Balkonen zum Großen Kanal drangen übermütige Musik und das Kreischen betrunkener Frauen, obwohl zwei Leichen vor der Türe lagen. Afra konnte sich nicht erklären, was in dem Haus vor sich ging, und beschleunigte ihre Schritte. Da wurde die Türe aufgerissen, und ein in grünen Samt gekleideter Jüngling sprang heraus, packte Afra an den Handgelenken und zog sie in das Innere. Afra wusste nicht, wie ihr geschah.

Im Atrium des Hauses, das mit kostbarem Mobiliar ausgestattet war, spielte eine Kapelle mit Blas-, Zupf und Schlaginstrumenten orientalische Musik. Grell geschminkte Mädchen in bunten Kostümen tanzten dazu. Weihrauchkessel verbreiteten betörenden Duft.

»*Venga, venga!*«, rief der Jüngling und versuchte Afra zum Tanz zu bewegen. Doch die hielt sich steif wie eine Statue.

Der Jüngling redete immer heftiger auf sie ein, aber Afra verstand ihn nicht. Schließlich versuchte er, sie zu küssen. Da stieß Afra ihn von sich, dass er zu Boden stürzte. Der Vorfall erntete allseits Gelächter.

Aus dem Hintergrund trat ein Pestdoktor auf Afra zu. Er trug seine Vogelmaske unter dem Arm und machte ein freundliches Gesicht: »Ihr kommt wohl von nördlich der Alpen?«, sagte er in ihrer Sprache, aber mit deutlichem Akzent.

»Ja«, erwiderte Afra. »Was geht hier vor?«

»Was hier vor sich geht?« Der Pestdoktor lachte. »Das Leben, Jungfer, das Leben! Wissen wir, wie lange es noch dauert? Zwei Tote in diesem Haus in einer einzigen Nacht! Da bleibt nicht viel mehr, als zu tanzen. Oder habt Ihr einen besseren Vorschlag?«

Afra schüttelte den Kopf. Beinahe schämte sie sich für ihre Frage. »Und Ihr habt kein Mittel gegen die verheerende Seuche?«

»Tränke gibt es genug und geheimnisvolle Elixiere. Fragt sich nur, was sie nützen. Manche Venezianer behaupten, Apotheker und Kurpfuscher hätten die Pest eingeschleppt, um ihre Elixiere an den Mann zu bringen. Schon mancher Venezianer hat auf dem Totenbett einem Kurpfuscher seinen Palazzo vermacht, so er ihn nur vor dem Tod bewahre.« Der Pestdoktor verdrehte die Augen.

Afra ließ den Blick über die ausgelassenen Menschen schweifen. Auf zwei Diwanen aus goldgelbem Brokatstoff, die sich vor einem rußgeschwärzten Kamin gegenüberstanden, liebten sich zwei halb bekleidete Pärchen vor aller Augen. Eine üppige Matrone mit roten Haaren hatte ihre Röcke gerafft und rieb sich mit einem hölzernen Phallus in Ekstase. Dabei wurde sie von jungen Männern mit unzüchtigen Rufen angefeuert.

Der Pestdoktor hob die Schultern und sah Afra an, als müsste er sich entschuldigen. »Jeder holt das nach, was er im Leben versäumt zu haben glaubt. Wer weiß schon, ob er morgen noch dazu in der Lage ist!«

Nicht die Toten, die sie auf den Straßen gesehen hatte, sondern diese verzweifelte Ausschweifung, die Angst, die allen bei ihrem gespielten Übermut ins Gesicht geschrieben stand, machte Afra bewusst, worauf sie sich eigentlich eingelassen hatte. Und zum ersten Mal kamen ihr Zweifel, ob das Pergament das alles wert war.

Nie hatte sie an den Teufel geglaubt. Sie hatte ihn immer als eine Erfindung der Kirche betrachtet mit dem Bestreben, den Schäflein Angst einzuflößen. Angst war das wichtigste Druckmittel der Kirche, Angst vor dem allmächtigen Gott, Angst vor

Bestrafung, Angst vor dem Tod, ewige Angst. Es war absurd, aber Afra fragte sich in diesem Moment ernsthaft, ob nicht der Teufel am Werk war, als er ihr das Pergament in die Hände spielte.

»Was treibt Euch eigentlich in solchen Zeiten nach Venedig?«, hörte sie den Pestdoktor fragen. Seine Stimme klang, als käme sie aus weiter Ferne.

»Ich komme aus Straßburg und suche einen Kaufmann namens Gereon Melbrüge. Er ist auf dem Weg zum Kloster Montecassino. Seid Ihr ihm vielleicht begegnet?«

Der Pestdoktor lachte. »Ihr könntet genauso fragen, ob ich ein bestimmtes Sandkorn auf der Insel Burano bemerkt habe. Kaufleute gibt es in Venedig wie Sand am Meer. Wenn ich Euch einen Rat geben darf, fragt nach beim *Fondaco dei Tedeschi*, einem lang gestreckten Gebäude, unmittelbar an der großen Brücke gelegen. Dort wird man Euch vielleicht weiterhelfen können.«

Mit Interesse beobachtete Afra, wie der Pestdoktor zwei Weinflaschen entkorkte. Eine reichte er Afra, die andere setzte er an seine Lippen. Als er Afras Zögern bemerkte, sagte der Medicus: »Trinkt! Rotwein aus dem Veneto ist das beste Mittel gegen die Pestseuche – vielleicht sogar das einzige. Trinkt aus der Flasche und überlasst die Flasche niemand anderem. Vor allem hütet Euch vor Wasser, wenn Ihr in dieser Stadt überleben wollt.«

Ohne Bedenken setzte Afra die Flasche an die Lippen und trank sie zur Hälfte leer. Der Wein schmeckte herb; aber er tat ihr gut. Während sie die Flasche verkorkte, fiel ihr der Jüngling in grünem Samt ins Auge. Er saß, an eine marmorne Säule gelehnt, auf dem Boden und sah mit weit geöffneten Augen den tanzenden Mädchen zu.

Afra ging auf den Jungen zu und rief gegen die laute Musik an: »Verzeiht, wenn ich Euch so derb zu Boden stieß. Aber ich mag es nicht, wenn man mir Küsse raubt.«

Der Pestdoktor trat hinzu und meinte, weil der Junge nicht reagierte: »Er versteht Eure Sprache nicht!« Schließlich übersetzte er Afras Worte ins Venezianische. Als der Jüngling noch immer keine Regung von sich gab, packte er ihn an der Schulter und rief: »*Avete il cervello a posto?*«[1]

Da kippte der Jüngling leblos wie ein Sack Bohnen zur Seite.

Die Musikanten, die Zeugen des Geschehens geworden waren, verstummten, einer nach dem anderen. Der Trommelschläger rief: »E morto! – Er ist tot!«

Panik brach aus unter den eben noch tanzenden und ausgelassen feiernden Gästen. »La Pestilenza!«, hallte es vielstimmig durch den Palazzo. »La Pestilenza!«

Die Tänzerinnen, welche eben noch lachend die Vorzüge ihrer makellosen Körper zur Schau gestellt hatten, bildeten einen Halbkreis um den zusammengekrümmt, mit angezogenen Beinen daliegenden Jüngling und betrachteten mit Grauen seine offenen Augen. Dann ergriffen sie die Flucht und drängten mit den anderen Gästen ins Freie.

Auch Afra strebte dem Ausgang zu, gefolgt vom Pestdoktor. Er schüttelte den Kopf. »Für einen Tag und eine Nacht war er der reichste Venezianer, der Sohn des Reeders Pietro Castagno. Erst gestern hatte die Seuche seinen Vater und seine Mutter dahingerafft. So ist das Leben.«

Anders als sonst herrschte im *Fondaco dei Tedeschi* Grabesstille. Schon seit zwei Wochen war kein Händler mehr eingetroffen. In den Lagerräumen stapelten sich Felle, Stoffe, Gewürze, exotische Hölzer, Weinfässer und getrocknete Fische in undurchschaubarem Durcheinander. Ein undefinierbarer Geruch durchzog die weitläufigen Hallen. Bewaffnete Wächter verwehrten jedem Unbefugten den Zutritt.

In einer Ecke der Eingangshalle langweilten sich zwei missmutig dreinblickende Kontoristen. Sie waren dem Aussehen nach Venezianer, aber dennoch der deutschen Sprache mächtig, und ihre Gesichter erhellten sich deutlich, als Afra nach Gereon

---

[1] Bist du noch bei klarem Verstand?

Melbrüge, einem Straßburger Kaufmann, fragte, der hier Station machen sollte.

Früher, meinte der eine, den Afras Erscheinen sichtlich aus der Fassung brachte, sei der Kaufmann Melbrüge mindestens zweimal im Jahr im *Fondaco* aufgetaucht, aber seit zwei oder drei Jahren hatte er sich nicht mehr sehen lassen. Aber bei seinem Alter sei das durchaus verständlich. Nein, sie hätten ihn lange nicht gesehen.

Es bedurfte einer gewissen Überzeugungskraft, bis Afra den Kontoristen klar gemacht hatte, dass ihr Interesse nicht dem alten Michel Melbrüge gelte. Der sei tot. Vielmehr suche sie nach seinem Sohn Gereon, der sich in Venedig aufhalten solle.

Die beiden Männer sahen sich merkwürdig an, so als habe Afra sich mit ihrer Frage verdächtig gemacht. Dann erwiderte der eine, nein, einen Gereon Melbrüge würden sie nicht kennen. Im Übrigen habe seit dem erneuten Ausbruch der *Pestilenza* kein ausländischer Kaufmann die Stadt betreten oder verlassen. Afras Einwand, sie wüssten doch genau, dass es genügend Schlupflöcher gebe, so einer nur bereit sei, dafür zu bezahlen, konterten beide mit gespielter Empörung. Das sei ein Gerücht, eines von vielen, die in diesen Tagen durch die Gassen und Kanäle geisterten.

Afra verließ den *Fondaco* mit einem Gefühl der Unsicherheit. Jedenfalls erschien ihr das Verhalten der beiden Kontoristen irgendwie seltsam. Aber sosehr sie auch darüber nachdachte, es brachte sie keiner Lösung näher. Ziellos irrte sie durch die Stadt auf der Suche nach einem Mann, den sie noch nie gesehen hatte. Selbst wenn sie ihm begegnet wäre, sie hätte ihn nicht erkannt.

Leid stumpft ab, je heftiger es in Erscheinung tritt. Und so machte sie sich, gleichgültig gegenüber dem Geschehen um sie herum, auf den Rückweg zu der Herberge im Cannaregio. Afra hatte aufgehört nachzudenken, nachzudenken über den tausendfachen Tod, dem sie begegnete, nachzudenken über den Grund ihres Hierseins. Wie aus der Ferne nahm sie die offen

ACHTES KAPITEL

stehenden Häuser wahr, die Kreidekreuze an den Türen, welche anzeigten, dass bereits alle Bewohner der Seuche zum Opfer gefallen waren.

Auch die Geißler, halb nackte blutende Gestalten, die sich gegenseitig bis aufs Blut auspeitschten und in betenden, winselnden Prozessionen durch die Stadt zogen, erregten kaum ihre Aufmerksamkeit. Und obwohl es nur eine Frage der Zeit schien, bis auch sie der Seuche zum Opfer fallen würde, war sie seltsam gelassen. Ab und zu nahm sie einen Schluck aus der Weinflasche, die der Pestdoktor ihr geschenkt hatte. Fast war ihr so, als ginge nicht Afra, sondern eine fremde Frau durch Venedig.

Auf dem Weg durch die verwinkelten Gassen diente ihr der Turm der Kirche Madonna dell' Orto zur Orientierung. Sie lag im Norden in der Nähe der Herberge, in der sie am Vortag abgestiegen waren. Eine morsche, vermooste Holzbrücke führte vom Campo dei Mori unmittelbar auf den Platz vor der Kirche, die, aus roten Backsteinen errichtet, eher einer Trutzburg nördlich der Alpen als einem venezianischen Heiligtum glich. Das kreisrunde Fenster an der Fassade war größer als das Portal, das, aus der Ferne betrachtet, der Pforte des Dominikanerklosters in Straßburg nicht unähnlich schien.

Die Frauengestalt neben dem Kirchenportal fiel Afra sofort auf. Es war Gysela. Man konnte meinen, sie hielte nach jemandem Ausschau. Afra drückte sich in eine Mauernische nahe der Brücke. Es dauerte nicht lange, und vom linken Kanalufer näherte sich ein Mann im schwarzen Talar. Seine Kleidung entsprach weder der Tracht eines Pfaffen noch eines Mönchs, eher dem Habit eines vornehmen Scholaren.

Soweit Afra das aus der Entfernung beurteilen konnte, war der Mann Gysela unbekannt. Jedenfalls fiel die Begrüßung der beiden zurückhaltend aus. Natürlich kam Afra sofort der Gedanke, bei dem Unbekannten könnte es sich um Gereon Melbrüge handeln. Aber warum in aller Welt wählte er diese seltsame Verkleidung?

Nach kurzem Wortwechsel verschwanden die beiden durch das dunkle Portal in das Innere der Kirche. Was hatte das zu bedeuten?

Eilig überquerte Afra den Platz und folgte den beiden in die Kirche. Im Innern herrschte Düsternis. Vor den Seitenaltären zu beiden Seiten des Mittelschiffs brannten zahllose winzige Lichter. Auf dem steinernen Boden knieten, saßen und lagen ein paar Dutzend betende Menschen herum. Beißender Brandgeruch und das Gemurmel frommer Gebete hingen in der Luft.

Auf einer Kirchenbank vor einem der Seitenaltäre entdeckte Afra Gysela und den fremden Mann. Als wären sie in stilles Gebet vertieft, saßen sie einträchtig nebeneinander. Im Halbdunkel näherte sich Afra den beiden und versteckte sich hinter einer Säule, keine fünf Schritte von ihnen entfernt, und nahe genug, um Zeuge ihrer Unterhaltung zu werden.

»Nennt noch einmal Euren Namen!«, sagte Gysela im Flüsterton.

»Joachim von Floris«, erwiderte der schwarz gekleidete Mann mit einer hohen Kastratenstimme.

»Das ist nicht der Name, den man mir genannt hat!«

»Natürlich nicht. Ihr habt Amandus Villanovus erwartet.«

»Ganz recht. So ist sein Name!«

»Amandus Villanovus ist verhindert. Ihr müsst mit mir vorlieb nehmen.« Der Fremde schob den rechten Ärmel zurück und hielt Gysela den Unterarm vor die Augen.

Gysela rückte ein Stück von dem Unbekannten ab und sah ihm ins Gesicht. Sie schwieg.

»Was habt Ihr nur für seltsame Namen«, meinte Gysela, als sie sich von dem Schreck erholt hatte. »Das sind doch nicht Eure richtigen?«

»Natürlich nicht. Das wäre viel zu gefährlich. Keiner von uns kennt den Geburtsnamen des anderen. So sind alle Spuren, die wir in unserem Vorleben hinterlassen haben, ausgelöscht. Amandus zum Beispiel übernahm seinen Namen von dem berühmten Philosophen und Alchimisten gleichen Namens, der wegen seiner Schriften mit der Inquisition in Konflikt geriet. Er kam vor hundert Jahren bei einem mysteriösen Schiffbruch ums Leben. Was mich betrifft, so geht mein Name auf den Propheten und Gelehrten Joachim von Floris zurück, dessen Schriften auf den Konzilien im Lateran und in Arles vom Papst verdammt wurden. Joachim lehrte, wir befänden uns im dritten Zeitalter der Menschheitsgeschichte, dem des Heiligen Geistes. Er nannte es das Saeculum der Endzeit. Und wenn ich den Kopf aus der Tür stecke, dann glaube ich, er hatte Recht.«

Gysela ließ die Worte Joachims eine Weile auf sich wirken. Schließlich stellte sie dem geheimnisvollen Mann die Frage: »Wenn es ohnehin mit der Menschheit zu Ende geht, warum seid Ihr dann noch hinter dem Pergament her? Ich meine, welchen Nutzen könntet Ihr dann noch aus dem Pergament ziehen?«

Die Worte trafen Afra wie ein Blitzstrahl. Gysela, der sie sich beinahe offenbart hätte, war auf sie angesetzt worden! In Sekunden baute sie sich ein Gedankengebäude zusammen: Das Stoffmuster mit dem durchgestrichenen Kreuz, Gyselas plötzliche Bereitschaft, statt nach Wien nach Venedig zu reisen, all das fand plötzlich eine Erklärung. Afra bekam kaum Luft. Sie hatte das dringende Bedürfnis, ins Freie zu stürzen und Luft in ihre Lungen zu pumpen. Aber sie stand da wie gelähmt und klammerte sich an die Säule, die ihr Schutz bot. Atemlos folgte sie dem weiteren Gespräch der beiden.

»Wer will schon wissen, wie lange die Agonie der Menschheit noch dauert«, bemerkte Joachim in Beantwortung von Gyselas Frage, »Ihr nicht, ich nicht. Ja nicht einmal mein Namensgeber wusste um das genaue Ende dieser Welt, obwohl er es seinem eigenen Jahrhundert vorhergesagt hat. Und das ist nun schon zweihundert Jahre her.«

»Ihr glaubt also, aus dem genauen Wissen um den Zeitpunkt des Weltuntergangs könnte man noch tüchtig Kapital schlagen?«

Joachim von Floris lachte leise. Dann rückte er noch etwas näher an Gysela heran. Die beiden steckten ihre Köpfe zusammen, und Afra hatte Mühe, die folgenden Sätze zu verstehen.

FÜR EINEN TAG UND EINE NACHT

»Ich vertraue darauf, dass Ihr gegenüber niemandem auch nur eine Andeutung macht! Denkt an Kuchler, Euren Mann!«, sagte Joachim von Floris.

»Ihr könnt mir vertrauen.«

»Es ist nämlich so: Offiziell arbeiten wir im Auftrag des Papstes Johannes. Obwohl unsere Organisation mit ihm verfeindet ist, hat der römische Pontifex uns um Hilfe gebeten. Johannes ist ein ausgemachter Dummkopf. Aber so dumm ist er nicht, dass er nicht wüsste, dass die Abtrünnigen schlauer sind als die gesamte Kurie mit ihren geldgierigen Kardinälen und verwirrten Monsignori zusammen. Deshalb hat er mit Melancholos, unserem *primus inter pares*, Kontakt aufgenommen und zehn Mal tausend Golddukaten geboten, wenn es uns gelänge, ihm das Pergament in die Hände zu spielen.«

»Zehn Mal tausend Golddukaten?«, wiederholte Gysela ungläubig.

Joachim von Floris nickte. »Melancholos, dem der Pontifex acht Jahre zuvor die Kardinalswürde entzogen hatte, war nicht weniger erstaunt als Ihr. Papst Johannes ist, wie jeder weiß, der Geiz in Person. Für Geld würde er seine Großmutter verkaufen und mit dem Teufel Geschäfte machen. Wenn er also, dachte sich Melancholos, bereit ist, für ein Pergament so viel Geld auszugeben, dann muss dieses in Wirklichkeit noch viel mehr wert sein. Für tausend Goldgulden verteilt der Pontifex einen Kardinalstitel samt Bistum oder eine Klosterpfründe von Bamberg bis Salzburg. Aber der Pontifex bietet das Zehnfache! Jetzt habt Ihr eine Vorstellung vom Wert dieses Fetzens.«

»Heilige Mutter Gottes!«, entfuhr es Gysela.

»Die gäbe er vermutlich noch obendrein.«

»Aber was steht in dem Pergament geschrieben?« In der Aufregung war Gysela laut geworden.

Der rätselhafte Fremde legte den Finger auf die Lippen. »Pst. Auch wenn die Menschen hier mit anderen Dingen beschäftigt sind. Vorsicht ist geboten.«

»Was steht in dem Pergament?«, drängte Gysela noch einmal im Flüsterton.

»Das eben ist die große Frage, die auch keiner aus unseren Reihen beantworten kann. Unsere klügsten Köpfe haben sich darüber Gedanken gemacht und die unterschiedlichsten Theorien aufgestellt. Aber für keine gibt es auch nur den geringsten Anhaltspunkt.«

»Vielleicht wird der Papst durch das Schriftstück in irgendeiner Weise kompromittiert?«

»Papst Johannes der Dreiundzwanzigste? Dass ich nicht lache! Wodurch könnte sich dieses Scheusal von Mensch noch kompromittiert sehen? Jedermann weiß, dass es Seine Heiligkeit mit der Frau seines Bruders treibt, während er mit der Schwester des Kardinals von Neapel zusammenlebt. Dem nicht genug, kommt er seinen verderbten Trieben mit jungen Klerikern nach und honoriert ihre Liebesdienste, indem er sie zu Äbten reicher Klöster macht. Hinter vorgehaltener Hand erzählt man sich die tollsten Geschichten über die perversen Neigungen Seiner Heiligkeit!«

»Und Ihr glaubt daran?«

»Jedenfalls eher als an das Dogma der Heiligen Dreifaltigkeit. Schon der Name Dreifaltigkeit ist eine Zumutung! Nein, diesen Pontifex kann man nicht mehr kompromittieren. Ich glaube eher, das Pergament deckt einen Riesenschwindel auf, bei dem es um viel Geld geht, das dem Papst nicht zusteht. Aber auch das ist nur eine Vermutung.«

»Weil niemand das Pergament bisher gesehen hat?«

»Doch. Sogar einer aus unseren Reihen. Ein abtrünniger Franziskaner, der, weil ihm die Liebe zu einer Frau mehr bedeutete als die Verkündung des Evangeliums, zum Alchimisten wurde. Sein Name war Rubaldus.«

»Wieso war?«

»Rubaldus hat sich sehr ungeschickt verhalten. Er glaubte, sein Wissen dem Bischof von Augsburg verkaufen zu können, für den er allerlei Elixiere braute zur Erhaltung der Potenz, der geistigen. Wie es scheint, waren sie sogar von Nutzen. Der Alchimist wurde wenig später in Augsburg erdolcht aufgefunden.«

An die schützende Säule gelehnt, presste Afra die Hände vor den Mund. Während der leisen Rede des Abtrünnigen waren die letzten Jahre ihres Lebens noch einmal an ihr vorübergezogen. Allmählich fügte sich manch unerkläriches Ereignis zu einem verständlichen Ganzen. Nach allem, was sie bisher vernommen hatte, war Afra sogar froh, dass sie das Pergament nicht mehr bei sich trug. Zu groß war das Risiko, ein weiteres Mal überfallen und ausgeraubt zu werden wie auf der Reise nach Straßburg. Sie konnte nur hoffen, dass der ahnungslose Gereon Melbrüge wohlbehalten in Montecassino ankam.

»Der Alchimist wurde ermordet?«, hörte sie Gysela fragen.

»Nicht von unseren Leuten«, beteuerte Joachim von Floris. »Ich glaube, der Bischof von Augsburg, bekanntermaßen ein Parteigänger des Papstes in Rom, ließ den Alchimisten Rubaldus beseitigen, nachdem er ihm vom Inhalt des Pergaments und den Umständen berichtet hatte, wie er davon Kenntnis bekam. Auf jeden Fall war es der Bischof von Augsburg, der Papst Johannes von dem Pergament in Kenntnis setzte.«

»Und Ihr seid sicher, dass das Weib des Dombaumeisters im Besitz dieses Pergaments ist?«

Afra lauschte gespannt auf die Antwort.

»Was heißt sicher«, erwiderte Joachim von Floris. Und nach einer Pause fügte er hinzu: »Um ehrlich zu sein, so sicher bin ich mir nicht mehr. Wir haben das Weibsbild beobachtet und verfolgt und das Unterste in ihrem Leben nach oben gekehrt. Es bleibt ein Rätsel, wie ausgerechnet sie in den Besitz dieses Dokuments gelangt sein soll.«

»Sie ist eine kluge Frau«, erwiderte Gysela, »klug und in vielen Dingen des Lebens erfahren. Ihr Vater war ein gelehrter Bibliothekar und hat ihr viel von seinem Wissen vermittelt. Habt Ihr das gewusst?«

Joachim von Floris lachte verhalten. »Natürlich ist uns das bekannt. Und noch einiges mehr aus ihrem Leben. Zum Beispiel, dass sie gar nicht das Eheweib des Dombaumeisters Ulrich von Ensingen ist, sondern nur seine Konkubine und der Grund, warum er Ulm Hals über Kopf verlassen hat. Doch all diese Erkenntnisse, welche unsere Leute zu Tage förderten, helfen uns nicht weiter. Ich glaube, dass ihr Vater, der Bibliothekar, die Schlüsselfigur in der ganzen Geschichte ist. Doch ihr Vater ist tot. Wie dem auch sei, es *muss* uns gelingen, das Pergament zu finden, bevor es den Häschern der Kurie in die Hände fällt. Falls es überhaupt noch existiert.«

»Da bin ich sicher«, erwiderte Gysela aufgeregt. »Afra beteuerte, nach dem Grund ihrer Reise befragt, sie sei in wichtiger Mission unterwegs. Zuerst ins Salzburgische. Dort änderte sie jedoch plötzlich ihre Reisepläne und beschloss, nach Venedig weiterzureisen. Obwohl ich sie ständig unter Beobachtung hatte, entging mir, mit wem sie sich in Salzburg traf und wer ihr das neue Ziel einredete. Wer weiß, vielleicht ist Venedig nicht einmal ihre letzte Station.«

»Und wo ist das Frauenzimmer jetzt?«

Gysela hob die Schultern. »Wir treffen uns in der Herberge. Dort hat sie ihr Gepäck zurückgelassen. Ich habe alles durchsucht.«

»Und?«

»Nichts. Seid versichert, sie hat das Pergament keinesfalls bei sich. Sogar das Futter ihrer Kleider habe ich untersucht in der Annahme, sie könnte das Dokument dort eingenäht haben. Aber auch das erwies sich als Irrtum.«

Der Abtrünnige nickte. »Ich weiß selbst, wie schwer es ist, dieses verdammte Pergament zu finden. Bisher habt Ihr gute Arbeit geleistet. Euren Lohn findet Ihr in einem der Stoffballen mit unserem Zeichen.«

»Woher wollt Ihr wissen, wo ich meine Stoffe eingelagert habe?«

Da lachte Joachim von Floris überlegen. »Habt Ihr wirklich an einen Zufall geglaubt, als der Fischer Jacopo Euren Weg kreuzte?«

Entgeistert sah Gysela den schwarz gekleideten Mann an.

»Wo immer Eure Reise hinführt, unsere Leute werden Euch erwarten. Beachtet nur dieses Zeichen.« Abermals hielt er Gysela seinen Unterarm vors Gesicht. »Mir scheint, wir kommen so nicht weiter. Wir sollten uns dieses Weib einmal vorknöpfen und sie mit unseren Methoden zum Sprechen bringen. Und wenn sie weiß, wo das Pergament ist – dann wird sie es uns verraten, das schwöre ich, so wahr ich Joachim von Floris heiße!«

Afra sah den Zeitpunkt gekommen, die Kirche zu verlassen. Sie hatte genug gehört. Ihr Herz raste. Verstohlen blickte sie um sich. Der betende Alte, die andächtige junge Frau, der in Gedanken versunkene Mönch – jeder konnte ein Späher der Abtrünnigen sein. Sie musste aus dieser unheilvollen Stadt verschwinden, und zwar schnell! Doch dazu musste sie zuerst einmal untertauchen. Venedig war groß genug, um einer Fremden Schutz zu bieten. Auf schnellstem Weg musste sie ihr Gepäck an sich bringen und eine neue Herberge suchen.

Nach dem Verlassen der Kirche Madonna dell'Orto schlug Afra bewusst einen Weg in entgegengesetzter Richtung ein. Erst als sie sicher sein konnte, etwaige Verfolger abgeschüttelt zu haben, näherte sie sich der Herberge. Eilends beglich sie ihre Rechnung und verschwand mit dem Bündel ihres Gepäcks zunächst auf demselben verschlungenen Weg, den sie gekommen war.

In Panik lenkte sie später schließlich ihre Schritte in östlicher Richtung, immer auf der Hut, ob niemand ihr folgte. Die Drohung, die der Kapuzenmann in der Kirche ausgestoßen hatte, jagte ihr solch einen Schrecken ein, dass sie das furchtbare Geschehen um sie herum kaum noch wahrnahm.

Vorbei an Totenfeuern und zahlreichen, in weiße Laken gehüllten Leichen gelangte sie in den östlichen Stadtteil Castello, wo sie nicht weit entfernt von der Kirche Santi Giovanni e Paolo, deren Fassade jener von Madonna dell'Orto nicht unähnlich war, eine passende Bleibe fand. Zwar zeigte sich Leonardo, der Wirt des Albergos, verwundert über die allein reisende Frau, noch dazu in Zeiten der Pestilenza, aber er stellte, nach Entrichtung dreier Tage Mietzins im Voraus, keine weiteren Fragen. Fürs Erste konnte sie aufatmen.

Afra hatte eine Kammer für sich allein im zweiten Stock der schmalbrüstigen Herberge. Das einzige Fenster gab den Blick frei auf eine Häuserfront gegenüber. Dazwischen drängte sich ein schmaler Kanal, in dem der Unrat einer ganzen Häuserzeile und zahllose Ratten herumschwammen. Angewidert schloss Afra das Fenster und ließ sich auf dem abgewohnten Bettkasten nieder. Ihr Kopf schmerzte unter dem Einfluss des weißen Rauchs, der durch alle Stockwerke des Hauses zog.

In einer Schale im Treppenhaus verbrannte Leonardo ein Kräutergemisch aus Rosmarin, Lorbeer und Bilsenkraut und eine Messerspitze Schwefelpulver, ein geheimes Rezept, das ihm ein Alchimist gegen klingende Münze verraten hatte. Angeblich ein sicheres Mittel, die Pestluft zu reinigen und den Atem des Teufels vom Haus fern zu halten.

Nicht einmal in jungen Jahren hatte Afra den Künsten der Quacksalber geglaubt. Aber der Anblick des Todes und die Hilflosigkeit gegenüber der Seuche hatten sie umgestimmt. Wenn es schon nichts nützte, dachte sie, so könne es wohl nicht schaden. Als wollte sie ihr Inneres von allem Schlechten reinigen, sog Afra den weißen Rauch in ihre Lungen, bis sie benommen auf ihr Lager sank.

Der schöne Jüngling, den die Pest von einem Augenblick auf den anderen dahingerafft hatte, ging ihr nicht aus dem Kopf. Sein Versuch, sie zu küssen, und seine lebhaften Augen, die wenig später stumpf ins Nichts starrten, ließen sie nicht mehr los.

Zwischen Wachen und Schlafen dachte sie über Gysela nach. Sie ärgerte sich über ihre eigene Dummheit, ihre Blauäugigkeit, mit der sie der Kuchlerin auf den Leim gegangen war. Was das belauschte Gespräch mit dem Abtrünnigen betraf, so war Afra aufgefallen, dass in der Unterhaltung der beiden Ulrich von Ensingen keine Rolle gespielt hatte. Erwähnt hatte

Joachim von Floris nur, dass Ulrich keineswegs ihr rechtmäßiger Ehemann sei. Im Übrigen aber war dem Gespräch nicht zu entnehmen, dass Ulrich den Abtrünnigen angehörte. Hatte sie ihn zu Unrecht verdächtigt? Afra wusste nicht mehr, was sie glauben sollte.

Sie musste eingenickt sein, denn als sie hochschreckte, war es bereits dunkel. Jemand pochte an ihrer Kammertüre. Da ertönte Leonardos Stimme: »Ich bringe Euch etwas zu essen, Signora!«

Leonardo war ein wohlbeleibter freundlicher Mann mittleren Alters. Seine guten Manieren standen in deutlichem Gegensatz zum heruntergekommenen Zustand seiner Herberge.

»Ihr müsst etwas zu Euch nehmen«, meinte er schmunzelnd und stellte ein Brett mit einem Krug und einem Teller dampfender Suppe auf den Hocker neben der Bettstatt. Einen Tisch gab es nicht. An einem niedrigen Balken, der quer durch die Kammer ging, hängte er eine Laterne auf. »Ihr habt nichts zum Zusetzen, um der Pest zu entkommen«, meinte er und nickte mit dem Kopf. »Jedenfalls seht Ihr nicht gerade gesund aus – wenn Ihr mir die Bemerkung gestattet.«

Erschreckt fuhr sich Afra mit beiden Händen über das Gesicht. Sie fühlte sich nicht sehr gut. Die Aufregung der letzten Tage lag wie ein Albdruck auf ihrer Brust.

»Habt Ihr keinen Wein in der Flasche?«, herrschte sie Leonardo an. Aber schon im nächsten Augenblick bereute sie ihren schroffen Tonfall, und versöhnlich fügte sie hinzu: »Ein Pestdoktor, dem ich zufällig über den Weg lief, empfahl mir roten Wein aus Venetien als wirksames Pestelixier. Allerdings, meinte er, ich solle darauf achten, dass die Flasche noch verschlossen ist.«

Der Wirt zog die buschigen Augenbrauen hoch, als misstraue er dem geheimen Rezept. Zu viele dieser angeblichen Wundermittel waren in Venedig in Umlauf. Aber dann verschwand er ohne ein Wort und kehrte mit einer verschlossenen Flasche dunklen Veneters zurück.

»Auf Eure Gesundheit«, meinte er mit süffisantem Lächeln. Und mit sichtbarem Vergnügen beobachtete er, wie Afra die Flasche ziemlich ungeschickt entkorkte.

»Eine Trinkerin seid Ihr jedenfalls nicht«, bemerkte Leonardo.

»*Noch* nicht«, erwiderte Afra. »Aber in Zeiten wie diesen könnte man durchaus zum Säufer werden!«

Leonardo sah Afra prüfend an. »Lasst mich raten: Es ist gar nicht die Furcht vor der Pest, die Euch so umtreibt. Wohl eher ein Mann. Oder?«

Afra verspürte nicht die geringste Lust, ihr Leben vor Leonardo auszubreiten, obwohl wildfremde Menschen in Lebenskrisen nicht die schlechtesten Ratgeber sind. Aber plötzlich kam ihr der Gedanke, sie könnte den Wirt vielleicht für ihre Zwecke einspannen. So antwortete sie mit leidvoller Miene: »Ja, ein Mann!« Dann nahm sie einen tiefen Schluck aus der Flasche.

Leonardo nickte verständnisvoll.

Und Afra fuhr fort: »Wo würdet Ihr in diesen Tagen nach einem Kaufmann aus Straßburg suchen, der sich in der Stadt aufhalten soll?«

»Im *Fondaco dei Tedeschi*«, kam die nicht unerwartete Antwort.

»Dort habe ich mich schon nach ihm erkundigt. Leider Fehlanzeige.«

»Euer Ehemann oder Geliebter?« Leonardo blickte listig. Und als Afra seine Frage nicht beantwortete, beeilte er sich hinzuzufügen: »Verzeiht meine Neugierde, Signora. Aber wenn eine Frau einem Mann von Straßburg nach Venedig folgt, kann es sich nur um den Geliebten handeln.«

»Habt Ihr keinen anderen Vorschlag?«, fragte Afra gereizt. »Ich meine, wo könnte ich sonst noch nach ihm suchen?«

Leonardo rieb sich nachdenklich am Kinn. Wie alle Venezianer war er ein grandioser Schauspieler und verstand es sogar, eine einfache Unterhaltung zu inszenieren wie ein Theaterstück. »Habt Ihr es schon im *Lazaretto Vecchio* versucht, einer kleinen

Insel am südlichen Rand der Lagune, nicht weit von San Lazzaro entfernt?«

»San Lazzaro?«

»Wir Venezianer haben für alles und jedes eine eigene Insel. San Lazzaro ist unsere Irrenanstalt. Im Vertrauen gesagt: ständig überbelegt. Kein Wunder in dieser Stadt. Und was *Lazaretto Vecchio* betrifft, die kleine Insel in Sichtweite, so hat sie eine wechselvolle Geschichte. Sie diente als Pilgerherberge für Wallfahrer auf dem Weg nach Jerusalem und Munitionsdepot. Zurzeit finden die Bauten als Quarantänestation und Pesthospital für Ausländer Verwendung.«

»Ein Fremder, der an der Pest erkrankt, würde demnach gar nicht in einem der Hospitäler von Santa Croce oder Castello aufgenommen?«

»So ist es, Signora. Die Venezianer sind da ziemlich eigen. Wenigstens im Sterben wollen sie unter sich bleiben. Im Übrigen wird jeder Fremde, der in den letzten zwei Wochen, trotz strengen Verbots, nach Venedig eingeschmuggelt wurde, auf die Insel Lazaretto Vecchio verbannt. Wie lange haltet Ihr Euch schon in Venedig auf?«

»Gut drei Wochen!«, log Afra, die auf diese Frage gefasst war. »Ich hatte ein Zimmer im Stadtteil Cannaregio.«

Leonardo nickte zufrieden. Schließlich meinte er: »Jetzt habt Ihr Eure Suppe kalt werden lassen, Signora.«

Während der ganzen Nacht ließ Afra der Gedanke nicht los, der junge Melbrüge könnte sich auf der Lazaretto-Insel aufhalten. Leonardo schien ihre Gedanken erraten zu haben, denn beim Frühstück am nächsten Morgen überraschte er Afra mit dem Vorschlag, sie mit seinem Boot auf die Insel *Lazaretto Vecchio* überzusetzen. Er selbst wolle keinen Fuß auf die Insel der Verdammten setzen, doch er erbot sich, vor der Insel zu ankern, bis sie ihre Nachforschungen angestellt habe.

Die Ereignisse der letzten Wochen hatten Afras Misstrauen gegen Menschen geschürt, die ihr mit Wohlwollen begegneten.

Noch bevor sie einen Einwand gegen das Angebot vorbringen konnte, erkundigte sich Leonardo, der ihr Zögern bemerkte, vorsichtig: »Es ist Euch doch recht, Signora?«

»Ja, natürlich«, stammelte Afra verunsichert.

»Also dann! Worauf warten wir?«

Zweifellos, dachte Afra, war der *Lazaretto Vecchio* die letzte Möglichkeit, Gereon Melbrüge zu finden. Ihn andernorts aufzuspüren wäre eher zufällig gewesen.

Am Hintereingang zum Kanal dümpelte eine einfache Barke, keine protzige Gondel mit dem *Ferro* auf dem hochgezogenen Schnabel, der unter der Dogenmütze die sechs Stadtteile Venedigs symbolisierte, nein, ein schlichtes schmales Boot, das in der Hauptsache dazu diente, Waren des täglichen Bedarfs einzuholen.

Der Tag versprach, stürmisch zu werden, und Leonardo hatte Mühe, mit seiner Barke gegen den Nordwind voranzukommen. Nahe den Arsenalen lag der Segler des Herbergswirts vor Anker. Ein Venezianer von Stand und Ehre verfügte nicht nur über eine eigene Barke, sondern auch über ein Segelschiff, mit dem er jederzeit das Festland erreichen konnte.

Afra, der nur die Wellen von Rhein und Donau geläufig waren, bekam es mit der Angst zu tun, als sie die Schaum speienden Wogen sah, die der heftige Wind vor sich hertrieb. Doch Leonardo versuchte sie zu beruhigen, der Nordwind komme gerade recht und werde die Überfahrt zum *Lazaretto Vecchio* beschleunigen.

Sie hatten die Enge zwischen dem östlichsten Teil Venedigs und den vorgelagerten Garteninseln in rascher Fahrt passiert, als plötzlich der Nordwind einschlief. Nur vereinzelt lugte die Sonne zwischen den tiefen, dunklen Wolken hervor. Leonardo, der den knarrenden, ächzenden Segler gelassen durch die Lagune gesteuert hatte, zeigte sich unzufrieden mit der Entwicklung und knurrte unwillig vor sich hin.

Als sie sich langsam ihrem Ziel näherten, tönte vom Turm der Inselkirche die Totenglocke. Eine schwarze Rauchsäule stieg zum Himmel. Die Insel glich einer Festung. Der einzige Zugang von See her lag hinter einem ins Meer gebauten Portal.

Vor der Einfahrt ankerten bereits andere Schiffe. Sie transportierten Kranke auf Bahren. Während Leonardo den Segler auf Wartestellung hielt, zog er ein in Essig getränktes Tuch hervor, presste es vor den Mund und verknotete die Enden am Hinterkopf. Ein zweites Tuch reichte er Afra: »Es riecht zwar nicht gut, aber angeblich soll es vor dem Pesthauch schützen.«

Das Schaukeln des Schiffes und die gesäuerte Luft, die Afra einatmete, verursachten ihr Übelkeit. So kam es ihr wie eine Erlösung vor, als Leonardo den Segler endlich anlandete und Afra von Bord gehen ließ.

»Viel Glück!«, rief er ihr nach; Afra drehte sich kurz um, dann verschwand sie über eine steinerne Treppe nach oben.

Süßlicher Geruch schlug ihr in der kalten Eingangshalle des Lazaretto entgegen. Durch die schmalen Fensterschlitze drang kaum Licht. Zwei eisenbeschlagene Holztore führten links und rechts in entgegengesetzte Richtung. An der Stirnwand gegenüber den Sehschlitzen stand ein langer schmaler Tisch aus dunklem Holz. Er war der Länge nach durch eine halbhohe Bretterwand geteilt, hinter der drei schaurige Gestalten in geduckter Haltung saßen. Sie trugen weite schwarze Mäntel mit einer Kapuze. Ihre Gesichter wurden von weißen Vogelmasken verdeckt. Weiße Handschuhe verhüllten die Hände.

Afra wandte sich an den Ersten mit der Frage, ob der Kaufmann Gereon Melbrüge auf der Insel gemeldet sei. Zu ihrem Erstaunen antwortete der Vogelmensch, hinter dessen Maskerade sie einen Mann vermutet hatte, mit einer weiblichen Stimme. Doch die Frau, offenbar eine Nonne, zuckte nur mit den Schultern. Auch das Buchstabieren des Namens M-e-l-b-r-ü-g-e half nicht weiter. Schließlich reichte ihr die Nonne mit der Maske eine Liste über die Bretterwand. Sie trug die Aufschrift QUARANTENA, und darunter stand eine schier endlose Reihe fremdländischer Namen.

Mit ausgestrecktem Zeigefinger las Afra einen Namen nach dem anderen. Zweihundert mochten es wohl sein. Gereon Melbrüge war nicht darunter. Enttäuscht gab Afra die Liste zurück. Sie wollte schon gehen, als ihr die Vogelfrau am anderen Ende des Tisches ein Zeichen gab, näher zu treten.

Die Nonne reichte ihr eine zweite Namensliste. Sie trug die Aufschrift PESTILENZA. Wie in Trance ging Afra die Namen durch. Es waren noch weit mehr als auf der ersten Liste, und mehr als die Hälfte war mit einem Kreuz versehen. Sie musste nicht lange nachdenken, um zu begreifen, was das bedeutete.

Ohne auf den Namen Melbrüge zu stoßen, war Afra am Ende der Liste angelangt, da hielt sie inne. Im ersten Augenblick glaubte sie an eine Täuschung oder auch daran, dass ihr Verstand ihr einen Streich spielte. Aber dann las sie den Namen noch ein Mal und noch ein Mal: Gysela Kuchlerin, Straßburg.

Afra ließ sich auf einem Stuhl nieder. Ihr Zeigefinger deutete noch immer auf Gyselas Namen. Die schwarze Nonne mit der Vogelmaske wandte sich ihr zu. Man konnte ihre Augen hinter der weißen Maske funkeln sehen. »*Vostra sorella?*«[1], fragte sie mit hohler Stimme.

Ohne nachzudenken, nickte Afra mit dem Kopf.

Da gab ihr die Nonne ein Zeichen, ihr zu folgen.

Der Weg führte durch einen endlos langen Gang. In unregelmäßigen Abständen waren Räuchergefäße aufgestellt. Sie verbreiteten beißenden Qualm, der ihr den Atem raubte. Es stank nach Tran und verdorbenem Fisch, und dazwischen mischte sich ein unergründlicher, süßlicher Geruch wie von angebranntem Marzipan.

Der Gang endete linker Hand vor einem Saal. Statt einer Türe verwehrte ein Gitter den Zutritt. Zugige Luft schlug Afra entgegen. Ihr wurde übel. Angst kroch an ihr hoch. Warum war sie der Nonne überhaupt gefolgt?

Die Nonne zog einen Schlüssel unter ihrem schwarzen Man-

---

[1] Eure Schwester?

FÜR EINEN TAG UND EINE NACHT

tel hervor und öffnete die Gittertüre. Wortlos schob sie Afra in den Saal. Vor einer Pritsche, die mit einem schmuddeligen Laken eingedeckt war, blieb sie stehen. In endloser Reihe standen etwa hundert solche Pritschen auf beiden Seiten des Saales, jede nur eine Armspanne von der nächsten entfernt.

»Afra, du?«

Afra vernahm ihren Namen. Die Stimme war ihr fremd. Ebenso die Frau auf dem Lager. Ihre dunklen Haare hingen in Strähnen herab. Das Gesicht war aufgedunsen wie ein fauler Apfel und ebenso fleckig. Der Körper zeigte kaum noch ein Lebenszeichen. Nur die Lippen der Frau formulierten unhörbar ein paar Worte. Das sollte Gysela sein, die sie noch gestern bei voller Lebenskraft in der Kirche gesehen hatte?

Gysela versuchte ein Lächeln, als nähme sie ihre Situation nicht ganz ernst. Aber die Absicht misslang und berührte Afra auf peinliche Weise.

»Das ist wohl die Strafe Gottes für mein hinterhältiges Verhalten«, hörte sie Gysela murmeln. »Du musst nämlich wissen ...«

»Ich weiß, ich weiß«, unterbrach Afra.

»... dass ich dich für die Abtrünnigen ausspioniert habe.«

Afra nickte.

»Du wusstest davon?«, wisperte Gysela ungläubig.

»Ja.«

Nach einer langen Pause, in der beide nach den richtigen Worten suchten, sagte Gysela unter Tränen: »Verzeih mir! Ich habe es nicht freiwillig getan, ich wurde dazu gezwungen.« Das Sprechen fiel ihr offensichtlich schwer.

»Schon gut«, erwiderte Afra. Über der unerwarteten Begegnung lag der Hauch des Todes, und Afra verspürte nicht das geringste Verlangen, Gysela Vorwürfe zu machen.

»Mein Mann Reginald war ein ehemaliger Dominikaner, ein kluger Kopf«, begann Gysela leise. »Als er zum Inquisitor gewählt wurde, verließ er den Orden, weil er die Machenschaften der Inquisition nicht mittragen wollte. Die Abtrünnigen, eine Loge ehemaliger Kleriker, nahm ihn mit offenen Armen auf und

ACHTES KAPITEL

kümmerte sich um seinen Lebensunterhalt. Als Reginald deren Ränkespiele durchschaute, wurde er zum Abtrünnigen der Abtrünnigen. Das geschah gerade zu jener Zeit, als er mir den Hof machte. Damals suchte ich nach dem plötzlichen Tod meines Vaters möglichst schnell einen Mann im Haus, der die Wollweberei weiterführen konnte. Es war eine Zweckverbindung, mehr nicht. Wir haben geheiratet, geliebt haben wir uns nicht. Aber wer weiß schon, was Liebe ist. Weißt du es?«

Afra hob die Schultern. Ihr fehlten die passenden Worte.

Den Blick zur Decke gerichtet, fuhr Gysela fort: »Es gab Augenblicke in meinem Leben, da empfand ich zu Reginald eine gewisse Zuneigung. Miteinander geschlafen haben wir nie. Wir hielten es wie ein alterndes Ehepaar, das eine Josefsehe führte. Nein, wahre Liebe und Leidenschaft empfand ich nur einmal im Leben – mit dir.«

Afra drehte den Kopf zur Seite. Sie wollte nicht, dass Gysela die Tränen sah.

»Du kannst mich ruhig eine Weiberhure nennen«, fuhr Gysela mit schwacher Stimme fort. »Das macht mir nichts aus. Ich bin froh, dass ich dir das noch sagen konnte.«

Am liebsten hätte Afra Gyselas Hand gedrückt. Aber ihr Verstand gebot ihr Zurückhaltung. »Es ist gut«, sagte sie beschwichtigend, und dabei spürte sie ein Würgen im Hals. »Alles ist gut.«

Auf beklagenswerte Weise versuchte Gysela zu lächeln. »Eigentlich müssten wir Feinde sein. Denn letztlich warst du die Ursache für Reginalds Tod.«

»Ich?«

Gysela fiel das Sprechen sichtlich schwer. »Es war Reginalds letzter Auftrag für die Abtrünnigen. Er sollte dich mithilfe eines Wahrheitselixiers betäuben und willenlos machen und dich zum Sprechen bringen, wo du dieses gottverdammte Pergament versteckt hieltest.«

»Dann war es dein Mann, der mich im Haus in der Bruderhofgasse überfallen hat?« Afra geriet außer sich.

»Das Elixier verfehlte die gewünschte Wirkung. Du fielst um, und Reginald glaubte, er habe dich getötet. Ihm fiel ein Stein vom Herzen, als er am nächsten Tag die Nachricht erhielt: Du lebst. Mit den Abtrünnigen wollte er seitdem nichts mehr zu tun haben. Doch die Männer in den schwarzen Roben betrachteten es als eisernes Gesetz: einmal ein Abtrünniger – immer ein Abtrünniger. Nur der Tod ist in der Lage, ein Mitglied aus ihren Reihen zu entlassen.«

»Aber man erzählte sich, Reginald Kuchler sei freiwillig aus dem Leben geschieden!«

Gysela hob abwehrend die Hand: »Geredet wird viel. Jeder Abtrünnige trägt eine Phiole mit einem Gift bei sich, das in der Lage ist, in Sekunden einen Gaul zu töten. Als Reginald eines Tages vom Markt nicht zurückkam, hatte ich eine Ahnung. Am Abend trieb seine Leiche in der Ill. Wie er dorthin gekommen war, konnte niemand sagen. Aber in seiner Kleidung fehlte die Phiole mit dem Gift. Der Medicus, der seinen Tod feststellte, meinte, Reginald habe sich aus freien Stücken ertränkt.«

Im Hintergrund gab die Nonne Afra einen Wink, es sei Zeit; aber Gysela setzte ihre Beichte fort: »Nach Reginalds Tod wollten sich die Abtrünnigen an mir schadlos halten. Schließlich hätten sie Reginald jahrelang unterstützt, als er ohne jedes Einkommen gewesen sei. Aber meine Mittel waren bescheiden. Deshalb boten sie mir einen Handel an. Ich sollte dich auskundschaften. Du weißt, warum. Du bist in großer Gefahr ...«

Die Nonne drängte.

»Lebe wohl!«, flüsterte Gysela.

»Lebe ...!« Mehr brachte Afra nicht über die Lippen.

Im Gehen blickte sich die Nonne noch einmal um. Als folgte sie einer plötzlichen Eingebung, machte sie kehrt und begab sich zurück zu Gyselas Lagerstatt. Nicht anders als zuvor war Gyselas Blick zur Decke gerichtet. Aber dennoch war alles anders. Mit spitzen Fingern fasste die Nonne das Laken an, mit dem Gysela zugedeckt war, und zog es über deren Kopf. Dann schlug sie ein flüchtiges Kreuzzeichen.

346 ACHTES KAPITEL

Dies alles geschah so schnell und selbstverständlich, dass Afra nicht sofort begriff, was eigentlich vor sich ging. Erst als die Nonne die Gittertür aufschloss und dabei unverständliche Gebete murmelte, wurde ihr bewusst: Gysela war tot.

Da beschleunigte Afra ihre Schritte, dass die Nonne hinter ihr zurückblieb. Sie hetzte, das Essigtuch vor den Mund gepresst, den endlos langen Gang entlang zur Eingangshalle. Tränen rannen über ihr Gesicht, und nur mit Mühe gelang es ihr, das Schluchzen zu unterdrücken. Im Tränenfluss verschwammen die Nonnen mit den Vogelmasken, die sie ohne Regung anstarrten, zu bizarren Wesen. Ihren hohlen Rufen schenkte sie keine Bedeutung. Wie von Furien gejagt, riss Afra die Türe auf, stolperte über die steinerne Treppe hinab zur Anlegestelle, wo Leonardo mit seinem Segler auf sie wartete.

Unfähig zu sprechen, machte sie eine heftige Handbewegung. Leonardo verstand und legte ab, ohne Fragen zu stellen. Mit feuchten Augen blinzelte Afra in die Sonnenstrahlen, die im Westen vereinzelt durch die Wolken drangen.

Im Albergo hatte sich ein neuer Gast eingefunden. Mit gewohnter Beflissenheit begrüßte Leonardo den Fremden. Afra fiel auf, dass der Fremde ohne Gepäck reiste, aber sie war viel zu sehr mit sich selbst beschäftigt, um ihrer Beobachtung eine Bedeutung beizumessen. Es dämmerte bereits, und Afra suchte ihre Kammer auf.

Voll bekleidet ließ sie sich auf ihr Lager fallen und dachte nach. In Augenblicken wie diesem verwünschte sie das unselige Pergament. Bis zu ihrem sechzehnten Lebensjahr hatte sie ein beschauliches Leben geführt, arbeitsreich, wie es der Magd eines Landvogts zukam, dann aber war das Schicksal mit der Kraft eines Orkans über sie hereingebrochen. Es schien, als ginge von dem rätselhaften Pergament eine Kraft aus, die sie anzog wie ein Magnet. Sie konnte dieser Kraft nicht entkommen, sosehr sie sich auch wehrte. Längst hatte sie es aufgegeben, ihrer Vergangenheit zu entfliehen. Diese Vergangenheit war überall gegenwärtig. Sogar hier im fernen Venedig trieb sie sie vor sich her wie ein wütender Herbststurm und lenkte ihre Gedanken. Angst und Misstrauen, die ihr in jungen Jahren fremd waren, hatten sich bei ihr zu vorherrschenden Gefühlen entwickelt. Gab es überhaupt noch jemanden auf dieser Welt, dem sie vertrauen konnte?

Während sie so ihren Gedanken nachhing, tastete Afra ihren Körper ab auf der Suche nach Beulen und Unregelmäßigkeiten der Haut, mit denen sich die Pest ankündigte. Es hätte sie nicht gewundert, wenn sie sich auf der Lazaretto-Insel angesteckt hätte. Es gehe von einem Tag auf den anderen, erzählten die Leute. Der Tod habe einen schnellen Atem. Wenn es denn sein sollte, dachte Afra, würde sie nicht lamentieren. Der Tod bedeutete auch Vergessen.

Im Treppenhaus hörte man Stimmen. Leonardo geleitete den unerwarteten Gast in seine Kammer. Sie lag ein Stockwerk tiefer zur Gasse hin, wo sich der Eingang befand. Die beiden waren in angeregte Unterhaltung vertieft, und natürlich gab es nur *ein* Thema, die Pestseuche und die unabsehbaren Folgen für Venedig.

Afra öffnete die Türe ihrer Kammer einen Spalt. Und je länger sie der Stimme des fremden Gastes lauschte, desto mehr wurde sie von einer heftigen Unruhe erfasst. Der Redefluss und seine hohe Fistelstimme waren ihr nicht unbekannt. Auch wenn sie bei ihrer Rückkehr den Fremden nur im Dämmerlicht und von hinten gesehen hatte, der Mann im schwarzen Umhang kam ihr bekannt vor. Afra war sich sogar sicher. Bei dem Gast handelte es sich um Joachim von Floris, den Abtrünnigen, mit dem Gysela sich in der Kirche Madonna dell'Orto getroffen hatte.

Das ist kein Zufall!, schoss es Afra durch den Kopf. Zwar hatte sie im Laufe des Tages eine ganze Flasche roten Veneters geleert, aber der Wein hatte keineswegs ihr Erinnerungsvermögen getrübt. Und während sie mit einem Ohr der leisen Unterhaltung der beiden Männer lauschte, überlegte Afra fieberhaft, was sie tun sollte.

Sie musste hier weg, musste aus Venedig fliehen – und das, ohne die geringste Spur zu hinterlassen. Noch hatte Afra den Gedanken, sich nach Montecassino durchzuschlagen, nicht aufgegeben. Zum Glück hatte sie Gysela ihr eigentliches Reiseziel nie genannt. Deshalb konnten die Abtrünnigen davon auch nicht wissen. Es sei denn ...

Das Bild des einarmigen Bibliothekars des Dominikanerklosters stand plötzlich vor ihren Augen. Luscinius wusste, dass sie Gereon Melbrüge hinterherreisen wollte. Und der befand sich auf dem Weg nach Montecassino. Andererseits wusste Luscinius aber nichts von dem geheimnisvollen Pergament. Und wie es schien, stand er mit den Abtrünnigen auch nicht in Verbindung.

Afras Mutlosigkeit war plötzlich verflogen, der Plan schnell gefasst. Am Hintereingang zum Kanal dümpelte Leonardos Barke im fahlen Mondlicht. Der Zugang zum Wasser lag genau unter ihrem Fenster. Wenn es ihr gelänge, unbemerkt das Boot zu besteigen, könnte sie mit dem Schiff den Kanal San Giovanni erreichen und sich von dort auf dem Landweg weiter durchschlagen. Zwar fehlte ihr jede Erfahrung in der Fortbewegung einer venezianischen Barke; aber sie hatte beobachtet, wie Leonardo das Schifflein durch die Kanäle stakte, und war überzeugt, zumindest bis zum Kanal San Giovanni voranzukommen. Das war gewiss nicht einfach, aber die Vergangenheit hatte gezeigt, dass Afra gerade in ausweglosen Situationen eine Kühnheit entwickelte, die einem Mann in nichts nachstand.

Eine Tür gegenüber ihrer Kammer führte zum Dachboden des Hauses. Auf dem Dachboden wurden neben Gerätschaften und Säcken mit allerlei Vorräten wie Dörrobst, Bohnen, Nüssen und getrockneten Kräutern auch Ruder und Seile für die Boote aufbewahrt.

Vorsichtig bedacht, jedes Geräusch zu vermeiden, betrat Afra den Dachboden. Sie musste damit rechnen, dass man im darunter liegenden Stockwerk jeden Schritt hören konnte. Deshalb legte sie nach jedem einzelnen Schritt eine Pause ein und lauschte auf etwaige Geräusche. So gelangte sie schließlich zu einem Stützbalken. An einem Haken hing ein aufgerolltes Seil. Behutsam legte Afra das Seil über die linke Schulter. Dann machte sie sich auf den Rückweg. In ihrer Kammer schnürte sie ihre Kleider zu einem Bündel. In die Kerze, die auf einem Teller flackerte, drückte sie einen Nagel, vier Finger breit unter der Flamme. In etwa vier Stunden würde das Talglicht so weit heruntergebrannt sein, dass der Nagel sich löste und auf den Teller fiel: das Zeichen zum Aufbruch.

Das Licht in ihrer Kammer machte Afra nicht weiter verdächtig. Überall in Venedig waren nachts die Fenster erleuchtet, seit ein Quacksalber verkündet hatte, die Pestseuche verbreite sich nur bei völliger Dunkelheit. In der Gewissheit, das Richtige zu tun, und der Überzeugung, dass es keine andere Möglichkeit gab, legte sich Afra voll bekleidet auf ihr Lager. Sie war erschöpft von den Erlebnissen des vergangenen Tages und schlief sofort ein.

Die Stundenkerze weckte sie dreieinhalb Stunden nach Mitternacht. Afra war sofort hellwach. Vorsichtig öffnete sie das Fenster und atmete die kühle belebende Nachtluft. Leichter Wind kam auf und trieb unregelmäßige Wellen durch den Kanal. Sie klatschten wie leise Trommelschläge gegen die Bordwand der Barke unter ihrem Fenster.

Afra nahm das Seil und band am einen Ende eine Schlinge. Die Schlinge legte sie um das Bündel und ließ es an dem Seil in die Tiefe gleiten. Ein kräftiger Zug, und das Bündel glitt aus der Schlinge und fiel in die Barke. Nachdem sie das Seil wieder eingeholt hatte, zog Afra die Schlinge um ihre Brust. Das andere Ende band sie um das steinerne Fensterkreuz, dann schwang sie sich auf die Brüstung.

In Ulm und Straßburg hatte sie oft die Steinmetze beobachtet, die sich leichtfüßig von den Fassaden der Dome abseilten, um in schwindelnder Höhe ihrer Arbeit nachzugehen. Wie man das Seil um den Leib schlang, hatte sie genau im Gedächtnis behalten. Die Beine gegen die Hausmauer gestemmt, seilte sich Afra ab. Das ging leichter vonstatten als erwartet. Doch als sie etwa zehn Ellen über der Barke schwebte, gab es einen Ruck. Das Seil hatte sich an seinem Umlauf am Fensterkreuz verfangen und ließ sich weder durch Reißen noch durch Zerren lösen. Wenn sie nicht Gefahr laufen wollte, entdeckt zu werden, musste Afra springen.

Mühsam versuchte sie die Schlinge vor der Brust zu lösen, ein schier ausweglloses Unterfangen; denn das Seil hatte sich durch ihr Körpergewicht fest zusammengezogen. Über ein Messer, mit dem sie das Seil hätte durchschneiden können, verfügte sie nicht. Sie war gefangen!

Andere hätten in gleich ausweglloser Situation vielleicht Gebete zum Himmel geschickt, zu einem der vierzehn Nothelfer oder der heiligen Ludmilla, die mit einem Seil dargestellt wird. Denn in der Not werden die Menschen fromm. Afra hingegen haderte mit Gott im Himmel. So es dich überhaupt gibt, dachte sie, warum hilfst du mir nicht? Warum bist du immer auf Seiten des arbeitsscheuen Volkes, der Heiligen oder jener, die es mangels anderer Aufgaben werden wollen?

Sie zog erneut am Seil und stieß ein verzweifeltes, zynisches Lachen aus. Das Herz klopfte ihr bis zum Halse. In der ersten Morgendämmerung würde man sie am Seil hängend entdecken, und dies, ging es ihr durch den Kopf, würde wohl das Ende ihrer Flucht bedeuten. Da gab es einen Ruck. Das Seil gab nach. Afra sauste in die Tiefe und schlug krachend auf dem Schiffsboden auf, wo sie benommen liegen blieb.

Auf der gegenüberliegenden Seite des Kanals bellte ein Hund. Nach kurzer Zeit beruhigte sich das Tier, und es war wieder still. Afras Rücken schmerzte. Vorsichtig versuchte sie Arme und Beine und schließlich den Kopf zu bewegen. Das ging nicht ohne Schmerz, aber es ging. Zum Glück waren alle Glieder heil geblieben. Unter Schmerzen versuchte Afra aufzustehen. In der schwankenden Barke misslang der Versuch, und sie strauchelte. Erst im zweiten Anlauf kam sie unsicher zum Stehen.

Das Tau, das ihr zur Flucht gedient hatte, hing zur Hälfte im Wasser. Afra holte es ein und verstaute es im Bug der Barke neben ihrem Gepäck. Dann ergriff sie die Ruderstange. Oft hatte sie die Geschicklichkeit der Gondolieri bewundert, die ihre Barken mit nur einem einzigen Ruder schnurgerade durch die Kanäle lenkten. Dabei hatte sie deren Gewandtheit sogar noch unterschätzt. Jedenfalls vollführte das Boot unter ihren unzulänglichen Ruderkünsten einen unkontrollierten Tanz, drehte sich um die eigene Achse und rammte, mal mit dem Bug, mal mit dem Heck, die Häuser zu beiden Seiten des Kanals.

Entmutigt gab Afra auf. Sie holte das Ruder ein und hangelte sich mit der Barke an der rechten Häuserfront entlang bis zu einem schmalen Brückensteg, der den Kanal überquerte. Über den Hausdächern kam das erste Morgengrau zum Vorschein, und Afra zog es vor, das Schiff zu verlassen. Sie machte die Barke am Brückengebälk fest, wuchtete ihr Bündel über das Geländer und kletterte an der Außenseite nach oben.

Erschöpft verharrte sie ein paar Augenblicke, um sich zu orientieren. Nachdem ihr der Wasserweg in südlicher Richtung versagt blieb, musste sie versuchen, sich auf dem Landweg durchzuschlagen. Aber die engen Gassen verliefen in unergründlichem Zickzack. Nicht selten landete man nach langem Herumirren wieder an seinem Ausgangspunkt. Zudem war es um diese Zeit in den engen Häuserschluchten noch ziemlich finster.

In der Dunkelheit glaubte Afra aus der Ferne hohe Singstimmen zu vernehmen. Die Benediktinerinnen von San Zaccaria, fuhr es ihr durch den Kopf. Leonardo hatte ihr San Zaccaria als Orientierungspunkt genannt, falls sie sich einmal verlaufe, und nicht versäumt, das zügellose Leben hinter den Mauern des Konvents zu erwähnen, welcher in der Hauptsache von Töchtern des Adels bevölkert wurde, die keinen Mann abgekriegt hatten. San Zaccaria lag nicht weit vom Hafen entfernt, und so lenkte sie ihre Schritte in Richtung des Laudes-Gesangs.

Auf diese Weise erreichte Afra unerwartet schnell den Campo San Zaccaria. Zwei Pestfeuer vor der Kirche tauchten den Campo in gespenstisches Licht. Männer in langen Gewändern schürten die Flammen mit wuchtigen Scheiten. Ihre Schatten zeichneten bizarre Bilder an die Hausfassaden. Vor dem Kirchenportal lagen in Tücher gehüllte Leichen zu einem Berg aufgetürmt und warteten auf ihre Verbrennung.

Über den Campo wallte beißender Qualm. Er mischte sich mit dem unerträglichen Gestank der Pestleichen. Ängstlich drückte sich Afra an der westlichen Häuserzeile entlang. Dabei trieb sie nur der eine Gedanke: Fort aus dieser Stadt! Ein Durchlass im Süden des Campo führte zur Riva degli Schiavoni, der breiten Hafenpromenade, die ihren Namen von den zahlreichen Händlern aus Schiavonien[1] hatte, die hier mit ihren Schiffen anlegten.

Obwohl der aufziehende Tag die Dämmerung noch längst nicht besiegt hatte, herrschte auf der Riva bereits große Geschäftigkeit. Aufgrund der Pestseuche gelangten kaum noch Waren in die Stadt. Deshalb hatten die Händler ihre Preise verdreifacht. Doch anders als sonst wollte niemand venezianische Waren einkaufen. Schließlich konnte man nie wissen, ob ihnen der Pesthauch anhaftete.

Venezianern war es bei Strafe verboten, während der Pest die Stadt zu verlassen. Nur Fremde, die sich ausweisen konnten, durften, nach Untersuchung und Beräucherung durch einen der Medici, die im Hafengebäude ihre Dienste anboten, eine Schiffspassage erwerben. Um auf ein Schiff zu gelangen, bedienten sich wohlhabende Venezianer kunstvoller Maskeraden, die ihnen ein fremdländisches Aussehen verliehen. Andere zahlten respektable Summen, um das ersehnte Ausreisepapier zu erlangen.

Geduldig reihte sich Afra in die Warteschlange, die sich vor dem Hafengebäude gebildet hatte. Den Wartenden stand die Anspannung ins Gesicht geschrieben. Vor allem die Venezianer, sonst für ihre Geschwätzigkeit berühmt, blieben stumm

---

[1] Dalmatien

aus Furcht, sich durch den typischen Singsang ihres Dialekts zu verraten.

Es war schon heller Morgen, als Afra endlich an die Reihe kam. In Gedanken hatte sie alle Vorkehrungen getroffen, um in den Besitz eines Ausreisepapiers zu kommen. Und dieses Papier würde für sie weit mehr bedeuten als die Erlaubnis, Venedig zu verlassen. Es würde ihr eine andere Identität verschaffen.

Der Medicus, ein mürrischer Mann mit tief liegenden dunklen Augen, saß in einem kahlen, weiß gekalkten Raum hinter einem winzig kleinen Tisch und musterte Afra mit finsterem Blick. Sein Famulus, ein Jüngling mit schwarzen Locken, langweilte sich an einem Stehpult mit Schreibarbeiten. Als er Afra erblickte, änderte er augenblicklich seine Haltung, und mit nüchternem Tonfall stellte er auf Deutsch die Frage: »Wie ist Euer Name?«

Afra schluckte. Dann sagte sie ihrer plötzlichen Eingebung folgend: »Mein Name ist Gysela Kuchlerin, Witwe des Kaufmanns Reginald Kuchler aus Straßburg.«

»... Witwe des Kaufmanns Reginald Kuchler aus Straßburg«, wiederholte der Famulus und notierte ihre Angaben auf ein Papier. »Und?«, meinte er schließlich.

»Was und?«

»Habt Ihr ein Dokument, das Eure Angaben bestätigt?«

»Das wurde mir in der Herberge gestohlen«, entgegnete Afra schlagfertig. »Als Frau ist man dem reisenden Gesindel hilflos ausgeliefert.«

»Habt Ihr einen Verdacht, Signora« – er warf einen Blick auf seine Papiere – »Signora Gysela?«

Afras Herz schlug bis zum Hals. Sie merkte, dass ihre Hände zitterten. Vor ihrem geistigen Auge tauchte das Bild Gyselas auf, die auf der Lazarett-Insel mit starren Augen zur Decke blickte. Hätte sie geahnt, welche Reaktionen diese Lüge bei ihr auslöste, sie hätte darauf verzichtet. Aber so musste sie bei ihrer Lüge bleiben und entgegnete: »Nein, ich weiß nicht, wer es gewesen sein könnte.«

Der Medicus sah sie an und sagte irgendetwas auf Venezianisch, das sie nicht verstand.

»Der Doktor bittet Euch, Ihr möget Euch entkleiden!«, dolmetschte der Famulus.

Afra kam seiner Aufforderung nach, schlüpfte aus ihrem Kleid und trat nackt vor den Jüngling.

Der wurde verlegen und deutete auf den Medicus. »Das ist der Doktor!«

Missmutig trat der Medicus auf Afra zu und betrachtete ihren Körper mit kritischem Blick von allen Seiten. Wortlos gab er ihr ein Zeichen, sie könne sich wieder anziehen, und nickte dem Famulus zu. Der Jüngling reichte dem Doktor ein Blatt zur Unterschrift. Dann setzte er das Siegel Venedigs mit dem Markus-Löwen darunter und reichte es Afra.

»Was bin ich Euch schuldig?«, fragte Afra leise.

»Nichts«, erwiderte der Famulus, »Euer Anblick bedeutete mir mehr als die höchste Vergütung.«

Als Afra vor die Tür des Hafengebäudes trat, drang die Morgensonne durch den Rauch, der über der Stadt lag. Sicher war ihre Flucht bereits entdeckt worden. Jetzt musste alles schnell gehen, wenn sie ihren Verfolgern entkommen wollte.

Mehr als ein Dutzend Handelsschiffe lagen zum Ablegen bereit am Kai, darunter eine dreimastige Kogge unbekannter Herkunft. Ohne Ladung ragte das Heckruder des Schiffes, das bis unter das Achterkastell reichte, zur Hälfte aus dem Wasser. Vor einer flämischen Karracke neuester Bauart hatte sich eine Traube von Menschen gebildet, die um den Passagepreis feilschten. Weniger Vertrauen genossen zwei südländische Handelsschiffe mit dreieckigen Lateinersegeln. Obwohl ihre Eigner lautstark um Passage warben, wollte sich niemand bei ihnen einfinden.

Während Afra sich durch die lärmenden, aufgeregt hin und her laufenden Menschen drängte, während Spanier und Franzosen, Griechen und Türken, Deutsche und Slawonier, Juden und Christen in schwer verständlichem Kauderwelsch ihre Zielhäfen

FÜR EINEN TAG UND EINE NACHT

ausriefen wie Marktschreier, fühlte sich Afra beobachtet. Männer stierten sie an oder traten ihr unverhohlen gegenüber, dann verschwanden sie wieder in der Menge.

Afra merkte, wie ihre Anspannung wuchs. Aufgeregt suchte sie nach einem Schiff, das den Süden Italiens ansteuerte. Aber die Marktschreier priesen alle Ziele im Mittelmeer an, Pula und Spoleto, Korfu und Piräus, sogar ins ferne Konstantinopel und nach Marseille machte sich ein Segler auf den Weg, nur nicht nach Bari oder Pescara, von wo Montecassino auf dem Landweg erreichbar gewesen wäre.

Der Verzweiflung nahe und unschlüssig, welches Schiff sie nehmen sollte, ließ Afra sich auf der Kaimauer nieder und dachte nach. Pula und Spoleto lagen nur eine oder zwei Tagereisen entfernt. Vielleicht fände sie dort ein Schiff, welches Kurs auf Unteritalien nähme. Immerhin hatte sie zum ersten Mal ein Dokument, das sie als freie Frau und reiseberechtigt auswies.

Afra war so in ihre Gedanken vertieft, dass sie nicht bemerkte, wie ein Dutzend schmuddeliger Männer, vermutlich Seeleute oder Hafenarbeiter, einen Halbkreis um sie bildete. Zwei der finsteren Kerle begannen an ihrer Kleidung zu zupfen, ein dritter versuchte ihre Röcke hochzuheben, die übrigen verfolgten das Schauspiel mit verschränkten Armen.

In ihrer Bedrängnis schlug Afra um sich, und als das nichts nützte, begann sie zu schreien. Doch fiel das in der lauten Hektik des Hafenbetriebs nicht weiter auf. Afra geriet in Todesangst, sie merkte schon, wie ihre Kraft, sich zu wehren, nachließ; da vernahm sie eine laute tiefe Stimme. Im Nu ließen die Männer von ihr ab und zerstreuten sich nach allen Seiten.

»Ist Euch etwas geschehen?«, fragte die tiefe Stimme.

Afra rückte ihre Kleider zurecht und blickte auf: »Schon gut«, antwortete sie mit Zornesröte im Gesicht. »Habt Dank.«

Der Mann mit der tiefen Stimme war eine stattliche Erscheinung. Sein dunkelroter samtener Gehrock und der hohe Hut auf seinem Kopf wiesen ihn als einen staatlichen Würdenträger oder hohen Beamten aus.

»Habt Dank«, wiederholte Afra unsicher.

Der vornehme Herr legte die Hand auf die Brust und verneigte sich andeutungsweise. Das verlieh ihm eine gewisse Würde und Erhabenheit. »Dies ist nicht der Ort, an dem eine Frau von Stand sich aufhalten sollte«, begann der Fremde. »Eine Frau allein an der Kaimauer wird von den Seeleuten als Freiwild betrachtet. Und davon gibt es nicht wenig in dieser Stadt. In Venedig, müsst Ihr wissen, treiben sich zu normalen Zeiten etwa dreißigtausend käufliche Frauen herum. Mit anderen Worten, jede dritte Frau in dieser Stadt betreibt das Gewerbe der käuflichen Liebe.«

»Mir hat niemand Geld geboten«, entgegnete Afra barsch, »die Kerle haben versucht, mir Gewalt anzutun.«

»Es tut mir Leid. Aber wie ich schon sagte, Ihr solltet die Hafengegend besser meiden.«

Das fürsorgliche Gerede des Mannes fiel Afra auf die Nerven. »Könnt Ihr mir sagen, wo ich dann ein Schiff besteigen soll, wenn nicht hier im Hafen, hoher Herr?«

»Verzeihung, ich vergaß, mich vorzustellen. Mein Name ist Messer Paolo Carriera, venezianischer Gesandter seiner Majestät des Königs von Neapel.«

Afra versuchte sich in einem würdevollen Kopfnicken, was jedoch in Anbetracht des vorangegangenen Erlebnisses eher misslang. »Ich heiße ...« – sie stockte, dann fuhr sie fort – »Gysela Kuchlerin, Wittfrau des Wollwebers Reginald Kuchler aus Straßburg.«

»Und wohin führt Euch Euer Weg?«

Afra machte eine abwehrende Handbewegung. »Mein Ziel ist das Kloster Montecassino, wo ich einen Auftrag zu erledigen habe.«

»Sagtet Ihr Montecassino?«

»Das sagte ich, Messer Carriera!«

»Wollt Ihr mir erklären, was Ihr ausgerechnet in einem Benediktinerkloster zu suchen habt? Verzeiht meine direkte Frage.«

»Bücher, Messer Carriera. Abschriften alter Bücher!«

»Dann seid Ihr also gebildet!«

»Was heißt schon gebildet. Nicht jeder, der ein Buch in die Hand nimmt, ist gebildet. Das wisst Ihr selbst.«

»Aber Ihr könnt lesen und schreiben.«

»Das hat mich mein Vater gelehrt. Er war Bibliothekar.« Während ihrer Rede wurde Afra bewusst, dass sie im Begriff war, ihre verhängnisvolle Vergangenheit preiszugeben. Deshalb zog sie es vor, zu schweigen.

»Habt Ihr ein Dokument, das Euch ausweist und bestätigt, dass Ihr nicht von der Pest befallen seid?«

Aus dem Ausschnitt ihres Kleides zog Afra das Papier mit dem Siegel und hielt es dem Gesandten unter die Nase. »Warum fragt Ihr?«

Paolo Carriera streckte den Arm aus und zeigte in Richtung der aufgehenden Sonne. »Seht die ›Ambrosia‹, die dreimastige Galeone! Die Besatzung ist gerade dabei, die Segel zu setzen. Wenn Ihr wollt ...« Der Gesandte warf einen kurzen Blick auf das Papier. »Wenn Ihr wollt, könnt Ihr mit uns reisen. So Neptun uns wohlgesinnt ist und uns günstige Winde schickt, sind wir in zehn Tagen in Neapel. Und von dort sind es gerade zwei Tagereisen über Land bis Montecassino.«

Afra seufzte erleichtert auf. »Das ist sehr freundlich von Euch. Warum ...«

Der Gesandte hob den Kopf und schlug die Augen nieder wie ein eitler Geck. »Schließlich sollt Ihr Venedig in nicht allzu unangenehmer Erinnerung behalten. Also beeilt Euch!«

Afra nahm ihr Bündel und eilte hinter Carriera her. Die »Ambrosia« lag in letzter Position an der Kaimauer der Riva degli Schiavoni. Sie war nicht nur das größte Schiff im Hafen, sondern auch das schönste. Segel und Takelage glänzten in der Morgenluft. Im Achter- und Vorderkastell verfügte die bauchige Galeone über Kabinen mit verglasten Luken. Ein schmaler Holzsteg, bewacht von zwei muskelprotzenden Mohren, führte steil wie eine Hühnerleiter hinauf an Deck. Paolo Carriera ließ Afra den Vortritt.

Kaum waren sie an Deck, zogen zwei Matrosen in schwarzroter Uniform den Steg an Bord, zwei Dutzend andere kletterten flink wie Spinnen in die Takelage und lösten das Großsegel. Noch nie war Afra auf einem so prächtigen Schiff gereist. Mit großen Augen verfolgte sie das Ablegen der »Ambrosia«. Es kam ihr beinahe vor wie ein Wunder, als das gewaltige Großsegel, das eben noch schlaff vom Mastbaum hing, sich langsam wie von Geisterhand bewegt in den kaum spürbaren Wind drehte und sich blähte wie der Bauch einer wiederkäuenden Kuh. Unter lauten Rufen holten zwei Matrosen die armdicken Taue ein, mit denen das stolze Schiff festgemacht war. Kaum merklich geriet die »Ambrosia« in Bewegung, und dabei verursachte sie seltsame Geräusche. Durch das stolze Schiff ging ein Knarren, Ächzen und Jammern, und in seinem Bauch rumorte es, als seufzten die armen Seelen im Fegefeuer.

Den Blick auf die Silhouette der Stadt gerichtet, die noch immer vom grauen Qualm der Pestfeuer eingehüllt wurde, klammerte sich Afra an die Reling. Aus dem Häusermeer ragten die Kuppeln von San Marco wie Pilzköpfe im Dickicht und abseits der klotzige Campanile, so als gehöre er nicht dazu.

Afra überkam ein Gefühl der Erleichterung.

9  Die Prophezeiung des Messer Liutprand

Afra schien es wie ein Traum, dass ihr Schicksal so unerwartet und plötzlich eine Wende zum Guten genommen hatte. Noch eine Stunde zuvor hatte sie nicht mehr daran geglaubt. Weit weg mit ihren Gedanken, hörte sie die Kommandos und Rufe der Matrosen, die sich mit der Gewandtheit von Spinnenmenschen durch die Takelage hangelten und ein Segel nach dem anderen setzten, das Besan hinter dem Hauptmast, das Toppsegel über dem Toppkastell am Großmast und zu guter Letzt vor der Galion ein kleines Sprietsegel. Ein Unkundiger hätte der Nase eines Spürhundes und des Auges eines Adlers bedurft, um die schwerfällige Galeone durch die zahlreichen Inseln der Lagune, die wie Seerosenblätter auf einem Teich schwammen, ins offene Meer zu steuern.

Während Afra dem Rauschen und Gurgeln der Bugwelle lauschte, näherte sich der Gesandte von der Seite. In seiner Begleitung befand sich eine vornehme Frau in einem langen faltenreichen Gewand, das unter dem Busen gegürtet und bis zum Hals geschlossen war. Aus dem gerafften runden Kragen ragte ein edles Antlitz mit dunklen Augen und hellen gebleichten Haaren, die, zu Schnecken geflochten, die Ohren verdeckten.

»Das ist die Kuchlerin, ein allein reisendes Weib aus Straßburg«, sagte Carriera an die Frau gewandt. Und zu Afra meinte er mit einer höflichen Handbewegung: »Mein Eheweib Lucrezia.«

Die beiden Frauen begegneten sich schweigsam mit einem höflichen Kopfnicken, und Afra fühlte sofort die Spannung, die in der Begegnung lag.

»Ihr seid die einzigen Frauen an Bord unter achtunddreißig Männern«, bemerkte der Gesandte, »ich hoffe, Ihr vertragt Euch die nächsten zehn Tage!«

»An mir soll 's nicht liegen«, sagte die Frau des Gesandten gereizt. Ihre Stimme klang rau wie bei vielen Italienerinnen und entsprach Lucrezias lieblichem Äußeren in keiner Weise. Sie nickte Afra kurz zu und entfernte sich zum Achterkastell auf dem Oberdeck, wo die Kajüten lagen.

Der Gesandte blickte seiner Frau nach und wandte sich dann an Afra: »Ich hoffe, Ihr gebt Euch mit einer Kajüte im Mitteldeck zufrieden. Sie dient für gewöhnlich dem Zahlmeister zum Schlafen. Ich habe ihn ausquartiert.«

»Um Himmels willen, Messer Carriera, macht Euch keine Umstände. Ich bin froh, dass Ihr mich mitnehmt, und stelle keine Ansprüche.«

Der venezianische Gesandte forderte Afra auf, ihm zu folgen. Mittschiffs führte eine schmale, steile Treppe nach unten. Gegen hohen Seegang konnte der enge Durchlass mit einer Klappe verschlossen werden. Afra hatte Mühe, ihr Gepäckbündel durch die Öffnung zu zwängen.

Das Mitteldeck war so niedrig, dass der hochgewachsene Paolo Carriera den Kopf einziehen musste, um nicht anzustoßen. Unter Deck gab es Verschläge unterschiedlicher Größe. Sie waren von außen einsehbar und dienten der Besatzung als Schlafstätten.

Achtern, abgetrennt von der übrigen Mannschaft, lag die Kajüte des Zahlmeisters, genau unter dem Achterkastell. Sie hatte eine massive Türe mit einem eisernen Riegel und war mit einer schlichten Holzpritsche, einem Kasten und einer breitbeinigen Sitzbank ausgestattet, die auch hohem Seegang standhielt.

Obwohl man die Unterkunft gewiss nicht bequem und komfortabel nennen konnte, war Afra zufrieden, ja sie empfand sogar eine gewisse Beglücktheit, die ihr Mut machte. Endlich hatte sie ihre Verfolger abgeschüttelt. Und da sie unter fremdem Namen reiste, konnte sie sich sicher fühlen wie nie zuvor.

Was das Pergament betraf, das sich – so hoffte sie jedenfalls – auf dem Weg nach Montecassino befand, wusste Afra viel und doch wenig. Sie wusste um seinen Wert, den schon ihr Vater angedeutet hatte, der jedoch seine und ihre eigenen Vorstellungen weit übertraf. Es fiel ihr schwer, sich mit dem Gedanken vertraut zu machen, dass ein Fetzen Pergament mehr wert sein sollte als ein Klumpen Gold. Unvorstellbar, dass ketzerische Halunken versuchten, Dome zum Einsturz zu bringen, weil sie darin das Pergament vermuteten. Absurd, dass Menschen auf der Jagd nach diesem Pergament buchstäblich über Leichen gingen. Unerklärlich, dass sie selbst bisher ungeschoren davongekommen war.

In Augenblicken wie diesem vermisste sie Ulrich von Ensingen, den einzigen Mann in ihrem Leben, der ihr Halt gegeben hatte. Daran jedenfalls hatte sie bis zu jenem Augenblick geglaubt, an dem ihr zum ersten Mal der Verdacht kam, dass Ulrich mit den Abtrünnigen in Verbindung stehen könnte. Fast zwei Monate waren seit den unseligen Ereignissen in Straßburg vergangen. Und seit zwei Monaten lebte sie im Zwiespalt: Ihr Verdacht war gewiss nicht unbegründet, wenn sie an Ulrichs seltsames Verhalten dachte; aber es war ein böser Verdacht, und ihr fehlte ein eindeutiger Beweis. Wie es Ulrich wohl ergangen war?

Während Afra ihren Gedanken nachhing, wurde sie Ohrenzeuge einer Auseinandersetzung, die durch die Decke ihrer Kajüte drang. Nur mit einem Ohr vernahm sie eine Diskussion zwischen dem venezianischen Gesandten und seiner Frau Lucrezia, der sie zunächst kein Interesse entgegenbrachte. Das änderte sich jedoch schlagartig, als in dem lautstark geführten Streitgespräch plötzlich ihr Name fiel, oder besser: jener, den sie sich zugelegt hatte.

»Das ist einfach lächerlich«, hörte sie Donna Lucrezia sagen, »dieses Weib ist nie im Leben jene Frau, die dir Messer Liutprand genannt hat. Wahrscheinlich hast du sie nur an Bord geholt, weil sie dir schöne Augen gemacht hat.«

Afra erschrak zu Tode. Was, um Himmels willen, hatten Lucrezias Worte zu bedeuten? Sie wagte kaum zu atmen, damit sie jedes Wort verstand, das sie durch die Kajüte hörte.

»Messer Liutprand sprach von einer allein reisenden Frau, und Donna Gysela war die Einzige, auf die jener Hinweis zutraf.« Es war die Stimme des Gesandten, der sich seiner Frau gegenüber verteidigte.

»Im Übrigen«, fuhr er erregt fort, »ist deine Eifersucht krankhaft. Ginge es nach dir, dann müsste ich mit einer Augenbinde durchs Leben gehen und dürfte sie nur abnehmen, wenn weit und breit kein weibliches Wesen zu sehen ist.«

»Nicht ohne Grund, Messer Paolo, nicht ohne Grund! Du bist selbst für venezianische Verhältnisse ein außerordentlicher Schwerenöter und Weiberheld. Mehr als ein Dutzend Kinder nennen dich Vater – alles Bastarde, Kinder von Frauen, die für ihren losen Lebenswandel bekannt sind.«

»Aber allesamt aus gutem Hause, aus den vornehmsten Familien der Stadt!«

Der Streit wurde zunehmend lauter.

»Ja, ich weiß, du verkehrst nur mit den reichsten Töchtern der Stadt oder mit Frauen aus altem Adel, wie es dem Gesandten des Königs von Neapel angemessen ist!«

»Was soll der Gesandte tun, wenn er von seiner eigenen Frau so kurz gehalten wird.«

»Das war nicht immer so! Du weißt es.«

»Eben. Ich bin ein Mann und habe meine Bedürfnisse. Und was der Wolf nicht im Wald findet, holt er sich aus der Herde des Schäfers.«

»Du Scheusal!«

In der Kajüte des Achterkastells flogen Stühle. Anders konnte Afra sich das Poltern nicht erklären, das die Decke zum Zittern brachte. Offenbar hatte ihre Anwesenheit an Bord den Ehekrach ausgelöst. Doch schien es, als wäre es kein Zufall gewesen, als der Gesandte ihr anbot, auf sein Schiff zu kommen.

Nachdem sich auf dem Oberdeck die Lage beruhigt hatte, begab sich Afra nachdenklich nach oben. Ein blauer Himmel spannte sich, nur von wenigen Federwolken gezeichnet, von Horizont zu Horizont. Das Dunkel des Meeres und seine Wogen erinnerten noch ein wenig an das schwere Wetter der vergangenen Nacht. Vom Festland war nur noch ein schmaler grauer Strich zu erkennen, der wie ein abgebrochener Ast auf dem Wasser trieb.

Afras Erscheinen an Deck löste unter der Besatzung deutliche Unruhe aus. Außer dem Kapitän und zwei Offizieren bestand die Mannschaft aus afrikanischen Mohren, die sich in der christlichen Seefahrt als sehr geschickt erwiesen hatten. Zum Glück verstand Afra die unflätigen Rufe nicht, mit denen die feixenden Matrosen sich untereinander verständigten, bis Luca, der Capitano, auftauchte und die Mohren mit einem heftigen Donnerwetter zum Schweigen brachte.

»Ihr müsst verzeihen, Donna«, trat ihr der Capitano entgegen, »es sind Wilde ohne Anstand. Aber für zwei Dukaten verrichten sie gute Seemannsarbeit.«

»Zwei Dukaten?« Afra wunderte sich. »Kein schlechter Monatslohn für einen Matrosen!«

Da lachte Luca, dass es über das Deck hallte. »Ihr scherzt, Donna. Messer Paolo hat sie auf dem Mohrenmarkt erworben für zwei Dukaten das Stück – auf Lebenszeit! Außerdem kriegen sie ab und zu etwas zu essen und sind zufrieden.«

Afra schluckte. Sie war noch nie leibhaftigen Sklaven begegnet. Obwohl sie auf dem Hof des Landvogts selbst eine Unfreie war, hatte sie nie unter ihrem niederen Stand gelitten. Die Vorstellung, auf dem Markt für ein paar Silbermünzen verkauft zu werden wie ein Mastschwein, erschien ihr absurd und abstoßend.

Als erriete er ihre Gedanken, meinte der Capitano: »Keine Sorge, bei den Mohren handelt es sich ohne Ausnahme um ungetaufte Heidenmenschen, denen der christliche Glaube so fern ist wie uns das Land, aus dem sie stammen.«

»Das heißt, es sind gar keine richtigen Menschen?«, erkundigte sich Afra unsicher.

»Nicht nach Ansicht von Messer Paolo Carriera und der Heiligen Mutter Kirche!«

»Ich verstehe«, meinte Afra nachdenklich.

»Aber was reden wir über Heidenmenschen«, begann Luca, um das Thema zu wechseln. »Wenn Ihr wollt, zeige ich Euch das Schiff. Es ist der Stolz des venezianischen Gesandten, und nicht zu Unrecht. Kommt!«

Über zwei steile Treppen, die mittschiffs nach unten führten, gelangten sie in den Bauch des Schiffes. Nach dem hellen Sonnenlicht an Deck hatte Afra Schwierigkeiten, sich im Halbdunkel des Unterdecks zu orientieren. Dieses Unterdeck bestand nur aus einem einzigen niedrigen Raum. An den schrägen Wänden, die sich nach oben weiteten, ragten die Sparren hervor wie das Gerippe eines Walfischs. Der Boden war mit losen Planken ausgelegt, die in der leichten Schlingerbewegung des Schiffes knarzten und ächzten, als hätten sie alle Last dieser Erde zu tragen. Weinfässer und Fässer mit Trinkwasser und Pökelfleisch, Säcke mit Mehl, Hirse und Hülsenfrüchten, Kisten voll getrocknetem Fisch, Dörrobst und Brot und Körbe mit Obst und Kräutern – die Vorräte im Bauch des Schiffes schienen Afra ausreichend für eine Reise nach Indien.

Sie erschrak, als hinter den Säcken – vier bis fünf Dutzend mochten es wohl sein – zwei Mohrenjungen aus der Dunkelheit auftauchten. Jeder hielt einen dicken Knüppel in der Hand, und der eine streckte dem Capitano ein nicht näher zu identifizierendes Etwas wie eine Trophäe entgegen.

»Keine Angst«, bemerkte Luca an Afra gewandt, »das sind unsere Rattenjäger. Sie verrichten ihren Dienst besser als jede Falle. Wer keine Ratte fängt, bekommt auch nichts zu essen.« Er lachte.

Angewidert drehte sich Afra zur Seite, als sie sah, dass der Schiffsjunge eine blutende Ratte am Schwanz hielt.

»Ich will hier weg«, herrschte sie den Capitano an.

Auf dem Zwischendeck, wo Afra im Heck ihre Kajüte hatte, waren auch der Leibmedicus des Gesandten und Donna Lucrezias Beichtvater sowie ihr Wahrsager und Zukunftsdeuter untergebracht.

NEUNTES KAPITEL

Die Tätigkeit des Leibmedicus Dottore Madathanus beschränkte sich vorwiegend auf die Verabreichung beißender Klistiere für den Gesandten, der unter starken Blähungen litt und in ständiger Furcht lebte zu platzen. Donna Lucrezias Krankheiten waren hingegen eher seelischer Natur und forderten, trotz oder wegen unsichtbarer Symptome, weit größere Anstrengungen der Therapeuten. Der Padre, wie er nur genannt wurde, obwohl er seine tatsächliche Ordenszugehörigkeit verschwieg, nahm Donna Lucrezia jeden zweiten Tag im Achterkastell die Beichte ab, und Messer Paolo war nicht der Einzige an Bord, der sich fragte, welche Sünden die fromme Frau von heute auf übermorgen zu bekennen hatte. Dem nicht genug, lenkte Messer Liutprand, nach eigenen Angaben studiert in der Wissenschaft der Zukunftsdeutung und Wahrsagerei, die Geschicke Lucrezias, wobei der Gesandte selbst dessen Künsten wenn nicht ablehnend, so doch skeptisch gegenüberstand.

Während die Übrigen ihren Aufgaben eher unbemerkt und im Stillen nachgingen, inszenierte Messer Liutprand sein Geschäft mit der Kunstfertigkeit eines Gauklers. Liutprand trug stets einen weiten, schwarzen Umhang, der bis knapp über die Knie reichte. Seine dürren Beine steckten in einer eng anliegenden schwarzen Strumpfhose, und schwarz war auch sein hoher Hut, den er nur auf dem niedrigen Zwischendeck ablegte. Im Halbdunkel des Zwischendecks offenbarte sich auch der Grund für seine Hutliebe: Messer Liutprand hatte keine Haare mehr auf dem hell gepuderten Kopf, dafür eine unansehnliche Krätze.

Zum gemeinsamen Mahl, das täglich kurz vor Sonnenuntergang zusammen mit dem Capitano, dem Medicus, dem Padre und dem Zukunftsdeuter im Achterkastell stattfand, bat der Gesandte auch Afra hinzu. Nach dem Streit zwischen dem Gesandten und Donna Lucrezia hatte Afra kein gutes Gefühl. Sie wusste, dass Messer Paolos Frau gegen sie eingenommen war, und sie wusste, dass eine Frau keinen größeren Feind haben konnte als eine Frau.

Den ganzen Tag hatte Afra auf Deck zugebracht, um dem

Gestank zu entgehen, der den Bauch des Schiffes durchzog. Die salzige Gischt und das gleißende Licht des adriatischen Meeres hatten ihr gut getan. Zum ersten Mal seit langer Zeit hatte sie genügend Muße gefunden zum Nachdenken. Und wenn sie noch bis vor kurzem zweifelte, ob ihre ganze Reise nicht unsinnig war und ihre Kräfte ausreichten, das Pergament wieder in ihren Besitz zu bringen und hinter sein Geheimnis zu kommen, so war sie jetzt sicher, auf dem richtigen Weg zu sein. Sie würde es schaffen. Auch allein auf sich gestellt.

Die Kajüte war eng und lag achtern quer zur Fahrtrichtung des Schiffes über dem Ruder. Der Raum bot gerade Platz für einen schmalen Tisch mit acht Stühlen, vier auf jeder Seite. Afra hatte die Essensteilnehmer bereits kennen gelernt und war verwundert, wie schweigend man sich gegenübersaß: der Gesandte seiner Frau Lucrezia, der Medicus dem Padre, der Capitano dem Zukunftsdeuter. Am rechten Ende hatte Afra Platz genommen.

Ihr waren die Gepflogenheiten an Bord fremd, und so stellte sie dem Capitano nichts ahnend die Frage, wie viele Meilen die »Ambrosia« seit dem Ablegen in Venedig bereits zurückgelegt habe. An Bord war es üblich, dass die gemeinsame Mahlzeit schweigend begonnen wurde, bis der Gesandte das Wort ergriff und seinerseits an den einen oder anderen eine Frage richtete, worauf für gewöhnlich eine belanglose Konversation in Gang kam.

Hilfe suchend warf Capitano Luca deshalb dem Gesandten einen Blick zu, bis dieser ihm mit einer großzügigen Handbewegung die Erlaubnis erteilte zu antworten.

Etwa siebzig Meilen, erwiderte Luca und er fügte hinzu, dass der Wind sich bisher nicht gerade günstig gezeigt habe. Wenn es so weitergehe, würde die Reise nach Neapel sogar ein bis zwei Tage länger dauern als veranschlagt.

Der Duft gebratenen Fleisches, das der Koch, ein kleiner rundlicher Mann in schweiß- und fettgetränkter Kleidung, auftrug, ließ Afra das Wasser im Mund zusammenlaufen. Seit Tagen hatte sie nichts Richtiges mehr gegessen, außer hier und da einen Brocken Brot. Neben Fleisch, von dem jedem ein reichliches Stück auf einem hölzernen Servierbrett gereicht wurde, gab es gesäuerten Fisch und für jeden ein warmes, rundes Brot, so groß wie ein Teller der vornehmen Gesellschaft. Dazu wurde Wein kredenzt in breiten Zinnbechern, die sich nach oben verjüngten, damit der Seegang ihnen nichts anhaben konnte.

Während Afra dem streng gewürzten Essen zusprach, fühlte sie unaufhörlich die Augen des Zukunftsdeuters auf sich gerichtet. Sie tat, als bemerkte sie es nicht, aber die Augen des Mannes, der ihr schräg gegenübersaß, schienen sie zu durchbohren wie spitze Messer.

Im Gegensatz zu seiner Frau empfand Paolo Carriera das Verhalten des Zukunftsdeuters als unschicklich, zumal Afra, für jedermann sichtbar, errötete. Um ihn von seinem Verhalten abzubringen, maßregelte er Liutprand, der auch beim Essen seinen Hut aufbehielt, mit den Worten: »Ich glaube, Messer, bei Eurer Prophezeiung ging es Euch eher um eine angenehme Reisebegleitung als um die Wahrheit.«

Messer Liutprand tat entrüstet: »Das muss ich mir nicht bieten lassen!«

»Nein, das muss Messer Liutprand sich nicht bieten lassen«, pflichtete ihm Donna Lucrezia bei.

Der Gesandte machte ein spöttisches Gesicht. »Könnt Ihr mir dann vielleicht sagen, warum Ihr seit geraumer Zeit Donna Gysela auf so unschickliche Weise anstarrt?«

Liutprand senkte den Kopf.

Um die Peinlichkeit zu überspielen, aber auch aus Neugierde und weil es sie selbst betraf, erkundigte sich Afra bei dem Gesandten: »Ihr sprecht von einer Prophezeiung, Messer Paolo. Bezog sich diese etwa auf mich?«

»Gewiss nicht!«, nahm Lucrezia ihrem Gemahl die Antwort ab.

Paolo warf ihr einen amüsierten Blick zu. »Diese Antwort solltest du doch wohl lieber Messer Liutprand überlassen, meine Liebe.« Doch als dieser stumm blieb und beleidigt zur Seite blickte, erklärte Paolo Carriera mit süffisantem Unterton: »Ihr müsst wissen, meine Frau Lucrezia steht dem Leben ohne ihren Zukunftsdeuter hilflos gegenüber. Am Tag vor unserer Abreise aus Venedig prophezeite Messer Liutprand ...«

»... aus den Sternen! Und die Sterne lügen nicht!«, ging der Zukunftsdeuter dazwischen.

»... prophezeite Messer Liutprand aus den Sternen, eine Frau von Bedeutung für uns alle würde mit uns die Reise antreten. Und da bis kurz vor dem Ablegen keine Frau erschien, die mit uns reisen wollte, hielt ich Ausschau und sah Euch, und noch dazu in Bedrängnis.«

»Eine Frau von Bedeutung?« Afra kicherte verlegen. »Ich bin eine einfache Wittfrau und dankbar, dass Ihr mich an Bord genommen habt. Ihr hättet Euch länger umsehen müssen, Messer Paolo!«

Zufrieden schmatzend und grunzend, wandten sich die Tischgäste wieder der Nahrungsaufnahme zu, da knallte der Zukunftsdeuter seinen Weinbecher auf den Tisch und rief erregt: »Ich dulde nicht, dass meine Kunst auf diese Weise lächerlich gemacht wird. Von niemandem!«

Afra erschrak über den heftigen Wutausbruch des Zukunftsdeuters. »Entschuldigt, ich wollte Euch nicht zu nahe treten, und nichts liegt mir ferner, als Euch und Eure Kunst herabzuwürdigen. Die Zweifel bezogen sich nur auf meine Person. Ich bin eine einfache Frau und gewiss für niemanden von Bedeutung.«

Messer Liutprand sah Afra mit gesenktem Kopf lauernd an, und dabei blitzte das Weiße in seinen dunklen Augen. »Woher wollt Ihr das wissen? Oder kennt Ihr die Zukunft?«

»Nein, niemand weiß, was morgen geschieht!«

Da stemmte sich der Zukunftsdeuter über den Tisch, dass sein schwarzer Hut in Schräglage geriet, und kam mit dem Gesicht ganz nahe an Afra heran, bevor er mit feuchter Aussprache zischte: »*Ihr* wisst nicht, was morgen geschieht, Signora, *Ihr* nicht! Vor *mir* liegt die Zukunft eines jeden wie ein offenes Buch. Ich brauche nur einen Blick hineinzuwerfen.«

NEUNTES KAPITEL

Die Frau des Gesandten nickte andächtig, und Messer Paolo rückte auf seinem Stuhl unruhig hin und her. »So sagt schon endlich, ob Donna Gysela jene Frau von Bedeutung für uns alle ist oder ob ich eine Falsche an Bord geholt habe!«

Wie eine hungrige Schlange ergriff Liutprand Afras Rechte und drehte ihre Handfläche nach oben. Einen Augenblick hielt er ihre Hand wie eine Trophäe, dann senkte er den Kopf über sie, bis seine Nase beinahe ihre Handfläche berührte, und dabei schnaubte er wie ein Hund. Während Liutprand aufmerksam ihre Handfläche betrachtete, auf der deutlich sichtbar ein M mit gekreuzten Mittelbalken zu Tage trat, beugten sich die Übrigen weiter vor, um Zeuge der denkwürdigen Prozedur zu werden.

Der Padre glotzte mit gefalteten Händen, der Capitano grinste überheblich, Dottore Madathanus machte den Eindruck, als ekele er sich vor der ergriffenen Hand, während der Gesandte gespannt die Augenbrauen hochzog und den Mund spitzte und so seiner Skepsis Ausdruck verlieh. Nur Donna Lucrezia, seine Frau, zeigte gespannte Anteilnahme am Geschehen und presste eine Hand vor den Mund.

Lucrezia war es auch, die in die plötzliche Stille hineinrief: »Nichts! Habe ich Recht? Das Weib ist für uns ohne Bedeutung.«

Ohne Afras Hand loszulassen, blickte der Zukunftsdeuter auf. Bedächtig wiegte er seinen Kopf. Schließlich warf er Lucrezia einen vorwurfsvollen Blick zu. »Wenn ich Euch einen Rat geben darf, Donna Lucrezia«, sagte er mit ernster Stimme, »dann solltet Ihr Euch mit dieser Frau gut stellen. Den Grund darf ich Euch nicht nennen, denn wie Ihr wisst, ist es einem Zukunftsdeuter bei seiner Ehre untersagt, sich über den Tod auszulassen.«

Wie gebannt starrte die ganze Gesellschaft auf Messer Liutprand. Afra spürte den unangenehmen Druck, mit dem der Wahrsager ihre Fingerspitzen festhielt.

Lucrezias rosiges Gesicht war blass geworden. Afra sah, dass ihre Augenlider wie Weidenblätter flatterten. Sie wusste selbst nicht, was sie mit Liutprands Worten anfangen sollte. Eher verlegen fragte sie: »Und das wollt Ihr aus meiner Hand gelesen haben?«

»Das und noch mehr«, entgegnete der Zukunftsdeuter unwillig.

»Noch mehr? Ich bitte Euch, lasst mich teilhaben an Eurem Wissen!«

»Ja – lasst uns *alle* teilhaben!«, ergänzte Paolo Carriera.

Liutprand zierte sich ein paar Augenblicke und genoss die erregte Aufmerksamkeit der Tischgesellschaft. Dann zog er Afras Rechte erneut dicht vor sein Gesicht, und während seine Augen flink über ihre Handfläche wanderten, begann er stockend: »In – Eurer Hand – Donna Gysela – liegt eine – ungeheure Macht.«

Afra blickte verlegen in die Runde. Keiner sagte ein Wort. Sogar der Gesandte enthielt sich jeder Bemerkung.

»Eine Macht«, fuhr Liutprand fort, »die sogar den Papst in Rom in Unruhe versetzen könnte ...«

»Wie soll das gehen?«, erkundigte sich Afra, die mühsam ihre Aufregung unterdrückte. Sie spürte, wie das Blut in ihren Schläfen pulsierte. Hatte der Zukunftsdeuter etwas mit der Loge der Abtrünnigen zu tun, oder konnte er wirklich aus ihrer Hand lesen?

Gewiss, Wahrsager hatten Konjunktur, und manche verdienten ein Vermögen mit ihren Vorhersagen. Nicht selten hörte man von erstaunlichen Prophezeiungen, die auf wundersame Weise in Erfüllung gingen. Aber genauso häufig erwiesen sich irgendwelche Vorhersagen als unsinniges Gerede, das ebenso wertlos war wie ein teuer erkaufter Ablassbrief.

Als Afra bemerkte, dass der Zukunftsdeuter nicht gewillt war, ihre Frage zu beantworten, meinte sie mit gespielter Gleichgültigkeit: »Interessant, Messer Liutprand, was Euch die Linien in meiner Hand verraten. Aber sagt, sind denn diese Linien nicht bei jedem Menschen die gleichen?«

Da lachte der Zukunftsdeuter: »Donna Gysela, niemand weiß genau, wie viele Menschen auf unserer Erdenscheibe leben; aber eines wissen wir gewiss, bei keinem von all den Abertausenden begegnen wir den gleichen Linien der Hand. Und warum? Weil jeder Mensch sein eigenes Schicksal hat, das in den Linien seiner Hände eingegraben ist wie ein Holzschnitt. Das wusste schon der weise Aristoteles. Jedenfalls konnte er aus der Betrachtung der Handlinien eines Menschen auf ein langes oder kurzes Leben schließen. Ich selbst habe, wenn ich mir die Bemerkung erlauben darf, an der Universität in Prag Astrologie und Chiromantie studiert, die miteinander Hand in Hand gehen. Mir ist diese Wissenschaft also nicht ganz fremd.«

Noch immer hielt Messer Liutprand Afras Hand fest. Nun aber ließ sie es ohne Widerwillen geschehen. Und noch immer glitten seine flinken Augen über ihre Handfläche.

»Eine Wittfrau seid Ihr?«, begann er von neuem.

»Ja«, erwiderte Afra zaghaft. Bisher hatte die Lüge ihr nichts ausgemacht. Es gab nicht den geringsten Grund, an ihren Angaben zu zweifeln. Sie hatte sogar ein Dokument, das sie als Gysela Kuchlerin auswies. Aber die Frage des Zukunftsdeuters verhieß nichts Gutes. »Warum fragt Ihr?«, fügte sie ihrer Antwort an.

Liutprand rieb mit dem Daumen über ihre Innenhand, als suche er die Linien zu verwischen wie auf einer Rötelzeichnung. Dabei schüttelte er den Kopf. »Nicht der Rede wert«, meinte er schließlich und ließ unerwartet heftig ihre Hand los, als hätte er einen heißen Stein berührt.

Wissbegierig mischte sich Donna Lucrezia ein: »Nun redet schon, Messer Liutprand, Ihr wollt uns etwas verheimlichen!«

»Ja, redet!«, setzte Afra nach. »Was steht außerdem in meiner Hand geschrieben?«

»Ein Mann wird unerwartet in Euer Leben treten. Und die Begegnung wird Euch Glück verheißen und Trauer.«

Afra senkte den Blick. Die Vorhersage vor allen Leuten machte sie verlegen. Sie hätte noch tausend Fragen an Messer Liutprand gehabt, doch in Anbetracht der Tischgesellschaft, die sich an ihrer Zukunft zu ergötzen schien, hielt sie sich zurück. Als nähme sie die Worte des Zukunftsdeuters nicht allzu ernst, bemerkte Afra: »Keine schlechten Aussichten, wenn ich Euch recht verstehe.«

Liutprand rückte seinen Hut zurecht. »Es kommt darauf an, wie Ihr Eurem Schicksal begegnet.«

»Was soll das heißen?«

»Nun ja, jedem Menschen ist sein Schicksal vorgezeichnet, und dennoch liegt es in seiner Hand, was er daraus macht. Die Begegnung mit einem Mann kann eine Frau glücklich machen. Aber wie aus dem süßesten Wein bei falscher Behandlung saurer Essig wird, so kann aus der Begegnung zweier Menschen die Hölle werden, obwohl sie den Himmel versprach.«

»Wollt Ihr damit sagen ...«

Liutprand hob abwehrend beide Hände: »Keineswegs, Donna Gysela, ich will Euch nur darauf hinweisen, dass das Glück, das Euch verheißen ist, gehegt werden muss wie eine zarte Pflanze.«

Die Worte des Zukunftsdeuters machten Afra nachdenklich. Doch Donna Lucrezia zerstreute ihre Hirngespinste. »Man könnte meinen«, maßregelte sie Messer Liutprand, »Ihr stündet bei Donna Gysela in Brot und Arbeit und nicht bei mir.«

»Wie ich schon sagte, ist Donna Gysela Euch näher, als Ihr glaubt. Vergesst das nicht, Donna Lucrezia!« Liutprand erhob sich und warf der Frau des Gesandten einen missbilligenden Blick zu. Dann verließ er mit stampfenden Schritten die Kajüte. Einer nach dem anderen folgte ihm schweigend.

Es war Nacht geworden, als Afra hinaus aufs Deck trat. Von Westen her wehte eine laue Brise, und die »Ambrosia« machte ächzend und wehklagend Fahrt wie ein abgearbeiteter Holzknecht. Wie leuchtende Früchte an einem herbstlichen Baum hingen die Sterne am Himmel.

Bevor sie den stinkenden Bauch des Schiffes aufsuchte, sog Afra den frischen Abendwind tief in ihre Lungen. Dann begab sie sich unter Deck in ihre Kajüte.

Lange hatte es gedauert, bis Afra endlich Schlaf fand. Laut und grell klang der Ton der Schiffsglocke im Morgengrauen an ihr Ohr. Heftige Kommandos schallten durch das Mitteldeck. Es herrschte wildes Durcheinander.

Im Halbschlaf vernahm Afra aufgeregte Rufe: »*Pirate, Pirate*!« Dazwischen immer wieder das heftige Geläute der Schiffsglocke.

Plötzlich wurde die Tür der Kajüte aufgestoßen. Afra zog ihre Decke bis zum Hals.

»Donna Gysela!«, rief die Stimme des Capitano. »Von Osten nähert sich ein gekapertes Kreuzfahrerschiff mit Seeräubern an Bord!« Luca warf ein Bündel Kleider auf ihr Bett. »Zieht das an, aber schnell. Es sind Männerkleider. Als Frau habt Ihr bei einem Überfall nichts zu lachen!«

Noch bevor Afra etwas sagen konnte, war der Capitano verschwunden. Hastig schlüpfte Afra in die Männerkleider, eine Hose, die bis zu den Knien reichte, dazu ein weites Hemd und eine Jacke mit hölzernen Knöpfen. Unter einer runden Lederkappe, die hinten bis in den Nacken reichte, verbarg sie ihr üppiges Haar. Einen Spiegel, um sich in ihrer Verkleidung zu betrachten, gab es nicht; aber Afra fühlte sich weit weniger unwohl, als sie befürchtet hatte.

An Deck war die Mannschaft damit beschäftigt, die Segel zu raffen. Die großflächigen Segel bildeten auf einer Galeone wie der »Ambrosia« die größte Gefahr. Es war ein Leichtes, sie in Brand zu schießen. Ohne Segel war das stolze Schiff des neapolitanischen Gesandten zwar manövrierunfähig, aber die Bewaffnung, mit der die Matrosen aufs Beste vertraut waren, genügte, um jeden Angreifer zu versenken oder zumindest in die Flucht zu schlagen.

Natürlich kannten die Seeräuber, die vorwiegend aus dem Osten kamen und ganze Städte ernährten, diese Taktik, und sie versuchten ihr durch die Wendigkeit ihrer Schiffe, die meist zusätzlich Ruderer an Bord hatten, zu begegnen. Auch das Schiff, das sich langsam von Osten näherte, schien diese Absicht zu verfolgen. Deutlich sah man, wie die Ruder, die in zwei Reihen übereinander angebracht waren, aus dem Wasser auftauchten und wieder verschwanden. Auch die Piraten hatten die Segel ihres Schiffes eingeholt. Auf dem Hauptmast fehlte die Flagge, welche die Herkunft eines Schiffes anzeigte – untrüglicher Hinweis auf die unlauteren Absichten der Besatzung.

Von mittschiffs schallte das Kommando des Capitano: »Alle Geschütze nach Backbord! Musketen und Arkebusen in Stellung, eine Hälfte nach Backbord, die andere nach Steuerbord!«

In fieberhafter Anstrengung schoben und zerrten die Mohren vier Geschütze auf die linke Seite des Schiffes und verankerten sie jeweils auf einem dafür vorgesehenen Sockel.

»Schneller, beeilt Euch, wenn Ihr nicht alle absaufen wollt!«, rief der Capitano. Dabei klang seine Stimme deutlich aufgeregter als zuvor. »Geschütze und Gewehre laden!«

Die Seeleute bildeten eine Kette und schafften aus dem Unterdeck kleine Fässer und Kisten mit indischem Schwarzpulver nach oben. Jeweils zwei Mann luden eine Kanone oder ein Gewehr. Vor dem Achterkastell lag ein gutes Dutzend gespannter Armbrüste bereit.

Während sich das Seeräuberschiff unaufhaltsam näherte, erklomm Capitano Luca ein leeres Pulverfass, um sich besser verständlich zu machen, da tönte vom Mastkorb die Stimme des Wachoffiziers. »Weiteres Schiff von Ost-Süd-Ost!«

Der Capitano hielt die Hand über die Augen und blinzelte in die angegebene Richtung. Etwa eine Meile hinter dem feindlichen Schiff folgte ein zweites. Obwohl noch nicht auszumachen war, ob beide Schiffe zusammengehörten, lag die Vermutung nahe. Türkische und albanische Piraten tauchten mit Vorliebe im Verbund auf.

Bedrohlich näherte sich das erste Schiff auf Reichweite einer Armbrust. Dem musste der Capitano mit seiner Mannschaft zuvorkommen. Seeräuber verfügten für gewöhnlich nicht über ernst zu nehmende Feuerwaffen. Ihre Treffsicherheit als Bogenschützen und mit der Armbrust war jedoch gefürchtet. Wer gegen Piraten siegreich sein wollte, musste sie deshalb angreifen, noch bevor sie ihre Pfeile abschießen konnten.

Die Stimme des Capitano wurde lauter: »Geschütze feuerfertig?«

»Geschütze bereit!«, kam die Antwort.

»Geschütze eins und zwei – Feuer!«

»Eins und zwei – Feuer!« Die Feuerwerker entzündeten die Lunte.

Es schien wie eine halbe Ewigkeit, bis die Flamme sich der Zündöffnung näherte. Doch dann zerriss ein furchtbarer Knall den Morgen, eine grauweiße Wolke stieg wie ein riesiger Pilz zum Himmel und raubte an Deck jede Sicht.

Afra hatte in ihrer Verkleidung unter dem Vorderkastell Schutz gesucht, ein halbwegs sicherer Ort, den ihr der Capitano zugewiesen hatte. Nun rang sie hustend nach Luft. Ihr war, als hätte der Geschützdonner ihre Lungen zerrissen.

Kaum hatte sich der Qualm verzogen, da wurde deutlich, dass beide Geschütze ihr Ziel verfehlt hatten.

»Nachladen!«, kommandierte der Capitano. »Der Rest an die Arkebusen und Musketen!«

Mit Gebrüll stürzten die Schützen zu ihren Waffen. Inzwischen klatschten die ersten feindlichen Pfeile gegen die Bordwand. Das Piratenschiff war bereits so nahe, dass man die Mannschaften an Deck erkennen konnte.

»Feuer! Feuer!«, polterte der Capitano.

Im nächsten Augenblick brach ein höllisches Inferno aus, als nähme das Jüngste Gericht seinen Lauf. Die Luft schien unter dem Krach der Explosionen zu beben. Es stank nach Pulver und glühendem Eisen. Und die Musketiere und Arkebusiere quittierten jede Explosion ihrer Waffe mit einem lauten Schrei, als seien sie selbst getroffen. Ängstlich stopfte Afra die Zeigefinger in beide Ohren.

Das Schießen endete abrupt. Vom Mastkorb schallte der Ruf des Wachoffiziers: »Feindliches Schiff versucht beizudrehen!«

»Geschütze drei und vier Feuer!«, brüllte der Capitano.

Die Kanoniere zündeten die Lunten.

Doch darauf hatten die Piraten nur gewartet. Denn nun, aus der Nähe und in Reichweite der Pfeilgeschosse, waren sie den Armbrustschützen der Seeräuber ausgeliefert. Wie fliegende Heuschrecken hagelten die Pfeile auf die Geschütze. Mit einem Aufschrei stürzte der Erste getroffen zu Boden. Im selben Augenblick zündete das dritte Geschütz, unmittelbar darauf das vierte. Durch den Pulverdampf, der die Sicht versperrte, hörte man Krachen und splitterndes Holz und die Hilferufe der Verwundeten.

»Treffer!«, meldete der Wachoffizier aus dem Mastkorb.

Aber dennoch schlugen weiterhin Pfeile der Piraten auf der »Ambrosia« ein.

Als der Qualm sich etwas verzogen hatte, wurde der Erfolg der Kanoniere sichtbar: Ein Volltreffer hatte den Mast des Piratenschiffes in halber Höhe getroffen und wie einen Baum im Herbststurm gefällt. Mehrere Leichen trieben in bizarrer Haltung im Meer. Dazwischen gesplitterte Bohlen und Planken. Doch die Seeräuber gaben nicht auf.

Im Schutze der beplankten Bordluken peitschten die Ruderer das Wasser und kamen näher und näher. Die Taktik der Piraten war klar. Sie würden alles daran setzen, die »Ambrosia« zu entern, um die Entscheidung im Kampf an Deck Mann gegen Mann zu suchen. Das galt es zu verhindern.

Während der Capitano erneut die Arkebusiere zum Einsatz brachte, während die Schützen mit ihren langen, zielsicheren Gewehren die Gegner aufs Korn nahmen, zischten die ersten Feuerpfeile auf das Hauptdeck. Die Spitzen der Geschosse waren mit Lumpen umwickelt und mit Pech getränkt, und ihre Flammen fraßen sich in Windeseile in die Bordwand oder die Aufbauten eines Schiffes. Daneben zielten Scharfschützen aus sicherer Deckung auf einzelne Gegner.

Mit angezogenen Beinen, das Kinn auf die Knie gestützt, kauerte Afra am Fuß des Vorderkastells und verfolgte den Kampf mit weit aufgerissenen Augen. Seltsamerweise hatte sie keine

Angst. Sie hatte die Pest überlebt, und eine Stimme in ihrem Innern sagte ihr, dass sie auch bei diesem Überfall keinen Schaden nehmen würde.

Aus allen Rohren feuerten die Arkebusiere, und in den Explosionen und dem Qualm war Afra entgangen, dass ein Brandpfeil ein Fenster des Achterkastells durchschlagen und das Innere der Kajüte in Brand gesetzt hatte. Schwarzer Rauch drang aus der Kajüte, und bald darauf wurde die Türe aufgerissen, und der Gesandte stürzte ins Freie. Benommen klammerte sich Paolo Carriera an die wankende Tür. Dann brach er bewusstlos zusammen. Im Fallen schlug er die Kajütentür zu.

Wo war Lucrezia?

Afra wusste, dass die Frau des Gesandten sich in der Kajüte aufhielt. Doch um sie herauszuholen, hätte sie das Deck überqueren müssen, eine lebende Zielscheibe für die Piraten. Gewiss, Donna Lucrezia war ihr mit großer Abneigung begegnet. Aber durfte sie deshalb einen Menschen dem sicheren Tod überlassen?

In ihrem Kopf kämpften Engel und Teufel einen Kampf. Und während Afra unter Herzklopfen eine Entscheidung suchte, während das Gute in ihr dem Bösen zu unterliegen drohte, kam der Gesandte für kurze Zeit zu sich und schleppte sich auf allen vieren außer Reichweite der Piratenpfeile. Er schien sich der Tatsache nicht bewusst, dass Lucrezia sich noch immer in der Kajüte aufhielt.

Der Rauch, der aus der Kajüte quoll, wurde immer dichter. Und plötzlich, ganz unerwartet, wurde die Kajütentür aufgestoßen, und im Türrahmen erschien Donna Lucrezia. Obwohl sie Männerkleider und eine Kappe trug, erkannte Afra sie sofort. Sie hustete und schnappte nach Luft wie ein an Land geworfener Fisch. Mit letzter Kraft klammerte sie sich an die Kajütentür.

Afra war erleichtert. Lucrezia hatte ihr die Entscheidung abgenommen. Aber noch während sie darüber nachdachte, schämte sie sich für ihr Zögern. Und plötzlich trafen sich ihre Blicke. Afra und Lucrezia starrten sich schweigend an.

Schließlich trat Lucrezia aus der Kajüte und schlug die Tür hinter sich zu. An die Tür gelehnt, verharrte sie schwer atmend. Dann wischte sie sich mit dem Ärmel den Schweiß von der Stirne.

Aus dem Augenwinkel bemerkte Afra, wie auf dem Heck des Piratenschiffes ein Bogenschütze seine Waffe in Anschlag brachte. Mit der Linken spannte der kräftige Bursche den Bogen, dass er zu brechen drohte. Ihr Augenmaß sagte Afra, dass der Schütze genau auf Lucrezia zielte.

Ohne zu überlegen, sprang Afra auf und lief, während feindliche Pfeile über das Deck schwirrten, zu Lucrezia hinüber, warf sich ihr entgegen und riss sie zu Boden. Keine Sekunde zu spät, denn im selben Augenblick bohrte sich krachend der Pfeil des linkshändigen Bogenschützen in die Kajütentüre. Dabei gab er einen vibrierenden, klagenden Ton von sich wie die angerissene Saite eines Zupfinstruments.

Geschockt starrten beide Frauen auf das todbringende Geschoss. Lucrezia schien zu keiner Regung fähig. Afra hingegen kam schnell zur Besinnung. Sie fasste Lucrezia an den Handgelenken und schleifte die paralysierte Frau des Gesandten über das Deck zum Vorderkastell, wo sie zuvor bereits Schutz gefunden hatte.

Kaum hatten sie den rettenden Vorsprung des Aufbaus erreicht, da zerrissen zwei heftige Explosionen die Luft, gefolgt von einem Krachen, das in den Ohren dröhnte wie der Donner eines Sommergewitters.

»Volltreffer!«, brüllte der Capitano und tanzte wie ein Faun über das Oberdeck. Afra begriff das Ausmaß des Geschehens erst, als sie sah, wie der Bug der feindlichen Galeone in den Himmel stieg, langsam zuerst, beinahe träge, dann sich heftig aufbäumend gleich einem scheuenden Pferd, bis das Schiff beinahe senkrecht im Wasser stand. Schreiend stürzten die Piraten ins Meer. Einige versuchten sich schwimmend auf die »Ambrosia« zu retten. Doch die Arkebusiere kannten keine Gnade und feuerten, bis auch der Letzte in den Wellen versank.

380 NEUNTES KAPITEL

Das Meer zwischen dem sinkenden Wrack und der »Ambrosia« färbte sich rot. Planken, Balken, Fässer und Kisten wirbelten auf den Wogen umher.

Für kurze Zeit hatte das Piratenschiff in seiner aufrechten Stellung verharrt, hatte sich scheinbar allen Ballasts entledigt, als es plötzlich, wie auf ein geheimes Kommando, senkrecht in die Tiefe entschwand. Der Wirbel, den das gesunkene Wrack verursachte, versetzte die »Ambrosia« in eine heftige Drehbewegung. Die Matrosen johlten und schwenkten ihre Gewehre über den Köpfen. Als gar vom Mastkorb die Nachricht kam, das zweite Schiff habe abgedreht und die Flucht ergriffen, da wollte der Jubel kein Ende nehmen.

Auf den Knien hatte Afra den Untergang der feindlichen Galeone beobachtet, neben sich Lucrezia, die, auf dem Rücken liegend, nach Luft rang.

»Luft, Luft!«, lallte sie ein um das andere Mal, und »Brand!«. Sie war kaum zu verstehen. Afra beugte sich über sie, als ihre Lippen erneut den Namen »Liut-prand!« formten.

»Liutprand? Was ist mit Liutprand?«

Mit schlaffer Hand deutete Lucrezia auf das Achterkastell. Aus dem zerschossenen Fenster und den Türritzen drang noch immer beißender Qualm.

Afra erhob sich und gab einem der tanzenden Arkebusiere ein Zeichen, ihr zu folgen.

Das Oberdeck war glitschig und blutverschmiert und übersät von den Pfeilen der Piraten. Im ohrenbetäubenden Siegestaumel schien sich niemand um die beiden erschossenen Matrosen zu kümmern. Afra deutete nach vorn.

Zuerst zögerte der Matrose, das rauchende Achterkastell zu betreten, aber als er sah, dass Afra, ohne zu zögern, vorausging, folgte er ihr in das Innere. Den Arm vor den Mund gepresst, kämpfte sich Afra durch den Rauch. Sie gab dem Matrosen ein Zeichen, in den rechter Hand gelegenen Kabinen nachzusehen. Sie selbst hielt sich links.

Der Qualm drang aus Lucrezias Kabine. Die Tür war nur angelehnt. Mit dem Fuß stieß Afra sie auf. Ein feindlicher Brandpfeil hatte Lucrezias Bett in Brand gesetzt. Nun schwelte nur noch das Heu, das als Unterlage diente. Sie wollte den verrauchten Raum schon verlassen, da entdeckte sie auf dem Boden hinter einem Tisch den Zukunftsdeuter. Liutprand lag regungslos auf dem Bauch, das Gesicht in den Armen verborgen, als wollte er nicht sehen, was um ihn vorging. Afra rief den Matrosen um Hilfe.

Gemeinsam schleppten sie Liutprand aus dem Achterkastell auf das Oberdeck, wo ihnen Paolo Carriera entgegenkam. Er schien noch benommen, denn er zeigte für den am Boden liegenden Zukunftsdeuter wenig Interesse.

»Der Medicus soll kommen!«, herrschte sie den Gesandten an.

Carriera nickte. Dann trat er ganz nahe an Afra heran. Schließlich sagte er stockend, und dabei warf er einen Blick auf den Pfeil, der in der Kajütentür steckte: »Ihr habt Donna Lucrezia das Leben gerettet.« Seine Worte klangen hilflos.

»Schon gut!«, erwiderte Afra. »Holt den Medicus. Ich glaube, Messer Liutprand ist tot.«

Sie hatte kaum ausgeredet, da schlug Liutprand die Augen auf. Glatzköpfig, ohne seinen würdevollen Hut, sah der Zukunftsdeuter erbärmlich aus.

»Mein Gott im Himmel, er lebt!«, rief eine schwache Stimme. Lucrezia war hinzugetreten.

»Er lebt!«, wiederholte der Gesandte.

Liutprands Brustkorb hob und senkte sich in unregelmäßigen, heftigen Bewegungen. Er keuchte und rang mit heftigen Stößen nach Luft.

Aus dem Unterdeck krochen Dottore Madathanus und der Padre hervor. Ungläubig blinzelten beide in das helle Tageslicht. Als sie Liutprand schwer atmend auf den Planken erblickten, beugte sich der Medicus zu ihm herab und legte das Ohr auf seinen Brustkorb, während der Padre, was sollte er anderes tun, die Hände faltete und ein unverständliches Gebet murmelte.

»Nun sagt schon etwas!«, drängte Lucrezia den Medicus.

Der blickte auf und schüttelte bedächtig den Kopf.

Lucrezia drehte sich um und schlug die Hände vors Gesicht. Auf dem Oberdeck verstummte der Lärm. Die Matrosen bildeten einen Kreis um den am Boden liegenden Zukunftsdeuter und gafften.

»Was steht ihr hier herum und glotzt, ihr ungläubiges Gesindel!«, rief der Capitano zornig. »Löscht den Brand im Achterkastell, werft die Toten über Bord, und säubert das Deck. Also an die Arbeit!«

Murrend schlichen die Matrosen davon. Einige ließen Holzscheffel zu Wasser, und nach kurzer Zeit war der Schwelbrand im Achterkastell gelöscht. Im Übrigen hatte die »Ambrosia« kaum Schaden genommen.

Unschlüssig blickte der Medicus auf den Zukunftsdeuter herab. Afra, die seinen Blick auffing, wurde wütend: »Dottore Madathanus, warum tut Ihr nichts?«

Der Dottore hob die Schultern: »Ich fürchte ...«

»Gebt ihm ein Elixier oder eines Eurer Wundermittel! Untätigkeit ist bestimmt die schlechteste Medizin.«

Der Gesandte nickte zustimmend, und Madathanus begab sich nach unten.

Liutprand kämpfte immer heftiger mit dem Luftholen. Dabei wurde er von Krämpfen geschüttelt, was der Padre zum Anlass nahm, Lautstärke und Inbrunst seiner Gebete im selben Maß zu steigern.

Afra kniete noch immer neben dem Zukunftsdeuter. Ganz unerwartet öffnete Liutprand die Augen und warf ihr einen wachen, beinahe listigen Blick zu, und mit einem zaghaften Wink forderte er sie auf, näher zu kommen, so als wolle er ihr etwas ins Ohr flüstern. Bereitwillig kam Afra der Aufforderung nach und beugte sich über den röchelnden Mann.

Liutprand hatte Mühe, Worte zu formen. Das sah man ihm an. Doch dann sagte er langsam, aber so, dass jeder ihn verstehen konnte: »Ich hätte allzu gerne erlebt ... wie eine Frau ... den Pontifex in die Knie zwingt.«

Es waren die letzten Worte des Zukunftsdeuters, der, wie alle seiner Zunft, das Schicksal anderer zu kennen glaubte, während ihm das eigene verborgen blieb.

Als Lucrezia begriff, dass Messer Liutprand tot war, begann sie zu kreischen und wie von Sinnen um sich zu schlagen. Sie rang die Hände zum Himmel und verfluchte die heidnischen Seeräuber und dankte Gott, dass er sie der gerechten Strafe zugeführt habe. Paolo Carriera und der Padre hatten alle Mühe, Donna Lucrezia daran zu hindern, sich in einen der feindlichen Pfeile zu stürzen, die überall auf Deck herumlagen.

Kaum hatte sich Lucrezia halbwegs beruhigt, da begann sie erneut zu lamentieren, weil der Gesandte den Capitano beauftragte, die Leiche des Zukunftsdeuters nach Seemannsbrauch in ein Tuch zu hüllen und ins Meer zu werfen. Erst nachdem der Padre Gott als Zeuge nannte, dass dieser Brauch mit den Gesetzen der Heiligen Mutter Kirche durchaus vereinbar sei und vom Papst ausdrücklich gebilligt werde, gab sie dem Vorhaben ihre Zustimmung.

Also wickelten sie den toten Zukunftsdeuter in ein weißes Sprietsegel, das für diesen Zweck bestens geeignet war. Sicherheitshalber legten sie der Mumie ein Kreuz und zwei Felsbrocken bei, mit denen für gewöhnlich Salzfische und Pökelfleisch in Vorratsfässern beschwert wurden. Und nachdem die Mannschaft Aufstellung genommen und der Padre ein frommes Gebet samt dreimaligem »*Requiescat in pace*« gesprochen hatte, warfen zwei Matrosen Messer Liutprand ins Meer.

Die Beseitigung der Kampfspuren nahm den ganzen Tag in Anspruch. Erst gegen Abend gab Capitano Luca den Befehl, die Segel zu setzen.

Schweigsam verlief die gemeinsame Mahlzeit im Achterkastell, bis schließlich der Gesandte seinen Becher hob und mit würdevoller Stimme sagte: »Lasst uns auf Messer Liutprand trinken, der uns lange Jahre ein treuer Begleiter war.«

»Auf Liutprand!«, wiederholte die Tischgesellschaft wie aus einem Munde.

Lucrezia schüttelte den Kopf: »Ich weiß nicht, wie ich ohne ihn weiterleben soll.« Ihre Worte klangen durchaus glaubhaft. Beinahe zehn Jahre hatte ihr der Zukunftsdeuter jede Entscheidung abgenommen und Fragen beantwortet, für die der Padre keine Lösung parat hatte. Auch wenn der Gesandte seinen Vorhersagen stets misstrauisch begegnet war, so hatte er doch seine Intelligenz und seine Lebenserfahrung zu schätzen gewusst.

»Wir werden einen neuen Zukunftsdeuter finden«, redete Paolo Carriera beruhigend auf Lucrezia ein. »Jeder Mensch ist ersetzbar.«

»Nicht Messer Liutprand!«, beharrte Lucrezia wie ein zorniges Kind. »Er war ein ganz besonderer Mensch.«

Afra nickte beifällig, und der Gesandte nahm das zum Anlass zu der Bemerkung: »Auch auf Euch, Donna Gysela, hat Messer Liutprand besonderen Eindruck gemacht. Irre ich da?«

»Keineswegs.«

»Ich glaube jedoch, dass auch Ihr oder besser Euer Schicksal Messer Liutprand beeindruckt hat. Schließlich galten Euch seine letzten Worte.«

Etwas verlegen blickte Afra in die Runde.

»Was sagte er noch gleich?«, fuhr Paolo Carriera fort. »Wenn ich mich recht entsinne, hätte Liutprand allzu gerne erlebt, wie eine Frau den Papst in die Knie zwingt. Ein denkwürdiger Abschied aus einem Leben. Habt Ihr eine Erklärung dafür?«

Auch Afra gingen Liutprands Worte nicht aus dem Kopf. Auf jeden Fall war er ein Meister seiner Kunst. Sollte seine Aussage wirklich zutreffen, so stand sie zweifellos im Zusammenhang mit dem Pergament. Schon Bruder Dominikus hatte in Straßburg ähnlich dunkle Andeutungen gemacht.

Gedankenverloren entgegnete Afra: »Nein, Messer Paolo, eine Erklärung habe ich dafür nicht. Allerdings möchte ich zu bedenken geben, dass ein Mensch im Angesicht des Todes nicht selten merkwürdige Dinge von sich gibt.«

»Seine Worte waren alles andere als wirr. Fast schien es, als wolle er sich über etwas lustig machen.«

»Über den Papst in Rom?«, fragte der Padre entrüstet und deutete ein kurz geschlagenes Kreuzzeichen an.

Der Gesandte lehnte sich, gestützt auf den Ellenbogen, zum Padre über den Tisch. »Wen würdet Ihr sonst als Pontifex bezeichnen, wenn nicht den römischen Papst?«

Der Padre nickte, ohne zu antworten.

Eine Weile schwiegen alle seltsam berührt vor sich hin. Bis der Gesandte das Schweigen beendete. »Ich glaube«, begann er zögernd, »Donna Lucrezia hat uns allen etwas mitzuteilen.«

Die Frau des Gesandten räusperte sich verlegen, und umständlich begann sie: »Vermutlich habt Ihr alle mitbekommen, und die, denen es bisher verborgen blieb, sollen es jetzt wissen, dass Donna Gysela mir bei dem Überfall das Leben gerettet hat. Ohne ihren Mut würde ich jetzt wie Messer Liutprand in ein Sprietsegel geschnürt auf dem Meeresgrund liegen.« Sie schluckte. »Ihre Tat ist umso bemerkenswerter, als ich mich ihr gegenüber ohne Grund geringschätzig und abweisend verhalten habe.« Sie wandte sich Afra zu. »Ich hoffe, Ihr verzeiht mir.«

»Ihr müsst mich nicht um Verzeihung bitten, Donna Lucrezia. Schließlich war ich es, die in Euer Leben eingedrungen ist. Im Übrigen war meine Hilfe nur ein Gebot christlicher Nächstenliebe.«

Afra fühlte sich unwohl bei diesen Worten. Sie wusste genau, dass sie keineswegs dem Gebot christlicher Nächstenliebe, sondern einem unerklärlichen Automatismus gefolgt war, als sie Lucrezia vor dem todbringenden Pfeil des Seeräubers rettete.

»Wie dem auch sei«, Lucrezia hob abwehrend beide Hände, »Euch verdanke ich mein Leben. Zum Dank sollt Ihr das Kostbarste erhalten, das ich besitze.«

Mit großen Augen verfolgte Afra, wie die Frau des Gesandten einen großen Ring mit funkelnden Steinen vom Finger zog. Es war ein Rubin von fünf Diamanten umgeben. »Dieser Ring hat eine lange Geschichte. Eine Inschrift an seiner Innenseite verspricht dem Träger eine glückliche Zukunft.«

Afra war sprachlos. Sie hatte noch nie ein Schmuckstück besessen. Ein Ring aus Gold mit funkelnden Steinen – nicht ein-

NEUNTES KAPITEL

mal davon zu träumen hätte sie gewagt. Andächtig hielt sie den Ring mit Daumen und Zeigefinger wie einen Schatz.

»Nehmt ihn, er ist Euer!«, bekräftigte Lucrezia.

»Das kann ich nicht annehmen«, stammelte Afra, als sie ihre Sprache wiedergefunden hatte, »wirklich nicht, Donna Lucrezia. Das Geschenk ist viel zu kostbar!«

Lucrezia setzte ein überlegenes Lächeln auf: »Was ist schon kostbar in diesem Leben. Auf jeden Fall ist das Leben kostbarer als Gold und Edelsteine. Nehmt den Ring und haltet ihn in Ehren!«

Wie benommen steckte Afra das Schmuckstück an den Ringfinger ihrer linken Hand. Das Glitzern und Funkeln im Kerzenschein erinnerte sie an ihre Kindheit, wenn ihr Vater ihr Geschichten und Sagen aus einer früheren Zeit erzählt hatte. In ihrer Vorstellung hatten Königinnen und Prinzessinnen solch funkelnde Ringe getragen. Und nun steckte ein solcher Ring an ihrem Finger. Sie war den Tränen nahe.

Das gemeinsame Mahl verlief in gedrückter Stimmung. Die Tatsache, dass einer, mit dem sie noch am Vorabend bei Tisch gesessen hatten, tot war, lag schwer auf jedem Einzelnen. Sogar dem Gesandten, der den Zukunftsdeuter nicht gerade zu seinen Freunden zählte, ging Liutprands Ableben nahe, und er sprach dem Wein in einem Maße zu, das seine Lider schwer werden und seinen Magen rebellieren ließ. Schwerfällig erhob er sich und torkelte rülpsend nach draußen, wo er sich über die Reling beugte und erbrach. Bevor sich alle zu Bett begaben, umarmte Lucrezia Afra und küsste sie auf die Wange.

Die Attacke der Seeräuber hatte sie einen ganzen Tag gekostet, aber an den folgenden Tagen waren die Winde günstig. Und so lief die »Ambrosia« zehn Tage nach ihrer Abreise in Venedig wohlbehalten in ihrem Heimathafen Neapel ein.

Neapel, am Golf zwischen dem Monte Calvario und dem wuchtigen Castel San Elmo gelegen, war eine dicht bevölkerte Stadt, in der die Armut der Fischer und Seefahrer mit dem Prunk der

Geistlichkeit und zahlreicher Kirchen einherging. Neapel war laut, schmutzig und rebellisch, aber seine Lage mit dem stumpfen Kegel eines Vulkans im Hintergrund und dem nach Süden offenen Golf war unvergleichlich. Die Neapolitaner, die es eigentlich gar nicht gab, weil sie sich aus einem bunten Gemisch verschiedener Völker und Rassen zusammensetzten, behaupteten, ihre Stadt könne man nur lieben oder hassen. Eine andere Möglichkeit gebe es nicht.

Der Gesandte und Donna Lucrezia gehörten fraglos zu jenen, welche Neapel liebten. Nach längerer Abwesenheit kehrten sie jedes Mal voller Begeisterung in ihre Stadt zurück. Und das obwohl der Palazzo, in dem sie in Venedig residierten, ihr eigenes Haus an den Hängen des Monte Posillipo an Luxus bei weitem übertraf.

Auch wenn Afra die ehrliche Zuneigung Lucrezias und ihres Gemahls errungen hatte, und obwohl sie im Haus Carrieras über ein eigenes Zimmer mit Blick auf den Golf von Neapel verfügte, gab sie dem Gesandten zu verstehen, dass sie seine Gastfreundschaft nicht länger in Anspruch nehmen wolle. Afra war nicht wohl in ihrer Haut, seit sie unter falschem Namen reiste.

Von sich aus erklärte sich der Gesandte bereit, ihr einen Wagen samt Pferdekutscher zu stellen. Der sollte sie wohlbehalten nach Montecassino und wieder zurück bringen. Doch Afra lehnte ab. Schließlich machte Paolo Carriera Afra einen zweirädrigen Reisewagen und sein bestes Pferd zum Geschenk, und er bestand darauf, dass sie beides annahm und einen Beutel Geld obendrein.

Derart reich beschenkt, machte sich Afra auf den Weg. Zwar war es eine Weile her, seit sie einen Pferdewagen gelenkt hatte, aber der Gaul, ein stämmiger Kaltblüter von friedfertigem Charakter, trabte folgsam am Zügel. Der Gesandte hatte ihr die Appische Straße empfohlen. Sie war gepflastert und breit genug für zwei sich begegnende Wagen.

10 Hinter den Mauern von Montecassino

Am ersten Tag führte Afras Reiseweg durch eine fruchtbare, aber ungesunde Ebene. Myriaden von Mücken bedrängten Pferd und Kutscherin. Die Luft war feucht und stickig. Allerorten stank es nach Fäulnis und Moder. Gegen Abend erreichte sie Capua, ein befestigtes Städtchen in einer Schleife des Volturno, das einst berüchtigt war für seinen Sittenverfall und das seine goldenen Tage schon lange hinter sich gelassen hatte.

In einer Herberge, in der mit Vorliebe Händler und fahrendes Volk abstiegen, fand Afra eine bescheidene Bleibe für die Nacht. Es bedurfte einer gewissen Überredungskunst und eines respektablen Trinkgeldes, um den Wirt, einen verknöcherten Griechen, wie viele Wirte zwischen Neapel und Rom, von seiner vorgefassten Meinung abzubringen, bei einer allein reisenden Frau könne es sich nur um eine *butana* oder, wie man nördlich der Alpen zu sagen pflegte, eine Hübschlerin handeln. Diese Erfahrung war nicht gerade dazu angetan, sie zuversichtlich zu stimmen für die weitere Reise.

Auf dem langen Weg nach Norden überlegte Afra, ob es nicht von Vorteil wäre, sich als Mann zu verkleiden. Schon auf dem Schiff nach Neapel hatte sie mit dieser Idee gespielt. Die Kluft, welche ihr der Capitano in Angst vor den Piraten überlassen hatte, befand sich noch immer in ihrem Gepäck. Natürlich bedurfte es einer nicht unerheblichen Überwindung, sich vorzustellen, für einige Tage, Wochen oder Monate – wer wollte das wissen – in die Rolle eines Mannes zu schlüpfen. Denn sie musste nicht nur die äußere Erscheinung eines Mannes annehmen, sondern auch sein Verhalten. Andererseits, dachte sie, gab es vielleicht gar keine andere Möglichkeit, in das Kloster Montecassino zu gelangen.

In einer kleinen Ortschaft am Fuße des Monte Petrella, wo ein unbefestigter Weg nach Montecassino abzweigte, ließ Afra sich bei einem Dorfbarbier die Haare zu einem Pagenkopf kürzen. Der Barbier sprach eine für Afra unverständliche Sprache. So blieb es ihr aber auch erspart, sich für den angestrebten Männerhaarschnitt zu rechtfertigen.

Der steinige Pfad über die Berge war beschwerlich und zeitraubend und kostete Afra einen Tag mehr, als sie veranschlagt hatte. Um dem Pferd eine Ruhepause zu gönnen und ihre männliche Erscheinung auf die Probe zu stellen, legte sie in San Giorgio, einem Dorf am Liri gelegen, eine letzte Pause zur Nacht ein. Der Liri, ein romantisches unentschlossenes Flüsschen, das oftmals die Richtung ändert, bevor es sich mit dem Garigliano vereinigt, führte kaum Wasser um diese Jahreszeit. Die Tage wurden kürzer. Die Herbergen, in denen zur Frühjahrs- und Sommerzeit, wenn die Wallfahrt zum Grab des heiligen Benedikt aufblühte, kaum ein Nachtlager zu finden war, standen weitgehend leer.

Der Wirt der einzigen Herberge und Taverne im Ort zeigte sich hocherfreut über den unerwarteten Gast und redete Afra in Männerkleidung mit »junger Herr« an. Während die Knechte Pferd und Wagen und ihr Gepäck versorgten, übte sich Afra beim abendlichen Mahl in männlichem Gehabe, rotzte und hustete sich die Lunge aus dem Leib, wie man es von einem hart gesottenen Kutscher nach anstrengender Tagesreise erwarten durfte.

Als sie am nächsten Morgen nach Montecassino aufbrach, konnte sie ziemlich sicher sein, dass kaum jemand an ihrer Männlichkeit zweifelte. Gegen Mittag erreichte sie Cassino, den kleinen, verkommenen Ort, der dem Kloster auf dem angrenzenden Berg seinen Namen gab.

Wie eine trutzige Festung, die schon vielen Kriegen widerstanden hatte, überragte das Mutterkloster des abendländischen Mönchstums auf steilem Bergesrücken das Tal. Vier Stockwerke übereinander getürmt und unzählige Fenster nach allen Seiten, die wie Schießscharten aussahen, ließen die Größe des Gebäudekomplexes und die Zahl seiner Bewohner erahnen. Niemand wusste genau, wie viele Mönche, vor allem aber Gelehrte, Theologen, Historiker, Mathematiker und Bibliothekare sich hinter den maroden Mauern von Montecassino verbargen. Es ging das Gerücht, dass die Mönche untereinander in Fehde lagen. Vor fünfundsechzig Jahren hatte ein Erdbeben große Teile des Klosters in Schutt gelegt. Jahrhunderte zuvor waren Langobarden, Sarazenen und Kaiser Friedrich II. über das Kloster hergefallen. Er hatte die Mönche vertrieben und eine Garnison in das Kloster gelegt.

Am Fuße des Berges, an dem sich ein schmaler Pfad nach oben wand, der kaum Platz für einen entgegenkommenden Wagen bot, wurde Afra von einem Mönch angesprochen: »Gott sei mit Euch, Junker. Wohin des Weges?«

»Zum Kloster des heiligen Benedikt«, entgegnete sie. »Habt Ihr nicht denselben Weg?«

Der junge Mann in der schwarzen Kutte nickte. »Wenn Ihr mich aufsitzen lasst, will ich Euch den Weg gerne zeigen.«

»Dann kommt!«

Der Mönch raffte seine Kutte und kletterte auf den Wagen.

»Gestattet mir die Bemerkung, Junker, wenn Ihr Euer Ziel noch vor Einbruch der Dunkelheit erreichen wollt, solltet Ihr Euch sputen.«

Afra hielt die Hand über die Augen und blinzelte auf den Kamm des Berges.

»Täuscht Euch nicht«, meinte der Benediktiner, »der Weg ist steil und hat viele Windungen. Selbst ein gutes Pferd wie das Eure benötigt drei Stunden, eine Rast nicht mitgerechnet.«

»Und habt Ihr auch eine Unterkunft für die Nacht für mich und mein Pferd?«

»Keine Bange, Junker, vor unserem Kloster gibt es ein Gästehaus für Wallfahrer und Gelehrte, die hier für kurze Zeit ihrer Tätigkeit nachgehen. Was führt Euch auf den Berg des heiligen Benedikt?«

»Bücher, Bruder, Bücher!«

»Dann seid Ihr gar ein Bibliothekar?«

»So etwas Ähnliches.« Afra versuchte gelassen zu bleiben. »Und Ihr? Welchem Beruf geht Ihr hinter den Mauern von Montecassino nach?«

»Ich bin Alchimist.«

»Alchimist? Ein Benediktinermönch als Alchimist?«

»Was ist daran verwunderlich, Junker?«

Afra lachte verschmitzt. »Wenn ich recht informiert bin, zählt Alchimie nicht gerade zu den Wissenschaften, die den Segen der Kirche haben.«

Da hob der Mönch mahnend den Zeigefinger: »Hört zu, Junker, das Kloster Montecassino ist exempt. Das bedeutet, wir sind niemandem verpflichtet außer dem Papst in Rom. Im Übrigen ist die Alchimie eine Wissenschaft wie viele andere. Nicht die Wissenschaft ist verwerflich, sondern der Zweck, den man damit verfolgt. Und der schlechte Ruf unserer Zunft liegt nicht in der Alchimie begründet, sondern in den Alchimisten. Die meisten treiben Schindluder mit geheimnisvollen Formeln und Rezepten, die nichts weiter sind als ein Ergebnis der Rechenkunst oder Naturlehre. Und das hat mit Hexerei wenig zu tun.«

»Da seid Ihr aber einer der wenigen in Eurer Zunft, die das behaupten!«

»Ich weiß. Aber Montecassino war schon immer bekannt für die Aufmüpfigkeit seiner Mönche. Der werdet Ihr sicher auch noch begegnen. Was mich betrifft, so lebe ich streng nach den Regeln des heiligen Benedikt – im Gegensatz zu manch anderen in diesem Kloster. Ich verrichte mit meinen Brüdern im Herrn die Stundengebete, und weite Teile des Neuen Testaments sind mir aus dem Gedächtnis geläufig. Aber wenn Ihr mich als Alchimisten fragt, ob die Wunder, welche Matthäus, Markus, Lukas und Johannes in der Bibel beschreiben, auch wirklich Wunder sind, dann wird Euch die Antwort aus meinem Munde überraschen: Als der Herr auf Erden wandelte, bediente er sich der Methoden der Naturwissenschaft und Alchimie.«

»Jesus, Maria! Ihr meint, Herr Jesus war ein Alchimist?«

»Unsinn. Die Tatsache, dass unser Herr sich der Alchimie bediente, besagt ja nicht, dass er von Berufs wegen ein Alchimist war. Sie ist nur ein Beweis für sein Wissen und seine Intelligenz. Und sich beider Eigenschaften zu bedienen, nimmt ihm nichts von seiner Heiligkeit, im Gegenteil.«

Während Afra den Gaul bergan zügelte, musterte sie den Alchimistenmönch von der Seite. Der Mann mit der scharf rasierten Tonsur war nicht viel älter als sie. Wie alle Mönche hatte er eine rosige Haut, aber wache listige Augen. Im Vergleich zu Rubaldus, dem sie in Ulm begegnet war und der sich und seine Worte mit viel geheimnisvollem Brimborium umgeben hatte, wirkte der Benediktiner offen und mitteilsam, jedenfalls nicht wie ein Zauberer und Hexenmeister.

Der Weg wurde steiniger und steiler und führte durch undurchdringliches Gestrüpp zu beiden Seiten. Eichen, Steineichen und Zypressen kämpften um die besten Plätze auf dem kargen Boden. Sie standen zum Teil so dicht, dass sie den Blick talwärts verwehrten. An einer Wegkehre brachte Afra den Wagen zum Stehen, um dem Pferd eine Ruhepause zu gönnen.

»Ist es noch weit?«, erkundigte sie sich bei dem Mönch.

»Sagte ich 's doch. Der Weg ist weiter, als man denkt. Wir haben noch nicht einmal die Hälfte zurückgelegt.«

»Warum in aller Welt steht Euer Kloster ausgerechnet auf dem höchsten Bergkegel weit und breit, wo es meinem Gaul die Lungen aus dem Leib treibt?« Wie ein hart gesottener Fuhrknecht klatschte Afra mit der flachen Hand auf das Hinterteil ihres Pferdes.

»Das will ich Euch sagen«, erwiderte der Alchimistenmönch. »Der heilige Benedikt wählte jenen friedlichen Ort, um den eitlen Geräuschen dieser Welt zu entgehen.«

Afra nickte und ließ den Blick talwärts schweifen. Der Mönch hatte Recht. Man hörte kaum einen Laut. Nur ab und zu krächzte ein Rabe, der einsam und ohne einen Flügelschlag seine Bahn zog.

»Wahrscheinlich ein Nachfahre der drei zahmen Raben des heiligen Benedikt«, bemerkte der Mönch, während Afra den Gaul zur Weiterfahrt anfeuerte. Und als er Afras ungläubigen Blick sah, meinte er: »Mir scheint, Ihr kennt die Geschichte des heiligen Benedikt nicht.«

»Auch wenn Ihr mich einen Dummerjan nennt, mit Verlaub: nein. Welche Bewandtnis hat es mit dem krächzenden Raben?«

»Gegen Ende des fünften Jahrhunderts nach der Menschwerdung unseres Herrn«, begann der Mönch, »lebte nicht weit von hier entfernt Benedikt von Nursia. Er zog die Einsamkeit einer Berghöhle dem lauten Umgang der Menschen vor. Nur ein Rabe leistete ihm Gesellschaft. Die selbst gewählte Einsamkeit zu ertragen war nicht einfach. Ausschweifenden Bildern zügelloser Frauen begegnete er, indem er sich in Disteln und Dornen wälzte. Schließlich beschloss er, Klöster zu gründen, zwölf an der Zahl. Dort wollte er sich mit Gleichgesinnten dem kontemplativen, aber auch dem aktiven Leben widmen. So geschah es. In einem nahen Ort lebte ein Pfaffe, Florentinus mit Namen. In seiner Haut wähnte man den Teufel. Und der Fortgang der Geschichte gibt der Vermutung Recht: Florentinus schickte Benedikt vergiftetes Brot. Aber der durchschaute seine Absicht auf wundersame Weise und sagte zu seinem Raben, der sich immer in seiner Nähe aufhielt: ›Probier du, ob das Brot genießbar ist.‹ Als der zahme Vogel sich weigerte, befahl Benedikt: ›Bring es auf einen hohen Berg, wohin sich nie ein Mensch verirrt, damit es keinen Schaden anrichten kann.‹ Der Rabe tat, wie ihm geheißen. Als schließlich der Pfaffe in Gestalt des Teufels versuchte, Benedikt und seine Mitbrüder zur Sünde zu verleiten, indem er sieben unkeusche Mädchen in ihren Klostergarten sandte, die ihnen ihre Reize zeigten, da packten Benedikt und seine Anhänger ihre Sachen, um andernorts ein neues Kloster zu gründen. Begleitet wurden sie von dem zahmen Raben, zu dem sich noch zwei weitere gesellten. Und als sich diese auf der Spitze des Montecassino niederließen, beschloss Benedikt, hier an diesem Ort sein neues Kloster zu gründen.«

Eine Weile blieb Afra stumm und dachte nach. Dann meinte sie: »Und daran glaubt Ihr?«

Der Mönch wiegte den Kopf: »Wenn die Geschichte nicht wahr ist, so ist sie gut erfunden. Wem will das schaden?«

»Niemandem. Da habt Ihr Recht. Aber ist Benedikt, zu dem so viele Menschen wallfahrten, wirklich in der Basilika Eures Klosters begraben?«

»Das ist keine Legende«, beteuerte der Alchimistenmönch. »Benedikt und seine Schwester Scholastika fanden auf dem Klosterberg ihre letzte Ruhe. Benedikt soll sogar seinen Tod auf den Tag genau vorhergesagt haben. Es gibt eben doch Dinge, die selbst einen Alchimistenmönch wie mich sprachlos machen. Übrigens – ich bin Bruder Johannes.«

Afra schwieg, während sie auf dem zweirädrigen Wagen kräftig durchgeschüttelt wurden. Schließlich erwiderte sie, weil der Name ihr von irgendwoher geläufig war: »Elia, mein Name ist Elia.«

Der Mönch blickte nachdenklich geradeaus. Dann sagte er mit ernstem Gesicht: »Man könnte Euch in der Tat für eine Reinkarnation des Propheten Elias halten, der auf einem feurigen Wagen zum Himmel gefahren ist. So steht es im Buch der Könige.«

»Mich?«, rief Afra erstaunt und zog, ohne es zu wollen, die Zügel fest an sich. Der Gaul, der bisher stoisch seines Weges getrottet war, begann bergauf zu traben. Afra und Bruder Johannes hatten Mühe, sich auf der Sitzbank festzuklammern. Das Pferd war nicht zu bremsen. Schnaubend und stampfend trabte der Gaul voran bis zu einem freien Platz unterhalb der Klosteranlage, wo er ohne besonderes Kommando stehen blieb und sich schüttelte, als wolle er sich des Geschirrs entledigen.

Bleich wie ein Leintuch sprang Bruder Johannes vom Wagen. Er brachte kein Wort hervor. Auch Afra war froh, dass sie unbeschadet ihr Ziel erreicht hatten.

Am Zügel führte sie das Pferd zu einem einstöckigen Gebäude, das sich an die Westseite der Klostermauer schmiegte.

Die Pilgerherberge bot Platz für mehr als hundert Wallfahrer, eine Suppenküche, Ställe für die Pferde und eine Remise für die Wagen. Doch um diese Jahreszeit lag sie wie ausgestorben. In den Stallungen warteten zwei Ochsen und ein paar dürre Maultiere auf Futter. Ein Fuhrwerk und ein paar klapprige Karren war das karge Inventar der Remisen. Im Übrigen sah man keine Menschenseele.

»Wie lang wollt Ihr bleiben, Junker?«, fragte Bruder Johannes, der Afra bei der Unterbringung behilflich war.

»Das wird sich zeigen«, erwiderte Afra. »Mal sehen, wie ich mit meiner Arbeit vorankomme.«

»Wenn Ihr wollt«, bemerkte der Alchimistenmönch etwas verlegen, »bringe ich Euch zu Bruder Athanasius, dem Herbergsvater. Er wird sich um Euch kümmern und Sorge tragen, dass es Eurem Pferd an nichts mangelt.«

Afra nahm dankend an. Und während sie sich dem Eingang der Herberge näherten, warf Afra einen Blick nach oben. Aus der Nähe sah das Kloster des heiligen Benedikt noch wuchtiger, noch uneinnehmbarer und noch abweisender aus, als man vom Tal aus vermuten konnte. Doch aus der Nähe wurden auch die Schäden an den Mauern sichtbar und offene Fensterhöhlen, durch die der Wind pfiff. Stellenweise war das Kloster eine Ruine. Es dämmerte bereits, und das sinkende Licht und die entrückte Stille gaben dem Ganzen etwas Unheimliches.

Und hier leben Mönche nach den Ordensregeln des heiligen Benedikt?, wollte Afra fragen. Aber Bruder Johannes, der Afras Gedanken im Anblick der Ruinenfestung zu erraten schien, kam ihr zuvor und sagte: »Ich will es Euch nicht verheimlichen – über dem Kloster von Montecassino schweben dunkle Schatten. Und das meine ich nicht nur bildhaft. Nicht nur die Gebäude sind marode, auch die Menschen, die sie bevölkern, sind gebrochen und krank. Die meisten jedenfalls.«

Es schien, als erschrak Bruder Johannes vor seinen eigenen Worten, denn er hielt die Hand vor den Mund und verstummte plötzlich.

Auch Afra zeigte sich beunruhigt. »Wie soll ich das verstehen, Bruder Johannes?«, fragte sie.

Der Mönch machte eine abweisende Handbewegung: »Ich hätte wohl besser geschwiegen. Aber früher oder später würdet Ihr ohnehin darauf kommen, was sich hinter den Mauern von Montecassino abspielt. Noch keinem, der sich länger als zwei Tage hier aufhielt, blieb dies verborgen.«

Natürlich machten die Worte des Alchimistenmönchs Afra neugierig. Aber sie war müde und hatte obendrein Zeit genug, an den folgenden Tagen die Lage zu erkunden.

Am Eingang des Pilgerheims trat ihnen ein feister Mönch entgegen. Er war weiß gekleidet und hatte eine bodenlange Schürze umgebunden. Bruder Johannes stellte ihm Junker Elia vor, der für ein paar Tage seine Gastfreundschaft in Anspruch nehmen wolle.

»Wenn es Euch recht ist«, meinte Bruder Johannes an Afra gewandt, »dann hole ich Euch morgen nach der Terz ab und mache Euch mit dem Bruder Bibliothekar bekannt.«

Den Vorschlag des Alchimisten fand Afra eher aufdringlich. Trotz oder gerade wegen ihrer Verkleidung war sie selbstbewusst genug, sie brauchte niemanden, der ihr seine Hilfe andiente. Aber nach kurzem Nachdenken entschloss sie sich, das Angebot von Bruder Johannes anzunehmen. Vielleicht meinte er es wirklich nur gut, vielleicht war sie durch die Erlebnisse der letzten Wochen einfach zu misstrauisch geworden.

Der Herbergswirt Bruder Athanasius war der einzige Benediktiner, der außerhalb der Klostermauern nächtigte. Für die übrigen schloss sich das schwere Eisentor nach der Vesper und wurde erst zur Prim wieder geöffnet. Athanasius hatte ein breites, rundes Gesicht wie ein Feuerball, und dieser Eindruck wurde noch verstärkt durch seine roten Haare, welche ähnlich wie die von Afra geschnitten waren.

Was den Benediktiner jedoch von den meisten anderen Mönchen unterschied, war die Fröhlichkeit. Als Afra ihn gleich zu Beginn darauf ansprach, meinte der Mönch: »Auch wenn weder im Alten noch im Neuen Testament von einem einzigen Lacher die Rede ist, so steht nirgends geschrieben, dass Lachen und Fröhlichkeit auf Erden verboten sind. Ich kann mir auch nicht vorstellen, dass Gott der Herr das Lachen erfunden hat, um es dann zu verbieten.«

Nachdem sie ein frugales Mahl zu sich genommen hatte, ein seltsames Pilzgericht mit fingerdicken Teigwürsten, kredenzte ihr Bruder Athanasius einen Becher roten Weins, von den feurigen Hängen des Vesuv – wie der Herbergswirt mit einem Augenzwinkern beteuerte.

Und weil sich, inzwischen war es Abend geworden, nur noch ein einziger Gast in der Wirtsstube aufhielt, nahm Bruder Athanasius am langen Tischende neben Afra Platz und begann unaufgefordert zu plaudern. Unerwartet, aber ohne Hintergedanken stellte er Afra die Frage: »Woher kommt Ihr, Junker Elia?«

Afra sah keinen Grund, ihre Herkunft zu verschweigen. Sie war schon zur Genüge in Lügen verstrickt. Deshalb antwortete sie: »In Straßburg bin ich zu Hause. Das liegt nördlich der Alpen.«

»Ach«, antwortete der feiste Benediktiner keck.

»Ihr kennt Straßburg?«

»Nur dem Namen nach. Weiter als bis Rom bin ich noch nicht gekommen. Nein, aber vor ein paar Tagen hatte ich schon einmal einen Junker aus Straßburg zu Gast. Er war Kaufmann und hatte es sehr eilig.«

Nur mit Mühe vermochte Afra ihre Aufregung zu verbergen. Dabei geriet ihre Stimme, die sie, damit niemand an ihrer Männlichkeit zweifelte, beim Sprechen absenkte, plötzlich unerwartet hoch: »Erinnert Ihr Euch an seinen Namen?«

Dem Wein, dem Bruder Athanasius kräftig zusprach, war es zu verdanken, dass der Mönch keinen Verdacht schöpfte. Unbefangen antwortete er: »Nein, seinen Namen habe ich vergessen. Ich weiß nur, dass er im Kloster etwas ablieferte und weiter zur Handelsmesse in Messina wollte. Kaufleute haben es ja immer eilig.«

»Hieß er vielleicht Melbrüge, Gereon Melbrüge?« Afra sah Bruder Athanasius erwartungsvoll an.

Da schlug der Mönch mit der Faust auf den Tisch und hob anschließend den Zeigefinger, als habe er soeben den pythagoreischen Lehrsatz erfunden. »Beim seligen Ende des heiligen Benedikt, Melbrüge, so hieß er!«

»Wann war das?«, bohrte Afra weiter.

Der feiste Benediktiner verzog das Gesicht, um sein Erinnerungsvermögen zu steigern. »Das muss vor einer knappen Woche gewesen sein, vor fünf, sechs Tagen. Habt Ihr etwa ein Treffen mit ihm vereinbart?«

»Nein, nein«, wiegelte Afra ab und begann laut zu gähnen. »Ich bin hundemüde. Wenn Ihr gestattet, werde ich mich zur Ruhe begeben.«

»Gott segne Euch!«

Afra war froh und erleichtert, als sie ihre Männerkleidung ablegte. Das Mannsein war ihr im Innersten zuwider, schließlich war sie eine Frau, und sie war es gerne. Bruder Athanasius hatte ihr eine Kammer für sich allein zugewiesen, und als hätte er geahnt, dass sie etwas zu verbergen hatte, war es eine Kammer, deren Tür man mit einem Riegel verschließen konnte.

Nach dem Gespräch mit dem Herbergsvater konnte sie davon ausgehen, dass sie dem Pergament ganz nahe war. Jetzt galt es, das geheimnisvolle Dokument ohne Aufsehen an sich zu bringen.

Lange hatte Afra nicht mehr so gut und fest geschlafen. Unter falschem Namen und als Mann verkleidet konnte sie sich sicher fühlen. Als vom Kloster die Morgenglocke zur Prim schallte, war Afra bereits wach. Es war noch dunkel um diese Zeit und obendrein kalt, deshalb zog sie sich noch einmal die muffige Decke über den Kopf und döste vor sich hin.

In Gedanken hatte sie das Pergament längst an sich gebracht, und sie befand sich schon zu Hause jenseits der Alpen. Aber wo war ihr Zuhause? Nach Straßburg konnte sie nicht zurück. Wer weiß, ob Ulrich von Ensingen überhaupt noch lebte. In Ulm musste sie befürchten, als Anstifterin zum Mord an des Dombaumeisters Frau, vielleicht sogar als Hexe verurteilt zu werden. Nein, Afra musste ein ganz neues Leben beginnen, irgendwo an einem fremden Ort, wo das Schicksal ihr günstigere Voraussetzungen bot. Sie wusste nicht, wo das sein würde. Nur so viel wusste sie: Das Pergament musste ihr dabei behilflich sein.

Vor Aufregung zitterte sie am ganzen Körper, wenn sie daran dachte, was mit den Büchern, die Gereon Melbrüge von Straßburg nach Montecassino transportieren sollte, alles geschehen sein konnte. Aus eigener Erfahrung kannte sie die Gefahren einer langen Reise. Schließlich hielt sie es nicht länger unter ihrer Decke. Sie stand auf und schlüpfte in ihre Männerkleider – ihre Brüste verbarg sie unter einem Tuch, das sie sich um den Leib wickelte.

Wenig später kam Bruder Johannes in die Herberge, um Afra abzuholen. Er hatte Laudes und Prim bereits hinter sich und schien guten Mutes. Die Sonne schickte von Osten die ersten Strahlen durch den Herbstnebel. Es roch nach feuchtem Laub.

»Manches wird Euch vielleicht etwas merkwürdig vorkommen«, bemerkte der Alchimistenmönch auf dem Weg zur Klosterpforte. Zum Schutz vor der Kälte hielt er die Hände in den Ärmeln seiner Kutte verborgen.

»Das sagtet Ihr bereits gestern, Bruder Johannes!«

Der Mönch nickte. »Ich kann Euch auch nicht die ganze Wahrheit sagen. Ihr würdet sie ohnehin nicht begreifen. Nur so viel: Nicht in jeder Kutte, der ihr im Kloster des heiligen Benedikt begegnen werdet, steckt ein Mönch. Und nicht jeder, der sich den Anschein der Gottgefälligkeit gibt, gefällt unserem Herrn und Gott tatsächlich.«

Die kryptischen Worte des Alchimisten machten Afra zornig: »Dann seid Ihr also gar kein Benediktiner?«

»Beim heiligen Benedikt und seiner tugendhaften Schwester Scholastika, ich bin es, so wahr mir Gott helfe!«

»Dann verstehe ich Eure Rede nicht, Bruder Johannes.«

»Das sollt Ihr auch nicht, Junker Elia, noch nicht.«
»Könnt Ihr nicht etwas deutlicher werden?«

Der Alchimistenmönch zog die rechte Hand aus dem Ärmel und legte den Finger auf die Lippen, denn sie näherten sich der Klosterpforte. Afra wunderte sich: Die Pforte hatte zwei Eingänge. Einer führte nach links, der andere nach rechts. Aber während die rechte Türe offen stand, war die linke verschlossen. Bruder Johannes wies Afra den Weg nach rechts.

Vorbei an einem kahl geschorenen Pförtner, der mit kritischem Blick aus einem Rundbogenfenster hervorlugte, schritt Bruder Johannes einen offenen Kreuzgang entlang. Dessen ursprüngliche Bestimmung konnte man nur noch ahnen. Säulen und Gewölbe waren zum großen Teil zerstört. Steinquader lagen, für eine spätere Verwendung, aufgeschichtet.

Am Ende, wo der Kreuzgang im rechten Winkel die Richtung änderte, führte eine schmalbrüstige Türe zu einer gewundenen Treppe. Mehrmals sich um die eigene Achse drehend, gelangten sie in das darüber liegende und schließlich in ein weiteres Stockwerk, von wo man einen Blick in das Innere des Klosterhofs werfen konnte. Dabei fiel Afra ein unüberwindbares Mauerwerk auf, welches ein Mäandermuster beschreibend wie der gleichnamige Fluss in Kleinasien den Gebäudekomplex in zwei Hälften teilte.

Noch bevor sie fragen konnte, welche Bedeutung dieser Teilung zukam, fasste Bruder Johannes sie am Arm und drängte sie weiter, als sei besondere Eile geboten. Afra fror. Aber sie fror nicht wegen der herbstlich kühlen Morgenluft – das allseits marode Gestein der Klosterruine ließ sie erschauern, ja es verursachte in ihr eine seltsame Unruhe. Anders als die großen Dome nördlich der Alpen, deren himmelstrebende Architektur sogar das Herz eines Ungläubigen zum Klingen brachte, wirkte das heruntergekommene Kloster Montecassino eher beklemmend und angsteinflößend.

Schnellen Schrittes und schweigend gelangten sie schließlich zum Eingang der Bibliothek. Der steinerne Türbalken über dem schwarzen Portal trug die Inschrift SAPERE AUDE. Als der Mönch Afras fragenden Blick bemerkte, erklärte er: »Wage es, weise zu sein. Einer der klügsten Sätze des römischen Dichters Horaz.«

Auf dreimaliges Klopfen öffnete ein bärtiger, verhärmt wirkender Bibliothekar, der die Besucher kurz musterte und hastig und ohne ein Wort wieder im Modergeruch unüberschaubarer Bücherwände verschwand.

»Bruder Maurus!«, raunte der Alchimistenmönch Afra zu. »Er ist etwas seltsam – wie alle, die ihr Leben zwischen Buchseiten verbringen.«

Gemeinsam machten sie sich auf die Suche nach dem Bruder Bibliothekar, der so plötzlich zwischen seinen Büchern verschwunden war.

»Bruder Maurus!«, rief der Alchimist im Flüsterton, als befürchte er, seine laute Stimme könnte die Bücherwände zum Einsturz bringen. »Bruder Maurus!«

Nach einer Weile näherten sich aus dem Hintergrund Schritte, und der Bibliothekar trat wie eine überirdische Erscheinung mürrisch aus dem Labyrinth seiner Bücher hervor. Bei seinem Anblick stellte Afra sich unwillkürlich die Frage, warum Bibliothekare immer alt und verhärmt sein mussten. Ihr Vater hatte stets das Gegenteil behauptet: Bücher hielten jung und machten glücklich, hatte er gesagt und ihr allein deshalb Lesen und Schreiben beigebracht.

»Ich heiße Elia, und mein Vater war Bibliothekar beim Grafen von Württemberg«, stellte sich Afra vor. Sie hatte erwartet, dass Bruder Maurus ihr ebenso verdrießlich begegnen würde wie zuvor dem Alchimistenmönch, aber zu ihrem Erstaunen erhellten sich seine Züge, ja mit etwas Phantasie konnte man sogar ein Lächeln erkennen, als er mit heiserer Stimme sagte: »Ich erinnere mich wohl an den Bibliothekar des Grafen von Württemberg! Ein großer, stattlicher Mann von erlesener Bildung in des Wortes wahrer Bedeutung.« Er stockte und warf Bruder Johannes einen unwilligen Blick zu. Man konnte mei-

ZEHNTES KAPITEL

nen, er hätte etwas gegen den Alchimisten, und so war es auch.

Bruder Johannes verabschiedete sich ohne Umschweife, und im Gehen meinte er an Afra gewandt: »Wenn Ihr meine Hilfe braucht, Ihr findet mich in meinem Laboratorium im Kellergewölbe im Gebäudetrakt gegenüber!«

Kaum war die schwere Eichentüre hinter dem Mitbruder ins Schloss gefallen, giftete der Bibliothekar: »Auch wenn es dem Gebot christlicher Nächstenliebe widerspricht, ich mag ihn nicht, ich kann ihn nicht ausstehen. Er ist falsch wie die Schlange des Bösen, und seine Wissenschaft ist der Ursprung aller Gottlosigkeit auf Erden. Wie seid Ihr überhaupt an ihn geraten, Junker Elia – so war doch Euer Name?«

»Ganz recht, so heiße ich. Und Bruder Johannes traf ich zufällig auf dem Weg nach Montecassino.«

Da schien es Afra, als durchbohre sie der Bibliothekar mit seinen Blicken. Mit zusammengekniffenen Augen musterte er sein Gegenüber langsam vom Scheitel bis zur Sohle, dass ihr Bedenken kamen, ob sie sich in ihrer Verkleidung verdächtig gemacht habe.

»Junker Elia«, wiederholte Bruder Maurus nachdenklich, als erinnerte ihn der Name an irgendetwas. »Und wie geht es Eurem Vater?«, fragte er plötzlich, »er ist wohl auch nicht mehr der Jüngste?«

»Mein Vater ist lange tot. Er starb bei einem Sturz vom Pferd.«

»Gott schenke seiner armen Seele ewigen Frieden.« Nach einer Pause des Nachdenkens fuhr er fort: »Und nun habt wohl Ihr seine Aufgabe übernommen, Junker?«

Nachdem Bruder Maurus ihr die Antwort nahezu in den Mund legte, entschied sich Afra von einem Augenblick auf den anderen, ihre ursprünglichen Pläne zu ändern.

»Ja«, stimmte sie dem bärtigen Benediktiner zu, »ich bin ebenfalls Bibliothekar, zwar noch jung an Jahren und ohne die Erfahrung, die für eine so bedeutsame Aufgabe vonnöten wäre.

Aber wie Ihr wisst, ist Euer Beruf ohnehin nicht zu studieren wie die Theologie, die Heilkunde oder Mathematik. Nur die Erfahrung und der langjährige Umgang mit Büchern machen aus dem Unkundigen einen kundigen Bibliothekar. Das jedenfalls war die Ansicht meines Vaters.«

»Kluge Worte, Junker Elia! Und nun wollt Ihr hier Eure Kenntnisse vervollkommnen.«

»So ist es, Bruder Bibliothekar. Mein Vater sprach oft von Euch und lobte Euer Fachwissen. Er meinte, wenn es einen Mann gebe, der selbst ihm noch etwas beibringen könnte, dann sei das Bruder Maurus vom Kloster Montecassino.«

Da brach der Alte in hämisches Gelächter aus. Er krächzte laut und künstlich, dass er sich ein paar Mal verschluckte. Und als er sich endlich beruhigt hatte, rief er mit heiserer Stimme: »Pharisäer! Ein Pharisäer seid Ihr, Junker Elia! Wollt mir Honig ums Maul schmieren, um irgendeines Vorteils willen. Nie und nimmer hat Euer Vater so über mich geredet. Er war ein Schlitzohr, wenn auch ein sehr gescheites. Er hat mir für ein paar lumpige Dukaten eine Wagenladung Bücher abgetrotzt, von denen er behauptete, sie seien von minderem Wert oder doppelt und dreifach in unseren Regalen vorhanden. Ich glaubte ihm und überließ ihm die Auswahl. Das Kloster war nach dem Erdbeben froh um jeden Dukaten. Nicht nur die Mönchszellen, auch die größte Büchersammlung der Christenheit waren sommers wie winters den Unbilden des Wetters ausgesetzt, weil das Dach eingestürzt war. Mehr als ein Mal mussten wir den Schnee von unseren jahrhundertealten Folianten kehren. Abt Alexius gab Order, Bücher zu verkaufen, so sie nicht unabdingbar seien für das Klosterleben. Nicht ganz zu Unrecht meinte Alexius, wem nütze ein Hort des Weltwissens, der von Schimmel und Nässe zerfressen werde, bis nur noch die Einbände zurückblieben. Und so kamen Eurem Vater die Umstände des Schicksals und meine eigene Unerfahrenheit zugute. Erst Jahre später, als in der Bibliothek wieder Ordnung einzog, wurde mir anhand der Bücherverzeichnisse klar, dass Euer Vater sich der besten Stücke aus unserem Bestand bedient hatte. Ich kann mir also schwer vorstellen, dass er sich anerkennend über meine Fähigkeiten geäußert hat.«

»Glaubt mir, es ist die Wahrheit!«

Bruder Maurus hob beide Hände, als wolle er sagen: Schon gut, hört auf zu flunkern.

Die laute Rede des Bibliothekars lockte eine Reihe weiterer Mönche an, welche in dem weit verzweigten Bücherlabyrinth ihrer Arbeit als Archivare, Schreiber, Rubrikeure und Buchträger nachgingen. Nur aus der Ferne machte Afra mit ihnen Bekanntschaft. Wohin sie ihren Blick auch wandte, verschwanden neugierige Köpfe hurtig hinter Bücherwänden wie Füchse in ihrem Bau.

Schließlich nahm Afra die Unterhaltung wieder auf: »Mit Eurer gütigen Erlaubnis würde ich gerne ein paar Tage bei Euch verbringen, um Buchtitel zu notieren, die als Abschrift unserer Bibliothek von Nutzen sein könnten, und um aus der Archivierung und Katalogisierung Eurer Bibliothek zu lernen. Ich bitte Euch, schlagt mir den Wunsch nicht ab. Ihr werdet meine Anwesenheit gar nicht bemerken!«

Als hätte er auf einen bitteren Nusskern gebissen, verzog der bärtige Mönch sein Gesicht zu einer Fratze. Es war nicht schwer, daraus seine Antwort abzulesen.

»Oder sollte ich besser bei Eurem Abt vorstellig werden?«, setzte Afra nach.

Unwillig schüttelte Bruder Maurus den Kopf: »Es gibt keinen Abt auf Montecassino. Offiziell gibt es nicht einmal mehr Benediktinermönche auf dem heiligen Berg. Jedenfalls fühlt sich niemand für uns zuständig, keine kirchliche und keine weltliche Macht. Wir sind gerade mal ein paar Dutzend Mönche, die noch die Stellung halten. Eine Schande für das christliche Abendland.«

Aus Furcht, der Bibliothekar könnte ihr Ansinnen ablehnen, machte Afra den Vorschlag: »Ich könnte, wenn Euch meine Anwesenheit stört, mich auch nachts in der Bibliothek aufhalten ...«

»Nein, das auf keinen Fall!«, unterbrach sie Bruder Maurus. »Mit dem Beginn der Komplet wird die Bibliothek geschlossen und ist für niemanden mehr zugänglich, für niemanden!«

Afra wusste die heftige Reaktion des Bibliothekars nicht zu deuten, und sie wagte nicht, ihre Bitte zu wiederholen.

Umso mehr versetzte sie die plötzliche Antwort des bärtigen Benediktiners in Erstaunen, der mürrisch und mit deutlichem Widerwillen verkündete: »Also gut, Ihr könnt bleiben, Junker Elia. Um Christi und der Bücher willen. Habt Ihr überhaupt eine Bleibe?«

»O ja«, antwortete Afra freudig erregt, »ich bin vortrefflich bei Bruder Athanasius in der Pilgerherberge untergebracht. Habt Dank!«

Während des ersten Tages in der Bibliothek ging Afra nur scheinbar einer nicht näher zu bestimmenden Arbeit nach. Zum Schein notierte sie Buchtitel und Werke ihr unbekannter Autoren. Dabei entging ihr nicht, dass sie unter ständiger Beobachtung stand.

Ihr eigentliches Interesse galt allerdings einem dicken, in braunes Kalbsleder gebundenen Buch mit dem Titel »Compendium theologicae veritatis«. Aber je mehr sie nach diesem Buch Ausschau hielt, desto mehr in braunes Kalbsleder gebundene Bücher tauchten vor ihren Augen auf. Hinzu kam, dass ihr die Größe des Buches nicht mehr geläufig war. Sie glaubte, sich an eine Größe zu erinnern, die in etwa der Spanne ihres Ellenbogens entsprach. Überhaupt hatte sie bisher geglaubt, es gäbe nur große und kleine Bücher. Nun musste sie erfahren, dass es Bücher in vielen Größen gab, welche so seltsame Namen wie Folio, Quart, Oktav und Duodez trugen. Das machte die Suche nicht gerade einfacher.

Gegen Ende des ersten Tages war Afra ratlos und niedergeschlagen. Was sie sich so einfach vorgestellt hatte, erwies sich als nahezu aussichtslos. Die Bücherregale reichten über zwei Stockwerke bis unter das Dach, und es bedurfte einer Leiter, um an die obersten heranzukommen. Dort pfiff der Herbstwind durch die Ziegel. Die Luft war feucht und klamm.

Natürlich hätte sie Bruder Maurus nach dem »Compendium theologicae veritatis« fragen können, aber das schien ihr zu gefährlich. Sie hatte den Eindruck gewonnen, dass der alte Bibliothekar ahnte, dass sie nach etwas ganz Bestimmtem suchte. Das Misstrauen, mit dem ihr Maurus und die übrigen Mönche in der Bibliothek begegneten, ließ jedenfalls keinen anderen Schluss zu.

Und hätte es noch eines Beweises bedurft für ihre Annahme, so stellte sich dieser von selbst ein, als der Bruder Bibliothekar gegen Abend eine Glocke läutete zum Zeichen, dass die Bibliothek geschlossen werde.

Eher beiläufig, sodass der Bibliothekar keinen Verdacht schöpfen konnte, fragte Afra, ob ein rheinischer Kaufmann namens Melbrüge in den letzten Tagen Bücher abgeliefert habe, Kopien, die im Straßburger Dominikanerkloster angefertigt worden seien.

»Wie, sagtet Ihr, war sein Name?«

»Melbrüge aus Straßburg.«

»Nie gehört. Warum fragt Ihr, Junker Elia?« Die Augen des Mönches flackerten.

»Ach«, beeilte sich Afra zu sagen, »wir begegneten uns im Salzburgischen, und er sagte, er habe unter anderem ein Fass Bücher geladen, das für das Kloster Montecassino bestimmt sei.«

»Nein«, beteuerte der Bibliothekar, »einen Melbrüge kenne ich nicht, und zu den Dominikanern in Straßburg habe ich keine Verbindung.«

Damit gab sich Afra scheinbar zufrieden, und sie verabschiedete sich. Durch ihren Kopf aber schossen hundert Gedanken.

Warum in aller Welt leugnete Bruder Maurus den Besuch Gereon Melbrüges? Der feiste Bruder Athanasius hatte ihr, als der rote Wein von den Hängen des Vesuvs am Vorabend seine Zunge löste, Melbrüges Anwesenheit bestätigt. Er wusste auch, dass er im Kloster etwas abgeliefert habe. Welchen Grund gab es also, den Vorgang zu verheimlichen? Hatte sie nach der Ankunft in Neapel einen Fehler gemacht, einen Fehler, der ihre Verfolger erneut auf ihre Fährte setzte? War sie der plötzlichen Zuneigung, mit der sie der venezianische Gesandte und seine Frau Lucrezia überschütteten, zu arglos begegnet? War alles ein abgekartetes Spiel? Schwer vorstellbar in Anbetracht des kostbaren Ringes, den Donna Lucrezia ihr zum Geschenk gemacht hatte und den sie seither an einer Lederschnur auf der Brust trug.

Es war schon beinahe dunkel, als Afra den endlosen Gang im Obergeschoss entlangschlich. Bruder Maurus hatte sie ohne Laterne entlassen, was heißt entlassen, sie fühlte sich von ihm aus der Bibliothek gedrängt. Nicht, dass er handgreiflich geworden wäre, aber man kann einen Menschen auch mit deutlichen Gesten nötigen, einen Raum zu verlassen.

Über die steinerne Wendeltreppe, welche notdürftig in ihren ursprünglichen Zustand versetzt, aber immer noch gefährlich zu begehen war, gelangte Afra zum Kreuzgang im Erdgeschoss und schließlich zur Klosterpforte. Doch das Tor war verschlossen, und die Zelle des kahlen Pförtners war leer.

Sie kam zu spät. Aus der Basilika schallte zur Komplet der Mönche eine Litanei. Nun sind Litaneien ohnehin weit davon entfernt, die Freuden irdischen Daseins zu preisen, aber hier klang der wechselseitige Sprechgesang so unheimlich wie das Wehklagen der Verdammten in der Unterwelt.

Die Vorstellung, die Nacht im Kloster verbringen zu müssen, löste bei Afra Bestürzung aus. Der Einzige, der ihr aus ihrer Misere helfen konnte, war Bruder Johannes. Also begab sie sich zum Gebäudetrakt gegenüber und suchte nach einem Zugang zum Kellergeschoss. Das war leichter gesagt als getan, denn der Gebäudekomplex, der schon von außen wie eine gewaltige Festung wirkte, war im Innern noch viel größer. Verstärkt wurde der Eindruck durch die unregelmäßigen Zerstörungen und Wiederaufbauarbeiten, welche dem Ganzen das Aussehen eines Labyrinths verliehen.

Gut ein Dutzend Türen öffnete Afra auf der Suche nach einem Abgang ins Kellergewölbe, meist verlassene, finstere Räume, aus denen ihr eklige Gerüche entgegenschlugen. Es waren in der Hauptsache Abstellräume mit Fässern und Bottichen und alten Gerätschaften, auch eine Schnitzwerkstatt war darunter. Bestialischer Gestank drang aus einem Gewölbe, das den Mönchen zur Verrichtung der Notdurft diente, aber nur aus einem Balken und neun im Boden eingelassenen Löchern bestand, welche geradewegs ins Freie führten. An der Wand hing eine brennende Laterne, die einzige Lichtquelle, die ihr bisher begegnet war.

Afra nahm sie an sich und erreichte so einen Treppenaufgang, der zunächst ein Stück nach oben führte, zu einem Absatz, von wo es rechter Hand zum ersten Stockwerk ging, während linker Hand eine Treppe ins Kellergeschoss führte, in einen Saal mit niedrigen, wuchtigen Säulen wie die Krypta eines Domes nördlich der Alpen. Die gedrungenen Säulen trugen ein niederes Kreuzgratgewölbe, das bei dem Erdbeben keinen Schaden genommen hatte. Im Lichtschein ihrer Laterne warfen die Säulen breite Schatten auf den gepflasterten Boden.

»Wer da?«, vernahm Afra hinter sich eine Stimme. Sie wandte sich um.

Aus dem Schatten trat ihr Bruder Johannes entgegen. »Ach Ihr seid es, Junker Elia!«

»Das Tor der Pforte ist verschlossen, und der Bruder Pförtner ist wohl bei der Komplet. Ich habe mich zu lange in der Bibliothek aufgehalten.«

»Das mag wohl so sein. Wart Ihr wenigstens erfolgreich?«

»Was heißt erfolgreich. Ich bin auf der Suche nach seltenen Büchern, die für die Bibliothek des Grafen von Württemberg kopiert werden könnten.«

»Und wurdet Ihr fündig, Junker Elia?«

»Durchaus. Allerdings weiß ich jetzt nicht, wie ich in mein Nachtquartier kommen soll. Könnt Ihr mir helfen, Bruder Johannes?«

Der Mönch nickte verständnisvoll. »Lasst erst einmal die Komplet vorübergehen. Ich sehe, Ihr fröstelt. Kommt!«

Am rückwärtigen Ende des Säulensaales führte ein niedriger Zugang zum Laboratorium des Alchimisten.

»Kopf einziehen!«, mahnte Bruder Johannes und legte beide Hände auf Afras Schultern.

Mit einer tiefen Verbeugung betraten beide den Raum, und als Afra sich wieder aufrichtete, fragte sie erstaunt: »Warum in aller Welt ist der Eingang in Euer Reich so niedrig gehalten?«

»Warum wohl?« Der Alchimistenmönch schmunzelte. »Damit jeder, der diesen Raum betritt, sich vor den Errungenschaften der Alchimie verneigen muss.«

»Das ist wohl gelungen!«, rief Afra und sah sich im Laboratorium näher um. Sie hatte noch immer die Klause des Alchimisten Rubaldus vor den Toren von Ulm in Erinnerung. Gegenüber all dem Brimborium, mit dem sich Rubaldus umgeben hatte, wirkte das Laboratorium von Bruder Johannes eher nüchtern. Es war spartanisch eingerichtet, aber die zahllosen beschrifteten Wandschränke, Türen und Schubladen, vor allem aber die überquellenden Bücherregale ließen darauf schließen, dass der Benediktiner mit weit höherem Aufwand arbeitete als Rubaldus.

Ein schmaler, beinahe mannshoher Spiegel auf einem hölzernen Stativ erregte ihr besonderes Interesse. Sie trat davor und musterte sich nicht ohne Wohlgefallen. Es war das erste Mal, dass sie sich in voller Größe und noch dazu in Männerkleidern erblickte.

Auf einem sechseckigen Tisch in der Mitte des fensterlosen Raumes stand ein gläserner Bottich, eine Elle im Quadrat. Er war zu zwei Dritteln mit Wasser gefüllt, und auf dem Grund schwamm ein klobiges Etwas. Daneben lag aufgeschlagen eine Bibel.

Als Bruder Johannes Afras neugierigen Blick bemerkte, meinte er nicht ohne Stolz in der Stimme: »Ein Versuch, die biblischen Wunder unseres Herrn Jesu Christi mit den Kenntnissen der alchimistischen Wissenschaft nachzuvollziehen. Ihr versteht, was ich meine?«

»Kein Wort«, erwiderte Afra. »Hat unser Herr Jesus Christus denn keine Wunder gewirkt?«

»Aber natürlich. Das versuche ich ja gerade zu beweisen.«

Afra trat näher an den Glasbottich heran und wich entsetzt zurück. »Iiih, eine tote Ratte!«, rief sie und drehte den Kopf zur Seite.

»Ihr fürchtet Euch nicht etwa vor einer toten Ratte wie eine Jungfrau?«

»Aber nein«, wiegelte Afra ab, obwohl Ratten bei ihr ein Gefühl von Abscheu und Ekel auslösten. »Ich frage mich nur, was eine tote Ratte mit den Wundern unseres Herrn Jesus zu tun haben soll.«

»Das will ich Euch gerne zeigen, wenn es Euch interessiert. Ihr kennt gewiss im Matthäus-Evangelium jene Stelle, wo Jesus über den See Genezareth wandelt.«

»Ja natürlich, ein Wunder, wie es im Buche steht.«

»Falsch. Gott bedarf keines Wunders, um über das Wasser zu gehen, er kann es. Aber bei Matthäus 14,28 heißt es, als die Jünger Jesus über das Wasser kommen sahen, hätten sie sich gefürchtet und Petrus habe gerufen: ›Herr, wenn du es bist, dann heiße mich zu dir zu kommen im Wasser.‹ Darauf habe Jesus zu Petrus gesagt, der bekanntlich ein Nichtschwimmer war wie die meisten Menschen: ›Komm!‹ Und Petrus sei gutgläubig ins Wasser gesprungen und habe sich Jesus genähert, ohne zu ertrinken. *Das* war ein Wunder. Denn eigentlich hätte Petrus im See Genezareth versinken müssen wie diese Ratte.«

»Verzeiht, Bruder Johannes, aber was hat diese tote Ratte mit Petrus zu tun?«

»Gebt Acht!« Der Alchimist entnahm einem Wandschrank eine Schale mit einem farblosen Granulat. Dann beugte er sich über den gläsernen Bottich und starrte die tote Ratte auf dem Grund des Gefäßes an. Schließlich meinte er mit dämonischem

Blick: »Die Ratte ging unter, weil ich es wollte. Dabei stand es in meiner Macht, sie vor dem Ertrinken zu bewahren.«

Während er das sagte, griff Bruder Johannes in die Schale und streute das Granulat in den gläsernen Bottich. Zuerst geschah nichts. Aber auf einmal begann die tote Ratte sich vom Grund zu lösen, und langsam schwebte sie wie von einer unsichtbaren Kraft gehoben an die Oberfläche und ragte zur Hälfte aus dem Wasser.

»Ein Wunder, fürwahr!«, rief Afra aufgeregt. »Ihr seid ein Zauberer.«

»Kein Zauberer«, dämpfte der Alchimist Afras Begeisterung. »Ihr begegnetet soeben einem Wunder der Alchimie. Was die meisten Menschen als Wunder betrachten, ist in Wahrheit nur eine Form von besonderem Wissen. Und da Gott das Wissen und die Weisheit selbst ist, kann er, wie dies einfache Beispiel zeigt, jedes Wunder wirken. Es zeugt also von Dummheit, nicht an Wunder zu glauben.«

»Dann könnt Ihr gewiss auch Schriften sichtbar machen, die den Augen eines gewöhnlichen Menschen verborgen bleiben!«, meinte Afra in Gedanken versunken.

Der Alchimist blickte auf. »Wie kommt Ihr darauf?«

»Ich habe davon gehört. Es soll geheimnisvolle Schriften geben, die auf wunderbare Weise verschwinden und bei Bedarf auf ebenso wundersame Weise wieder in Erscheinung treten.«

Bruder Johannes nickte. »Kryptographie zählt zu den beliebtesten Geheimwissenschaften. Aber nur Unkundige nennen die geheime Schreibkunst eine Wissenschaft. In Wirklichkeit ist Kryptographie nichts weiter als die Nutzung alchimistischer Elemente für listige Zwecke. Nur Scharlatane bedienen sich dieser schwarzen Kunst.«

»In der Hauptsache Alchimisten – wenn ich mir die Bemerkung erlauben darf. Der gewöhnliche Christenmensch hat nämlich keine Ahnung von den Tinkturen, welche erforderlich sind, um eine Schrift verschwinden zu lassen und sie nach Bedarf aus dem Nichts hervorzuzaubern.«

»Leider habt Ihr Recht, Junker Elia. Nirgendwo treiben sich so viele Scharlatane herum wie bei den Alchimisten. Unsere Wissenschaft ist zur Narretei verkommen und zum einträglichen Jahrmarktspektakel.«

»Ich kann mir überhaupt nicht vorstellen, dass so etwas funktioniert«, sagte Afra scheinbar gleichgültig.

»Glaubt mir, es funktioniert. Morgen werde ich Euch zeigen, wie auf einem leeren Pergament plötzlich eine Botschaft erscheint.«

»Das würdet Ihr tun, Bruder Johannes?«

»Nichts leichter als das. Die Lösung der unsichtbaren Tinte hat jeder anständige Alchimist auf Vorrat. Und was das ›Aqua Prodigii‹ betrifft, bedarf es nur einer lächerlichen Mixtur.«

»›Aqua Prodigii‹ sagtet Ihr?«

»Das ist die Tinktur, welche die geheime Schrift wieder sichtbar macht. Keine Hexerei, eher ein ziemlich einfaches Rezept.«

Aus einem Regal zog Bruder Johannes ein Buch hervor und schlug es auf.

Afra stockte der Atem, als sie den Titel las: »Alchimia Universalis«. Es war das gleiche Buch, das ihr Bruder Dominikus in Straßburg in die Hand gedrückt hatte.

»Morgen«, sagte der Alchimist, »ist die Tinktur fertig.«

Afra tat aufgeregt: »Ich bin gespannt!«

Bruder Johannes fühlte sich bewundert: »Wenn Ihr Interesse zeigt an meiner Wissenschaft, kann ich Euch noch ganz andere Experimente vorführen. Nur nicht heute. Ich bin nämlich mit einem Experiment beschäftigt, das geeignet ist, selbst einen abgeklärten Alchimisten wie mich in Unruhe zu versetzen.«

»Und darf man erfahren, worum es sich dabei handelt?«

Bruder Johannes wand sich, aber dann siegte doch die jedem Menschen, selbst einem Benediktiner, angeborene Eitelkeit, und er sagte mit ernster Stimme: »Ich vertraue Euch, dass Ihr mit niemandem darüber sprechen werdet. Kommt!«

Er führte Afra zu einer Türe, die das Aussehen eines Wandschranks hatte. Dies war der Zugang zu einem kleinen, quadratischen Raum. Als der Mönch die Öllampen an den Wänden entzündete, erkannte Afra ein Gewirr alchimistischer Gerätschaften, Tongefäße mit lateinischen Aufschriften, zu seltsamen Formen verschlungene Glaskolben und Röhren mit Flüssigkeiten in leuchtenden Farben. Diese Kammer ähnelte schon eher jener des Alchimisten Rubaldus. Sie wirkte angsteinflößend und bedrohlich.

Als Bruder Johannes Afras schreckhafte Blicke bemerkte, legte er seinen Unterarm auf den ihren und warf ihr einen schmachtenden Blick zu.

Afra fühlte eine Regung, die sie besser nicht fühlen sollte. Schließlich war sie ein Mann und Bruder Johannes ein Mönch. Schon während der Fahrt auf den Klosterberg hatte Afra die schmeichlerischen Blicke des Alchimistenmönchs bemerkt. Nicht dass sie ihm mit Abneigung begegnet wäre, aber in dieser Situation musste sie dem Benediktiner Einhalt gebieten. Ebenso behutsam wie bestimmt entzog sich Afra seiner Berührung.

Bruder Johannes erschrak, am meisten wohl vor sich selbst, und er bemerkte dann mit gespielter Ruhe: »So sieht es nun einmal aus, wenn sich ein Mönch auf die Suche nach dem Stein der Weisen begibt. Und im Vertrauen – ich bin nahe daran, ihn zu finden.«

»Den Stein der Weisen?« Afra hatte schon oft davon gehört. Aber niemand, nicht einmal ihr Vater, hatte ihr je erklären können, worum es sich dabei handelte. »Was hat sich ein in der Alchimie ungebildeter Christenmensch unter dem Stein des Weisen vorzustellen?«

Bruder Johannes zog die Augenbrauen hoch und schmunzelte überlegen. »Der Stein der Weisen ist aller Wahrscheinlichkeit nach gar kein Stein, auch kein Edelstein, sondern vermutlich ein Pulver, mit dessen Hilfe unedle Elemente wie Kupfer, Eisen oder Quecksilber in Gold umgewandelt werden können. In der Konsequenz bedeutet das: Wer den Stein der Weisen findet, gelangt zu größtem Reichtum.«

»Und das zu erreichen, ist tatsächlich Euer Interesse, Bruder

Johannes? Irre ich mich in der Annahme, dass die Ordensregeln des heiligen Benedikt das Gebot der Armut höher stellen als alles andere?«

»Das ist wohl wahr, Junker Elia. Aber bei meinen Experimenten geht es mir nicht darum, Reichtum zu erlangen, sondern nur um das Experiment an sich, obwohl« – etwas verschämt grinste der Mönch in sich hinein – »ein bescheidener Reichtum käme den armen Benediktinern von Montecassino nicht ungelegen.«

»Und Ihr seid tatsächlich diesem Stein der Weisen auf die Spur gekommen?«

»Um der Wahrheit die Ehre zu geben – in unserer Bibliothek entdeckte ich dieser Tage die Abschrift eines Buches, das ein Franziskanermönch, wie ich ein Alchimist, vor hundert Jahren im französischen Konvent Aurillac verfasst hat. Der Titel ›De confeditione veri lapidis‹[1] machte mich neugierig, obwohl ich von Jean de Rupecissa, so der Name des Mönchs, noch nie gehört hatte. Bruder Maurus, der Bibliothekar, der zu den klügsten Köpfen in Montecassino gehört, wusste nur so viel, dass er mit seinen alchimistischen Entdeckungen mit dem Papst in Konflikt geriet. Seine Schriften wurden verboten und Bruder Rupecissa in Avignon als Ketzer verbrannt.«

»Also bedient Ihr Euch ketzerischer Schriften, Bruder Johannes?«

Der Alchimist warf Afra einen verächtlichen Blick zu. Dann zog er aus einer Schublade ein abgegriffenes Büchlein hervor. Es war so klein, dass man es in jedem Ärmel verbergen konnte, und der Einband aus Pergament wellte sich, als litte er unter der Schwere seines Inhalts. Zur selben Zeit drang aus dem Laboratorium ein Geräusch, als fiele eine Tür ins Schloss. Der Alchimist begab sich nach draußen, um nach dem Rechten zu sehen, kehrte jedoch, weil er nichts entdecken konnte, wieder zurück und schlug das Büchlein des Franziskanermönchs auf.

---

[1] Die Herstellung des Steins der Weisen

»Ich habe jede Zeile in diesem Buch gelesen. Aber ich konnte nirgends einen ketzerischen Gedanken entdecken. Dafür fand ich auf Seite 144 neben allerlei theoretischen Erörterungen über den Stein der Weisen unter der Überschrift ›Quintessenz des Antimons‹ folgenden Eintrag: ›Mahle das spröde Erz des Antimons, bis man es mit den Fingern nicht mehr greifen kann. Streue dies Pulver in destilliertem Essig und warte, bis der Essig rote Farbe annimmt. Seihe ihn ab und wiederhole den Vorgang, bis der Essig keine Farbe mehr annimmt. Destilliere schließlich den angereicherten Essig. Darauf wirst du im gläsernen Hals des Alembic[1] ein großes Wunder erleben, wenn die blutroten Tropfen des hellen Antimonerzes wie tausend Äderchen herabfließen. Was herabgeflossen, bewahre in einem kostbaren Gefäß, denn sein Besitz kommt keinem Schatz der Welt gleich. Es ist die rote Quintessenz.‹«

»Und habt Ihr schon den Versuch gemacht?«

»Nein. Aber heute soll das Werk mit Gottes Hilfe gelingen.«

»Dann wünsche ich Euch alles Gute, Bruder Johannes. Wenn Ihr mir zuvor nur noch Gelegenheit geben würdet zu verschwinden.«

Der Benediktiner fuhr sich mit der Hand über das Gesicht und erwiderte: »Die Klosterpforte wird heute nicht mehr geöffnet. Aber ich besitze einen ›Clavis mirabilis‹, einen Wunderschlüssel, der jede Türe öffnet. Es darf uns nur niemand bemerken.«

»Wenn Ihr mir vertraut«, bemerkte Afra keck, »könnt Ihr mir den Schlüssel auch allein überlassen und Euren Experimenten nachgehen. Ich bringe ihn morgen zurück.«

Dem Alchimisten kam Afras Anerbieten nicht ungelegen. Bereitwillig händigte er ihr das Werkzeug aus, das nur den Ringgriff mit einem gewöhnlichen Schlüssel gemein hatte. An der Stelle, wo ein normaler Schlüssel einen Bart hatte, wuchsen aus dem Schaft starre eiserne Fäden.

---

[1] alchimistisches Destilliergefäß (arab.)

Den Weg kannte Afra inzwischen. Doch im Kreuzgang angelangt, der geradewegs zur Klosterpforte führte, entschied sie sich anders, stieg erneut die Wendeltreppe nach oben und nahm den Weg zur Bibliothek. An der Türe lauschte sie, und als sie kein verdächtiges Geräusch vernahm, steckte sie den ›Clavis mirabilis‹ ins Schlüsselloch und drehte ihn nach links. Es knirschte, als wäre das Schloss mit Sand gefüllt, und mit einem leichten »Flock« gab es den Zugang frei.

Und wenn es bis zum Morgengrauen dauern würde, Afra hatte sich fest vorgenommen, in dieser Nacht das Buch mit dem Pergament zu finden. Aber wo sollte sie mit der Suche beginnen?

Ihre ersten eher zufälligen Nachforschungen waren erfolglos geblieben, weil sie sich beobachtet fühlte. Selbst wenn sie das »Compendium theologicae veritatis« entdeckt hätte, wäre es am helllichten Tag unmöglich gewesen, das Pergament zu entnehmen, ohne aufzufallen.

Noch immer beschäftigte sie der Gedanke, warum der Bibliothekar Melbrüges Anwesenheit geleugnet hatte. Weder Bruder Maurus noch Melbrüge konnten von dem Pergament wissen. Warum also die Heimlichkeit?

Was die Suche nach dem Buch so schwierig machte, war nicht allein die Tatsache, dass die Bibliothek in Montecassino trotz großer Verluste noch immer eine der größten des Abendlandes war. Erschwert wurde die Suche vor allem dadurch, dass die Abteilung Theologie, welche andernorts höchstens ein Drittel aller Bestände ausmachte, in Montecassino neun Zehntel in Anspruch nahm. Dem nicht genug, war ihr der Autor des gesuchten Buches unbekannt. Und das bedeutete, *ein* Buch unter siebzigtausend Büchern zu finden.

Während Afra mit ihrer Laterne die staubbedeckten Bücherwände beleuchtete, die sich wie ein Bollwerk vor ihr auftürmten, während die Hoffnung schwand, in diesem Chaos des Wissens jemals fündig zu werden, fiel ihr Blick auf ein rundes Mauerwerk aufeinander gestapelter Bücher, eine Rotunde, die ihr gerade bis zur Hüfte reichte und ihre Neugierde weckte.

Im Näherkommen bemerkte sie, dass die offenbar in aller Eile aufgetürmten Bücher den Zweck verfolgten, irgendetwas zu verstecken. Auf verblüffende Weise erinnerte das Werk an die Bücherbauten von Bruder Dominikus, der sich bei den Dominikanern in Straßburg mit Büchern eingemauert hatte.

Einen Moment zögerte Afra, dann begann sie, die oberste Bücherreihe abzutragen, schließlich eine zweite. Sie musste nicht einmal besondere Vorsicht walten lassen, denn der Aufbau war ohne erkennbares System ziemlich wahllos aufgeschichtet worden.

Als sie die dritte Reihe beseitigt hatte, kam ein runder Deckel zum Vorschein, die Oberseite eines Holzbottichs. Ihr Kopf glühte, und sie fühlte kalten Schweiß im Nacken. Als sie gar die Brandmarke auf dem Deckel entdeckte, einen Schild mit einem breiten von links oben nach rechts unten führenden Streifen, das Straßburger Wappen, da konnte es kaum noch einen Zweifel geben: Afra war fündig geworden.

Das Pergament!, hämmerte es in ihrem Kopf. Das Pergament! Afra glaubte sich am Ziel. Doch als sie den Holzdeckel hochwuchtete und in den Bottich hineinleuchtete, hielt sie enttäuscht inne. Das Fass war leer.

Tränen hilfloser Wut schossen ihr in die Augen. Als wollte sie mit alldem nichts mehr zu tun haben, vergrub sie ihr Gesicht in den Händen. Enttäuschung und Mutlosigkeit drohten sie zu überwältigen.

In diesem Moment vernahm Afra Stimmen und ein Geräusch, als würde eine Türe geöffnet. Doch die Geräusche kamen aus der entgegengesetzten Richtung, keinesfalls von der Tür, die vom Kloster der Mönche in die Bibliothek führte. Deshalb schenkte sie dem Radau zunächst auch keine Bedeutung. Sie hatte ja selbst erlebt, dass es in Klöstern geheimnisvolle Röhren gab, welche den Schall ebenso geheimnisvoll weiterleiteten. Doch dann vernahm sie Schritte. In der Richtung, aus der die Schritte kamen, musste es eine zweite Türe geben.

Eilends brachte Afra den Bücherstapel in Ordnung und löschte das Licht. Dann entfernte sie sich in Richtung des Eingangs, durch den sie die Bibliothek betreten hatte. Lautlos schloss sie die Türe mit dem »Clavis mirabilis« hinter sich zu und tastete sich in der Dunkelheit hinab zur Klosterpforte. Mithilfe des wundersamen Schlüssels gelangte sie endlich ins Freie.

Die Nacht war kalt und feucht. Auf dem Weg zur Pilgerherberge liefen Afra Schauer über den Rücken. Aber nicht die Kälte brachte sie zum Zittern. Afra zitterte vor Aufregung. Auch wenn sie das Buch mit dem Pergament nicht gefunden hatte, so war durch das Fass mit der Straßburger Brandmarke der Beweis erbracht, dass Gereon Melbrüge seinen Auftrag erfüllt hatte.

Zurück in ihrer Kammer bemerkte Afra sofort die Unordnung in ihrem Gepäck. Siedend heiß überfiel sie der Gedanke, dass sich nur Frauenkleider in ihrem Bündel befanden. Und während sie vergeblich versuchte, etwas Schlaf zu finden, ging ihr das nächtliche Erlebnis in der Klosterbibliothek durch den Kopf und die Frage, wer in welcher Absicht ihr Gepäck durchwühlt hatte.

Am nächsten Morgen versorgte Afra ihr Pferd, bevor sie ein üppiges Frühstück hinunterschlang. Es gab dicken Haferbrei mit Speck und gequirlten Eiern, Brot, Käse und Dickmilch. Sie fühlte sich geschwächt, weil sie der Nahrungsaufnahme in letzter Zeit kaum Beachtung geschenkt hatte.

Zu ihrer Verwunderung stellte Bruder Athanasius, der feiste Herbergsvater, keine Fragen, warum sie ihre Kammer erst so spät aufgesucht hatte. Dabei wusste er genau, dass das Kloster noch vor dem Komplet seine Pforte schloss und dass es zu nächtlicher Stunde auf dem heiligen Berg kaum eine Möglichkeit gab, sich andernorts aufzuhalten.

Während sie also ihr Frühstück hinunterschlang, fühlte sie sich von Bruder Athanasius beobachtet. Er steckte in kurzen Abständen den Kopf aus der offenen Türe, die zur Küche führte, als wolle er nach dem Rechten sehen. Doch jedes Mal, wenn sich ihre Blicke kreuzten, verschwand sein breiter Schädel wieder im Türspalt.

Auf diese Weise herrschte in der Schankstube der Herberge eine merkwürdige Spannung, deren Ursache Afra verborgen blieb. Als der Kopf des Mönchs zum wiederholten Male in der Türe auftauchte, rief Afra Bruder Athanasius zu sich. Unter ihrem Wams zog sie eine Geldkatze hervor, entnahm ihr zwei Silbermünzen und warf sie vor sich auf den Tisch, dass sie zum Klingeln kamen.

»Ihr müsst nicht fürchten, dass ich Euch um das Mietgeld prelle«, rief Afra vorwurfsvoll. »Das wird wohl als Anzahlung reichen!«

Der Herbergsvater steckte eine der Münzen zwischen die Zähne, um ihre Echtheit zu prüfen. Dann erwiderte er mit einer tiefen Verbeugung: »Herr, das ist mehr als Kost und Logis für zehn Tage. Es ist bei uns nicht üblich, im Voraus zu bezahlen.«

»Ich tue es trotzdem, wie Ihr seht. Euer Misstrauen geht mir auf die Nerven!«

»Es ist nicht wegen des Geldes«, erwiderte der Herbergsvater und blickte argwöhnisch nach allen Seiten, ob niemand sie belauschte. Dabei hielt sich kein anderer Gast in der Wirtsstube auf.

Schließlich begann Bruder Athanasius in abgehackten Worten zu erzählen: »Die Mönche von Montecassino wären längst verhungert, hätten wir nicht vor vielen Jahren den Minoriten Zugang zu unserem Kloster gestattet. Sie kamen barfüßig in Sandalen daher, in Wollmänteln mit Kapuze. Man hätte Mitleid mit ihnen haben können, wäre da nicht das Geld gewesen, das sie im Übermaß besaßen. Ihr Anführer, ich sage bewusst nicht ihr Abt oder Guardian, wie es dem Obersten einer Mönchsgemeinschaft zukäme, ihr Anführer versprach, den Wiederaufbau von Montecassino zu bewerkstelligen und uns obendrein mit hundert Golddukaten pro Jahr zu unterstützen. Das war genug für den Fortbestand unserer Ordensgemeinschaft, die der römische Papst längst aufgegeben hatte. Kaum aber hatten wir eingewilligt, änderten die fremden Mönche ihr Verhalten. Statt Demut traten Hoffahrt und Hybris ans Tageslicht. Erst teilten wir uns die Einrichtungen unseres Klosters, dass jeder zu allem Zugang hatte. Doch eines Tages begannen die anderen eine Mauer zu errichten, kreuz und quer durch unsere Abtei. Sie mauerten Türen zu und zogen Wasser aus dem einzigen Brunnen des Klosters. Nur die halb verfallene Basilika ließen sie außer Acht. Da wussten wir, dass der Teufel sie gesandt hatte.«

»Warum werft Ihr die anderen Mönche nicht einfach hinaus?«, fragte Afra nachdenklich.

»Das sagt Ihr so leicht«, antwortete Bruder Athanasius. »Wir haben keine Pfründe und Ländereien mehr und müssten, wollten wir nicht verhungern, von den spärlichen Almosen leben, die uns zur Sommerzeit von Pilgern gegeben werden. Aber Reiche pilgern nicht zum Grab des heiligen Benedikt, der bekanntlich die Armut predigte. Und die Almosen der Armen sind geeignet, eher ins Himmelreich einzugehen, als es Gott dem Herrn recht ist. Vom Papst dürfen wir keine Hilfe erwarten; denn offiziell ist unser Kloster aufgelöst. Papst Johannes hat sich geweigert, für das übrig gebliebene Häuflein der Benediktinermönche einen Abt zu ernennen. Ihr seht, wir sind den Parasiten auf der anderen Seite der Mauer ausgeliefert und leben von dem, was sie uns zukommen lassen. Dabei versuchen sie auf perfide Weise, einen Keil zwischen uns Mönche zu treiben und Einzelne aus unserer Gemeinschaft herauszulösen.«

Die letzten Worte sprach Bruder Athanasius mit feuchten Augen. Schließlich schloss er die Tür zur Küche, die noch immer offen stand. Als er zurückkehrte, starrte er eine Weile ins Leere.

Dann fuhr er fort: »Seither herrscht unter uns Brüdern Zwietracht und Misstrauen. Ihr könnt Euch denken, dass dies den Ordensregeln des heiligen Benedikt Hohn spricht. Jeder betrachtet den anderen als Parteigänger der falschen Mönche. Und der Verdacht ist nicht unbegründet. Einige Mitbrüder verschwanden über Nacht, und wir sind sicher, dass sie auf der anderen Seite sind. Beweisen können wir das nicht. Aber es gibt eine Schwachstelle in der Teilung des Klosters: die Bibliothek.«

»Die Bibliothek?« Afra wurde hellhörig.

»Die Bibliothek ist die einzige Einrichtung, die nicht geteilt ist. Es wäre eine Aufgabe von Generationen, alle Bücher der Bibliothek zu kopieren. Weil aber Weisheit und Lehre bei den falschen Mönchen die gleiche Rolle spielen wie bei uns Benediktinern, einigte man sich auf die Nutzung der Bibliothek durch beide Seiten: die einen bei Tag, die anderen bei Nacht.«

»Lasst mich raten«, unterbrach Afra Bruder Athanasius, »die Benediktinermönche gehen ihrer Bibliotheksarbeit bei Tag nach und die falschen Mönche bei Nacht.«

»Gut geraten, Junker Elia, von Prim bis Komplet gehören Weisheit und Lehre den Benediktinern, von Komplet bis nach Laudes den falschen Mönchen. Es gibt da eine Türe in der Bibliothek, die einzige Verbindung übrigens zwischen den beiden Hälften, ein Werk unseres Alchimisten. Ihr habt ihn schon kennen gelernt.«

»Bruder Johannes?«

»Eben dieser. Er erfand ein Wunderwerk, welches es erlaubt, eine der beiden Türen nur dann zu öffnen, wenn die andere geschlossen ist. Es sei denn ...«

»Es sei denn?«

»Bruder Johannes besitzt einen ›Clavis mirabilis‹, einen Wunderschlüssel. Mit seiner Hilfe, behauptet der Bruder Alchimist, könne er durch jede Tür gehen. Er hat das schon einige Male bewiesen, ohne dass jemand den Wunderschlüssel je zu Gesicht bekommen hätte. Wie alle Alchimisten ist er etwas eigen, eine Eigenschaft, die nicht gerade förderlich ist für das gegenseitige Vertrauen.«

»Ich verstehe«, bemerkte Afra nachdenklich. »Ich habe den Eindruck, der Bruder Bibliothekar und der Bruder Alchimist mögen sich nicht besonders.«

Der Herbergswirt zog die Schultern hoch, als messe er der Aussage keine große Bedeutung bei, und erwiderte: »Das ist kein

Wunder, Bruder Maurus ist Theologe und hat sich der Weisheit und Lehre verschrieben. Bruder Johannes ist ein Jünger der Alchimie, einer Wissenschaft, welche versucht, das Übernatürliche auf natürliche Weise zu erklären. Kein Wunder also, wenn sich die beiden verachten wie die Päpste in Rom und Avignon. Im Übrigen müsst Ihr verzeihen, wenn ich Euch mit Misstrauen begegnet bin. Vielleicht versteht Ihr jetzt meine Haltung.«

»Das war noch lange kein Grund, mein Gepäck zu durchwühlen!«

»Wie kommt Ihr darauf, Junker Elia?«

»Ich fand gestern bei meiner Rückkehr meine Sachen durchwühlt.«

»Beim heiligen Benedikt und seiner tugendsamen Schwester Scholastika, ich würde mich nie zu so etwas Schändlichem hinreißen lassen!« Bruder Athanasius schaute ehrlich drein, und es fiel schwer, ihm nicht zu glauben.

Immerhin war nach seinem Geständnis das Misstrauen aus dem Gesicht des Herbergsvaters verschwunden. Ja, Bruder Athanasius verstieg sich sogar zu einem bitteren Lächeln, als er Afra ersuchte, niemandem davon zu erzählen.

Afra versprach es. Doch sie war unschlüssig, ob sie Bruder Athanasius trauen konnte. Wem sollte sie überhaupt trauen in diesem unheimlichen Kloster, das, auf der Kuppe eines Bergkegels gelegen, nur scheinbar dem Himmel näher war als den Mächten des Bösen in der Unterwelt? In Wahrheit, ging es ihr durch den Kopf, hatte sich auf dem heiligen Berg der Teufel eingenistet.

Auch wenn diese ganzen Dinge äußerst verwirrend waren, so wusste Afra nun eines ganz genau: Im Kloster Montecassino gingen geheimnisvolle Dinge vor sich, und hier zu bleiben war nicht ungefährlich. Aber sollte sie einfach alles stehen und liegen lassen, jetzt, wo sie dem Pergament so nahe war? Sie musste es finden, koste es, was es wolle!

Nach dem Frühstück begab sie sich erneut zum Kloster, wo sie der Cerberus an der Pforte abschätzend musterte, bevor er den Weg freigab. Noch immer trug Afra den Wunderschlüssel bei sich, den ihr der Alchimistenmönch überlassen hatte. Obwohl oder gerade weil er ihr außergewöhnliche Dienste geleistet hatte, wollte sie den *Clavis mirabilis* möglichst schnell wieder loswerden.

Deshalb suchte Afra Bruder Johannes gleich am Morgen in seinem Gewölbe auf. Und obwohl es deutlich wärmer war als am Tag zuvor, überkam sie das gleiche rätselhafte Frösteln, als würde der raue Geselle des Winters von ihr Besitz ergreifen.

Die Türe zum Laboratorium stand einen Spalt offen. Auf ihr zaghaftes Rufen kam keine Antwort.

»Bruder Johannes!«, wiederholte sie lauter, und ein trockenes Echo klatschte von den kahlen Wänden. Schließlich trat sie ein.

Wie am Vorabend wurde das Laboratorium von Wandleuchten in magisches weiches Licht gehüllt. Und wie am Vorabend, als sie den Raum zum ersten Mal betrat, herrschte peinliche Ordnung. Alles schien aufgeräumt und an seinem vorgesehenen Platz.

Afra wollte schon kehrtmachen, da fiel ihr Blick auf die schmale Türe, die zu der kleinen Kammer führte, in der Bruder Johannes ihr das Experiment mit dem Stein der Weisen erklärt hatte.

»Bruder Johannes!«, rief Afra erneut. Dann stieß sie die Türe auf.

In der Kammer war es dunkel. Doch der matte Lichtschein, der vom Laboratorium in die Experimentierkammer fiel, genügte, um ein Fläschchen und ein Blatt Papier auf dem Tisch zu beleuchten.

Einer plötzlichen Eingebung gehorchend, trat Afra ein paar Schritte zurück, nahm im Laboratorium eine Öllampe von der Wand und leuchtete in die Kammer. Sie erschrak.

»Bruder Johannes!«, rief Afra kleinlaut.

Aus dem Dunkel des Raumes löste sich allmählich die Gestalt des Alchimisten. Er hockte in gebeugter Haltung am Tisch, den Kopf in die verschränkten Arme gelegt, und schlief.

»He da, die Sonne steht bereits am Himmel, und Ihr schlaft immer noch. Oder schon wieder? Aufwachen!«

Afra rüttelte an Bruder Johannes' Schulter. Und als er nicht reagierte, drehte sie seinen in den Armbeugen verborgenen Kopf zur Seite. Das gelang nur mit Mühe, aber als sie sein Gesicht sah und die dunkel, fast schwarz verfärbten Lippen, da kam ihr der Gedanke, dass etwas Furchtbares geschehen sein musste.

Zaghaft legte sie ihre Finger auf die rechte Schläfe des Alchimisten. »Bruder Johannes!«, flüsterte sie leise, so als wollte sie seinen Schlaf nicht stören. In Wahrheit hatte sie keinen Zweifel: Bruder Johannes war tot.

Afra war schon oft dem Tod begegnet. Der Tod an sich jagte ihr keinen Schrecken mehr ein. Aber das Unerwartete, das Unerklärliche jagte ihr eine Gänsehaut über den Rücken. Obwohl sie den Mönch erst seit drei Tagen kannte und obwohl sie wenig über ihn wusste, versetzte sie sein Tod so sehr in Aufregung, dass sie zitterte.

Der Gedanke, sie könnte zusammen mit dem toten Alchimisten entdeckt werden, schürte ihre Unruhe. Bloß fort von hier, schoss es ihr durch den Kopf. Wie ein gejagtes Reh stürmte Afra aus der Experimentierkammer durch das aufgeräumte Laboratorium und war gerade dabei, die niedrige Tür vorsichtig zu schließen, als sie ein neuer Gedanke überkam: das Papier!

Ohne zu überlegen, kehrte Afra in die Experimentierkammer zurück, brachte das leere Blatt an sich, ebenso das Reagenzglas mit der Aufschrift »Aq. Prod.«. Gerade wandte sie sich dem Ausgang zu, da trat sie auf etwas Hartes. Es splitterte unter ihrem Fuß. Sie bückte sich und betrachtete den Schaden: Das Glas, die untere Hälfte einer schlanken Phiole, ähnelte in gewisser Weise jenen Giftkapseln, welche die Abtrünnigen mit sich führten.

Verstört blickte Afra auf den toten Alchimisten. Wie ein geheimes Zeichen waren seine geöffneten Augen auf die Stelle gerichtet, wo eben noch das leere Blatt gelegen hatte. Der endlose tote Blick machte sie verrückt. Sie wollte schreien, aber der Schrei blieb in ihrem Hals stecken. Afra schluckte.

Rückwärts, als fürchtete sie, Bruder Johannes könnte sich erheben und Papier und Glas zurückfordern, entfernte sie sich aus der Experimentierkammer. Sie glaubte zu ersticken und rang nach Luft. Kopflos hetzte sie die enge Wendeltreppe nach oben. Im Kreuzgang angelangt, hielt Afra inne. Hast war verräterisch.

Das Schlimmste, was jetzt passieren konnte, war, dass sie jemandem unverhofft in die Arme lief. An eine Säule des maroden Kreuzgangs gelehnt, verharrte Afra ein paar Augenblicke. Am liebsten hätte sie sich in Nichts aufgelöst. Wohin?

Sie trug noch immer den Schlüssel bei sich, der – wie Bruder Johannes versichert hatte – alle Türen der Abtei öffnete. Ratlos stieg Afra die Treppe empor zum oberen Stockwerk, wo der Eingang zur Bibliothek lag. Doch statt nach links wandte sie sich nach rechts. Sie hatte keine Ahnung, wohin der Gang führte. Wenn du hier jemandem begegnest, dachte sie, bist du wenigstens nicht verdächtig, etwas mit dem Tod von Bruder Johannes zu tun zu haben.

Fenster, gerade so groß, dass man den Kopf hindurchstecken konnte, belichteten den Korridor notdürftig von der linken Seite. Rechter Hand gab es zahlreiche Türen, keine zehn Schritte voneinander entfernt. Über den Türbalken waren Kürzel aus der Heiligen Schrift in die rohe Wand geschlagen, Kürzel wie »Jeremias 8,1« oder »4. Psalm 104,1« oder »Matth. 6,31«, mit denen Afra nichts anfangen konnte. Offenbar handelte es sich um Mönchszellen. Die meisten schienen jedoch verlassen. Einige Türen standen offen. Staub und Spinnweben bedeckten die karge Einrichtung, welche in der Hauptsache aus einem Stehpult zum Studieren der Heiligen Schrift, einem Betstuhl und einem Bettkasten bestand.

In einer dieser stickigen Zellen verschwand Afra und schloss die Türe hinter sich. Auf dem Stehpult breitete sie das unbeschriebene Papier aus, das sie neben dem toten Alchimisten gefunden hatte. Dann zog sie das Reagenzglas aus dem Wams hervor.

Für Afra war klar, dass die Aufschrift »Aq.Prod.« nichts anderes bedeutete als »Aqua Prodigii«. Es war jene Tinktur, mit der jede Geheimschrift sichtbar gemacht werden konnte.

An der Türe hing die Pelerine einer abgetragenen Mönchstracht. Afra benetzte einen Zipfel des schwarzen Stoffes mit der klaren Flüssigkeit. Vorsichtig breitete sie das Papier auf dem Stehpult aus. Dann wischte sie mit dem Fetzen über das leere Blatt, bis es sich unter Einfluss der Feuchtigkeit leicht zu wellen begann.

Mit geballten Fäusten starrte sie auf das quellende Papier. Sie wusste nicht, was wirklich mit Bruder Johannes geschehen war, aber die Umstände hatten Afra zur Überzeugung gebracht, dass der Alchimist auf dem Papier eine Nachricht hinterlassen hatte, die nicht für fremde Augen bestimmt war.

Fiebernd, ja beschwörend glitten ihre Augen über das Blatt, das inzwischen zwar eine ockergelbe Farbe angenommen, jedoch kein einziges geschriebenes Wort preisgegeben hatte. In Erinnerung an den Alchimisten Rubaldus wusste sie, dass der Vorgang Geduld erforderte.

Als sie schon glaubte, dass ihre Phantasie ihr einen Streich gespielt hatte, lösten sich aus dem ockerfarbenen Papier schmale, waagrechte Streifen, schattenhaft zuerst und nur mit Mühe erkennbar, dann aber mit dem Ungestüm und der Heftigkeit einer Gewitterwolke.

In der ersten Zeile las Afra klein und eng geschrieben, als ginge es darum, möglichst viel auf einem einzigen Blatt unterzubringen, die Worte: »*In nomine Patris et Filii et Spiritus Sancti.*«

Wie eine seltsame Fügung fiel ein Sonnenstrahl durch das winzige Fenster auf das geheimnisvolle Papier. Das derbe Fensterkreuz zerlegte den Lichtschein in vier einzelne Strahlen aus flirrendem Staub. Mit dem Hunger eines Asketen nach vierzigtägigem Fasten verschlang Afra die folgenden Zeilen: »Ich,

Bruder Johannes *ex ordine Sancti Benedicti*[1], weiß, dass nur *ein* Christenmensch in der Lage ist, diese meine letzten Zeilen zu entdecken: Ihr, Junker Elia. Oder sollte ich besser sagen Gysela Kuchlerin? Ja, ich kenne Euer Geheimnis. Allzu lange habe ich der Welt noch nicht den Rücken gekehrt, um nicht zu wissen, wie eine Frau sich bewegt. Und hätte es noch eines Beweises bedurft für meine anfängliche Vermutung, so lieferte mir diesen der Spiegel in meinem Laboratorium. Ein Mann, der sich wie Ihr im Spiegel betrachtet, kann nur eine Frau sein. Insofern hätte ich es mir ersparen können, Euer Gepäck in der Herberge in näheren Augenschein zu nehmen, wo ich außer Frauenkleidern ein Reisedokument fand, ausgestellt auf den Namen Gysela Kuchlerin.«

Afra stockte der Atem. Die Erklärung des Alchimistenmönchs klang durchaus schlüssig. Aber bei der Heiligen Jungfrau, warum hatte sich Bruder Johannes umgebracht?

Mit dem Zeigefinger jeder einzelnen Zeile folgend, las Afra halblaut, so als zitiere sie aus dem Alten Testament: »In meinem Gedächtnis fügte sich eins zum anderen, als ich Euch mein Laboratorium zeigte. Seltsamerweise galt Euer Interesse weniger dem größten Wunschtraum der Menschheit, der Entdeckung des Steins der Weisen. Nein, Ihr versuchtet alles über den windigsten Taschenspielertrick zu erfahren, mit dem die Alchimie sich beschäftigt. Dabei bedarf es, wie Ihr gerade selbst erlebt, nur einer harmlosen Tinktur, um eine verblichene Schrift in Erscheinung treten zu lassen. Was sich plötzlich ineinander fügte, hatte folgende Vorgeschichte: Ein gewisser Gereon Melbrüge, Kaufmann aus Straßburg, brachte uns vor ein paar Tagen ein Fass Bücher, Abschriften anderer Bücher, welche in der Bibliothek von Montecassino nicht mehr vorhanden sind. Ihr müsst wissen, ich habe beinahe jedes neue Buch gelesen, das auf dem heiligen Berg Einzug hält; denn Alchimie ist nichts anderes als die Summe aller Wissenschaften. Unter den argwöhnischen Bli-

---

[1] aus dem Orden des heiligen Benedikt

cken von Bruder Maurus nahm ich also auch diese Bücher in Augenschein, noch bevor sie für lange Zeit im undurchschaubaren Dickicht der Bibliothek verschwinden würden. *Ein* Buch fand dabei mein besonderes Interesse. Sein Titel lautet ›Compendium theologicae veritatis‹.«

Afra glaubte, ihr schwänden die Sinne. Sie geriet ins Wanken und klammerte sich mit beiden Händen an das Stehpult: Bruder Johannes hatte das Buch mit dem Pergament entdeckt. Aber hatte er auch Verdacht geschöpft, dass es sich dabei um eine verborgene Nachricht handelte?

Die folgenden Zeilen gaben die Antwort. Wie im Fieber las Afra weiter: »Nicht der Inhalt des Buches machte mich neugierig – er schien mir eher spröde und von untergeordneter Bedeutung –, nein, ein gefaltetes Pergament ohne erkennbaren Inhalt reizte meinen Forschergeist. Ein Mann wie ich, dem das geschriebene Wort nicht fremd ist, weiß um die Besonderheit des Pergaments und dass es eine Sünde wäre wider die Schreibkunst, ein kostbar geglättetes Schaf- oder Ziegenfell jahrelang ungenutzt in einem Buch zu bewahren. Vielmehr kam mir der Gedanke, der sich einem Alchimisten sofort aufdrängt, das Pergament könnte eine geheime Botschaft enthalten. Den Vorgang der Dinge brauche ich Euch nicht weiter zu erklären. Ihr bedientet Euch derselben Tinktur, sonst wäre es Euch nicht möglich, diese Zeilen zu lesen.«

Als läge ein schwerer Stein auf ihrer Brust, der sie am Atmen hinderte, richtete Afra sich auf und holte Luft. Sie hatte den Eindruck, dass die Schrift, welche sie soeben ans Tageslicht gebracht hatte, sich vor ihren Augen zu verflüchtigen begann. Die winzige Schrift des Alchimisten hinderte sie jedoch daran, schneller zu lesen.

»Mit großen Augen und pochendem Herzen nahm ich den Brief meines Mitbruders Johannes Andreas Xenophilos zur Kenntnis, den dieser im Jahre des Herrn 870, von Gewissensbissen gequält, in diesem Kloster verfasst hat. Dabei, ich gestehe es freimütig, brach für mich eine Welt zusammen – *meine*

Welt. In Kenntnis der von Johannes Andreas genannten Fakten um das CONSTITUTUM CONSTANTINI kann und will ich nicht mehr weiterleben. Gott der Herr möge mir verzeihen und meiner Seele gnädig sein. Amen.

Post scriptum: Im Übrigen bin ich sicher, dass Ihr um die Bedeutung des Pergaments Bescheid wisst. Sonst wärt Ihr wohl nicht so weit gereist, um es in Euren Besitz zu bringen. Die Frage, wie Ihr an das gefährliche Dokument gelangt seid, nehme ich freilich mit ins Grab.

Post post scriptum: Das Pergament habe ich wieder in das Buch ›Compendium theologicae veritatis‹ zurückgelegt. Ihr findet das Werk nicht in der Bibliothek, wo es ohne den brisanten Inhalt eigentlich hingehört, sondern im Laboratorium, 3. Regal, 1. Reihe von oben. Seid unbesorgt, ich habe niemandem von meiner Entdeckung ein Sterbenswörtchen gesagt. Amen.«

Die letzten Worte waren nur noch schwer zu lesen. Zum einen, weil die Schrift des Alchimisten immer fahriger wurde. Andererseits hatte sich die Handschrift bereits so verflüchtigt, dass Afra die Buchstaben kaum noch erkennen konnte.

Was, hämmerte es in ihrem Kopf, ließ Bruder Johannes am Diesseits verzweifeln, dass er sich selbst den Tod gab? Es musste derselbe Grund gewesen sein, der den Papst und die Loge der Abtrünnigen veranlasste, all ihre Macht und ihren Einfluss einzusetzen, um das Pergament an sich zu bringen.

Hastig faltete Afra das Papier auf Handtellergröße und ließ es in ihrer Brusttasche verschwinden. Dann stürmte sie den Gang entlang, die Treppe hinab zum Kreuzgang. Vor zwei Mönchen, die in sich gekehrt und im Gleichschritt, die Hände in den Ärmeln ihrer Kutte verborgen, im Innenhof auf und ab gingen, versteckte sich Afra hinter einem Säulenpaar. Auf Zehenspitzen schlich sie zum Abgang, der zum Laboratorium führte.

3. Regal, 1. Reihe! Die Beschreibung des Alchimisten war eindeutig. Afra musste sich strecken, um an das Buch heranzukommen. Als sie es endlich in Händen hielt, zitterten ihre Finger wie Espenlaub. Sie schlug den Rückeinband auf: das Pergament!

Afra nahm es und verbarg es in ihrem Wams. Das Buch stellte sie an seinen Platz zurück.

Bruder Johannes! Sie wollte ihn noch einmal sehen. Leise ging sie zur Tür, die zur Experimentierkammer führte.

Bruder Johannes?

Seine Leiche war verschwunden. Alles schien wie vorher. Nur von dem toten Alchimisten fehlte jede Spur.

Plötzlich überkam sie eine panische Angst. Sie stürzte aus der Kammer, durchquerte das Laboratorium und eilte über die Wendeltreppe nach oben. Die beiden Mönche im Kreuzgang hatten sich zurückgezogen. Es war still. Nur der Wind säuselte leise in dem alten Gemäuer.

Um keinen Verdacht zu erregen, ging Afra noch am selben Tag in der Bibliothek scheinbar ihrer Arbeit nach. Sie atmete auf, als Bruder Maurus kurz vor dem Vespergebet die Bibliotheksglocke schlug und zur Eile mahnte.

In der Herberge waren neue Gäste angekommen, ein bärtiger Alter mit seinem erwachsenen Sohn, der seinem Vater bis auf die Haarpracht, welche bei dem Älteren eine schlohweiße Farbe angenommen hatte, wie aus dem Gesicht geschnitten war. Die beiden stammten aus Florenz und wollten weiter nach Sizilien.

Beim gemeinsamen Mahl in der Schankstube kam Afra mit den Florentinern ins Gespräch. Der Ältere, der sein Herz auf der Zunge trug, berichtete, sie hätten einen ganzen Reisetag verloren, weil sie unterwegs von den Schutztruppen des Papstes festgehalten wurden. Seine Heiligkeit – dabei machte der Alte eine spöttische Verbeugung – habe sich mit über tausend Kardinälen, Bischöfen, Pröpsten, gewöhnlichen Klerikern und außergewöhnlichen Nonnen auf den Weg nach Konstanz gemacht, einem Ort nördlich der Alpen, wohin er ein Konzil einberufen habe. Damit Johannes XXIII. mit seiner Truppe schneller vorankomme, seien alle Straßen auf seiner Reiseroute für jedweden Verkehr gesperrt worden. Man habe ihnen sogar verboten, am Wegesrand zu stehen, während der Tross des Papstes vorbeizog.

Dabei spuckte der Alte verächtlich auf den Boden und verwischte die Spucke mit dem Fuß.

Zum Glück hatte sich der Bärtige bald müde geredet, während dem Jungen der Wein in den Kopf stieg. Jedenfalls erhoben sich beide wie auf ein geheimes Zeichen, und ohne Gruß zogen sie sich in ihre Kammer zurück.

Wie es seine Art war, hatte Bruder Athanasius die einseitige Unterhaltung belauscht. Kaum waren die Florentiner verschwunden, gesellte sich der Herbergsvater an Afras Tisch.

»Ihr macht einen ermüdeten Eindruck, Herr, hat Euch das Studium der Bücher so angestrengt?«

Afra, die den Worten des Herbergsvaters nur mit halbem Ohr gefolgt war, nickte abwesend. In Gedanken war sie bei dem toten Bruder Johannes und seinem geheimnisvollen Abschiedsbrief, den sie mitsamt dem Pergament auf dem Leib trug.

»Habt Ihr vernommen, dass Papst Johannes ein Konzil einberufen hat?«

»Ich habe es gehört, Bruder Athanasius. Und ausgerechnet in Deutschland. Was hat das zu bedeuten?«

Der Mönch hob die Schultern, dann goss er Wein aus einem Krug in zwei Becher und schob den einen zu Afra über den Tisch. »Dem Papst«, begann er, »ist es unbenommen, ein Konzil an jedem Ort der Welt einzuberufen. Aber natürlich steht der Ort, an dem sich Bischöfe und Kardinäle wegen eines bestimmten Problems treffen, mit diesem Problem in Zusammenhang.«

»Und das bedeutet im Falle von Konstanz?«

»Nun ja, offenbar gibt es in Deutschland eine brennende Frage, welche die römische Kirche vor schwierige Aufgaben stellt. Merkwürdig.«

»Was ist merkwürdig, Bruder Athanasius?«

»Ein Mitbruder, der vor wenigen Wochen aus Pisa zurückkehrte, berichtete zum ersten Mal von dem Konzil, das Johannes XXIII. einberufen hat. In Italien, sagte er, sei das Konzil in aller Munde. Allerdings werde um die wahren Hintergründe gerätselt. Denn offiziell habe das Konzil zwei Themen auf der Tagesord-

ZEHNTES KAPITEL

nung: Die Beseitigung des Schismas – wie Ihr wisst, beschert uns die Heilige Mutter Kirche zurzeit drei Stellvertreter Gottes auf Erden.«

»Das ist mir nicht unbekannt. Und das zweite Thema?«

»Eine beklagenswerte Erscheinung unserer aufgeklärten Zeit. In Prag gibt es einen niederträchtigen Ketzer, einen Theologen noch dazu und Rektor an der dortigen Universität. Sein Name ist Hus, Johannes Hus. Er predigt gegen den Reichtum der Kirche und der Klöster, als wären wir nicht schon arm genug. Die Menschen rennen ihm hinterher wie einem Rattenfänger.«

»Aber der immense Reichtum der Kirche ist nun einmal eine Tatsache, und nicht alle Klöster sind so minderbemittelt wie Montecassino. Auch Euer Kloster hat schon bessere Zeiten erlebt.«

»Das ist wohl wahr«, erwiderte Bruder Athanasius nachdenklich, »das ist wohl wahr. Jedenfalls wurde Johannes Hus vor ein paar Jahren vom Papst exkommuniziert in der Hoffnung, dem Spuk damit ein Ende zu bereiten. Doch der Papst erreichte das Gegenteil. Seither hängen die Menschen noch mehr an seinen Lippen, und die Tschechen sind drauf und dran, sich von der heiligen römischen Kirche abzuspalten.«

»Wenn dieser Hus und seine Lehre so bedeutungsvoll sind für die römische Kirche, warum wurde das Konzil dann nicht nach Prag einberufen?«

»Das ist ja das Merkwürdige!« Bruder Athanasius goss Wein nach. »Kein Mensch kann sich erklären, warum das Konzil ausgerechnet in Konstanz stattfindet.« Der Mönch nahm einen tiefen Schluck und blickte ins Leere, als fände er dort eine Erklärung.

Während des Gesprächs hatte Afra der Gedanke nicht losgelassen, was mit dem toten Bruder Johannes geschehen sein mochte, aber sie wagte nicht, den Herbergsvater direkt darauf anzusprechen. Ihr Entschluss stand jedenfalls fest: Morgen in aller Frühe würde sie das Kloster Montecassino verlassen und sich mit dem Pergament auf den Weg machen.

Als sie sich vom Tisch erhob, hielt sie der Mönch am Ärmel fest. »Ich muss Euch etwas sagen«, meinte er mit schwerer Zunge.

Afra blickte in ein weinseliges Gesicht mit feuchten Augen.

»Ihr kennt doch Bruder Johannes, den Alchimisten!«

»Gewiss doch. Ich habe ihn heute den ganzen Tag nicht gesehen. Vermutlich hat er sich in sein Laboratorium zurückgezogen und beschäftigt sich mit irgendwelchen komplizierten Experimenten.« Afra gab sich betont unwissend.

»Bruder Johannes ist tot«, erwiderte der Mönch.

»Tot?«, rief Afra mit gespielter Erregung.

Bruder Athanasius legte den Finger auf die Lippen. »Der Alchimist hat seinem Leben aus freien Stücken ein Ende gesetzt. Eine Todsünde nach der Lehre der Heiligen Mutter Kirche!«

»Mein Gott! Warum hat er das getan?«

Der Mönch schüttelte den Kopf. »Wir wissen es nicht. Manchmal machte Bruder Johannes den Eindruck, als sei er nicht von dieser Welt. Aber das hing vermutlich mit seinen Forschungen zusammen. Er beschäftigte sich mit Dingen, welche die Grenzen des menschlichen Daseins berührten, Dingen, von denen ein Christenmensch besser die Finger lassen sollte.«

»Und wie hat er sich …?«

»Gift! Bruder Johannes hat wohl eines der vielen Elixiere getrunken, die er in seiner Experimentierkammer bereitet hat.«

»Und Ihr seid sicher, dass er sich selbst das Leben genommen hat?«

Bruder Athanasius nickte schwerfällig. »Ganz sicher. Deshalb wird er auch seine letzte Ruhe nicht in der Mönchsgruft des Klosters finden. Wer sich selbst entleibt, darf nach den Gesetzen der Heiligen Mutter Kirche nicht in geweihter Erde bestattet werden.«

»Ein harter Brauch. Findet Ihr nicht?«

Der alte Mönch verzog sein Gesicht, als wolle er sagen: Wie man 's nimmt. Dann antwortete er kühl und scheinbar ohne jede Regung: »Sie haben seine sterblichen Überreste über die

434 ZEHNTES KAPITEL

rückwärtige Klostermauer geworfen und wenig später im Gestrüpp verscharrt.«

»Und das nennt Ihr christliche Nächstenliebe?«, rief Afra aufgeregt. Sie erhob sich und verließ die Schankstube ohne ein weiteres Wort.

Bruder Athanasius stützte seinen schweren Kopf in die Hände und blickte ihr ausdruckslos hinterher.

Im Morgengrauen des nächsten Tages spannte Afra ihren Gaul vor den Wagen und verließ das Kloster Montecassino in Richtung Norden.

11) Der Kuss des Feuerschluckers

Als der sechsspännige Wagen des Gesandten von Süden kommend sich dem Stadttor näherte, fielen die letzten Sonnenstrahlen des Tages über das wuchtige Mauerwerk. Der Vorreiter auf Afras Gaul fluchte und warf aus einem Lederbeutel, den er mit sich führte, Kieselsteine in die Menge, damit der Pöbel Platz machte für die Kutsche seines Herrn.

Seit Afra das Kloster Montecassino verlassen hatte, waren sechzehn Tage vergangen. Nie hätte sie es für möglich gehalten, so komfortabel heimwärts zu gelangen. Dabei war die Heimreise – zumindest, was die ersten sieben Tage betraf – alles andere als angenehm verlaufen. Frühjahrsstürme hatten sie an schnellem Fortkommen gehindert. Hinzu kam tagelanger Regen, der viele Straßen beinahe unpassierbar machte.

Irgendwo in der Gegend von Lucca passierte es dann: Das rechte Rad ihres zweirädrigen Wagens brach, und die splitternden Holzspeichen zogen die Achse in Mitleidenschaft. An Weiterkommen war nicht mehr zu denken. Nach einer Stunde, mehr mochte seit dem Unfall nicht vergangen sein, näherte sich von Süden ein Wagen mit großem Gespann und Vorreiter.

Afra wagte nicht, den vornehmen Reisenden aufzuhalten. Und tatsächlich fuhr der Sechsspänner vorbei. Einen Steinwurf entfernt brachte der Kutscher das Gefährt jedoch zum Stehen. Ein edel gewandeter Mann sprang heraus und rief Afra zu, ob er ihr behilflich sein könne. Schließlich besah sich der Edelmann den Schaden und meinte, wenn Afra ihren Gaul seinem Vorreiter zur Verfügung stelle – der eigene lahmte nämlich seit dem vergangenen Tage –, könne sie ohne weiteres zu ihm in die Kutsche steigen. Er sei auf dem Weg nach Konstanz.

Das Angebot kam Afra sehr gelegen, zumal sie in ihrer Situation keinen anderen Ausweg sah. Zum Glück – oder war es eine Fügung des Schicksals? – hatte sie am Vortag ihre Männerkleidung abgelegt und sich gekleidet, wie es sich für eine Frau gehörte. So konnte sie das Reisedokument vorweisen, welches der venezianische Gesandte Paolo Carriera ausgestellt hatte.

Da zeigte sich der Gesandte begeistert, nannte Carriera seinen Freund und bekräftigte, er selbst stehe ebenfalls in Diensten des Königs von Neapel und sei als Sondergesandter unterwegs zum Konzil. Sein Name sei Pietro de Tortosa.

Der Edelmann, der außer vom Vorreiter und Kutscher von einem Sekretär und einem Diener begleitet wurde, erwies sich in den folgenden Tagen als ein vornehmer Charakter und betrachtete es als Selbstverständlichkeit, ja sogar als eine Ehre, Afra in seinem Wagen bis Konstanz mitzunehmen. Dafür versprach Afra ihm ihren Gaul zum Geschenk, mit dem sie ohne Wagen ohnehin nichts anzufangen wisse. Pietro de Tortosa hingegen erklärte sich allzu gerne bereit, das Pferd zu übernehmen, aber nur, wenn er den angemessenen Kaufpreis bezahlen dürfe. Messer Pietro bot zwanzig Golddukaten, eine immense Summe, sogar für ein so gutes Pferd wie dieses.

Über Genua und Mailand und die großen Alpenpässe waren sie bei sonnigem, aber kaltem Wetter ohne Hindernis ins Land der Eidgenossen gelangt, wo die Straßenverhältnisse mit jedem Tag besser wurden.

Dem Sondergesandten war Afra zu großem Dank verpflichtet. Ohne seine Hilfe, das war ihr schon nach wenigen Tagen klar geworden, hätte sie die weite Strecke nie bewältigt. Dennoch hegte sie noch immer gewissen Argwohn gegenüber Pietro de Tortosa, als der Wagen des Sondergesandten das Kreuzlinger Stadttor passierte.

Die Reisedokumente, vom König von Neapel persönlich unterzeichnet und besiegelt, beschränkten die Einreiseformalitäten auf das Nötigste und veranlassten die Hellebardenträger zu beiden Seiten des Torturms zu ehrerbietender Haltung.

Nur hohe geistliche Würdenträger, Pröpste, Bischöfe und

Kardinäle sowie die Sondergesandten aus den Ländern Europas durften die Tore samt ihren Gespannen passieren. Denn Konstanz, eine Stadt mit kaum mehr als viertausend Seelen, platzte aus allen Nähten. Vierzig- bis fünfzigtausend Menschen bevölkerten das sonst so kleine romantische Städtchen, seit der römische Papst zur Verwunderung aller das 16. Allgemeine Konzil nach Konstanz einberufen hatte.

Die meisten Bürger der freien Reichsstadt am Bodensee, denen seit jeher der Ruf vorausging, geschäftstüchtiger zu sein als die Einwohner anderer Städte des Reiches, vermieteten ihre Häuser für klingende Münze an die Konzilteilnehmer und lebten für die nächsten Jahre entweder außerhalb in Zelten oder sogar in Tonnen oder mit anderen auf engstem Raum zusammen, wobei sich zwei oder drei ein einziges Bett teilten. Um des schnöden Mammons wegen kampierten manche ungeniert in Pferde- und Ziegenställen und in den Kirchen der Stadt.

Für den Sondergesandten des Königs von Neapel war von den Quartiermachern ein ganzes Stockwerk im »Hohen Haus« an der Fischmarktgasse angemietet worden. Das Haus, nur ein paar Schritte vom Münster entfernt, hatte seinen Namen, weil es die meisten anderen Gebäude der Stadt um zwei Stockwerke überragte.

Sein Besitzer, ein reicher Kaufmann namens Pfefferhart, führte drei Pfefferbüchsen im Wappen. Neider, von denen es in einer kleinen Stadt wie Konstanz nicht wenige gab, behaupteten allerdings, bei den angeblichen Pfefferbüchsen handle es sich in Wahrheit um Geldbüchsen, in welche der Geizhals jeden gesparten Konstanzer Pfennig zurücklege. Pfefferhart jedenfalls war bekannt dafür, dass er keine Gelegenheit ausließ, Geld zu verdienen. Und weil der einzige Sohn bereits aus dem Haus war und die unverheirateten Töchter im Zisterzienserinnenkloster Feldbach ein frommes, aber unentgeltliches Dasein führten, vermietete der reiche Kaufmann für die Zeit des Konzils die Hälfte seines Hauses.

Pietro de Tortosa, der Sondergesandte, überließ Afra einen

der angemieteten Räume im Hause Pfefferharts, bis sie sich für weitere Pläne entschieden hatte. Die Erfahrung hatte Afra gelehrt, dass einem nichts, aber auch gar nichts im Leben geschenkt wird, und so erntete ihr vornehmer Gönner trotz seines Entgegenkommens eher Misstrauen als Dankbarkeit. Immerhin hatte sie fürs Erste ein Dach über dem Kopf, ein komfortables obendrein.

In Konstanz wuchs unterdes die Spannung. Die meisten Konzilteilnehmer, Kardinäle, Bischöfe, hohe klerikale Würdenträger, Äbte, Prälaten, Archidiakone, Archimandriten, Metropoliten und Patriarchen, Theologen und Schriftgelehrte und die Abgesandten vieler Herrscherhäuser Europas waren bereits versammelt. Sogar König Sigismund wollte dem Konzil beiwohnen. Nun warteten alle auf den römischen Papst Johannes, den Dreiundzwanzigsten, seines selbst gewählten Namens. Die Stadt glich einem brodelnden Kessel.

Die Vorhut Seiner Heiligkeit hatte, aus Bologna kommend, bereits die Ankunft des Papstes in Aussicht gestellt, doch machte das Gerücht die Runde, der Stellvertreter Gottes, wie er sich selbst allzu gerne titulierte, werde noch aufgehalten. Grund seiner Verspätung seien dreihundert Nönnchen eines Klosters, welchen seine Heiligkeit, dem Gebot christlicher Nächstenliebe folgend, seinen allerheiligsten Samen und einen vollkommenen Ablass gespendet habe. So etwas brauchte Zeit.

Nein, der Ruf, welcher dem römischen Pontifex vorausging, war wirklich nicht der beste. Niemand konnte behaupten, dass seine Konkurrenten, die Gegenpäpste Benedikt XIII. und Gregor XIII., welche nur Beobachter nach Konstanz gesandt hatten, Kinder von Traurigkeit gewesen wären; aber gegenüber dem Lebenswandel des Römers waren sie Waisenknaben.

Offiziell lebte Papst Johannes mit der Schwester des Kardinals von Neapel zusammen. Als Zweitfrau diente ihm noch seine Schwägerin. Was den Stellvertreter Gottes jedoch nicht hinderte, sein Bett mit Novizen und jungen Klerikern zu teilen, welche auf diese Weise zu unerwartetem Reichtum gelangten. Denn

Johannes war großzügig in Liebesdingen und zahlte mit Pfründen aus kirchlichem Besitz oder dem einträglichen Posten eines Abts oder Bischofs.

Nach geruhsamer Nacht wurde Afra am nächsten Morgen von lauten Rufen geweckt. Sie stürzte ans Fenster. Aber was sich wie der Ausbruch eines Bürgerkriegs anhörte, war nichts weiter als das alltägliche Straßengetümmel. Schon kurz nach Sonnenaufgang drängten sich die Menschen auf den Straßen, riefen und schimpften in allen Sprachen. Stellenweise gab es kein Durchkommen. Ein Schlaraffenland für Spitzbuben, Gauner und Räuber.

Pietro de Tortosa, dem sie wenig später im Treppenhaus begegnete, hatte wohl denselben Gedanken, als er meinte: »Ich würde Euch empfehlen, Eure Wertsachen in Sicherheit zu bringen. Man kann die Gauner förmlich riechen, die sich in der Stadt aufhalten. Große Ereignisse ziehen böse Buben an wie Motten das Licht. Wenn Ihr wollt, könnt Ihr mich und meinen Sekretär begleiten. Ich werde alles Geld und meine Reisedokumente bei einem Geldwechsler deponieren.«

Der Vorschlag war sicher angebracht, machte Afra jedoch misstrauisch, wie sie die Besorgtheit des Sondergesandten überhaupt mit Argwohn erfüllte. Deshalb erwiderte sie lachend: »Mein Besitz, Messer Pietro, ist nicht so wertvoll, dass ich ihn einem Geldwechsler zur Aufbewahrung in einer eisernen Truhe überlassen müsste.«

Pietro hob abwehrend beide Hände: »War nur gut gemeint, Donna Gysela, nichts weiter!«

Der Tonfall, mit dem er ihren vermeintlichen Namen aussprach, machte Afra unruhig. »Schon gut. Habt Dank für diesen Hinweis«, bemerkte sie höflich. Ihr war nicht wohl bei dem Gedanken, der zuvorkommende Sondergesandte aus Neapel könnte sie und das Geheimnis, welches sie seit nunmehr vier Wochen auf dem Leibe trug, kennen.

Als Pietro de Tortosa kurz darauf mit seinem Sekretär das

Haus verließ, heftete sich Afra an seine Fersen. Obwohl der Münsterplatz, wo die meisten Geldwechsler ihre Niederlassungen hatten, nicht weit entfernt war, nahm der Weg längere Zeit in Anspruch. Durch die engen Gassen der Stadt drängten sich Mönche in fremdartigen Trachten, Gänseverkäufer, Lumpenweiber, Galanterie- und Feuersteinhändler, Landfahrer und Fahrensleute, Beginen in graubraunem Ordenskleid, Zigeuner, reiche Leinweber aus der Stadt und vermeintliche Blinde, die ihr Gebrechen vorzüglich simulierten, Bauern, Doktoren mit Barett und in schwarzem Talar, Kupplerinnen, ihre Huren im Schlepptau, vergeistigte Bischöfe mit Mitra und Pluviale, Kesselflicker, Possenreißer, Quacksalber, voll gefressene Pfaffen im Chorhemd, Trommler, Pfeifer und Minnesänger, Reliquienverkäufer, Einarmige, Beinlose, die sich Mitleid heischend auf einem rollenden Brett fortbewegten, Hehler in weiten Mänteln, Schwarze aus dem fernen Äthiopien, Russen mit breiten Gesichtern, engelgleiche Geschöpfe, schön wie die Sünde, Büßer und Schergen, Pferdeknechte mit scharfen Ausdünstungen, Mauren in Frauenkleidern tänzelnd, Briefeschreiber, großtürkische Gesandte mit ihren verschleierten Frauen in Pluderhosen, dass Gott ihnen gnädig sei, Schildknappen, elegant gekleidete Konkubinen, heiratsfähige herausgeputzte Jungfrauen und in die Jahre gekommene Matronen, Herolde, Bärenführer, Mummen, Stelzengeher und heimische Gaffer am Straßenrand.

Schon glaubte Afra, der Sondergesandte treibe auf dem langen Weg durch die Stadt ein böses Spiel mit ihr, als er doch noch mit seinem Diener im Haus des Geldwechslers Betminger verschwand. Der Name jedenfalls stand auf einem Schild über dem Eingang. Kurze Zeit später erschien er wieder und tauchte samt Diener im Getümmel unter.

Aus sicherer Entfernung überlegte Afra, was zu tun sei. Dann entschied sie sich, das Pergament und den größten Teil ihrer Barschaft, die sie noch immer in einem Geldgürtel am Leibe trug, ebenfalls einem Geldwechsler zur Aufbewahrung anzuvertrauen.

Über dreißig Geldwechsler gingen während des Konzils in Konstanz ihrem Gewerbe nach, ein einträgliches Geschäft angesichts der Tatsache, dass jede größere Stadt in Europa ihr eigenes Geld prägte. Feste Wechselkurse gab es nicht. Wie viel man wofür bekam, war Verhandlungsgeschick, wobei der Geldwechsler in keinem Fall den Kürzeren zog.

Afra wählte den Geldwechsler Pileus in der Brückengasse nahe dem Domherrenhof, eine zufällige Entscheidung, weil sein Geschäft in den Arkaden eines Patrizierhauses einen soliden Eindruck machte. Dort entledigte sie sich hinter einem Vorhang im rückwärtigen Teil des Kontors, der für diesen Zweck vorgesehen war, ihres Besitzes und überreichte ihn dem jungen Wechsler. Der deponierte alles in einer verschließbaren Kassette aus Eisen, übergab Afra den Schlüssel und ließ den Geldkasten in einem Wandschrank verschwinden, dessen schwere Türen aus schwarzem Holz mit breiten Eisenbändern versehen waren. Für seine Dienste zahlte Afra einen Monat im Voraus. Sie war erleichtert, als sie auf die Straße trat.

Vom Münsterplatz schallten Trommelschlag und Pfeifenmusik, unterbrochen nur von lautstarkem Beifall und Bravorufen. Von Neugierde getrieben, begab sich Afra auf den großen Platz. Es gab kaum ein Durchkommen, so dicht gedrängt standen die Menschen und reckten die Hälse. Der unangenehme Duft einer Garküche wehte über den Platz. Es roch nach tranigem Fisch und Hammelfett und Backwerk, gewürzt mit beißendem Knoblauch, und alles vermischte sich zu einem ziemlich widerlichen Gestank, der geeignet war, einem für drei Tage jedweden Appetit zu verderben.

Den meisten freilich schien der Duft nichts auszumachen. Sie drängten sich mit langen Hälsen um eine Gauklertruppe, die im Schatten des Domherrenhofs ein rot-weiß gestreiftes Rundzelt aufgeschlagen hatte und davor ein Podium. Ein ausgewachsener Braunbär, beinahe doppelt so groß wie sein zwergenhafter Dompteur, tanzte in der Mitte der Tribüne auf den Hinterbeinen. Seine zuckenden Bewegungen im Rhythmus dreier Musikanten weckten bei den Zuschauern Entzücken.

Sie johlten vor Begeisterung, wenn das zentnerschwere, tapsige Tier seinen Tanzboden, ein rundes Blech, verlassen wollte. Dann zog der zwergenhafte Dompteur an einer Eisenkette, die am Nasenring des Tieres befestigt war, und der Bär stieß einen herzzerreißenden Schrei aus. Nur die wenigsten erkannten, dass der beklagenswerte Bär nur deshalb einen Veitstanz vollführte, weil das Blech seines Tanzbodens zuvor glühend erhitzt worden war.

Allein dieses seltene Spektakel war den Gaffern manchen Obolus wert, den sie zwei leicht geschürzten Mädchen, die sich, ein Tamburin schlagend, durch die Reihen bewegten, in den Ausschnitt warfen.

Kaum hatte der Bär seinen beklagenswerten Auftritt beendet, sprang ein jugendlicher Feuerschlucker auf das Podium. Sein muskulöser, brauner Oberkörper war nackt. Er trug giftgrüne Beinkleider und einen weißen Turban auf dem dunklen Haar, wie ein Fakir aus dem fernen Indien. Allein seine Erscheinung entlockte mancher Jungfer ein bewunderndes »Ah« und »Oh«. Der schöne Jüngling trug in einer Hand zwei brennende Fackeln, in der anderen eine Flasche mit einer Flüssigkeit. Daraus nahm er einen Schluck und reichte die Flasche Afra, die sich inzwischen in die erste Reihe vorgedrängt hatte. Afra errötete.

Wie gebannt starrten die Zuschauer auf die lodernden Fackeln. Plötzlich tat der Fakir einen Schritt nach vorne, als wolle er zum Sprung ansetzen, und prustete den Schluck, den er eben aus der Flasche genommen hatte, durch die zusammengepressten Lippen in die Luft. Mit einer schnellen Bewegung entzündete er den Strahl, der wie das Feuerschwert des heiligen Michael in die Luft stob. Entsetzt wichen die Gaffer in der ersten Reihe zurück.

Afra stand wie angewurzelt. Obwohl sie den Auftritt aus nächster Nähe beobachtet hatte, und obwohl sie das wundersame Experiment durchaus nachvollziehen konnte, bewunderte sie den Jüngling wegen seines Wagemuts und der Selbstsicherheit, mit der er den Flammen trotzte.

444   ELFTES KAPITEL

Tosender Beifall zwang den Fakir, sein Experiment ein zweites Mal vorzuführen. Freundlich lächelnd streckte er Afra die Hand entgegen, sie möge ihm die Flasche reichen. Afra reagierte nicht. Sie sah den Gaukler nur an. Als sich ihre Blicke kreuzten, schien es, als schrecke sie hoch wie aus einem Traum. Sie fühlte die Blicke der Umstehenden auf sich gerichtet. Verstört reichte sie dem Fakir die Flasche mit der brennbaren Flüssigkeit. Die Wiederholung des Experiments mochte sie nicht mehr abwarten. Sie drängte sich durch die vorderen Reihen und verschwand. Doch der Anblick des Jünglings mit dem gestählten Körper verfolgte sie.

In den folgenden Tagen gelang es ihr nicht, das Bild des schönen Feuerschluckers aus ihrem Gedächtnis zu verdrängen. Vergeblich versuchte sie den durchdringenden Blick des mutigen Jünglings abzuschütteln. Dabei gab es Wichtigeres in ihrer Situation, als sich zu verlieben, noch dazu in einen Gaukler. Sie musste ihr Leben neu gestalten, allein auf sich gestellt. Andere Frauen in ihrer Situation hätten den Schleier genommen und den Rest ihrer Tage bei den Klarissinnen, Dominikanerinnen oder Franziskanerinnen verbracht. Nicht so Afra.

Zunächst trug sie sich mit dem Gedanken, den falschen Namen abzulegen, der ihr seit Venedig gute Dienste geleistet hatte. Aber dann wurde ihr bewusst, dass sie, solange sie den Namen der Kuchlerin trug, vor den Abtrünnigen sicher sein konnte. Und wenn du schon ihren Namen behältst, dachte sie, kannst du auch ihrem Beruf nachgehen. Warum sollte sie sich nicht als Stoffhändlerin betätigen? Ihre Barschaft würde für den Einstand genügen.

Während sie darüber nachgrübelte, meldete sich im Hause Pfefferhart ein fremder Besucher in der Absicht, Gysela Kuchlerin zu sprechen.

Afra erschrak zu Tode, als ihr der Unbekannte gegenübertrat, der sich als Amandus Villanovus vorstellte.

»Habe ich die Ehre, mit Gysela Kuchlerin aus Straßburg zu sprechen?« Der Fremde, ein langer, verhärmt wirkender Mann im schwarzen Surkot, einem ärmellosen Überwurf, lächelte gekünstelt.

Afra gab keine Antwort. Verwirrt blickte sie durch ihn hindurch. Wo und in welchem Zusammenhang war ihr der Name schon einmal begegnet?

Dem unbekannten Besucher blieb nicht verborgen, wie es in ihrem Kopf arbeitete, deshalb kam er ihr mit der Antwort entgegen: »Venedig, in der Kirche Madonna dell'Orto.«

Es dauerte ein paar endlose Augenblicke, bis Afra die Fassung wiedergefunden hatte. In Gedanken sah sie die Szene vor sich, wie Gysela Kuchlerin mit dem Abtrünnigen in der Kirche redete; doch der Mann war ein anderer.

»Ihr? Ich habe Euch so nicht in Erinnerung!«

»Wir waren verabredet, aber ich war verhindert. Ihr habt mit Joachim von Floris gesprochen.«

»Ja das kann sein«, erwiderte Afra mit gespielter Ruhe. Sie hoffte inständig, dass Amandus ihre Aufregung nicht bemerkte.

»Ich war verwundert, als ich Euren Namen auf den Meldelisten las. Wir alle glaubten, die Pest habe Euch in Venedig dahingerafft!«

»Ein Irrtum, wie Ihr seht!«

»Und Afra, die Frau mit dem Pergament?«

»Warum stellt Ihr mir diese Frage?«

Darauf schob Amandus Villanovus seinen Ärmel zurück und hielt Afra das Kainsmal, das Kreuz mit dem Schrägbalken, vors Gesicht. »Bedarf es noch einer weiteren Erklärung?«

In diesem Augenblick schoss Afra der einzig richtige Gedanke durch den Kopf, und sie erwiderte mit leichtem Zittern in der Stimme: »Afra ist tot. Sie fiel der Pest zum Opfer!«

»Und das Pergament?«

Afra hob die Schultern. »Wer will das wissen! Falls sie es bei sich trug, wurde es mit ihrer Leiche verbrannt.« Sie erschrak über ihre eigenen Worte.

Amandus Villanovus kratzte sich nachdenklich am Kinn. »Damit ist unsere Mission wohl beendet. Sehr bedauerlich. Sie hätte uns allen Reichtum, vor allem aber Macht und Einfluss gebracht. Jetzt ist der ganze Zirkus hier nur noch eine Farce.«

Afra legte die Stirne in Falten und sah Villanovus fragend an. »Das müsst Ihr mir näher erklären, Herr.«

Der Fremde grinste hinterhältig. »Glaubt Ihr ernsthaft, dieser lächerliche Pontifex habe das Konzil nach Konstanz einberufen, um die gespaltene Herde seiner Schafe zu vereinen?«

»So erzählt man zumindest. Und das ist auch die Auffassung der geladenen Konzilteilnehmer.«

Der Abtrünnige machte eine wegwerfende Handbewegung. »Jedes Konzil braucht einen frommen Anlass. In Wahrheit geht es um nichts anderes als um die Gefährdung und Erhaltung der Macht. So auch in diesem Fall. Der römische Papst sieht durch das Pergament die Macht seiner Organisation gefährdet. Das war auch der Grund, warum er sogar uns, seine größten Feinde, zu Hilfe rief. Papst Johannes ist ein Mensch ohne Rückgrat. Er ist durchaus bereit, seine Überzeugung preiszugeben, wenn er nur seine Macht behält. Die Vereinigung der gespaltenen Kirche jedenfalls birgt für den Römer das Risiko, sein Amt zu verlieren. Denn wenn drei Päpste von sich behaupten, der einzig legitime zu sein, dann gibt es eigentlich nur einen Ausweg aus dem Dilemma: Ein vierter muss das Amt übernehmen. Ihr versteht mich?«

Abwesend nickte Afra. Die Rede des Abtrünnigen warf viele Fragen auf, die sie nur allzu gerne gestellt hätte. Am meisten beschäftigte sie die Frage: Was würde geschehen, wenn das gottverdammte Pergament doch noch auftauchte, hier, mitten in den Konzilberatungen? Ihr wurde mulmig. Sie zweifelte, ob sie sich so im Zaum hatte, dass Villanovus keinen Verdacht schöpfte. Allein der Gedanke machte sie unruhig. Die funkelnden Augen, mit denen der Fremde sie anstarrte, ließen den Verdacht aufkommen, dass er ihr die Gedanken vom Gesicht ablas.

Deshalb zuckte sie zusammen, als Amandus Villanovus nach langem Schweigen plötzlich fragte: »Und Ihr seid sicher, dass das Pergament mit der Leiche dieser Frau verbrannt wurde?«

»Was heißt sicher! Ich habe mit eigenen Augen gesehen, wie Afra im *Lazaretto Vecchio* starb. Kein schöner Anblick. Das könnt Ihr mir glauben. Und da alle Pestleichen und sogar ihr Gepäck auf der Insel verbrannt wurden, darf man wohl davon ausgehen, dass dabei auch das Pergament in Flammen aufging.«

»Vorausgesetzt, sie hatte das Pergament bei sich!«

»Da habt Ihr Recht!«

Das Gespräch im Hause Pfefferharts verlief nicht gerade zu ihrer Zufriedenheit. Und je länger es andauerte, desto mehr wurde Afra verunsichert. Es wollte Ihr einfach nicht gelingen, den Abtrünnigen abzuschütteln. Vor allem wollte ihr nicht gelingen, ihn davon zu überzeugen, dass die Suche nach dem Pergament zwecklos war.

Es schien, als habe der Abtrünnige alle Zeit der Welt. Jedenfalls machte er keine Anstalten zu gehen, obwohl alle Unklarheiten erörtert waren. »Wir haben uns lange die Frage gestellt«, begann er von neuem, »warum die Buhle des Dombaumeisters aus Straßburg so plötzlich ins Salzburgische aufbrach und dann weiter nach Venedig wollte. Ihr wisst, wir haben überall unsere Agenten, aber keiner fand eine Erklärung für die Reise. Es gibt dafür nur *einen* schlüssigen Grund: Die Buhle wollte selbst mit dem Papst verhandeln, der zu dieser Zeit in Bologna war. Sie wollte ihm das Pergament selbst zum Kauf anbieten. Ihr kanntet Afra. Würdet Ihr das für möglich halten?«

Afra schüttelte den Kopf. »Ich glaube, da überschätzt Ihr die Jungfer. Gewiss, sie war alles andere als dumm, und ihr Vater hatte sie Lesen und Schreiben, sogar die lateinische und italienische Sprache gelehrt. Aber dennoch kommt sie aus bescheidenen Verhältnissen, und der Umgang mit den Mächtigen ist ihr fremd.«

»Ihr redet in der Gegenwart, als weilte sie noch unter den Lebenden.«

»Verzeiht«, rief Afra erschreckt, »aber es ist noch nicht so lange her, seit ich mit ihr darüber redete. Nein, ich habe auch keine Erklärung, welches Ziel sie mit ihrer Reise verfolgte. An-

ELFTES KAPITEL

geblich ging es um irgendwelche Bücher. Aber wer macht schon für ein paar Bücher eine so weite Reise!«

»Sagt das nicht. Es gibt Menschen, sogar Mitra- und Kuttenträger, die bereit sind, für ein Buch einen Mord zu begehen.« Villanovus grinste breit. – »Nein«, meinte er nach einer Weile, »für den Fall, dass das Pergament überhaupt noch existiert, sollten wir uns den Dombaumeister Ulrich von Ensingen vornehmen. Er lebte lange genug mit dieser Frau zusammen. Ich kann mir einfach nicht vorstellen, dass sie ihm ihr Geheimnis nicht anvertraut hat.«

Afra fühlte sich, als ob ein Blitzstrahl durch ihren Körper fuhr. Sie rang nach Luft – wenn nur der Abtrünnige ihre Erregung nicht bemerkte! Sie wollte schweigen, keinesfalls auf die Erwähnung von Ulrichs Namen reagieren. Dennoch platzte es aus ihr heraus: »Ja – ist Ulrich von Ensingen denn nicht einer aus Euren Reihen?«

»Einer von uns? Ihr beliebt zu scherzen! Ulrich von Ensingen ist ein harter Knochen, eigensinnig, hinterlistig und schlau. Ich wünschte, er gehörte zu uns. Vergeblich haben wir versucht, ihn auf unsere Seite zu ziehen. Aber er ließ sich weder mit Geld noch durch Drohungen überzeugen. Lange Zeit haben wir geglaubt, Ulrich von Ensingen habe das Pergament in einem der Dome eingemauert, die nach seinen Plänen in den Himmel wuchsen. Wir öffneten unbemerkt das Mauerwerk an Stellen, die für gewöhnlich Schätzen der Gegenwart vorbehalten sind. Als wir dort nicht fündig wurden, drohten wir Meister Ulrich, seine Dome zum Einsturz zu bringen, falls er uns nicht verrate, wo er das Pergament versteckt halte. Ein Dom, müsst Ihr wissen, der unter den Händen des Baumeisters einstürzt, bedeutet das Ende seiner Laufbahn. In Straßburg wäre uns das beinahe gelungen. Aber dann mussten wir einsehen, dass es unmöglich war, Grund- und Schlusssteine in einer einzigen Nacht so zu präparieren, dass das Bauwerk in sich zusammenbrach.«

Atemlos folgte Afra den Erklärungen des Abtrünnigen. Die Loge dieser Männer war noch viel hinterhältiger, als sie es für möglich gehalten hatte. Dann hatte sie Ulrich ja Unrecht getan. Vielleicht mochten die besonderen Umstände sein seltsames Verhalten erklären. Aber rechtfertigten sie, dass er sie mit dieser Bischofshure betrogen hatte?

»Wie ich hörte, soll sich Ulrich von Ensingen hier in Konstanz aufhalten«, bemerkte Amandus eher beiläufig.

»Der Dombaumeister?«, rief Afra aufgeregt.

Amandus nickte. »Nicht nur Meister Ulrich. Alle großen Dombaumeister haben sich zum Konzil eingefunden. Verständlich, denn nirgends auf der Welt sind derzeit so viele potentielle Auftraggeber an einem Ort zu finden. Aber das soll Euch nicht weiter beunruhigen.« Er schwieg einen Moment, dann fragte er unvermittelt: »In welcher Beziehung steht Ihr eigentlich zum Sondergesandten Pietro de Tortosa?«

»Das will ich Euch verraten«, erwiderte Afra aufgebracht. »In gar keiner!«

Der Abtrünnige murmelte eine Entschuldigung und verabschiedete sich hastig. Im Gehen legte er den Finger auf die Lippen, und bevor er verschwand, sagte er leise: »Ich darf doch erwarten, dass Ihr über unser Gespräch Stillschweigen bewahrt?«

Die Begegnung mit dem Abtrünnigen hatte sie zutiefst verwirrt. Afra hatte Angst. Was sollte sie davon halten? Hatte Amandus Villanovus ihr geglaubt? Oder war das alles nur eine List, um sie auszukundschaften? Vielleicht hatten die Kapuzenmänner bereits durchschaut, dass sie sich als die Kuchlerin ausgab.

Dass Ulrich von Ensingen offenbar doch nicht mit den Abtrünnigen unter einer Decke steckte, steigerte ihre Verwirrung. Hatte sie sich das alles nur eingebildet? Hatte sie Verkettungen konstruiert, die es gar nicht gab? In Situationen höchster innerer Anspannung neigt der Mensch allzu leicht dazu, Zusammenhänge zu erkennen, die sich, mit Abstand betrachtet, als falsch erweisen. Aber konnte es andererseits nicht auch sein, dass Amandus Villanovus nur die Aufgabe hatte, sie mit seiner Aussage zu beruhigen? Eine Falle, damit sie sich erneut Ulrich anvertraute? Doch wenn sie sich's recht überlegte, hätte Villanovus in diesem Fall viel zu viel von sich und den Machenschaften der Abtrünnigen preisgegeben.

Ziellos irrte Afra nach dem Gespräch durch Konstanz. Sie hoffte, Ablenkung zu finden. Sie fand sie auch. Allerdings nicht bei Gauklern, Possenreißern und dem fahrenden Volk, das seine Kunststücke zuhauf und an jeder Straßenecke präsentierte, sondern abseits auf dem Obermarkt, wo ein schmächtiger, bärtiger Mann im schwarzen Talar und schwarzem Barett, das ihn als gelehrten Pfaffen auswies, eine feurige Rede führte. Als Kanzel diente ihm eine Tonne, und auch seine Sätze, die er wortgewaltig unter das Volk warf, unterschieden sich ganz und gar von den gewohnten Kanzelreden.

Im Nu hatte sich herumgesprochen, dass Jan Hus, der böhmische Reformator, der vor drei Jahren vom Papst mit dem Bann belegt worden war, auf dem Obermarkt redete. Jetzt drängten die Neugierigen aus den Seitengassen. Alle wollten den kleinen Mann sehen, der dem Papst mit seinen Reden die Stirne bot.

König Sigismund hatte ihn dazu aufgefordert, sich vor dem Konzil zu verteidigen, und ihm freies Geleit zugesichert. Und Hus, zwar klein von Wuchs, aber von mutigem Herzen, hatte die Einladung angenommen.

Mitten unter den Zuhörern, die sich Schulter an Schulter drängten und dem harten böhmischen Akzent des Predigers lauschten, stand Afra. Wie Peitschenhiebe trafen sie seine scharfen Worte gegen Papst und Kirche und deren Verweltlichung. Jan Hus sprach ihr und den meisten anderen aus der Seele; aber das Aufregende war, dass er auszusprechen wagte, was viele nur dachten.

»Ihr alle, die ihr euch Christenmenschen nennt und die Gesetze der Kirche befolgt«, rief er mit kraftvoller Stimme über den Platz, »ihr alle seid Schafe eines Hirten, der sich hochheilig nennt, obwohl er von der Heiligkeit so weit entfernt ist wie die Pforten der Hölle vom Firmament. Ein Papst, der nicht wie Jesus lebt, ist ein Judas und nicht heilig, auch wenn er gemäß den Gesetzen der Kirche in sein Amt gekommen ist.«

Nur vereinzelt wagten ein paar Zuhörer zu applaudieren, und dabei drehten sie sich verschämt zur Seite, damit sie nicht erkannt wurden.

»Zu der Zeit«, fuhr Jan Hus fort, »als unser Herr Jesus noch auf Erden wandelte, da lebten seine Jünger in Bedürfnislosigkeit und mit Liebe zum Nächsten. Und heute? Heute frönen die Jünger des Herrn, die Pfaffen, Prälaten, Pröpste, Domherren, Äbte und Bischöfe dem Luxus und jeder erdenklichen Modetorheit, kleiden sich bunt und prächtig und stolzieren wie Gockel auf dem Mist, tanzen in engen Beinkleidern und stellen ihre Geschlechtsteile in Schamkapseln zur Schau wider das sechste Gebot. Dass Scharen von Hübschlerinnen von diesen Jüngern des Herrn gehalten werden, brauche ich nicht zu erwähnen. Ihr selbst habt erlebt, dass – kaum war eure Stadt als Ort des Konzils bekannt – Tausende käuflicher Frauen hier einfielen wie die Heuschrecken während der Ägyptischen Plagen. Und fehlt es an Geld, dann verkaufen euch diese Jünger des Herrn Reliquien, das Schweißtuch unseres Herrn, einen Fetzen von seinem Gewand, sogar einen Tropfen Blut als wundertätige Dinge. Brüder in Christo, ich sage euch, unser Herr Jesus wurde bei der Himmelfahrt gänzlich verklärt und hat nichts Irdisches zurückgelassen. Denkt an die Worte des Herrn: Selig sind die, die nicht sehen und doch glauben. Schande über jene, die aus eurer Blindheit ein Geschäft machen.«

»Schande über sie!«

»Ja, Schande über die Pfaffen!«

Wie aus einem Mund skandierten plötzlich ein paar hundert Zuhörer: »Schande über die Pfaffen!« Und mitten unter ihnen Afra.

Kaum hatte sich die Menge beruhigt, hob ein junger Dominikaner mit frischer blasser Tonsur drohend die Faust und rief: »Und Ihr, Magister Hus? Seid Ihr nicht selbst so ein Pfäfflein, das sich an der Allgemeinheit bereichert? Einer, der sich jede geistliche Handreichung, jeden Segen, sogar die letzte Ölung bezahlen lässt?«

Da wurde es still auf dem Obermarkt, und alle Augen richteten sich auf Jan Hus. Der polterte los: »Du vorlauter Dominikaner, besinne dich, bevor du dich anschickst, den ersten Stein zu werfen. War es nicht einer deiner Mitbrüder, welcher erst jüngst ein ehrsames Weib in der Kirche schwängerte, worauf das Haus Gottes neu geweiht werden musste?«

Die Zuhörer johlten. Aber Hus unterbrach das Geschrei: »Ich will nicht verhehlen, dass ich Pfaffe wurde, um einen sicheren Lebensunterhalt zu haben, mich gut zu kleiden und Ansehen zu erlangen beim gemeinen Volk.«

Vereinzeltes Murren.

»Aber bevor ihr den Stab über mich brecht, nehmt zur Kenntnis, dass ich alle meine Einkünfte als Lehrer an der Universität und Prediger den Armen und Bedürftigen gebe. Auch ist an mir noch keine Hübschlerin reich geworden, ein Novize schon gar nicht. Aber«, Hus zeigte mit dem Finger auf den Dominikanermönch, »vielleicht stellt ihr die Frage einmal dem römischen Papst. Er wird sie gewiss besser beantworten können als ich.«

Mit einem kräftigen »Amen« beendete Hus seine Ansprache. Umringt von seinen Begleitern und Anhängern verschwand er in Richtung Paulsgasse, wo er, wie zu hören war, bei der Witwe Fida Pfister ein möbliertes Zimmer bewohnte.

»Der Papst! Seine Heiligkeit der Papst!« Wie ein Lauffeuer verbreitete sich die Nachricht, Johannes XXIII. und sein Tross hätten, vom Kloster Kreuzlingen kommend, das südliche Stadttor erreicht. Mit vielen hundert Gefolgsleuten, Kardinälen, Erzbischöfen, Bischöfen, Äbten und Prälaten, von denen fünfzig erst während der langen Reise ernannt wurden, war der Pontifex Anfang Oktober aufgebrochen und hatte den Weg über Bologna, Ferrara, Verona und Trient gewählt. In Meran war er von Herzog Friedrich von Österreich in Empfang genommen und über den Brennerpass und den Arlberg bis zum Bodensee geleitet worden.

Papst Johannes hatte mehr Feinde als jeder Landesfürst in Europa und wusste das bewaffnete Geleit sehr zu schätzen. In einer eigenen Bulle ernannte er den wackeren Österreicher für seine Dienste auf der Reise zum Generalkapitän der römischen Kirche, ein zwar unsinniger, immerhin aber einträglicher Titel, der mit einem Jahressalär von sechstausend Gulden auf Lebenszeit verbunden war.

Papst Johannes, ein kleinwüchsiger, fetter und schwammiger Mann, der seinen Kahlkopf unter einer weißen Kappe verbarg, welche er gerüchteweise nicht einmal beim nächtlichen Umgang mit Damen abzulegen oder mit einer pompösen Mitra zu vertauschen pflegte, kam mit gemischten Gefühlen nach Konstanz. Vergeblich hatte er versucht, das Konzil andernorts einzuberufen; aber Konstanz war der einzige Ort des christlichen Abendlandes, mit dem sich alle geladenen Parteien einverstanden erklärten.

Viel hätte nicht gefehlt, und der schreckhafte abergläubische Pontifex wäre kurz vor Erreichen des Ziels noch umgekehrt, weil sein Reisewagen auf den verschlungenen Pfaden des Arlbergpasses umgekippt und seine Heiligkeit kopfüber in den Dreck gefallen war. Papst Johannes deutete dies als Menetekel, und es bedurfte eindringlicher frommer Worte der mitreisenden Kardinäle und Hofbeamten, damit er seine Reise vom Schmutz befreit fortsetzte.

Auch der Anblick der schwer bewaffneten Landsknechte, die auf den Mauern der Stadt, auf Hausdächern und Türmen zu seinem Schutz postiert waren, konnte das tiefe Misstrauen nicht beseitigen, das den Papst nach Konstanz begleitete. Bis zum letzten Augenblick hatte er darauf bestanden, hinter zugezogenen Vorhängen in Konstanz einzufahren. Doch als er den goldenen Baldachin sah und den stattlichen Schimmel, den ihm die Ratsherren der Stadt zur Begrüßung schickten, siegte die Eitelkeit Seiner Heiligkeit, und Johannes zog es vor, unter einem goldenen Tragedach und auf einem weiß glänzenden Gaul Einzug zu halten.

Schon bei der Aufstellung vor dem Kreuzlinger Tor war es zu Rangeleien unter den geistlichen und weltlichen Würdenträgern gekommen über Rangfolge und Aufstellung, weil die bereits in Konstanz anwesenden Bischöfe und fürstlichen Gesandten den Vortritt beanspruchten gegenüber den Höflingen und Bischöfen aus dem päpstlichen Tross.

Vor allem die Bischöfe, ein paar Hundert an der Zahl, genossen die Geringschätzung, ja Verachtung ehrsamer Würdenträger. Schließlich war es kein Geheimnis, dass Papst Johannes Ämter und Würden nach Gutdünken vergab und mancher Kuppler oder Schurke sich Bischof eines Bistums nannte, das nicht einmal dem Heiligen Geist bekannt war, weil es ein solches gar nicht gab.

Pietro de Tortosa, der Sondergesandte des Königs von Neapel, geriet mit dem päpstlichen Zeremonienmeister und Titularerzbischof von Santa Eulalia in lautstarken Disput über die Frage, ob den gesegneten Gäulen Seiner Heiligkeit oder den weltlichen Gesandten ausländischer Fürsten der Vortritt in der festlichen Prozession gewährt werden müsse. Die Frage, wem mehr Ehre gebühre, einer römisch-katholischen Mähre oder einem fremdländischen Diplomaten, erhitzte die christgläubigen Gemüter aufs äußerste und hatte zur Folge, dass sich sofort drei Parteien bildeten, wobei die Franzosen die Forderung aufstellten, den Streitpunkt auf die Tagesordnung des Konzils zu setzen.

In dem Stimmen- und Sprachengewirr kam dabei die lateinische Sprache zum Einsatz, durchsetzt mit allerlei fremdländischem Vokabular, weil kein klösterliches Latein-Lexikon Begriffe wie »Hanswurst«, »Idiot« oder »Hurenbock« aufführte. Latein war für die Zeit des Konzils überhaupt die meistgesprochene Sprache. Nicht dass die Herren Kleriker sie so gut kannten, gewiss nicht, aber ihr Kirchenlatein klang immer noch verständlicher als das herbe Englisch oder Spanisch oder der italienische Singsang jener Tage – vom gutturalen deutschen Gestammel ganz zu schweigen.

Der Streit um die Rangfolge beim Einzug nach Konstanz endete schließlich wie im Ersten Buch der Könige durch ein salomonisches Urteil: Jeder, ob Pferd oder Erzbischof, Palastprälat oder Gesandter, solle sich in die Prozession einreihen, wo er wolle. Und so geschah es.

Von den Mauern des Stadttores schallten Posaunen. Paukenschläger gaben den Rhythmus der Schritte. Voran bewegte sich ein Kastratenchor und sang mit glockenreinen Stimmen das »Te deum«. Der Papst, von bleicher Hautfarbe und ängstlich dreinblickend unter seiner weißen Kappe, hatte Mühe, in dem Lärm seinen Schimmel zu zügeln. Bisweilen reichte er an einer Stange eine geschnitzte Hand zum Kuss in die Menge. Aber nur wenige kamen der Aufforderung nach.

Überhaupt zeigten sich die Bürger von Konstanz gegenüber dem römischen Papst ziemlich reserviert. Sie gafften sich die Augen aus dem Kopf, Menschentrauben hingen an den Fenstern. Jeder wollte den Pontifex sehen, dem ein so schrecklicher Ruf vorausging; aber Beifall oder Ehrenbezeugungen gab es kaum. Stellenweise glich der Zug zum Münsterplatz einem farbenprächtigen Begräbnis.

Weit größeres Interesse als der römische Papst erntete, vor allem bei den Jungfrauen der Stadt, das Gefolge, Palastprälaten, apostolische Sekretäre und schneidige Schildknappen, denen, wie ihrem Dienstherrn, ein unschicklicher, keinesfalls ekklesiastischer Ruf vorausging. Gleichsam über Nacht verwandelte sich Konstanz in ein Paradies – ein Paradies für Frauen. Denn anders als im ganzen Reich, wo deutlicher Frauenüberschuss herrschte, kam in Konstanz zur Zeit des Konzils gerade mal eine Frau auf zehn Männer.

»Tu es Pontifex, Pontifex Maximus«[1], schallte es durch die Gassen der Stadt. Und während der Himmel sich über Konstanz verfinsterte und tiefe dunkle Wolken sich über die Stadt wälzten, schwang eine Hundertschaft milchgesichtiger Diakone, die den

---

[1] Du bist der Oberpriester, der Größte von allen.

Einzug begleiteten, ihre Thuriferien und hüllte die Gassen in ätzenden Weihrauch, als wollten sie mit dem Räucherwerk den Teufel aus dem letzten Häuserwinkel vertreiben.

In einer kleinen Stadt wie Konstanz war es unmöglich, sich dem Konzilgeschehen zu entziehen. Auch Afra konnte da nicht abseits stehen, obwohl ihr nach dem Gespräch mit Amandus Villanovus ganz andere Dinge durch den Kopf gingen. Sie hatte in der Pfeffergasse in vierter Reihe Aufstellung genommen, um das Schauspiel zu betrachten, wie Papst Johannes und die Konzilteilnehmer aus allen Teilen des Abendlandes zum Münster zogen.

Der Kastratenchor wiederholte ein um das andere Mal mit schrillen Stimmen »*Tu es Pontifex, Pontifex Maximus*«, damit auch der Letzte aufmerksam wurde, wer unter dem goldenen Baldachin auf seinem stattlichen Schimmel Einzug hielt. Die Schildknappen auf beiden Seiten trugen weiße Strumpfhosen bis zur Taille und ein kurzes Wams mit weiten Ärmeln. Mit vergeistigtem Blick schwenkten sie Palmwedel wie weiland beim Einzug des Herrn in Jerusalem.

Mürrisch blickte Papst Johannes aus einer klerikalen Rauchwolke – eine Haltung, hinter der er die Angst vor einem Anschlag verbarg. Nicht nur weil die Deutschen ihm seit jeher suspekt waren, der Pontifex hatte genügend Feinde, die Abordnungen nach Konstanz entsandt hatten. Seine Miene erhellte sich nur einmal zu einem anerkennenden Lächeln, als er im Vorbeiritt eine Schar herausgeputzter Hübschlerinnen erblickte, die ihm ihre weit ausladenden Dekolletés entgegenreckten. Papst Johannes nahm den sündhaften Anblick dankbar zur Kenntnis und erteilte der von Gott geschaffenen Wollust seinen apostolischen Segen.

Auf Afra wirkte das fröstelnde Päpstlein auf dem mehrfach gesegneten Schimmel beinahe mitleiderregend. Sein Äußeres stand in krassem Gegensatz zu dem Ruf, der ihm vorausging. Vereinzelt hörte man Beifall im Vorübergehen. Afra gehörte zu jenen, die stumm die Szene verfolgten. Der Zufall wollte es, dass sich der finstere Blick des Papstes und der ihre trafen und für einen Moment aneinander hingen. Fragend der eine: Warum applaudierst du mir nicht? Trotzig die Antwort: Warum sollte ich das tun? Aber noch ehe sie sich versah, war Papst Johannes vorübergezogen.

Zwischen dem Papst und den nachfolgenden Konzilianten klaffte eine Lücke von gebührendem Abstand und gab für einen Augenblick die Sicht auf die Zuschauer auf der anderen Straßenseite frei. Zuerst glaubte Afra an eine Täuschung. Zu oft hatte sie in letzter Zeit an ihn gedacht. Seit Villanovus erwähnt hatte, dass er sich in Konstanz aufhielt und dass er mit den Abtrünnigen in keiner Verbindung stand, empfand sie ein Gefühl des Bedauerns. Gewiss, die Erinnerung an ihre gemeinsame Zeit war in den letzten Monaten verblasst wie eine Eiche im Herbstnebel. Aber wenn sie ehrlich war, dann fühlte sie sich noch immer zu ihm hingezogen. Keinen Steinwurf entfernt, starrte Afra den Mann an. Kein Zweifel – es war Ulrich von Ensingen!

In hellem Aufruhr, wie sie sich verhalten sollte, ließ Afra Ulrich nicht aus den Augen. Da war ein Gefühl des Glücks, ihm zu begegnen, und andererseits eine gewisse Unsicherheit, die sie hinderte, den ersten Schritt zu tun.

Die Erinnerung an ihre Liebe und Leidenschaft ließ sie schließlich ihre Ängste vergessen. Zaghaft hob Afra die Hand und winkte verschämt mit einer flüchtigen Bewegung.

Aber das Unfassbare geschah: Ihre Geste fand keine Erwiderung. Der Mann ihr gegenüber schien durch sie hindurchzublicken. Er *musste* sie und ihren Gruß bemerkt haben. Afra wollte rufen; aber noch bevor sie sich entscheiden konnte, verdeckten die nachfolgenden Konzilianten die Sicht, ein bunt gemischtes Volk in üppiger, zum Teil sogar protziger Kleidung, geleitet von Posaunenbläsern und Paukenschlägern. Schildknappen trugen die Wappen und Namen ihrer Herren voran, die während ihres Aufenthalts in Konstanz an den Häusern angebracht wurden, in denen sie Wohnung nahmen.

Mit in vorderster Reihe: Pietro de Tortosa, der Sondergesandte des König von Neapel, alles andere als ein Freund des Papstes, nachdem der König Johannes aus Rom vertrieben hatte. Neben ihm der Bischof von Montecassino Peloso, der ihm beim besten Willen nicht erklären konnte, wo sein Bistum zu finden sei, sowie der Gesandte des Dogen von Venedig, der Erzbischof von Sankt Andreas und der Gesandte des Königs von Schottland in Kniestrümpfen und mit rotem Rock, der bis zu den Knien reichte. Dahinter der Bischof von Cappacio mit dem Bischof Astorga, der wiederum den Gesandten des Königs und der Königin von Spanien im Schlepptau hatte. Der Graf von Venafro wurde von einem apostolischen Sekretär, der sich gleichzeitig als Bischof von Cotrone auswies, begleitet. Hand in Hand schritten ein strammer apostolischer Palastprälat und der Bischof von Badajoz, eine auffällige Erscheinung mit langen schwarzen Haaren. Sein Wappenschild, das größte von allen, wies den Erzbischof von Tarragona als Gouverneur von Rom aus, hinter dem die kleinwüchsige Erscheinung des Erzbischofs von Sagunt zu seiner Linken beinahe verschwand. Als Gesandter des Königs von Frankreich trat der Abt von St. Antoine in Vienne in Erscheinung. In seinem langen, eng anliegenden, violetten Gewand und in Schuhen mit hohen Absätzen tänzelte er wie ein Zirkuspferd und hatte alle Mühe, sich auf dem rauen Konstanzer Pflaster auf den Beinen zu halten. Er und der Erzbischof von Acerenza, der einen Novizen in Sorge um sein Seelenheil mit sich führte, ernteten bei den nachfolgenden Grafen von Palonga, von Conza, von Palene sowie dem Herzog von Gravina, die eine eigene Reihe bildeten, wobei sie durch ihre vornehme dunkle Samtkleidung hervorstachen, ein nicht enden wollendes Gelächter, welches dem besonderen Anlass äußerst unangemessen war. Lautstark und für jedermann hörbar stritten, nachfolgend, der Gesandte des Herzogs von Mailand und der florentinische Gesandte, wem, falls ihre Herren höchstpersönlich auf dem Konzil erschienen, der Vorrang vor dem anderen zu geben sei, und als sie sich nach einer halben Meile Fußmarsch nicht einigen konnten, zogen beide es vor, sich an anderer Stelle der Prozession einzureihen. Streit unbekannter Ursache musste es auf dem Weg zum Münster auch zwischen dem Erzbischof von Acerenza und Latera und einem Zeremonialkleriker in goldbestickten Paramenten gegeben haben, denn in der Pfeffergasse, unmittelbar vor Afras Augen, riss der aufgebrachte Erzbischof dem Kleriker seine Prunkkleidung vom Leib, dass der Beklagenswerte nur noch im Chorhemd dastand (was für einen Zeremonialkleriker so viel wie Nacktheit bedeutete), und trampelte darauf herum, als gelte es, der Schlange den Kopf zu zertreten.

Dabei geriet der Zug zum Münsterplatz ins Stocken, und Afra nützte die Gelegenheit, sich durch die vorderen Reihen zu drängen hinüber zur anderen Straßenseite. Dort angelangt, suchte sie vergeblich nach Ulrich von Ensingen. Der Dombaumeister war verschwunden.

Verwirrt lief Afra in Richtung ihrer Unterkunft in der Fischmarktgasse. Mit einem Mal waren ihr das Konzil, der römische Papst und alle Gesandten des Abendlandes gleichgültig. Für ein paar Augenblicke hatte sie geglaubt, alles würde sich zum Guten wenden. Nun ärgerte sie sich über ihre eigene Dummheit. Das Vergangene ließ sich nun einmal nicht ungeschehen machen. Sie hatten sich beide nichts geschenkt. Aber offenbar fühlte Ulrich mehr Unrecht als sie selbst. Zweifellos hatte sie ihm mit ihrem Verhalten unrecht getan. Aber Ulrich, wie hatte er sich in Straßburg ihr gegenüber verhalten?

Afras Gedanken waren in Aufruhr. Für sie gab es keinen Zweifel, Ulrich hatte sie erkannt. Aber je länger sie nachdachte, warum er vor ihr davongelaufen war, desto mehr setzte sich in ihrem Kopf ein schrecklicher Gedanke fest: Ulrich hatte eine andere Frau!

Wer wollte ihm das verdenken, dachte Afra, ihr Auseinandergehen war nicht dazu angetan, die Hoffnung zu schüren, dass sie sich jemals wieder versöhnten. Allerdings hätte sie Ulrich so viel Mut zugetraut, ihr die Wahrheit ins Gesicht zu sagen. Stattdessen hatte er sich davongeschlichen, hatte sich selbst verleugnet wie Judas, der bestritt, den Herrn Jesus je gekannt zu haben.

Bis in die Fischmarktgasse wurde Afra von den schrillen Stimmen des Kastratenchors verfolgt. Vor dem »Hohen Haus« des Meisters Pfefferhart wartete ein Mann von einnehmendem Äußeren, einer, der seinen weiten schwarzen Umhang nicht gegen die Kälte trug, sondern zum Zeichen seiner akademischen Würde.

Afra ahnte nichts Gutes und war im Begriff kehrtzumachen, als ihr der Fremde entgegentrat und mit schnellen Worten sagte: »Ihr seid gewiss das Weib des Gesandten von Neapel. Ich bin Johann von Reinstein, Gelehrter, Freund und Diener meines Herrn Jan Hus aus Böhmen.«

Noch bevor Afra den Irrtum richtig stellen konnte, fuhr Reinstein, dessen Wortfluss nur von seinen eigenen Gedanken gebremst werden konnte, fort: »Magister Hus schickt mich, ich soll mit Messer Pietro de Tortosa einen Gesprächstermin vereinbaren. Jan Hus benötigt den Beistand des Gesandten gegen den römischen Papst. Ihr seid doch sein Weib?«

»Bei der Heiligen Jungfrau, nein, aber Ihr lasst mich ja nicht zu Wort kommen!«, erwiderte Afra in einer Pause, die dem Fremden zum Luftholen diente.

»Aber Ihr wohnt doch hier im ›Hohen Haus‹ von Meister Pfefferhart, wo der Gesandte des Königs von Neapel Quartier bezogen hat?«

»Das ist wohl wahr, aber mit Pietro de Tortosa habe ich nichts gemein außer dieselbe Reiseroute. Mein Name ist Gysela Kuchlerin. Ich befinde mich nur auf der Durchreise.«

Die Auskunft ließ den böhmischen Gelehrten für einen Augenblick verstummen. Dabei musterte er Afra mit kritischem Blick, ohne jedoch aufdringlich zu wirken.

Eigentlich war alles gesagt, was in dieser Situation gesagt werden musste, da traf sie der Gedanke wie ein Blitz. Ein Gedanke, der alles verändern sollte.

»Ihr seid ein Freund des Magisters Hus?«, begann Afra vorsichtig.

»So nennt er mich jedenfalls, gewiss.«

Nachdenklich kaute Afra auf der Unterlippe. »Ich habe ihn

reden hören. Seine Worte gingen unter die Haut. Hus ist ein furchtloser Mann. Es bedarf viel Mutes, sich mit dem Papst und dem Klerus des gesamten Abendlandes anzulegen. Andere wurden aus nichtigerem Anlass als Ketzer verurteilt.«

»Aber Hus hat Recht! Die Heilige Mutter Kirche ist auf den Hund gekommen, Hus hat mehr als ein Mal verkündet, er würde jede Strafe akzeptieren, wenn er der Häresie überführt würde. Bisher ist es keinem gelungen. Eure Sorge ist also unbegründet, schöne Frau. Doch sehe ich Euch an, Ihr habt etwas auf dem Herzen.«

»Hus ist ein kluger Mann und mit den Gesetzen der Kirche vertraut«, begann Afra umständlich. Dann fuhr sie fort: »Ich bin im Besitz eines Dokuments, welches für Papst und Kirche von hoher Bedeutung zu sein scheint. Jedenfalls haben schon viele versucht, das Pergament an sich zu bringen. Seine Bedeutung blieb mir allerdings bis heute verborgen. Zwei Wörter dieses Pergaments versetzen jedoch gewisse Leute in helle Aufregung.«

»Und die wären?«

»CONSTITUTUM CONSTANTINI.«

Johann von Reinstein, der Afras Rede bisher eher distanziert verfolgt hatte, schien auf einmal leidenschaftlich interessiert: »Sagtet Ihr *CONSTITUTUM CONSTANTINI*?«

»Das sagte ich.«

»Verzeiht, wenn ich so direkt frage« – Reinstein nahm seine schnelle Redeweise wieder auf –, »wie kommt ausgerechnet Ihr in den Besitz dieses Dokuments? Habt Ihr das Pergament bei Euch? Wäret Ihr bereit, es uns zu zeigen?«

»Das sind drei Fragen auf einmal«, lachte Afra. »Mein Vater hat mir das Dokument hinterlassen mit dem Hinweis, dass es ein Vermögen wert sei. Das ist auch der Grund, warum ich es nicht bei mir trage. Es befindet sich jedoch an einem sicheren Ort in der Stadt. Und was Eure letzte Frage betrifft: Es würde mir sogar zur Ehre gereichen, es Magister Hus vorzulegen. Ich kann Euch doch vertrauen?«

Der böhmische Gelehrte hob beide Hände und meinte beschwichtigend: »Beim heiligen Wenzel, die Zunge würde ich mir abbeißen, bevor mir auch nur ein Wort in dieser Angelegenheit über die Lippen käme! Aber wenn es Euch recht ist, könnt Ihr morgen nach dem Angelusläuten Magister Hus einen Besuch abstatten. Wir haben bei der Witwe Fida Pfister in der Paulsgasse Quartier bezogen.«

»Ich weiß«, entgegnete Afra, »die ganze Stadt spricht davon. Angeblich wird das Haus sogar von seinen Anhängern belagert, die sich nicht eher entfernen, bis Magister Hus sich am Fenster gezeigt hat.«

Reinstein rollte mit den Augen, als wolle er sagen: Was soll man machen? Aber dann meinte er: »Erstaunlich, wie schnell sich seine Lehre auch in Deutschland verbreitet hat. Es wäre besser, wenn Ihr das Haus der Pfisterin nicht durch den Vordereingang betreten würdet. Das Haus hat einen Hintereingang von der Gewürzgasse. Von dort könnt Ihr, ohne Aufsehen zu erregen, ins Haus gelangen. Und was den neapolitanischen Gesandten betrifft, fragt ihn, ob Magister Hus bei ihm vorsprechen dürfe.«

Afra versprach es, obwohl sie mit ihren Gedanken weit weg war. Zwar hatte sie noch nie auch nur ein Wort mit Jan Hus gewechselt, aber seine Rede auf dem Obermarkt hatte ihr Vertrauen eingeflößt.

Nachdem der Gelehrte sich entfernt hatte, begab Afra sich zum Geldwechsler Pileus in die Brückengasse, um das Pergament zu holen. Sie verbarg es an ihrem gewohnten Versteck in ihrem Mieder. Bevor sie das Haus des Geldwechslers verließ, spähte sie nach allen Seiten, ob sie nicht beobachtet würde. Dann schlug sie den Weg zur Fischmarktgasse ein.

Etwa auf halbem Weg begann es zu regnen. Ein eisiger Wind peitschte schwarze Wolken vor sich her, und Afra suchte Schutz unter dem Vordach eines Hauses, wo sich schon andere eingefunden hatten. Dicke Tropfen trommelten auf das niedrige Schindeldach. Afra fröstelte.

Sie musste wohl einen erbärmlichen Anblick geboten haben,

DER KUSS DES FEUERSCHLUCKERS

denn plötzlich und unerwartet spürte Afra zwei Hände auf ihren Schultern, die einen Umhang über sie legten zum Schutz gegen Nässe und Kälte.

»Ihr zittert ja wie Espenlaub«, vernahm sie eine freundliche Stimme. Afra drehte sich um.

»Kein Wunder bei dieser Kälte!« Sie stockte. »Seid Ihr nicht der Feuerschlucker mit den hundert Kunststücken?«

»Und Ihr nicht die Jungfer, die auf dem Höhepunkt meiner Darbietung davonlief?«

»Das habt Ihr bemerkt?«

»Künstler sind empfindsame Menschen, müsst Ihr wissen. Und für einen Gaukler gibt es keine größere Beleidigung, als wenn das Publikum die Vorstellung vor dem Ende seiner Darbietung verlässt.«

»Verzeiht, ich wollte Euch nicht kränken!«

Der Feuerschlucker hob die Schultern. »Schon gut.«

»Wie kann ich das nur wieder gutmachen?«, meinte Afra lächelnd.

»Was schlagt Ihr vor?« Der Jüngling trat vor sie hin und zog die Kragenbänder des Umhangs zusammen.

Wie schön er ist, dachte Afra, und wie jung. Sie wurde von dem gleichen warmen Gefühl überwältigt, das sie bei ihrer ersten Begegnung empfunden hatte. »Weiß nicht«, erwiderte sie schüchtern wie ein kleines Mädchen. Seltsam, ging es ihr durch den Kopf, seit den Tagen ihrer Kindheit waren ihr Gefühle wie Scham, Scheu und Geniertheit völlig abhanden gekommen. Und nun, nach allem, was sie erlebt hatte, stellte sich plötzlich Schüchternheit bei ihr ein. Noch dazu vor einem Jüngling.

Jetzt merkte auch Afra, dass sie am ganzen Leib zitterte; doch wusste sie nicht zu sagen, ob es die Kälte war oder die Nähe des jungen Mannes. Jedenfalls empfand sie Dankbarkeit, als der Feuerschlucker sie ungeniert an sich drückte, um sie zu wärmen.

»Man nennt mich den Feurigen Jakob«, bemerkte der Jüngling mit einem Augenzwinkern.

»Afra«, erwiderte Afra, die keinen Anlass sah, ihr Versteckspiel gegenüber dem schönen Jüngling fortzusetzen.

»Ihr scheint vor dem Feuer überhaupt keine Angst zu haben!«, bemerkte sie zweideutig.

Es schien, als wolle der Feurige Jakob die Anspielung nicht bemerken, als er erwiderte: »Nein, Feuer ist ein Element wie Luft, Wasser und Erde und als solches ohne Schrecken. Man muss sich nur der Elemente richtig zu bedienen wissen. Nehmt das Wasser. Es kann gefährlich sein, gewiss, und ist geeignet, darin zu ertrinken. Andererseits ist es aber auch lebensnotwendig. Genauso ist es mit dem Feuer. Viele sehen im Feuer eine Gefahr. Dabei ist es ebenso lebensnotwendig wie das Wasser. Vor allem an einem Tag wie heute. Kommt!«

Der Regen hatte nachgelassen, und Jakob drängte Afra in Richtung des Domherrenhofs. »Dort steht mein Karren, und im Innern ballert ein munteres Öfelchen. Die Wärme wird Euch gut tun.«

Afra wunderte sich, sie wunderte sich über die Selbstverständlichkeit, mit der der Jüngling sie behandelte, und über die Selbstverständlichkeit, mit der sie ihm folgte.

Der Domherrenhof bestand aus mehreren ineinander verschachtelten Gebäuden. In einer Ecke gegenüber der Kirche St. Johann hatten die Gaukler Platz gefunden, nachdem sie am Vortag von ihrem alten Standplatz verjagt worden waren. Gaukler waren gewöhnt, dass man sie so behandelte. Sie waren beim Volk beliebt, weil sie Abwechslung in den tristen Alltag brachten, aber die Obrigkeit begegnete ihnen mit Misstrauen und Ablehnung.

»Hier wohne ich, frei wie ein Vogel«, meinte Jakob mit einer einladenden Armbewegung.

Vor der Außenmauer eines fensterlosen Gebäudes kampierten drei bunt bemalte Thespiskarren und ein Wagen mit einem vergitterten Käfig, in dem ein Bär unruhig hin und her tapste. Die Karren hatten nur zwei hohe Räder und zwei Deichseln, an denen sie von Menschenhand durch die Lande gelenkt wurden.

Auf einem der Karren stand zu lesen: DER FEURIGE JAKOB. Das Gefährt hatte seitlich ein winziges Fenster und auf der Rückseite eine schmale Türe, zu der eine ausklappbare Treppe führte. An der Vorderfront war ein senkrechtes Rohr angebracht, aus dem dunkler Qualm emporstieg.

»Nicht besonders luxuriös, aber warm, gemütlich und trocken«, meinte Jakob und öffnete die Türe zu seiner fahrbaren Behausung.

Afra staunte, wie man so viel Einrichtung auf so wenig Raum unterbringen konnte: Ein Ofen, ein Bett, ein Tisch, ein Stuhl, ein Kleiderhaken und ein Kasten neben dem Fenster, mehr brauchte ein Gaukler nicht. Noch nie hatte Afra einen Thespiskarren von innen gesehen. Sie entledigte sich des Umhangs, den ihr Jakob überlassen hatte, und genoss die wohlige Wärme in dem winzigen Raum. Dabei fühlte sie sich beschützt und geborgen wie lange nicht.

»Woran denkt Ihr?«, fragte Jakob, nachdem er Afra eine Weile schweigend beobachtet hatte.

Afra musste lachen. »Wenn ich Euch das sage, werdet Ihr mich für verrückt halten.«

»Warum? Ihr macht mich neugierig.«

»Ich dachte eben, es müsse etwas Wunderbares sein, in einem Thespiskarren durch die Lande zu reisen, zu bleiben, wo es einem gefällt, und im Übrigen Gott und der Welt zu entsagen. Am liebsten würde ich mit Euch kommen.«

Verunsichert sah der junge Feuerschlucker Afra ins Gesicht. Zögernd entgegnete er: »Was hindert Euch daran? Seid Ihr einem Mann versprochen, der auf Euch wartet, oder habt Ihr anderweitige Verpflichtungen?«

Afra presste die Lippen aufeinander und schüttelte stumm den Kopf.

»Warum zögert Ihr dann? Meine Kunst ernährt auch zwei. Ich verdiene nicht schlecht, auch wenn mein Karren eher das Gegenteil vermuten lässt. Aber in schlechten Zeiten wie diesen suchen die Menschen mehr Zerstreuung als in Zeiten des Wohlstandes. Länger als eine Woche dürfen wir hier nicht bleiben; dann werden wir aus der Stadt verwiesen. So ist das nun mal mit uns Gauklern. Ihr habt also noch fünf Tage Zeit, darüber nachzudenken.«

Spitzbübisch schmunzelte Afra vor sich hin. Sie wusste später selbst nicht zu sagen, was sie veranlasste, so zu handeln: Gewiss, ihre Kleidung war durchnässt. Aber rechtfertigte dies, sich vor dem Jüngling zu entkleiden? War es nicht eher der Reiz oder die Vorstellung, einen Jüngling, der vielleicht noch nie mit einer Frau geschlafen hatte, zu verführen?

Wie selbstverständlich entledigte Afra sich ihres Kleides und hängte es zum Trocknen über die Stuhllehne. Dann trat sie vor Jakob hin, der nun verlegen auf dem Bettrand saß und mit großen Augen auf ihren Nabel starrte. Schließlich blickte er auf und sagte: »Was ist das für ein Ring, den Ihr um den Hals tragt?« Afra griff nach dem Schmuckstück an dem Lederband und drückte es gegen ihre Brust. »Ein Glücksbringer. Ich habe ihn geschenkt bekommen.« Gierig griff Afra in das üppige Haupthaar des Jungen und presste seinen Kopf gegen ihren Leib. Jakob wagte es nicht, sich zu bewegen. Er schlang seine Arme um ihre Schenkel. So verharrten beide minutenlang in innigen Gefühlen.

»Wie alt bist du?«, erkundigte sich Afra schließlich.

»Ich weiß«, entgegnete Jakob, und dabei klang seine Stimme beinahe weinerlich, »auf jeden Fall zu jung für eine Frau wie Euch! Das meint Ihr doch?«

»Unsinn. Für die Liebe ist man weder zu jung noch zu alt.«

»Warum erkundigt Ihr Euch dann nach meinem Alter?«

»Nur so.« Afra spürte, wie seine Zunge ihren Bauch leckte. Ein unbeschreibliches Gefühl, das ihr bis zu diesem Tag in der wohligen Wärme eines Gauklerkarrens verborgen geblieben war. »Nur so«, wiederholte Afra und gab sich Mühe, ihre Erregung herunterzuspielen, »entweder siehst du jünger aus, als du bist, oder das Schicksal hat dich in eine Situation gedrängt, die einem Jüngling deines Alters keinesfalls zukommt.«

Jakob hob den Kopf. »Mir scheint, Ihr habt den sechsten

Sinn. Aber vielleicht ist beides richtig. Mein Vater war Seiltänzer, ebenso meine Mutter. Sie waren berühmt weit über die Grenzen des Landes. Ihnen war kein Kirchturm zu hoch, kein Fluss zu breit, dass sie ihn nicht zu zweit auf schwankendem Seil überwanden. Was so selbstverständlich aussah, war nichts anderes als die Bewältigung der Angst. Beide hatten furchtbare Angst auf dem Seil. Aber es war der einzige Beruf, der sie ernährte. Eines Tages geschah es dann. Von dem Seil, das bis auf halbe Höhe des Ulmer Münsters gespannt war, löste sich ein Knoten, und Vater und Mutter stürzten in die Tiefe.«

»Wie furchtbar.« Afra sah seine feuchten Augen. Nackt wie sie war, setzte sie sich rittlings auf seine Knie und küsste seine Stirne. Jakob schmiegte sich zärtlich wie ein Kind an ihre Brüste. »So musstest du von einem Tag auf den anderen für dein Leben selbst aufkommen ...«

»Mein Vater hatte mir seit frühester Kindheit verboten, aufs Seil zu gehen. Er hatte mich den Umgang mit Feuer gelehrt. Ein Fehler mit dem Feuer, pflegte er zu sagen, ist zu beheben, ein Fehler auf dem Seil ist immer der letzte. Wie Recht er hatte.«

Afra fuhr dem Jungen zärtlich durch das dunkle Haar. Seine Traurigkeit erregte sie aufs Äußerste. Dennoch zögerte sie, dem drängenden Verlangen nachzugeben. Statt dem schönen Jüngling Liebesworte zuzuflüstern, statt sich seiner Männlichkeit zu bemächtigen und ihn gefügig zu machen, sagte Afra verlegen: »Du musst Vater und Mutter sehr geliebt haben.«

Sie hatte den Satz kaum ausgesprochen, da wurde Afra bewusst, wie dumm sie sich benahm. Fraglos wartete der Junge nur darauf, dass sie, die Ältere, die Erfahrene, ihm entgegenkam, sich ihm aufdrängte, ihn – wenn nötig – in die Liebe einführte. Doch es sollte nicht sein, es kam anders, ganz anders.

»Ja, ich habe sie sehr geliebt«, erwiderte der Junge, »obwohl sie gar nicht meine richtigen Eltern waren.«

»Nicht deine richtigen Eltern? Was soll das heißen?«

»Ich bin das, was man ein Findelkind nennt, ausgesetzt im Wald inmitten streng riechender Pilze. Mein Vater sagte, es seien

Hallimasche gewesen. Deshalb nannten sie mich auch nicht Jakob, wie ich getauft bin, sondern Hallimasch.«

»Hallimasch«, wiederholte Afra tonlos. Und plötzlich stieg ihr der Geruch dieses Pilzes in die Nase. Von einem Augenblick auf den anderen war er da. Jahre hatte sie gebraucht, die scharfen Ausdünstungen des gelben Blätterpilzes aus ihrem Gedächtnis zu verdrängen. Jedes Mal, wenn der Geruch sich ihrer bemächtigte, rief er böse Erinnerungen wach. Dann hatte sie den zarten Duft üppiger Wiesenblumen eingeatmet oder am pestilenten Gestank von Pferdeäpfeln geschnuppert – nur, um das peinigende Andenken auszulöschen. Und irgendwann einmal, nach vielen Jahren, war ihr das auch gelungen.

Aber nun war der Hallimasch-Geruch auf einmal wieder gegenwärtig und mit ihm die Erinnerung. Sie spürte das feuchte Moos unter ihren nackten Füßen, sah den Fichtenstamm vor sich, der ihr als Gebärstuhl gedient hatte, und den blutigen Klumpen auf dem Waldboden. Schmerz stach in ihren Leib wie damals. Sie wollte schreien, aber Afra blieb stumm, unsicher, ob die Vergangenheit sie wirklich auf so grausame Weise eingeholt hatte.

»Das braucht dich nicht traurig zu stimmen«, flüsterte Hallimasch, dem ihre Schwermut nicht verborgen blieb. »Mir ist es nie schlecht gegangen in meinem Leben. Wer weiß, welches Schicksal mir bei meinen wahren Eltern zuteil geworden wäre.«

Lächelnd blickte der Junge zu ihr auf. Dann streichelte er zaghaft ihre Brüste.

Noch vor wenigen Augenblicken wäre Afra dahingeschmolzen unter seiner zärtlichen Berührung. Verunsichert durch Hallimaschs Worte, spürte sie, wie eine Gänsehaut über ihren Rücken lief. Ja sie wollte den Jungen zurückstoßen, ihm ins Gesicht schlagen, weil er es wagte, sich an ihr zu vergreifen. Doch nichts geschah.

Überwältigt von ihren wirren Gedanken und unfähig zu handeln, ließ Afra das Liebeswerben des Jungen über sich ergehen, starr wie eine steinerne Statue.

Dann plötzlich fasste Afra Hallimaschs linke Hand und hielt sie mit festem Griff. Sie zählte. Afra zählte fünf Finger an seiner Linken, und ihre furchtbare Ahnung begann sich zu verflüchtigen.

Gerade wollte sie erleichtert lachen, da meinte Hallimasch: »Die Narbe an meiner Hand darf dich nicht stören. Du musst wissen, ich kam mit sechs Fingern an meiner Linken zur Welt. Und weil das gemeinhin als Zeichen des Unheils gedeutet wird und ich es leid war, mich wegen dieser Absonderlichkeit verspotten zu lassen, suchte ich einen Quacksalber auf, der das Übel mit einer Axt beseitigte. Beinahe wäre ich dabei verblutet; aber wie du siehst, habe ich den Eingriff überlebt. Seither trage ich meinen sechsten Finger als Talisman mit mir herum. Willst du ihn sehen?«

Afra bäumte sich auf, als hätte sie ein Pfeil getroffen. Ihr Gesicht war bleich wie das Wachs einer Osterkerze. Hastig riss sie ihr halb trockenes Kleid vom Stuhl und zog es sich über den Kopf.

Hallimasch folgte ihr, noch immer auf dem Bettrand sitzend, mit fragenden Blicken. Schließlich meinte er traurig: »Jetzt ekelst du dich wohl vor mir? Warum die plötzliche Eile?«

Afra hörte keine seiner Fragen. Sie spürte ein Würgen im Hals und schluckte. Schließlich trat sie vor den Jungen hin und sagte: »Wir sollten unsere Begegnung schnell vergessen. Versprichst du mir das? Wir dürfen uns nie wiedersehen! Hörst du? Nie wieder!«

Sie nahm Hallimaschs Kopf in beide Hände. Dann drückte sie ihm einen Kuss auf die Stirne und stürmte ins Freie.

Mit Tränen in den Augen überquerte sie den Domherrenhof. Da vernahm sie hinter sich Hallimaschs Stimme.

»Afra, du hast etwas vergessen!«

Afra erschrak, als ihr Name über den Platz hallte. Sie drehte sich um.

Hallimasch schwenkte etwas über dem Kopf – das Pergament!

ELFTES KAPITEL

Einen Augenblick zögerte sie, wollte nicht noch einmal zurückkehren. Wollte mit dem Pergament und ihrer Vergangenheit nichts mehr zu tun haben.

Doch während sie noch überlegte, hatte Hallimasch sie eingeholt und drückte ihr das Pergament in die Hand.

»Warum?«, fragte er zögernd und sah Afra durchdringend an, als könnte er in ihren feuchten Augen die Antwort lesen.

Afra schüttelte den Kopf.

»Warum?«, wiederholte er drängend.

»Glaub mir, es ist besser so.« Sie schob das Pergament in ihr Mieder und holte den Ring hervor. Mit einer raschen Bewegung streifte sie Jakob das Lederband mit dem Ring über. »Er wird dir Glück bringen«, flüsterte sie unter Tränen. »Und dich immer an mich erinnern. Sei gewiss, dass ich dich nie vergessen werde.« Ein letztes Mal blickte sie ihren Sohn an. Dann drehte sie sich um und rannte wie ein gehetztes Wild in Richtung Fischmarktgasse. Ihr Herz schlug bis zum Hals. Sie sah die Menschen nicht, die ihr mit Kopfschütteln hinterherblickten und vergeblich nach einem Verfolger Ausschau hielten. In ihrer Verwirrung blind rempelte sie wildfremde Leute an. Sie hetzte dahin, ohne zu wissen, warum, schämte sich vor sich selbst, vor sich und ihrer Vergangenheit.

Hätte sie sich Hallimasch zu erkennen geben müssen? Eine innere Stimme sagte Nein. Hallimasch führte ein glückliches Leben. Warum sollte sie ihn mit ihrer, mit seiner Vergangenheit belasten? Wenn sie ihr Geheimnis für sich behielt, würde der Junge nie erfahren, wer seine Mutter und sein Vater waren. War es nicht besser so?

12 Eine Hand voll schwarzer Asche

Das Jahr neigte sich dem Ende zu, und es wurde zeitig dunkel. Aus den Kaschemmen der Stadt drangen Lärm und Gesang. Die Schankwirte von Konstanz waren die eigentlichen Nutznießer des Konzils. In ihren Wirtsstuben konnte man, wenn es Abend wurde, kaum einen Sitzplatz bekommen, und das hatte seinen Grund. Der Not und dem eigenen Profit gehorchend, vermieteten durchaus honorige Bürger ihre Betten zwei Mal pro Nacht – von abends bis Mitternacht und von Mitternacht bis zum Morgen, sodass sich stets einer genötigt sah, die halbe Nacht in einer der zahlreichen Schankstuben zu verbringen.

Possenreißer, Wanderschauspieler und fahrende Sänger verkürzten den Gästen die Zeit. Vor allem die Sänger waren beliebt, die mit bauchigen Lauten und Rasseln das trinkfreudige Volk unterhielten. Besonderer Beliebtheit erfreute sich ein gewisser Wenzel von Wenzelstein, ein böhmischer Sänger, der aus verschiedenen Gründen Beachtung fand: Sänger Wenzel sang in holpriger Sprache Lieder mit schlüpfrigen Texten wie »Maidlein, Maidlein, waschet das Scheidlein, kommt sonst kein Knaiblein vor Eure Aiglein«. Schankstuben-Auseinandersetzungen hatten den fahrenden Sänger ein Ohr und das linke Auge gekostet. Er war also alles andere als eine Schönheit. Doch einem unerklärlichen Naturgesetz folgend, nach welchem hässlichen Männern die schönsten Frauen zufallen, wurde Wenzel von Lioba begleitet, einer orientalischen Schönheit, die bisweilen auf den Tischen tanzte und, so war gerüchteweise zu vernehmen, dabei mit Vorliebe ihre Kleider verlor.

Fahrende Sänger und Schauspieler, die durch die Stadt zogen, übten aber noch ein weiteres, einträgliches Geschäft aus.

Sie überbrachten Nachrichten in schriftlicher oder mündlicher Form. Und so war es kein Zufall, dass Wenzel von Wenzelstein vor ihrer Tür sang, als Afra aufgelöst von Hallimasch zurückkehrte. Sie hatte weder Auge noch Ohr für den unansehnlichen Gesellen und seine schöne Begleiterin und wollte sich gerade an ihm vorbeistehlen, als dieser sein Lautenspiel unterbrach und das Wort an sie richtete: »Ihr seid gewiss Afra. Ich habe eine Botschaft für Euch.«

In Gedanken hing Afra noch immer der Begegnung mit Hallimasch nach. Sie kam sich nichtswürdig und charakterlos vor und war nicht gewillt, dem fremden Sänger ihre Aufmerksamkeit zu schenken. Doch im selben Augenblick schoss es ihr durch den Kopf: Woher kennt der Sänger deinen richtigen Namen?

Und während sie vergeblich nach einer Antwort auf diese Frage suchte, während sie dem Fremdling ins Gesicht sah, ob sie ihm nicht schon einmal begegnet sei, deutete dieser ihr Schweigen als Bejahung seiner Frage, und er fuhr fort: »Ein gewisser Ulrich von Ensingen schickt mich, ein feiner Herr und großzügig obendrein, was nicht selbstverständlich ist in diesen Kreisen. Übrigens – Wenzel von Wenzelstein ist mein Name, falls Ihr von mir noch nicht gehört habt.«

Der einäugige Sänger machte eine Art Kratzfuß, was bei seiner Übertreibung und dem wilden Äußeren eher komisch aussah. Obendrein gab seine Laute bei der übertriebenen Ehrenbezeugung ein paar schräge Töne von sich, als hätte er einer Katze auf den Schwanz getreten.

»Ich habe mit Meister Ulrich nichts zu schaffen«, entgegnete Afra hilflos. Sie fühlte sich von dem zwielichtigen Boten in die Enge getrieben, witterte, wie so oft und nicht unbegründet, eine Falle.

»Soll sagen«, fuhr Wenzel von Wenzelstein eher singend als sprechend fort, »Ihr möget ihm sein Verhalten verzeihen. Meister Ulrich stehe unter Beobachtung. Oder er werde von gewissen Leuten beschattet. Ja, so pflegte er sich auszudrücken. Im Übrigen soll ich Euch das hier überreichen.«

Unerwartet zog Wenzel von Wenzelstein ein Papier aus der Tasche, einen Handteller groß gefaltet und kaum zu erkennen vor dem düsteren Hauseingang.

»Wenn es Euch recht ist, lässt Meister Ulrich ausrichten, wolle er Euch treffen. Zeit und Ort findet Ihr auf diesem Papier. Es grüßt Euch Wenzel von Wenzelstein.«

Zusammen mit seiner Begleiterin verschwand der rätselhafte Bote in der Dunkelheit.

Am Ende ihrer Kräfte suchte Afra ihre Kammer auf. Aufgeregt entfaltete sie das Papier und ließ ihren Blick über die feinen Schriftzeichen gleiten. Sie sah, wie ihre Hände zitterten.

Im Haus herrschte Unruhe. Der neapolitanische Sondergesandte tadelte seinen Sekretär mit lauter Stimme wegen eines nicht näher erkennbaren Versäumnisses, und sein Kutscher und der Vorreiter vergnügten sich unüberhörbar in Gesellschaft zweier fremdsprachiger Hübschlerinnen mit lautem Stimmorgan.

Im Leben jedes Menschen gibt es Tage, da überschlagen sich die Ereignisse ohne sein Zutun. Für Afra war dies so ein Tag. Sie hatte sich gerade zur Ruhe gelegt, friedlos und von hin und her springenden Gedanken verfolgt, als Meister Pfefferhart an die Tür klopfte und im Flüsterton rief: »Witwe Kuchler, vor dem Haustor stehen zwei Magister. Ihre Namen wollen sie nicht nennen. Sie sagen, Ihr wüsstet schon, worum es sich handelt. Darf ich sie hereinlassen?«

»Einen Augenblick!« Afra erhob sich und öffnete das Fenster zur Fischmarktgasse. Vor der Türe standen zwei wohl gekleidete Männer. Der eine trug eine Kappe tief ins Gesicht gezogen, der andere hatte eine Fackel in der Hand. Sie erkannte ihn sofort. Es war Johann von Reinstein.

»Lasst sie ein!«, rief Afra durch die Zimmertür.

Pfefferhart entfernte sich. Und Afra zog sich ein Kleid über. Wenig später klopfte es an die Tür.

»Ich hoffe, Ihr wart noch nicht zu Bett«, entschuldigte sich Johann von Reinstein mit gedämpfter Stimme, »aber meinem

Freund, Magister Hus, ließ Euer Bericht über das CONSTITUTUM CONSTANTINI keine Ruhe.«

Reinsteins Begleiter zeigte keine Regung. Stumm blickte er Afra ins Gesicht, und plötzlich wusste Afra, wer der Fremde war: Magister Jan Hus.

»Ihr?«, rief Afra verlegen.

Hus nahm die Kappe ab und legte seinen Zeigefinger auf die Lippen. »Es ist für jeden von uns besser, wenn diese Begegnung geheim bleibt.«

Mit einer Handbewegung forderte Afra die beiden Männer auf einzutreten. Sie war mit einem Mal hellwach.

»Versteht mich recht«, begann der Bärtige, nachdem sie an dem kleinen Tisch in der Fensternische Platz genommen hatten, »mir geht es nicht um den Besitz des Dokuments, sondern einzig und allein um den Inhalt. Reinstein sagte, das Pergament befinde sich hier in der Stadt an geheimem Ort.«

Wie gebannt starrte Afra auf den böhmischen Gelehrten. Sie wurde von Zweifeln geplagt, wie sie sich verhalten sollte. Aber wenn es einen Menschen gab, ging es ihr durch den Kopf, der bereit war, das Geheimnis um das vergessene Pergament ohne eigenen Vorteil zu lüften, dann war es Magister Hus.

Dennoch kostete es sie einige Überwindung, als sie sich erhob, das Pergament unter dem Strohsack ihrer Bettstatt hervorzog und vor Hus und Reinstein auf den Tisch legte. »Wie Ihr seht, Magister Hus«, sagte Afra mit gespielter Gelassenheit, »ist das Pergament sogar hier in diesem Raum.«

Sprachlos sahen sich die Männer an. Beinahe schien es, als schämten sie sich wegen ihrer Aufdringlichkeit. Jedenfalls hatten sie alles erwartet, nur nicht, dass die Frau ihnen das Dokument so bedenkenlos vor Augen führen würde.

»Und Ihr habt wirklich keine Ahnung, worum es sich bei dem CONSTITUTUM CONSTANTINI handelt?«, fragte Hus ungläubig.

»Nein«, entgegnete Afra. »Seht, ich bin eine einfache Frau. Das, was mir an Bildung zuteil wurde, verdanke ich meinem

Vater, einem Bibliothekar. Und er war es auch, der mir dieses Pergament hinterlassen hat.«

»Und Euer Vater, wusste er um die Bedeutung des Dokuments?«

Afra schob die Unterlippe nach vorne, eine Angewohnheit, der sie sich immer dann bediente, wenn sie keine rechte Antwort wusste. Schließlich meinte sie: »Manchmal bin ich geneigt, es zu glauben, dann aber auch wieder nicht. Denn einerseits meinte mein Vater, ich sollte mich dieses Dokuments nur dann bedienen, wenn ich nicht mehr weiterwüsste. Es sei für seinen Besitzer von unschätzbarem Wert. Andererseits hätte er sich töricht verhalten, wenn er, im Besitz einer solchen Kostbarkeit, diese unangetastet gelassen hätte, während er samt Frau und fünf Töchtern darbte. Aber woher wollt *Ihr* überhaupt wissen, was in dem Pergament geschrieben steht?«

Hus und Reinstein tauschten vielsagende Blicke aus. Keiner gab eine Antwort. Dann aber, als hätte er plötzlich alle Bedenken über Bord geworfen, griff Hus nach dem blassgrauen Pergament und entfaltete es behutsam.

Er stutzte. Hus drehte das Pergament um. Schließlich hielt er es vor das flackernde Licht einer Kerze und warf Afra einen fragenden Blick zu.

»Das Pergament ist leer!«, knurrte er ungehalten.

Reinstein nahm Hus das Pergament aus der Hand und kam zu demselben Ergebnis.

»Das scheint nur so«, erwiderte Afra und erhob sich triumphierend. Aus ihrem Gepäck fingerte sie eine Phiole und verspritzte ein paar Tropfen über das Pergament auf dem Tisch. Mit einem Sacktuch verwischte sie die Tropfen. Die Männer sahen ihr stumm und misstrauisch zu.

Als sich auf dem Dokument die ersten Schriftschatten zeigten, erhoben sich Hus und Reinstein von ihren Stühlen. Über das Pergament gebeugt, verfolgten sie das Wunder der Erscheinung einer geheimnisvollen Schrift.

»Beim heiligen Wenzel«, murmelte Johann von Reinstein

andächtig, als ginge es darum, den Vorgang nicht durch laute Worte zu stören. »Hast du so etwas jemals schon gesehen?«

Hus schüttelte staunend den Kopf. An Afra gewandt meinte er schließlich: »Bei allen Heiligen, Ihr seid eine Alchimistin!«

Afra lachte, beinahe spöttisch. Dabei war ihr nach allem, nur nicht nach Spott zumute: »Der Brief ist in einer Geheimschrift geschrieben, und es bedarf einer Tinktur, die Botschaft sichtbar zu machen. Ein Alchimist im Kloster Montecassino überließ sie mir. Sie heißt ›Aqua Prodigii‹. Ihr solltet Euch jedoch beeilen, den Text zu lesen. Denn kaum ist er erschienen, verblasst er auch schon wieder.«

Mit zitternder Hand fuhr Hus über die aus dem Nichts aufgetauchte Botschaft in lateinischer Sprache, lispelte Zeile für Zeile kaum vernehmbar vor sich hin und sprach ab und an eine halblaute Übersetzung: »Wir Johannes Andreas Xenophilos – im Pontifikat Hadrians II. – Gift meinen Atem lähmen – Auftrag, ein Pergament niederzuschreiben – mit eigener Hand geschrieben habe ...«

Hus legte das Pergament beiseite und starrte ausdruckslos ins Kerzenlicht. Reinstein, der Hus die ganze Zeit über die Schulter geblickt hatte, ließ sich stumm auf seinen Stuhl fallen und schlug die Hände vors Gesicht.

Afra saß wie auf Kohlen. Mit flackernden Augen betrachtete sie das bleiche Gesicht von Jan Hus. Ihr lag nicht nur *eine* Frage auf der Zunge; aber Afra wagte nicht, Hus anzusprechen.

»Ihr wisst, was das bedeutet?«, beendete Hus die drückende Stille.

»Mit Verlaub«, erwiderte Afra, »nur so viel, dass ein offenbar wichtiges Dokument des Papstes von einem Benediktinermönch gefälscht wurde. Nun spannt mich nicht auf die Folter. Welche Bewandtnis hat es mit diesem Dokument, diesem CONSTITUTUM CONSTANINI?«

Um sich zu beruhigen, strich Hus mit der Rechten über seinen krausen Backenbart. Dabei verfolgte er staunend, wie die Schrift auf dem Pergament anfing, sich zu verflüchtigen. Schließlich begann er mit leiser gepresster Stimme: »Es gibt Schandtaten in der Geschichte der Menschheit, die sind außerhalb unserer Vorstellungskraft, weil sie im Namen Gottes des Allerhöchsten geschahen. Dies ist eine solche Schandtat, ein Frevel an der ganzen Menschheit.«

Johann von Reinstein ließ die Hände sinken und nickte Hus ergeben zu.

Dann fuhr Jan Hus fort: »Die römische Kirche, die Kardinäle, Bischöfe, Pröpste und Äbte und nicht zuletzt die Päpste sind die reichste Organisation auf dieser Welt. Papst Johannes lebt in Saus und Braus, er finanziert Fürsten und Könige, so sie nach seiner Pfeife tanzen. Erst jüngst hat König Sigismund den römischen Pontifex um zweihunderttausend Goldgulden angepumpt. Habt Ihr Euch schon einmal überlegt, woher das viele Geld kommt, über das Papst und Kirche verfügen?«

»Nein«, antwortete Afra, »ich dachte, der Reichtum des Papstes sei buchstäblich gottgegeben. Ich hätte, obwohl ich nicht sehr fromm erzogen wurde und mit den Pfaffen so meine Erfahrungen gemacht habe, nie gewagt, den Besitz der Kirche in Frage zu stellen.«

Da wurde Hus auf einmal lebendig. Er richtete sich auf und zeigte mit dem Finger zum Fenster: »So wie Ihr denken viele«, rief er erregt, »um nicht zu sagen alle Christenmenschen. Niemand wagt es, Anstoß zu nehmen am Protz und Pomp der Mutter Kirche. Dabei hat uns der Herr Armut und Demut gelehrt, als er auf Erden wandelte. Noch Jahrhunderte nach seiner Menschwerdung war unsere Heilige Mutter Kirche eine armselige Gemeinschaft von Hungerleidern. Und heute? – Hungerleider gibt es genug auf Erden, aber nicht unter den Päpsten, Bischöfen und Kardinälen. Denn nach und nach verstanden es die Päpste, Pfründe, Ländereien und Besitztum an sich zu raffen. Und als im achten Jahrhundert Zweifel aufkamen, ob der Raubbau am Besitz der Menschheit rechtens sei und die Billigung des Allerhöchsten fände, kam ein Papst – vermutlich Hadrian II. – auf eine ebenso geniale wie verwerfliche Idee.«

»Er ließ eine Urkunde fälschen«, unterbrach Afra aufgeregt, »eben dieses CONSTITUTUM CONSTANTINI! Aber was steht da drin?«

»Das soll Euch Magister Johann von Reinstein erklären. Er hielt das vermeintliche Original des CONSTITUTUMS bereits in Händen!«

»Bei meinen Studien«, begann der Magister, »bearbeitete ich diese Urkunden des Vatikanischen Geheimarchivs. Unter anderem auch das CONSTITUTUM CONSTANTINI. In diesem von Kaiser Konstantin unterzeichneten Dokument macht der oströmische Herrscher das Abendland Papst Silvester zum Geschenk, aus Dankbarkeit für seine wundersame Heilung vom Aussatz.«

»Aber ...«, bemerkte Afra aufgeregt.

Doch noch ehe sie einen Einwand vorbringen konnte, fuhr Reinstein fort: »So gesehen waren Besitz und Reichtum der Kirche zumindest rechtens, wenn auch moralisch verwerflich. Beim Studium des Textes der Urkunde fielen mir jedoch einige Ungereimtheiten auf. Da war einmal die Sprache, dieses typische Kirchenlatein unserer Zeit, welches sich deutlich vom Latein in spätrömischer Zeit unterscheidet. Außerdem wurde Bezug genommen auf Daten und Ereignisse, welche erst Jahrhunderte nach Ausstellung des Dokuments stattgefunden haben. Das machte mich skeptisch, doch wagte ich nicht, an der Echtheit eines so bedeutsamen Pergaments zu zweifeln. Magister Hus, an den ich mich Rat suchend wandte, hielt es durchaus für möglich, dass das CONSTITUTUM eine üble Fälschung sei, meinte jedoch, ich solle meine Entdeckung für mich behalten, solange die Fälschung nicht bewiesen werden könne. Doch daran« – Reinstein nahm das beinahe wieder verblasste Pergament in beide Hände – »kann nun wohl kein Zweifel mehr bestehen.«

Während Reinsteins Rede waren die letzten Jahre noch einmal vor Afras Augen abgelaufen. Plötzlich fügten sich die Dinge. Doch glücklicher, vor allem ruhiger machte sie diese Erkenntnis nicht. Im Gegenteil. Bisher hatte sie nur eine Ahnung vom Wert des Pergaments. Nun aber wusste sie mit Bestimmtheit, dass es im ganzen christlichen Abendland kein Dokument von solcher Brisanz und von so großer Bedeutung gab.

Ihr Vater mochte es vielleicht gut gemeint haben, als er ihr das Pergament hinterließ; doch Afra zweifelte, ob er wirklich das ganze Ausmaß seiner Bedeutung erkannte. Sie jedenfalls fühlte sich der Situation nicht mehr gewachsen. Denn bei dem Pergament ging es nicht nur um unermesslich viel Geld, es ging um die Grundfesten der römischen Kirche. Plötzlich am Ziel ihrer abenteuerlichen Reise angelangt, fühlte sie sich schwach. Ihr fehlte eine starke Schulter zum Anlehnen. Unwillkürlich kam ihr dabei Ulrich von Ensingen in den Sinn. Und wenn sie noch gezögert hatte, Ulrichs Einladung zu einer klärenden Aussprache anzunehmen, so waren von diesem Augenblick an alle Bedenken beseitigt.

In ihrer Stimme schwangen Hilflosigkeit und Angst mit, als sie an Magister Hus gewandt fragte: »Was soll nun geschehen?«

Jan Hus und Johann von Reinstein saßen sich stumm gegenüber und sahen sich in die Augen, als wolle jeder dem anderen die Antwort überlassen.

»Behaltet das belastende Dokument fürs Erste in Eurer Obhut. Niemand wird es hier bei Euch vermuten«, meinte Hus nach langem Nachdenken. »Papst Johannes hat mich für morgen zum Rapport gebeten. Vermutlich will er mir noch einmal ins Gewissen reden, ich solle meine Thesen widerrufen. Dabei bestärkt mich dieses Pergament in meiner Auffassung: Die römische Kirche ist zu einer Sippschaft protzender Pfauen, maßloser Völler und herumhurender Lüstlinge verkommen, die sich auf Kosten der Allgemeinheit bereichern. Das kann nicht der Wille unseres Herrn sein, der in Bescheidenheit und Demut auf Erden wandelte. Ich bin gespannt, was der Stellvertreter Gottes zu sagen hat, wenn ich ihn mit dem Inhalt des Pergaments konfrontiere.«

»Er wird abstreiten, dass das Pergament überhaupt existiert«, wandte Johann von Reinstein ein.

Afra schüttelte den Kopf: »Das glaube ich nicht. Papst Johannes weiß von dem Pergament. Durch eine Reihe unglücklicher

Verkettungen erhielt er davon Kenntnis. Als ich, um den Inhalt des Pergaments überhaupt sichtbar zu machen, in Ulm einen Alchimisten aufsuchte, konnte ich nicht ahnen, dass es sich bei Rubaldus, so der Name des Alchimisten, um einen Spitzel des Bischofs von Augsburg handelte, der wiederum ein glühender Parteigänger des römischen Papstes ist.«

»Dann weiß also auch dieser Rubaldus Bescheid?«

»Er wusste, Magister Hus. Rubaldus kam wenig später auf seltsame Weise ums Leben.«

Die Augen des Magisters funkelten zornig, und Johann von Reinstein blickte besorgt: »Ihr wisst, dass auch Euer Leben in höchster Gefahr ist, Witwe Gysela.«

»Nicht, wenn Ihr das Geheimnis für Euch behaltet!«

»Seid versichert, nicht einmal unter peinlicher Befragung würde einer von uns auch nur ein Wort von unserer Unterredung verraten«, entgegnete Hus, und seine Rede klang durchaus glaubhaft. »Es ist nur«, fuhr er fort, »wenn der Alchimist Euch verraten hat, und davon ist ja wohl auszugehen, dann wird Papst Johannes nicht eher ruhen, bis er das Pergament an sich gebracht hat. Und ein Mann wie Papst Johannes geht, das wissen wir, über Leichen.«

»Mag sein, Magister Hus. Aber wie sich gezeigt hat, hat der Papst längst eingesehen, dass es ihm nicht weiterhilft, die Besitzerin des Pergaments zu beseitigen, solange er das belastende Dokument nicht an sich gebracht hat. Im Übrigen bin ich eine andere als die, welche angeblich im Besitz des Pergaments ist.«

Hus und Reinstein sahen sich ungläubig an. Die Frau wurde ihnen immer unheimlicher. »Eine andere?«, fragte Hus. »Das müsst Ihr uns erklären. Ihr sagtet doch, Euer Name sei Gysela Kuchlerin!«

»Gysela Kuchlerin ist tot. Sie starb in Venedig an der Pest. Die Kuchlerin hatte den Auftrag, mich auszukundschaften. Nicht vom Papst übrigens, sondern von einer Organisation abtrünniger Kleriker, die vorgab, für den Papst zu arbeiten. In Wahrheit aber hatten sie vor, den Papst mit dem Pergament zu erpressen.

Als ich Zeuge vom Tod der Kuchlerin wurde, kam mir die Idee, *mich* sterben zu lassen und als Gysela weiterzuleben.«

»Bei der Heiligen Jungfrau, Ihr seid ein Teufelsweib!«, entfuhr es Johann von Reinstein. Als er Hus' strafenden Blick bemerkte, fügte er entschuldigend hinzu: »Verzeiht meine hässlichen Worte. Sie sind nur Ausdruck meiner Bewunderung. Gott erhalte Euch Eure weibliche Raffinesse.«

Lange nach Mitternacht verabschiedeten sich Hus und Reinstein. Am Tag nach dem folgenden wollten sie sich erneut treffen, um das weitere Vorgehen zu bereden.

Nach einer unruhigen Nacht, in der sie halb wachend, halb träumend von dunklen Gedanken bedrängt wurde, fieberte Afra dem Treffen mit Ulrich von Ensingen entgegen. Ein um das andere Mal drehte sie das Papier in ihren Händen, auf dem der Dombaumeister Zeit und Treffpunkt und drei inhaltsschwere Wörter notiert hatte: »Um die Mittagsstunde, hinter dem Rheintor-Turm. Ich liebe dich.«

Lange vor der Zeit fand Afra sich am genannten Treffpunkt ein. Der Ort war günstig gewählt, denn an dem nördlich der Dompropstei gelegenen Tor herrschte reger Verkehr. Händler karrten ihre Waren herbei, und die Gespanne stauten sich über die Rheinbrücke hinaus bis zur Straße nach Radolfszell. Um den Brückenzoll wurde gefeilscht und gehandelt. Und noch immer strömten Konzilteilnehmer in die Stadt. Aus Erfahrung wusste man, dass so ein Konzil Jahre dauerte und in den ersten Monaten ohnehin keine Entscheidungen getroffen wurden.

Nicht ohne Grund hatte Afra ihr bestes Kleid angelegt, die Haare zu dicken Zöpfen geflochten und um den Kopf gesteckt. Sie war aufgeregt wie bei ihrem ersten Treffen in der Bauhütte auf dem Ulmer Münster. Seither waren acht Jahre vergangen, Jahre, die ihr Leben verändert hatten.

»Afra!«

Sie hätte seine Stimme unter hundert anderen erkannt. Afra wandte sich um.

Einen Moment standen sich beide wortlos gegenüber, dann fielen sie sich in die Arme. Vom ersten Augenblick an empfand Afra die Wärme, die von Ulrich ausging. Spontan wollte sie ihm gestehen, dass sie ihm noch immer in Liebe zugetan war, aber dann siegte die Erinnerung an die letzten Tage in Straßburg, und sie presste die Lippen aufeinander und schwieg.

»Ich möchte dir sagen, wie Leid es mir tut«, begann Ulrich. »Unglückliche Umstände haben einen Keil des Misstrauens zwischen uns getrieben. Niemand wollte das – du nicht und ich nicht.«

»Warum hast du mich mit dieser Bischofsschlampe betrogen?«, zischelte Afra beleidigt.

»Und du? Wirfst dich diesem Scheusal von Bischof an den Hals!«

»Da war nichts.«

»Und das soll ich dir glauben?«

Afra hob die Schultern. »Es ist schwer zu beweisen, dass etwas *nicht* geschehen ist!«

»Eben. Wie soll ich beweisen, dass ich *nicht* mit der Hure von Bischof Wilhelm geschlafen habe? Das Ganze war ein abgekartetes Spiel Seiner Eminenz. Ich weiß jetzt, dass man mir ein Elixier in den Wein geschüttet hat, und ganz allmählich verlor ich das Bewusstsein. Alles sollte so aussehen, als vergnügte ich mich mit seiner Hure. Doch der Vorwand diente nur dazu, mich zu erpressen. Bischof Wilhelm von Diest hatte von dem Pergament Wind bekommen. Er war sich wohl sicher, dass *ich* das Pergament unter Verschluss hielt. Heute weiß ich, dass der Bischof es war, der mich verhaften ließ wegen des Mordes an Werinher Bott.«

»Und wer hat ihn wirklich umgebracht?«

»Eine geheime Loge abtrünniger Kleriker, die den Dombaumeister loswerden wollten. Er redete wohl ein bisschen zu viel. Und dann war ein Mann im Rollstuhl nicht wendig genug und bedeutete für diese Leute eine Gefahr. Jedenfalls trug er das gleiche Kainsmal auf dem Unterarm wie der tote Kapuzenmann im Dom.«

»Ich weiß, ein Kreuz mit einem schrägen Querbalken.«

»Du weißt?« Ulrich sah Afra staunend an. Dann nahm er ihren Arm. Sie mussten befürchten, dass unliebsame Zeugen ihr Gespräch belauschten. Deshalb gingen sie am Flussufer ein Stück rheinabwärts. »Woher weißt du das?«, wiederholte Ulrich seine Frage.

Afra lächelte selbstsicher. »Das ist eine lange Geschichte«, meinte sie, und dabei blickte sie auf den sich träge dahinwälzenden Fluss. Nach und nach erzählte sie von ihrer Irrfahrt ins Salzburgische und nach Venedig, wie sie der Pestseuche entkam und als Gysela Kuchlerin weiterreiste, und sie berichtete, was sie über die Abtrünnigen erfahren hatte, zuerst in Venedig und später im Kloster Montecassino.

Manches klang so unglaublich, dass Ulrich stehen blieb und Afra in die Augen blickte, um festzustellen, ob sie auch wirklich die Wahrheit sagte.

»Und wo ist das Pergament jetzt?«, fragte er, als Afra geendet hatte.

Ihr Misstrauen gegenüber Ulrich war noch immer nicht ganz beseitigt. Deshalb antwortete sie, ohne ihn anzusehen: »An einem sicheren Ort.« Von Ulrich unbemerkt, griff sie an ihr Mieder. Dann sagte sie: »Ich habe lange gedacht, du wärest ebenfalls ein Anhänger dieser Abtrünnigen und trügst so ein Kainsmal auf dem Unterarm.«

Abrupt blieb Ulrich stehen. Man konnte sehen, wie es in ihm arbeitete. Und während er den rechten Ärmel hochkrempelte, sagte er in leisem Tonfall: »Dann hast du also auch geglaubt, dass meine Liebe zu dir, all meine Leidenschaft gespielt war, geheuchelt um des schnöden Mammons wegen?«

Afra antwortete nicht. Sie schämte sich und wandte sich ab, als Ulrich ihr den entblößten Unterarm hinhielt. Endlich sah sie ihm ins Gesicht, und ihr blieb nicht verborgen, dass Ulrich Tränen in den Augen hatte.

»Ich komme mir schäbig vor«, erklärte sie stockend, »ich wünschte, unser Leben wäre anders verlaufen. Aber dieses gottverdammte Pergament hat einen anderen Menschen aus mir gemacht. Es hat alles zerstört.«

»Unsinn. Du bist dieselbe wie früher und nicht weniger liebenswert.«

Ulrichs Worte taten ihr gut, denn sie war niedergeschlagen. Trotzdem war sie nicht in der Lage, ihn zu küssen. Dabei wünschte sie sich nichts sehnlicher in diesem Augenblick.

Und während sie der Gedanke über alle Maßen beschäftigte und sie sich selbst verwünschte, weil sie nicht in der Lage war, über ihren Schatten zu springen, holte Ulrich sie in die Wirklichkeit zurück. »Konntest du in Erfahrung bringen, welche Bewandtnis es mit dem Pergament hat? Worum geht es in diesem CONSTITUTUM CONSTANTINI? Ich wagte nicht weitere Nachforschungen anzustellen, denn ich wollte weder mich noch dich einem Verdacht aussetzen.«

Gerade wollte Afra berichten, was sie in der Nacht zuvor erfahren hatte, als Ulrich von Ensingen ihr ins Wort fiel und ihren Arm ergriff. »Da, der Mann im schwarzen Umhang!« Er deutete mit dem Kopf in Richtung der Dompropstei. »Mag sein, dass ich schon Gespenster sehe; aber seit meiner Anwesenheit in Konstanz fühle ich mich ständig von einer dieser finsteren Gestalten verfolgt.«

Afra betrachtete den Mann unauffällig aus der Ferne, ohne ihn aus den Augen zu lassen. An Ulrich gewandt erwiderte sie: »Was machst du überhaupt in Konstanz? Sag bloß nicht, du hättest nach mir gesucht. Denn was mich betrifft, war es ein Zufall, der mich hierher geführt hat.«

Ulrich dachte nicht lange nach. Er hatte nichts zu beschönigen und sagte frei heraus: »Ich will weg von Straßburg. Die Stadt hat mir kein Glück gebracht. Ich hatte dich verloren. Und im Schatten des Münsters wurde ich Tag für Tag daran erinnert, dass ich dort, wenn auch unschuldig, einmal im Gefängnis saß. Zwar sitzt mein größter Widersacher, Bischof Wilhelm von Diest, jetzt selbst im Kerker, aber mit Straßburg verbinden sich zu viele unangenehme Erlebnisse.«

»Bischof Wilhelm, der mächtige Kirchenfürst, hinter Gittern? Das klingt beinahe unglaublich!«

Ulrich nickte. »Sein eigenes Domkapitel hat den mächtigen Bischof hinter Schloss und Riegel gebracht. Letztlich war es sein ausschweifender Lebensstil, der ihm zum Verhängnis wurde. Damit habe ich in Straßburg zwar einen Feind weniger, aber eben nur einen von vielen.«

»Und jetzt suchst du hier nach einem neuen Auftraggeber?«

»Ganz recht. Mein Ruf als Dombaumeister ist nicht der schlechteste. Die Dome in Ulm und Straßburg finden Bewunderer in aller Welt. Ich habe bereits mit einer Abordnung aus Mailand verhandelt. Man hat mir angeboten, den Dom in Mailand zu vollenden.«

Plötzlich hielt Ulrich in seiner Rede inne. Mit den Augen zeigte er auf einen zweiten Mann im dunklen Umhang. »Es ist besser, wenn wir uns trennen«, meinte er. »Für alle Fälle sollten wir getrennte Wege nehmen. Leb wohl!«

»Leb wohl!« Afra war wie vor den Kopf gestoßen. Der plötzliche Abschied ließ sie sprachlos zurück. Sie schluckte. Sollte dies ein Abschied für immer sein? Ratlos blickte sie Ulrich nach, der hurtig in einer belebten Seitengasse verschwand.

Mit verwirrten Gefühlen machte sie sich auf den Rückweg. Bewusst nahm sie eine andere Richtung, um etwaige Verfolger abzuschütteln. In Gedanken war Afra bei Ulrich. Sie hatte ihm unrecht getan, das wusste sie jetzt. Sie hatte in das Wiedersehen große Hoffnungen gesetzt, vielleicht zu große Hoffnungen. War es vielleicht schon zu spät?

Vor dem Haus in der Fischmarktgasse erwarteten Afra zwei Männer. Sie war ganz sicher, dass einer der beiden sie und Ulrich am Rheintor-Turm beobachtet hatte. Dieser Mann war Amandus Villanovus.

»Verzeiht, ich möchte nicht aufdringlich wirken«, begann er ohne Umschweife, »aber mir sind noch immer Eure Worte gegenwärtig, Witwe Gysela!«

Afra zuckte zusammen. Die Art, wie er ihren Namen aussprach, machte sie misstrauisch. »Ich habe alles gesagt, was Euch von Nutzen sein kann«, erwiderte sie schnippisch.

»Gewiss, gewiss! Aber je länger ich über Euren Bericht nachgedacht habe, desto unwahrscheinlicher erscheint es mir, dass Jungfer Afra das Pergament mit in den Tod genommen hat. Nach allem, was ich über diese Person in Erfahrung bringen konnte, war sie ein intelligentes und raffiniertes Frauenzimmer. Sie besaß sogar gewisse Lateinkenntnisse, worum sie manche Äbtissin beneidet hätte. Ich glaube nicht, dass sie ein Dokument von so großer Bedeutung in ihrer Kleidung versteckte wie einen Ablassbrief für einen Gulden. Meint Ihr nicht auch, Witwe Gysela?«

Die Worte des Abtrünnigen versetzten Afra in große Unruhe. Heiß und kalt lief es ihr über den Rücken, und für einen Augenblick trug sie sich mit dem Gedanken, einfach fortzulaufen. Aber ebenso schnell kam ihr in den Sinn, dass sie sich dadurch erst recht verdächtig gemacht hätte. Sie musste sich zwingen, ruhig zu bleiben.

Schließlich antwortete sie, während der zweite Mann sie mit unverschämten Blicken musterte wie eine Ware, die auf dem Markt zum Verkauf steht: »Da habt Ihr zweifellos Recht, Magister Armandus. Wenn ich Euch recht verstehe, dann vermutet Ihr das Pergament noch immer in Venedig?«

»Durchaus möglich. Allerdings besteht auch die Möglichkeit, dass Afra das Pergament vor ihrem Tod an einen anderen oder eine andere weitergegeben hat.« Armandus sah Afra mit durchdringenden Augen an.

»Ihr glaubt, dass *ich* das Pergament besitze?« Afra lachte gekünstelt. »Ich fühle mich geschmeichelt, dass Ihr mir so viel Raffinesse zutraut. Aber ehrlich gesagt wüsste ich nicht einmal, was ich damit anfangen sollte.«

»Unsinn«, beteuerte der Abtrünnige, »daran habe ich nie gedacht. Ich könnte mir jedoch vorstellen, dass diese Afra Euch gegenüber einmal eine Andeutung gemacht hat, wem ihr besonderes Vertrauen gilt. Versucht Euch zu erinnern.«

»Nicht dass ich wüsste«, reagierte Afra scheinbar nachdenklich.

»Da ist dieser Dombaumeister Ulrich von Ensingen«, begann Amandus Villanovus mit einem hinterhältigen Grinsen. »In Straßburg lebten die beiden wie Mann und Frau, in Sünde sozusagen ...«

»Das stimmt – sie erwähnte es während unserer Reise. Sie sagte aber auch, die Beziehung sei aus mancherlei Gründen beendet. Überhaupt gab Afra nur wenig von ihrem Privatleben preis.« Im Innersten zitterte Afra. Sollte sie sagen, dass sie sich mit Ulrich von Ensingen getroffen hatte? Oder sollte sie es besser verschweigen? Die Frage war: Hatte Armandus sie am Rheintor-Turm erkannt?

»Ihr solltet noch einmal darüber nachdenken!« Die Stimme des Abtrünnigen hatte einen merkwürdigen Unterton. »Es soll zu Eurem Schaden nicht sein.«

Mit gesenktem Kopf tat Afra, als ginge sie die Reise nach Venedig noch ein Mal Tag für Tag durch. Doch in ihrem Gehirn war nur hilflose Leere. Sie wusste nicht, wie sie sich verhalten sollte. Nach einer Weile erwiderte sie: »Tut mir Leid, Magister Amandus, aber mir fällt nichts ein, das Euch weiterhelfen könnte.«

»Das finde ich äußerst schade.« Seine Worte klangen wie eine Drohung. »Nun, ich bin sicher, Euch fällt noch etwas ein. Wir kommen wieder. Überlegt es Euch gut, sonst ...«

Der Abtrünnige zog es vor, den Satz nicht zu vollenden; doch Afra blieb die Drohung nicht verborgen.

Grußlos, mit einer angedeuteten Verbeugung wandten sich die beiden Männer um und verschwanden im Menschengewühl der Fischmarktgasse.

In sicherer Entfernung blieb Amandus Villanovus stehen und sah seinen Begleiter fragend an.

»Was hältst du von ihr?«, presste er durch seine schmalen Lippen.

Der Begleiter grinste zynisch. »Das war nie und nimmer die

Gysela Kuchlerin, mit der ich in der Kirche Madonna dell'Orto in Venedig gesprochen habe – so wahr ich Joachim von Floris heiße.«

Obwohl sie vereinbart hatten, am folgenden Tag ihr weiteres Vorgehen zu besprechen, erschien Hus nicht zur genannten Stunde. Dies und die neuerliche Begegnung mit den Abtrünnigen waren nicht gerade dazu angetan, Afra zu beruhigen.

Als am folgenden Tag König Sigismund, von Speyer kommend, unter großem Pomp in Konstanz einzog und im Rippenhaus, gegenüber dem Münster, Wohnung nahm, nützte Afra das allgemeine Durcheinander in der Stadt, um sich unbemerkt zum Haus der Fida Pfister zu begeben, wo Jan Hus Unterkunft genommen hatte. Das Pergament trug sie auf dem Leib. Wohl war ihr dabei nicht.

Afra fiel auf, dass Schergen überall in der Stadt damit beschäftigt waren, Flugblätter mit den Thesen, welche Hus mit Mehlkleister an Mauern und Hauswände geklebt hatte, zu entfernen. Ein Scherge, den Afra befragte, erklärte, Papst Johannes habe ihnen den Auftrag erteilt. Auch wenn er dabei gegen seine Überzeugung handle, sei er gezwungen, den Befehl auszuführen.

Vor dem Haus der Fida Pfister hatte sich eine aufgebrachte Menschenmenge versammelt. Auf einem Schemel stehend, versuchte Johann von Reinstein vergeblich gegen den lärmenden Pöbel anzukämpfen. Es dauerte eine Weile, bis Afra begriff, worum es überhaupt ging: Während die einen drohend die Fäuste reckten und »Ketzer!« und »Handlanger des Teufels!« riefen, bildeten andere einen Kreis um Magister Johann, um Übergriffe zu verhindern. Nur mit Mühe gelang es Afra, an Reinstein heranzukommen. »Was ist geschehen?«, rief sie atemlos.

Als Johann von Reinstein Afra erblickte, stieg er von seinem Schemel herab und brüllte Afra ins Ohr: »Sie haben Jan Hus gefangen genommen. Er soll noch heute der Ketzerei angeklagt werden.«

»Aber Hus besitzt einen Freibrief des Königs. Niemand darf ihm den Prozess machen, nicht einmal der Papst!«

Reinstein lachte bitter: »Ihr seht ja, was dieses Papier wert ist. Nicht mehr als ein billiger Ablassbrief, nämlich gar nichts.«

»Und wo befindet sich Magister Hus jetzt?«

»Ich weiß es nicht. Die Schergen, welche Hus die Handschellen anlegten, waren nicht bereit, darüber Auskunft zu geben.«

Ein Frauenzimmer, das ihre laute Unterhaltung mitbekommen hatte, mischte sich ein: »Sie haben ihn auf die Insel gebracht, ins Kloster der Dominikaner. Ich habe es mit eigenen Augen gesehen. Es ist ein Jammer. Hus ist kein Ketzer. Er wagte nur auszusprechen, was viele denken.«

»Allzu viele können es wohl nicht sein«, meinte Johann von Reinstein mit einer ausholenden Armbewegung über die geifernde Menge. Er war verbittert.

»Und was wollt Ihr jetzt tun?«, drängte Afra.

Der Magister zuckte mit den Schultern. »Was kann ich schon tun? Ich, ein unbedeutender Magister aus Böhmen!«

»Aber Ihr könnt doch nicht tatenlos zusehen, wie man Magister Hus den Prozess macht. Wer der Ketzerei angeklagt wird, wird auch verurteilt. Oder habt Ihr schon einmal erlebt, dass ein Ketzerprozess mit einem Freispruch geendet hätte?«

»Ich kann mich nicht erinnern, nein.«

»Dann setzt in Gottes Namen alle Hebel in Bewegung, um diesen Prozess zu verhindern! Ich bitte Euch!«

Die Hilflosigkeit, mit der Johann von Reinstein der Situation begegnete, machte Afra wütend. Zornentbrannt blickte sie in das hilflose, bleiche Gesicht des Magisters und rief: »Verdammt, Hus nannte Euch seinen Freund, und Ihr steht da und wisst nicht, was Ihr tun sollt. In ausweglosen Situationen muss man nach jedem Strohhalm greifen.«

»Ihr redet Euch leicht, gute Frau! Kein Mensch auf Erden hat so viel Macht, um als Einzelner den Kampf gegen die Heilige Inquisition aufzunehmen. Glaubt mir!«

Bis zu diesem Augenblick hatte Afra geglaubt, Männer seien

der Frau in jeder Hinsicht überlegen. Sie seien klüger, stärker und tatkräftiger, weil die Natur es so wolle. Doch in diesem Moment, im Anblick des hilflosen, ratlosen, weinerlichen Magisters, der seinen Freund dem sicheren Verderben überließ, überkamen sie Zweifel, ob die Überlegenheit des Mannes, welche die Heilige Mutter Kirche lehrte, nicht ein Trugschluss war, eine falsche Auslegung männlicher Fähigkeiten. Kein Wunder, die Kirche wurde von Männern gemacht.

Ohne ein weiteres Wort wandte Afra sich um und drängte durch die aufgebrachte Menge.

Schon am folgenden Tag trat das Inquisitionsgericht unter Vorsitz des italienischen Kardinals Zabarella in Schloss Gottlieben, weit außerhalb der Stadt gelegen, zusammen. Dorthin hatte man Hus noch in der Nacht gebracht. Zabarella, ein hagerer, hoch aufgeschossener Mann mit finsterem Blick, galt als führender Kirchenrechtler seiner Zeit und war dazu ausersehen, die Verhöre zu leiten.

Das Verfahren war äußerst heikel. Denn einerseits war Hus von Papst Johannes bereits mit dem Kirchenbann belegt, andererseits hatte König Sigismund dem Gebannten einen Freibrief ausgestellt, der Jan Hus freies Geleit zusicherte. Sowohl der Papst wie der König weilten in der Stadt. Zudem gab es in Konstanz zwei Parteien, von denen die einen für Hus Partei ergriffen, während die anderen forderten, Hus auf dem Scheiterhaufen zu verbrennen.

Von den Verhören drang kein Sterbenswörtchen an die Öffentlichkeit. Täglich machten neue Gerüchte die Runde. Von Flucht war die Rede. In Ketten wurde Hus bei Nacht und Nebel in die Stadt zurückgebracht. Im Refektorium des Franziskanerklosters nahe der Stadtmauer begann am nächsten Morgen der Prozess.

Kardinal d'Ailly, Bischof von Cambrai, ein Mann an Arroganz und Selbstsicherheit kaum zu übertreffen, leitete das Verfahren. Das Refektorium des Klosters war zu klein, um allen geladenen

Delegierten, den Kardinälen und Rechtsgelehrten Platz zu bieten. Es kam zu Tumulten, die sich bis auf die Straße fortsetzten.

An einem Abend begegnete Afra im Hause Pfefferharts dem Sondergesandten. Sie hatte Pietro de Tortosa seit Tagen nicht gesehen. Der Gesandte war betrunken. So kannte sie ihn gar nicht. Er schien bedrückt und redete mit schwerer Zunge vor sich hin, als er die Treppe hinaufstolperte.

Auf ihre Frage nach seinem Befinden erwiderte Pietro de Tortosa: »Schon gut, Jungfer, schon gut. Mir ist nur der Prozess gegen den Böhmen auf den Magen geschlagen.«

»Ihr meint Hus?«

»Genau diesen.«

»Wie steht es um ihn?«

Der Gesandte machte eine Handbewegung, die alles sagte. »Das Urteil stand von Anfang an fest. Dabei redet er wirklich vernünftige Dinge. Aber Leute, die vernünftige Dinge sagen, werden von vornherein als Feinde der Kirche betrachtet.«

»Ihr meint, Hus wird verurteilt?«

»Das Urteil ist schon geschrieben. Ich weiß es aus zuverlässiger Quelle. Morgen soll es im Dom öffentlich verkündet, tags darauf auf der Richtstätte mit dem sinnigen Namen ›Paradies‹ vollstreckt werden.«

Afra schlug die Hände vors Gesicht. Für Augenblicke war sie wie gelähmt. Auch ihre Gedanken schienen unbeweglich. Ihr Magen krampfte sich zusammen bei der Vorstellung, dass sie Hus auf dem Scheiterhaufen verbrannten.

In ihrer Niedergeschlagenheit spürte Afra auf einmal den Drang, zu handeln. In ihrer Kammer warf sie sich ein dunkles Kleid über und lief wie eine Gejagte auf die nächtliche Fischmarktgasse. Es war spät, aber auf den Gassen von Konstanz ging es kaum ruhiger zu als bei Tage. Im Fackel- und Laternenschein drängten sich bunt herausgeputzte Nachtschwärmer auf der Suche nach einem flüchtigen Abenteuer. An Haustüren, hinter denen stadtbekannte Hübschlerinnen ihrem einträglichen Gewerbe nachgingen, prangten Prälatenstolen und Bischofsmützen als Trophäen und Hinweis auf das klerikale Niveau der Kundschaft. Aus den Garküchen und Kaschemmen wehten Düfte von gebratenem Fisch und Hammel am Spieß. In Wirtsstuben und an Häuserecken machten Mohren und allerlei fremdländisches Gesindel Musik, wie man sie noch nie gehört, mit Instrumenten, die man noch nie gesehen hatte. Dazu tanzten spärlich bekleidete Jungfrauen, halbe Kinder noch, als hätten sie Knochen aus biegsamen Weidenzweigen.

All das nahm Afra kaum wahr. Mit der Heftigkeit eines Unwetters trieb sie nur der Gedanke, Hus vor dem Scheiterhaufen zu retten. Wie im Traum suchte sie den Weg zum Münsterplatz, wo sich die Menschen drängten, um Neuigkeiten zu erfahren vom Prozess gegen Jan Hus.

Das Palais des Bischofs, wo Papst Johannes Wohnung genommen hatte, wurde von hundert Fackeln in loderndes Licht getaucht. Zwei Dutzend Schweizer Landsknechte in gelb-rot-blau gestreiften Uniformen bewachten das mächtige Gebäude. Abordnungen von jeweils vier Mann patrouillierten vor der dem Münsterplatz zugewandten Vorderfront. Sie waren bewaffnet mit blitzenden Hellebarden, die sie jedem entgegenstreckten, der sich dem Gebäude näherte.

Furchtlos ging Afra auf das Eingangsportal zu, und weder die Stichwaffen der Hellebardiere noch die markigen Habt-Acht-Rufe der Soldaten vermochten Afra einzuschüchtern. Ihr selbstsicheres Auftreten verfehlte seine Wirkung nicht.

Zugegeben, Afra war einnehmend, ja vornehm gekleidet. Aber dass der Landsknechtskommandant sie für eine von den Konzilsbuhlen hielt, die bei Seiner Heiligkeit Abend für Abend aus und ein gingen, kränkte sie sehr. Jedenfalls stellte der Kommandeur keine Fragen, ja er wollte nicht einmal ihren Namen wissen und geleitete Afra mit einem Augenzwinkern, das ihre Vermutung bestätigte, zu einem Raum im Obergeschoss, wo sich bereits ein gutes Dutzend Hübschlerinnen, vorwiegend italienischer Abstammung, aufhielt.

Obwohl die Konzilsbuhlen, bis auf zwei zottige Badefrauen übelster Sorte, von durchaus edler Haltung und tadellosem Benehmen waren, fühlte sich Afra unwohl in der absonderlichen Gesellschaft. Die Damen der feineren Sorte plauderten munter über ihr einträgliches Geschäft während des Konzils, das so mancher einen zufriedenen Vorruhestand bescheren würde, so sie nur in der Lage seien, die anstehenden christlichen Liebesdienste ein oder zwei Jahre durchzustehen.

Bei den Badefrauen hingegen fanden die Ausmaße klerikaler Geschlechtsorgane größtes Interesse, wobei Seine Heiligkeit, so verkündeten sie hinter vorgehaltener Hand, von der Natur nicht gerade gesegnet sei. Unvorbereitet liefe man Gefahr, das Organ Seiner Heiligkeit mit einem der zahlreichen Blutegel zu verwechseln, welche der Pontifex auf Anraten seiner Leibärzte in der gesegneten Unterwäsche trage.

Afra errötete bei der Vorstellung und schüttelte sich vor Ekel. Die übrigen Buhlen, die wie Hühner in dem engen Raum an den Wänden aufgereiht saßen, blickten indigniert oder taten, als hätten sie die unflätigen Reden der Badefrauen nicht gehört. Jede der Anwesenden wusste, dass es nicht geringe Überwindung kosten würde, dem schwammigen, koboldhaften Papst zu Willen zu sein; doch die Aussicht, von Seiner Heiligkeit als Buhle gleichsam zur Ehre der Altäre erhoben zu werden, ließ alle Bedenken schwinden. Schließlich galten Kurienhuren als die teuersten Frauen der Welt.

Bevor die beiden Badefrauen weitere peinliche Enthüllungen preisgeben konnten, betrat Monsignor Bartolommeo, der Haushofmeister des Papstes, den Raum, jung, groß, stattlich und von einnehmendem Äußeren. Er trug schwarz gelocktes Haar, das ihm bis auf die Schultern hing, und eine lange Soutane. Doch seine Erscheinung veränderte sich in dem Augenblick, als er den Mund auftat. Bartolommeo redete mit einer hohen, fistelnden Kastratenstimme wie eine reuige Jungfrau im Beichtstuhl, dass die Buhlen sich gegenseitig missbilligende Blicke zuwarfen: »*Laudetur Jesus Christus!*«, piepste Bartolommeo.

Dann drehte er sich einmal um die eigene Achse, wobei er mit dem Zeigefinger seiner angewinkelten Rechten auf jede Anwesende zeigte, bis seine Wahl schließlich auf eine üppige Schwarzhaarige mit hochgeschnürten Brüsten und ein feengleiches Fräulein mit offenen braunen Haaren fiel. Die Übrigen zeigten sich enttäuscht.

»Monsignore, auf ein Wort!« Afra sprang auf und trat dem Haushofmeister entgegen.

Mit einer abwehrenden Armbewegung schob der Haushofmeister des Papstes Afra zur Seite. »*Cede, cede!*«[1], rief er in lateinischer Sprache wie ein Exorzist. »Siehst du nicht, dass ich meine Entscheidung für diese Nacht getroffen habe?« Es hätte nicht verwundert, wenn der Monsignore ein Kreuz aus der Soutane gezogen und Afra entgegengehalten hätte.

»Ich will die Nacht nicht mit dem Papst verbringen«, rief Afra zum Entsetzen der Buhlen.

Verwundert hielt Bartolommeo inne. »Wozu bist du dann hier, Buhle?«

»Ich muss mit Papst Johannes reden, Monsignore!«

»Reden?«, krächzte der Haushofmeister. »Was glaubst du, Jungfer, wozu du da bist?«

»Ich weiß, Monsignore. Doch ich bin keine Hübschlerin, wie Ihr vielleicht annehmt.«

»Nein, ein ehrbares Weib. Das sagen alle. Meine Entscheidung ist endgültig. Ihr seid nichts für das gesegnete Bett Seiner Heiligkeit, glaubt mir, ich kenne Baldassare Cossa[2].«

Da wurde Afra wütend und rief: »Verdammt, ich muss diesen Cossa sprechen. Es geht nicht um mich, sondern um ihn, den römischen Papst und die Güter der Kirche. Sagt Eurem Herrn, es geht um das CONSTITUTUM CONSTANTINI!«

»CONSTITUTUM CONSTANTINI?« Nachdenklich hielt Bartolommeo inne. Dann warf er Afra einen misstrauischen Blick zu.

---

[1] Weiche, weiche!
[2] Cossa, der bürgerliche Name des Papstes

Er wusste nicht, was er von der Jungfer halten sollte. Allein die Tatsache, dass eine Frau, die er bis vor wenigen Augenblicken für eine Hübschlerin gehalten hatte, über das CONSTITUTUM CONSTANTINI Bescheid wusste, verunsicherte den Haushofmeister.

Mit einer heftigen Bewegung des Kopfes verwies Monsignor Bartolommeo die Buhlen des Raumes. Leise, aber doch hörbar fluchten die beiden Schwitzstubenfrauen vor sich hin, bevor sie ihre üppigen Leiber nach draußen wälzten. Die abgewiesenen Hübschlerinnen lamentierten. Nur die Auserwählten folgten dem Haushofmeister mit verklärtem Blick.

»Wartet hier«, krächzte der Monsignore im Gehen an Afra gewandt.

Afra hatte Zweifel, ob sie mit ihrer Bitte, den Papst zu sprechen, erfolgreich sein, ob der Plan, den sie spontan gefasst hatte, aufgehen würde. Die Gerüchte, welche über diesen Baldassare Cossa in Umlauf waren, waren nicht dazu angetan, ihr große Hoffnung zu machen. Man wusste, Cossa ging über Leichen.

Mit Herzklopfen blickte Afra auf den nächtlichen Münsterplatz. Weit weg mit ihren Gedanken, vernahm sie plötzlich eine Stimme hinter sich: »Ihr seid also die rätselhafte Jungfer!«

Afra wandte sich um.

Der Anblick, der sich ihr bot, war dem Ernst der Situation in keiner Weise angemessen: Vor ihr stand ein kleiner, dicklicher Mann mit gerötetem Gesicht. Er trug einen Chorrock mit feinster Spitze an Saum und Ärmeln und enge Beinkleider. Ein Brustpanzer aus Eisenblech, den der Papst zum Schutz vor Attentaten unter dem Chorrock trug, verlieh ihm ein übernatürliches Gepräge. Der Monsignore, seitlich einen Schritt hinter dem Papst, überragte diesen um gut zwei Köpfe. Unter dem Arm trug er die Tiara seines Herrn. Die Erscheinung hatte etwas Unwirkliches, Theaterhaftes.

Von Kindheit an wusste Afra, dass man einem Bischof den Ring küssen muss zur Begrüßung. Bei einem Papst, dachte sie, würde das wohl nicht anders sein. Also trat sie einen Schritt näher, wartete jedoch vergeblich, dass er ihr die Hand entgegenstreckte. Stattdessen machte der Monsignore ein Zeichen und deutete auf den Boden. Afra begriff nicht, was er meinte.

Schließlich bückte sich der Haushofmeister, zog Seiner Heiligkeit einen Pantoffel vom Fuß und reichte ihn Afra zum Kuss.

Nachdem der Zeremonie Genüge getan war, begann Afra mit unsicherer Stimme: »Herr Papst, ich bin eine einfache Frau aus dem Volk; aber durch Umstände, die ich nicht weiter schildern will, bin ich in den Besitz eines Dokuments gelangt, das für Euch von höchster Bedeutung ist.«

»Woher willst du das wissen?«, unterbrach sie der Papst ziemlich rüde.

»Weil mich Eure Leute und die, welche Ihr damit beauftragt habt, seit Jahren verfolgen. Sie wollen nichts anderes als das Pergament. Es ist ein Brief, in welchem ein Mönch aus dem Kloster Montecassino gesteht, das CONSTITUTUM CONSTANTINI im Auftrag des Papstes Hadrian II. gefälscht zu haben.«

»Na und? Was hat das schon zu bedeuten!«

»Das muss ich Euch nicht erklären, hoher Herr. Ich kenne die Summe, die Ihr den Abtrünnigen geboten habt. Und ich weiß auch, dass die Abtrünnigen vorhatten, Euch noch viel mehr Geld abzupressen – so sie denn des belastenden Dokuments habhaft geworden wären.«

»Seht Euch diese Jungfer an«, meinte der Pontifex an den Haushofmeister gewandt, »man sollte sie fesseln und einem peinlichen Verhör unterziehen. Was meint Ihr, Bartolommeo?«

Der Monsignore nickte devot wie ein Schankwirt.

»Das könnt Ihr wohl tun«, entgegnete Afra, »Ihr könntet mich sogar auf dem Scheiterhaufen verbrennen wie eine Hexe. Aber seid versichert, dann würde das Pergament irgendwo anders auf der Welt, wo Ihr es nicht vermutet, auftauchen und Euch zu Fall bringen.«

Afra wunderte sich selbst über die Kaltschnäuzigkeit, die sie so plötzlich an den Tag legte.

»Jungfer, Ihr seid des Teufels!«, rief der Pontifex mit einer

Mischung aus Abscheu und Bewunderung. »Wie viel wollt Ihr – vorausgesetzt, Ihr könnt wirklich das Dokument herbeischaffen. Tausend Golddukaten? Zweitausend?«

Plötzlich schien Papst Johannes verunsichert und noch kleiner, als er ohnehin war.

»Kein Geld«, antwortete Afra kühl.

»Kein Geld? Was soll das heißen?«

»Ich fordere von Euch das Leben des Jan Hus. Nicht mehr und nicht weniger.«

Der Pontifex sah den Monsignore ratlos an. »Das Leben eines Ketzers? *Obliviscite!*[1] Ich mache Euch zur Äbtissin und schenke Euch Wälder mit mehr Bäumen, als die Christenheit Seelen zählt. Ich mache Euch zur reichsten Frau der Welt.«

Selbstsicher schüttelte Afra den Kopf.

»Ich gebe Euch die Einnahmen aus hundert mal hundert Ablassbriefen, von gottesfürchtigen Mönchlein auf Papier gekritzelt, und obendrein ein Stoffbündel der Windeln des lieben Jesuleins als Reliquienchen.«

»Das Leben des Hus!«

Papst Johannes warf seinem Haushofmeister einen wütenden Blick zu. »Ein harter Brocken, diese Jungfer. Findet Ihr nicht auch?«

»Gewiss, Eure Heiligkeit, ein harter Brocken. Ihr solltet Eure Tiara aufsetzen. Es wird kühl. Und Euer Haupt ist hitzig.«

Der Pontifex stieß den Monsignore zurück: »*Nonsens!*«

Irgendwann musste Baldassare Cossa bei einem drittklassigen Magister Latein gelernt haben. Studiert hatte er jedenfalls nicht. Denn in der Zeit, in welcher redliche Kleriker sich der Theologie widmeten, war Cossa dem Beruf des Piraten nachgegangen. Aber seit er es auf unredliche Weise zum Papst gebracht hatte, pflegte er ebenso miserabel wie häufig – *miserabile ut crebro* – mit lateinischen Brocken durchsetzt zu parlieren.

»Jungfer«, begann er beinahe beschwörend, »es steht nicht

---

[1] Vergesst es!

in meiner Macht, Jan Hus, den Böhmen, freizugeben. Über ihn wird ein rechtmäßiges Urteil gesprochen, und auf Ketzerei steht der Tod auf dem Scheiterhaufen. Der Herr sei seiner armen Seele gnädig.« Dabei faltete der Pontifex scheinheilig die Hände. »Und was Euer Pergament betrifft, Jungfer, so ist es von geringerem Wert, als Ihr glaubt.«

»Es bezeugt, dass die Schenkung durch Kaiser Konstantin nie stattgefunden hat. Dass Ihr und Eure Kirche Euch zu Unrecht all die Pfründe, Erbrechte und Ländereien angeeignet habt!«

»Bei der Heiligen Dreifaltigkeit!« Der Pontifex rang die Hände. »Hat nicht Gott Himmel und Erde erschaffen, so wie es in der Bibel steht? Wenn dem so ist und wenn ich, Papst Johannes, sein Stellvertreter auf Erden bin, dann gehört ohnehin alles mir. Aber ich will großzügig sein. Geiz ist keine christliche Tugend. Sagen wir zweitausendfünfhundert Golddukaten!«

»Das Leben des Jan Hus!«, beharrte Afra.

»Euch schickt der Teufel, Jungfer!« Cossas roter Kopf wurde noch röter, sein dicker Hals noch dicker, er atmete kurz und schien höchst aufgeregt. »Also gut«, meinte er schließlich, ohne Afra ins Gesicht zu sehen, »ich muss mich mit meinen Kardinälen besprechen.«

»Das Pergament gegen das Leben von Hus!«

»So soll es denn sein. Das Pergament gegen das Leben von Hus. Morgen vor der Urteilsverkündung im Dom werden der Bischof von Concordia und der Kardinalbischof von Ostia bei Euch erscheinen. Wenn Ihr den beiden Männern der Kirche das Dokument aushändigt, wird das Urteil gegen Hus positiv ausfallen. So wahr mir Gott helfe.«

»Mein Name ist Afra, und ich wohne bei Meister Pfefferhart in der Fischmarktgasse!«

»Ich weiß, Jungfer, ich weiß«, erwiderte der Papst mit hinterhältigem Grinsen.

Ein stürmischer Wind peitschte Regen und tiefe dunkle Wolken über die Stadt. Es schien, als kündeten sie Unheil an. Ängstlich blickten die Menschen zum Himmel. Gegen elf sollte im Dom das Urteil über Jan Hus gesprochen werden. Aber schon seit sieben Uhr drängten sich Schaulustige und Sensationsgierige vor dem Portal des ehrwürdigen Gotteshauses.

Kardinalbischof de Brogni von Ostia, der den Vorsitz beim letzten Prozesstag führen sollte, und der Bischof von Concordia, dem die Urteilsverkündung gegen Hus oblag, machten sich zur selben Zeit im Chorrock und feuerroter Soutane auf den Weg zur Fischmarktgasse. Gelehrte und Delegierte aus allen Ländern des christlichen Abendlandes, welche als Zeugen der Urteilsverkündung geladen waren, blickten besorgt, als die beiden Würdenträger, eingerahmt von sechs bewaffneten Landsknechten, ihren Sekretären und dem Haushofmeister des Papstes, die dem Münster entgegengesetzte Richtung einschlugen und schließlich im Hause Meister Pfefferharts verschwanden.

Nach durchwachter Nacht empfing Afra die beiden Bischöfe und den Haushofmeister nicht gerade in bester Verfassung. Sie hatte kein Auge zugetan und hin und her überlegt, ob ihr Vorhaben auch wirklich von Erfolg gekrönt sein würde. Mehr als einmal hatte sie dabei ihre Pläne verworfen, wenig später jedoch wieder befürwortet. Am Ende war sie zu dem Ergebnis gekommen, dass die Übergabe des Pergaments die einzige Möglichkeit war, Hus vor dem Scheiterhaufen zu bewahren.

Ihr selbst hatte das Pergament alles andere als Glück gebracht. Es hatte sie zu einer Gejagten gemacht. Es hatte ihr Misstrauen entfacht dem Mann gegenüber, den sie liebte, vielleicht sogar die Liebe zerstört. Und mehrmals hatte es sie an den Rand des Verderbens gebracht. Nicht für alles Geld der Welt wollte sie so weiterleben. Wie sie das Pergament verfluchte!

Seit zwei Tagen trug sie das verhasste Dokument auf dem Leib. Nun hielt sie es griffbereit in ihrem Mieder, als die drei Männer ihre Kammer betraten.

»Im Namen des Allerhöchsten«, begann der Haushofmeister theatralisch und reckte die Arme wie ein Prophet gen Himmel, »lasst sehen! Wir haben Eile.«

Wie stets, wenn die Situation es erforderte, handelte Afra mit gespielter Gelassenheit, obwohl ihr Herz bis zum Hals schlug. »Wer seid Ihr?«, fragte sie an den Ersten gewandt.

»Kardinalbischof de Brogni von Ostia.«

»Und Ihr?«

»Der Bischof von Concordia.« Der Alte streckte der Jungfer gelangweilt den Handrücken entgegen, aber Afra reagierte nicht.

Stattdessen trat sie an den kleinen Tisch vor dem Fenster, auf dem eine in braunes Leder gebundene Bibel lag, und sagte: »Schwört alle drei bei allen Heiligen und Gott dem Barmherzigen und mit der linken Hand auf dem Buch der Bücher, damit der Teufel sie nicht ergreifen kann, dass Euer Urteil Jan Hus vor dem Scheiterhaufen bewahren wird.«

Die drei Männer verdrehten die Augen, und de Brogni, ein bulliger Typ, der den Kopf halslos zwischen den Schultern trug, rief erregt: »Jungfer, Ihr habt uns keine Vorschriften zu machen. Also, gebt uns das Pergament, und die Sache ist erledigt.«

»O nein, Herr Kardinalbischof«, gab Afra ebenso erregt zurück, »Ihr verkennt Eure Situation und überschätzt Eure Möglichkeiten. *Ihr* kommt als Bittsteller, nicht ich. *Ich* stelle Forderungen!«

Der Haushofmeister, der Afras Verhandlungsgeschick vom Vortag in guter Erinnerung hatte, gab de Brogni ein Zeichen, er solle sich mäßigen, und meinte: »Natürlich sind wir bereit, einen heiligen Eid auf die Bibel zu schwören im Namen Gottes des Barmherzigen und aller Heiligen, damit Eurer Forderung Rechnung getragen werde.«

Dann trat Monsignore Bartolommeo vor die Bibel und legte den Eid ab, dass er alles tun werde, was in seiner Macht stehe, um Hus vor dem Scheiterhaufen zu verschonen. De Brogni und der Bischof von Concordia taten es ihm gleich.

Da knöpfte Afra ihr Mieder auf und zog das Pergament hervor. Die Männer blickten irritiert.

Behutsam, schließlich wusste er um die Bedeutung des Dokuments, nahm es der Kardinalbischof und faltete es auseinander. Es schien, als sei er nicht aufgeklärt über die näheren Umstände, denn als er sah, dass das Pergament leer war, blies er sich auf wie ein balzender Truthahn und wollte auf Afra losgehen, als der Haushofmeister ihm entgegentrat und auf die Phiole verwies, welche unbeachtet auf dem Tisch stand.

Der Monsignore öffnete das Glas, benetzte den Zeigefinger mit der klaren Flüssigkeit und tupfte auf das scheinbar leere Dokument. Nach wenigen Augenblicken wurde in dem Fleck, der sich auf dem Pergament gebildet hatte, ein Schriftzug sichtbar, zaghaft zuerst, dann immer deutlicher werdend: »*Falsum*«[1], las de Brogni halblaut. Während er Afra einen bewundernden Blick zuwarf, schlug er ein flüchtiges Kreuzzeichen. Der Bischof von Concordia schien nicht zu begreifen, was vor seinen Augen ablief, und schüttelte den Kopf.

Schließlich faltete der Haushofmeister das Pergament zusammen und ließ es in seiner Soutane verschwinden. Dann griff er nach der Phiole.

»Kommt, Eminenz«, sagte er an die Bischöfe gewandt, »es ist Zeit.«

Keiner würdigte Afra noch eines Blickes.

Gegen Mittag kehrte der Sondergesandte Pietro de Tortosa von der Urteilsverkündung zurück, zu der er als Vertreter des Königs von Neapel geladen war. Der Gesandte machte einen niedergeschlagenen Eindruck.

In der Annahme, de Tortosa sei noch benommen vom übermäßigen Alkoholgenuss am vergangenen Tag, wollte Afra sich im Treppenhaus an ihm vorbeistehlen, als sie seine zornigen Augen sah, die vor Wut sprühten, und sie erkundigte sich nach seiner ungewohnten Stimmung.

»Sie haben ihn zum Tode verurteilt«, stieß Pietro de Tortosa hervor.

»Von wem redet Ihr?«

---

[1] Fälschung

»Jan Hus, der wackere Böhme, wurde zum Tod auf dem Scheiterhaufen verurteilt.«

»Aber das ist nicht möglich! Ihr müsst Euch täuschen. Hus muss freigesprochen worden sein! Ich bin ganz sicher.«

Der Gesandte schüttelte unwillig den Kopf. »Gute Frau, ich habe es mit eigenen Augen gesehen und mit eigenen Ohren gehört, wie der Bischof von Concordia das Todesurteil in Anwesenheit von König Sigismund verlesen hat und mit den Worten endete: ›Wir übergeben deine Seele dem Teufel. Sein sterblicher Leib ist unverzüglich zu verbrennen.‹ Glaubt Ihr, ich habe das alles geträumt?«

»Aber es kann nicht sein«, stammelte Afra entsetzt. »Ich habe das Versprechen des Papstes und den heiligen Eid dreier Würdenträger!«

Pietro de Tortosa, der ihre Rede nicht verstand, packte Afra am Handgelenk und zerrte sie aus dem Haus auf die Fischmarktgasse. Aufgeregt deutete er nach Norden, wo schwarzer Qualm in den Himmel stieg: »Gott sei seiner armen Seele gnädig!«, sagte er. Es war das erste Mal, dass der Gesandte ein Anzeichen von Frömmigkeit zeigte.

Tränen schossen Afra ins Gesicht. Tränen hilfloser Wut. Sie war nicht in der Lage, einen klaren Gedanken zu fassen. Ihre Wut trieb sie in Richtung des Münsterplatzes. Die Stadt und die Menschen auf den engen Gassen erschienen ihr wie durch einen Schleier. Atemlos erreichte sie das Palais des Bischofs, vor dem sich eine aufgebrachte Menge drängte.

Mit rudernden Armen kämpfte sie sich durch das lärmende, fluchende Menschengewühl. Rufe wie »Verräter!« oder »Nicht Hus sollte brennen, sondern er!« wurden laut.

»Lasst mich durch. Ich will zum Papst!«, herrschte Afra den Hellebardier an, der ihr am Eingang den Weg versperrte. Der Landsknecht erkannte sie wieder und lachte: »Da kommt Ihr zu spät, Jungfer. Heute nicht …« Er machte eine zweideutige Handbewegung. »Aber es gibt ja noch genügend Kardinäle und Monsignori in der Stadt.«

Afra überging die unflätige Andeutung. »Was soll das heißen, ich komme zu spät?«

»Soll heißen, Seine Heiligkeit hat, während im Dom das Urteil gegen Hus verkündet wurde, Konstanz durch das Kreuzlinger Tor verlassen – als Landsknecht verkleidet. Angeblich befindet er sich auf dem Weg nach Schaffhausen zu seinem Parteigänger Herzog Friedrich von Österreich. Nichts Genaues weiß man nicht. Nicht, weshalb, und nicht, warum.«

Wie versteinert starrte Afra den Landsknecht an. Sie wusste nicht mehr, was sie denken sollte. Plötzlich brach es aus ihr heraus: »Sie haben bei Gott dem Allerhöchsten geschworen, dass es nicht geschehen würde. Gott, du Allerhöchster, warum lässt du das zu?«

Die Umstehenden, welche Zeugen der Begegnung wurden, fanden keine Erklärung für die seltsamen Worte der jungen Frau und wandten sich ab. Zu viele Eigenbrötler und Sonderlinge bevölkerten seit Konzilbeginn die Stadt. Es lohnte nicht, darüber nachzudenken.

Mit hängendem Kopf, bedrückt und mutlos kehrte Afra in das Haus in der Fischmarktgasse zurück. Sie wusste nicht mehr, wie es weitergehen sollte. Als sie die Stufen zu ihrer Kammer emporstieg, glaubte sie an eine Erscheinung, so wie Wünsche bisweilen zu Bildern werden.

Ulrich von Ensingen saß auf der Treppe und wartete, den Kopf in die Hände gestützt. Er schwieg, auch als ihre Gesichter sich ganz nahe kamen und er im Zwielicht des Treppenhauses ihre verweinten Augen bemerkte. Zögernd ergriff er ihre Hand, ängstlich, Afra könnte sich ihm entziehen.

Aber nichts dergleichen geschah. Im Gegenteil. Afra presste die dargebotene Hand, ja sie klammerte sich an Ulrich wie eine Ertrinkende an den rettenden Ast. So schwiegen sie beide eine lange Zeit.

»Es ist vorbei«, flüsterte Afra schließlich, »endlich ist alles vorbei.«

Ulrich verstand nicht, was sie meinte. Er hatte nur eine

EINE HAND VOLL SCHWARZER ASCHE

vage Ahnung. Zu fragen wagte er nicht. Nicht in diesem Augenblick.

In seiner Ratlosigkeit zog Ulrich Afra in seine Arme. Die Zärtlichkeit, mit der sie seine Annäherung erwiderte, machte ihn mutig.

»Der Erzbischof von Mailand hat mir den Auftrag erteilt, den Dom zu vollenden. Er hat mein Wort. Ich soll morgen schon aufbrechen. Willst du mit mir gehen? Als meine Frau?«

Afra sah Ulrich lange an. Dann nickte sie stumm.

Zur selben Zeit preschte der sechsspännige Reisewagen, den Herzog Friedrich dem Papst entgegengeschickt hatte, am linken Rheinufer flussabwärts in Richtung Schaffhausen. Die Kutscher auf dem Bock hatten Order, das Letzte aus den Gäulen herauszuholen und Papst Johannes und seinen Haushofmeister auf schnellstem Weg nach Schaffhausen zu bringen. Dort sei Seine Heiligkeit fürs Erste sicher. Denn das Kardinalskollegium hatte seine Absetzung beschlossen.

Mit Absicht hatte der Herzog einen schmucklosen Reisewagen mit dunkler, verwaschener Plane ausgewählt. Niemand sollte in den Dörfern am Wegesrand Verdacht schöpfen, dass Papst Johannes sich in dem Gefährt verbarg. Dem heruntergekommenen Wagen fehlte jede Bequemlichkeit. Nicht einmal ein Fenster nach vorne gab es, durch das der Haushofmeister die Kutscher hätte ersuchen können, ihre Fahrt zu verlangsamen. Denn Seine Heiligkeit litt unter Übelkeit und hatte Todesängste.

Mit einer Hand klammerte sich Papst Johannes an die derbe, ungepolsterte Sitzbank – er konnte sich nicht erinnern, wann sein gesegnetes Hinterteil zuletzt so malträtiert worden war –, mit der anderen hielt er das Pergament umklammert wie eine Trophäe. Bartolommeo war indes damit beschäftigt, mithilfe eines Fidibus ein Flämmchen zu entfachen.

Kurz vor ihrer Flucht hatte der Monsignore die Schrift auf dem Pergament sichtbar gemacht und seinem Herrn den Text vorgelesen. Die Blässe, die ihm dabei ins Gesicht trat, haftete ihm jetzt noch an. Wenngleich seine Augen bisweilen einen Anflug von Triumph versprühten, saß ihm noch immer der Schock in den Knochen.

»Nun macht schon endlich, Ihr gottverdammten Diener des Herrn!«, fluchte er ungeduldig.

Aber dem Haushofmeister, ungeübt in profanen Dingen wie dem Entfachen von Feuer, wollte es einfach nicht gelingen, seinem Drehstab auch nur ein zaghaftes Flämmchen zu entlocken.

Eingedenk seiner Seeräuber-Vergangenheit versuchte sich Papst Johannes auf seine Weise. Und siehe da: Plötzlich züngelte ein Flämmchen an seinem Fidibus. Zaghaft zuerst, wuchs es sich, vom Fahrtwind begünstigt, schnell zu einer lodernden Fackel aus.

Papst Johannes hielt seinen Haushofmeister an, die Flamme zu halten. Er selbst faltete das Pergament auseinander und hielt es ins Feuer.

»Verflucht, es brennt nicht«, rief er ungeduldig.

»Ihr müsst etwas Geduld haben, Heiligkeit. Auch die armen Seelen im Fegefeuer glimmen erst eine Weile, bevor das Feuer ihre Sünden verzehrt.«

»*Nonsens!*«, zischte Johannes.

Da plötzlich geschah das Unfassbare: Fauchend schoss aus dem Pergament eine Stichflamme und prallte wie ein Feuerpilz gegen die Plane des Reisewagens. Es bedurfte nur eines Augenblicks, und der Wagen stand in Flammen.

Als die Kutscher das Inferno bemerkten, war es zum Löschen zu spät. Der Versuch, den brennenden Wagen zum Stehen zu bringen, scheiterte. Die Kutscher sprangen ab. Ebenso der Monsignore, gefolgt von Papst Johannes. Wie vom Teufel gejagt, hetzten die Pferde auf dem steinigen Weg weiter nach Schaffhausen.

Auf allen vieren kroch Papst Johannes die Böschung hoch, die neben der Straße verlief. Mühsam richtete er sich auf und schnappte nach Luft. In seiner versengten rechten Faust verbarg er ein Häufchen schwarzer Asche.

***

Die Fakten

Der Rahmen dieses historischen Romans ist keine Erfindung des Autors, sondern Geschichte.

DIE KONSTANTINISCHE SCHENKUNG (Constitutum Constantini), wonach Kaiser Konstantin (306–337) Rom und das Abendland an Papst Silvester (314–335) verschenkte, ist historisch. Allerdings basiert die im Mittelalter allgemein für echt gehaltene Urkunde auf einer Fälschung, die nach heutigen Erkenntnissen vermutlich unter Papst Hadrian II. (867–872) von einem Mönch angefertigt wurde. Bereits im 14. Jahrhundert kamen erste Zweifel an der Echtheit des Pergaments auf, zum einen wegen des Sprachstils, andererseits aber auch wegen der Nennung bestimmter Fakten, die erst Jahrhunderte später Bedeutung erlangten. Die Kirche verteidigte die Echtheit noch bis ins 19. Jahrhundert. Heute gilt die Fälschung als erwiesen.

Der unselige PAPST JOHANNES XXIII. (1410–1415) ist ebenso historisch wie seine beiden Gegenpäpste Benedikt XIII. und Gregor XIII. Mittelalterliche Historiker berichten über unglaubliche Schandtaten von Papst Johannes, welche die Phantasie jedes Autors übertreffen. Seine Heiligkeit trieb es mit der Frau seines Bruders und lebte mit der Schwester des Kardinals von Neapel zusammen. Junge Kleriker machte er für ihre Liebesdienste zu Äbten reicher Klöster. Die dreihundert geschändeten Nonnen von Bologna sollen Tatsache sein.

Obwohl nur ein Drittel-Papst, berief Johannes XXIII. Das KONZIL VON KONSTANZ (1414–1418) ein, offiziell, um der Kirchenspaltung zu begegnen und den Reformator JAN HUS zur Rechenschaft zu ziehen. Aus bis heute ungeklärten Gründen floh er bei Nacht und Nebel aus Konstanz, wurde später festgenommen, abgesetzt und eingekerkert. Erst in neuerer Zeit versuchte die Kirche das Andenken an diesen Papst auszulöschen, als sich Angelo Roncalli den Papstnamen Johannes XXIII. (1958–1963) gab, als habe es den Ersten dieses Namens nie gegeben.

JAN HUS, dem ersten Rektor der Universität Prag, der gegen die Verweltlichung des Klerus wetterte, wurde für den Fall seines Erscheinens auf dem Konzil von König Sigismund zugesichert, man werde ihn keinesfalls zum Tode verurteilen. Hus sollte sich lediglich vor aller Welt verteidigen. Doch Jan Hus wurde auf dem Konzil gefangen genommen und auf dem Scheiterhaufen verbrannt.

TEUFELSHYSTERIEN, wie eingangs geschildert, waren im Mittelalter keine Seltenheit und führten zu fürchterlichen Auswüchsen. Solche Massenhysterien sind für uns heute unverständlich. Verbreitet war auch die Tanzhysterie, bei der die Menschen tanzten, bis sie tot oder bewusstlos umfielen.

ULRICH VON ENSINGEN hat wirklich gelebt. Er wurde um 1359 geboren und starb 1419 in Straßburg. Wegen seiner gigantischen Turmbauten galt er als Sonderling und berühmtester Architekt seiner Zeit. Er brachte das Langhaus des Ulmer Münsters zu seiner heutigen Größe und begann den Turmbau des Münsters in Straßburg. Gleichzeitig wirkte er am Mailänder Dom.

Die eigentliche Heldin des Romans, DIE SCHÖNE AFRA, ist eine Fiktion. Ebenso das VERGESSENE PERGAMENT, das der reuige Schreiber des CONSTITUTUM CONSTANTINI angeblich am Ende seines Lebens verfasst hat. Aber könnte es nicht so gewesen sein? Gott möge dem Autor verzeihen.

*Hinter den Mauern des Vatikans
lauert ein dunkles Geheimnis...*

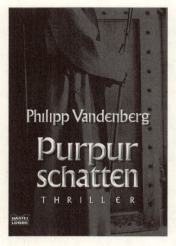

Philipp Vandenberg
PURPURSCHATTEN
Thriller
540 Seiten
ISBN 978-3-404-14771-7

Der mysteriöse Tod seiner Mutter, ein gescheitertes Attentat und andere unerklärliche Vorgänge veranlassen den Fotojournalisten Alexander Brodka, seine eigene Vergangenheit zu erforschen. Dabei gerät er immer mehr in den Sog einer geheimen Organisation. Bestürzt muss er feststellen, dass alle Spuren nach Rom führen, hinter die Mauern des Vatikans, wo dunk-le Mächte die Fäden ziehen. Und diese Männer in Purpur kennen nur ein Ziel: ihn zum Schweigen zu bringen. Gemeinsam mit seiner Geliebten stellt sich der Journalist der Heiligen Mafia, die ein beispielloses Verbrechen plant ...

Bastei Lübbe Taschenbuch

Ein Arzt im Fadenkreuz von Organmafia und Vatikan

Philipp Vandenberg
DIE AKTE GOLGATHA
Roman
448 Seiten
ISBN 978-3-404-15381-7

Als Professor Gropius eine Lebertransplantation an einem 46jährigen Patienten vornimmt, ahnt er nicht, dass diese Operation sein Leben verändern wird. Denn der Patient stirbt – unerklärlicherweise. Was zunächst wie ein Kunstfehler aussieht, erweist sich bald schon als Mord, denn die Obduktion ergibt, dass das Spenderorgan vergiftet war. Wer steckt dahinter? Gropius wird freigestellt, die Ermittlungen der Polizei ziehen sich in die Länge. Notgedrungen stellt Gropius eigene Nachforschungen an. Die Spur führt zum Patienten selbst, einem Altertumsforscher, der offenbar kurz davor stand, eine Akte zu veröffentlichen, die der Kirche den Todesstoß versetzen könnte ...

Bastei Lübbe Taschenbuch